Charlotte Richter

Gemma

Sei glücklich oder stirb

Weitere Bücher von Charlotte Richter im Arena Verlag:
Die Muschelsammlerin. Deine Bestimmung wartet

Charlotte Richter
begann noch während des Studiums zu schreiben und verfasste ihre ersten Texte für den Hörfunk. Seitdem hat sie mehrere Romane für Jugendliche und Erwachsene veröffentlicht. Sie erhielt diverse Literaturstipendien und unter anderem den Förderpreis für Literatur der Stadt Hamburg. Seit vielen Jahren ist sie Mitglied im Hamburger Writers' Room, einer Arbeits- und Bürogemeinschaft für Schriftsteller, auch wenn sie Hamburg inzwischen verlassen hat. Heute lebt und schreibt sie in Kattendorf in Schleswig-Holstein.

Prolog

10. Juni 2025

Die Wolke hinter dem Fenster sah aus wie ein zerbrochenes Herz. In schweren Tropfen goss sie Regen über dem Schulgebäude aus. Damit der Anblick nicht zu viele miese Gefühle hochspülte, wandte sich das Mädchen mit dem braunen Zopf schnell wieder ihrem Buch zu.

Ich 2.0 stand in dicken goldenen Buchstaben auf dem Cover. Kein toller Titel, doch der Inhalt war wirklich spannend.

Mit negativen Gefühlen schadest du dir selbst und anderen. Dagegen macht dich das Glück schön und begehrenswert. Worauf wartest du also? Schmeiß die negativen Gefühle über Bord, mach Platz für dein Glück!

Es war nicht ihr erstes und bestimmt nicht ihr letztes Buch zu dem Thema. Die Bücher halfen, auch wenn sie das anfangs nicht geglaubt hatte. Man musste sich für das Glück entscheiden, das war das Geheimnis.

Es geht nicht darum, das Unglück zu begrenzen und auf einer Skala von –8 auf –2 zu kommen. Es geht darum, wie du dich von –8 auf +10 verbesserst.

Erneut schaute das Mädchen zum Fenster. Der Regen hatte aufgehört, das Dach der Sporthalle glänzte, der Wald zeichnete sich als bucklige Linie vor dem Horizont ab. Graue Wolken trieben vorüber, dazwischen leuchteten erste Flecken von Blau.

Sie wollte es endlich erleben. Sie wollte das Blau nicht mehr nur sehen, sondern es *fühlen,* wollte die Sonne spüren, überall in ihr. Nicht mehr traurig sein und nicht mehr allein. Diese elende Angst, dass die anderen in ihrer Klasse sie nicht mochten. Dass sie nicht genügte.

Sie wollte ... sie wollte *glücklich* sein.

Unvermittelt wechselte das Licht am Himmel von blassem Blaugrau zu hellem Gold. Vom Mistwetter zu strahlendem Sonnenschein in einer Sekunde.

Das Mädchen zuckte erschrocken zurück, als eine gleißende Helle über den Himmel schoss. Etwas stürzte mit rasender Geschwindigkeit der Erde entgegen. Mit einem Mal war da kein Fenster mehr. Keine Wolken, kein Wald. Nur Licht. Als wäre sie blind geworden oder die Welt verschwunden. Was war das? War da etwas explodiert? Irgendetwas musste passiert sein, etwas Schlimmes, sie ...

Sie war nicht allein. Etwas war ... eingedrungen. War vom Himmel geradewegs in diesen Raum gefallen. Instinktiv setzte sie sich auf. Sie musste hier raus, weg von diesem ... was auch immer. Doch sie konnte sich nicht rühren. Saß stocksteif da. In der Stille. Plötzlich durchzuckte ein Schmerz ihr Auge und fuhr von dort durch ihren ganzen Körper. Sie sah sich von außen, kerzengerade auf dem Sofa, das Buch neben sich, bewegungslos. Das Rauschen ihres Blutes in den Ohren.

Etwas flüsterte. In ihrem Kopf. Ohne Worte. O Gott. Was passierte mit ihr?

Wellen von regenbogenfarbenem Licht schossen aus ihr heraus und strömten in Richtung des Himmels davon.

80 JAHRE SPÄTER

1

3. August 2105

Meine schönste Erinnerung an meinen Vater ist die, wie er eines Abends mit einem neugeborenen Kätzchen nach Hause kam. Er hatte es in einem Müllcontainer gefunden. Damals war ich fünf, doch er zögerte keine Sekunde, mir das Kätzchen in die Hände zu legen. Mit angehaltenem Atem beobachtete ich, wie sich die zarten Pfoten spreizten und Halt auf meiner Haut suchten. Mit einer Fingerspitze strich mein Vater über den Rücken des winzigen Tiers, dessen Augen noch geschlossen waren. »Wir nennen es Fussel und es wird mindestens zwanzig Jahre alt«, versprach er mir.

Meine letzte Erinnerung an meinen Vater ist die, wie er mich ansah, bevor er aus meinem Leben verschwand. Das war vor drei Monaten, als er nach Cloverhill ging, in Quarantäne. Sein Arkanit hatte sich mit dem grauen Nebel gefüllt. Danach war klar, was passieren würde.

Sofort lasse ich die Erinnerung wieder ziehen. Es ist wichtig, an die schönen Dinge zu denken. Zum Beispiel daran, dass Fussel inzwischen elf Jahre alt ist und am liebsten auf meinem Kopfkissen schläft, wo ich sie leise schnurren höre, wenn ich mein Ohr an ihr Fell lege.

Es ist außerordentlich wichtig, dass mein eigener Arkanit golden bleibt.

Schon im Kindergarten lernen wir die Zonen auswendig, in

die der Stein geraten kann, den wir an einer Kette um den Hals tragen.

Erste Zone: Dein Arkanit ist golden und sonst nichts. In der Ersten bist du sicher.

In der Zweiten Zone bilden sich im Gold graue Nebelfäden. Jetzt musst du aufpassen, dass es nicht zu viele werden.

In der Dritten Zone hat sich der graue Nebel überall ausgebreitet, vom Gold ist nichts mehr übrig. Das bedeutet: Quarantäne.

In der Vierten Zone tauchen im Nebel die ersten schwarzen Fäden auf. Je mehr es werden, desto weniger Zeit bleibt dir.

In der Fünften ist dein Arkanit vollkommen schwarz.

Unseren Arkanit müssen wir ständig im Auge behalten, das wird uns von klein auf eingebläut. Was er uns zeigt, ist lebensnotwendig. Um jeden Preis müssen wir in den oberen Zonen bleiben, am besten natürlich in der Ersten, aber auch die Zweite wird akzeptiert. Je tiefer wir sinken, desto gefährlicher wird es.

Jeden Morgen haben unsere Kindergärtner es mit uns geübt: Nach dem Aufwachen gilt dein erster Blick dem Arkanit. Wenn er golden leuchtet, ist alles gut. Doch sobald sich ein grauer Nebelfaden darin zeigt, und sei er noch so winzig, musst du sofort mit einem Erwachsenen sprechen.

In der Grundschule lernen wir dann, ein Tagebuch zu führen. Ganz besonders mag ich angegilbte Seiten und altmodische Einbände mit floralen Mustern. Das Schreiben hilft uns, die schlechten in gute Gefühle zu verwandeln und auf diese Weise in den oberen Zonen zu bleiben.

»Stellt euch vor, ihr erzählt jemandem eine Geschichte«, sagte meine Klassenlehrerin damals. »Stellt euch vor, ihr schreibt eine Geschichte für jemanden, den ihr liebt. Und konzentriert euch dabei auf das Positive.«

Weitere Maßnahmen, die empfohlen werden:

1. Schlafe ausreichend.
2. Suche neue Erfahrungen.
3. Ernähre dich gesund.
4. Treibe Sport.
5. Verbringe viel Zeit mit anderen Menschen.
6. Halte dich von Energievampiren fern.
7. Pflege dein Inneres Programm.

Das alles müssen wir beherzigen, damit wir in diesem Krieg überleben, von dem wir nicht wissen, warum er begonnen wurde. Unser Feind beleidigt uns nicht. Er demütigt uns nicht. Er foltert uns nicht. Er tötet uns. Ohne uns je zu berühren. Sein Name ist *Glanz*. Vor achtzig Jahren tauchte er ohne Vorwarnung am Himmel auf. Er nahm uns das Sonnenlicht, unseren Tag und unsere Nacht. Jetzt ist da nur noch er, der über unserer Welt schwebt. Anfangs ahnten die Menschen nicht, welche Folgen das hätte. Bis die ersten ihr Leben verloren. Heute haben wir verstanden, was der Glanz von uns verlangt. Er hat eine Welt geschaffen, in der wir nur überleben, wenn wir glücklich sind.

Wer nicht glücklich ist, stirbt.

Es ist seltsam, wie sich manche Tage entwickeln. Zähne putzen, frühstücken, du holst dein Fahrrad aus dem Keller, fährst los und am Ende des Tages hat sich dein Leben völlig umgekrempelt.

Als ich mein Rad vor dem Appartementhaus abstelle, in dem meine beste Freundin Tilda wohnt, ist die Luft rein, trotzdem schaue ich zur Sicherheit noch einmal nach rechts und links. Niemand zu sehen.

Tu's nicht, Gemma. Lass es. Für heute reicht dein Vorrat.

Doch da ist auch diese andere Stimme in mir, und die flüstert:

Du weißt, was auf dem Spiel steht. Das hier könnte deine letzte Chance vor der Prüfung sein. Na los. Tu es. Mach schon!

Meine Fäuste ballen sich, meine Schultern verkrampfen. Obwohl ich dagegen anzukämpfen versuche, lege ich langsam den Kopf in den Nacken und sehe mit weit geöffneten Augen hinauf. In dem hypnotischen Farbenspiel über mir drehen sich Wirbel und Strudel, vergehen und bilden sich neu. Es ist wunderschön – und wahrscheinlich bin ich die Einzige, die das so empfindet.

Wollte man den Glanz mit etwas vergleichen, dann mit einem regenbogenfarbenen Nebel, der sich in zehntausend Meter Höhe über uns wölbt und die Erde wie eine Hülle umschließt. Sonne und Mond sind dahinter verschwunden, eine trübe Dämmerung ist unser Tag und unsere Nacht. Morgenröte und Sternenhimmel kenne ich nur aus alten Filmen. Was sich oberhalb des Glanzes abspielt, bleibt für uns unsichtbar. Die Wissenschaftler sagen, die Sonnenstrahlung käme trotzdem durch. Auch Wind, Regen und Schnee sind kein Problem, unterhalb der Zehntausend-Meter-Marke gibt es sogar Wolken, bläulich grau wie Wale, die durch ein regenbogenfarbenes Meer schwimmen. Die heute gültige Theorie lautet außerdem, dass der Glanz für Pflanzen und Tiere nicht existiert.

Auf alle Fälle tötet er nur uns Menschen.

Meine Mitschüler, Freunde, Lehrer, Nachbarn, mein Vater und überhaupt alle, die ich kenne, schauen so selten wie möglich hinauf, vermutlich, weil es sie daran erinnert, was geschieht, wenn wir in die Fünfte Zone eintreten und unser Arkanit schwarz wird: Nach 72 Stunden lösen wir uns im Glanz auf. Wir sterben, egal, wie jung oder alt wir sind. Und obwohl ich das weiß, durchströmt mich jedes Mal, wenn ich in den Glanz schaue, ein Gefühl, als würde mich jemand in den Arm nehmen und mir zuflüstern, dass alles gut wird.

Warum ich so fühle und warum das schon immer so war? Ich habe keinen Schimmer.

In einem der oberen Stockwerke beginnt jemand zu singen, irgendwas mit *»love«* und *»forever«*. Wie ertappt reiße ich mich von dem Farbentanz los. Vor ein paar Monaten hat mich Tilda erwischt, als ich gerade hinaufgeschaut habe, und mich gefragt, warum ich so breit vor mich hin grinsen würde. »Pass bloß auf«, sagte sie und, ja, seither passe ich auf.

Niemand darf wissen, was ich tue. Niemand darf wissen, dass der Anblick des Glanzes mich glücklich macht und meinen Arkanit nur umso goldener strahlen lässt.

Sie würden es nicht verstehen. Der Glanz sollte mir Angst einjagen, wie jedem vernünftigen Menschen. Doch er tut es nicht.

Ohne das Licht anzuknipsen, sprinte ich die Außentreppe hoch. In der Dämmerung kann ich die Stufen kaum erkennen, aber das muss ich auch nicht, diesen Weg finde ich blind. Automatisch biege ich von einem Laubengang in den nächsten ein. Zwischen Geißblatt und Stockrosen recken Margeriten und Nachtkerzen ihre Köpfe: Chronoblumen, die zu unterschiedlichen Tageszeiten blühen und mit denen die ganze Stadt vollgepflanzt ist. Würden sämtliche Uhren auf einmal versagen, könnten wir zumindest jetzt, im Sommer, trotzdem erkennen, wie spät es ist. Du musst nur die Blumen angucken. Auch das lernen wir in der Grundschule. Seltsam, dass früher ein Blick in den Himmel genügte, um abzuschätzen, ob es Morgen ist, Mittag oder Nacht.

Ich drücke meinen Finger auf den Klingelknopf. Drei Sekunden später reißt Tilda die Tür auf.

Sie ist siebzehn, ein Jahr älter als ich, sieht aber jünger aus, wahrscheinlich, weil sie so klein ist. Ihre kupferroten Kringellocken plustern sich um ein mutwilliges Lächeln. Alles an ihr leuchtet vor Aufregung, sogar die goldene Farbe ihres Arkanits scheint intensiver zu strahlen als sonst. Als sie mich in die Arme schließt, hüllt mich ein Geruch von Jasmin und Bergamotte ein. Wow – *Girl No. 1,* das in Sachen positive Energie wirksamste Parfum, das in den letzten Jahren entwickelt wurde. Ich sauge den Duft in mich ein.

»Und? Wie teuer?«

»Schweineteuer. Und der Flakon, gerade mal so groß.« Tilda presst Daumen und Zeigefinger aufeinander. »Wie geht's dir?«

»Bin bereit«, sage ich, bemüht, dass meine Stimme so gleichmütig wie möglich klingt.

Sie mustert meinen Arkanit, der golden leuchtet wie ihrer, nickt zufrieden und zieht mich in die Diele, vorbei an einem Chaos aus Schuhen und Jacken, hinein in die Küche, aus der uns Gelächter und Stimmengewirr entgegenschallen.

»Gemma!«, johlt Tildas Bruder Lennart. Ihre Großmutter Emily kreischt beinahe. Klingt, als hätte jemand zur Feier des Tages eine Runde Fortaxan spendiert, noch mal wow, das letzte Mal habe ich die Pillen gesehen, als mein Vater Anfang des Jahres eine Wochenration mit nach Hause brachte.

Fortaxan, Elektrotherapien, Magnetresonanz – kaum eine Glücksoptimierung, die er nicht durchprobiert hätte. Abgerutscht und nach Cloverhill geraten ist er trotzdem. Jetzt hängt es an mir, ob er überlebt.

Die Küche verschwimmt vor meinen Augen. Das kann ich jetzt echt nicht brauchen. Ich atme tief ein, atme noch länger aus und konzentriere mich auf das, was ist: dieser Augenblick, der Duft nach getoastetem Brot, nach Oma Emilys Lavendelseife und Opa Max' geliebtem Speck aus der Pfanne, das Grinsen von Tildas Brüdern Sascha und Lennart, die durch die halbe Stadt gegondelt sind, um uns für unsere Prüfung Glück zu wünschen, das Geräusch der Wanduhr, ihr beruhigendes Ticken.

»Gemma, Süße.« Tildas Mutter Giselle, klein wie ihre Tochter und mit der gleichen roten Mähne, schließt mich in die Arme. Ich glaube, in den letzten Monaten hat sie mich weit häufiger umarmt als ihre eigene Tochter, wahrscheinlich findet sie, dass ich es nötiger brauche. Als ich meinen Kopf an ihre Schulter lehne, fällt mein Blick auf das Regal, das Sascha in der Grundschule gezimmert hat und in das Giselle so vernarrt ist, dass sie es Jahre später noch immer hängen lässt, obwohl die meisten Tassen, die sie auf seine schiefen Borde gestellt hat, herausgerutscht und zerbrochen sind. Auch ich liebe das Regal, wie überhaupt alles in dieser Küche, die sonnengelb lackierten Möbel, die Vorhänge in Himmelblau, das alles ist so viel anheimelnder als unsere karge Küche zu Hause.

Ein paar Atemzüge lang genieße ich es noch, wie Giselle mich hält, bevor ich mich behutsam aus ihren Armen löse. Opa Max schwenkt eine blaue Kanne in meine Richtung. »Kaffee, meine Liebe?«

Graue Fäden durchziehen seinen Arkanit. Letzten November ist er in die Zweite Zone geraten, kein Grund zur Sorge, wie Giselle immer wieder versichert, im Alter sei das nicht ungewöhnlich, außerdem stagniert die Zahl seiner Nebelfäden seit Monaten. Hauptsache, er hält sich. Doch Tilda steigt jetzt häufiger zu ihren Großeltern in den fünften Stock hinauf. Zu einem Happy-Hop-Tanzkurs hat sie ihren Großvater bereits überredet, an einer Anmeldung zur Silent-Power-Meditation arbeitet sie noch.

»Henkersmahlzeit.« Sascha wirft mir ein Brötchen zu. Ich erwische es, bevor es im Obstsalat landet, was mir Applaus von Lennart einbringt. Die beiden benehmen sich auch mit über zwanzig noch wie kleine Jungs. Am liebsten würde ich mich zwischen sie und den Rest dieser Chaotenfamilie setzen, stattdessen tippe ich auf meine Armbanduhr und schaue zu Tilda. »Wir müssen los.«

Das große Umarmen beginnt. »He«, ruft Opa Max, »falls ihr durchrasselt …«

»DIP!«, fährt Giselle dazwischen und piekt ihrem Vater revolvermäßig einen Zeigefinger vor die Brust.

Er grinst und salutiert. »Aye, aye, Käpt'n.«

DIP. Denk immer positiv.

Ich schaffe es. Ich schaffe alles. Wenn ich nur will.

Auf dem Weg nach unten kommt uns ein Mann mit grauer Haut und hohlen Wangen entgegen, der sich fest in seine beigefarbene Windjacke eingewickelt hat. »Tilda!«, ruft er, doch seine Fröhlichkeit klingt angestrengt. »Ich hab gehört, dass dich die Akademie zur Prüfung –«

»Tut mir leid, Darius, wir sind spät dran.« Giselle schiebt Tilda und mich rasch an ihm vorbei. Ich erhasche gerade noch einen Blick auf seinen Arkanit: Zweite Zone. Doch anders als bei Opa Max sind es nicht ein paar graue Fädchen, es ist ein ganzes Fadengewirr.

»Wenn Darius so weitermacht …« Giselle strafft sich. »Na, er fängt sich schon wieder.«

»Sein Freund«, raunt Tilda mir zu. »Im April.«

»Der Glanz?«, frage ich leise zurück.

Sie nickt.

»Das Schlimme ist, dass er bisher nicht einmal versucht hat, seine Trauer in den Griff zu kriegen«, sagt Giselle.

»Läuft mit einem Gesicht rum wie Gurkenwasser«, ergänzt Tilda. »Ziemlich krass. Als ob er absichtlich in die Dritte abschmieren will. Oder noch tiefer. Alle im Haus gehen ihm schon aus dem Weg.«

Für einen Moment sehe ich meinen Vater an seinem letzten Tag in unserer Wohnung, er hält Fussel im Arm, sie reibt ihr Köpfchen an seiner Wange, grauer Nebel zittert in seinem Arkanit ... Stopp. Stopp! Während wir weitergehen, schrumpfe ich meinen Vater behutsam aus dem Fusselbild heraus, lasse ihn immer kleiner werden, bis da nur noch meine Katze mit ihren goldfarbenen Augen ist.

Es ist völlig in Ordnung, wenn du einen Menschen vermisst. Doch allerspätestens nach zwei Wochen solltest du dich wieder auf das Positive konzentrieren. Das Leben ist ein Geschenk, da darfst du deinen Kummer nicht vor dir hertragen. Du darfst deinen Kummer nicht gewinnen lassen. Denn Kummer gewöhnt sich daran. Und dann geht er nicht mehr weg.

2

Links ziehen die mit Chronoblumen bepflanzten Parks vorbei, dazwischen die First-Class-Wohnanlagen von Novamyne, wo hauptsächlich die Wissenschaftler leben, die sich in den letzten Jahrzehnten in der Stadt angesiedelt haben. Rechts schillert eine mit Booten getupfte, künstliche Lagune. Die haben sie im letzten Frühjahr ausgehoben und unter der Wasseroberfläche eine Flutlichtanlage installiert, die azurblaue Spiegelfläche sieht unglaublich schön aus.

Weil Tilda beim Autofahren so schnell schlecht wird, sitzt sie vorn. Giselle lenkt den Wagen entspannt durch den Morgenverkehr. Das Wellnesscenter, in dem Tilda und ich uns manchmal eine Massage leisten, gleitet vorüber, gefolgt von dem Flow-Markt mit seinen bunten Ständen, danach die von Lichtherzen umrahmte Fassade unseres Lieblingskinos, in dem sie ausschließlich romantische Komödien zeigen. Im Hintergrund erhebt sich ein ganzes Bergmassiv von imposanten Forschungsanstalten und einschüchternden Instituten, platziert und finanziert von den Regierungen, die sich das leisten können. Überall auf der Welt wird der Glanz erforscht, trotzdem blickt alles auf Novamyne. Die angesehensten Wissenschaftler kommen in unsere Stadt, und die allerbesten zieht es natürlich an die Akademie – der Ort, an dem die internationale Forscher-Elite seit Jahrzehnten um eine Lösung ringt.

Giselle bremst abrupt, als ein wolkenweißer VW Fortuna mitten auf einer Kreuzung stehen bleibt und eine Mutter mit

Kinderwagen vorbeischieben lässt. Die Plakate hängen überall: Babys mit blauen Kulleraugen, darunter die Geburtenprämie, zehntausend Euro, was ziemlich cool ist. In der Zeit vor dem Glanz war das Kindergeld ein Witz und eine Geburtenprämie gab es überhaupt nicht, doch damals lebten in Novamyne, dessen alter Name inzwischen nahezu vergessen ist, auch noch eine halbe Millionen Menschen – und über achtzig Millionen in ganz Deutschland, was heute völlig unglaublich erscheint. Die letzte Zählung hat für Novamyne knapp hundertzwanzigtausend Einwohner ergeben, da haben sie die Prämie gleich noch mal hochgeschraubt. Und dabei gilt Novamyne schon als Zentrum der Welt.

Der Wendepunkt in der Geschichte der Menschheit in dreizehn Worten: Seit der Glanz unser Himmel ist, sterben die, die nicht glücklich genug sind.

Das müssen sie auf kein Plakat schreiben. Das wissen alle, überall auf der Welt.

Giselles Hand liegt locker auf Tildas Oberschenkel. Wie aus einem Zwang heraus muss ich immer wieder hinschauen. Wie fühlt es sich an, wenn deine Mutter am wichtigsten Tag deines Lebens neben dir sitzt?

In mir öffnet sich ein Spalt, durch den alles Warme und Helle aus mir hinausrinnt, während etwas Kaltes und Dunkles in mich einsickert. Für DIP ist diese Empfindung zu heftig, das merke ich sofort. Die siebte Maßnahme also: *Pflege dein Inneres Programm.*

Okay. Atmen, Gedanken-Upgrade, positives Bild. Das schaffe ich.

Konzentrier dich darauf, wie dein Atem fließt, ein, aus, ein, aus, eine Minute lang, richte dann deine Aufmerksamkeit auf einen guten Gedanken, bevor du ein positives Bild folgen lässt.

Hier ist mein Gedanke: *Das Glück ummantelt mich wie …*

Scheiße. Was gerade in mir passiert, ist zu stark für das Programm. Aus dem Fenster gucken, mitten in den Glanz? Das wäre die einfachste Lösung, doch Giselle und Tilda könnten etwas merken. Bleibt eine letzte Möglichkeit.

Ich lehne mich gegen die Polster und schließe die Augen. Erst ist da nur Dunkelheit, aber schon mit dem nächsten Atemzug steigt langsam das Farbenspiel des Glanzes in mir auf. Während ich mich in den Anblick hineinsinken lasse, durchströmt mich eine tiefe Ruhe und das wunderbare Gefühl, dass alles gut wird. Wärme breitet sich in mir aus, fließt durch meine Brust und in meine Beine, kümmert sich sogar um meine Ohrläppchen und meine kleinen Zehen, verschließt den Spalt, der in mir aufgebrochen ist.

Vorsichtig öffne ich die Augen. Mein Glück ist wieder eine feste Haut, die mich warm und sicher einpackt. Nichts Negatives kann diese Haut berühren. Schlechte Gefühle dringen nicht durch.

Keine Ahnung, was ich täte, wenn ich wie alle anderen wäre. Ohne den Glanz. Bestimmt säße ich nicht in diesem Auto, wäre bestimmt nicht auf dem Weg zur Akademie.

Die Bebauung hat sich aufgelockert, zwischen Backsteinhäusern aus der Zeit vor der globalen Katastrophe ragen Wohnanlagen mit bunt bepflanzten Dachgärten auf. Riesige Leuchtfenster imitieren das Tageslicht, von einer Bildwand strahlt der Slogan, der in dieser Woche auf Platz eins der Affirmations-Charts steht und den ich wirklich mag: *Glück hat man nicht, Glück erschafft man sich.*

So, wie ich es gerade getan habe.

An der nächsten Kreuzung biegen wir in das Waldviertel ein, wo die Reichen und Berühmten wohnen. Das war schon vor dem Glanz so, als Novamyne noch eine gewöhnliche Stadt war, für die sich niemand auf der Welt groß interessierte. Rechts und links der Straße erstrecken sich parkähnliche Gärten, unter ausladenden Himmelszelten glitzern Swimmingpools, die Häuser stehen weit auseinander, um keine zusätzlichen Schatten zu werfen. Hier leben Politiker, Schauspieler, Sportler – und natürlich die Mitarbeiter der Akademie.

Ein paar Jugendliche in Reflektor-Trainingsanzügen joggen vorüber. Drei Kinder spielen ein Tanzspiel um eine riesige Standuhr, so ein Antik-Ding aus der Zeit davor, als zwölf Ziffern genügten, damit du zwölf Uhr mittags von Mitternacht unterscheiden konntest. Wir fahren an einem dreistöckigen, mit Lichtergirlanden behängten Café vorbei, *Orion* steht in schnörkeligem Gold über der Eingangstür, von dem Laden habe ich sogar schon gehört: Dort servieren sie die Top-Happy-Foods, und ein Menü kann locker ein durchschnittliches Monatseinkommen verschlingen.

»Die Modulation und das Luzide Träumen sind ja praktisch dasselbe«, sagt Giselle unvermittelt in unser Schweigen hinein. »Wobei die Modulation für Normalsterbliche wie uns natürlich unbezahlbar ist.« Schwungvoll zieht sie den Wagen in eine Kurve. »Modulation – das heißt, ihr verändert heute nicht euer eigenes Unterbewusstsein, sondern …« Sie lacht nervös auf. »Tut mir leid. Das wisst ihr ja alles.«

Ich stecke meinen Kopf zwischen die beiden Vordersitze. »Wir packen das, Giselle. Auch ohne Camp.«

Die Camps, in denen sie dich auf die Prüfung vorbereiten, sind in diesem Jahr noch einmal teurer geworden und jetzt wirklich nur noch den Söhnen und Töchtern aus reichem Hause zugänglich. In den Camps üben sie das Luzide Träumen bis zum Abwinken, was in meinem Fall bestimmt hilfreich gewesen wäre. LT ist zwar Schulfach, wir trainieren das seit der Grundschule, doch ich war darin nie eine Leuchte. Was wahrscheinlich daran liegt, dass ich fast ausschließlich angenehme Dinge träume und praktisch nie an meinen Träumen herumschrauben musste.

Trotzdem hat mich die Akademie zur Prüfung zugelassen – und das allein zählt. Als Einzige an unserer Schule. Außer Tilda natürlich. Dass sie eingeladen wird, war mir von dem Augenblick an klar, als sie vor neun Monaten zum ersten Mal in unser Klassenzimmer hereinmarschiert ist. Sie gehört zu diesen leuchtenden Menschen, die dir sofort das Herz wärmen, egal, wie kalt dir gerade ist. Doch auch mich hat die Schulbehörde vorgeschlagen, denn ich kann etwas vorweisen, was für die Prüfung Bedingung ist und was kaum jemandem je gelingt.

Eine absolut stabile Erste Zone.

Die habe ich. Dem Glanz sei Dank.

Über die Prüfung wissen wir praktisch nichts, schon gar nicht, wie eine Modulation funktioniert oder wie du einen anderen Menschen durch Modulation in eine höhere Zone holst. Kein Training, der Sprung ins kalte Wasser – Intuition, das wollen sie. Entweder du schwimmst oder du ertrinkst. Ich bleibe auf jeden Fall oben. Ich schwimme. Für meinen Vater. Ich hole ihn aus der Quarantäne heraus.

Giselle biegt noch einmal ab. Unaufhaltsam nähern wir uns der Stelle, an der vor achtzig Jahren alles angefangen hat. Mein Magen schrumpft auf Walnussgröße zusammen. Wo sich in der Ferne die Bäume lichten, ragt eine weiße Mauer empor. Was dahinterliegt, kenne ich nur aus dem Fernsehen.

Über die Akademie weiß natürlich jeder Bescheid, auf der ganzen Welt. Hier erforschen sie den Glanz, hier haben sie den Arkanit entwickelt, hier perfektionieren sie die Therapien gegen die negativen Gefühle. Auch die Modulation ist ein Produkt der Akademie, was ein gewaltiger Durchbruch war. Selbst Medikamente wie Fortaxan helfen nicht jedem, doch mit der Modulation holst du sogar die Leute in eine höhere Zone, die sonst auf nichts mehr ansprechen.

Vor allem aber befindet sich auf dem mehrere Quadratkilometer großen Gelände der Ort, den sie komplett von der Öffentlichkeit abschirmen und den sie uns nicht einmal im Fernsehen zeigen.

Manche sagen, sie sei die Geburtsstätte des Glanzes: jene Kuppel, mit der sich das, was damals auf der Erde gelandet ist, vor unserem Zugriff schützt. Sie ist undurchdringlich – und mehr weiß ich nicht, mehr weiß niemand. Wir erfahren nicht einmal, wie weit die Mitarbeiter der Akademie bisher mit ihren Forschungen gediehen oder ob zum Beispiel schon Leute in das Innere der Kuppel eingedrungen sind. Das alles unterliegt höchster Geheimhaltung. Nur eins ist gewiss: Tilda und ich sind dem Ort jetzt näher als je zuvor in unserem Leben.

Schneller als mir lieb ist, rückt die weiße Mauer heran, bis sie fast unser gesamtes Blickfeld ausfüllt. Dahinter ragt in ebenso strahlendem Weiß ein Rundbau auf: das Hauptgebäude.

Tilda schiebt ihre Hand nach hinten. Als ich sie umfasse und fest drücke, wendet sie den Kopf und sagt mit angespanntem Lächeln: »Wir gehen als Kandidatinnen rein und kommen als Studentinnen wieder raus, okay?«

Giselle schlägt auf das Lenkrad. »Voller Einsatz! Folgt eurer Intuition!«

Vor dem Tor legt sie eine Vollbremsung hin. In das schnörkelige Schmiedeeisen ist das Symbol der Akademie eingearbeitet: das von einem vierblättrigen Kleeblatt umrankte A. Eine Frau mit Brille tritt aus dem Wachhaus, kontrolliert unsere

Passierscheine und die Farbe unserer Arkanite und winkt uns hindurch.

Als ich eine halbe Minute später auf dem Parkplatz aussteige, zittern meine Knie; ich dachte immer, das sei nur ein Spruch, doch sie zittern tatsächlich. Schön, ich bin nervös, aber das ist kein Problem. Prüfungen laufen einfach besser, wenn du unter Strom stehst.

»Soll ich euch noch ein Stück begleiten?«, fragt Giselle und zieht uns, als Tilda entsetzt den Kopf schüttelt, in eine letzte Umarmung.

»Du schaffst das«, flüstert sie mir zu. »Für dich. Und für deinen Vater.«

Ein letztes Winken, dann eilen Tilda und ich bereits die von Säulen flankierte Treppe hinauf. Mit jedem Schritt werden wir langsamer. Als wir den Eingang fast erreicht haben, bleibt Tilda stehen.

»Ob wir sie von hier aus sehen können?« Sie reckt den Hals. Ich tue es ihr nach. Doch da sind nur der Parkplatz, die Seitenflügel des Hauptgebäudes und die Bäume, die keinen weiteren Blick auf das Gelände der Akademie erlauben. Von der Kuppel keine Spur.

Wir steigen die letzten Stufen hinauf. Ein Mann und eine Frau kommen uns entgegen, die Frau mit einem Lächeln im Gesicht, der Mann mit den Händen tief in den Hosentaschen. Unvermittelt bleibt er stehen, legt den Kopf in den Nacken und stützt ihn mit einer Hand ab, als sei er ihm zu schwer.

»Wir hätten niemals zustimmen dürfen«, sagt er halblaut. »Was, wenn Kylie bei der Prüfung in die Zweite abrutscht?«

»Pass lieber auf, dass *du* nicht abrutschst«, gibt die Frau zurück. »Und dass du da raufstierst, hilft unserer Tochter auch nicht.«

Er fährt sich mit einer Hand über die Augen. »Entschuldige.«

Mit einem Nicken gehen sie an uns vorüber. Tilda schließt ihre Hand um meine. »Abrutschen ist keine Option. Nicht für uns.«

»Auf keinen Fall.«

»Wir packen das. Du sowieso. Unser kleines Wunder an positivem Spirit. Der Wahnsinn, wie du das in den letzten Wochen hingekriegt hast.«

»War gar nicht so schwer.« Ich lächele und komme mir schäbig vor, weil ich mein Geheimnis nicht einmal mit Tilda teile. Doch das kann ich nicht. Weil es nicht *normal* ist.

In der Schule sprechen wir oft darüber, wie wir uns in unserer Zone halten, wenn es hart auf hart kommt. Alle haben ihre Tricks, leisten sich einen Emoji-Drink, ein energetisch aufgeladenes Heilpflaster oder auch die richtig teuren Sachen wie Elektrotherapien oder sogar eine Fortaxan. Und natürlich kennt jeder die Methoden, die gratis sind: mit deinem kleinen Neffen spielen, mit deinem Partner, deiner Partnerin, deinem Haustier kuscheln – solche Sachen. Tricks haben alle. Aber keine Geheimnisse. Es sei denn, sie halten ihre Geheimnisse so geheim wie ich.

Ich wünschte, mich würde etwas anderes in der Ersten Zone halten. Ich wünschte, es wäre etwas anderes als der Blick in den Glanz.

In der mit Oleander und Hibiskus bepflanzten Eingangshalle umschiffen wir eine türkisblaue Sitzinsel, steuern an einer Wanduhr im XXL-Format vorbei und ziehen unsere Passierscheine durch den Kartenschlitz. Eine Flügeltür schwingt auf. Stimmengewirr quillt uns entgegen. Die Kandidaten, die schon eingetroffen sind, lehnen an den Bänken oder sitzen auf den

Stufen des Hörsaals. Alle reden, gestikulieren, lachen. Ich höre viel Englisch, die Sprache, die in Novamyne und speziell an der Akademie am häufigsten gesprochen wird, fange aber hier und da auch ein paar Brocken Deutsch, Spanisch oder Arabisch auf und etwas, das Chinesisch sein könnte. Die anderen Sprachen kenne ich nicht. Es herrscht eine Stimmung wie auf einer Party. Vielleicht hatte nicht nur Tildas Familie Fortaxan zum Frühstück.

Die Bankreihen fallen in einem Halbrund zu einer Bühne hin ab. An der Wand dahinter leuchtet in goldenen Buchstaben: *Positive Gedanken ziehen positive Gefühle ziehen positive Ereignisse an.*

Wir schieben uns in eine Bank, in der schon ein Mädchen und ein Junge sitzen. Er mümmelt an einer Banane, entweder weil er wirklich hungrig ist oder weil er zeigen will, wie locker er mit der Situation umgeht. Das Mädchen hat riesige Augen und ein nervöses Zucken im linken Mundwinkel.

»Hi.« Wir setzen uns.

»Hi.« Sie heben eine Hand und lächeln.

Was das angeht, so kenne ich zwei Kategorien von Lächeln: das eine, das aus dem Herzen kommt – und das Mir-ist-zwar-nicht-danach-ich-tu's-aber-trotzdem-weil-es-gut-für-meine-Zone-ist-Lächeln, das wir von klein auf trainieren. In diesem Augenblick lächeln wir wohl alle auf die zweite Art.

Weitere Kandidaten trudeln ein: sechzehn- und siebzehnjährige Jungen und Mädchen aus allen möglichen Ländern, die mit den besten Zensuren bewertet wurden, sich aber vor allem durch eine stabile Erste Zone hervortun. Die Schulen entscheiden, wen sie für die Akademie vorschlagen. Naturgemäß ist die Gruppe überschaubar, in diesem Jahr sind wir kaum einhundert Kandidaten. Zugehörig fühle ich mich nicht, erstens zeichnen sich meine Zeugnisse durch höchst mittelmäßige Noten aus, zweitens war es nie mein Plan, Protektorin zu werden. Bis vor drei Monaten hatte ich überhaupt keine Pläne. Erst seit mein Vater in Quarantäne ist, haben sich die Dinge geändert. Giselle ist davon überzeugt, dass ich als Einzige mit Sondergenehmigung zugelassen wurde, sie sagt, es sei absolut einzigartig, dass sich jemand von klein auf durchgehend in der Ersten hält.

Einzigartig. Meinem Geheimnis sei Dank.

Ein junger Mann von Mitte zwanzig fegt durch eine Seitentür herein. Die Gespräche verstummen. Leichtfüßig springt er auf die Bühne, das mokkabraune Haar fällt ihm in einer weichen Welle in die Stirn. Er trägt eine Brille mit runden Gläsern, die jeden anderen in eine Eule verwandeln würde, während er locker als Model für teure Armbanduhren durchgehen könnte. Er ist groß, deutlich über einsachtzig, und hat eine Kerbe am Kinn, auch das sieht ziemlich modelmäßig aus. Passend zu seinem Haar trägt er ein mokkafarbenes Jackett mit cremefarbenen Lederflicken an den Ellenbogen; altmodisch, aber irgendwie cool.

»Hallo.« Er nimmt das Mikro aus der Halterung. Auf seinem Gesicht erscheint ein kleines Lächeln, Kategorie eins, aus dem Herzen, das könnte ich schwören. »Ich bin Xavier. Dies ist euer Tag.« Er begrüßt uns auf Englisch, seine Stimme klingt tief und voll, als hätte er extra für diesen Anlass in einem Tonstudio trainiert. Während er spricht, geht er schwungvoll auf der Bühne auf und ab. »Wir haben euch eingeladen, weil ihr über die wichtigsten Eigenschaften in unserem Kampf gegen den Glanz verfügt. Optimismus. Hoffnung. Stärke. Mut.«

Was nun folgt, ist der bei offiziellen Anlässen übliche historische Abriss. Zum Glück wählt Xavier die Kurzversion.

»Vor achtzig Jahren, am 10. Juni 2025, tauchte um vierzehn Uhr einundzwanzig mitteleuropäischer Zeit eine Lichtkugel am Himmel auf und schlug hier in Novamyne ein, genauer gesagt: im Hauptgebäude des ehemaligen Gymnasiums Freyard.«

Ein Raunen läuft durch die Bankreihen.

»Von dem Objekt ging eine so starke Erststrahlung aus, dass alles menschliche und tierische Leben im näheren Umkreis praktisch sofort zu Staub zerfiel. Nur die Pflanzen haben überlebt.«

Weiß ich, weiß ich, hundertmal gehört. Und trotzdem verwandeln Xaviers Worte mein Inneres in Gelee.

»Binnen weniger Minuten breitete sich überall am Himmel dasselbe Phänomen aus: ein regenbogenfarbener Glanz, der unsere Erde seither umschließt.«

Fast kann ich hören, wie die Fragen in der Luft knistern. Xavier rückt die Aufschläge seines Jacketts zurecht.

»Die Einschlagstelle befindet sich hier. In Deutschland. In Novamyne. Auf dem Gelände der Akademie. Die Welt blickt auf uns. Und vielleicht auch bald auf euch.« Wieder erhellt das kleine Lächeln sein Gesicht, winzige Fältchen kräuseln sich um seine Augen. »Seit achtzig Jahren wird das Objekt, das wir *Die Kuppel* nennen, rund um die Uhr überwacht. Nur ausgesuchte Mitarbeiter der Akademie dürfen sich dem Ort nähern. So viel immerhin glauben wir heute zu wissen: Damals ist eine energetische Präsenz in das Hauptgebäude des Gymnasiums eingedrungen. Und diese Präsenz erzeugt den Glanz.«

Manchmal versuche ich, mir vorzustellen, was für eine Präsenz das sein könnte. Ähnelt sie einer Pflanze, einem Tier, einem Menschen – oder etwas völlig anderem? Bilder geistern mir genügend durch den Kopf, gespeist aus zahlreichen Scifi-Filmen, doch keines der Bilder erscheint passend.

»Der Glanz beeinflusst weder Atmosphäre noch Wetter noch die Tier- oder Pflanzenwelt. Doch er wirkt sich auf uns Menschen aus – und auf alles, was wir je in den Himmel geschickt haben. Funkwellen und Satellitensignale kommen nicht mehr durch. Während Insekten und Vögel weiterhin fliegen können, kennt ihr Flugzeuge nur noch aus dem Museum. Auch darum brachen mit der Ankunft des Glanzes überall auf der Welt die Wirtschaft und die öffentliche Ordnung zusammen, ebenso die Energieversorgung und die digitale Technologie. Schlimmer war jedoch, dass in diesen ersten Jahren nahezu achtzig Prozent der Bevölkerung dem Glanz zum Opfer fielen. Diese Phase konnten wir zum Glück überwinden. Aber noch immer sterben zu viele Menschen.«

Das Licht erlischt. Hinter Xavier fährt eine Leinwand hoch. Ein Flackern, dann erscheint auf der Leinwand eine junge Frau. Sie hat sich auf einem sonnengelb bezogenen Bett zu einer Kugel zusammengerollt.

»Sibylla Garbarek, 19 Jahre. Zum Zeitpunkt der Aufnahme lebt sie seit drei Monaten im Kurzentrum Phoenix und ist vor zweiundsiebzig Stunden in die Fünfte Zone eingetreten.«

Es könnte ein Foto sein, so reglos liegt Sibylla auf der hellen Bettdecke. Das Gesicht hat sie der Wand zugekehrt, die Fäuste hält sie vor der Brust gekreuzt. Doch es ist kein Foto, das erkenne ich an dem Flirren der regenbogenfarbenen Aura um sie herum. Nach einigen Sekunden verstärkt sich das Flirren. Sibyllas Körper beginnt, sich von den Rändern her aufzulösen und verwandelt sich in eine Art schwarzen Nebel, der in Kringeln und Spiralen in die Aura gesogen wird. Kein Laut dringt über ihre Lippen, kein Muskel zuckt, während sie in der Aura verschwindet.

Ich presse meine Hände so fest gegeneinander, dass es schmerzt.

Genau das könnte meinem Vater passieren. Doch diese Gedanken darf ich nicht zulassen. Ich werde ihm helfen, ich hole ihn zurück – das ist es, was ich denken, was ich tun muss.

Sibyllas Aura zieht sich zu einer Lichtkugel zusammen, bebt kurz in der Luft und schießt nach oben aus dem Bild. Schnitt, Außenkamera: Die Kugel rast im Steilflug auf den Glanz zu und ist Sekunden später in ihm verschwunden. Die Leinwand verdunkelt sich, das Licht flammt wieder auf. Im Hörsaal ist es so still, dass ich Tilda neben mir atmen höre.

»Mit dem Eintritt in die Fünfte Zone bildet sich um den Betroffenen die sogenannte Aura, die offenbar mit dem Glanz identisch ist.« Xavier drückt einen Knopf und lässt die Leinwand verschwinden. »Nach zweiundsiebzig Stunden löst sich der Infizierte in der Aura auf. Heute wissen wir, dass es diejenigen trifft, bei denen die negative Energie überhandnimmt. Das äußert sich in verschiedener Weise. Depressionen wie bei Sibylla sind typisch. Auch Essstörungen, soziale Phobien, stoffliche und nicht stoffliche Süchte, Krankheiten und Arbeitslosigkeit zählen zu den Symptomen. Zuletzt kommt es zur Auflösung, mit anderen Worten: Der Glanz nimmt die negative Energie dieser Menschen in sich auf. Weil sie aber vollkommen von dieser Energie durchdrungen sind, verschwinden sie in dieser Phase auch selbst.«

Ich kann beinahe spüren, wie sich die Luft im Raum bei Xaviers Worten abkühlt. Tilda legt die Arme um sich, als müsse sie sich wärmen.

»Es ist unsere Aufgabe, jeden Mann, jede Frau, jedes Kind vor dem Glanz und seiner tödlichen Wirkung zu schützen.« Xaviers Blick gleitet über uns hinweg und bleibt kurz an Tilda hängen, was mich nicht groß überrascht. Ihr Gesicht zieht Blicke an wie Honig die Bienen. Dann wendet er sich wieder dem gesamten Auditorium zu. »Dafür stehen wir von der Akademie. Wir entwickeln täglich neue Strategien gegen die negativen Gedanken und Gefühle. In unserem Kampf gegen den Glanz lassen wir niemals nach. Denn noch immer geraten zu viele Menschen in die Dritte, Vierte und in die tödliche Fünfte Zone. Doch die gute Nachricht lautet: Die Zahl derjenigen, die sich ein Leben lang in der Ersten und Zweiten Zone halten, liegt inzwischen bei fünfundsiebzig Prozent.«

Rasch mustere ich die anderen Mädchen und Jungen im Saal. Mir ist schon klar, dass es absolut unsozial ist, aber wenn man dir wiederholt erzählt, du hättest eine Chance von fünfundsiebzig Prozent, dein Leben zu meistern, ohne dass du in eine Kritische Zone gerätst, dann schaust du dich unwillkürlich um und denkst: Okay, drei Viertel der gerade Anwesenden packt es und zu denen möchte ich gehören.

»Die Modulation ist die wirksamste Methode, mit der wir einen Menschen in eine höhere Energiezone holen können – und mehr sollt ihr fürs Erste nicht über diese Technik erfahren. Wir möchten eure Intuition prüfen, euer Gespür für den richtigen Weg. Dazu schicken wir euch heute paarweise in das Unterbewusstsein, das heißt in den Traum einer Testperson, die sich in der Dritten Zone befindet. Ihr betretet den Traum abwechselnd zunächst als Protektor und anschließend als Observer.« Wieder huscht ein Lächeln über Xaviers Gesicht. »Ein ausgebildeter Protektor könnte die Träume einer Testperson so verändern, also *modulieren,* dass sie nach und nach in eine höhere Energiezone aufsteigt. Aber keine Sorge, das verlangen wir nicht von euch. In einer einzigen Sitzung wäre das selbst für einen geübten Protektor kaum machbar. Es genügt, wenn ihr den Traum der Testperson minimal positiv beeinflusst. Wir kontrollieren das anhand verschiedener physiologischer Werte, zu denen auch die Gehirnfunktionen zählen.

Wie ihr dabei vorgeht, überlassen wir eurer Fantasie. Da ihr über keine Erfahrung verfügt, müsst ihr allerdings zweierlei beachten. Erstens: Sprecht die Testperson nicht an. Zweitens: Nehmt weder im Traum noch im Wachzustand Blickkontakt auf. Damit minimiert ihr das Risiko, dass ihr euch mit den negativen Energien infiziert. Und denkt daran: Wer die Prüfung bestehen will, muss sich in der Ersten Zone halten.«

Während Xavier spricht, beuge ich mich immer weiter vor, sauge jedes Wort förmlich in mich hinein. So viel hängt davon ab, dass ich heute alles richtig mache. Mein Vater hat nur diese eine Chance.

»Der Observer steigt weniger tief in das Unterbewusstsein der Testperson ein. Er kann den Protektor und die Testperson zwar beobachten, bleibt in dem Traum jedoch selbst unsichtbar. Maximal zeigt er sich als heller Schatten. Sollte sich der Traum in eine gefährliche Richtung entwickeln, gibt uns der Observer ein deutliches ›Ende‹ durch. In dem Fall weckt euch das Team, das die Modulation zusätzlich überwacht. Dieses Team greift auch ein, falls eure physischen und psychischen Funktionen außer Kontrolle geraten.«

O Gott, und was heißt das nun wieder? Absturz in eine Kritische Zone?

»Ich teile euch jetzt in Zweiergruppen ein. Im Vorbereitungsraum«, Xavier deutet auf die Tür, durch die er hereingekommen ist, »wartet ihr, bis man euch zur Prüfung abholt. Ein kleiner Tipp: Nutzt die Zeit und lernt euren Partner oder eure Partnerin kennen.«

Jetzt heißt es Daumen drücken, und zwar so fest, dass sie jeden Moment abbrechen. Wenn bloß Tilda meine Partnerin wird!

Manchmal kommt es mir so vor, als hätten wir aufeinander gewartet, während es mir gleichzeitig ein ewiges Rätsel bleiben wird, warum sich Tilda ausgerechnet für mich entschieden hat, als sie im letzten Herbst in unsere Klasse kam. Alle wollten sie kennenlernen; sie gehört zu diesen Menschen, mit denen du automatisch befreundet sein möchtest, weil sie so viel Energie versprühen. Doch Tilda hat alle links liegen lassen und sich mir zugewandt. Seither schleppt sie mich auf jede Party und jedes Konzert mit, während ich mit ihr lieber meinen Lieblingsplatz besuche: den Himmelsee, wo wir durchs Wasser kraulen und anschließend die Glückskekse essen, für die ich ungefähr einhundertzwölf Rezepte kenne. Wenn wir am Seeufer sitzen, sprechen wir, wie man spricht, wenn man miteinander allein ist. Tilda ist offen, lebhaft und laut, während ich eher ruhig, zurückhaltend und vernünftig bin. Ich schwimme gern und liebe die Natur, insbesondere die Krähe, die uns manchmal auf unserer Wiese besucht und ihre Freude an meinen Keksen hat. Tilda dagegen bevorzugt Clubs und Wellnesscenter, sofern sie sich das gerade leisten kann. Obwohl sie so zerbrechlich aussieht, ist sie stahlhart. »Durchatmen und weitermachen«, lautet ihre Devise. Sie ist eine, die sich durchs Leben boxt, und sie mag keine Leute, die jammern, also fange ich gar nicht erst damit an – auch wenn ich es gerade liebend gern tun würde, und zwar laut und anhaltend.

»Florentine Swann und Gemma Degano«, sagt Xavier.

Das war's. Tschüss, Tilda. Mit einem letzten Blick auf meine Freundin steige ich langsam die Stufen zum Podium hinunter, wo mich meine Prüfungspartnerin schon erwartet.

Florentine Swann, groß und blond, mit heller, geradezu schimmernder Haut. Sie lächelt. Kategorie zwei. Eindeutig.

Der Vorbereitungsraum ist ein Saal ohne Fenster. Von den Mittagslichtlampen an den Wänden strahlt uns mattgoldenes Licht entgegen. Der Dacheinsatz imitiert einen blauen Sommerhimmel, wie ich ihn von alten Abbildungen kenne. Sofas zum Relaxen stehen im Raum verteilt, ein mit Früchten und Freetox-Sandwiches beladenes Buffet rundet das Luxusclub-Ambiente ab. An den Wänden leuchten Sätze wie *Glück ist das Ziel des natürlichen Lebenswillens, daher muss Glück auch das Ziel unserer Zivilisation sein.* Oder: *Wer sich selbst optimiert, optimiert sein Glück.*

Wir setzen uns. Es duftet nach *Happinezz,* einem superpotenten Glücksaroma aus Rose und Pfirsich. Zwischen uns plätschert ein Tischbrunnen. Tilda kommt mit ihrem Partner herein, einem Jungen mit asiatischen Gesichtszügen, die beiden reden und lachen, als würden sie sich seit hundert Jahren kennen. Tilda freundet sich immer binnen fünf Sekunden mit allen möglichen Leuten an, für sie geht das leichter als atmen. Auch Florentine und ich sollten mal loslegen mit dem Kennenlernen, doch vorläufig kann ich sie nur anschauen. Sie ist so schön, dass mein Blick förmlich an ihr kleben bleibt. Es ist nicht so, dass ich hässlich bin. Ich gehöre zum Typ Unauffällig; meine Haare – schokoladenbraun, dick und glänzend – sind sogar richtig hübsch. Doch Florentine sieht in ihrem von Silberfäden durchzogenen Kleid aus wie eine mit Raureif überpuderte Fee. Sie sitzt vollkommen reglos da, nur ihre Hände öffnen sich. Schließen sich. Öffnen sich.

»Scheiße, und wie soll das gehen?«, platzt die Fee plötzlich heraus. Ihre Stimme zittert. »Den Traum positiv verändern, aber kein Blickkontakt, hallo? Sollen wir ein paar rosa Hoppelhäschen vorschicken, oder was?«

Nicht auf ihren Stress einsteigen. Cool bleiben. Ich setze mich aufrecht hin und sage ruhig: »Das wäre mal eine Maßnahme.«

»Und wenn uns die Testperson angreift? Die sind doch alle

komplett verdreht im Kopf. Keine Ahnung, was denen im Traum einfällt. Womöglich finden sie es toll, andere Leute anzustecken. Oder sie bringen dich gleich um.«

»Ich habe gehört, es kommt extrem selten vor, dass jemand in seinen Träumen zum Killer wird.«

»Ja, aber dieser Xavier sagt, dass sich der Traum in eine gefährliche Richtung entwickeln kann.« Mit beiden Händen harkt sie ihr blondes Haar nach hinten. »Was soll das heißen, was meinst du?«

»Magst du einen Orangensaft?«

»Wie bitte?«

»Saft. Für dich.«

Sie lächelt schwach. »Ja. Das wäre gut.«

Vom Buffet hole ich eine Karaffe und zwei Gläser und schenke uns ein.

»Ich wette, die haben richtig heftige Fälle für uns rausgesucht, Testpersonen, die davon träumen, dass sie andere foltern, so Horrorsachen mit rausgerissenen Zähnen und ...« Als von einem anderen Sofa lautes und leicht überdrehtes Gelächter zu uns herüberdringt, hält sie inne. Offenbar haben die zwei Jungs dort ein ähnliches Thema am Wickel. Nur gehen sie eben auf Jungs-Art damit um.

Florentine beißt sich auf die Unterlippe. »Entschuldige. Ich klinge total negativ.« Sie trinkt einen Schluck und hat nun ein Saftbärtchen, wodurch sie noch bezaubernder wirkt. »Ich stelle mir das so vor«, sagt sie entschlossen. »Die Testperson, in deren Traum ich gleich reinmuss, war mal voller schöner Gedanken und Gefühle. Und dann hat sie einen Haufen Müll darübergekippt. Also helfe ich ihr, den Müll wegzuschaufeln. Die Dreier und Vierer haben nämlich ein Talent, Müll anzuhäufen, das ist ihr Problem. Sie halten sich ständig vor Augen, was alles schiefgehen kann. Das muss man aus ihnen rausschaufeln.« Bei dieser Aussicht gerät sie richtig in Fahrt. *»Ich liebe mich, mein Leben wird von Tag zu Tag reicher, ich gestalte meine Zukunft, wie ich es will.* Solche Sätze muss man in sie reinpflanzen. Das meint jedenfalls meine Mutter.« Sie stellt ihr Glas ab und zupft an ihren Fingernägeln. »Beatrix Swann«, sagt sie, wobei ihre Stimme plötzlich kaum noch gegen die Gespräche im Hintergrund ankommt. »Bestimmt hast du von ihr gehört.«

Allerdings. Beatrix Swann, die berühmteste Protektorin des Landes. Das Gesicht der Akademie. Wann immer sie über die Akademie berichten, steht sie vor dem Hauptgebäude oder sitzt neben einem Kamin, in dem ein goldenes Feuerchen tanzt, während ihr ein Journalist ein Mikrofon unter die Nase hält. Die Ähnlichkeit hätte mir gleich auffallen müssen.

»Alle erwarten von mir, dass ich so gut werde wie meine Mutter.« Florentines Stimme wird, während sie spricht, immer leiser. »Camps, Coachings, ich hatte das volle Programm. Man kann alles schaffen, wenn man nur will.«

Okay. Sieht so aus, als sollte ich ein bisschen Erste Hilfe leisten.

In den nächsten Minuten lenke ich unser Gespräch behutsam auf ein paar Filme, die mir auf die Schnelle passend erscheinen. Keine Liebeskomödien, sondern die einschlägigen Superheldinnenstreifen. Egal, ob da ein Mädchen in einem Dschungel voller fleischfressender Rieseninsekten feststeckt oder von einem Dämonenherrscher eingekerkert wird – sie kämpft, hat Ideen, kommt raus. Schafft es. So wie wir es schaffen. Allmählich entspannt sich Florentine. Und, angenehmer Nebeneffekt: Ich entspanne mich auch. Wenn du dafür sorgst, dass es anderen besser geht, hebt sich automatisch deine eigene Stimmung.

Und das funktioniert genau so lange, bis die ersten Paare zur Prüfung abgeholt werden.

Tilda, die begeistert mit ihrem neuen Freund plaudert, guckt schnell zu mir herüber. Über ihrer Stirn steht eine Locke senkrecht in die Höhe, ihre Nasenspitze sieht etwas blass aus. Es hat begonnen. Sogar für Tilda. Auch Florentine wird wieder nervös.

»Meinem Daddy ist es egal, ob ich bestehe.« Sie steckt einen zittrigen Zeigefinger in den Wasserstrahl des Tischbrunnens und bewegt ihn fahrig hin und her. »Er hat eine Firma für interaktive Meditationsprogramme, da könnte ich einsteigen. Und was machen deine Eltern?«

Ein Wassertropfen perlt von ihrer Fingerspitze und zerplatzt auf der Tischplatte. Kurz überlege ich, eine Lüge zusammenzubasteln, doch meine Fantasie sollte ich mir wahrscheinlich für die Modulation aufsparen.

»Mein Vater ist ... war Apotheker. Er ist vor drei Monaten nach Cloverhill umgezogen.«

Cloverhill. Der nächstgelegene Quarantänebezirk. Der Ort für diejenigen, die in eine Kritische Zone abrutschen und sich den Aufenthalt in einem Kurzentrum nicht leisten können. Sozialwohnungen, Essensausgaben, Kleiderkammern. Doch vor allem: Sicherheitszaun und Kontrollposten, zum Schutz der gesunden Bevölkerung. Nichts steckt so schnell an wie ein negativer Gedanke.

»Willst du darum an die Akademie?« Über den Rand ihres Glases betrachtet mich Florentine halb erschrocken und halb mitfühlend. »Du willst deinen Vater rausholen, stimmt's?«

»Ja«, sage ich schlicht.

Weil ich ihn retten muss. Manchmal würde ich gern schreien. Oder gar nichts mehr fühlen. Ohne Erinnerungen leben. Ein Kloß steigt mir in die Kehle. Nicht jetzt, bitte. Ich lege eine

Hand an meinen Hals, spüre die Wärme meiner Haut, atme und lächle, denke gute Gedanken. *Ich kämpfe für meine Ziele, bestehe die Prüfung, rette meinen Vater.*

»Du darfst nie die Hoffnung aufgeben«, sagt Florentine entschieden. »Meine Tante Sofia ist schon zum dritten Mal in Cloverhill. Sie wohnt jetzt seit elf Monaten dort, aber bisher ist sie immer wieder rausgekommen. Und sie schafft es auch dieses Mal. Ich besuche sie ab und zu, und weißt du, was? Sie ist richtig gut drauf. Sie erfindet Rezepte für vegane Marshmallows, singt jeden Samstag in einer Karaokebar und leitet eine Selbsthilfegruppe. Und sie ist nur mit Leuten aus der Dritten zusammen, darauf achtet sie. Sie sagt, von denen unter dir, von den Vierern musst du wegbleiben, die sind Gift. Die Fünfer sowieso. Sie schafft es wieder hoch in die Zweite, das weiß ich. Du musst positiv bleiben. Dein Vater, der packt das.«

Ich verkneife mir die Frage, warum Florentines Mutter, die berühmte Protektorin, dieser Tante Sofia nicht hilft, schließlich dürfen die Mitarbeiter der Akademie alle vier Jahre einen Angehörigen ins Mandala-Zentrum holen. Für die Studenten gilt übrigens dasselbe – schon ab dem zweiten Semester. Und das ist genau der Grund, aus dem ich eine Protektorin werden muss. Das Mandala-Zentrum ist nicht irgendein Kurzentrum, sondern die berühmteste Einrichtung der Welt, und zwar genau hier, auf dem Gelände der Akademie. Wenn ich meinen Vater retten kann, dann, indem ich dafür sorge, dass er ins Mandala-Zentrum aufgenommen wird.

»Und was macht deine Mutter?«, fragt Florentine.

Der Tischbrunnen plätschert. Die Stimmen der anderen Mädchen und Jungen murmeln. Mit hoffentlich ausdrucksloser Miene sehe ich Florentine an, während der Kloß in meiner Kehle wieder anschwillt. Was soll ich ihr antworten?

Mein Vater hat mir erzählt, dass meine Mutter mich ebenso herbeigesehnt hat wie er. Trotzdem ist sie während ihrer Schwangerschaft bis in die Fünfte abgestiegen. Keine Ahnung, ob es an mir lag. Vermutlich schon. Vielleicht wollte sie mich doch nicht so sehr, wie sie geglaubt hatte. Die Aussicht, mich auf die Welt zu bringen, hat jedenfalls nicht genügt, um sie in einer höheren Zone zu halten. *Ich* habe nicht genügt. Kurz nach meiner Geburt hat der Glanz sie geholt.

»Sie …« Ich räuspere mich und setze erneut an: »Sie ist gestorben, als ich noch sehr klein war.«

»Oh. Das tut mir leid.« Florentine lächelt unbestimmt. »Aber das, was einen Menschen wirklich ausmacht, lässt er zurück, wenn er geht. Wir sollten nicht um das trauern, was hinter uns liegt, sondern uns über das freuen, was noch kommt.«

Sätze, wie ich sie im Laufe der Zeit oft gehört habe. Zum Glück will sie nicht wissen, ob meine Mutter vom Glanz getötet wurde. Mit einem Vater in der Dritten klingt es schon merkwürdig genug, dass ich mich an die Prüfung heranwage. Keiner, der noch alle Lollis in der Tüte hat, würde sich bei meiner Geschichte Chancen ausrechnen. Andererseits weiß die Akademie über meine Familie Bescheid – und hat mich trotzdem eingeladen.

»Und dein Vater ist seit drei Monaten weg?« Florentine mustert meinen Arkanit so intensiv, dass ich selbst nachgucke. Doch der flache, wie ein mandelförmiges Auge geformte Stein auf meiner Brust strahlt in reinem Gold. »Nicht *ein* grauer Faden. Wie machst du das? Irgendein Geheimnis?«

Ich schüttele den Kopf, schenke frischen Saft nach und drehe mich leicht von ihr weg. Schließe kurz die Augen. Weil es nicht anders geht.

Erst ist es dunkel. Doch mit dem nächsten Atemzug steigen

aus meinem Inneren die Farben des Glanzes auf und beginnen ihren hypnotischen Tanz. Es ist wunderschön. Ein paar kostbare Sekunden gebe ich mich dem Anblick noch hin, bevor ich die Augen widerstrebend wieder öffne.

Es geht mir gut. Ich bin dort, wo ich sein möchte.

Die Tür öffnet sich. Xavier kommt herein und bittet die nächsten fünf Paare zu sich. Wir gehören dazu. »O Gott«, flüstert Florentine.

Tilda springt von ihrem Sofa auf, sprintet zu mir herüber wie ein flinkes Eichhörnchen, nimmt mir mein Glas ab und umarmt mich. Ich klammere mich an sie, rieche ihr Superparfum, spüre ihre Kringellocken an meiner Wange.

»Los jetzt, Gemma.« Mit einem Finger stupst sie von unten gegen mein Kinn. »Kopf hoch. Du schaffst das. Wenn du es willst.«

Hinter Florentine trete ich in den Gang hinaus. Auf der Schwelle drehe ich mich noch einmal um. Tilda formt mit Zeige- und Mittelfinger ein V. Ehe ich ihren Gruß erwidern kann, schließt sich die Tür zwischen uns.

3

Das Licht ist gedämpft, die roten Stahltüren zu beiden Seiten des Ganges sehen mehr nach Fabrik als nach Wissenschaft aus. Vor der dritten Tür links bleibt Xavier stehen, zieht kurz seine Liste zurate und liest zwei Namen vor, Christopher Irgendwas und Till Sonstwie. Die beiden treten vor. Xavier öffnet die Tür, hinter der ein Streifen bläuliches Licht schimmert, winkt die beiden hindurch und schließt die Tür wieder. Meine Zunge ist ein Streifen Sandpapier. Wir gehen weiter, den Gang hinunter, das hohle Tapp-Tapp unserer Schritte dröhnt mir wie Hammerschläge in den Ohren. Die nächste rote Tür, der nächste Blick auf die Liste.

»Florentine Swann und Gemma Degano.«

Obwohl Xaviers Stimme so sanft und freundlich klingt, als könnte uns schon die Andeutung eines kühlen Untertons in die Flucht schlagen, weiche ich zurück. Mein Magen flattert. Okay. Los jetzt.

Xavier drückt die Klinke herunter. Die Tür öffnet sich wie ein roter Mund. Wir treten hindurch.

»Florentine«, sagt eine weiche Stimme. »Gemma. Wie schön, euch kennenzulernen.« Eine Frau von etwa vierzig Jahren kommt auf uns zu. Sie sieht aus wie eine Elfenkönigin aus einem Fantasystreifen. Fehlt nur das weiße Wallegewand. Gut, aus ihrem honigfarbenen Haar ragen auch keine spitzen Ohren.

Gathea Klett, die Direktorin der Akademie und die Frau, die nicht nur die Modulation entwickelt, sondern sie auch perfektioniert hat, schüttelt uns höchstpersönlich die Hand und lächelt dabei so warm, als hätte sie unserem Kommen den ganzen Tag entgegengefiebert. Der Arkanit auf ihrer Brust leuchtet und glüht.

»Herzlich willkommen.«

»Ha-hallo«, stottere ich. Florentine gibt ein Geräusch von sich wie eine Maus. Mein Puls bockt, hastig schiele ich auf meinen Arkanit hinunter. Erste Zone. Ja, ich bin nervös, doch nervös ist gut, nervös kann ich nutzen, nervös hat mit negativ nichts zu tun.

Gathea winkt uns zu einer Liege. Stoffriemen an den Seiten, ein Bügel, an dem eine weiße Kunststoffmaske hängt. Die orangefarbenen Sitze rechts und links der Liege ähneln diesen Kinosesseln, in denen du stundenlang abhängen kannst, ohne dass ein einziger Muskel verkrampft. Am Kopfteil jedes Sessels ist eine Art Heiligenschein aus Metall befestigt, innen versehen mit zwei optischen Linsen. Ich muss sofort zwinkern, das Ganze sieht aus wie ein Folterinstrument. Von den Heiligenscheinen und der Maske führen unzählige Kabel zu einem silbernen Apparat. Mit seinen grünen Leuchtfeldern und den zahllosen Kippschaltern wirkt er rührend antiquiert, doch der Anblick täuscht. Der Modulator ist das Modernste, was die Glücksforschung zu bieten hat. Ein feines Summen geht von ihm aus, das sich wie eine Nadel in meine Ohren bohrt.

Ob es wehtun wird? Ob ... Nein. Stopp. Ich habe keine Angst. Ich bin ... was war ich? Nervös. Genau.

»Dann setzt euch mal«, sagt Gathea.

Ich versinke in meinem Sessel. Einige Zentimeter über mir schwebt das heilige Folterinstrument.

»Die Technik des Luziden Träumens lernt ihr bereits im Kindergarten«, beginnt Gathea. »Ihr wisst, wie ihr eure

Träume verändern könnt. Heute beeinflusst ihr nun zum ersten Mal den Traum und damit das Unterbewusstsein eines anderen Menschen. Es ist noch keine echte Modulation, das ist bei vergangenen Prüfungen zu oft nach hinten losgegangen. Trotzdem sollt ihr versuchen, positiv auf den Traum eurer Testperson einzuwirken.«

Ich drücke mich in die Polster, am liebsten würde ich darin verschwinden. Prompt richtet Gathea ihren Blick auf mich. »Möchtest du den Anfang machen, Gemma?«

»Gern«, krächze ich.

»Du weißt, was ein Grenzgänger ist?«

Eine rhetorische Frage. »Ein ... ein Grenzgänger ...« Ich räuspere mich. »Ein Grenzgänger hat seinen Arkanit mit der Droge Silver Ice manipuliert. Silver Ice friert den Arkanit in der Zweiten Zone ein, sodass der Grenzgänger in die von ihm angestrebte Dritte Zone absteigen kann, während sein Arkanit weiter die Zweite anzeigt.«

Gathea nickt und seufzt leise. »Eure heutige Testperson ist Keno Reed, 18 Jahre.« Während sie spricht, kühlt ihre Stimme um mindestens zehn Grad ab. »Seine Eltern arbeiten mit großem Erfolg als Therapeuten. Sein Vater war Mitglied der Ethikkommission, die unsere Regierung in Gesetzesfragen berät. Er hat sein Amt vor einigen Jahren niedergelegt und widmet sich seither seiner Karriere als Buchautor. Die Mutter ist bundesweit mit ihren Glücksseminaren unterwegs. Bruder Benjamin studiert Komplementärmedizin. Im Gegensatz zu Benjamin hat Keno keine Pläne für die Zukunft entwickelt. Er ist lieber mit den Grenzgängern in Kontakt getreten und hat seinen Arkanit manipuliert. Glücklicherweise hat eine Lehrerin an seiner Schule Verdacht geschöpft und die Zentrale für Manipulation eingeschaltet. Eine Identifikation wurde angeordnet, das heißt, mit einem Eingriff in Kenos Unterbewusstsein wurde Silver Ice erfolgreich neutralisiert und Keno Reed als Grenzgänger überführt. Da er bereits volljährig ist und dem Strafrecht für Erwachsene unterliegt, wurde er als Testperson an die Akademie überstellt.«

Ich kann nicht verhindern, dass sich mein Gesicht kurz verzieht. Dieser Junge, von dem Gathea spricht … dieser Keno. Er ist *absichtlich* in die Dritte Zone abgestiegen – weil er neugierig war? Jedenfalls muss er völlig gleichgültig gegenüber den Menschen gewesen sein, die ihn lieben. Er hat nicht nur sich selbst, sondern seine Familie, seine Freunde, überhaupt alle in seinem Umfeld in Gefahr gebracht und in Kauf genommen, dass sie sich mit seiner negativen Energie infizieren.

»Du wirst nun an einem Traum von Keno Reed teilnehmen«, Gathea legt eine Hand auf meinen Unterarm, drückt ihn kurz und wendet sich Florentine zu, »während du Gemma als Observerin begleitest. Anders als der Protektor sieht ein Observer nur einzelne Traumbilder. Wie viele es sind, hängt vom Training ab. Anhand dieser Bilder musst du entscheiden, ob und wann der Traum Gemmas Energiezone gefährdet und wir ihn abbrechen müssen.«

Florentine nickt. Ihre Lippen zittern.

»Manche Protektoren«, Gathea dreht sich wieder zu mir hin, »nehmen den Observer als hellen Schatten wahr. Das kommt allerdings eher selten vor. Das Kontrollteam erhält keine Bilder, überwacht aber eure psychischen und physiologischen Werte.« Sie verschränkt die Arme vor der Brust. »Wenn Keno gleich hereingebracht wird, sprecht ihr ihn bitte nicht an und unterlasst jeden Blickkontakt. So reduziert ihr die Ansteckungsgefahr.«

Mit diesen Worten geht sie zu der roten Stahltür hinüber und entriegelt sie. Florentine schaut mich aus kugelrunden Augen an »Kein Schutzanzug?«, flüstert sie entsetzt.

Die Anzüge tragen wir üblicherweise beim Kontakt mit Menschen, die sich in einer Kritischen Zone befinden. Negative Gedanken und Gefühle senden Schwingungen aus, schmutzige, unsichtbare Energiewellen, die dich infizieren können. Manche Leute behaupten zwar, das sei nicht abschließend erwiesen, doch in Deutschland ist das Tragen der Anzüge bei Kontakt vorgeschrieben: eine transparente Haut, die mithilfe eines hochkomplizierten Verfahrens energetisch aufgeladen wird und dich eine Stunde lang gegen die negativen Schwingungen der Dreier, Vierer und Fünfer abschirmt.

»Gehört wohl zur Prüfung«, wispere ich zurück. »Ob wir uns ohne Schutzanzug in der Ersten halten können.«

Florentine ist käseweiß. Ich wahrscheinlich auch.

Ein junger und ein älterer Mann betreten den Raum, der Ältere hält den Jüngeren unter der Achsel gefasst. Wie Gathea trägt er keinen Anzug, wahrscheinlich sind die Akademieleute so stabil, dass sie solche Hilfsmittel nicht benötigen.

Und dann der Jüngere. Keno Reed ist ein ziemlich großer Junge, der Mühe hat, sich auf den Beinen zu halten. Beruhigungsmittel, vermute ich. Gathea hat uns angewiesen, dass wir weggucken sollen, trotzdem bleibe ich kurz an seinen Augen hängen. Es sind die glänzendsten Augen, die ich je gesehen habe, in einer blauen Farbe, die Lagune heißen könnte und die man eigentlich nur mit Kontaktlinsen hinbekommt.

Keno Reed, denke ich. Und: ein Grenzgänger. Und: Ich verstehe solche Menschen nicht.

Entschlossen zwinge ich meinen Blick von seinen Augen weg und hinunter auf seine Brust. In seinem Arkanit schwebt der graue Nebel. Keno hat sich entschieden. Er hat in voller Absicht den Weg in die Dritte Zone gewählt. Ein Grenzgänger – und weil sie ihn geschnappt haben, ist er jetzt außerdem eine Testperson. Im Gegensatz zu mir ist er nicht freiwillig hier, doch das hat er sich selbst zuzuschreiben. Die Grenzgänger wissen, was ihnen bei einer Identifizierung blüht.

Keno schwankt und lehnt sich gegen die Liege.

»Leg dich jetzt bitte hin«, sagt Gathea sanft.

»Bin nicht müde«, antwortet er und kippt um. Der Mann fängt ihn gerade noch auf, bevor er zu Boden kracht. »Moment«, murmelt Keno. »Meine Beine ... geht gleich wieder ...« Sein Blick gleitet über mich hinweg, rutscht zurück und hakt sich fest.

Schau weg, Gemma. Schau weg!

Plötzlich wirkt er gar nicht mehr benommen. Er mustert mich so intensiv, als wollte er sich jedes Detail meines Gesichts einprägen, damit er mich wiedererkennt, wo auch immer wir einander gleich begegnen werden.

»Du ...« Er leckt sich die Lippen und setzt erneut an: »Du gehst nicht ... in mich rein.«

Gathea legt eine Hand auf meine Schulter. »Schau woandershin, Gemma.«

Doch er wendet den Blick zuerst ab. Seine Lider klappen zu. Als seine Beine erneut wegknicken, lässt ihn der Mann rücklings auf die Liege sinken und zurrt geschickt die Stoffriemen fest. Keno murmelt etwas, kann aber die Augen nicht mehr öffnen. Der Mann lässt den Bügel herunter. Die weiße Maske senkt sich herab, Kenos Gesicht verschwindet. Ich sage mir, dass dort jetzt nur noch eine Testperson liegt. Kein Mensch, der einen Namen hat.

Es funktioniert nicht. Ich habe seine Augen gesehen.

Der Mann greift unter die Liege und klappt ein Tablett heraus, auf dem drei mit verschiedenfarbigen Flüssigkeiten gefüllte Spritzen liegen. Er desinfiziert Kenos Armbeuge, führt die Injektionsnadel der roten Spritze ein und drückt den Kolben durch.

Gleich werde ich Kenos Traum betreten. Das Unterbewusstsein eines Grenzgängers. Was erwartet mich dort?

Egal. Völlig egal. Ich schaffe das. Ich werde eine Studentin der Akademie. Ich rette meinen Vater.

»Wir injizieren euch jetzt das Serum, das euch mit Kenos Unterbewusstsein verbindet«, höre ich Gathea wie aus weiter Ferne sagen.

Der Mann greift nach der gelben Spritze und tupft mit dem Desinfektionsmittel an Florentines Armbeuge herum. Gathea nimmt die grüne Spritze vom Tablett.

Meine Spritze.

Meine Zehen bohren sich in meine Schuhsohlen, meine Finger umkrampfen die Sessellehnen, als Gathea die nach Alkohol riechende Desinfektionslösung auf meiner Haut verstreicht. Mein Körper will aus dem Sessel hoch, ich zwinge ihn zur Ruhe. Ein Pieks, ein Kribbeln. »Bitte die Augen offen halten«, sagt Gathea.

Mit einem Surren senkt sich der Heiligenschein und verengt sich hinten und an den Seiten, bis das Metall meinen Hinterkopf und meine Schläfen fest umschließt. Die Linsen sind nur wenige Zentimeter von meinen Augäpfeln entfernt. Mein Herz klopft in meiner Brust, in meinem Magen. In meinen Augen. Dort vor allem. Ich habe mich noch nie so verletzlich gefühlt. Das Surren wird zu einem Sirren, gefolgt von einem Klick. Die Okulare bewegen sich auf mich zu. Auf meine Augen. Der Heiligenschein hält meinen Kopf in Position. Mein Nacken spannt sich. Mein Kopf will ausweichen und kann nicht.

Um mich wird es schwarz.

Etwas Kühles drückt gegen meine Augäpfel, erst leicht, dann fester, dann lässt der Druck nach. Der Sessel ruckelt. Eine Art Nieselregen piekst mir in die Wangen und überzieht mein Gesicht mit einem feinen Schleier.

In der Ferne murmelt Gatheas Stimme. Die Geräusche aus dem Prüfungsraum verschmelzen zu einem Raunen im Hintergrund. Ich spüre den Sessel nicht mehr. Der Regenschleier wird fortgezogen. Jetzt ist da Wärme. Eine rote Wolke steigt in meinem Kopf auf und polstert ihn von innen aus. In mir macht sich eine angenehme Müdigkeit breit.

Nicht einschlafen! Das hier ist meine Prüfung. Ich muss wach bleiben. Muss meinen Vater ...

4

Der Sessel ist verschwunden. Ich stehe allein in der Dunkelheit. Vorsichtig taste ich nach meinen Schläfen. Kein Heiligenschein.

Wo bin ich? In Kenos Traum?

Wo steckt er?

Die Dunkelheit bewegt sich. Eine Gestalt huscht an mir vorbei und teilt sich in zwei Gestalten. Obwohl es ringsum dunkel bleibt, kann ich beide deutlich erkennen. Die größere – Keno – wendet sich der zweiten, kleineren Gestalt zu, einem jungen Mädchen in einem zimtfarbenen Kleid. »Juniper? Kommst du?«, fragt er und streckt ihr eine Hand entgegen, doch sie dreht sich von ihm weg, als hätte sie ihn nicht gehört. Ein Stück voraus taucht eine dritte Gestalt aus der Dunkelheit auf: ein junger Mann mit schwarzer Hornbrille. Junipers haselnussbraunes Haar schwingt von einer Seite auf die andere, als sie ihm entgegenläuft. Sie schlingt die Arme um seinen Nacken, fährt mit den Fingern durch sein Wuschelhaar und springt lachend auf seinen Rücken. Er lacht ebenfalls und fasst sie unter den Oberschenkeln. Sie streckt die Beine vor, huckepack läuft er mit ihr los, Kenos Hand sinkt herab. Fast kann ich hören, was er denkt: *Sie würde mich auch dann nicht bemerken, wenn ich die Arme ausbreiten, mich in die Luft erheben und davonfliegen würde.*

Soll ich ihn ansprechen? Nein. Darf ich nicht. Gegen die Regeln. Dem Mädchen nachlaufen und sie für ihn zurückholen? Wahrscheinlich auch Quatsch. Während ich mir noch darüber klar zu werden versuche, welche Möglichkeiten mir sonst bleiben, löst sich Keno in der Dunkelheit auf.

Sekunden verstreichen. Eine neue Umgebung schält sich aus dem Dunkel heraus, eines dieser reichen Stadtviertel, wo die Luft grün duftet und ein knallblauer Swimmingpool zur Standardgarteneinrichtung gehört. Ich schaue nach rechts, nach links.

Nach oben.

Ungläubig hebe ich eine Hand. In Kenos Traum gibt es keinen Glanz. Dort oben ist ein Himmel.

Ich wünschte, ich könnte einen Stern berühren. Über mir blinken Tausende davon, kleine, silbrig-weiße Lichter, die beben und zittern und den Himmel in einen riesigen, lebendigen Organismus verwandeln, wie ich es in alten Filmen gesehen habe. Eine Gänsehaut kribbelt meinen Rücken hinunter. Ich habe mir nicht einmal vorstellen können, wie wunderschön das alles ist, wie riesig – und wie winzig ich selbst.

Von dort oben ist es gekommen. Das, was unter der Kuppel ist.

Wo steckt Keno?

Mühsam reiße ich mich vom Anblick des Sternenhimmels los und mache zögernd den ersten Schritt, gehe einen Fußweg entlang, vorbei an einer Musikschule, in deren Schaufenster ein Flügel steht. Aus dem geöffneten Resonanzraum quellen Noten aus Pappe, doch dann wird mir klar, dass es keine Noten sind, sondern goldene Clownsgesichter. Die Gesichter bewegen sich. Ihr Grinsen wird breiter, ihre Augäpfel rollen nach links. Unwillkürlich blicke auch ich in diese Richtung.

Keine zehn Meter von mir entfernt überquert Keno die Straße. Seine Jacke ist so zerschlissen, dass sie aus Spinnweben zu bestehen scheint. Der abgewetzte Koffer in seiner Hand wird nur noch von einem Gürtel zusammengehalten. Er trägt keinen

Arkanit, doch aus meinen eigenen Träumen weiß ich, dass das nicht ungewöhnlich ist.

Gerade noch rechtzeitig erinnere ich mich an die Regeln: kein direkter Kontakt. Mit einigen Schritten Abstand folge ich ihm die Straße hinauf. Vor einem Garten, in dem ein zweistöckiger Altbau steht, hält er inne. Die Vorderfront der Backsteinvilla ist mit cremefarbenem Stuck garniert, der ein wenig brüchig wirkt; wie Baisers, die zu lange herumgestanden haben. Eine Veranda, in jedem Stockwerk vier weiß gerahmte Fenster, in den Scheiben spiegelt sich der Nachthimmel. Nach kurzem Zögern biegt Keno in die gewundene Auffahrt ein. Wie eine Diebin schleiche ich ihm nach. Als er die Verandastufen hinaufsteigt, schlüpfe ich hinter einen Fliederstrauch. Die Dielen der Veranda knarzen. Vor der Haustür bleibt Keno stehen. Ehe er klingeln kann, wird die Tür von innen geöffnet.

Der junge Mann, der am Rahmen lehnt, ist drei oder vier Jahre älter als Keno. Wenn man seine Locken in Gedanken glättet und seinen dunklen Augen eine andere Farbe gibt, sieht er Keno sogar ein kleines bisschen ähnlich. Sein Bruder, vermute ich. Benjamin. Schweigend blicken die beiden einander an.

»Hey. Benny.« Keno zwingt ein Lächeln auf sein Gesicht. »Lässt du mich rein?«

»Was willst du?«

Kenos Stimme klingt ruhig, doch ich höre das Zittern darin. »Nach Hause kommen.«

Benjamin schüttelt langsam den Kopf. »Du gehst an die Akademie. Und da finden sie dann heraus, wie kaputt du wirklich bist.«

Ein Mann um die vierzig taucht neben Benjamin auf. Scharf geschnittenes Gesicht, die Nase lang und dünn wie ein Schnabel.

Ihm folgt eine Frau mit fusseligem Haar und lagunenblauen Augen.

»Du hast hier nichts mehr verloren«, sagt der Mann.

»Und du hast dabei mitgemacht«, gibt Keno leise zurück.

»Natürlich habe ich. Wir brauchen wirksamere Therapien. Bessere Medikamente. Menschen wie euch brauchen wir nicht. Lass uns also bitte in Ruhe.«

Sein Arm schnellt vor. Er greift nach Kenos Koffer und schleudert ihn in die Luft, wo er sich auflöst und verschwindet. Die Frau mit dem Fusselhaar lacht. Benjamin lacht. Alle drei werden wie von einer unsichtbaren Hand in das Haus zurückgezogen. Die Tür fliegt zu.

Reglos steht Keno auf der Veranda. Über uns verschwinden die Sterne. Der Himmel wird schwarz.

Langsam wendet sich Keno von der Tür ab und steigt die Verandastufen hinunter. Alles an ihm wirkt wie eingefroren. Als er an dem Fliederstrauch vorüber- und um das Haus herumgeht, würde ich ihm gern nachrufen, dass er es lassen soll; hinter dem Haus ist etwas Schlimmes, das spüre ich. Doch ich darf ihn nicht ansprechen. Das hier ist meine Prüfung. Ich muss mich an die Regeln halten.

Mit dem nächsten Schritt verschwindet Keno aus meinem Blickfeld. Ich will nicht wissen, was dort hinten ist. Doch Keno aus den Augen verlieren will ich auch nicht. Widerstrebend krieche ich hinter dem Fliederstrauch hervor, taste mich um das Haus herum und finde mich unversehens auf dem oberen Absatz einer Treppe wieder. Schief getretene Stufen führen in einen Kellerschacht. Dort unten, vor einer Tür, steht Keno.

Es ist keine Tür. Es ist die Heckklappe eines Transporters. Weiß mit drei roten Querstreifen.

Ein Quarantänewagen.

Alles verschwimmt vor meinen Augen. Wie auf einer Eisbahn schliddere ich zurück in den Nachmittag vor drei Monaten, als Tildas Mutter in unsere Wohnung kam. Mein Vater hatte sie angerufen und es war Giselle irgendwie gelungen, auf die Schnelle zwei Schutzanzüge zu organisieren, einen für sich selbst und einen für mich. Gemeinsam halfen wir meinem Vater, ein paar Klamotten einzupacken, Zahnbürste, Rasierzeug, den Rest würde später ein Sozialarbeiter abholen und in sein neues Zuhause bringen. Mit dem Koffer gingen wir nach unten und stellten uns an den Straßenrand. Während wir warteten, spürte ich die Blicke der Nachbarn hinter den Fenstern der umliegenden Appartements lauern. Fast empfand ich Erleichterung, als die roten Lichter durch die Dämmerung zuckten, mit jaulender Sirene der Quarantänewagen um die Kurve schleuderte …

Halt suchend greife ich nach dem Treppengeländer. Ein Splitter des vom Rost aufgerauten Metalls bohrt sich in meinen Handballen. Mir entfährt ein leises Stöhnen. Keno wendet sich um.

»Hey.« Wenn er eins kann, dann durchdringend gucken. »Was machst du hier?«

Schnell senke ich den Kopf und schaue auf meine Füße. Kein Blickkontakt. Ich muss meinen Vater retten. Oder Keno. Oder beide. In meinem Kopf verknotet sich alles und ich merke, dass ich es nicht kann: wegschauen und es geschehen lassen. Nicht noch einmal. Ich hebe den Kopf. Unten in dem Kellerschacht öffnet sich die Heckklappe des Transporters einen Spalt.

»Keno«, rufe ich, »weg da, schnell!«

Zwei bleiche Hände schieben sich aus dem Spalt und packen Kenos Arme. Er wehrt sich, tritt um sich, doch die blassen, unnatürlich langen Finger umklammern ihn unerbittlich. Ein

Beben durchläuft mich. Meine Hände krallen sich am Geländer fest – hat sich mein Vater auch gewehrt, haben sie ihm wehgetan?

»Ihr dürft ihn nicht mitnehmen!« Schon auf der zweiten Stufe versinken meine Füße im Beton. »Keno!«

Hinter meinem Brustbein gibt es einen schrecklichen Ruck.

Keno krümmt sich. Schwarzes Zeug quillt erst in Fäden, dann in Strömen aus seiner Brust, fließt in dicken Strängen die Kellertreppe hoch und kommt auf mich zu, drängt gegen meine Brust. Verschwindet in mir.

Ich wusste nicht, dass Kälte brennen, dass sie so schrecklich wehtun kann. Doch der Schmerz sitzt nicht in meinem Körper, er wütet irgendwo anders. In meinen Gefühlen. Als würden sie mich von innen zerreißen. O Gott, was ist das? Ich muss von der Treppe weg und kann nicht. Mehr und mehr von dem Zeug fließt in mich hinein. Ich will es nicht in mir drin haben, es soll verschwinden, soll dorthin zurückkehren, wo es herkommt – und in all meiner Angst erwacht in mir eine wilde, wütende Energie. Das Zeug gehört mir nicht, es soll weg! Weg von mir! Meine Hände ballen sich zu Fäusten, mein Körper strafft sich, als wäre er ein Gummiband, das sich spannt. Mit aller Kraft drücke ich das schwarze Zeug aus mir heraus. Doch es dauert zu lange, die Schmerzen sind zu schlimm. Ich muss raus. Raus aus Kenos Traum!

Was haben sie uns im Luziden Träumen beigebracht?

Den Körper entspannen. Loslassen. So könnt ihr euch wecken.

Ein letztes Mal verstärke ich den Druck und ziehe meinen Körper straff, bis sämtliche Muskeln zittern. Fester. Noch fester. Drei schnelle Atemzüge – das Gummiband schnellt zurück. Im selben Augenblick, als ich mein Bewusstsein in die reale Welt zurückkatapultiere, werden all die schlimmen Gefühle, all das schwarze Zeug aus mir herausgerissen. Das Letzte, was ich sehe, ist ein heller Schatten hinter dem Treppengeländer. Meine Observerin, denke ich flüchtig. Florentine.

In einem Schwall schießt das schwarze Zeug auf sie zu und verschwindet in ihr.

Florentine beginnt zu schreien.

5

Um mich ist es dunkel. Wo bin ich?

Akademie, denke ich. Prüfung.

Die Okulare lösen sich von meinen Augen, der Druck an meinen Schläfen lässt nach. Als ich blinzele, sehe ich erst nur gedämpftes Licht, dann den Prüfungsraum. Alle Glieder tun mir weh, mir ist schwindelig und ein paar Sekunden lang habe ich das schreckliche Gefühl, dass ich mich übergeben muss, doch mit dem nächsten Atemzug vergeht die Übelkeit. Neben mir hebt sich mit einem Surren Kenos Maske. Seine Lider sind geschlossen.

Florentine ist schon wach.

»Hey«, sage ich leise.

»Hey.« Ihr Gesicht ist ein bleiches Oval, die gefalteten Hände drückt sie auf ihre Brust, als müsse sie ihren Arkanit beschützen. Rasch gucke ich auf meinen eigenen Stein. Erste Zone, Glück gehabt. Trotzdem habe ich das Gefühl, dass die Prüfung alles andere als gut gelaufen ist. Wieder schaue ich zu Keno. Diesmal schaut er zurück.

Kann ein Blick ruhig und zugleich durchbohrend sein? Seiner ist es.

Auf einmal erwacht der Prüfungsraum zum Leben, Leute stürmen herein, angeführt von der Direktorin, ein Mann löst Kenos Gurte und hilft ihm, sich aufzusetzen. Das Stimmengewirr schwillt an.

Kenos Arkanit ist nicht mehr grau; nicht *nur*. Ein hauchzarter goldener Fleck schwebt darin.

Zweite Zone. Unmöglich. Sein Traum war schlimm und ich habe ihn schlimmer gemacht, habe ihn nicht positiv, sondern negativ verändert.

Sein Arkanit sagt etwas anderes.

Eine Hand legt sich auf meine Schulter. »Wie geht es dir?«, fragt Gathea sanft.

»G-gut«, stammele ich.

»Was ist mit dir?«, wendet sie sich an Keno.

Er legt den Kopf schief, als würde er über ihre Frage nachdenken. »Ich bin okay.«

»Gathea?«, flüstert der Mann, der Keno vorhin hereingeführt hat. »Das andere Mädchen. Florentine.«

Florentines Hände sind in ihren Schoß gesunken, ihr Arkanit liegt offen auf ihrer Brust. Durch das Gold schlängelt sich ein Gewirr aus grauen Fäden.

Sie ist in die Zweite Zone abgerutscht.

Weitere Stimmen, schriller jetzt und in allen Sprachen. Menschen scharen sich um uns, Gathea reicht Florentine ein Glas mit einer gelben Flüssigkeit und legt ihr eine Hand auf die Schulter. »Wie fühlst du dich?«

»Mir geht's gut«, nuschelt Florentine. Ihre Stimme klingt brüchig.

O Gott, was habe ich getan – Florentine angetan? Ich wollte doch nur das schwarze Zeug loswerden! Meine Hände legen sich auf meine Brust und schieben sich unter meinen Arkanit. Dort ist es nicht mehr kalt, nur normal warm, doch der Anblick von Florentine lässt mich frieren.

Nachdem sie ihr Glas geleert hat, hilft ihr eine Mitarbeiterin beim Aufstehen und schiebt sie durch eine Seitentür hinaus. Es tut weh, ihr nachzuschauen. Als würde sich mein Blick an ihr schneiden.

Gathea mustert mich nachdenklich, dann flüstert sie einem Mitarbeiter etwas zu. Hat sie gesehen, was passiert ist? Nein, kann nicht sein, sie war ja gar nicht an Kenos Traum angeschlossen, also hat sie auch keine Bilder empfangen. Aber die Art, wie die beiden zu mir herüberschauen, lässt mich in meinen Sessel hineinschrumpfen. Was habe ich mit Florentine angestellt, was wissen sie? Und wenn ich die Prüfung vergeigt habe – was wird aus meinem Vater?

Die Tür fliegt mit einem Knall auf und eine Frau stürmt herein. Silberblonde Haare bis zu den Hüften, blasse Lippen, die Ähnlichkeit ist unverkennbar. Es ist Beatrix Swann – Florentines Mutter.

»Was ist hier los?« Ihr Blick schießt von mir zu Keno und wieder zu mir.

Gathea tritt auf sie zu und legt ihr besänftigend eine Hand auf die Schulter. »Bea …«

»Es ist wie damals.« Beatrix Swann schiebt ihre Hand weg. »Wie bei Finn.«

»Unsinn. Finn war krank.«

»Dann ist sie auch krank!«

»Würdest du dich bitte beruhigen? Gemma hat uns eine mustergültige Modulation geliefert. Wie aus dem Lehrbuch. Schau sie dir an. Vollkommen ruhig, absolut klar im Kopf. Keine Spur von einem Zusammenbruch.«

Die Augen von Beatrix Swann schillern silbrig und kalt. Gathea schiebt sie so vorsichtig in Richtung Tür, als könnte sie jederzeit explodieren. »Du solltest jetzt an deine Arbeit zurückkehren.«

Über die Schulter wirft mir Beatrix Swann einen letzten Blick zu. Obwohl sie schweigt, höre ich jedes einzelne Wort: *Was hast du mit meiner Tochter getan?*

Ich weiß es nicht. Dieses schwarze Zeug, ich wollte das nicht, ich wollte es wirklich nicht!

Nur nützt das Florentine nicht mehr viel.

Mit steifen Schritten verlässt Beatrix Swann den Raum. Gathea kehrt zu mir zurück, doch ich wende mich leicht von ihr weg, voller Angst, sie könnte meine Schuld sehen. Als ich kurz die Augen schließe, schwebt hinter meinen Lidern der Glanz. Er verblasst jetzt schnell, mein Vorrat ist nahezu erschöpft, der Arkanit auf meiner Brust wird bereits schwer und scheint durch meinen Brustkorb nach innen zu sinken. Du spürst deinen Stein erst, wenn du auf dem Weg in eine tiefere Zone bist.

DIP, Inneres Programm – nutzlos an dieser Stelle. Nur mein Geheimnis kann mir noch helfen.

Ich öffne die Augen wieder, stehe aus meinem Sessel auf, recke mich, auch wenn sich meine Arme kaum heben wollen, lächele entspannt und frage Gathea nach den Toiletten. Sie deutet auf die Tür, hinter der Florentine verschwunden ist. »Den grünen Pfeilen nach. Am besten, du gehst danach gleich in den Vorbereitungsraum. Der Weg ist ausgeschildert.«

Ihre Stimme klingt freundlich, doch ihre Worte wirken auf mich wie ein Guss kaltes Wasser. Das Lächeln rutscht mir aus dem Gesicht. »Soll ich denn niemanden mehr als Observerin begleiten?«

»Das hat sich erledigt.«

Scheint so, als sei sie in den letzten Minuten doch in Zweifel darüber geraten, ob die mustergültige Modulation, die ich hingelegt habe, wirklich so mustergültig war.

»Dann bin ich … durchgefallen?«

»Die Ergebnisse verkünden wir in zwei Stunden.«

Ich *bin* durchgefallen. Das spüre ich.

In der Tür drehe ich mich noch einmal um. Die lagunenfarbenen Augen sind unverwandt auf mich gerichtet. Zum ersten Mal verstehe ich die Bedeutung des Wortes *Blickkontakt.* Kenos Blick packt mich und hält mich fest, schlingt eine Fessel um mich, die ich nicht mehr durchschneiden kann. Er sieht mich an, als hätte er durch den Traum mehr über mich erfahren als ich über ihn – und ich weiß nicht einmal, was es sein könnte.

6

An den Toiletten vorbei und die erste Treppe hinauf, die mir in die Quere kommt. Wenn sie bloß aufs Dach führt, auf einen Balkon oder wenigstens zu einem Fenster ...

Zweiter Stock. Meine Beine sind elend schwer. Dritter Stock, vierter, ich kann die Füße kaum noch heben. Mein Körper fühlt sich an wie ein Sack voller Lehm und dieser Lehm quillt bis in meinen Kopf hoch, alles dort oben wird zäh und klebrig, jeder Gedanke erstickt bis auf einen:

Weiter. Weiter.

Im siebten oder vielleicht achten Stock stoße ich endlich auf eine Tür. Ohne mich lange mit der Frage aufzuhalten, wer oder was sich dahinter befinden könnte, drücke ich die Klinke herunter, stemme mich gegen das Türblatt – und weiß: Alles wird gut.

Langsam trete ich auf den Balkon und in die Dämmerung hinaus. In der Ferne höre ich Verkehrslärm. Ich lege die Finger um die Balkonbrüstung und stehe einen Atemzug lang nur da, dann löse ich vorsichtig den Blick von meinen Händen und hebe den Kopf. Versinke im Farbentanz.

Während ich den Glanz in mich aufnehme, lausche ich auf Schritte oder Stimmen, doch alles bleibt still.

Wenn es so ist wie jetzt und der Glanz bei mir ist wie ein lebendiges Wesen, das mich umfängt und festhält, bin ich glücklich. Die lehmige Schwere verschwindet aus meinen Gliedern, mein Kopf wird leicht und hinter meinen Augen breitet sich

Wärme aus. Das Gewicht auf meiner Brust löst sich auf. Fast könnte ich davonschweben, über die Balkonbrüstung hinweg und hinaus in den Glanz, in das Universum dahinter …

Mein Arkanit hat sich stabilisiert. Ich atme tief ein und verabschiede mich von dem Farbentanz, sehe die weiße Mauer, die die Akademie umschließt, und dahinter die Bäume der Alleen. Jetzt, im Sommer, ist das Laub der Eichen und Buchen ein dunkelgrünes Dach, das in der Dämmerung regenbogenfarben schillert.

Wenn etwas Furchtbares wie der Glanz gut zu mir ist, muss ich dieses Gute dazu nutzen, meinen Vater aus Cloverhill rauszuholen. Meine Mutter kann ich nicht mehr retten, aber meinen Vater und vielleicht ein paar andere Menschen. Das ist das Mindeste, was ich tun kann.

Ach ja?, murmelt eine Stimme in mir. Dann hättest du dich in der Prüfung besser rausgehalten, statt dich in Kenos Traum einzumischen. Schon vergessen, mit welchen Worten Gathea dich gehen ließ? Ich würde sagen: Das klang heftig nach einem Durchgefallen.

Atmen. Gute Gedanken denken.

Vorsichtig kehre ich ins Treppenhaus zurück. Meine Schritte sind wieder leicht, ich kann einigermaßen klar denken und auch sehen, was mich umgibt. Ziemlich prunkvoll. Stuck an der Decke, Marmorstufen, ein schnörkeliges Geländer, das alles ist mir auf meiner Flucht nach oben so wenig aufgefallen wie das Plakat dort drüben an der Wand. Graue Buchstaben mit einem schwachen Silberglanz. Ich bleibe stehen und lese, was da steht.

Ein saurer Geschmack steigt mir in den Mund. Die Worte auf dem Plakat sind abstoßend. Hässlich. Niemand aus der Akademie kann so etwas hier aufgehängt haben, das ist völlig unmöglich. Das, was dort steht, ist absolut illegal. Jemand sollte das Plakat möglichst schnell entfernen. Mit zitternden Fingern löse ich es von der Wand, rolle es zusammen und eile die Treppen hinunter, in den Vorbereitungsraum.

Angesichts meines Fundes hat Xavier meine Erklärung, dass ich nur die Toiletten gesucht habe, kaum zur Kenntnis genommen. Das Plakat hat er vor sich auf dem Tisch ausgebreitet. Unter der Überschrift *Die Rechte der Menschen im Zeitalter des Glücks* stehen nur wenige Worte. *Wir alle haben das Recht auf Angst, Schmerz und Verzweiflung. Den Wert eines Lebens am Glück zu bemessen, ist katastrophal für wahres Mitgefühl.*

Das Schlimmste hat sich der Verfasser für den Schluss aufgehoben: *Leiden und Schmerz gehören zum Leben.*

In fetten goldenen Buchstaben.

Xavier seufzt. »Klingt original nach einem Erzeugnis der Viren.«

Die Viren. Von dieser Splittergruppe der Grenzgänger habe ich natürlich schon gehört. Als wäre es nicht abartig genug, sich absichtlich in die dunklen Gefühle hineinzustürzen, tun die Viren noch mehr: Sie arbeiten aktiv daran, so viele Menschen wie möglich mit ihrer gestörten Einstellung zu infizieren.

»Wir leiten das an die Polizei weiter.« Xavier rollt das Plakat zusammen, klemmt es sich unter den Arm und will gerade zur Tür hinaus, als eine strahlende Tilda hereingestürmt kommt und beinahe mit ihm zusammenstößt. Ihr Gesicht läuft feuerrot an.

»Darf ich raten? Bei dir hat alles geklappt.« Er lächelt und seine Stimme wird um eine Nuance weicher. »Wie war noch dein Name?«

»Was?« Atemlos blickt sie zu ihm hoch. »Tilda. Ich bin Tilda. Und, äh, ja, ist super gelaufen.«

»Dann sehen wir uns vielleicht bald wieder.« Mit einem letzten Blick zieht Xavier die Tür hinter sich zu.

Tilda kommt zu mir herüber und schaut sich noch einmal nach der Tür um. Ihr Lächeln wirkt ein wenig benommen, doch als sie mein Gesicht sieht, ist sie sofort voll da. »Gemma? Was ist passiert?«

Meine Mundwinkel zittern. Nicht weinen. Von innen beiße ich mir auf die Unterlippe. Und lächle. »Ich war nur als Protektorin drin.«

»Kein zweiter Traum? Du bist nicht als Observerin rein?«

Ich schüttelte den Kopf. »Wenigstens hab ich's versucht. Mit der Prüfung, meine ich.«

Sie macht einen Schritt auf mich zu, nimmt mich in die Arme und drückt mich so fest an sich, dass es wehtut. »Wir gehen nur zusammen an die Akademie«, flüstert sie an meinem Ohr. »Etwas anderes kommt nicht infrage.«

7

Beatrix Swann steckt den Kopf zur Tür herein. »Xavier? Bringst du bitte die Testpersonen zurück in ihre …« Sie hält inne. Ihr Blick streift mich, ihre Lippen kräuseln sich.

»Hast du Xavier gesehen?«, wendet sie sich an Tilda.

»Der ist gerade los«, sage ich. »Wegen eines Plakats. Er sagte, er wolle die Polizei informieren.«

Sie kneift die Nasenflügel ein. Wahrscheinlich würde sie mich wegen Florentine am liebsten aus dem Saal schmeißen lassen, doch ihr bleibt nur, sich mit einem Ruck von mir wegzudrehen und die Tür übertrieben fest hinter sich zuzuziehen, worüber ich alles andere als unglücklich bin.

Tilda und ich verkrümeln uns in eine Sofaecke. Als sie mich gerade wieder tröstend an sich ziehen will, frage ich hastig: »Werden die Testpersonen eigentlich entlassen, wenn sie in die Zweite hochgehen?« Weniger, weil es mich interessiert, als um mich selbst auf andere Gedanken zu bringen.

Sie starrt mich an. »Erzählst du mir gerade, dass deine Testperson jetzt in der Zweiten ist?«

»So ungefähr.«

»Und die lassen dich trotzdem nicht als Observerin rein?« Sie fährt sich durch ihre Kringellocken. »Das kapier ich nicht.«

»Wahrscheinlich hatte es nichts mit mir zu tun, dass er rauf ist.«

»Also, entlassen wird deine Testperson jedenfalls nicht. Fünf Jahre Forschungszentrum, das gilt für alle Grenzgänger. Egal, ob sie in der Zeit in einer höheren Zone landen. Alan, der Typ, mit dem ich drin war, meint, für uns hätten sie die Frischlinge rausgesucht. Die bleiben der Akademie also noch ein paar Jahre erhalten. Das können die doch nicht mit dir machen«, zetert sie plötzlich los wie ein wütender Vogel und wirft ihre Arme um mich. »Das tut mir so leid«, flüstert sie. Stumm nicke ich an ihrer Schulter. Ich bin draußen. Und Keno wird weiter hier leben. Für lange Zeit. Als Testperson.

Egal. Er geht mich nichts an. Und die Akademie geht mich auch nichts mehr an.

Mein Vater. Er geht mich etwas an. Für ihn muss ich einen anderen Weg finden.

Wenn ich nur wüsste, welchen.

Auch Florentine ist inzwischen in den Vorbereitungsraum zurückgekehrt und weicht meinen Blicken beharrlich aus. Sie ist nicht die Einzige, die während der Prüfung in die Zweite abgerutscht ist, doch das dürfte ein schwacher Trost für sie sein. Und meinem schlechten Gewissen hilft es auch nicht wirklich weiter. Ich würde meinen Arkanit gern mit ihrem vertauschen, aber das wäre sinnlos: Die Arkanite sind auf uns geprägt. Sobald jemand anderes sie trägt, erlöschen sie.

Ich habe ihr das angetan. Niemand sonst. Es ist meine Schuld. Zu ihr hinübergehen und mich bei ihr entschuldigen ist wohl das Mindeste, was ich tun kann. Doch gerade, als ich mich von meinem Platz erheben will, öffnet sich die Tür. Sämtliche Gespräche verstummen. Eine Mitarbeiterin der Akademie winkt uns in den Hörsaal. Florentine steht auf. Ich habe meine Chance verpasst.

Gathea erwartet uns bereits. Eilig rutschen Tilda und ich in unsere Bank. Ich spüre meinen Herzschlag in der Kehle und in den Schläfen, sogar in meinen Fingerspitzen meldet er sich. Florentine, die auch in unserer Reihe sitzt, beißt ihre Zähne so fest zusammen, dass sich ihre Kiefermuskeln zu kleinen Kugeln ballen. Ich stelle mir vor, wie sie in Gedanken ihre Mutter umkreist; das Gespräch, das sie zu Hause erwartet.

Über Gathea flammt ein Spot auf und taucht ihre Gestalt in eine goldene Säule. Mit einem Räuspern schaltet sie das Pad in ihren Händen ein.

»In diesem Jahr nehmen wir drei Studenten in die Akademie auf. Wenn ich eure Namen aufrufe, kommt ihr bitte nach vorn.« Sie scrollt auf ihrem Pad nach unten. »Tilda Johannsen.«

Ein paar Sekunden bleibt alles still, dann bricht eine Art Kreischen aus Tildas Mund. Sonst tut sie nichts, sie sitzt nur da, die Hände an die Seiten ihres Gesichts gedrückt, und stößt diese merkwürdigen Laute aus. Ich beuge mich zu ihr und umarme sie, ziehe sie von der Bank hoch und gebe ihr einen Stups. »Ab mit dir«, flüstere ich.

Tilda hüpft auf Gatheas Pult zu, als hätte sie Sprungfedern unter den Füßen. Das Kreischen stellt sie unterwegs glücklicherweise ein. Die Direktorin gratuliert ihr, dann wendet sie sich wieder ihrem Pad zu.

»Larissa Scott.«

Drei Reihen vor mir steht ein Mädchen auf. Alles an Larissa sieht aus wie ein Herz: Ihr Gesicht, ihr kleiner Mund mit den nach oben gebogenen Mundwinkeln, selbst ihre Bluse ist mit winzigen pinkfarbenen Herzen bedruckt. Sie wirkt jünger als sechzehn, was auch daran liegen mag, dass sie sogar noch kleiner als Tilda ist. Als Gathea ihr die Hand schüttelt, sagt sie: »Vielen Dank.«

Gathea zieht wieder ihr Pad zurate.

Die letzte Chance.

Und wenn ich die Dritte wäre? Was, wenn sie mich doch aufnehmen?

Papa, denke ich. Papa.

»Gemma Degano.«

Mein Name klingt weit weg. Doch es ist mein Name.

Wie es sich anfühlt, wenn Wunsch und Wirklichkeit miteinander verschmelzen? Als würde ich seitlich in einen Traum hineinrutschen. Einen guten. Als würde ich auf Wolken gehen. Gemma Degano. Ich schwebe Richtung Pult, auf meinen Namen zu.

Alles wird gut, Papa, denke ich, denke es wieder und wieder. *Alles wird gut.*

Gathea reicht mir die Hand. »Eine außergewöhnliche Leistung«, sagt sie halblaut. »Dramatisch zwar, aber auf Anhieb.« Ihre Mundwinkel zucken, ich glaube, sie lächelt. »So etwas haben wir zuletzt ... wann erlebt? Es muss über zehn Jahre her sein. Eine vollständige Modulation, schon beim ersten Versuch. Gratuliere.«

Kurz schießt mir die Frage durch den Kopf, ob es wirklich eine Modulation ist, wenn zwar die Testperson in eine höhere, die Observerin aber in eine tiefere Zone gerät und die Protektorin – in diesem Fall ich – irgendwie ihre Finger mit drin hat. Doch diese Frage behalte ich wohl lieber für mich.

Und damit habe ich von heute an wohl ein weiteres Geheimnis.

Gathea wendet sich wieder an die knapp einhundert Jungen und Mädchen, die in ihren Bänken sitzen bleiben mussten. »Für euch heißt es nun, nach vorne zu schauen und euer Ergebnis anzunehmen. Die Akademie hat euch eingeladen, alleine das ist eine fantastische Leistung. Euer Weg führt euch jetzt in eine andere Richtung – ihr kehrt an eure Schulen zurück, besteht euer Abitur, werdet studieren oder eine andere, vielversprechende Laufbahn einschlagen. Euer Leben steckt voller großartiger Möglichkeiten.«

Ein irgendwie knurrendes Geräusch lässt mich den Kopf wenden.

Florentine schiebt auf ihrem Pult ein paar Krümel zusammen und stippt sie mit dem Zeigefinger auf. Für eine Sekunde verzieht sich ihr Mund, dann zerquetscht sie die Krümel zwischen Daumen und Zeigefinger und schnippt sie auf den Boden.

Die Direktorin schickt alle hinaus. Nur wir drei sollen bleiben – die neuen Studentinnen der Akademie.

»Euer Studium beginnt in wenigen Tagen. Auf euch wartet eine aufregende Zeit.« Mit elegantem Schwung wirft sie ihr honigfarbenes Haar zurück, breitet die Arme aus und lacht. »Willkommen in eurem neuen Leben.«

8

Euer Studium beginnt in wenigen Tagen.

Diese Tage zischen so rasant an mir vorbei, dass ich es kaum mitbekomme. Jetzt bleiben mir noch wenige Stunden – morgen beginnt meine Zeit an der Akademie. Doch bevor ich abreisen kann, muss ich noch etwas Wichtiges erledigen.

»Geschenke für deinen Vater?«, fragt Frau Winter, als ich mich neben sie auf den Beifahrersitz quetsche und die Einkaufstasche zwischen meine Knie klemme.

»Weintrauben, Nudeln, Klopapier«, zähle ich auf – Dinge, die in den Quarantänebezirken chronisch Mangelware sind. Sobald eine Lieferung eintrifft, stürzen sich die Leute darauf und kaufen alles weg.

Begleitet von leisen Protestlauten aus Fussels Kistchen, schwärmt Frau Winter während der gesamten Fahrt nach Cloverhill in den höchsten Tönen von der Akademie. An den Unterarmen trägt sie ein Dutzend Armreife, sodass sie bei jedem Schalten wie ein Weihnachtsglöckchen klingelt.

Seit dem Umzug meines Vaters ist Frau Winter unsere Familienberaterin. Als sie mich zum ersten Mal besuchte, sagte sie, es könne mir helfen, wenn ich in eine Wohngruppe zöge. Gespräche, gemeinsame Mahlzeiten, das alles würde mich positiv unterstützen, worauf ich ihr erklärte, das sei nicht nötig, Fussel sei bei mir und ich könne Tilda und ihre Familie jederzeit besuchen. Wenn du mindestens sechzehn bist und nicht zu Verwandten, Freunden oder in eine Wohngruppe umziehen willst, darfst du allein leben, sofern dein Familienberater das befürwortet. Der Staat zahlt dir Miete und Unterhalt bis zu deinem achtzehnten Geburtstag; danach musst du für dich selbst sorgen.

Im ersten Monat nach der Abreise meines Vaters besuchte mich Frau Winter täglich, begleitete mich zur Schule, sprach mit den Lehrern. Mit dem Alleinsein kam ich gut zurecht, ich bin gerne für mich und mag es, ganze Tage zu lesen, durch Novamyne zu streifen oder im Himmelsee zu schwimmen. Inzwischen schaut sie nur noch einmal wöchentlich bei mir vorbei. Zusätzliche Termine kann ich jederzeit vereinbaren, was bisher allerdings nicht nötig war.

Den Besuch bei meinem Vater hat Frau Winter in letzter Minute durchgedrückt. Von der Akademie weiß er noch nichts, damit will ich ihn überraschen. Doch vor allem will ich ihm meine Katze bringen.

Dass sich Tiere positiv auf unsere Gefühle auswirken, weiß jeder, trotzdem sind Haustiere an der Akademie aus hygienischen Gründen verboten. Ein Tierheim kommt natürlich nicht infrage und Tildas Familie kann Fussel nicht nehmen, Giselle ist allergisch gegen Katzenhaare. Verwandte, die einspringen können, habe ich auch keine; meine Eltern waren Einzelkinder und meine Großeltern sind schon vor Jahren gestorben.

Das Problem war, dass die dreimonatige Kontaktsperre zu meinem Vater erst nächste Woche endet. Doch Frau Winter hat mir eine Sondergenehmigung besorgt, sodass ich ihm Fussel heute bringen kann.

Nach einer endlosen Fahrt durch einen deprimierend gleichförmigen Kiefernwald taucht endlich der Zaun vor uns auf. Vier Sicherheitsleute bewachen ein Tor, vor dem bereits eine kleine Autoschlange wartet. Frau Winter reiht sich ein. Als der Mann vor uns seinen Passierschein herausreicht und abgewiesen wird, steigt er aus und legt mit einem Riesentheater los. In seinem goldenen Arkanit schlingert mindestens ein Dutzend grauer Fäden, das sehe ich sogar von hier.

»Was soll denn das«, stöhnt Frau Winter und trommelt ungeduldig auf das Lenkrad. »Arkanit in der Zweiten, da gibt's nichts zu diskutieren.«

Besuch geht nur, wenn deine Abwehrkräfte stark genug sind. Ohne Erste läuft da nichts. Mit rotem Kopf steigt der Mann wieder ein, knallt die Tür zu, schert aus der Autoschlange aus und braust mit übertrieben quietschenden Reifen davon.

Der Wachmann winkt uns heran, wirft einen knappen Blick auf unsere Arkanite und scannt unsere Passierscheine. Eine Computerstimme schnarrt: »Gemma Degano. Besuch bei ihrem Vater Leo Degano sowie Einfuhr einer Katze innerhalb der Minimalbesuchszeit und in Begleitung ihrer Familienberaterin Sanne Winter.«

Der Mann reicht uns zwei Sensoren, die wir an unseren Steinen befestigen müssen, und verkündet fast so monoton wie der Computer: »Sollten Sie in die Zweite geraten, ertönt ein Signal. In dem Fall verlassen Sie Cloverhill umgehend.«

Erst jetzt dürfen wir aussteigen und die Schutzanzüge in Empfang nehmen, die uns vor den schmutzigen Energiewellen der Bewohner von Cloverhill abschirmen sollen. Ungeschickt stülpe ich mir das Ding über den Kopf, worauf es sich automatisch entfaltet und wie Wasser an mir herunterfließt. Dabei schmiegt es sich so eng um meinen Körper, dass es wahrscheinlich aussieht, als hätte ich mich von Kopf bis Fuß mit einer schimmernden Lotion eingerieben. Jetzt nur noch die Reißverschlüsse an den Fersen und im Genick hochzippen. Die Anzüge sind echt superkomfortabel und noch dazu ultraleicht, ich kann mich völlig frei bewegen und ohne Probleme alles sehen und hören. Nur mein Atem wird eine Spur flacher und schmeckt aus irgendeinem Grund nach Himbeeren.

Wir steigen wieder ein, der Mann winkt uns durch das Tor, der Zaun bleibt hinter uns zurück.

Cloverhill, früher eine mittlere Kleinstadt, ist seit der Katastrophe eine Welt für sich. Derzeit leben hier knapp dreizehntausend Menschen. Von alten Fotos weiß ich, dass Cloverhill in der Zeit davor für seine Obsthöfe und Spargelbauern berühmt war. Restauriertes Fachwerk, bunte Ziergiebel, auf den Bildern von damals ein malerischer Ort. Die Backsteinruine dort drüben könnte ein Überbleibsel aus jenen längst vergangenen Jahren sein und ich schätze, in dem Laden auf der anderen Straßenseite haben sie früher Obst und Gemüse verkauft. Jetzt ist die Fassade mit Brettern vernagelt und mit Grafitti beschmiert.

Ein Mann in einem unbeleuchteten Kleintransporter, der vor allem aus Rost besteht, fährt an uns vorbei und biegt in die Auffahrt des einzigen Krankenhauses von Cloverhill ein. Mein Vater hat mir vor seiner Abreise versprochen, sich dort um einen Job zu bewerben. Inzwischen weiß ich von Frau Winter, dass er tatsächlich eine Stelle als Pfleger gefunden hat; in Cloverhill suchen sie ständig Leute mit medizinischer Erfahrung. Pech nur, dass er die Stadt bald verlassen wird – und dieser Gedanke stimmt mich so euphorisch, dass mich nicht einmal mehr schreckt, wie potthässlich und düster der Ort ist. Es gibt kaum Straßenlaternen und das mit überwiegend defekten Neonlämpchen dekorierte Mini-Einkaufszentrum, an dem wir gerade vorbeifahren, ist so scheußlich, dass jeder Müllcontainer dagegen wie eine ästhetische Offenbarung wirkt. Eine Bäckerei, ein Waschsalon und ein Wohnblock mit leeren Balkonen folgen; nur auf einem einzigen hängt ein alter Mann ein Bettlaken auf. Soweit ich das von hier unten beurteilen kann, wirkt er ziemlich normal. Doch das täuscht. Du siehst die negative Energie nicht, die das Innere der Bewohner von Cloverhill zerfrisst wie Karies einen Backenzahn.

Nur wenige Passanten sind unterwegs. Es ist unheimlich: Die Leute bewegen sich langsamer und nicht so zielstrebig wie in Novamyne. Als hätte jemand einen Film auf Zeitlupe umgestellt. Sie kleiden sich auch weniger farbenfroh als wir. Nirgends gibt es Leuchtreklamen oder Werbeplakate, nicht ein Kind spielt in den Straßen. Zumindest Letzteres überrascht mich nicht: Wenn du jünger als sechzehn bist und in eine Kritische Zone abschmierst, zahlt der Staat deinen Aufenthalt in einem Sonnenhaus – ein Kurzentrum, das speziell auf Kinder ausgerichtet ist. Nichts Luxuriöses, Basisversorgung, es sei denn, deine Familie hat Geld und kann sich ein privates Sonnenhaus leisten. Die staatlichen Häuser finanzieren sich aus Steuermitteln, werden aber seit einigen Jahren von einer anonymen Stiftung großzügig unterstützt, sodass sie jetzt sogar Modulationen anbieten können. Seither ist die Quote der wieder genesenen Kinder auf fast fünfundneunzig Prozent gestiegen. Nach deinem sechzehnten Geburtstag ist dann allerdings Schluss mit Sonnenhaus und Versorgung, da musst du sämtliche Behandlungen privat bezahlen. Wenn du das nicht kannst: ab in Quarantäne.

Die Straße, in der mein Vater wohnt, heißt Jasmin Boulevard. Jasmin wächst hier keiner, es gibt nur eine morsche Eiche, deren Wurzeln unter dem rissigen Asphalt des Parkplatzes verlaufen wie Adern unter einer Haut.

Frau Winter stellt den Wagen ab und schaltet den Motor aus, bläst die Backen auf und lässt die Luft mit einem »Plopp« entweichen.

»Laut Vorschrift muss ich dich begleiten.« Sie fixiert mich. »Ich schätze, du wärest gern mit deinem Vater allein.« Sie guckt auf ihre Armbanduhr. »Ich erwarte dich in einer halben Stunde.«

»Danke. Vielen Dank.« Schnell steige ich aus, schnappe mir Fussels Transportkiste und laufe los. Ein gepflasterter Fußweg führt mich zur Nummer siebzehn, eine graue Schuhschachtel in einer Reihe anderer grauer Schuhschachteln. Als ich die Kiste abstelle, schiebt sich Fussels Pfote durch die Gittertür und angelt nach dem Verschluss.

Nervös zupfe ich meinen Schutzanzug zurecht. In ein paar Sekunden sehe ich meinen Vater wieder. Ich atme tief ein und drücke meinen silbrig umhüllten Zeigefinger entschlossen auf den Klingelknopf.

Von drinnen nähern sich Schritte. Die Tür geht auf.

Mein erster Gedanke gilt der Frage, was er mit seinen Haaren angestellt hat. Sie sehen aus wie ein Vogelnest, in dem ein Küken wild gewütet hat. Ich will eine Hand heben, die wirren Strähnen glatt streichen und die kahle Stelle an seiner linken Schläfe verdecken, doch ich stehe da wie in den Boden einzementiert.

In seinem grauen Arkanit schweben ein halbes Dutzend schwarzer Fäden.

Die Vierte Zone.

»Papa«, flüstere ich fassungslos.

»Es ist alles gut, Gemma.« Er nimmt meine Hand. Der Schutzanzug knistert zwischen uns. Behutsam zieht er mich in den winzigen Flur.

Während ich noch immer wie betäubt auf seinen Arkanit starre, greife ich mechanisch in meinen Nacken und öffne den Reißverschluss meines Anzugs.

»Nein«, sagt mein Vater. »Nicht.«

Vierte Zone. Drastisch erhöhte Ansteckungsgefahr. Er ist randvoll mit schlechten Gedanken und Gefühlen.

Und ich bin randvoll mit dem Glanz.

»Ist schon gut, Papa.« Ich krempele das Kopfteil des Anzugs herunter, mache einen Schritt auf ihn zu und lege meine Arme um ihn, so fest ich kann. Erst regt er sich nicht. Dann, vorsichtig, erwidert er meine Umarmung, zieht mich enger an sich und drückt mich schließlich so heftig, dass mir die Luft wegbleibt. Als er mich nach langer Zeit loslässt, trete ich einen Schritt zurück.

»Ich hab dir Weintrauben mitgebracht«, sage ich unbeholfen.

»Und deine Katze. Warum?«

Fussel hat sich in einem gleichmäßigen Rhythmus eingegroovt und gibt alle paar Sekunden ein empörtes Maunzen von sich. Ich bücke mich und öffne das Türchen. Sie schießt heraus, als hätte sie jemand in den Schwanz gezwickt, besinnt sich eines anderen und tappt vorsichtig weiter.

Obwohl der Müllcontainer seit elf Jahren hinter ihr liegt, hat Fussel ihren Waisenkindblick behalten, mit einem winzigen, zitternden Flämmchen in den Augen. Erst wenn sie sich in Bewegung setzt, die Nase dicht am Boden, merkt man, dass mit diesen Augen etwas nicht stimmt.

Wenn sich jemand zu Fussels Blindheit äußert, höre ich kaum noch hin. Ich reagiere nicht, wenn irgendwer darüber philosophiert, ob eine blinde Katze ein lebenswertes Leben habe. Ich liebe Fussel und ich bewundere alle, die ein Ziel haben. Fussels Ziel ist klar und einfach und sie verfolgt es täglich aufs Neue: ein voller Bauch.

»Lass uns reingehen, Papa«, sage ich.

Fussel liegt zusammengekringelt auf dem Schoß meines Vaters und lässt sich von ihm die Ohren auf die Art kraulen, die den kleinen Schnurrmotor in ihrer Kehle zuverlässig in Fahrt bringt. Seine Finger streicheln sie in einem unveränderlichen Tempo, mechanisch wie Roboterhände.

Hier also lebt mein Vater. Ein Zimmerchen mit Kochnische, die einzige Tür führt wohl in ein Bad. Der Raum ist so düster, als hätte er ein paar zusätzliche Schatten darin aufgehängt. Die Dübellöcher in den Wänden hat man nur grob zugespachtelt, vielleicht hingen dort einmal Fotos von Freunden, einer Familie. Wie viele Menschen haben dieses Häuschen vor meinem Vater bewohnt? Was wurde aus ihnen?

Den wuchtigen weinroten Schreibtisch aus seiner Studentenzeit hat er mitgenommen. Nicht nur, dass es mir vorkommt, als wäre der Schreibtisch in dieser Umgebung der einzige Farbklecks; mit seinem gedrechselten Aufsatz und den Messinggriffen ist er zudem der einzig schöne Gegenstand im Raum – abgesehen von den beiden Fotos, die auf der Tischplatte stehen. Auf dem größeren knien mein Vater und ich vor einem Weihnachtsbaum. Er grinst breit und spreizt hinter meinem Kopf zwei Finger in die Luft wie Hasenohren. Ich erinnere mich an dieses Weihnachten, wir hatten sämtliche Nachbarn zum Essen eingeladen, der Truthahn schmurgelte im Ofen und wir mussten uns mit dem Schmücken beeilen, aber dann hielt mein Vater mir eine Weihnachtskugel vors Gesicht und sagte: Guck mal, die Breitmaulfee, und wir lachten und schnitten Grimassen, damit wir noch mehr nach Witzfigur aussahen, und im Arkanit meines Vaters gab es nur ein einziges graues Fädchen, zart wie Lametta.

Auf dem kleineren Foto sitzt meine Mutter auf einem fuchsfarbenen Pferd. Um ihren Mund spielt ein Lächeln. Als das Foto aufgenommen wurde, hatte sie meinen Vater gerade kennengelernt.

Ich muss mich von den Fotos abwenden. Ganz schnell muss ich das.

Mit einem Finger tippe ich gegen den Rand des angeschlagenen Tellers, der auf dem Plastiktischchen zwischen uns steht. »Und? Was hattest du zum Frühstück, Papa?«

»Butterkuchen.«

»Fett und Zucker helfen dir aber nicht gerade. Achtest du auf deine Ernährung?«

»Obst und Gemüse sind teuer. Ich versuche, mein Geld zusammenzuhalten.«

»Ich hab dir Weintrauben mitgebracht. Und Tomaten. Und man kann ja auch mit wenig Geld gesund kochen«, sage ich munter. »Zum Beispiel ...«

Er atmet tief ein. »Wie geht es dir, Gemma?«

»Super. Aber ich will hören, wie es *dir* geht. Was machst du so?«

»Zum Beispiel Butterkuchen backen. Magst du ein Stück probieren?«

»Äh, später.« Immerhin, er backt, das ist ein gutes Zeichen. Seine Kuchen schmecken gigantisch, das sagen jedenfalls alle, die sie je probiert haben.

»Schläfst du genug?«, frage ich.

»Geht schon«, sagt er zögerlich, was keine richtige Antwort ist.

»Was ist mit DIP?« Ich höre selbst, dass ich wie eine Lehrerin klinge, die ihren Schüler abfragt, doch ich komme einfach nicht dagegen an.

Er zögert. »Ich denke ziemlich viel. Falls du das meinst.« Nach einer Pause fügt er hinzu: »Es ist die Zukunft, die mir nicht aus dem Kopf geht.«

»Konzentrier dich doch lieber auf den Augenblick, Papa.«

»Alle denken hier an die Zukunft.«

»Woran denn genau?«

Er seufzt. »Erzähl mir ...«

»Nein, ich möchte das wissen.«

Er betrachtet seine Fingernägel. »Was glaubst du denn. Wir denken natürlich an die Fünfte Zone.«

»Und wegen dem ganzen Denken bist du von der Dritten in die Vierte abgerutscht, stimmt's? Wann ist das passiert?«

Er drückt sein Kinn gegen den Hals und betrachtet seinen Arkanit. »Vor einer Woche. Oder zwei.« Langsam hebt er den Kopf. »Vor der Vierten war es nicht nur schlecht, weißt du?«

Langsam schüttele ich den Kopf. Ich habe keine Ahnung, wovon er spricht.

»In der Dritten – es war nicht alles unangenehm. Es ist schwer zu beschreiben.« Er reibt sich die Stelle zwischen seinen Augenbrauen, wo sich in den letzten Jahren eine kleine Falte eingekerbt hat, dann legt er seine Hand auf Fussels Rücken. Sie schlummert selig auf seinem Schoß. »Als würden die Tage nicht ständig glitzern und leuchten. Es war nicht mehr alles nur schön. Und gerade darum kam es mir manchmal so ... echt vor.«

»Was meinst du damit?«

Er gräbt die Finger in Fussels Fell, sodass sie im Schlaf ihre Vorderpfoten spreizt und ihre Krallen glücklich in seine Hosenbeine piekt. »Als wären meine Gedanken und Gefühle in der Ersten und Zweiten immerzu heil und glattgebügelt gewesen. Und als wäre ich plötzlich in einem Leben gelandet, in dem sie auch löchrig und zerknittert sein dürfen.«

Seine Worte sind wie kleine Steine, an denen ich mich stoße. »Ein zerknittertes Leben?«, frage ich verwirrt.

Er seufzt, greift mit einer Hand nach seinem Kaffeebecher und nippt daran. »Ein Leben, das ganz ist.«

»Du musst aber mit deinem Inneren Programm arbeiten, Papa. Wenn du positive Gedanken denkst, kommen die positiven Gefühle ganz von selbst.«

»So einfach ist das nicht, Gemma.«

»Das hab ich auch nicht gesagt. Du musst es aber trotzdem tun. Du willst doch hier raus?« Ich kann nicht verhindern, dass meine Stimme bei dieser letzten Frage ins Kippen gerät.

Er stellt seinen Kaffeebecher ab. »Jeder will raus aus Cloverhill, Liebes. Jeder will nach Hause. Zu seiner Familie. Seinen Freunden.«

»Dann musst du was dafür tun.«

»Gemma, hör zu. Ich tue, was ich kann. Joggen, Tagebuch schreiben, meditieren ...« Mit einem Mal platzt es aus ihm heraus: »Aber es gibt Zeiten, in denen man sich einfach nur müde fühlt.« Er legt eine Hand über seinen Mund und lässt sie wieder sinken. »Entschuldige.«

»Ist schon gut, Papa«, sage ich schnell. »Mach dir nicht so viele Sorgen. Und ... und iss mal einen Salat. Nicht immer nur Butterkuchen. Und ...« Angestrengt suche ich nach den richtigen Worten. »Und jeder Tag ist ein Geschenk. Du schaffst das. Schau, was ich dir mitgebracht habe.« Ich wühle in der Einkaufstasche, ziehe ein Buch hervor und lege es auf das Tischchen, das dadurch heftig ins Kippeln gerät.

»Lass dein Inneres Glückskind heraus«, liest mein Vater den Titel vor und setzt sich so abrupt auf, dass Fussel erwacht und erschrocken von seinem Schoß hüpft. »Schon wieder ein Machwerk von dieser Lili Zellmer?«

»Sie nennt sich jetzt Dalmina.«

»Klingt wie eine Hunderasse.« Er fährt sich mit einer Hand

durchs Haar und verwandelt das Vogelnest in einen Ort, den kein Vogeljunges je würde bewohnen können. »Nimm es wieder mit.«

»Aber es ist toll geschrieben, ehrlich. Du musst an dein Glück glauben, Papa, egal, wie weit unten du bist. Du musst an deinen Gedanken arbeiten, deinem Inneren Programm. Die Tipps in dem Buch sind echt super, sie ...«

»Nein.«

»Sie haben mich an der Akademie aufgenommen.« So habe ich es eigentlich nicht sagen wollen.

Mein Vater senkt den Blick und knibbelt an einem Brandfleck auf dem Tischchen. Sein Fingernagel – schmutzig, eingerissen, wer weiß wie lange nicht geschnitten – macht in der Stille ein schabendes Geräusch. Zum ersten Mal begreife ich, wie viel sich verändert hat. Bis vor drei Monaten musste ich nichts in meinem Leben alleine regeln, immer hat mein Vater auf mich aufgepasst, hat Schwierigkeiten abgewehrt, sich um alles gekümmert. Jetzt bin ich diejenige, die sich kümmern muss.

»Ich bring dich aus Cloverhill raus, Papa. Bis dahin musst du durchhalten. Du hältst so lange durch, bis ich im zweiten Semester bin. Dann darf ich dich ins Mandala-Zentrum holen.« Meine Stimme wird, während ich spreche, immer lauter, ich bin selbst überrascht, wie energisch sie in dem Zimmerchen mit den angegrauten Wänden widerhallt.

»Die Akademie«, sagt mein Vater langsam, als würde er meine Worte erst jetzt begreifen. »Tu das nicht, Schatz.« Er fasst nach meiner Hand und hält sie so fest, dass ich die Luft einziehe. »Du hast keine Ahnung, wie gefährlich dieses Studium ist. Die meisten Studenten geraten schon im ersten Semester in eine Kritische Zone. Darüber redet zwar keiner, aber ich kenne die Zahlen.«

Und ich dachte, er freut sich. Mit einer halb ärgerlichen, halb enttäuschten Bewegung entwinde ich ihm meine Hand. »Ich weiß über die Zahlen auch Bescheid. Und ich weiß sogar noch mehr: Mir passiert das nicht.«

Er richtet sich auf. Seine Brust weitet sich, als er sich mit den Händen auf seinen Oberschenkeln abstützt. Zum ersten Mal an diesem Vormittag klingt er so kraftvoll, wie ich es von früher kenne. »Du gehst nicht an die Akademie. Ich verbiete es dir.«

»Das kannst du nicht.« Ich hebe das Kinn. »Nicht, solange du in Cloverhill bist.«

In seinem Gesicht arbeitet es. Sein Arkanit flackert. Für einen Augenblick zuckt einer der schwarzen Fäden, als wollte er sich auflösen und verschwinden. Doch er bleibt. Mein Vater sinkt wieder zusammen.

»Geh nicht, Gemma. Bitte. Ich will dich nicht verlieren.«

»Du verlierst mich doch nicht. Und ich verliere dich nicht. Darum mach ich das ja.«

Zum Glück begleitet uns Fussel nicht bis zur Tür. Mein Vater und Fussel, beide zusammen, in diesem Augenblick wäre das mehr, als ich verkraften kann. Zum Abschied nimmt mein Vater mich in die Arme, doch seine Umarmung fühlt sich nicht mehr so fest an wie vorhin, und schon gar nicht so sicher, wie ich es von ihm gewohnt bin. Ich presse mich gegen seine Brust. Wenn er nicht kämpfen will, kämpfe ich für uns beide. »Ich hol dich ins Mandala-Zentrum«, flüstere ich. »Und dann gehen wir zusammen nach Hause.«

Als ich aus der Tür bin, halte ich nicht inne und schaue nicht zurück. Immer schneller eile ich den Weg hinunter, bis ich mir sicher bin, dass mein Vater mich nicht mehr sehen kann. Neben einer abgestorbenen Tujahecke bleibe ich stehen. Die goldene Farbe meines Arkanits zittert und flackert. Ich will nicht schon wieder nach oben gucken, es ist falsch, einfach nur falsch. Doch das zunehmende Gewicht auf meiner Brust ist eine deutliche Warnung. Mit einem Ruck lege ich den Kopf in den Nacken und nehme den Anblick des Glanzes in mich auf. Dann ziehe ich das Kopfteil des Schutzanzuges hoch, schließe den Reißverschluss und kehre zu Frau Winter zurück. Sie öffnet die Beifahrertür und während wir Cloverhill hinter uns lassen, gehen mir wieder und wieder dieselben Worte durch den Kopf:

Ich komme zurück.

Ich rette meinen Vater

Um jeden Preis.

9

Seit meinem Besuch in dem grauen Schuhschachtelhaus sind keine vierundzwanzig Stunden vergangen, doch inzwischen habe ich eine vollkommen andere Welt betreten. An Xaviers Seite gehe ich auf die mit bunten Mosaiken aufgepeppte Fassade des Wohnheims der Akademie zu. Hier und da schiebt sich ein Bäumchen durch eine Öffnung im Mauerwerk. Hundertwasser – ich glaube, so hieß er, dieser Architekt aus der Zeit davor. Das Gebäude sieht aus, als wäre er aus dem Grab gestiegen und hätte es höchstpersönlich entworfen.

Ein Fahrstuhl aus Glas trägt uns in den siebten Stock. Vor der Tür meines Appartements verabschiedet sich Xavier mit dem Hinweis, dass wir uns in zwei Stunden im Forschungszentrum wiedersehen, und lässt mich allein.

Ein eigenes Appartement. Und was für eins.

Der Raum ist so groß, dass ich sofort Lust bekomme, mit ausgebreiteten Armen über das Parkett zu segeln. Alles wirkt hell und einladend, die orangefarbenen Vorhänge, der vanillegelbe Teppich, die lindgrünen Stuhlkissen und die azurblauen Lampen ... So war es wohl, wenn du in früheren Zeiten durch einen Tag voller Licht gewandert bist. Probeweise lasse ich mich auf das Bett fallen, in dem eine ganze Familie Platz finden würde und das weich wie eine Wolke ist. Ich schnelle wieder hoch und flitze ins Bad. Flakons und Töpfchen mit allen möglichen Cremes und Essenzen, dazu eine mit ungefähr tausend Massagefunktionen ausgestattete Wanne ... Vom Bad weiter in die Küche und zum Kühlschrank, der bis zum Anschlag vollgestopft ist mit diesen sauteuren Sachen, die das Gesundheitsministerium empfiehlt und die sich kaum jemand leisten kann. Ich jedenfalls nicht. Hier servieren sie uns das alles umsonst. Auf einem Tablett arrangiere ich mir den leckersten Happy-Food-Imbiss meines Lebens: Powerbowl und Caribic Juice, dazu ein Haufen exotischer Früchte. Vom Schreibtisch schnappe ich mir den Lageplan der Akademie und lasse mich in den Korbsessel draußen auf dem Balkon sinken. Unter mir breitet sich der Campus wie eine Spielzeuglandschaft aus.

Immer wieder gleiche ich das, was ich sehe, mit dem Lageplan ab. Geradeaus liegt das Forschungszentrum, das von außen so durchgeknallt wirkt wie unser Wohnheim – nur zehnmal so groß. Fenster, von denen keines wie das andere ist, runde Türme, aus pastelligen Mauern wuchern Vorhänge aus irgendeinem Grünzeug, auf dem Hauptdach balanciert eine Art goldenes Auge; die gigantische Nachbildung eines Arkanits.

Rechts vom Forschungszentrum erheben sich zwei bunte Riesenpilze: *Heaven's Gate* (Wellness-Center) und *FunctionalFood* (Mensa/Biomarkt). Noch weiter rechts ragt die spiralige Riesenmuschel in die Dämmerung, die wir regelmäßig im Fernsehen bewundern können: das Mandala-Zentrum. Die Menschen auf den Balkonen dürften die superreichen Schauspieler, Sportler, Musiker, sonstigen Promis sein, die sich hier aus einer Kritischen Zone herausholen lassen.

Für einen Moment sehe ich meinen Vater in dem kleinen Zimmer in Cloverhill. Fussel hat sich auf seinem Schoß zusammengeringelt. An seinem gelb-blau gestreiften Hemd fehlt ein Knopf.

Wenn er nur auch bald auf einem dieser Balkone sitzt!

Das Hauptgebäude, in dem ich meine Prüfung abgelegt habe, kann ich von meinem Platz aus nicht erkennen, dafür jedoch links einen weitläufigen Park. Labyrinthische Wege führen an weißen Pavillons vorbei, dazwischen blühen Rosengänge, Obstbaumhaine und Beete voller Chronoblumen. Die Studenten und Mitarbeiter der Akademie haben es sich auf bunten Decken gemütlich gemacht, wo sie lesen, miteinander picknicken, einfach zusammen sind.

Doch etwas stimmt nicht.

Erst verstehe ich nicht, was es ist. Dann wird es so deutlich, dass ich mich frage, wie ich es die ganze Zeit übersehen konnte. Egal, wo die Menschen sitzen oder gehen, alle kehren sie ihre Rücken einem Zaun zu, der den Park auf der linken Seite begrenzt. Es wirkt nicht so, als täten sie es absichtlich, sondern als hätten sie sich instinktiv abgewandt.

Hinter dem Zaun liegt eine sanft gewellte Wiese, durchschnitten von einer Asphaltstraße. Laut Lageplan gehört dieses umzäunte Gebiet ebenfalls zum Campus, allerdings findet sich dort keine bunte Architektur. Die Straße schlängelt sich durch hohes Gras davon, während rechts und links immer mehr Bäume an sie heranrücken, bis sie zuletzt in einen Wald eintaucht. In der Dämmerung ist er kaum mehr als eine verschwommene Linie.

Das ist alles.

Ich schaue auf meinen Plan. Sperrgebiet. Mittendrin ein rotes X. Darunter, ebenfalls in Rot:

Gymnasium Freyard.

Dort, in dem Wald, liegt die Schule, in die vor achtzig Jahren die regenbogenfarbene Lichtkugel eingeschlagen ist. Die Geburtsstätte des Glanzes, versteckt hinter Bäumen, umgeben von einem Zaun.

Dort ist sie.

Die Kuppel, von der die ganze Welt spricht.

Zögernd öffne ich die Tür mit dem Symbol der Akademie – das goldene, von einem vierblättrigen Kleeblatt umrankte A – und betrete den hellen Saal im ersten Stock des Forschungszentrums. Sie haben etwas mit den Rundbogenfenstern gemacht: Hinter den Scheiben leuchtet statt des Glanzes ein zartblauer Sommerhimmel. So ein Neun-Uhr-morgens-Ferientag-Himmelblau aus alten Kinderbüchern.

Von den drei Stühlen in der Mitte des Saals sind zwei schon besetzt.

Larissa liest in einem dicken Wälzer und knibbelt dabei abwesend an dem kleinen Muttermal unter ihrem Auge. Der Einband ist mit goldenem Glanzpuder bestäubt. *Lebe dein Glück*, der neueste Ratgeber von Marten Pavel, seit Wochen auf Platz eins der Bestsellerliste.

Ich setze mich auf den Stuhl neben Tilda. »Na du?«

»Na?« Sie strahlt mich an. Das Outfit, das sie für den ersten Tag in ihrem neuen Leben ausgewählt hat, ist auf alle Fälle … bunt. Die verschiedenen Lagen aus Schals und Tüchern hat sie völlig chaotisch und zugleich sorgfältig um sich herum drapiert. Glitzerspangen stecken überall in ihren aufgetürmten Kringellocken.

»Ist dein Zimmer auch so …«

»Irre luxuriös?« Ich nicke.

Sie zögert. »Und wie geht's deinem Vater?«

Mundwinkel oben halten. »Ganz okay. Er sorgt sich ein bisschen wegen der Akademie.«

Mit dem Daumen streicht sie über meinen Handrücken. »Er ist in der Dritten. Da sind Sorgen normal.«

»Vierte.«

Sie starrt mich an. Mein Magen verkrampft. »Wie bitte?«

»Er ist in die Vierte abgestiegen.«

»Echt?« An ihrem Nasenflügel zuckt ein Muskel. Dann: »Du holst ihn da raus. Nächstes Semester darf er ins Mandala-Zentrum. Das geht total schnell, du wirst sehen.«

»Ja.« Ich versuche, mit fester, ruhiger Stimme zu sprechen, was mir nur mittelmäßig gelingt.

Larissa klappt ihr Buch zu, wobei sie einen Finger als Lesezeichen zwischen die Seiten steckt, und beugt sich zu mir herüber. »Hast du deine Testperson echt aus der Dritten rausgeholt?«

»Ja, schon.«

»Wow.«

Ihr Blick lenkt mich wenigstens kurzzeitig von meinem Vater ab: Für einen Moment fühle ich mich wie Superwoman. Leider hält das Gefühl nicht lange an, denn sie wendet sich bereits schwärmerisch dem nächsten Thema zu.

»Kostenlose Unterkunft, null Studiengebühren, ist das nicht super?« Ihre Klamotten, das fällt mir erst jetzt auf, wirken ziemlich ramponiert, als hätte sie sie von einer Schwester geerbt, die sie wiederum von einer Schwester geerbt hat. »Und im zweiten Semester dürfen wir sogar einen Angehörigen ins Mandala-Zentrum holen, Wahnsinn.«

Tilda und ich tauschen einen schnellen Blick.

Die Tür öffnet sich und Xavier kommt herein, gefolgt von einem Mann und zwei Frauen in flatternd weißen Laborkitteln. Eine von ihnen kenne ich bereits. Beatrix Swann.

»Schön, euch wiederzusehen.« Xavier nickt uns zu, sein Blick streift Tilda, kehrt jedoch gleich wieder zu uns allen zurück. »In diesem Semester bin ich euer Tutor. Ihr könnt euch jederzeit an mich wenden, wenn ihr Fragen zu eurem Studium habt. Heute gebe ich euch schon mal einen kurzen Überblick und dann legen wir auch gleich los.« Sein Lächeln soll uns wahrscheinlich ermutigen, aber inzwischen bin ich so zittrig, dass ich wohl demnächst seitlich von meinem Stuhl rutschen werde. »Wie ihr sicher wisst, umfasst euer Studium acht Semester. Nach jedem Semester habt ihr sechs Wochen Ferien, in denen allerdings die Prüfungen liegen. Der Unterricht findet täglich von neun bis siebzehn Uhr statt. Auf einen fixen Stundenplan verzichten wir, den stellen wir wöchentlich neu für euch zusammen, wobei wir großen Wert auf eine ausgewogene Mischung aus Theorie und Praxis legen.«

Aha. Was immer *ausgewogen* bedeuten mag.

Oder *Praxis.*

Als Nächstes stellt uns Xavier die Protektoren vor, die sich rechts und links von ihm aufgereiht haben und die sich ebenfalls um uns kümmern werden; ihre Namen vergesse ich sofort wieder, ich bin einfach zu aufgeregt.

Nun. Bis auf einen Namen. Beatrix Swann.

Xavier räuspert sich – und an der Art, wie er das tut, höre ich, dass es jetzt ans Eingemachte geht.

»Wir an der Akademie«, er faltet die Finger zu einem Gewölbe und betrachtet uns über dessen Kuppel hinweg, »sind die Verteidiger des Glücks. Der Kampf gegen das Negative ist das Herz unserer Arbeit und sein Tod bei jedem Spiel unser letzter Zug. Wir verfolgen das Negative mit Strategien, die euch manchmal gnadenlos erscheinen mögen. Wir tun das, weil nichts auf der Welt wichtiger ist als das Glück.« Sein Lächeln verblasst. »Ihr seid nicht zum Spaß hier. Ihr seid die Waffe gegen den Glanz. Die Menschen schützen – das ist von jetzt an eure Aufgabe.« Mit auf dem Rücken verschränkten Händen beginnt er, langsam an den Fenstern entlangzugehen. Das Sommerlicht legt einen bläulichen Schimmer auf sein Haar. »Der Gesunde wählt seinen eigenen Weg. Der Kranke lässt sich vom Geschehen treiben. Der Gesunde verändert. Der Kranke verharrt. Diese Kranken zu retten, ist euer Job.«

Der Blick von Beatrix Swann wandert über uns hinweg und bleibt an mir hängen. Ihre Nasenflügel blähen sich. Beinahe unmerklich weicht sie einen halben Schritt zurück. Oje. Kein gutes Zeichen. Wie mag es Florentine inzwischen gehen? Kommt sie damit klar, dass sie durchgefallen ist? Ihre Mutter ja offensichtlich nicht.

Es kostet mich einige Mühe, mich wieder auf Xavier zu konzentrieren, der mittlerweile auf einen Impfstoff gegen die negative Energie umgeschwenkt ist, an dem die Akademie unter Hochdruck arbeitet. »Bis die Forschungen abgeschlossen sind, bleibt die Modulation unsere effektivste Therapie.« Er wendet sich von den Fenstern weg und wieder in unsere Richtung. »Was tun wir bei der Modulation?« Die Antwort gibt er gleich selbst: »Wir verhindern den *Angriff.*«

In der darauffolgenden Stille hat das Wort Zeit, in unsere Köpfe einzusickern und sich festzusetzen.

»Der Angreifer kann alles Mögliche sein: Mensch, Tier oder ein völlig anderes Geschöpf, Stimme, Geruch oder Naturgewalt. Alles ist möglich. Der Angreifer will den Träumer in den Strudel der negativen Energien hinabziehen. Dagegen stehen wir. Als Protektoren *modulieren* wir den Angriff, das heißt, wir verändern den Traum und geben ihm einen positiven Dreh. Dabei handeln wir rein intuitiv. Die Besten von uns schaffen das in nur einer Sitzung«, sein Blick streift mich kurz, »doch so etwas gelingt nur wenigen, stellt euch also auf eine harte Arbeit ein, die eure Fähigkeiten immer wieder auf die Probe stellt. Vertrauen ist dabei der Dreh- und Angelpunkt. Nur, wenn der Träumer euch vertraut, wird er eure Hilfe annehmen.« Behutsam streicht er mit einer Hand über eine blaue Fensterscheibe. »Vertrauen spielt auch eine zentrale Rolle bei der Identifikation, auf die wir später im Semester noch zurückkommen.« Zentimeterweise wendet er sich von dem Fenster weg und wieder zu uns hin. »Nur so viel: Mithilfe der Identifikation finden wir heraus, wer seinen Arkanit mit Silver Ice manipuliert hat. Von Silver Ice habt ihr natürlich schon gehört.«

Jeder hat davon gehört. Silver Ice gilt als gefährlichste Droge der Welt, wurde von den Grenzgängern entwickelt, genauer gesagt von den Viren, und ist nur über deren geheime Kanäle zugänglich. Du injizierst irgendwas Synthetisches in deinen Arkanit und je nach Höhe der Dosis friert ihn das für eine Zeit lang in der Zweiten Zone ein: Auch wenn du selbst in eine Kritische Zone absteigst, bleibt dein Arkanit in der Zweiten.

»Wir vermuten, dass inzwischen eine neue Droge im Spiel ist. Statt Silver Ice kriegen wir es jetzt mit einem Golden Ice zu tun.« Xavier tritt von den Fenstern zurück. Dort, wo er die Scheibe berührt hat, erscheint mir das Blau eine Spur dunkler als zuvor. »Damit könnten sich die Viren sogar Zugang zur Akademie verschaffen.«

Mir kommt das Plakat in den Sinn, das ich an unserem Prüfungstag im Treppenhaus entdeckt habe.

Wir alle haben das Recht auf Angst, Schmerz und Verzweiflung. Den Wert eines Lebens am Glück zu bemessen, ist katastrophal für wahres Mitgefühl.

Mich fröstelt. Hat ein Virus das Plakat in die Akademie eingeschmuggelt? Jemand, der seinen Arkanit in der Ersten Zone eingefroren und sich auf diese Weise Zutritt verschafft hat?

»Lassen wir die Identifikation fürs Erste beiseite.« Xavier

umfasst den Griff eines Fensters und stellt es auf Kipp. Die Geräusche des Campus dringen herein. Rufe, Gelächter, Vogelgezwitscher, es klingt eher nach Wellness als nach Wissenschaft, doch mir gefällt es so. Was mir auch gefällt: Tilda ist völlig in Xaviers Anblick versunken. Ruhig und gerade sitzt sie auf ihrem Stuhl, die Mundwinkel in einem Lächeln hochgebogen, von dem sie wohl selbst nichts mitbekommt. Während ich sie beobachte, werde ich ein bisschen neidisch. Ich würde auch gern einmal auf diese Art im Anblick eines anderen Menschen versinken.

Tilda meint, ich wäre noch mit niemandem zusammen gewesen, weil ich erst sechzehn bin, was keine taugliche Erklärung ist, wenn deine beste Freundin mit fünfzehn zum ersten Mal mit einem Jungen geschlafen hat. Ihr gegenüber tue ich natürlich so, als würde mich die Liebe nicht interessieren, und seit der Sache mit meinem Vater erscheint mir das Thema auch wirklich nicht mehr so wichtig, doch in der Zeit davor hätte ich es schön gefunden, wenn sich einmal jemand so richtig in mich verliebt hätte. Bisher war immer *ich* die Verliebte, und das war eher deprimierend. Mein erster Schwarm hieß Francis; alle Mädchen an der Grundschule waren in ihn verknallt. In der Siebten verliebte ich mich in Ramon, der aussah wie der jugendliche Hauptdarsteller eines Actionfilms und der mit dem schönsten Mädchen an unserer Schule ging. Mit vierzehn lernte ich dann Benji kennen, der wiederum meine damals beste Freundin kennenlernte. Von allen drei Jungen wurde ich nicht wiedergeliebt, es gab nichts, was ich dagegen tun konnte, und obwohl es ein Riesenglücksbooster sein kann, wenn du dich verliebst – wenn sich der andere nicht verliebt, geht das eher nach hinten los.

Im Augenblick habe ich allerdings andere Sorgen.

»In eurem Hauptstudium werden wir euch den einen oder anderen Klienten aus einem Kurzentrum anvertrauen«, holt mich Xavier in die Gegenwart zurück, »Menschen, bei denen es unbedingt darauf ankommt, dass ihr die Modulation beherrscht. Bis dahin trainiert ihr die Basics an den Testpersonen. Und die können ausgesprochen zäh sein, wenn es um ihre negativen Gedanken und Gefühle geht. In ihren Träumen tun sie nichts lieber, als ihre düstersten Erinnerungen hervorzukramen und ihre negativen Einstellungen zu verhätscheln.«

Obwohl das blaue Fensterlicht noch immer leuchtet, kommt es mir jetzt wirklich erheblich dunkler vor.

»Da wir euch auf drastische Traumbilder vorbereiten müssen, beginnt euer Studium mit einem Abstieg in euer eigenes Unbewusstes«, fährt Xavier fort. »Wir härten euch ab, indem wir euch in eure eigenen Ängste schicken.«

Ach du Scheiße. Das heißt dann wohl: Gruppensitzung, in der wir einander unsere schlimmsten Erlebnisse aus der Kindheit auftischen müssen. Klar, die Technik funktioniert (außer wenn sie nicht funktioniert), aber Seelenstriptease war noch nie mein Ding – und Tilda, deren Finger sich gerade fest in ihre Schals verknoten, hasst so etwas aus tiefstem Herzen.

»Beim Luziden Träumen habt ihr gelernt, wie ihr eure Albträume verändern oder euch daraus wecken könnt.« Xavier geht langsam auf uns zu, plötzlich wirkt er fast bedrohlich. »Den Traum verändern – genau das müssen wir perfektionieren. Zur Unterstützung verabreichen wir euch daher ein medizinisches Präparat, das vor einigen Jahren vom Markt genommen wurde, weil es heftige Albträume auslöst. Für eure erste Lektion wird es uns sehr nützlich sein.«

»Sie verpassen uns ein Medikament?«, entfährt es Larissa. Alle Blicke richten sich auf sie. Ihre Wangen werden feuerrot, doch sie fährt tapfer fort: »Ist das nicht ... riskant? Ich meine, wenn das vom Markt genommen wurde und so.«

»Alle Studenten der Akademie werden engmaschig medizinisch betreut. Das ist auch wegen der Injektionen vor der Modulation unerlässlich. Alle verwendeten Präparate werden laufend verbessert und sind inzwischen praktisch frei von Nebenwirkungen. Macht euch deswegen bitte keine Sorgen.«

Langsam löst Tilda die Finger aus ihrem Schal und verknotet die fransigen Enden so fest über ihrer Brust, als würde sie frieren.

»In dieser ersten Lektion müsst ihr also einen eurer Albträume verändern, das heißt, ihr müsst einen positiven Impuls setzen, etwa ein Bild oder einen Gedanken. *Dieser Traum entwickelt sich genau so, wie es hilfreich für mich ist,* wäre ein Beispiel für einen effektiven positiven Gedankenimpuls.«

Larissa sinkt auf ihrem Stuhl zusammen und murmelt: »Das wird bestimmt kinderleicht.«

Und ob. Mein Magen grummelt, meine Hände pressen sich um die Kanten meines Stuhls. Luzides Träumen. Gemmas Spezialdisziplin. Shit. Auch wenn ich in der Prüfung offenbar eine reife Leistung abgeliefert habe, war das eben doch ein Zufall. Jetzt wird mich schon meine erste Aufgabe an der Akademie unter sich begraben. Ich bin erledigt, bevor mein Studium richtig begonnen hat. Luzides Träumen, Medikamente, Albträume – mich überkommt eine solche Furcht, dass ich mich daran erinnern muss, wie man ruhig atmet, während ich mich innerlich zu einer kleinen Kugel zusammenkrümme, die am liebsten unter der Tür hindurchkullern und auf Nimmerwiedersehen davonrollen würde.

»Sobald euer Traum eine positive Wendung nimmt, weckt ihr euch selbst.« Xavier rückt seine Brille zurecht. »So weit klar?«

»Und wenn wir in die Zweite abrutschen?«

Automatisch wende ich mich wieder Tilda zu. Ihre Stimme klingt so ängstlich und zugleich so weich, wie ich es noch nie bei ihr erlebt habe.

Xavier macht einen Schritt auf sie zu und hebt wie in Zeitlupe eine Hand, als wollte er sie berühren. Ich glaube, er kriegt es gar nicht mit. Es ist so still, dass ich fast hören kann, wie Larissa an ihrem Muttermal knibbelt.

»Du rutschst nicht ab, Tilda«, sagt er. »Hätten wir dich sonst an die Akademie geholt?«

Das Traumlabor erinnert an eine dieser zu einem coolen und extrem teuren Club umgemodelten Fabrikhallen. An der Wand blitzt in bombastischen Goldbuchstaben: *Träume sind Illusion und Wahrheit zugleich.*

In der Mitte des Raumes hat man zwanzig Schlafliegen zu einem Halbkreis arrangiert. Xavier teilt jedem von uns eine Protektorin oder einen Protektor zu, der uns wecken soll, falls unsere psychischen oder physiologischen Werte aus dem Ruder laufen. Ausgerechnet Beatrix Swann wird mich überwachen, was meine Angst nicht gerade dämpft. Ein Albtraum. Was für ein fantastischer Einstieg in mein Studium. Mit einer Hand streiche ich über meine Liege, nehme die Hand jedoch gleich wieder weg, als ich sehe, wie meine Finger flattern. Beatrix Swann beobachtet mich aufmerksam. Bestimmt wartet sie nur darauf, dass ich einen Rückzieher mache.

Keine Chance.

Ich setze mich auf die Liege. Auf dem Kopfteil liegt das Ende eines silbernen Kabels, aufgespreizt zu mehreren Drähten mit winzigen Saugnäpfen, während das andere Ende in einem Behälter mit einem orangefarbenen Gel verschwindet.

»Wenn dein Körper in den Alarmmodus schaltet, erhärtet sich das Gel. Dann wissen wir, dass dein Albtraum beginnt. Sobald du den Traum positiv veränderst und sich deine Werte normalisieren, wird das Gel wieder flüssig. Auf diese Weise können wir sicher sagen, wie lange du für die Veränderung brauchst.« Beatrix Swann hält mir eine Tablette hin. Zitronengelb und kaum größer als ein Reiskorn; mir kommt sie dick wie eine Melone vor. Mit noch immer zitternden Fingern lege ich die Tablette auf meine Zunge und würde sie am liebsten gleich wieder ausspucken, spüle sie aber entschlossen mit dem zuckersüßen Aprikosensaft hinunter, den Beatrix Swann mir reicht.

»Leg dich jetzt hin«, sagt sie.

Also lege ich mich hin – und schaue ein letztes Mal ängstlich zu Tilda. Sie schläft bereits.

Beatrix Swann klebt die Drähte an meine Schläfen und drückt die Saugnäpfe gegen meine Stirn. »Wie fühlst du dich?«

»Gut.« Schwere sickert in meine Glieder. Das ist keine Tablette, das ist ein Tablettenturbo. Und er zieht mich sofort in die Dunkelheit.

Das Nächste, was ich wahrnehme, ist die regenbogenfarbene Dämmerung, vor der sich die Silhouetten kahler Bäume abzeichnen. Die Ebene, über die ich gehe, ist eine morastige Wiese, jeder meiner Schritte lässt grauen Dunst aus dem Boden quellen. Nebelschwaden treiben träge vor mir her. Kein Laut ist zu hören bis auf das leise Schmatzen meiner Schuhsohlen. Ein schwacher Wind kühlt mir die Stirn. Ein Stück voraus schimmert eine graue Fläche. Der Himmelsee. Nichts rührt sich dort, keine Wellen kräuseln die Oberfläche, kein Wasservogel zieht seine Bahn. Der See liegt wie erstarrt.

Auf einem Baumstamm am Ufer sitzt jemand. Er hat mir den Rücken zugekehrt und seine Kapuze hochgezogen, doch ich muss sein Gesicht nicht sehen, um zu wissen, wer in der grünen Jacke mit den schwarzen Querstreifen steckt. Mein Vater hatte Fussel darin eingewickelt, als er sie vor elf Jahren mit nach Hause brachte, ein winziges Bündel mit noch geschlossenen Augen, aus denen Eiter sickerte.

Wenn ich ihn anspreche und er sich umdreht – wird das von der Kapuze umrahmte Gesicht sein Gesicht sein? Oder werde ich ein im Dunkeln schwebendes Augenpaar sehen, einen Mund, aus dem eine trockene Stimme meinen Namen zischt?

Die Gestalt dreht sich um. »Gemma.«

Vor Erleichterung sinkt mir der Magen bis fast in die Zehen. Es ist mein Vater, sein liebes, sanftes Gesicht, der fein geschnittene Mund, das dunkelbraune Haar.

»Setz dich doch zu mir«, sagt er.

Der Schlamm saugt an meinen Schuhen, sodass ich nur langsam vorankomme. Als ich meinen Vater endlich erreiche und mich neben ihm auf den Baumstamm sinken lasse, nimmt er meine Hand.

»Da bist du endlich«, sagt er.

Ein dumpfes Gefühl zieht sich in meiner Brust zusammen. Etwas Bedrohliches legt sich über die Szene, wie Schreie, die ich nicht hören kann und die trotzdem überall um mich herum sind.

»Was hast du getan?«, fragt mein Vater leise und lässt meine Hand los.

»Nichts. Gar nichts hab ich getan«, stammele ich.

»Doch. Hast du.« Vorsichtig, als könnte er sich an mir verbrennen, berührt er mit den Fingerspitzen mein Gesicht. »Deinetwegen ist sie gestorben.«

Die Worte hallen über den Himmelsee und verstärken sich mit jeder Sekunde.

»Ich wollte das nicht«, flüstere ich.

»Es hat angefangen, als sie schwanger war. Und mit jeder Woche wurde es schlimmer. Nicht der Glanz ist Schuld, sondern du. Du hast sie mir weggenommen.«

»Aber ...« Ich weiß nicht, was ich sagen soll. Tränen fallen aus meinen Augen auf meine Knie. Nein, denke ich, stopp! Das hier ist ein Traum, nur ein beschissener Traum! Ich balle die Fäuste und spanne meinen Körper an, um mich zu wecken, mich zurück in die Wirklichkeit zu holen ...

Halt. Genau das darf ich nicht tun. Ich muss den Traum verändern, das ist mein Job. Ihn mit der Kraft meiner positiven Gedanken in etwas Schönes verwandeln.

Alles, was mir widerfährt, bringt mich weiter auf meinem Weg ... Oder so ähnlich. Die Gedanken klingen hohl. Mein Inneres ist ein Zimmer ohne Möbel. Ich schaffe es nicht.

Es sei denn ...

Nein. Auf keinen Fall.

Du musst.

Sie könnten etwas merken.

Aber du musst. Nur so wird es gehen.

Verdammt. Verdammt!

Ich schließe die Augen. Hinter meinen Lidern flimmert das Farbenspiel des Glanzes. Mein Atem vertieft sich. Überall in mir breitet sich der Glanz aus, oder ich mich in ihm, überall sind Wärme und Ruhe und das Gefühl, dass ich nach Hause komme. Meine Fäuste entspannen sich, mein Körper wird weich. Es ist das schönste Gefühl der Welt.

Als ich die Augen wieder öffne, sitze ich noch immer auf dem Baumstamm – und noch immer sitzt jemand neben mir, eingehüllt in einen zerschlissenen Mantel. Es ist nicht mein Vater.

Er wendet mir das Gesicht zu.

Wie können Augen so lagunenblau leuchten?

Mir wird heiß und kalt und wieder heiß. Mein Herz fühlt sich plötzlich zu groß an für meinen Körper.

»Was …«, ich räuspere mich, »was machst du hier?«

Keno antwortet nicht. Ich höre seinen Atem. Die Härchen an meinem Unterarm richten sich auf, als wollten sie ihm so nahe wie möglich kommen. Doch wir berühren uns nicht. Vage erinnere ich mich, dass ich meinen Traum schnell verlassen muss. Es gibt nichts, wozu ich weniger Lust hätte. Ich möchte hier sitzen. Einfach neben ihm sein.

Keno steht auf. Einen Augenblick verharrt er noch, dann geht er langsam davon, wird Schritt für Schritt kleiner, bis er mit der regenbogenfarbenen Dämmerung verschmilzt.

Über mir schimmert der Glanz.

Ich balle die Fäuste, löse die Spannung, spreize blitzschnell die Finger – hole mich zurück in die Wirklichkeit.

10

Zwei Gestalten beugen sich zu mir herunter. Xaviers Lächeln wirkt angespannt, während Beatrix Swann höchst zufrieden scheint.

Als hätte sie gemerkt, dass ich meinen Traum mit einem Trick verändert habe.

Behutsam löst Xavier die Drähte von meiner Schläfe. Beatrix Swann verschränkt die Arme vor der Brust. »Für manche Studenten ist es eben doch zu viel. Du siehst erschöpft aus. Möchtest du etwas trinken?«

»Danke, kein Bedarf.« Ich richte mich auf. »Wo sind die anderen?«

»Oh, sie sind längst wieder im Unterrichtsraum«, lässt sie mich mit Flötenstimme wissen. »Wir warten nur noch auf dich.«

»Was war denn los, Gemma?« Die Schatten des abgedunkelten Raumes tauchen Xaviers Gesicht in eine silbrige Dunkelheit. »Du hast deinen Traum in null Komma nichts umgemodelt, die Schnellste von allen, perfekte Werte – und dann bist du irgendwie hängen geblieben.«

Okay. Von meinem Geheimnis haben sie anscheinend nichts mitbekommen, immerhin ein Punkt für mich.

»Muss ich das Offensichtliche erklären?« Beatrix Swann seufzt lange und tief anhaltend. »Sie hat ihre Kräfte verbraucht, während sie ihren Traum verändert hat. *Darum* konnte sie sich nicht wecken. Wir müssen das im Auge behalten, Xavier.

Sie könnte mit der Modulation grundsätzlich überfordert sein. Was ihr Studium ernsthaft gefährden würde.«

»Ich bin nicht überfordert«, sage ich fest. »Mir geht's gut.«

»Ich denke, Gemma hat eine akzeptable Leistung abgeliefert«, sagt Xavier kühl zu Beatrix Swann.

»Und ich denke, wir sollten nicht von jedem Studenten automatisch annehmen, dass er sich für die Laufbahn eines Protektors eignet, nur weil er die Prüfung besteht«, gibt sie noch kühler zurück. Gerade weil sie mich nicht anschaut, habe ich das Gefühl, dass sie mich unverwandt anstarrt. Als wüsste sie, was ich geträumt habe. Doch das kann nicht sein, sie war ja nicht einmal als Observerin an den Traum angeschlossen.

Ahnt sie also doch etwas von meinem Geheimnis? Aber wie sollte sie?

Hier geht es um etwas anderes. Sie gibt mir die Schuld, dass Florentine durchgefallen ist.

Womit sie ja nicht ganz unrecht hat.

Zurück im Unterrichtsraum quetscht mich Xavier gehörig über meinen Traum aus. Auch Tilda und Larissa lehnen sich mir neugierig entgegen. Auf keinen Fall werde ich ihnen von meinem Vater, seinen Vorwürfen, dem entsetzlichen Gefühl meiner Schuld erzählen – oder wie ich es geschafft habe, meinen Traum zu verändern.

Auch von Keno werde ich nicht sprechen.

»Ich hab am Himmelsee gesessen. Das ist ein See bei uns in der Gegend.«

»Und was ist dort passiert?«, fragt Xavier behutsam.

»Da war ein Ungeheuer«, improvisiere ich. »Ein, äh, Seeungeheuer. Mit Zähnen. Und Saugnäpfen. Ich konnte es in einen Vogel verwandeln. Eine Krähe. Das sind meine Lieblingsvögel. Ich hab wohl zu lange zugeschaut, wie sie über den See geflogen ist. Sie war so … schön«, schließe ich lahm.

»Aha«, sagt Beatrix Swann und meine Geschichte kommt mir noch dämlicher vor. Ihr Blick, die Stille zwischen uns. Mein Herz klopft, als würde ein kleiner Vogel von innen gegen meinen Brustkorb picken.

Keine weiteren Fragen.

Als die Reihe an Tilda kommt, sagt sie unumwunden das, was ich nicht herausgebracht habe: Sie will ihren Traum für sich behalten. Xavier nickt, kein Problem. Er schaut auf seine Uhr. »Noch ein Wort zum Schluss. Im ersten Semester müsst ihr euch dem sogenannten Härtetest stellen. Das bedeutet, wir schicken euch in den Traum einer Testperson aus der Fünften Zone.« Gezischel, Getuschel, er hebt eine Hand. »Diesen Traum sollt ihr natürlich nicht modulieren. Einem Fünfer kann niemand mehr helfen. Aber ihr sollt den Traum eines Fünfers *erleben.* Es ist der letzte Test für die Stabilität eurer Zone.«

»Und wann?« Larissas Augenbrauen sind zwei schreckhaft hochgewölbte Bögen.

Xavier steht jetzt direkt hinter Tilda. Er streckt eine Hand aus, als wollte er ihr Haar berühren, hält inne und lässt die Hand wieder sinken. »Sobald eine unserer Testpersonen in die Fünfte Zone eintritt. In der Regel passiert das alle paar Wochen. Haltet euch also bereit.«

11

Acht Uhr morgens, fast alle Tische sind besetzt. Die Mensa ist ein riesiger Wintergarten voller Zitronen- und Orangenbäume, ich könnte den ganzen Tag hier umherstreifen und den Duft in mich einsaugen. Köpfe drehen sich in unsere Richtung, als wir am Buffet entlangschieben, klar, wir sind die Neuen, doch dann merke ich, dass sie nicht uns angucken, sondern *mich.*

»Gemma, richtig?« Ein Mann steuert auf mich zu. »Hab schon von dir gehört.« Er schwenkt meine Hand und den daran befindlichen Arm auf und ab. »Willkommen an der Akademie.«

»Wusstest du, dass ich mit einer Berühmtheit befreundet bin?« Tilda packt ein weiteres Sandwich auf ihr Tablett und zieht mich zu einem nahen Tisch. »Sie heißt Gemma. Wenn du willst, besorg ich dir ein Autogramm.«

»Sei bloß still«, zische ich.

Nach dem Frühstück begleitet uns niemand anderes als die Direktorin persönlich zum Forschungszentrum. Und warum habe ich das Gefühl, dass das kein Zufall ist und Gathea mich beobachtet, als versuche sie, meine Schutzwälle zu durchbrechen und mein Inneres zu scannen?

Zeig mir, was in dir steckt, Gemma. Zeig mir, wie du das mit der Modulation hinbekommen hast. Wie du deine Albträume veränderst. Zeig es mir.

Fast kann ich spüren, wie diese Worte zwischen uns in der Luft glühen und meine Gedanken immer mehr Fahrt aufnehmen.

Um ihrem Blick nicht begegnen zu müssen, konzentriere ich mich auf den mit bunten Steinen gepflasterten Weg, sodass mir alle paar Schritte eine in Gold geprägte Botschaft entgegenblitzt:

Glück ist dein natürlicher Zustand.

Du ziehst das Positive an.

Was du anpackst, wird ein Erfolg.

Gathea macht einen großen Schritt, um nicht auf *Gestalte dein Schicksal* zu treten, und deutet zu der perlmuttfarbenen Riesenmuschel hinüber.

»Die Besten von euch dürfen nach dem Studium die Mandala-Klienten behandeln.« Bei diesen Worten wendet sie sich leicht in meine Richtung. »Wirtschaftstycoone, Schauspieler, Promis aus der ganzen Welt. Letztes Jahr hatten wir Charly Rooney hier.«

»Der aus *So hell der Mond?«* Larissa gluckst beinahe vor Aufregung. *»Der* war in einer Kritischen?«

»Zu viel Stress, zu wenig Arbeit an sich selbst, so etwas passiert auch den Reichen und Berühmten. Im Mandala-Zentrum können sie sich in einer geschützten Umgebung erholen.«

»Und die lernen wir alle kennen?«, fragt Larissa.

Gathea lacht leise. »Tut mir leid. So schnell geht das nicht. An die Mandala-Klienten lassen wir nur Profis ran. Mit denen wird nicht experimentiert, da wenden wir ausschließlich die sichersten Methoden an.«

Sie gleitet durch eine Lücke zwischen den Bäumen und führt uns auf die Rückseite des Forschungszentrums zu. Von hier aus betrachtet ähnelt das goldene Ding auf der Dachspitze nicht länger einem überdimensionalen Arkanit, sondern dem Mond auf alten Abbildungen.

»Dort wohnen die Grenzgänger – unsere Testpersonen.« Sie deutet zu den Balkonen hinauf, die mit ihrer Rundumvergitterung auf beunruhigende Weise an Käfige im Zoo erinnern. »Mit ihnen trainiert ihr die Modulation.«

In manchen der Balkonkäfige sitzen Leute und trinken etwas oder lesen – falls sie sich nicht in die Dunkelheit hinter den Balkontüren zurückziehen, sobald sie uns bemerken.

Tilda stemmt die Fäuste in die Hüften und schaut an der Fassade hinauf, fast wirkt es, als würde sie in den Glanz gucken. »Die Modulation ist die teuerste Therapie der Welt, da muss man ewig drauf warten – und die Grenzgänger kriegen das umsonst? Das ist doch, als würde man die auch noch belohnen.«

»Ihr *trainiert* mit ihnen«, wiederholt Gathea. »Dabei wird einiges schiefgehen. Sie werden in tiefere Zonen abrutschen. Keine Rede davon, dass ihnen eine echte Modulation zuteilwird.«

»Versuchskaninchen.« Das Wort ist heraus, ehe ich es unterdrücken kann.

Gathea dreht sich langsam zu mir um.

Locker bleiben. In dich hineinschauen kann sie nicht.

»Ein Versuchskaninchen hat keine Wahl«, sagt sie ruhig. »Ein Grenzgänger schon. Er weiß, dass er nach einer Identifikation als Testperson eingesetzt wird. Er entscheidet sich in dem Augenblick, in dem er zum Grenzgänger wird.« Sie gräbt die Fäuste in die Taschen ihres weißen Laborkittels. »Wir bringen hier keine Leute um, egal, was die Viren behaupten. Das Risiko, in die Fünfte Zone zu geraten, wäre im Gefängnis um ein Vielfaches höher. Die Akademie gibt den Grenzgängern eine Chance, der Gesellschaft etwas zurückzugeben, statt ihr noch mehr zu nehmen.«

Eine der bisher geschlossenen Balkontüren öffnet sich. Eine Gestalt tritt ins Freie und nähert sich dem Gitter. Ihre Bewegungen wirken zielgerichtet, als hätte sie den ganzen Morgen hinter der Tür gestanden und auf uns gewartet. Erst ist ihr Gesicht ein verschwommener Fleck in der Dämmerung. Dann gewinnt es an Kontur. Im Nacken spüre ich ein Kribbeln.

Es ist Keno.

Sein Gesicht ist blass und sein Haar wie vom Schlaf zerstrubbelt. Die Ärmel seines mattgrünen Hemdes hat er bis zu den Ellenbogen hochgerollt. Viel mehr erkenne ich nicht; nicht die Farbe seiner Augen und bestimmt nicht die halbmondförmige Narbe an seiner Oberlippe, die klein wie ein Rosendorn ist und von der ich nicht weiß, warum sie mir auf einmal in den Sinn kommt. Habe ich sie in dem Kellertraum gesehen, als wir zusammen diesen Horror mit dem Quarantänewagen erlebt haben? War es in dem Traum vom Himmelsee, als er neben mir auf dem Baumstamm saß und ich seinem Gesicht so nah gekommen bin?

War es in der Wirklichkeit, gibt es die Narbe überhaupt?

Die Finger seiner rechten Hand schieben sich zwischen die Gitterstäbe und umschließen sie. Dann hebt er wie in Zeitlupe die linke Hand und winkt.

Keno Reed winkt mir zu.

Wie auf dem Boden festgeschweißt stehe ich da. Meine Arme und Hände sind aus Blei. Warum tut er das?

Als hätte er gewusst, dass ich die Prüfung bestanden habe; als wollte er mich begrüßen. *Willkommen an der Akademie – Partnerin.* Rasch wende ich mich ab.

»Das war deiner, nicht wahr?«, fragt Gathea leise.

Ich zucke zusammen. »Er ist nicht *meiner«,* murmele ich.

»Natürlich nicht.« Sie bückt sich und streicht mit einem Finger über das Blatt einer Klatschmohnblüte. Dann blickt sie auf ihre Armbanduhr. »Uns bleibt noch etwas Zeit. Los, kommt.«

Vorsichtig schaue ich zurück.

Der Balkon ist leer.

Als wir in den Park der Akademie einbiegen, schließen Larissa und Tilda zu Gathea auf. Bald sind sie in eine angeregte Unterhaltung mit der Direktorin vertieft, ich höre das sanfte Murmeln ihrer Stimmen, ein leises Lachen von Gathea, das wie eine Einladung klingt, trotzdem bleibe ich einen halben Schritt hinter den dreien. Xavier und Beatrix Swann sind meinem Geheimnis nicht auf die Spur gekommen, doch Gathea ist weit erfahrener als sie. Vorläufig genügt es, dass ich während der Prüfung ihre Aufmerksamkeit erregt habe. Ich darf sie nicht zu tief in mich hineinblicken lassen.

Wir biegen um einen von Geißblatt umrankten Pavillon und gehen nun auf einem Sandweg dicht an dem Zaun entlang, der mir gestern von meinem Balkon aus aufgefallen ist. Er ist wenigstens dreimal so hoch wie ich und besteht aus einem eng gezogenen Drahtgeflecht. An einem Tor leuchtet ein gelbes Schild.

Sperrgebiet.

In dem Wachhaus neben dem Tor sitzen ein Mann und eine Frau. Beide winken Gathea zu, als wir vorübergehen. Sie grüßt knapp zurück. Eigentlich rechne ich damit, dass sie das Tor jetzt öffnet und uns hindurchwinkt, doch sie bleibt davor stehen, als wäre das Gebiet dahinter sogar für sie tabu.

Ich betrachte die von leichtem Rost gefleckte Klinke des Tors. Das braune Rot der Flecken sieht alt und doch frisch und klar aus. Mein Blick wandert zurück zu dem Schild, dessen Aufschrift sich mir geradezu schmerzhaft in die Augen bohrt.

Sperrgebiet.

»Und da wohnen also die grünen Männchen?«, fragt Larissa mit angestrengter Fröhlichkeit.

Ein kleines Lächeln huscht über Gatheas Gesicht. »Zumindest existiert dort eine außerirdische Präsenz, ja. Ob grün und männlich, das wissen wir nicht.«

Ich würde gern das Gefühl in Worte fassen, das ich empfinde, als ich durch das Drahtgeflecht des Zaunes zu dem Wald hinüberblicke, doch es gelingt mir nicht. Vielleicht weil das Gefühl von einem Ort in mir aufsteigt, den ich mit Worten nicht erreichen kann.

Woher kommt dieser Drang, in den Wald hineinzulaufen?

Vögel zwitschern, ferne Stimmen dringen vom Campus herüber, doch da ist noch ein anderes Geräusch, so leise, dass ich nicht sicher sein könnte, ob ich es wirklich höre – wären da nicht Tilda und Larissa, die ebenfalls darauf zu lauschen scheinen.

Aus dem Wald dringt eine Art Flüstern, ein wortloses Wispern.

»Ihr hört es auch, nicht wahr?«, fragt Gathea.

»Ist es das, was unter der Kuppel ist?« Widerstrebend löse ich mich vom Anblick des Waldes und drehe den Kopf zu ihr hin. »Das, was den Glanz erzeugt?«

Ein Nicken ist die Antwort.

Der Wald. Die Kuppel. Der Ort, an dem alles begonnen hat. Ich versuche, mir das vernünftig und mit innerem Abstand zu sagen, doch mein Herz schlägt wie verrückt.

»Aber das ist doch gefährlich.« Larissas Stimme rutscht eine Terz höher. »Ich meine, dass die Akademie da so nah dran ist.«

Gathea streicht über das Drahtgeflecht und erzeugt damit einen leise sirrenden Ton. »Im Laufe der Jahrzehnte wurden natürlich alle möglichen Tests durchgeführt, um herauszufinden, ob von dem Gebiet eine, sagen wir, schädliche Energie ausgeht. Die Antwort lautet: Nein. Ihr seid absolut sicher.«

Auf der anderen Seite fliegt nahe am Zaun eine Libelle vorbei. Prismatisch glitzernd vibrieren ihre Flügel, ein grünes Funkeln in der Dämmerung. Kurz steht sie in der Luft, dreht dann ab und schwirrt in Richtung Wald davon.

»Woraus besteht die Kuppel?«, frage ich.

»Sie ist offenbar gasförmig, genau wie der Glanz oder die Aura. Sie hat auch dieselbe Farbe. Man spürt sie nicht, wenn man dagegenstößt, es gibt nicht einmal ein Geräusch. Doch man kann nicht weitergehen. Das heißt, gehen kann man schon, nur kommt man nicht vom Fleck. Es ist der perfekte Schutzmechanismus.«

Ich versuche, mir die Kuppel vorzustellen, doch es gelingt mir nicht einmal ansatzweise.

»Wenn man sehr nah herangeht, erkennt man auf der anderen Seite verschwommen ein paar Backsteingebäude und einen Flachbau, wahrscheinlich die Pausenhalle«, fährt Gathea fort. »Außerdem eine Turnhalle, den Schulhof und den Parkplatz. Sogar ein paar Autos stehen noch dort. Wir haben auf unserer Seite mehrere Kameras installiert, die alles nonstop überwachen. Das Dach des Hauptgebäudes ist an einer Stelle beschädigt, das Loch ist kaum größer als eine Faust – wir vermuten, dass die Lichtkugel dort eingeschlagen ist. Alles andere ist auch nach achtzig Jahren völlig unbeschädigt, das Gelände wirkt wie konserviert.«

»Und die Menschen?« Tildas Finger haben sich zu einem komplizierten Knoten verschlungen. »Die Lehrer und Schüler von damals?«

Gathea schüttelt den Kopf. »Keine Spuren. Die gängige Theorie lautet, dass sie durch die Erststrahlung sofort getötet wurden.«

Das Drahtgeflecht scheint die Luft zu zerschneiden. Die

Kuppel, die Schule – gern würde ich das alles mit eigenen Augen sehen. Gleichzeitig fühle ich mich schuldig für diesen Wunsch. Schuldig und ein bisschen verrückt.

Der Unterricht verläuft ähnlich wie gestern. Wieder liege ich in einem Traumlabor, wieder wird eine Spritze in meinen Arm gedrückt.

Diesmal finde ich mich auf einem Sofa in dem Schuhschachtel-Haus wieder. Mein Vater legt mir ein Katzenjunges aus regenbogenfarbenem Glas in die Hände. Seine Pfötchen regen sich schwach und mich packt eine solche Angst, dass ich mich fast übergeben muss. Wenn ich das Katzenjunge zu fest halte, wird es mir zwischen den Fingern zerspringen; wenn ich es nicht fest genug halte, fällt es zu Boden. Schon beginnt mir der kleine Körper aus den Händen zu gleiten, während er gleichzeitig bricht und sich winzige Splitter in meine Handflächen bohren. Doch bevor ich vor lauter Entsetzen erstarre, erinnere ich mich, wie ich den Traum verändern kann. Ich schließe die Augen und tauche tief in den Farbentanz des Glanzes.

Als ich die Augen wieder öffne, liegt Fussel schnurrend auf meinem Schoß. Mit völlig unversehrten Händen streiche ich über ihren Rücken. »Hallo, meine Kleine«, flüstere ich und würde gern bei ihr bleiben, würde gern weiter und weiter träumen, doch meine Aufgabe ist eine andere und weil ich kein zweites Mal wie eine Versagerin dastehen will, wecke ich mich.

Xavier lobt meine schnelle Arbeit, Beatrix Swann kneift die Lippen zusammen.

In der Mittagspause wandern Tilda und ich an der mit bunten Muscheln verzierten Mauer entlang, die das Mandala-Zentrum umschließt. Nachdem Tilda eine Weile hektisch mit ihrer

Imbisstüte herumgeknistert hat, frage ich vorsichtig: »Alles in Ordnung mit dir?«

Sie öffnet den Mund. Schließt ihn wieder.

»Tilda?«

»Ich hab schon wieder von Erik geträumt.«

In diesem Augenblick würde ich sie furchtbar gern in den Arm nehmen und fest an mich drücken. Doch ich kenne sie gut genug, um zu wissen, dass sie das nicht wollen würde; nicht jetzt.

»Kann ich irgendwas tun?«, frage ich leise.

Sie schüttelt den Kopf. Seit Tilda vor neun Monaten in meine Klasse gekommen ist, hat sie kaum jemals über Erik gesprochen. Ich weiß praktisch nichts über ihn oder über das, was zwischen den beiden geschehen ist, bevor sie mit ihrer Familie nach Novamyne umgezogen ist. Ich hätte ihre große Liebe gern kennengelernt und nicht zum ersten Mal bedaure ich von ganzem Herzen, dass ich eine wichtige Episode in ihrem Leben – vielleicht die wichtigste – verpasst habe. Tilda meint, Erik sei ohne besonderen Grund in die unteren Zonen abgerutscht und obwohl seine Eltern ein Kurzentrum bezahlen konnten, sei es schnell gegangen. In seinen letzten Wochen habe sie ihn der Ansteckungsgefahr wegen kaum noch besuchen dürfen. Arme Tilda – es muss sie innerlich in Stücke gerissen haben.

Zaghaft berühre ich ihre Hand. »Sicher, dass ich nichts tun kann?«

Sie guckt in ihr Tütchen. »Die Welt dreht sich weiter, oder? Entweder du drehst dich mit oder du wirst weggeschleudert.« Sie hebt den Kopf. Ihre Augen schimmern. »Damit meine ich nicht, dass ich Erik vergessen will oder so.«

»Bestimmt nicht. Tief in dir drin lebt er weiter«, sage ich – und würde die Worte am liebsten festhalten und sie mir zurück in den Mund stopfen. Was rede ich da für ein Zeug? Genau das versichern mir alle möglichen Leute so vorschnell, sobald sie vom Tod meiner Mutter erfahren, egal, ob ich es hören will: *Nichts und niemand geht verloren, was man tief im Herzen trägt, kann nicht durch den Tod zerstört werden, schon gar nicht die ewige Existenz der Seele, der Tod ist nur eine Neugeburt und ein Tor in eine bessere Welt* – jetzt fange ich auch schon mit dem Scheiß an.

Wir setzen uns auf eine Bank. Mit der Schuhspitze malt Tilda ein schiefes Herz auf den Weg.

»Was ist mit Xavier?«, frage ich vorsichtig. »Er schaut dich ständig an, merkst du das?«

Tilda lächelt schwach. »Er ist nett. Nicht wie die Jungs aus der Schule, die immer Zirkus machen und total im Stress sind, damit sie cool rüberkommen. Xavier ist erwachsen. Wenn dich einer wie Xavier einlädt, geht er mit dir ins Theater und nicht in eine dämliche Actionkomödie.«

»Aber?«, hake ich nach.

Sie klaubt eine Sprossentasche aus ihrer Tüte, knüllt die Tüte zusammen und stopft sich die ganze Tasche auf einmal in den Mund, als wäre sie superhungrig, doch ich glaube, sie tut es nur, damit ich nicht sehe, dass ihre Lippen zittern. »Ich bin noch nicht so weit«, gesteht sie mit vollem Mund und kaut und schluckt. »Als ich Erik das letzte Mal besucht habe, hat er gesagt, dass er nie er selbst sein kann. Dass ihn das kaputtmacht und er eine Reise machen will. Eine Expedition. Weil sich nur so etwas ändern kann. Damals hab ich's nicht kapiert. Aber jetzt verstehe ich es. Reise, Expedition – er hat von der Auflösung gesprochen. Hat darüber geredet, als wäre das schon unabwendbar. Als könne er nichts mehr daran ändern. Das war falsch. So was von falsch.« Sie stößt ein trockenes Schluchzen aus.

»Ach, Tilda.« Ich nehme sie in die Arme und halte sie, so fest ich kann. Der Schmerz in ihr ängstigt mich, auch, weil ich Erik nie kennengelernt habe und ihren Kummer nicht richtig verstehen kann, und ich wünsche mir so sehr, dass sie beides endlich loslassen kann. Erik und den Schmerz.

Tildas Brust hebt und senkt sich im gleichen Rhythmus wie meine. Ich rieche den schwachen Honigduft ihres Haars, als sie ihr Gesicht an meiner Schulter birgt, und ziehe sie noch etwas fester an mich.

»Es tut mir so leid«, flüstere ich. »So unendlich leid.«

Lange sitzen wir ganz still beieinander. Schließlich löst sie sich mit einem seufzenden Atemzug aus meiner Umarmung, hebt das Kinn und schiebt die Unterlippe vor. »Das Leben geht weiter, oder?«

»Das tut es.«

Sie streicht die Papiertüte glatt, faltet ein Flugzeug daraus und wirft es in die Dämmerung hinauf. Natürlich stürzt es sofort ab, doch sie lächelt trotzdem. So traurig sie gerade noch war, in diesem Augenblick verströmt sie etwas Helles und Warmes, von dem ich mir vorstelle, dass die Sonne einmal so war.

»Weißt du, was?« Ich stupse sie in die Seite. »Ich wette, das mit Xavier und dir, das wird was. Du verliebst dich. Mit Haut und Haaren. Und du wirst so glücklich wie noch nie in deinem Leben.«

Sie stupst mich zurück. »Unter einer Bedingung.«

»Und die wäre?«

»Dass du genauso glücklich wirst.«

12

Vor dem Schlafengehen sitze ich am liebsten auf dem Balkon, schreibe Tagebuch und beobachte, wie der Glanz mit seinem Farbenspiel den Wald jeden Abend in etwas Neues verwandelt. Heute ist es der bucklige Rücken eines Dinosauriers. Allerdings sitze ich nicht hier, weil ich in der Silhouette des Waldes irgendwelche Geschöpfe erkennen will. Es ist wegen des Geräuschs – dieses wortlose Flüstern, das aus dem Innern des Waldes dringt und das ich, wenn der Campus zur Ruhe kommt, schwach hören kann. Worte verstecken sich darin, die ich vielleicht verstehen könnte, käme ich nur näher heran …

Zwischen den Bäumen bewegt sich ein Schatten. Ich beuge mich vor. Wo die Straße aus dem Wald taucht, gerade außerhalb der Flutlichter, tritt ein Reh mit seinem Kitz ins Freie. Zögernd stelzen Mutter und Kind auf das verwucherte Grasland zwischen Wald und Zaun hinaus und verschwinden hinter einer Gruppe struppiger Schösslinge. Ein oder zwei Minuten verstreichen, dann nähert sich aus dem Wald das inzwischen vertraute Brummen eines Motors. Ein Mittelding zwischen kugeligem *Sunbug* und altmodischem Jeep rumpelt auf das Grasland hinaus und auf das Tor zu, während auf der zum Park hin gelegenen Seite des Tors ein zweiter Wagen heranrollt. Wachablösung, jede Nacht zur selben Zeit. Kaum zu fassen, wie schnell sich das Leben an der Akademie in meinen gewohnten Alltag verwandelt hat. Seit sechs Wochen bin ich nun hier und es fühlt sich an, als wäre ich schon immer da gewesen.

In der ersten Zeit haben wir vor allem unsere Albträume verändert. Nach diesen Sitzungen sagt Larissa gern Sachen wie: »Licht am Ende des Tunnels« oder »Sieg über die Angst«, wahrscheinlich hat sie das aus ihrem Glücksbuch. Tilda tendiert zu Aussprüchen wie: »Und wie oft müssen wir noch?« Die Tablette nennen wir jetzt *Gruselpille* und beim Geruch von Aprikosensaft wird uns kollektiv übel. Meine Technik bleibt immer dieselbe: Ich schließe die Augen und lasse den Glanz machen. Mein Vater und Keno sind zum Glück kein zweites Mal aufgetaucht. Meinen Vater würde ich zwar gern wiedersehen, wenn auch nicht unbedingt in einem Gruselpillen-Traum, doch auf ein Treffen mit Keno verzichte ich. Ich brauche keine Grenzgänger, weder in meinem Leben noch in meinen Träumen.

Unser Studium hat sich schnell als äußerst anspruchsvoll entpuppt. Der normale Schulunterricht geht auch an der Akademie weiter, wir müssen alle unser Abi schaffen, wenn wir Protektoren werden wollen. Bioethik, Soul-Polish, Sport, Englisch sowieso, das volle Programm. Ächz. Außerdem die Grundlagen der modernen Glücksforschung, dazu Meditationstechniken und Achtsamkeitsübungen bis zum Abwinken, alles, damit wir bei der Arbeit mit dem Unterbewusstsein klar im Kopf bleiben.

In der dritten Woche ging es dann los: die ersten Modulationen mit Testperson. Anders als während der Prüfung tragen wir bei Kontakt jetzt Schutzanzüge. Ohne Schutzanzug – das fängt erst im zweiten Semester an. »Dann müsst ihr so stabil in der Ersten sein, dass ihr die Anzüge nicht mehr braucht«, sagt Xavier.

Zunächst werden uns nur Testpersonen aus der Dritten zugeteilt; auch die Vierer kommen erst im folgenden Halbjahr dran. Anfangs habe ich ständig damit gerechnet, dass sie Keno ins Traumlab führen, doch bisher ist das nicht geschehen.

Die einzigen Male, dass ich ihn gesehen habe, waren aus der Ferne, entweder wenn er flankiert von einem Mitarbeiter der Akademie durch einen Gang in Richtung eines der zahllosen Traumlabs geführt wurde oder wenn ich ihn mit ruhig im Schoß gefalteten Händen auf einem der spinatfarbenen Plastikstühle in dem Saal sitzen sah, wo er inmitten der anderen Testpersonen auf seinen täglichen medizinischen Check wartete. Einmal bin ich auf dem Weg zum Fahrstuhl so dicht an ihm vorbeigekommen, dass ich schwach den Duft der Seife riechen konnte, mit der er sich wäscht. Limone. Als ich auf einer Höhe mit ihm war, hat er kurz zu mir herübergeschaut. Oder durch mich hindurch, auch das ist möglich. Sein Gesicht war eine Maske, in der ich nichts lesen konnte.

Heute Nachmittag werden Tilda und ich wieder einmal in die sogenannte Arena bestellt, eine gigantische Halle im achten Stock des Forschungszentrums, wo die Grenzgänger an verschiedenen Sportprogrammen teilnehmen müssen. Auch das gehört zu unseren Aufgaben: Wir unterstützen die Akademieleute bei ihrer Arbeit mit den Testpersonen, sei es, dass wir irgendwelche geheimnisvollen Apparaturen für eine Versuchsreihe aufbauen, eine Elektroakupunktur-Sitzung protokollieren, ausgeklügelte Ernährungspläne berechnen, die Grenzgänger beim Sport beaufsichtigen – oder bei ihren *Interaktionen* in der Kantine, mit anderen Worten: wenn sie gemeinsam zu Mittag essen.

Die Arena gleicht einem riesigen Aquarium: drei Stockwerke hoch, auf einer Seite verglast, an den übrigen Wänden Kacheln bis unter die Decke, alles in blassgrünen Farben. Auf einem von einem Netz umspannten Areal absolvieren sechs Testpersonen gerade einen Hürdenlauf, an einer Kletterwand dreht sich eine weitere hilflos in ihren Haltegurten und auf den Spinningbikes absolvieren mehrere Grenzgänger ein anaerobes Training, jeder von ihnen verkabelt mit mindestens einem Dutzend medizinischer Geräte.

Tilda geht zu ihrer Station hinüber – standardmäßig müssen wir zehn Testpersonen beaufsichtigen – und überprüft die Werte an ihrem Kontrollpult, während ich mich an das Pult meiner eigenen Station setze. In der nächsten Stunde werde ich darauf achten, dass alle ihr Training korrekt ausführen und niemand seine Trainingszeit unterschreitet. Das ist zwar öde, trotzdem ist es mir lieber als, sagen wir mal: ein Abstieg in meine Albträume. Am Kontrollpult hast du wenigstens einen ruhigen Job.

Zügig checke ich die Werte meiner Testpersonen. Neun von ihnen sind schon da. Vier Grenzgänger joggen auf den Laufbändern, vier weitere, die mit Ohrstöpseln und ringförmigen Metallgestellen um den Kopf ausstaffiert sind, balancieren auf den Vertigoboards, die irgendwas mit deinem Gleichgewichtssinn anstellen. Eine Grenzgängerin, die an einer Art Beinpresse arbeitet, hängt sogar an einem Tropf.

Die Flügeltür der Arena öffnet sich. Ich halte die Luft an. Es ist Keno, was eigentlich nicht übermäßig verwunderlich ist, es war ja mehr oder weniger hundertprozentig vorhersehbar, dass er eines Tages in einer von mir betreuten Gruppe landen würde, trotzdem fühle ich mich überrumpelt und unvorbereitet. Sein hellbraunes Haar ist heute glatt gekämmt, er trägt ein waldgrünes T-Shirt und eine dazu passende Trainingshose, und dass er hier auftaucht, kann mir völlig egal sein. Für mich ist er einfach nur eine von zahllosen anderen Testpersonen.

Oder vielleicht auch nicht. Er ist derjenige, mit dem ich zum ersten Mal im Leben einen Traum geteilt habe – der Mensch, in dessen Unterbewusstsein ich eingedrungen bin. Was genau das bedeutet, weiß ich nicht. *Dass* es etwas bedeutet, spüre ich mit jeder Faser meines Körpers.

Er schiebt eine Chipkarte in den Scanner neben der Tür. Auf dem Bildschirm, der in mein Pult eingelassen ist, leuchtet mit einem scharfen »Ping« sein Name auf: Keno Reed.

Nein, es macht mir nichts aus, dass er mir zugeteilt wurde. Ich bin völlig entspannt.

Mit ruhigen Schritten steuert er das letzte freie Laufband an, das, wie mir mit einem Mal auffällt, keine zwei Meter von meinem Kontrollpult entfernt steht. Als er an mir vorübergeht, fällt mir außerdem auf, dass er mich keines Blickes würdigt und, ja, er hat tatsächlich eine kleine Narbe an der Oberlippe, das habe ich nicht nur geträumt oder mir eingebildet.

Keno steigt auf das Laufband, drückt ein paar Knöpfe und läuft in lockerer Haltung los. Nach ein paar Minuten schließt er die Augen. Arbeitet er an seinem Inneren Programm? Das kann ich mir allerdings kaum vorstellen. Jetzt öffnet er die Augen wieder und fährt sich mit einer Hand durchs Haar, verändert ansonsten aber weder Haltung noch Tempo. Leichte, gleichmäßige Schritte. Nun spannt sich sein Nacken und seine Fäuste ballen sich kurz. Ebenso kurz senkt er den Blick, als würde er ein Loch im Boden suchen, das in einen Tunnel führt, durch den er aus der Akademie hinausjoggen kann. Als er den Kopf wieder hebt, dreht er ihn leicht in meine Richtung. Und wird langsamer.

Noch langsamer.

An meiner Konsole blinkt ein gelbes Lämpchen auf. Na toll. Jetzt läuft er wieder schneller, aber nicht mehr im Rhythmus. Zwei gelbe Lämpchen. Und wieder langsamer. Blink-blink-blink, das reinste Lichtgewitter. Wirklich großartig. Man muss kein Genie sein, um zu begreifen, dass er das absichtlich tut. Allerdings scheint er mich für extrem unterbelichtet zu halten, denn nun überwindet er sogar seinen Widerwillen gegen mich und schaut mir direkt ins Gesicht, wahrscheinlich, um sicherzugehen, dass ich auch wirklich kapiere, was er da tut.

Wie heißt es doch gleich? Ein Blick sagt mehr als tausend Worte.

Oder ein Dutzend, in Kenos Fall.

Na? Was kommt nun? Sagst du was? Oder hältst du den Mund?

Tilda hätte kein Problem damit, ihm eine Ansage zu machen. Wenn sie will, strahlt sie eine Autorität aus, die mir völlig abgeht. Befehle erteilen war noch nie mein Ding. Wäre Fussel ein Hund, so wäre sie einer dieser fiesen, kläffenden Winzlinge, die allen auf die Nerven gehen.

Inzwischen ist Keno so langsam geworden, dass er fast rückwärts läuft. Die gelben Lichter werden rot. Also schön. Weil das hier die Akademie ist und ich mir keine Fehler erlauben darf, nehme ich meinen Mut zusammen, verlasse meinen Platz hinter dem Pult und baue mich vor Keno auf. Schwach rieche ich den Duft seiner Limonenseife.

»Du musst gleichmäßig laufen. Ein gleichmäßiges Tempo.« Obwohl meine Stimme relativ kräftig klingt, fühle ich mich ganz zittrig.

Er schaut mich an und bleibt stehen.

Wow. Das klappt ja großartig.

»Hallo«, sagt er, fast ohne die Lippen zu bewegen, wie jemand auf einem Gefängnishof. »So sieht man sich wieder.«

»Ja. Schön, dass du dich an mich erinnerst. Ich studiere jetzt hier.«

»Das ist mir aufgefallen. Dein Studium scheint dir zu bekommen. Du glitzerst regelrecht vor Glück.« Womit er wohl auf meinen Schutzanzug anspielt.

»Machst du jetzt bitte weiter? Und du solltest gleichmäßig laufen. Wenn das Protokoll falsche Daten liefert, musst du noch einmal von vorne anfangen.«

»Und wenn ich nicht will?«

Jetzt bloß nicht nachlassen. »Muss ich den Alarm aktivieren.«

»Wirklich?«

»Wirklich.«

Ich hoffe, dass ich stärker klinge, als mir zumute ist. Ich hoffe, dass er nicht sieht, wie ich hier herumzittere. Und es wäre auch gut, wenn ihm die Anspannung in meinem Gesicht verborgen bleibt.

»Findest du das okay?«, fragt er. »Dass ich hier rennen soll wie ein Hamster im Laufrad?«

»Das ist nun mal deine Aufgabe.«

»Ja, aber findest du es okay?«

Ich schlucke. »Ja«, sage ich und höre selbst, wie meine Stimme zu kippeln beginnt.

»Nein. Es ist nicht okay. Es ist absolut nicht okay.«

Ich will hier weg. Ich will keine Befehle erteilen und ganz bestimmt will ich niemanden zu etwas zwingen. Doch wenn ich an der Akademie studieren möchte, bleibt mir keine Wahl. Also nimm dich zusammen, Gemma.

»Lauf jetzt bitte weiter, Keno.«

»Ich laufe nicht weiter.«

Scheiße.

»Du hast dich für die Dritte Zone entschieden«, versuche ich es noch einmal. »Das bedeutet, wenn sie dich schnappen, musst du tun, was andere dir sagen. Das alles hast du vorher gewusst.« Und dann purzeln die Worte, von denen ich nicht sicher sagen kann, ob sie aus meinen eigenen Gedanken entstanden sind oder ob ich sie bloß irgendwo aufgeschnappt habe, nur so aus meinem Mund. *»Du* triffst die Entscheidungen in deinem Leben. Von *dir* hängt ab, ob deine Geschichte gut läuft oder ob es eine Horrorstory wird, in der sie dich in ein Hamsterrad stecken. Wie es aussieht, hast du die Horrorstory gewählt.«

»Ist das so?«

»Das ist so!«

»Dann stimmen wir zumindest darin überein, dass dies«, sein Blick schweift durch die Arena, »eine Horrorstory ist.«

»Was?« Verzweifelt schüttele ich den Kopf. »Nein, so habe ich das nicht gemeint.« Doch wie habe ich es gemeint? Ich fühle mich klein und unfähig, mich zu erklären, und alles, was ich herausbringe, ist: »Merkst du denn nicht, dass du Hilfe brauchst?«

»Wahrscheinlich findest du es ziemlich schräg, wenn ich das sage, aber ich will mir nicht von euch *helfen* lassen.« Keno reibt sich die Stirn, er scheint jetzt mehr mit sich selbst als zu mir zu sprechen. »Ich will nicht zurück in dieses Zuckergussleben.«

»Zuckerguss?«, frage ich unsicher.

So, wie er mich anschaut, würde ich am liebsten das Weite suchen. Als wäre sein Blick ein Seziermesser. Doch ich bleibe.

»Was meinst du mit Zuckerguss?«

»Hast du ein Haustier?«, gibt er zurück.

»Wie bitte?«

»Ein Haustier. Hund, Katze, Maus, irgendwas.«

»Eine Katze«, sage ich steif.

»Und du liebst deine Katze. Das ist doch so?«

Meine Hände beginnen schon wieder zu zittern. In meiner Brust tut es weh. »Ja«, murmele ich.

»Wenn du ohne Zuckerguss lebst und deine Katze stirbt,

dann spürst du, dass sie nicht schläft oder in irgendeinem Katzenhimmel herumspringt.« Seine Stimme bebt. »Du spürst, dass sie weg ist, für immer. Der Katzenhimmel ist der Zuckerguss, der deine schlimmen Gefühle wegmachen soll. Er ist das Trostpflaster, das du dir draufklebst, oder, noch schlimmer, andere kleben es dir drauf. Katzenhimmel, Fortaxan, Inneres Programm, positive Gedanken, was immer. Kann sein, dass es einen Katzenhimmel gibt. Oder einen Himmel für Menschen oder Stubenfliegen. Ich weiß es nicht. Und es ist mir scheißegal.«

Ich zucke zusammen, als er das sagt. Langsam steigt er von seinem Laufband. Mit beiden Händen versuche ich, die Furcht von mir wegzuhalten. Wenn er mich angreift, werde ich zumindest ein Mal zuschlagen. Während ich meine Fäuste noch vergeblich dazu zwingen will, dass sie sich ballen, trete ich einen halben Schritt nach hinten. Sofort hält er inne. Mit einer Hand taste ich nach dem Kontrollpult. Ich muss den Alarm aktivieren, muss …

Nein. Ich möchte nicht, dass wir so auseinandergehen. Und er möchte es auch nicht oder warum sonst ist er stehen geblieben?

»Wenn jemand sterben sollte, den ich liebe«, sagt er ruhig, »will ich mir nicht anhören müssen, dass ich nach vorn blicken und positiv denken soll. Ich will verzweifelt und traurig sein dürfen, auch wenn es so schlimm ist, dass ich es fast nicht aushalte. Ich will das alles. Weil es dazugehört.«

Ich greife nach dem Kontrollpult, doch diesmal nicht, um den Alarmknopf zu drücken, sondern weil etwas in seinen Worten das bei mir ausgelöst hat, dieses Gefühl, dass ich mich irgendwo festhalten muss.

Was auch immer Keno in meinem Gesicht lesen mag, es verwandelt etwas bei ihm. Die harten Kerben neben seinen

Mundwinkeln verschwinden und seine Miene entspannt sich. Nach einem Moment tritt er einen Schritt zurück und stößt gegen das Laufband. Erst jetzt bemerke ich die Schatten unter seinen Augen, die vorhin vielleicht noch gar nicht da gewesen sind.

»Wie auch immer. Lass uns weitermachen.« Auf einmal klingt seine Stimme müde. »Noch mal von vorn, richtig? Damit im Protokoll alles stimmt.« Der Ausdruck in seinem Gesicht fällt wohl in die Kategorie Unendliche Resignation.

Ich schüttele den Kopf. »Ich lösche den Teil, der ... falsch war. Mach einfach weiter.«

In seinen Mundwinkeln zeigen sich wieder die kleinen Kerben, doch sie sehen weicher aus als gerade eben. Lächelt er? Wahrscheinlich nicht.

Bevor Keno an seinen Platz zurückkehrt und auf das Laufband steigt, wendet er sich noch einmal leicht in meine Richtung. Keine Ahnung, warum er mir vorhin nicht aufgefallen ist, aber zum ersten Mal, seit Keno die Arena betreten hat, registriere ich den Arkanit auf seiner Brust. Er ist von der Zweiten in die Dritte Zone zurückgekehrt.

Wann ist es passiert? Heute? Gerade eben?

Unsere Blicke treffen sich. Wie vorhin bewegen sich Kenos Lippen so leicht, dass man es kaum bemerkt. Ich glaube, er sagt: »Danke.«

Surrend setzt sich das Gerät in Bewegung. Nach ein paar Schritten schließt er die Augen. Und läuft und läuft.

Als meine Testgruppe eine Stunde später die Arena verlässt und sich die Tür hinter Kenos waldgrüner Gestalt schließt, geht mir ein Gedanke noch immer wie ein aufgezogenes Spielzeug im Kopf herum.

Ich will das alles. Weil es dazugehört.

Weitere Wochen vergehen. Die Modulationen machen mir weniger Probleme als befürchtet. Mit den meisten Testpersonen kann ich gut reden, was *im Traum reden* bedeutet, denn das sollen wir jetzt. Vertrauen aufbauen, die Grenzgänger dazu bringen, dass sie ihrem Traum einen positiven Dreh geben. Eine positive Botschaft dauerhaft in sie hineinpflanzen ist schon schwieriger. Richtig kompliziert wird es, wenn du die Zone der Testperson verändern willst. Was ich in der Prüfung auf Anhieb geschafft habe – Zone anheben in nur einer Sitzung –, gelingt mir jetzt nicht einmal mehr ansatzweise.

Ein Glück ist immerhin, dass dieses schwarze Zeug, das während des Prüfungstraums aus Keno raus und ich mich rein ist, wohl ein spezielles Keno-Ding war; diesen Horror habe ich mit keiner anderen Testperson mehr erlebt.

Am besten war dann der Anruf von Frau Winter letzte Woche: Mehrere schwarze Fäden im Arkanit meines Vaters haben sich aufgelöst. Ich bin so stolz auf ihn! Sorge macht mir allerdings, dass es vor dem zweiten Semester nichts wird mit dem Mandala-Zentrum. So lange muss er in Cloverhill durchhalten.

So lange *wird* er durchhalten!

Den Glanz als Glücksbooster brauche ich nur noch einmal täglich. Morgens nach dem Aufstehen nehme ich seinen Anblick in mich auf – und das kann von mir aus gerne so bleiben.

Auch heute erwartet uns Xavier im Atrium. Bunte Blütenstauden, Spiegelsäulen, eine silbern eingefasste Wanduhr – das Atrium liegt im siebzehnten Stock und ist ein Mix aus Paradiesgarten und Raumstation, es duftet nach der Aromamischung aus Orange und Vanille, und hinter einem riesigen Panoramafenster leuchtet ein einmalig blauer, mit Schäfchenwolken getupfter Sommerhimmel.

Xavier blättert in seinen Unterlagen. Nacheinander schickt er Larissa und Tilda in ihre Traumlabs und muss dann leider feststellen, dass für mich keine Testperson mehr übrig ist. Jemand hat bei der Koordination Mist gebaut und während Xavier über die miese Organisation schimpft, sitze ich nutzlos herum und werde immer zorniger. Ich brauche mein Kontingent an Modulationen! Sonst wird das nämlich nichts mit dem zweiten Semester.

Während Xavier weiter herumblättert, als hielte sich irgendwo zwischen den Seiten doch noch eine Testperson für mich versteckt, öffnet sich die Tür des Fahrstuhls. Beatrix Swann betritt das Atrium und fuchtelt mit einer feuerroten Mappe durch die Luft. »Xavier! Sie bringen jemanden zur Identifikation rein. Sofortiger Check, ob er ein Virus ist.«

Xavier packt seine Papiere weg, steht auf und geht zu ihr hinüber. Sie reicht ihm die Mappe. Er liest, wippt auf den Fersen und kehrt, noch immer lesend, zu mir zurück.

»Tut mir leid, Gemma, ich muss los. Am besten, du drehst einfach eine Extrarunde Achtsamkeit, ist das okay?«

Ich will schon aufstehen und ihm gehorchen, doch dann taucht die Erinnerung an meinen Vater auf, der in Cloverhill in einem Schuhschachtelhaus auf einem abgenutzten Sofa sitzt.

»Nein, das ist nicht okay«, platzt es aus mir heraus. »Ich bin nicht an der Akademie, um Extrarunden zu drehen. Ich bin hier, weil ich eine Protektorin werden will. Gib mir was zu tun«, sage ich und es ist bestimmt nicht schlecht, dass ich in diesem Augenblick klinge, als hätte ich mein Studium angetreten, weil ich die ganze Welt retten will.

Er mustert mich lange und aufmerksam, nickt und wendet sich an Beatrix Swann. »Gemma kann das übernehmen.«

»Was – die Identifikation?« Sie lacht kurz auf. »Machst du Witze?«

»Sie hat das Talent. Das weißt du. Und die Identifikation steht sowieso auf dem Lehrplan.«

»Ja. Am Ende des Semesters. Xavier! Das hier ist kein beliebiges Irgendwas-irgendwie-Studium. Die Akademie verfolgt einen exakt durchdachten Lehrplan.«

»Den wir nur verbessern können, wenn wir hier und da etwas Neues ausprobieren«, entgegnet er ruhig.

Beatrix Swann macht ein Gesicht, als hätte sie in einen Kaktus gebissen, kehrt aber sofort zu einem leicht erschöpft wirkenden Lächeln zurück. »Wie kommt ihr nur alle darauf, dass Gemma besonders begabt sei und eine Sonderbehandlung verdient? Wenn sie mal einen Tag mit den Modulationen aussetzt, wird ihr das nur guttun.« Ihre Stimme klingt sanft und freundlich, doch darauf falle ich nicht herein. Sie verabscheut mich. Meinetwegen ist ihre Tochter in die Zweite abgeschmiert. Aber Schuld hin oder her, ich lasse mich nicht wegschicken. Nicht einmal von Beatrix Swann.

»Ich will das mit der Identifikation versuchen«, sage ich zu Xavier. »Auf jeden Fall!«

»Super. Genau das wollen wir: Vertrauen in das eigene Potenzial.« Xavier nickt Beatrix Swann zu und setzt sich neben mich, während sie mit verschränkten Armen stehen bleibt. »Bereit für einen Schnellkurs?«

Mit trockenem Mund nicke ich.

»Das Prinzip ist einfach. Wir versetzen den Verdächtigen in einen tiefen Schlaf, das kennst du aus der Modulation. Danach gehst du in sein Unterbewusstsein, auch das kennst du. Aber diesmal sollst du nicht seine Energiezone anheben; bei einer Identifikation musst du prüfen, ob wir es tatsächlich mit einem

Grenzgänger zu tun haben, also mit jemandem, der seinen Arkanit manipuliert und mithilfe von Silver Ice eingefroren hat. Das findest du heraus, indem du den Arkanit auftaust.« Er legt die Hände über seinen Stein. »Pass auf. Hier müssen deine Hände hin, auf die Brust des Verdächtigen. Nur darfst du den Kontakt nicht erzwingen, sonst kannst du die ganze Identifikation vergessen. Der Verdächtige muss dir die Berührung *gestatten.«*

»Aber er weiß doch, wo er gelandet ist und dass wir irgendwas mit ihm vorhaben, um ihn, na ja, zu überführen. Da erlaubt er mir so was bestimmt nicht.«

»Und diese Frage zeigt, dass Gemma wirklich noch nicht so weit ist«, sagt Beatrix Swann in einem geduldigen Tonfall, als hätte sie eine Bemerkung wie diese kommen sehen.

Xavier ignoriert das. »Keine Sorge. Wenn alles gut läuft, ist der Verdächtige oder vielmehr sein Unterbewusstsein so weit von seinem Wissen über die Realität abgekoppelt, dass er keinen Verdacht schöpfen wird. Das kriegst du schon hin.«

»Mein Gott, Xavier.« Beatrix Swann schüttelt den Kopf, knallt die rote Mappe auf das Tischchen zwischen uns, dreht sich auf dem Absatz um und klappert davon.

Gut.

»Sobald deine Hände hier liegen«, macht Xavier unverdrossen weiter und klopft gegen sein Brustbein, »gibst du dem Verdächtigen einen kräftigen Stoß. Er muss *fallen.* Der Sturz in die Tiefe löst einen heftigen Schreck aus. Das holt den Arkanit aus seiner Starre, das heißt, Silver Ice verliert in den nächsten vierundzwanzig Stunden seine Wirkung. Der Arkanit *taut auf.«*

»Und zeigt wieder die echte Zone des Trägers an?«

»Exakt.« Xavier beugt sich vor. »Du und der Observer – und das bin heute ich – könnt die echte Farbe des Arkanits sogar schon früher erkennen. Noch während ihr euch im Unterbewusstsein des Verdächtigen aufhaltet. Und zwar in dem Augenblick, in dem er fällt.«

»Aber die Leute tragen in ihren Träumen doch meistens gar keinen Arkanit.«

»Spielt keine Rolle. Wenn der Verdächtige fällt, erscheint auf seiner Brust die wahre Farbe seines Steins, egal, ob er ihn trägt oder nicht. Schau also genau hin, wenn es so weit ist.«

Auf einer Trage festgezurrt bringen sie einen schlafenden Mann ins Traumlab, der kaum drei oder vier Jahre älter sein dürfte als einer der Studenten des Abschluss-Semesters. Als ich die beiden Polizisten in ihren Schutzanzügen sehe, die den Transport begleiten, wird mir noch mulmiger, und es dauert seine Zeit, bis meine zitternden Finger die Reißverschlüsse meines eigenen Anzugs geschlossen haben. Der junge Mann wird auf die Liege zwischen den orangefarbenen Sesseln umgebettet. Milchweiße Haut, flaumiges Haar. Sein Arkanit schimmert golden, ohne eine Spur von Grau.

»Der ist ja in der Ersten«, entfährt es mir.

Xavier, wie immer ohne Schutzanzug, wirft ihm einen missbilligenden Blick zu. »Ja, sieht so aus, als hätten die Viren ihre Droge tatsächlich verbessert. Golden Ice.«

»Dann können sie den Arkanit jetzt auch in der Ersten einfrieren?«

Xavier nickt und schlägt die rote Mappe auf. »Daniel Levantis, 25 Jahre, Einzelkind. Vater vor zehn Jahren an einem Herzinfarkt gestorben. Mutter leitet ein Familienzentrum. Daniel hat mithilfe eines Stipendiums Psychologie studiert, Abschluss mit Auszeichnung. Seit drei Monaten wissenschaftlicher Mitarbeiter an der Akademie. Ihm wird vorgeworfen, dass er am dritten August Propagandaplakate der Viren in den Räumen der Akademie ausgehängt hat. Er behauptet, es habe sich um ein wissenschaftliches Experiment gehandelt: *Kontra-Botschaften und ihre Auswirkung auf die geistige Elite.*«

Moment mal. Dritter August? Das war doch der Tag unserer Prüfung! Hat das hier etwas mit dem Plakat zu tun, das ich im Treppenhaus gefunden habe?

Wir alle haben das Recht auf Angst, Schmerz und Verzweiflung. Den Wert eines Lebens am Glück zu bemessen, ist katastrophal für wahres Mitgefühl.

»Genau.« Xavier lächelt mir zu. »Dank deiner frühzeitigen Entdeckung konnte Daniel Levantis zügig festgenommen werden.«

Für einen Augenblick verwandeln sich meine Knie in Watte. Frühzeitig entdeckt – meinetwegen. Dieser Mann, er liegt *meinetwegen* hier. Weil ich sein Plakat gemeldet habe. Doch bevor ich die Gefühle in mir richtig deuten kann, redet Xavier bereits weiter.

»Die Identifikation wurde gerichtlich angeordnet.« Er klappt die Mappe zu. »Du hast entscheidend zu seiner Verhaftung beigetragen, Gemma – und jetzt übernimmst du seine Identifikation. Das ist kein Zufall. Das ist Schicksal.«

Ich atme tief ein. Ja. Alles ergibt einen Sinn und folgt einem größeren Plan. Das Leben ist gut zu mir.

Eine Frau im weißen Kittel betritt das Traumlab. »Sind wir so weit?«

Xavier legt eine Hand auf meine Schulter. »Denk daran: Es ist Daniels Traum, doch das bedeutet nicht, dass du ihm sofort begegnest. Manchmal müssen wir uns erst in den Bereich des Unterbewusstseins vorarbeiten, in dem sich die Hauptperson aufhält.«

Wir setzen uns in die orangefarbenen Sessel. Die Frau schaltet den Modulator ein, die Leuchtfelder, die die Gehirnströme des Träumenden, des Protektors und des Oberservers anzeigen, flackern grünlich auf. Mit einem Wattebausch desinfiziert sie meine Armbeuge. »Ganz schön zerstochen. Du solltest mehr von der Royale-Salbe auftragen. Hast du noch welche?«

»Hm-m«, mache ich. Was nun folgt, ist mir inzwischen so vertraut wie Zähneputzen: Die Frau injiziert das grüne Serum, der Heiligenschein mit den beiden Okularen senkt sich herab.

Mit dem nächsten Atemzug bin ich weg.

Die Pavillons und Vogelbäder um mich herum, die Liegestühle und Bäume des Parks, sogar das Gras unter meinen Füßen – die Welt von Daniels Unterbewusstsein ist eine aus goldfarbenem Sand erbaute Akademie. Von ihm selbst fehlt jede Spur.

Alles ist ruhig. Trotzdem. Als ich in der mich umgebenden Stille den ersten Schritt wage, weiß ich, dass etwas passieren wird.

Etwas Schlimmes.

Mir kann nichts geschehen, ich sitze warm und sicher in meinem orangefarbenen Sessel – wie ein Mantra sage ich mir wieder und wieder dieselben Worte vor, während ich durch den Sand stapfe.

Dann ist da ein Geräusch. Ein leises Knirschen. Keine zehn Meter vor mir biegt eine Gestalt um einen der Pavillons und geht in Richtung Sperrzone davon. Unter ihren Schuhsohlen knacken Sandkörnchen.

Obwohl ich ihn nur von hinten sehe, erkenne ich Daniel an seinem flaumigen Haar. Xaviers Worte ziehen mir durch den Kopf: *Manchmal müssen wir uns erst in den Bereich des Unterbewusstseins vorarbeiten, in dem sich die Hauptperson aufhält.*

In Daniels Traum ist das offenbar überflüssig.

Inzwischen habe ich gelernt, dass ich ruhig, aber zügig mit meiner Zielperson in Kontakt treten muss. Mit schnellen und zugleich vorsichtigen Schritten arbeite ich mich durch den Sand, der immer tiefer zu werden scheint. Als Daniel den Zaun erreicht, der die Sperrzone umgibt, habe ich ihn fast eingeholt und rufe halblaut seinen Namen. Mit einem Ruck bleibt er stehen, wendet den Kopf und zischt: »Sei still!«

Zu spät. Wie ein sich verstärkendes Echo hallt mein Ruf im Park und in der Sperrzone wider. Das Wachhaus, der Zaun, der Wald, alles sinkt lautlos zu kleinen und großen Sanddünen zusammen. Der Boden unter mir bebt. Halt suchend rudere ich mit den Armen und taste nach etwas, woran ich mich festklammern könnte, doch da ist nichts bis auf den Sand und es gelingt mir nur mühsam, mich auf den Beinen zu halten.

Ein Grollen ertönt.

Vier oder fünf Schritte voraus, dort, wo Daniel stehen geblieben ist, gerät der Sand zu seinen Füßen in eine halb fließende, halb rutschende Bewegung, bildet leuchtende Kreisel und zieht in Wirbeln und Strömen hierhin und dorthin.

Okay. Ich muss ruhig bleiben. Das hier ist Daniels Unterbewusstsein. Mir kann nichts geschehen, ich sitze in einem Traumlab, in meinem orangefarbenen …

Ein Dröhnen läuft unter meinen Füßen hin. Keine zehn Zentimeter vor Daniel bricht an der Stelle, wo der Zaun war, der Boden weg, entsetzt springe ich zurück, alles in mir will das Weite suchen, aber dies ist eine Identifikation. So oder so, sie muss erledigt werden. Das hier ist meine einzige Chance. Ich *muss* bleiben – und so bleibe ich, kaum atmend und bereit, nach vorne zu hechten und Daniel festzuhalten, sollte noch mehr Sand wegrutschen. Allmählich kommt unsere Umgebung zur

Ruhe. Mit gesenktem Kopf steht Daniel an der Kante des Abbruchs. Der Erdboden vor ihm existiert nicht mehr, der nächste Schritt führt in einen Abgrund, den ich von meinem Platz aus nicht ermessen kann. Seine Lippen bewegen sich. Sein Gesicht ist ausdruckslos, die Fäuste öffnen und schließen sich. So ruhig ich kann, hebe ich einen Fuß aus dem Sand und schiebe mich sachte an ihn heran.

Die Schwärze, die sich vor mir auftut, ist bodenlos.

In den nächsten Sekunden bin ich vollauf damit beschäftigt, meine Angst im Zaum zu halten, und so dringen Daniels gemurmelte Worte nur verzögert in mein Bewusstsein.

»Tu's. Tu's endlich. Mach schon. Na los.« Sein Flüstern klingt beinahe zornig.

Was zum Teufel hat er vor?

»Mach schon«, zischt er sich selbst an. »Spring!«

Ich bin so schockiert, dass mir für einen Moment die Luft wegbleibt, als hätte mir jemand in den Magen geboxt. Er will *hinunterspringen?* Ist er wahnsinnig?

Nein. Aber zerfressen von etwas Finsterem. Ich muss handeln. Sofort. Ihn ansprechen. Nur wie?

»Daniel«, flüstere ich. »Bitte, Daniel. Tu das nicht.«

Er sackt leicht zusammen, atmet hörbar ein. In seiner Kehle ertönt ein leises Schluchzen. Angst kriecht in mir hoch, habe ich das Falsche gesagt?

»Ich will so nicht leben«, sagt er leise, doch mehr zu sich selbst als zu mir. »Gefühle wegmachen, die wahr sind – das geht doch gar nicht. Das ist, als würdest du einen Teil von dir auslöschen.«

Kenos Worte kommen mir in den Sinn, ein bedrohliches Raunen im Hintergrund. *Ich will das alles. Weil es dazugehört.*

Ist es *das,* was Daniel und Keno sich wünschen? So sehr verzweifeln, dass du springen willst? Das kann doch nicht sein. Auf keinen Fall werde ich Daniel mit diesen schrecklichen Gefühlen allein lassen, schmutzige Energiewellen hin oder her. Behutsam schiebe ich mich ein paar weitere Zentimeter an ihn heran, bis ich dicht neben ihm stehe. Der Abgrund greift wie mit unsichtbaren Händen nach mir und zieht mich nach vorne, einen Augenblick lang fürchte ich, dass ich das Gleichgewicht verlieren und in die Tiefe rutschen werde, doch dann beiße ich meine Zähne so fest aufeinander, dass es wehtut, und ringe meine Panik nieder.

»Was kann ich tun, Daniel? Sag es mir. Bitte.«

Sein Kopf kippt nach hinten, er öffnet den Mund und stößt einen schrecklichen, gequälten Schrei aus, der in dem regenbogenfarbenen Himmel über uns vielfach widerhallt. Dann sinkt sein Kopf nach vorne auf die Brust. »Hilf mir«, flüstert er.

»Das werde ich«, sage ich erschüttert, und das möchte ich auch wirklich, von ganzem Herzen möchte ich es – nur weiß ich nicht, wie.

Doch. Ich weiß es. Darum bin ich ja hier. Ich muss herausfinden, ob Daniel ein Grenzgänger ist. Wenn wir das wissen, können wir tatsächlich etwas für ihn tun und ihn vor diesem Abgrund in seinem Innern bewahren.

»Ich helfe dir, Daniel. Ich tue, was nötig ist, versprochen. Aber du musst mir jetzt vertrauen. Kannst du das?«

Seine Lippen zittern so sehr, dass er die Worte kaum herausbringt. »Ich will ... will doch nur ich selbst sein.«

»Aber das bist du. Du bist du selbst.«

Er schüttelt den Kopf, tritt aber immerhin einen Schritt von dem Abgrund zurück. Seine Fußspitze malt ein Bild in den Sand. Es ist ein Stern mit mehreren Zacken, doch keiner dieser Zacken ist wie der andere oder besitzt auch nur eine regelmäßige Form. Angespannt folgt mein Blick der Bewegung seines Fußes, bis diese langsamer wird und schließlich erstirbt, und ich spüre, wie Daniel wieder in seine Verzweiflung hinabsinkt. Ich muss handeln. Ihm helfen. Jetzt.

Behutsam strecke ich einen Arm aus und lege meine Hand auf seine Brust. Er hält ganz still. Wenn das hier nur gut geht, wenn ich bloß das Richtige tue. Ich drücke meine Hand fester gegen seinen Brustkorb. In den Fingerspitzen spüre ich das Pulsieren meines Blutes, meine Haut erwärmt sich und ich denke: Ich will es nicht tun. Plötzlich fühlt sich mein Kopf zu klein an für all die Gedanken, die durch mich hindurchjagen. Daniel Levantis hat eine Mutter, Freunde, vielleicht eine Freundin. Er hat Wünsche und Hoffnungen, Pläne, eine Zukunft. Wenn ich ihn identifiziere, zerschlage ich all seine Träume.

Und wenn ich es nicht tue? Die Stimme in mir, die diese Frage stellt, klingt ruhig und vernünftig, als sie sagt: Dann tun es andere.

Und ich stehe als Versagerin da. Und sowieso stimmt das mit der Zukunft nicht, denn falls Daniel ein Grenzgänger ist und wir ihm nicht helfen, hat er keine. Dann bleibt ihm nur die Aussicht, von der Dritten in die Vierte und zuletzt in die Fünfte abzusteigen. Er wird an seiner Verzweiflung zugrunde gehen, an diesen furchtbaren Gedanken, die seinen Geist befallen haben. Irgendwann wird er sich im Glanz auflösen – und ich wäre Schuld daran, weil ich ihn in diesem Moment alleingelassen habe.

Ich muss ihm helfen. Eine andere Wahl habe ich nicht.

Mit aller Kraft stoße ich Daniel von mir weg. Er breitet die Arme aus, taumelt zurück und fällt. Für einen Sekundenbruchteil blitzt auf seiner Brust ein leuchtender Fleck auf.

Von irgendwoher höre ich Xaviers lauten und deutlichen Ruf: »Ende!«

»Gemma?« Eine Hand drückt meine Schulter. Xavier blickt mich an, doch ich drehe den Kopf weg und schaue zu der Liege, auf der sich Daniel Levantis gerade langsam aufrichtet. Der Arkanit auf seiner Brust glüht noch immer in reinem Gold. Sein blasses Gesicht wirkt beinahe durchscheinend, doch seine Augen sind dunkel und klar. Ruhig begegnet er meinem Blick.

»Sag es«, höre ich Xavier flüstern. »Du kannst ihm nur helfen, wenn du jetzt die Wahrheit sagst.«

Ich habe Angst vor dem, was passiert, wenn ich spreche. Aber sollte ich nicht mehr Angst vor meinem Schweigen haben? Xavier hat recht: Wenn ich Daniels Geheimnis enthülle, hat er wenigstens eine Chance.

Es ist das Richtige. Ganz sicher.

»Er ist ein Grenzgänger.« Laut und klar hallt meine Stimme durch das Traumlab. »Sein Arkanit ist in der Dritten Zone.«

Kaum sind die Worte heraus, wird mein ganzer Körper vor Erleichterung butterweich.

»Danke, Gemma«, sagt Xavier leise.

Die beiden Polizisten, die ins Traumlab zurückgekehrt sind, treten neben die Liege, als Daniel sich aufsetzt. Den Kopf hält er auf die Brust gesenkt, er wirkt ruhig und nach innen gewandt. Der jüngere Polizist stupst ihn am Oberarm. Daniels rechter Zeigefinger malt wieder und wieder dieselbe Figur auf das Polster der Liege. Ein Stern. Jeder Zacken sieht anders aus. Als er den Kopf hebt und sich unsere Blicke kreuzen, huscht ein winziges Lächeln über sein Gesicht. Es ist das traurigste Lächeln der Welt.

»Du wirst es noch verstehen«, sagt er und steht auf. Der ältere Polizist schiebt ihn nach vorn.

Hinter den dreien fällt die Tür ins Schloss. In mir macht sich eine Schwere breit, die ich nicht deuten kann. Dabei habe ich doch das Richtige getan – es muss einfach so sein! Aber ich habe einen säuerlichen Geschmack im Mund, mein Atem ist flach, und die Gewissheit, die ich noch vor wenigen Augenblicken in mir gespürt habe, ist verflogen.

Mit langsamen, unendlich zähen Bewegungen schäle ich mich aus meinem Anzug und höre das leise Ticken des Modulators oder sonst eines Gerätes im Raum. In der Stille schwillt das Geräusch an, bis mir von dem Geticke fast die Ohren platzen. Draußen im Gang kracht etwas zu Boden. Gepolter, Stimmen, ein unterdrückter Ruf, jemand rennt los.

»Nein! Stehen bleiben!«, schreit eine Stimme.

Ein Klirren. »Scheiße!«, brüllt eine andere Stimme. »Scheiße, Scheiße!«

Xavier stürmt durch das Labor, reißt die Tür auf und sprintet in den Gang hinaus. Meine Füße setzen sich in Bewegung, bevor ich weiß, warum.

Überall sind Leute. Da ist Beatrix Swann, dort die Panoramascheibe am Ende des Ganges. Mittendrin klafft ein großes Loch mit gezackten Rändern. Fast wie ein Stern. Vom Campus dringen Schreie herauf, Sekunden später jault die Sirene eines Krankenwagens heran.

Schwankend setze ich mich in Bewegung und steuere auf das geborstene Fenster zu. Xavier packt mich am Oberarm. Ich weiß, was das, was ich da sehe, bedeutet. Aber ein Teil von mir will es nicht begreifen.

»Nicht«, sagt Xavier leise und dirigiert mich zurück ins Traumlab. »Setz dich dorthin.«

Ich falle in meinen orangefarbenen Sessel. Xaviers Gesicht ist blass, die Lippen hält er fest zusammengepresst. Er wirkt erschüttert und gleichzeitig vollkommen beherrscht.

»Was war das?« Meine Stimme klingt dünn wie ein Fädchen. »Was war das, was war das«, immer wieder, obwohl ich es doch weiß. Etwas in mir zerbricht. Meine Sicht verschwimmt und ich sehe auf zu Xavier, der nur noch aus Umrissen besteht.

»Seine Entscheidung«, sagt er ruhig. »Das war es.«

13

Als ich mein Appartement betrete, fühle ich mich taub im Kopf und zu Tode erschöpft. Ich muss unbedingt in den Glanz gucken, muss mich wegbringen von Daniel Levantis, den Gedanken an ihn und an das, was ich ihm angetan habe. Doch auf dem Weg zur Balkontür sinke ich auf mein Bett.

Vor meinem inneren Auge läuft wieder und wieder die immer gleiche Szene ab: Daniel. Seine Finger malen einen Stern in den Sand. Meine Hände legen sich auf seine Brust.

Ich muss damit aufhören. Ich muss atmen. *Atmen!* Mein Leben ist reich und voller Hoffnung, ich bin optimistisch, dankbar, positiv …

Ein Blick auf meinen Arkanit. Seine goldene Farbe leuchtet nur noch schwach, dazu das Gefühl, dass er schwer gegen mein Brustbein drückt. Ich muss in den Glanz schauen. Diese Gefühle, die in mir hochkriechen wie Viren, dürfen sich nicht in mir ausbreiten, sie sollen verschwinden, mich in Ruhe lassen. Ich will diesen Schmerz nicht fühlen, ich schaffe das nicht, es ist zu viel.

Doch meine Gedanken kennen nur eine Richtung: Für Daniel Levantis ist es vorbei. Er ist aus seinem Leben hinausgesprungen.

Warum wollte ich ihn unbedingt identifizieren, warum habe ich das getan? Könnte ich doch ungeschehen machen, was passiert ist – aber das kann ich nicht, niemand kann das und dieses Wissen ist so schlimm, dass ich in meiner Verzweiflung an meinen Bettlaken zerre. Ich rolle mich auf die Seite, ziehe die Knie an und igele mich fest ein, während ich weine. Die Tränen laufen ohne mein Zutun aus mir heraus, lautlos und warm. Ich wollte ihn retten – und habe ihn getötet.

Nach fünf Minuten oder zehn oder einer halben Stunde versiegt der Strom allmählich. Als sich die letzte Träne einen Weg um mein Ohr herum gebahnt hat und in meinem Haar versickert ist, setze ich mich mühsam auf. Ich denke an meinen Vater und wie er von einem Leben gesprochen hat, das sich *ganz* anfühlt.

Ich denke an Keno.

Ich will das alles. Weil es dazugehört.

Tut es das? Wenn ich es doch wüsste. Erschöpft schiebe ich eine Hand unter meinen Arkanit und hebe ihn an. In dem goldenen Stein zittert ein grauer Faden. Die Zweite Zone.

Für einen Augenblick dreht sich das Zimmer um mich herum in wilden bunten Streifen. Ich war noch nie in der Zweiten und auch wenn ich weiß, dass die Zweite nicht kritisch ist, gerate ich nun doch in Panik, schnappe regelrecht nach Luft, während ich meinen Arkanit fest an mich drücke. Solche Gefühle, wie ich sie jetzt empfinde, können unmöglich normal sein. Wie konnte Daniel Levantis *so* leben wollen?

Das wird er dir nicht mehr erzählen können, raunt eine Stimme in mir. *Diese Chance hast du ihm genommen.*

Die Verzweiflung legt erneut ihre Arme um mich und hält mich fest umschlossen. Er ist nicht mehr da. Von jetzt an ist er nur noch eine Erinnerung. Ich schließe die Augen, sehe sein sanftes, freundliches Gesicht vor mir, seine schokoladenbraunen Augen, das winzige Lächeln, das sich wie ein ängstliches Tierchen in seinen Mundwinkeln versteckt. »Es tut mir leid«, flüstere ich in die Stille des Raumes, während mir neue Tränen über die Wange laufen. »Es tut mir so leid.«

»Gemma?«, ruft jemand von draußen.

Es ist Tilda. Zunächst kann ich mich nicht bewegen, doch dann springe ich wie angestochen aus dem Bett. Ich bin in der Zweiten Zone. Und das darf nicht sein, nicht an der Akademie. Ich flitze ins Bad, reiße mir die Klamotten vom Leib und wickele mich in meinen Bademantel, schiebe den Arkanit unter die Falten des Frotteestoffs, wische mir die letzten Tränen aus dem Gesicht und haste zur Tür.

Tilda steht draußen im Gang, einen Teller in der Hand, darauf eine mit fröhlich bunten Gemüsestückchen belegte Pizza. »Huch«, sagt sie mit Blick auf meinen Bademantel. »Bist du ... krank?«

Ich zwinge ein Lächeln auf meine Lippen. »Nein, alles gut. Ich wollte gerade in die Wanne steigen.«

Ihr Blick wandert zu meinen Füßen. »Warum badest du denn mit Schuhen?«

»Was? Oh.«

»Bist du wirklich in Ordnung?«

»Ja, klar. Sicher. Toll, die Pizza. Die sind hier echt besser als woanders«, sage ich gut gelaunt, zumindest glaube ich das, aber Tilda durchschaut mich sofort.

»Ist es wegen ihm?«, fragt sie. »Daniel Levantis?«

Meine Schultern fallen herab. Tilda ist meine Freundin. Meine einzige. Meine beste. Also ziehe ich sie in mein Appartement, schließe die Tür und öffne meinen Bademantel.

»Ach-du-Scheiße!« Tilda starrt auf meinen Arkanit.

»Ja. Aber das wird wieder. Ich brauche bloß etwas Zeit.«

»Gemma. Kann ich irgendwas für dich tun? Dir etwas bringen? Was brauchst du? Ich hab massenweise Freetox-Drinks und ich glaube, Larissa hat von zu Hause eines dieser Brillen-Dinger, die du aufsetzt und dann siehst du alles blau, zur Beruhigung, oder orange, das ist auch gut für deine Stimmung, damit fühlst du dich gleich besser und …«

»Ist schon okay, Tilda.« Mein Kinn zittert, aber immerhin kommen keine neuen Tränen. »Ich krieg das auf die Reihe.«

Diese Gefühle werden verschwinden, sobald ich in den Glanz schaue. Und ich will, dass sie verschwinden. So schnell wie möglich.

»Was da passiert ist – das war nicht deine Schuld. Das weißt du doch?«, fragt sie.

Ich nicke. »Sicher.« Das Wort hinterlässt einen pappigen Geschmack auf meiner Zunge. »Er hat es so entschieden.«

Tilda nickt heftig. »Genau. Er wollte ein Grenzgänger sein. Und er wollte …« Sie verstummt, ringt offenbar nach Worten.

Aus dem Fenster springen? Nein. Bestimmt nicht. Er hat etwas anderes gewollt.

Gefühle wegmachen, die wahr sind – das geht doch gar nicht. Das ist, als würdest du einen Teil von dir auslöschen.

»Oh.« Plötzlich wird sie käseweiß.

»Was?«

»Ich soll dir was ausrichten.« Sie beißt sich auf die Unterlippe. »Die Direktorin will dich sehen. Morgen. Punkt zehn in ihrem Büro.«

Shit. Mein Magen sackt mir in die Knie und rutscht von dort eine Etage tiefer, bis in die Füße. Tilda nimmt meine Hände und drückt sie. Ganz fest flechten sich unsere Finger umeinander.

»Ich sag, du hast die Grippe, okay? Fieber oder …«

»Schon gut, Tilda.« Automatisch lächele ich sie an, während ich mir innerlich ein ums andere Mal vorbete: Diese Gefühle verschwinden wieder und dann wird es mir gut gehen, fantastisch geradezu, es hat sich nichts geändert …

Doch egal, wie oft ich es mir das einbläue, die Wahrheit ist: Es geht mir nicht gut. Ich habe etwas Schlimmes getan, habe es Daniel Levantis angetan, und ich weiß, dass ich so nicht denken sollte, aber ich komme nicht von diesen Gefühlen los, den Zweifeln und Fragen.

Meine Hände liegen noch immer in Tildas. Ich würde sie gern wegziehen, weil meine Schuld wie Dreck an mir klebt und ich Tilda nicht beschmutzen will, aber gleichzeitig will ich, dass sie mich weiter festhält.

Und sie tut es.

»Das mit der Direktorin kriege ich schon hin«, sage ich.

»Na klar. Das schaffst du.« Ihre Stimme klingt weich und entspannt, doch mir entgeht nicht, dass ihr Blick abermals zu meinem Arkanit huscht. Sie macht sich Sorgen und ich würde ihr gern etwas Beruhigendes sagen, nur fällt mir nichts ein. Schneller als mir lieb ist, lässt sie meine Hände los und umarmt mich, als würde sie versuchen, mich zusammenzuhalten und mir so viel wie möglich von ihrer positiven Energie einzuflößen.

Wenn es doch nur so einfach wäre.

»Du musst das Glück zu dir einladen, dann blüht es in dir auf«, flüstert sie, streichelt mir ein letztes Mal über den Rücken und geht.

Ich nehme die Schultern zurück, lasse meinen Blick langsam zum Fenster wandern, lasse mich von dieser unsichtbaren Kraft nach draußen ziehen. Während ich auf den Balkon hinaustrete, taucht ein merkwürdiger Gedanke in mir auf.

Ich will nicht in den Glanz schauen.

Ich weiß nicht einmal genau, warum ich das denke. Oder doch. Es fühlt sich falsch an, mit dem, was geschehen ist, einfach abzuschließen. Es wegzumachen. Aber wenn ich morgen noch immer in der Zweiten stecke, muss ich die Akademie verlassen. Und das war's dann für meinen Vater.

Schau nach vorn. Sei positiv. Und tu etwas.

Mit einem Knoten im Magen lege ich den Kopf in den Nacken. Über mir tanzt der Glanz seinen langsamen Farbentanz. Warten und schauen und noch länger warten. Schließlich senke ich das Kinn auf die Brust.

Zweite Zone, noch immer. Und jetzt?

Wieder schauen. Und wieder und wieder.

Nichts.

Okay. Der Glanz hilft mir offenbar dabei, mich in der Ersten zu halten, doch wenn ich diese Zone erst einmal verlassen habe, scheint es schwierig zu werden.

Noch einmal schaue ich nach oben. Und noch einmal. Nichts geschieht. Langsam bekomme ich es mit der Angst. Wenn ich das hier nicht auf die Reihe kriege, kann ich meinen Koffer packen.

Drei Stunden später, kurz nach Mitternacht: Ich laufe durch den dämmrigen Park. Obwohl mir die Wege auf dem Campus inzwischen so vertraut sind, dass ich sie mit geschlossenen Augen finden würde, spähe ich angestrengt nach allen Seiten aus. Wenn du nachts mutterseelenallein auf dem Gelände der Akademie umherstreifst und dich jemand entdeckt, provoziert das unliebsame Fragen.

Und wenn mein Plan danebengeht?

Kofferpacken.

Es muss klappen. Muss! Doch während ich gehe, drehen sich meine Gedanken weiter quälend um Daniel. Vielleicht wäre er auch ohne mein Zutun aus dem Fenster gesprungen, er war ja schon voller dunkler Gefühle, vielleicht gab es für Hilfe längst keinen Platz mehr? Oder will ich nur unbedingt, dass es so war, weil ich damit einen Teil der Schuld von mir abwälzen könnte? *Wäre* ich weniger schuldig?

Ich weiß es nicht.

Zwischen den Bäumen des Parks taucht die Straße auf, die zum Zaun des Sperrgebiets und seinem einzigen Tor führt. Ich versuche, mir das Gebiet ins Gedächtnis zu rufen, so, wie ich mich von meinem Lageplan her daran erinnere: fünf Ringe, was einen direkt beunruhigen kann, bedenkt man, dass auch der Arkanit fünf Zonen hat. Der äußere Ring, das ist der Zaun. Von dort verläuft die Straße mehr oder weniger gerade nach Norden, wobei sie den zweiten Ring – den etwa hundert Meter breiten Streifen Brachland – durchschneidet und in den dritten und breitesten Ring eindringt: den Wald. Ungefähr in der Mitte des Waldes stößt sie dann auf den vierten Ring, der eine hell schraffierte Fläche ist. In seinem Zentrum befindet sich der fünfte Ring: die Kuppel. Dort endet die Straße.

In der Mitte dieses letzten Rings leuchtet das rote X, der Kern von allem.

Versuch, Daniel zu vergessen, sage ich mir. Keine Schuldgefühle mehr. Das hier tust du für deinen Vater, also konzentrier dich darauf.

Während ich auf den Zaun zupirsche, halte ich mich möglichst im Schatten der Bäume. Die Kapuze meiner Windjacke habe ich mir tief in die Stirn gezogen: Gemma, Expertin in Sachen Tarnung und nächtliche Abenteuer. Haha.

Fast alle Mitarbeiter der Akademie sind inzwischen nach Hause gefahren, nur hier und da leuchtet in einem Gebäude noch ein gelbes Fensterquadrat. Im Park herrscht dagegen beunruhigend viel Leben. Zwei Schatten spazieren Hand in Hand durch die Dämmerung, eine Gruppe fröhlicher Nachtschwärmer sitzt im Licht eines Lagerfeuers, jemand spielt Gitarre.

Daniel wird nie wieder mit seinen Freunden zusammensitzen. Er wird …

Hör auf. Schluss!

In einem Bogen laufe ich um die Musik herum und auf den Zaun zu. In der Dämmerung wirkt er wie eine magische Grenze, die ein bekanntes von einem unbekannten Land trennt. Geduckt schlüpfe ich hinter einen Rosenstrauch und luge zu dem Tor hinüber, das eine schimmernde Stahlwand ist. Im Wachhaus sitzen ein Mann und eine Frau und gucken fern. Ich laufe weiter, dicht am Zaun entlang. Als das Wachhaus hinter mir verschwunden ist, bleibe ich stehen und schaue durch das Drahtgeflecht zum Wald hinüber.

Ein kräftiger Wind pflügt über das Brachland. In seinem Pfeifen höre ich das sanfte Murmeln, das aus dem Innern des Geländes dringt und das mich zu sich zieht, wortlos, dunkel, seltsam drängend. Irgendwo jenseits des Zaunes ist die Stelle, wo der Glanz vor achtzig Jahren seinen Anfang genommen hat und wo seine Kraft am stärksten wirkt. Das weiß ich; ich spüre es. Wenn ich es bis dorthin schaffe, schaffe ich es auch zurück in die Erste Zone. Und dann hören endlich die schlimmen Gefühle auf.

Guter Plan, Gemma. Und wie kommst du in das Sperrgebiet rein?

Über den Zaun klettern kann ich vergessen; auf dem letzten Meter neigt er sich mir nicht nur in einem Fünfundvierzig-Grad-Winkel entgegen, zu allem Überfluss wurde er dort oben auch noch mit dicken Stacheldrahtrollen verstärkt.

Am Waldrand bewegt sich etwas. Unter den Bäumen treten zwei alte Bekannte hervor und staksen auf den Zaun zu. Keine drei Schritte von mir entfernt verharren sie unter einem jungen Baum. Das Kitz reibt seine Nase an der Rinde. Die Ricke senkt den Hals und drückt den Draht nach außen, sodass er sich um gut dreißig Zentimeter vom Boden hebt. Vorsichtig schiebt sie ihren Kopf durch die Lücke, um einen Brombeerschössling zu erreichen.

»He«, flüstere ich.

Rasch zieht die Ricke ihren Kopf zurück und stößt ihr Kleines an. Nur wenige Sekunden später sind sie im Wald verschwunden. Ich hocke mich hin. Jemand hat den Draht aus der Erde herausgelöst. Vermutlich ein paar neugierige Studenten. Man muss es wissen, sonst findet man die Stelle nicht.

Vorsichtig hebe ich den Draht an, drücke ihn leicht nach innen – und zögere. In diesem Augenblick wird mir zum ersten Mal voll bewusst, was ich gleich tun werde. Das ist der Moment, in dem ich am liebsten umkehren und mich in meinem Bett verkriechen würde. Doch schlimmer als die Angst vor dem, was mich auf der anderen Seite des Zaunes erwartet oder was mir blüht, wenn sie mich erwischen, ist die Angst vor den Gedanken und Gefühlen in mir.

Als ich mich durchgezwängt habe, arrangiere ich den Draht so, dass die Stelle nicht mehr zu sehen ist. Bis auf die murmelnde Klage höre ich nur das Rascheln meiner Füße im hohen Gras. Etwa zwanzig Meter, bevor mein Weg das von den Flutlichtern angestrahlte Straßenband kreuzt, wende ich mich nach links und laufe parallel zur Straße auf den Wald zu. Ich würde gern über die Schulter zu dem Wachhaus zurückblicken, bin jedoch wie besessen von dem Gedanken, dass, solange ich stur geradeaus schaue, eine Tarnkappe über mir liegt und mich keiner der Posten bemerken wird.

Als ich endlich die ersten Bäume erreiche, verlangsame ich

mein Tempo, aber dann fegt eine Windbö heran und schiebt mich beinahe in den Wald hinein, auf das wortlose Summen zu, das aus dem fünften Ring zu mir dringt. Das Unterholz verdichtet sich, die Dämmerung unter den Bäumen wird düsterer, es reicht gerade noch, dass ich mich zurechtfinde. Kühle Luft streicht mir über die Wangen. Es riecht nach modriger Erde, nach Moos. Je länger ich gehe, desto wilder wird der Wald. Umgestürzte Baumstämme bilden verrückte Skulpturen und versperren mir den Weg, bis ich zuletzt gar nicht mehr weiterkomme. Angespannt lausche ich in alle Richtungen und wage mich auf die Straße hinaus. Hier geht es wieder leichter voran, auch wenn der Asphalt an vielen Stellen aufgebrochen ist und das Wurzelholz herausragt. Ich beschleunige meine Schritte, folge der Straße um eine Kurve – und bleibe unter den Bäumen stehen. Einen Moment lang trübt sich meine Orientierung, dann wird alles sehr klar.

Vor mir fällt das Gelände zu einer Lichtung von der Größe eines Fußballstadions ab. Der vierte Ring. Langsam trete ich aus dem Wald heraus. Die Straße führt mich rechts an einem kleinen See vorbei, blauschwarz und still spiegelt er gläsern die herabhängenden Zweige der Trauerweiden, die das Ufer säumen. Auf einer von Sträuchern durchbrochenen, geteerten Fläche – wahrscheinlich einem alten Parkplatz – endet mein Weg.

Auf der anderen Seite des Parkplatzes ist etwas Gewaltiges.

Still stehe ich da.

Vom Erdboden steigt eine flirrende Kuppel auf, schimmernd in den Farben des Regenbogens, steigt höher und höher, bis ihre Farben weit oben mit der Dämmerung und dem Glanz verschmelzen. Der fünfte Ring. Der Abwehrmechanismus, der das Schulgelände umschließt. Wie der Glanz bildet er in einem hypnotischen Spiel immer neue Muster, doch wilder und intensiver. Langsam setze ich mich in Bewegung, gehe darauf zu – und tappe beinahe in die Falle.

Die Kuppel hat mich so in ihren Bann gezogen, dass ich fast die Kameras übersehen hätte, die auf hohen Masten im Abstand von einigen Metern zueinander vor der Barriere aufragen, die Linsen auf das Farbenspiel gerichtet. Um nicht ins Bild zu geraten, ducke ich mich hinter eine zerbrochene Mauer. Von meinem Versteck aus zähle ich zwölf Kameras, vermute jedoch, dass sie entlang der gesamten Kuppel Wache halten; Augen, die das Schulgelände Tag und Nacht beobachten.

Jetzt, wo ich hier kauere, höre ich wieder das Geräusch, das wortlose Wispern, nicht lauter als vorhin, obwohl ich ihm jetzt viel näher bin, aber eindringlicher. Die Lichtung, der See, sogar die Luft, alles ist wie durchdrungen davon.

Das, was damals vom Himmel gefallen ist und nun innerhalb der Kuppel existiert, hat alle Menschen und Tiere im nahen Umkreis getötet. Nur die Pflanzen durften bleiben, alles andere ist fort. Trotzdem empfinde ich überhaupt keine Angst, im Gegenteil, der Anblick des Ortes, an dem sich dieses Was-auch-immer befindet, verzaubert mich. Es ist ein Gefühl, als wäre ich kein Teil der Wirklichkeit mehr, in der ich mich bis zu diesem Augenblick aufgehalten habe, sondern als wäre ich an einen Ort geraten, an den ich auf eine mir unerklärliche Weise gehöre. Ein Ort, der passt. Es ist das erste Mal in meinem Leben, dass ich etwas Derartiges empfinde. Die Wirklichkeit, in der ich bisher wie selbstverständlich gelebt habe, ist nur noch ein möglicher Raum. Dieses Flüstern kommt von ganz woanders her.

Vorsichtig schiebe ich mich hinter der Mauer hervor und nähere mich der Barriere erneut, achte aber darauf, dass ich außerhalb des Areals bleibe, das von den Kameras eingefangen wird. Das Farbspiel der Kuppel bildet bizarre Formen, sie schweben vorbei und verwandeln sich in andere Formen, Gestalten gleiten vorüber – Pflanzen, Tiere, menschliche Wesen oder ganz andere Geschöpfe? Lautlos und in ständiger Bewegung strahlen sie eine derartige Schönheit aus, dass ich noch auf diese Entfernung ihren Zauber spüre. Licht und Wärme strömen in mich ein und das Gefühl, dass ich mit allem verschmelze. Ich setze mich auf den Boden und lasse mich von der Kraft und der Wärme des Glanzes und der Zuversicht durchdringen, dass alles doch noch gut enden wird. All die Trauer, die Zweifel, die schlechten Gefühle verschwinden. Mit einem Mal weiß ich gar nicht mehr richtig, wie Daniel Levantis überhaupt ausgesehen hat. Stattdessen überkommt mich eine tiefe Gewissheit, dass ich das Richtige getan habe. Alles andere war nicht meine Entscheidung gewesen. Genau so ist es.

Ich muss nicht auf meinen Arkanit schauen, um zu wissen, dass ich in die Erste Zone zurückkehre, die Zweite weit hinter mir lasse. Eine Euphorie durchströmt mich, als ginge es noch höher hinaus, von der Ersten glatt in eine Nullte, oder als könnte ich mich in die Weite des Universums hinauskatapultieren und mich darin auflösen – nach Hause kommen.

Hinter mir ertönt ein Brummen. Zuerst ignoriere ich es, doch dann holt es mich aus meiner Trance. Ein Wagen nähert sich. Die Wachposten. Noch immer leicht benommen von meiner Hochstimmung, ziehe ich mich hinter mein Mäuerchen zurück und krieche auf Händen und Knien in ein nahes Gestrüpp, schiebe ein paar Äste beiseite und kann die Straße nun gut überblicken. Keine fünf Meter entfernt hält der Wagen. Die Innenbeleuchtung geht an. Der Fahrer, dessen Glatze im Licht der kleinen Deckenlampe schwach schimmert, legt seine

Unterarme auf das Lenkrad. Neben ihm nippt eine junge Frau an einem Becher, vermutlich ein Emojidrink. Weil es eine milde Nacht ist, haben sie die Fenster heruntergelassen.

»Muss das sein?« Die junge Frau klingt auf diese übertriebene Art genervt, mit der man überspielen will, dass man richtig Schiss hat. »Ich glaub dir auch so, dass ich da nicht durchkomme.«

Langsam schüttelt der Mann den Kopf: rechts, links, wieder zurück. »Befehl von oben. He, das ist ein Privileg. Darf nicht jeder in die Wachmannschaft. Gathea sagt, wir sollen wenigstens ein Mal spüren, wie es ist. Musste ich auch.«

»Reine Energieverschwendung.«

»Nee« Er lacht. »Die Kuppel macht nix mit deiner Zone. Na los. Verbuch es unter neue Erfahrung.«

»Ja, ganz toll.«

»Komm schon. Mach dir nicht ins Hemd. Das ist kein radioaktiver Gürtel und auch keine Tötungsstation aus dem All. Du kannst volle Kanne dagegenrennen und holst dir nicht mal eine blutige Nase. Da ist nichts.«

»Da kann gar nicht nichts sein.«

»Darum sollst du ja hin. Damit du das kapierst.« Der Mann streicht sich mit einer Hand über seinen kahlen Schädel. »Wenn du mich fragst, spekuliert Gathea darauf, dass endlich mal wer durchkommt. Nachguckt, was aus der letzten Expedition geworden ist.«

An der empfindlichen Stelle zwischen Herz und Magen, wo sich alle Nervenbahnen vereinigen, regt sich ein Kribbeln in mir. Expedition? In die Kuppel? Waren da wirklich schon Leute drin?

Die beiden steigen aus. Ihre Gestalten zeichnen sich deutlich gegen das Farbenspiel ab. Die Frau streckt einen Arm vor und geht langsam auf die Kuppel zu. Nach ein paar Schritten bleibt sie mit immer noch vorgestrecktem Arm stehen; ihre Hand liegt auf der regenbogenfarbenen Kuppel wie auf einer Glasscheibe. Sie klopft dagegen; nichts zu hören. Jetzt stemmt sie sich mit beiden Händen dagegen, richtet sich wieder auf, lässt ihre Finger langsam auf und ab rutschen, von rechts nach links, rauf, runter. Der Mann tippt ihr auf die Schulter. Sie schüttelt den Kopf und wirft sich mit voller Wucht gegen die Kuppel. Die Bewegung stoppt abrupt.

Als die beiden schließlich zu ihrem Wagen zurückkehren, sieht die Frau frustriert, aber auch erleichtert aus. Der Mann lässt den Motor an und schlägt das Steuer nach links ein; im Schritttempo rumpeln sie unter den Augen der Kameras dicht an der Kuppel entlang und aus meinem Blickfeld.

Ich krieche aus meinem Gebüsch. Ein Teil von mir will näher heran und die Kuppel auch berühren. Buchstäblich in letzter Sekunde fallen mir die Kameras ein und ich ziehe mich in die Schatten zurück.

Diesmal endgültig.

14

Einige Stunden später weckt mich mein Telefon. Ich höre zu, nicke, umschließe mit einer Hand meinen Arkanit. »Ganz sicher, dass es mehr schwarze Fäden geworden sind?«

»Konzentrier dich auf das Positive, Gemma. In jedem Hindernis zeigt sich auch eine Hoffnung.« Armreife klingeln, vermutlich streicht sich Frau Winter durchs Haar. »Es hilft deinem Vater nicht, wenn du dich um ihn sorgst. Sorge ist ein Zeichen für eine schwache, unentwickelte Persönlichkeit. Lass deine Sorgen ziehen wie Krähen.«

Aber ich mag Krähen, rutscht es mir fast heraus. Keine Ahnung, wieso mich Frau Winters Worte so wütend machen. »Wie ist es passiert?«, beharre ich. »Ich meine, warum?«

»Dein Vater sagt, sobald er einen neuen Job gefunden hat, geht es wieder bergauf.«

Was meine Frage beantwortet.

Mein Arkanit strahlt noch immer so golden wie letzte Nacht. Das Farbenspiel hinter meinen Lidern ist leuchtend und stark. Um zehn Uhr bin ich mit Gathea verabredet. Das passt mir ausgezeichnet. Wir werden über meinen Vater sprechen, ich werde sie freundlich bitten, sie wird mir gerne helfen. So und nicht anders wird es laufen.

»Und wie hast du das hingekriegt?«, fragt Tilda, als sie mich zum Frühstück abholt. Mit einer Fingerspitze stupst sie gegen meinen Arkanit und strahlt dabei über das ganze Gesicht.

Ich zögere. Eines Tages werde ich Tilda die Wahrheit über

den Glanz und mich erzählen. Und über die Gefühle, die sich gestern in mir breitmachen wollten. Dann wird es keine Geheimnisse mehr zwischen uns geben.

Sobald mein Vater in Sicherheit ist.

Doch bis dahin … »Badewanne, DIP, Inneres Programm«, sage ich schnell und wende den Blick ab, damit ich ihr beim Lügen nicht ins Gesicht schauen muss.

Nach dem Frühstück mache ich mich auf den Weg. Gatheas Büro liegt im obersten Stockwerk des Forschungszentrums. Als ich klopfe, tönt es von drinnen: »Tür ist offen.«

Zum ersten Mal betrete ich das Büro unserer Direktorin. Was man so *Büro* nennt. Der Raum ist mindestens doppelt so groß wie unsere Wohnung in Novamyne. Links hängen mehrere Flachbildschirme an der Wand. Alle zeigen sie denselben regenbogenfarbenen Schimmer und dahinter die Silhouette des Gymnasiums, einschließlich einer unbeschreiblichen Menge fühlerähnlicher Ranken, die sich aus Fenstern, Ritzen und Mauerspalten schieben, aufgenommen aus verschiedenen Winkeln, wahrscheinlich eine Art Flechte, die sich im Laufe der Jahrzehnte auf dem Mauerwerk gebildet hat.

Die Wand gegenüber der Tür ist vollständig verglast, der künstliche Himmel dahinter wolkenlos und so hell, dass er fast weiß wirkt. Neben dem Fenster hängen sieben gerahmte Fotografien, doch weil sie erstens zu weit weg sind und sich zweitens das Licht im Rahmenglas spiegelt, kann ich nicht erkennen, was darauf abgebildet ist.

Die Direktorin befindet sich auf der rechten Seite des Raumes.

Auf einem Drehstuhl sitzt sie vor einem mit Schiebereglern und blinkenden Anzeigenfeldern übersäten Kontrollpult und blickt konzentriert durch ein Sichtfenster in das dahinterliegende, bläulich erleuchtete Traumlabor. Sie ist ganz in Weiß gekleidet.

»Gemma.« Über die Schulter blickt sie kurz in meine Richtung. »Setz dich zu mir. Wir sind hier gleich fertig.«

Also nehme ich auf dem zweiten Drehstuhl Platz. Flüchtig streift mein Blick den Rolltisch zwischen uns – Pad und Akte, ein Teller mit Obst, eine Karaffe, zwei Gläser – und wandert weiter über die Knöpfe, Regler und Lichter des Kontrollpults. Oben auf dem Pult steht ein kleiner, orange-grüner Drache aus Pappmaschee. Gathea bemerkt meinen Blick und lacht leise in sich hinein. »Den hat meine Tochter gebastelt. Sara ist acht. In dem Alter ist die Fantasie noch unerschöpflich.«

Irgendwie bringe ich unsere Direktorin nicht mit einer Tochter zusammen. Weder kann ich mir vorstellen, dass sie abends an Saras Bett sitzt und ihr vorliest, noch, dass die beiden zum Beispiel im Wald Brombeeren sammeln. Oder was Mütter sonst mit ihren Töchtern tun.

In dem Traumlabor hinter dem Sichtfenster macht sich gerade ein weiß gekleideter Mitarbeiter der Akademie an dem Heiligenschein der Protektorin zu schaffen. Für eine ausgebildete Protektorin scheint sie mir zu jung – eine Studentin vielleicht, so, wie der junge Mann im Sessel des Observers ein Student sein dürfte. Wie jung oder alt die Testperson auf der Liege ist, vermag ich nicht zu sagen, ihr Gesicht liegt noch vollständig hinter der weißen Maske verborgen. Den Händen nach zu urteilen, jung. Und männlich. Große, schmale Hände, die linke zu einer lockeren Faust geballt. Der Arkanit ist verrutscht, die Farbe nicht zu erkennen.

Der Student und die Studentin wachen gerade auf. Kurz blicken sie zu unserem Sichtfenster, das auf ihrer Seite nur eine schwarze Fläche sein dürfte, so kenne ich es jedenfalls aus den anderen Traumlabs. Ihr Lächeln wirkt angestrengt, offenbar sind sie mit dem Ergebnis ihrer Modulation nicht zufrieden, versuchen aber, positiv zu bleiben.

Jetzt hebt sich die Maske der Testperson.

Sämtliche Luft weicht mir aus den Lungen. Keno schläft noch. Zwei Strähnen seines braunen Haars sind ihm in die Stirn gefallen, die eine berührt fast ein Augenlid. Unwillkürlich geht ein Zucken durch meine Finger, als wollten sie die Strähne beiseitestreichen. Mich überrascht, wie zart sein Gesicht im Schlaf aussieht. Wie verletzlich.

»Modulation Keno Reed, die sechste.« Die Stimme des Mitarbeiters, die über Lautsprecher in Gatheas Büro übertragen wird, klingt resigniert. »Und? Irgendwas erreicht?«

Die Mundwinkel der Studentin sinken herab. »Wie immer.«

»Der Typ ist nicht zu knacken«, fügt der Student hinzu.

Der Mitarbeiter verschränkt die Arme vor der Brust, betrachtet Kenos unbewegtes Gesicht und schüttelt den Kopf. »Harter Brocken. Ihr könnt gehen.«

Die beiden stehen auf und verlassen das Traumlab, während er sich einen Stuhl heranzieht, sich neben Keno setzt und auf seine Armbanduhr guckt.

Gathea seufzt.

»Ist er okay?«, frage ich besorgt.

»Wer? Keno? Dem geht's gut. Manchmal dauert es ein wenig, bis sie aufwachen.«

Aus den Augenwinkeln sehe ich, dass sie sich leicht zu mir hindreht, während sie spricht, doch ich kann den Blick nicht von Keno lösen. Die Brust unter seinem türkisfarbenen Hemd hebt und senkt sich in einem raschen, angestrengten Rhythmus.

»Es gibt nicht viele Grenzgänger, die sich so stark wehren wie er«, sagt Gathea leise. »Die einfach nicht zulassen, dass wir eine positive Botschaft in ihrem Innern verankern.«

Sie nimmt die Karaffe auf und schenkt mir ein Getränk ein, das sie *Luxuryflip* nennt: Sojaprotein, Bananen, Eigelb und zwei Zutaten, die das Geheimnis ihres Mannes bleiben. »Den Flip hat er extra für dich zubereitet. Er leitet die Mensa. Für seine Detox-Desserts hat er schon mehrere Preise gewonnen. Ihr lernt euch sicher bald kennen.«

Ein Zittern läuft über Kenos Wangen, die viel zu blass aussehen. Seine Lippen bewegen sich, flüstern im Schlaf ein Wort, welches mag es sein?

»Gemma?«

Ich fahre zusammen. Die Direktorin hält mir ein Glas hin. Höflich probiere ich, sage »Lecker«, grusele mich beim Gedanken an das Eigelb und muss mich zwingen, nicht gleich wieder zu Keno hinzuschauen. Gathea schlägt die Beine übereinander. »Also, Gemma, wie geht es dir?«

»Gut.«

»Du hast einen Grenzgänger identifiziert. Eine bemerkenswerte Leistung. Bist du stolz auf dich?«

Stolz? Das Wort sickert in mein Bewusstsein und lässt sich darin nieder wie Blei. Ob ich *stolz* bin?

»Es ... ich wollte nicht, dass es passiert.«

»Oh, keine Selbstvorwürfe, bitte. Du hast alles richtig gemacht.«

Ich nehme einen weiteren Schluck von dem Eierflip, um mein Unbehagen zu überspielen – aber was empfinde ich wirklich? Schuld, nehme ich an. Doch es ist nicht mehr wie gestern, als ich in der Zweiten war, nicht mehr so ... echt. Eher fühlt es sich an, als hätte ich die Schuld mit beiden Händen von mir weggedrückt. Auch darum sollte es mir eigentlich besser gehen, doch aus irgendeinem Grund hängt mein Gehirn fest wie eine kaputte Tonspur. *Gesprungen, gesprungen, Daniel ist gesprungen.*

Gathea schiebt mir den Teller mit dem geschnittenen Obst zu. »Was mit Daniel Levantis passiert ist, tut uns natürlich unendlich leid. Aber er wollte es so.«

Auf manche Aussprüche gibt es irgendwie keine passende Erwiderung, also sage ich erst einmal nichts.

»Was geschehen ist, war das Ergebnis seiner Entscheidung. Du bist nicht verantwortlich für seine Schwäche. Denn er war schwach. Und auch egoistisch. Hat er an die Menschen gedacht, die ihm nahestehen? An seine Angehörigen? Ein Suizid ist immer egoistisch. Der, der sich tötet, hält sich für das Opfer, dabei ist er der Täter. Wir sind *immer* die Täter. Wir sind diejenigen, die unser Schicksal gestalten und es in eine positive oder negative Richtung dirigieren.«

Hinter dem Sichtfenster gibt es eine Bewegung. Kenos linke Hand hat sich gehoben und liegt nun auf seiner Brust. Die vorhin nur locker gekrümmten Finger schließen sich so fest um seinen Arkanit, dass ich sogar von hier aus sehe, wie seine Knöchel weiß anlaufen.

»Es geht ihm gut«, sagt Gathea sanft. »Aber weißt du, Gemma, eigentlich wollte ich über ein erfreulicheres Thema mit dir sprechen als über Keno oder Daniel. Irgendeine Ahnung, warum ich dich hergebeten habe?«

»Nein.«

»Weil ich glaube, dass eine große Begabung in dir schlummert und ich mich bisher nicht angemessen um dein Talent gekümmert habe. Nach dem, was gestern passiert ist, habe ich allerdings begriffen, dass es höchste Zeit ist. Bisher sind deine Studienleistungen gut, aber ich bin mir sicher, dass mehr in dir steckt. Das hast du in deiner Prüfung bewiesen. Du hast deine

Testperson auf Anhieb in eine höhere Zone geholt. Ich möchte gerne etwas von dir wissen, Gemma.«

»Ja?«, frage ich vorsichtig.

»Leider konnte ich Kenos Traum damals nicht mitverfolgen. Also: Was kannst du mir über diese Modulation erzählen? Was hat Keno getan, was hast du getan? Versuch bitte, dich zu erinnern – und nimm dir alle Zeit, die du brauchst. Es ist wirklich wichtig.«

Ich sortiere blitzschnell meine Gedanken. Schwarzes Zeug aus Keno raus und in mich rein und wieder aus mir raus und zu Florentine rüber, und das werde ich Gathea bestimmt nicht erzählen. Weil sie mich dann rauswirft oder womöglich ins Forschungszentrum sperrt als Testperson der besonderen Art. Auf keinen Fall darf sie einen Verdacht schöpfen, im Gegenteil, ich muss sie in ihrem Glauben bestärken, dass ich ein großes, ein geradezu überragendes Talent sei. Denn Talente können etwas fordern.

Also erzähle ich der Direktorin von Kenos Besuch bei seiner Familie und wie sie ihn fortgeschickt haben. Auch von dem Kellerabgang berichte ich, doch von hier an verschweige ich einige Details. Den Quarantänewagen beispielsweise. Die Hände, die Keno in den Laderaum zerren wollten. Das schwarze Zeug.

»Ich hab ihn angesprochen. Ich meine, ich wusste, dass ich das nicht soll, aber ich hatte dieses starke Gefühl, dass es richtig wäre. Wir haben uns dann auf die Treppe gesetzt und ein bisschen geredet. Ich glaube, nach dem Besuch bei seinen Eltern war er froh, dass er mit jemandem sprechen konnte«, improvisiere ich, stolz, wie entspannt meine Stimme klingt.

Gathea beugt sich mir leicht entgegen. »Was hat Keno dir erzählt?«

»Er hat von seiner Familie gesprochen. Vor allem von seinem Bruder. Die beiden mögen sich nicht besonders. Eine Katze ist vorbeigekommen und als ich sie gestreichelt habe, hat er auch damit angefangen. Sie war schwarz mit einem weißen Fleck auf der Brust«, füge ich ein kleines Detail hinzu, was meine Lüge hoffentlich glaubhafter klingen lässt. So recht zufrieden wirkt Gathea nicht. Ich trinke einen Schluck, um meine trockene Kehle zu befeuchten und Zeit zu gewinnen, kneife die Augen zusammen, als würde ich angestrengt nachdenken, und sage mit einem bedauernden Kopfschütteln: »Tut mir leid, an mehr erinnere ich nicht.«

»Hast du etwas Bestimmtes getan? Bitte überlege genau.«

»Nein. Nur zugehört.«

»Möglicherweise war es das.« Sie lächelt, doch ich höre die Enttäuschung in ihrer Stimme. »Die Art, wie du ihm deine Aufmerksamkeit geschenkt hast. Manche Protektoren haben ein Talent dafür. Keno hat erstaunlich schnell Vertrauen zu dir gefasst.«

»Ja, wir hatten gleich einen Draht zueinander«, murmele ich, auch wenn natürlich das Gegenteil der Fall war. Keno konnte mich nicht leiden – und das beruhte auf Gegenseitigkeit.

»Falls dir noch etwas einfällt, was während Kenos Traum passiert ist, zögere bitte nicht, auf mich zuzukommen. Außerdem halte ich es für eine gute Idee, wenn wir die Zahl deiner Modulationen erhöhen und dich künftig in die Identifikationen einbeziehen.«

Nein, möchte ich rufen, *bitte nicht, bitte keine Identifikationen mehr!,* da lässt mich ein Geräusch aus den Lautsprechern zusammenfahren. Drüben im Traumlabor gibt Keno ein lang gezogenes Stöhnen von sich. Seine rechte Hand legt sich über die linke, sodass er seinen Arkanit nun mit beiden Händen umschließt. Seine Augenlider flattern, sein ganzer Körper beginnt zu zittern.

»Was ist mit ihm?«, frage ich erschrocken.

»Keine Sorge«, sagt Gathea gelassen. »Das passiert manchmal, wenn sich die Grenzgänger während des Traums stark verausgaben. Es ist anstrengend, sich dem Guten zu verschließen. Bei Keno passiert das regelmäßig. Er ist ein Experte darin, jede Hilfe abzuwehren.«

Langsam öffnet Keno die Augen. Sein Blick ist nicht richtig fokussiert, doch nach ein paar Sekunden richtet er sich auf das Fenster zwischen Traumlab und Gatheas Büro. Er kann mich nicht sehen, das ist völlig unmöglich, trotzdem scheint er mir direkt in die Augen zu blicken. Um seinen Mund liegt wieder dieser harte Zug, der mich erschauern lässt. Als er spricht, klingt seine Stimme so rau, dass es fast unheimlich ist. »Hat wohl wieder nicht geklappt, hm? Wie schade.« Sein linker Mundwinkel zuckt hämisch.

Gathea seufzt. »Da hast du es.« Sie legt am Kontrollpult einen Schalter um, sodass sich eine Jalousie zwischen Keno und uns schiebt, geht zu der breiten Fensterfront mit dem hell erleuchteten Himmel hinüber und drückt einen in den Rahmen eingelassenen Knopf. Schlagartig verschwindet der Himmel und der Glanz erscheint. Wenn ich ehrlich bin, gefällt er mir besser als der gefälschte Sommerhimmel.

Erst als Gathea wieder spricht, merke ich, dass ich komplett in den Farbentanz eingetaucht bin. »Die meisten Menschen glauben, der Glanz wäre durch und durch schlecht.« Sie beobachtet mich aufmerksam. »Du hast offenbar keine große Angst vor ihm.«

»Wir sollten immer auch die positiven Aspekte sehen«, murmele ich hastig.

Sie setzt sich wieder und schenkt mir ein anerkennendes Lächeln. »In diesem Punkt bin ich ganz deiner Meinung. Der Glanz hat die Menschen aufgerüttelt. Wir haben endlich verstanden, dass wir uns ändern müssen. Von der negativen zur positiven Energie. In der Zeit vor dem Glanz hat man die Gefahren der negativen Gedanken und Gefühle dramatisch unterschätzt. Psychotherapien, Psychiatrien, massenweise Selbsthilfe-Selbsterfahrungs-Selbst-sonst-was-Gruppen, das alles hat zu wenig verändert. Der Glanz lässt uns keine Zeit mehr für Spielchen.« Sie greift nach der Karaffe mit dem Luxuryflip. »Noch ein Schluck?«

»Gern.« Der Flip schmeckt echt furchtbar, doch der Mann der Direktorin hat ihn für mich zusammengemixt, und das allein zählt.

»Wir müssen noch viel mehr über den Glanz und seinen Ursprung erfahren. Vor allem müssen wir herausfinden, was für eine energetische Präsenz sich unter der Kuppel verbirgt. Seit Jahren forschen wir massiv in diese Richtung, doch leider hat uns das bisher kaum weitergebracht.«

Ich nicke mit hoffentlich angemessenem Bedauern und taste mich behutsam vor: »Ich weiß, es klingt verrückt wegen der Kuppel, Xavier hat uns ja erklärt, dass niemand durchkommt, aber hat es je ... also, sind je Menschen in der Schule gewesen?«

Die Direktorin spießt einen Pfirsichschnitz auf, steckt ihn sich in den Mund und kaut so gründlich, als wollte sie die Antwort aus dem Schnitz herausmahlen. Als sie den Obstteller auf mich zuschiebt, nehme ich höflich eine Weintraube und stecke sie mir in den Mund.

»Kannst du ein Geheimnis für dich behalten?«, fragt sie.

Nun. Geheimnisse hüten ist meine Spezialdisziplin.

»Das kann ich.«

»Wir haben bereits mehrere Expeditionen auf das Schulgelände geschickt. Wer in der Fünften Zone steckt, kann die Kuppel nämlich durchdringen, auch wenn wir nicht wissen, warum. Wir vermuten, dass es mit der Aura zusammenhängt. Eine Art Anziehung. Wir arbeiten natürlich nur mit Freiwilligen. Und mit dem Einverständnis der Regierung«, fügt sie nachdrücklich hinzu. »Die Mission war jedes Mal dieselbe: Die Expeditionsteilnehmer sollten sich bis zu der Stelle vorarbeiten, an der die Lichtkugel in das Hauptgebäude eingeschlagen ist. Sie sollten untersuchen, was sich dort befindet, und, falls möglich, Proben entnehmen.«

»Und?«, frage ich atemlos.

»Keiner der Teilnehmer ist zurückgekehrt.«

Wie dunkle Wolken hängen ihre Worte zwischen uns. Sie nickt zu den gerahmten Fotografien hinüber. »Die letzte Expedition ist vor drei Jahren aufgebrochen. Eine weitere Expedition ist absolut notwendig, falls wir jemals einen Impfstoff entwickeln wollen, der die Menschen vor den negativen Energien schützt.« Sie beugt sich vor und tippt auf eines der Anzeigenfelder, das nach Kenos gescheiterter Modulation erloschen ist. »Negatives Denken ist so überflüssig wie Reißzwecken auf einer Pizza. Negatives Fühlen nützt uns so viel wie Krebs. Mal dir eine Welt aus, in der niemand mehr von negativen Energien zerstört wird. Eine Welt, in der nur noch positive Gedanken und Gefühle existieren. Eine Impfung ist machbar, davon bin ich überzeugt.« Sie wendet den Kopf zu der Fensterfront und zum Glanz hinüber. »In der Geschichte der Menschheit hat es immer wieder solche Umbrüche gegeben. Und es hat die Zweifler und Bremser gegeben, die sich dagegen gesträubt haben, dass etwas Neues entsteht. Heute sind es die Grenzgänger. Allen voran die Viren.« Sie verzieht das Gesicht, als würde das Wort schlecht schmecken. »Aus ihrer Sicht müssen wir das Negative zulassen, weil diese Energien zum Menschsein dazugehören und wir uns nicht in eine Unglücks-Bekämpfungs-Gesellschaft verwandeln dürfen. In eine Diktatur der positiven Gedanken und Gefühle. Die Viren fordern eine *Gefühlsdemokratie.* Verzweiflung und Leid für alle.«

Auch ich stelle mein Glas ab. Auf einmal weiß ich nicht mehr, was ich denken soll. Für mich stand immer fest, dass unsere Direktorin den Menschen helfen will; jetzt klingt es eher so, als wolle sie vor allem die negativen Energien abschaffen. Oder gehört das beides zusammen?

»Die wichtigste Komponente des Impfstoffs werden wir innerhalb der Kuppel finden, davon sind alle mit dem Projekt befassten Wissenschaftler überzeugt. Weil sich dort die außerirdische Präsenz aufhält, die den Glanz erzeugt und die so etwas wie die zugrunde liegende Matrix des Glanzes enthalten muss. Dieser Baustein ist unsere Chance. Er wurde uns buchstäblich vom Himmel geschickt. Eine Welt, in der alle glücklich sind – haben die Menschen davon nicht immer geträumt?«

Mir ist ganz wirr im Kopf. Warum erzählt sie mir das alles?

Wobei ... wenn ich es mir genau überlege, kenne ich die Antwort, Gathea hat sie vorhin selbst gegeben: *Ich glaube, dass eine große Begabung in dir schlummert und ich mich bisher nicht angemessen um dein Talent gekümmert habe. Deine Studienleistungen sind gut, aber ich bin mir sicher, dass mehr in dir steckt.*

Die Direktorin lächelt. »Der Glanz ist ein Himmelsgeschenk. Er ist die große Prüfung und eröffnet uns gleichzeitig die fantastische Möglichkeit, eine Welt zu erschaffen, in der alle Menschen glücklich sind. Keine Therapien mehr, keine Medikamente, keine Kurzentren und Bezirke, in denen diejenigen leben müssen, die ...«

»Mein Vater wohnt seit ein paar Monaten in Cloverhill«, platze ich heraus. Na toll. Der Plan war, dass ich mich geschickt an das Thema herantaste, das Gespräch feinfühlig in die richtige Richtung lenke – und jetzt klinge ich einfach nur bedürftig.

Gathea nimmt sich ein weiteres Pfirsichstück und tupft ihre Lippen an einer Serviette ab. »Sprich weiter.«

»Er ist in der Vierten Zone und …«

»Ich bin über deinen Vater informiert.« Mit dem Zeigefinger umfährt sie den Rand ihres Glases. »Du machst dir Sorgen.«

»Oh, ich bin mir sicher, dass er es zurück in die Zweite schafft«, sage ich schnell. »Aber … ich würde ihn trotzdem gern ins Mandala-Zentrum holen. Ich meine: jetzt. Ist das irgendwie möglich?«

Sie neigt den Kopf. »Wir haben hier unsere Regeln. Es mag dir hart erscheinen, doch an die Regeln halten wir uns. Sobald du das zweite Semester erreichst, nehmen wir deinen Vater auf. Falls er unsere Unterstützung dann noch braucht.« Sie strafft die Schultern, schaut auf ihre Armbanduhr und erhebt sich. »Entschuldige mich bitte. Auf mich wartet noch eine Menge Arbeit.«

Mit einem Knopfdruck lässt sie den weißlich glühenden Sommerhimmel zurückkehren, geht zu den Monitoren hinüber und tippt etwas in ihr Pad. Okay, verstanden. Ich bin entlassen. Aber der Gedanke an meinen Vater tackert mich auf meinem Drehstuhl fest. »Warum erst im zweiten Semester?«, frage ich laut.

Gatheas Finger halten inne. »Wir wollen sichergehen, dass du dein Studium fortsetzt. Fast alle Studenten, die abbrechen müssen, tun dies im ersten Semester.«

»Ich breche nicht ab. Ich bleibe in der Ersten«, sage ich fest.

Langsam kehrt sie zu mir zurück. »Das klingt ja beinahe so, als hättest du einen Trick im Gepäck.«

Mein Gesicht fühlt sich an, als hätte jemand ein heißes Tuch daraufgelegt. »Ich habe keinen Trick«, sage ich mit einer Stimme, die hoffentlich nicht zu sehr nach Herzinfarkt klingt.

Sie setzt sich, lächelt mich an. »Doch, Gemma, den hast du. Dein Wille. Das ist der Trick.« Sie schlägt die Beine übereinander und wippt lässig mit einer Fußspitze. »Du bist begabt, das hast du in deiner Prüfung bewiesen. Es könnte sogar eine gute Idee sein, wenn wir dich ins zweite Semester hochstufen. Vielleicht können wir auf diese Weise eine Leistung wie in deiner Prüfung aus dir herauskitzeln – und mehr über dein besonderes Talent erfahren.« Sie zögert. Ich halte den Atem an. »Den Härtetest musst du natürlich trotzdem bestehen. Du weißt über den Test Bescheid?«

Der Höhepunkt des ersten Semesters. Die ultimative Prüfung für unsere Erste Zone. »Wir müssen in den Traum eines Fünfers rein und uns dabei in der Ersten halten.«

»Exakt. Das gilt auch für dich. Aber du bekommst eine kleine Sonderbehandlung. Von jetzt an darfst du mit einer Testperson aus der Vierten Zone arbeiten. Zu denselben Bedingungen wie alle Studenten des zweiten Semesters. Das heißt?«

»Kein Schutzanzug mehr.«

»Traust du dir das zu?«

Jetzt bloß nicht zögern. »Ja.«

Sie erhebt sich. »Sobald du deinen Vierer in die Dritte geholt und den Härtetest bestanden hast, nehmen wir deinen Vater ins Mandala-Zentrum auf. Ich rufe Xavier an und kläre mit ihm die Details. Dir wird noch heute ein Vierer zugeteilt.«

Sie geht abermals zu den Monitoren hinüber, wo ich sie leise telefonieren höre. Hinter dem großen Panoramafenster flirrt das Licht des künstlichen Sommerhimmels. Ich stehe auf und nähere mich dem Fenster, Sonnenlicht überall, auf meinen Händen, meiner Bluse, meinem Arkanit, auf den Dielen, ich stehe mitten darin; ich habe nicht gewusst, dass Sonnenlicht so hell sein kann. Von hier aus sind die Fotos mit den Expeditionsteilnehmern gut zu erkennen, Männer und Frauen, zu dritt oder zu viert, umgeben von der Aura des Glanzes. Trotzdem lächeln sie, wahrscheinlich hat der Fotograf sie dazu aufgefordert.

Sieben Gruppen insgesamt, neben ihnen stehen Rucksäcke, ihre grüne Kleidung ist eine Kombination aus Wanderkluft und Tarnanzug. Ob sie ihnen Medikamente verabreicht haben, damit sie auf die Beine kommen? Irgendwo habe ich gelesen, dass nicht alle Fünfer ihre letzten drei Tage im Bett verbringen. Manche machen sich auf den Weg nach sonst wohin, getrieben von dem Drang, zu laufen und zu laufen. Wegzulaufen vor dem Glanz.

Die auf den Fotos sind mitten hineingelaufen.

Der junge Mann auf dem oberen Bild steht zwischen einer Frau und einem Mann mittleren Alters. Die braunen Haare und das feste Kinn, die leicht zusammengekniffenen Augen – dieses Gesicht habe ich schon einmal gesehen. Als ich näher herantrete, trifft mich die Erinnerung wie ein Schlag. Erst vor wenigen Monaten hat mir Tilda ein Foto von Erik gezeigt; obwohl wir uns damals schon eine Weile kannten, hatte sie es vorher nicht übers Herz gebracht und ihn überhaupt nur ein- oder zweimal erwähnt. Doch als ich an jenem Tag bei ihr übernachtete, holte sie es irgendwann stillschweigend hervor.

»Willst du ihn sehen?«, fragte sie und ich sagte sofort Ja, obwohl ich nicht sicher wusste, ob ich es wollte. Also öffnete sie einen mit einem verschnörkelten E beschrifteten Umschlag und zog ein Foto heraus, eine Schwarz-Weiß-Aufnahme im Profil.

Der Junge darauf war derselbe wie der, der mir jetzt entgegensieht.

»Die Teams der letzten zwanzig Jahre.«

Mit einem Ruck holt mich Gatheas Stimme in die Gegenwart zurück. Sie deutet auf die obere Fotografie, das Bild mit Erik darauf. »Der Sommer vor drei Jahren. Unsere letzte Expedition.« Sie seufzt, dann biegen sich ihre Mundwinkel entschlossen nach oben. »Gute Nachrichten, Gemma. Du legst schon heute Nachmittag mit einer Testperson aus der Vierten los.«

15

Kein Wort über die Expeditionen, das habe ich Gathea versprochen. Aber Tilda ist meine Freundin. Oben, im elften Stock des Forschungszentrums, wo wir uns in einer halben Stunde eine Vorlesung zum Thema *Glückoptimierende Tätigkeiten* anhören sollen, passe ich sie ab und ziehe sie in ein Traumlabor.

»Gathea hat mir was erzählt.« Ich setze mich auf die Liege, auf der sie sonst die Testpersonen platzieren. »Ich soll nicht drüber reden, aber ...«

Tilda hebt eine Hand. »Stopp. Die Direktorin sagt, du sollst nicht drüber reden?«

»Ja, und ...«

»Und warum redest du dann drüber?«

»Was? Na, weil du meine Freundin bist.«

Sie plumpst in einen der orangefarbenen Sessel. Der Heiligenschein schwebt über ihr wie ... nun ja, wie ein Heiligenschein. »O Mann, Gemma, das hier ist die Akademie. Dein Studium! Mach dir das nicht kaputt, bloß weil Freundinnen einander alles erzählen. Wenn Gathea sagt, Mund halten, hältst du den Mund, ganz einfach.«

»Aber ...«

»Still. Sonst werde ich neugierig und frage nach und bin schuld, wenn dir was rausrutscht und du von der Akademie fliegst. Und außerdem gibt's Neuigkeiten.« Sie grinst. »Larissa hat was gehört. Du legst heute mit einem Vierer los, stimmt das?«

»Äh, ja.«

»Gemmas Leben, eine Autobahn.« Sie lacht. »Pass bloß auf, dass ich nicht neidisch werde.« Sie reckt die Arme nach oben und ruckelt an dem Heiligenschein. »Meinst du, Xavier hat schon mal von mir geträumt? Ich träum nämlich ständig von ihm.« Sie bekommt etwas rote Wangen, wodurch sie nur noch hübscher wirkt. Ich muss lächeln.

»Das wurde aber auch Zeit.«

Tilda grinst, beugt sich vor und piekt einen Finger zwischen meine Rippen. »Und was war das da kürzlich mit diesem Jungen in der Arena?«

Flüchtig blitzen lagunenfarbene Augen vor mir auf. »Er ist niemand«, sage ich schnell. »Er war mir zugeteilt, sonst nichts.«

»Aha. Ganz wie du meinst.« Sie fummelt an den Kabeln des Modulators herum, setzt sich die Kunststoffmaske auf, zieht den Mundschlitz mit zwei Fingern auseinander und streckt ihre Zunge heraus. Auf einmal ist es ein Gefühl, als würden wir bei ihr zu Hause in der Küche Popcorn machen und unsere Fingernägel in knalligen Bonbonfarben lackieren, und falls ihr Bruder Sascha zu Besuch kommt, werde ich besonders laut lachen, in der Hoffnung, dass er den Kopf zur Tür reinsteckt und fragt, was so komisch ist.

Tilda zieht sich die Maske vom Gesicht. Sie lächelt immer noch, aber es wirkt nicht mehr so freimütig wie eben. »Weißt du, das mit Xavier ... es ist mir eigentlich ziemlich egal, wie das weitergeht. Ich bin einfach froh, dass ich so was überhaupt wieder fühle. Nach Erik dachte ich, ich kann das nicht mehr.«

Mein Herz wird augenblicklich schwer. Ich greife nach Tildas Hand und drücke sie fest. Nicht zum ersten Mal wünsche ich mir, ich könnte ihr einen Teil des Schmerzes abnehmen.

Als sie wieder spricht, klingt ihre Stimme ganz leise, ganz

weich. »Mit ihm zusammen zu sein, hat sich angefühlt wie ein ewig langer Badetag. Den Rucksack voll mit deinen Glückskeksen, überall Vögel, die rumpiepen, keine einzige Mücke. Ich weiß immer noch nicht, wie er so schnell abstürzen konnte. Ich hab es ihm so lange nicht angemerkt ...« Ihre Stimme kippt. Ihr Mund zittert, sie legt eine Hand darüber.

»Inneres Programm«, flüstere ich. Dass ich Tilda davon erzählen wollte, dass Erik bei einer Expedition in die Kuppel dabei gewesen ist, dürfte mein unsensibelster Einfall des Jahres gewesen sein. Da könnte ich ihr auch gleich ein Messer ins Herz stechen. Eines Tages werden wir darüber reden. Aber nicht heute.

Sie atmet ein paar Mal tief durch, ruckelt an dem Heiligenschein, löst eine Verriegelung und lässt ihn herunter, bis sich die Okulare auf Höhe ihrer Augen befinden.

»Pass bloß auf mit dem Ding«, sage ich nervös.

Sie guckt in die Okulare. »So ein Unterbewusstsein, das ist, wie wenn du in eine andere Galaxie gehst. Das ist so was Unendliches. So ... fremd.«

Ich weiß, dass sie noch immer von Erik redet. Davon, dass all der Schmerz, den er gefühlt haben musste, tief in ihm versteckt gewesen war.

»Glaubst du, der Glanz kommt von da?«, frage ich, auch um das Thema zu wechseln. »Von einem anderen Stern, meine ich?«

Tilda zuckt mit den Schultern. »Irgendwo aus dem Universum jedenfalls. Muss voll sein da von allen möglichen komischen Sachen, die man sich nicht mal vorstellen kann. Uns kann man sich ja auch eigentlich nicht vorstellen. Aber da sind wir. Winzig. Wie Bakterien.«

Ich verziehe das Gesicht. »Na, danke.«

»Die sehen oft ganz hübsch aus. In Scheibchen geschnitten, unterm Mikroskop.« Sie schraubt an den Okularen. »Vielleicht hat uns der Glanz auch unterm Mikroskop.«

Nun muss ich lachen, auch wenn ich mich überhaupt nicht danach fühle. Oder gerade deswegen. »Ein galaktischer Bakterienforscher?«

»Ja, der saugt die schlechten Bakterien weg. Damit es hier gesünder wird. Schöner. Oder so, wie er sich das vorstellt.«

Gathea hat etwas Ähnliches gesagt. Eine Welt, frei von negativen Energien. Der Gedanke dreht mir einen Knoten in den Kopf. Das mit dem Bakterienforscher kommt mir auf einmal gar nicht mehr lustig vor.

Tilda schlüpft aus ihrem Sessel, setzt sich zu mir auf die Liege und tätschelt meine Wange. Sie tätschelt tatsächlich. Ich dachte, so etwas tun nur Großmütter. Und dazu dieses Grinsen, das ich so an ihr liebe. Sie sieht dann aus wie eine Katze, die sich gerade etwas Leckeres vom Tisch geklaut hat.

»Weißt du, was wir machen, irgendwann?« Sie beugt sich zu dem Modulator und zuppelt an den Drähten. »Gemeinsamer Trip in eine Testperson rein. Du Protektor, ich Observer. Oder umgekehrt. Das Traumpaar der Akademie. Wir holen unsere Testpersonen in drei Sekunden von der Fünften in die Erste. Und nach dem Studium gehen wir zusammen in ein Mondhaus, da können wir richtig was bewirken. Sollen sich andere um die reichen Säcke kümmern.«

Die Arbeit in einem Kurzentrum für Schwangere, am besten in einem Entwicklungsland, das ist ihr großer Traum. Tilda wird ihren Weg gehen, da bin ich mir sicher. Nur ob ich ihn mit ihr gemeinsam gehen kann – da bin ich mir etwas weniger sicher. Tildas Pläne haben sich für mich immer viel zu groß angefühlt.

Als könnte sie meine Gedanken lesen, boxt sie mich gegen den Arm. »Wir zwei, Gemma. Du und ich. Okay?«

Und das ist das Tolle an Tilda. Dass sie mir immer wieder das Gefühl gibt, dass viel mehr möglich ist, als ich mir vorstellen kann. Dass unser Leben ein Spiel voller großartiger Möglichkeiten ist.

»Okay«, flüstere ich.

Tilda nimmt meine Hand und drückt sie, während sie mich in Richtung Tür zieht. »Du bist unsere Überfliegerin. Du zeigst es allen.«

Dass jemand in der Vierten Zone ist, heißt ja nur, dass er in der Vierten Zone ist, und nicht, dass er sich in ein Horrormonster verwandelt hat. Viele Leute denken, die Vierer wären supergefährlich, und das sind sie auch, sie sind super*ansteckend,* aber der Glanz schützt mich, oder? Mein Vater war auch in der Vierten, als ich ihn besucht habe, und obwohl ich meinen Schutzanzug geöffnet habe, war das kein Problem, von wegen Ansteckung und so.

Aber das war dein Vater. Der Vierer, den du gleich kennenlernst, ist eine andere Nummer, weil der nämlich ein Grenzgänger war und …

Und auf solche Gedanken lasse ich mich gar nicht ein. Schwungvoll rausche ich in die Eingangshalle des Forschungszentrums, umkurve eine Gruppe älterer Studenten und steuere schnurgerade auf Beatrix Swann zu, die mit einer zierlichen schwarzen Aktenmappe unter dem Arm und einem desinteressiert an meinem linken Ohr vorbei gerichteten Blick auf mich wartet. Okay. Ich bin bereit. Ich habe mir ein türkisfarbenes Tuch wie einen Gürtel um die Hüften geschlungen, um meinen schlichten Jumpsuit aufzuwerten, habe Lippenstift und Wimperntusche aufgetragen, damit ich mich erwachsen, kompetent, selbstbewusst fühle – und das klappt genau so lange, bis wir den Fahrstuhl betreten und ich allein mit Beatrix Swann und ihrem Schweigen bin. Geräuschlos gleiten wir nach oben. Meine Finger zupfen nervös an meinem Gürteltuch.

Beatrix Swann – schweigt.

»Wie geht es denn Florentine?«, frage ich.

»Ausgezeichnet«, sagt sie zu den Fahrstuhlknöpfen. »Ich bin mir sicher, dass sie bald wieder in die Erste Zone eintritt. Oh, übrigens hat sie einen sympathischen jungen Mann kennengelernt – und den hätte sie nie getroffen, wenn sie eine Studentin der Akademie geworden wäre.« Jetzt spricht sie nicht mehr zu den Knöpfen, sondern mitten in mein Gesicht. »Hast du einen Freund, Gemma?«

»Nein.«

»Die meisten Paare, die sich an der Akademie finden, lernen einander in den ersten vier Wochen kennen.«

»Aha.« Ich atme ein und aus und denke an alles, was nicht Beatrix Swann ist.

Klappt hervorragend.

Mit einem Zischen öffnet sich die Fahrstuhltür.

Der Trakt, in dem die Testpersonen untergebracht sind, hat den Charme eines Billighotels. Spillerige Grünpflanzen verstecken sich hinter Sofas mit türkis-gelben Bezügen, Marke Sperrmüll. Wir setzen uns.

Akkurat schlägt Beatrix Swann die Beine übereinander, verschränkt die Arme vor der Brust und legt mit Automatenstimme los: »Du lernst heute die Vierte Zone kennen. Eine Zone, die nicht einmal die Grenzgänger als gesund bezeichnen würden. Das Unterbewusstsein eines Vierers ist von negativen Gedanken und Gefühlen zersetzt wie ein fauler Zahn. Ein falsches Wort während der Modulation kann eine Katastrophe auslösen, schon eine einzige Sekunde fehlender Achtsamkeit lässt alles zusammenbrechen und stößt deine Testperson in die Fünfte Zone hinunter. Du trägst eine hohe Verantwortung, darüber musst du dir im Klaren sein, wenn du mit Keno Reed arbeitest.«

Ich fahre zusammen, als hätte sie mir eins übergezogen.

»Keno Reed? Aber ... den hab ich doch in die Zweite gebracht. Ich meine ... ich weiß, er ist wieder in die Dritte runter ...«

Die Vierte. Wie ist das möglich? Ich habe Keno doch erst in der Arena gesehen – und da ging es ihm gut.

Einigermaßen gut.

Ihre Augenbrauen wölben sich zu zwei perfekten Bögen. »Dachtest du ernsthaft, er würde sich in der Zweiten halten? Oder auch nur in der Dritten?« Ihr Lachen klingelt durch die Lobby wie ein Glöckchen. »Ein *echter* Protektor hätte Keno vielleicht dauerhaft in die Zweite Zone befördern können. Du ganz gewiss nicht.« Sie holt Kenos Akte aus ihrer schwarzen Edelmappe. Über seine Vergangenheit weiß ich ja schon Bescheid: wohlhabendes Elternhaus, Bruder Medizinstudent, Mutter und Vater erfolgreiche Therapeuten, dann die Lehrerin, die immer mehr Auffälligkeiten bemerkt, nachlassendes Engagement in der Leichtathletik-Mannschaft, mangelndes Interesse an Schulpartys und sozialen Projekten schließlich die Identifikation.

Keno. Ausgerechnet. Ich will ihn nicht wiedersehen. Was er in der Arena gesagt hat, hat sich wie etwas Explosives in meinem Kopf festgesetzt, meine Gedanken wenden es immer wieder vorsichtig hin und her, legen es beiseite, holen es erneut hervor, kommen nicht wirklich davon los.

»Die Vierer sind sehr viel stärker von negativen Gedanken und

Gefühlen durchdrungen als die Dreier«, fährt Beatrix Swann fort. »Daher müssen wir vor der eigentlichen Modulation eine Vertrauensbasis schaffen. Du musst Keno Reed kennenlernen.«

»Ich kenne ihn bereits.«

Ihre Stimme ist Zucker. *»Richtig* kennenlernen.«

Zusammen in Urlaub fahren, oder was?

»Was soll ich tun?«, frage ich kühl.

»Das überlassen wir deiner Intuition.«

Mal wieder. Schönen Dank auch.

Sie lächelt schmal. »Du könntest mehr mit meinem Rat anfangen, wenn du nicht aus rein egoistischen Motiven hier sitzen würdest.«

»Wie bitte?«

»Ich bin über die Situation deines Vaters informiert. Mir war vom ersten Tag an klar, dass du nur darum an der Akademie studieren willst, damit er kostenlos behandelt wird, nicht etwa, weil du auch anderen Menschen helfen möchtest.«

»Das stimmt nicht, ich ...«

Sie hebt eine Hand und steht auf. Meine Ohren glühen. Ich versuche, meinen Atem zu kontrollieren, entspanne meine zu Fäusten geballten Hände und konzentriere mich auf mein Gedanken-Upgrade.

Meine Wut ist eine Illusion, Zorn und Hass sind wie glühende Kohlen in meiner Hand, ich lasse sie jetzt los ...

Mit einem buddhamäßigen Lächeln, das sich anfühlt wie in mein Gesicht eingemeißelt, blicke ich zu Beatrix Swann auf.

»Fühlst du dich überfordert?«, fragt sie mich freundlich.

Ja.

Nein! Ich nehme alle Aufgaben dankbar an und freue mich über jede Herausforderung!

»Von mir aus kann's losgehen«, sage ich knapp.

»Keno erwartet dich in seinem Appartement. Ihr habt eine Stunde Zeit, um euch kennenzulernen.«

Mit klappernden Absätzen marschiert sie vor mir her durch einen pfirsichfarbenen Gang. Während ich ihr folge, bröckelt mein Upgrade von allen Seiten. Wie Stechmücken surren die Worte von Beatrix Swann durch meinen Kopf.

Nicht etwa, weil du auch anderen Menschen helfen möchtest.

Strenge ich mich nur an, weil ich meinen Vater retten will – und nicht, um auch andere Menschen aus einer Kritischen Zone zu holen? Tilda hat ein soziales Anliegen, sie will allen Menschen helfen, oder wenigstens allen schwangeren Frauen. Die Welt vor dem Glanz beschützen, einen sinnvollen Beitrag leisten, all das beschäftigt sie – und ich habe nur meinen Vater im Sinn.

Ich bin so vertieft in meine Grübeleien, dass ich fast in Beatrix Swann hineinlaufe, als sie vor einer himmelblauen Tür stehen bleibt. Mit einem Ratsch zieht sie eine weiße Schlüsselkarte durch den Türschlitz und winkt mich in Kenos Appartement. Sie selbst bleibt draußen. Danke für die kleinen Gefälligkeiten des Schicksals.

So geräuschlos, wie sich die Tür geöffnet hat, schließt sie sich hinter mir.

Nervös blicke ich mich um, merke, dass ich am Nagel meines Zeigefingers kaue, nehme den Finger aus dem Mund und gehe langsam den mit einem butterfarbenen Teppich ausgelegten Flur entlang, vorbei an einer Tür, zwei Türen.

Die dritte steht offen.

Das Licht ist ausgeschaltet und der Raum dämmrig vom Glanz hinter dem einzigen, mit dicken Gitterstäben gesicherten Fenster. Auf einem Wandbildschirm läuft mit abgestelltem Ton eine Show: Zwei blonde Frauen tanzen in Glitzerbikinis auf einer goldenen Plattform, die langsam durch einen Sternenhimmel kreiselt. Obwohl es ein paar Sitzgelegenheiten gibt, bezweifle ich, dass Keno in diesem Zimmer Besuch empfängt. Wo steckt er? Weiß er, dass ich hier bin? Ich huste, warte, huste noch einmal.

Erst geschieht nichts. Dann nehme ich im Augenwinkel eine Bewegung wahr und wende mich um.

Er steht draußen auf dem Balkon. Er hat mir den Rücken zugekehrt und macht irgendetwas an der Brüstung. Ich atme tief und lange aus, nehme die Schultern zurück und gehe zu ihm hinaus.

Der Balkon ist eher ein Käfig und oberhalb der Brüstung durch eine Rundumvergitterung gesichert. Das dämmrige Licht verstärkt noch das Gefühl der Enge. In beklemmendem Kontrast dazu stehen die Musik und das Gelächter, die aus dem Park heraufdringen, irgendwer feiert irgendwas. Keno ignoriert meine Gegenwart vollständig, er macht einfach weiter mit was auch immer er da tut. Weintrauben von einem Sträußchen abzupfen und die Trauben in einer Reihe und exakt zwischen die Gitterstäbe auf die Brüstung legen. Plötzlich muss ich daran denken, wie mein Vater für Fussel Spuren aus Trockenfutter in unserer Wohnung ausgelegt hat, Tag für Tag für Tag, bis sie sich auch ohne die Spuren zurechtfand.

Als ich mich räuspere, dreht sich Keno langsam um. Das Erste, was ich sehe, sind seine lagunenblauen Augen. Er sieht älter aus als bei beim letzten Mal. Sein Gesicht wirkt angegriffen, mit einem erschöpften Zug um den Mund. Zwei Linien ziehen sich von den Nasenflügeln zu den Mundwinkeln. Unwillkürlich drängt sich mir die Frage auf, ob es wirklich nur das kranke Gedankenzeug in seinem Kopf ist, das solche Spuren hinterlässt. Aber seine Augen, diese unglaublich blauen Augen, wirken scharf und klar. Von seinem weißen Hemd hebt sich der graue Arkanit deutlich ab. Ich zähle drei, vier, fünf schwarze Schlieren. Genau wie bei meinem Vater. Nein. Bei Papa waren es mehr. Keno steckt noch nicht so tief drin, aber das hier ist trotzdem eine andere Nummer als die Dritte. Für einen Moment habe ich das unbehagliche Gefühl, dass ich mich vor seinem Blick schützen muss.

»Du bist es also.« Kenos Stimme klingt kühl. Auf seinem Gesicht liegt nicht die Spur eines Lächelns. Habe ich geglaubt, unser Gespräch in der Arena hätte etwas geändert? Jedes seiner Worte wirkt so ablehnend, dass ich am liebsten den Kopf einziehen und sein Appartement verlassen würde. Ich lächele in dem verzweifelten Bemühen, unserer Begegnung etwas Positives abzugewinnen, doch seine Gedanken höre ich überdeutlich: *Lass mich in Ruhe.* »Hast du etwas dagegen, wenn wir reingehen?«, frage ich mit entschlossener Munterkeit. »Da können wir ein bisschen Licht machen und …«

»Ich bleibe lieber draußen.«

»Oh. Okay.« Zögernd setze ich mich auf die Kante eines der beiden Balkonstühle. Er bleibt stehen. Und jetzt? Ich kann ihm ja schlecht sagen, dass er sich bitte auch hinsetzen soll, damit wir miteinander reden und er ein bisschen Vertrauen zu mir fassen kann. Also versuche ich es erst einmal mit freundlichem Weiterlächeln, ganz unverbindlich, auch wenn sich meine Mundwinkel wie eingeklemmt anfühlen.

»Magst du mir ein wenig von dir erzählen?«, frage ich und höre selbst, wie unbeholfen das klingt. »Ich würde dich wirklich gern näher kennenlernen.«

»Mich stört«, sagt er, »dass ihr alle so tut, als würdet ihr euch wahnsinnig für mich interessieren oder als ob ihr mir unbedingt helfen müsstet, weil ich ein so fehlgeleiteter Mensch bin. Schon mal auf die Idee gekommen, dass ich mir vorher überlegt habe, ob ich ein Grenzgänger werden will oder nicht?«

Ein Grenzgänger werden. Genau. Ich sehe ja ein, dass es schwache Menschen gibt, die zu wenig an ihrem Glück arbeiten. Menschen, die sich gehen lassen und darum in eine Kritische Zone abrutschen. Aber die Grenzgänger sind eine völlig andere Nummer. Die frieren ihren Arkanit mit einer Droge ein, damit sie absichtlich in die Dritte abwandern können.

»Ich hab mir das auch nicht ausgesucht, dass ich hier mit dir sitzen muss«, zische ich. »Und keine Sorge, ich interessiere mich kein Stück für dich. Wahrscheinlich bist du der egoistischste Mensch, den ich je kennengelernt habe. Hast du auch nur eine Sekunde daran gedacht, dass du alle Leute um dich herum mit deinen Gefühlen ansteckst? Deine Eltern, deine Geschwister, deine Freunde, überhaupt alle? Aber das kümmert dich vermutlich einen Scheiß, ihr Grenzgänger denkt ja vorzugsweise an euch selbst. Warst einfach mal neugierig auf die Dritte, fandest es cool oder was weiß ich!«

»Wow«, sagt Keno. »Das musste aber raus, wie?«

Mist. Mist, Mist! So viel zu »Vertrauen gewinnen«. Innerlich stöhne ich auf, gleichzeitig muss mein Herz wieder einmal beweisen, welches Tempo es vorlegen kann. Ich hasse diesen durchdringenden Blick, den er mir zuwirft, zwinge mich aber, ihn zu erwidern – bis mich ein Flattern an der Balkonbrüstung den Kopf wenden lässt.

»Oh«, sagt Keno. »Warte mal.«

Ein schwarzer Vogel mit schiefergrauem Kragen landet zwischen den Gitterstäben. Der Ruf einer Dohle ist unverwechselbar, er klingt viel fröhlicher als das Krächzen einer Krähe, ein ausgelassenes »Kja-kja«, als würde sich der Vogel wahnsinnig über etwas freuen. Oder über jemanden. Die Dohle stelzt um die Eisenstangen herum und pickt die Trauben weg wie nichts. Als Keno ihr die letzte auf der flachen Hand anbietet, halte ich den Atem an. Das habe ich mit der Krähe am Himmelsee auch immer wieder versucht, habe es aber nie geschafft, dass sie mir so vertraut. Die Dohle legt den Kopf schief und blickt aus ihren weiß umrahmten Augen zu Keno hoch, dann pickt sie die Traube vorsichtig aus seiner Hand und fliegt davon.

Keno setzt sich auf den Stuhl mir gegenüber und schlägt die Beine übereinander. Meine Wut ist verraucht. Ich rieche die Seife, mit der er sich gewaschen hat, diesmal keine Limone, sondern ein Geruch nach gemähtem Gras. Er mustert mich schweigend. Bestandsaufnahme. Gut, kann ich auch.

Langsam wird das Schweigen unerträglich.

»Tut mir leid wegen gerade eben«, stoße ich hervor. »Und, also, wir sind hier unter uns. Ich meine ... wir können über alles reden.«

»Was glaubst du denn, was es sein könnte, von dem ich wollen würde, dass wir darüber reden?«

»Ähm, was?«

Ein kurzes Aufwärtszucken seiner Mundwinkel. Könnte ein Lächeln sein. Nein, wohl eher nicht. Ich mag seinen Mund nicht. Diesen leicht zynischen Zug. Aber die dornenförmige Narbe an seiner Oberlippe gefällt mir.

»Ich werde dich wieder in eine höhere Zone bringen, Keno.« Wenn du den anderen mit seinem Namen ansprichst, findet er dich gleich viel sympathischer. »Es wäre wirklich schön, wenn du dich ein bisschen auf unsere Zusammenarbeit einlässt.« Ich reibe mir den Hinterkopf. Und ehe ich mich daran hindern kann, stoße ich hervor: »Das ist ziemlich wichtig für mich.«

Keine Reaktion.

»Mein Vater ist in Cloverhill.«

O Mann. Was ist denn los mit mir? Warum erzähle ich ihm das?

Keno rührt sich nicht. Seinen Gesichtsausdruck kann ich nicht deuten, so verschlossen wirkt er. Doch dann fallen seine Schultern leicht herab, und ich sehe förmlich, wie die Anspannung aus ihm herausfließt.

»Da wäre ich auch gern«, sagt er leise.

»Wie bitte?«, frage ich verwirrt.

»Ich wäre lieber in Cloverhill als eine Testperson an der Akademie. Weißt du, was mir an Cloverhill gefällt?«

Ich schüttele den Kopf. Ich habe wirklich keine Ahnung, was das sein könnte. Wie kann denn jemandem *irgendwas* an Cloverhill gefallen?

»Dort lassen sie dich in Ruhe. Keine Tests. Keine Experimente.«

Ich kann kaum ertragen, wie traurig seine Stimme klingt. *Versuchskaninchen.* Wie ein Blitz schießt das Wort durch meinen Kopf, das ich damals, am Tag nach meiner Ankunft an der Akademie, ausgesprochen habe. Für ein paar Sekunden hatte sich etwas verkehrt angefühlt – und dieses Etwas meldet sich auch jetzt wieder in mir. Auf einmal würde ich gern nach Kenos Hand greifen. Nur ganz kurz. Doch darauf darf ich mich nicht einlassen, solche Gedanken führen nirgendwohin, ich denke das nur, weil er mich so durcheinanderbringt. In meiner Kehle steckt etwas Großes, Hartes. Hastig schließe ich die Augen und versuche, mich auf den Glanz in mir zu konzentrieren, und ich könnte weinen vor Erleichterung, dass es mir gelingt und er alles beruhigt, ich mich langsam entspannen kann. Als ich die Augen wieder öffne, ist meine Gewissheit zurückgekehrt: Das, was wir an der Akademie tun, ist richtig.

»Keno«, sage ich ruhig, »wir müssen etwas von euch fordern – eure Mitarbeit. Das ist die Aufgabe der Akademie.«

»Eine Art Wiedergutmachung, nicht wahr?« Er lacht bitter. »Glaub mir, ich kenne das Gesetz. Den *Grenzgänger-Paragrafen.«* Er spuckt das Wort aus, als wäre es etwas Widerliches, eine Nacktschnecke vielleicht. »Testperson für fünf Jahre. Um dich von deiner Schuld reinzuwaschen. Falls du so lange durchhältst.«

»Es ist sicher schwer für dich, hier ... festzusitzen, aber du kanntest das Risiko. Und das ist auch so ein Grund, aus dem ich nicht verstehe, warum du freiwillig in die Dritte abgestiegen bist.«

»Ich sag's mal so: Ich hatte es satt, dass mich andere danach beurteilen, ob ich gut drauf bin oder nicht. Ob ich glücklich oder traurig oder sonst was bin. Was ist so absolut furchtbar daran, wenn es dir mal schlecht geht?«

»Der Glanz ...«

»Ja, der rechtfertigt mittlerweile alles.«

»Ich würde auch lieber in einer anderen Zeit leben«, sage ich bedrückt.

»In einer Zeit vor dem Glanz?«

Müde zucke ich die Achseln.

»Die hatten damals auch ihren Scheiß. Das habt ihr doch bestimmt in Geschichte gehabt. Umwelt, Klimakatastrophe, das war ein Riesenthema. Flüchtlingsströme, Völkerwanderungen.« Er scheint dem Gelächter unten im Park zu lauschen. »Heute gibt's keinen Ort mehr, wohin du flüchten kannst. Nicht vor dem Glanz. Wusstest du, dass unsere Zeit die erste Epoche in der Geschichte ist, in der es einen massiven technologischen Rückschritt gab?«

»Das ist doch Unsinn. Von einem Arkanit hätten die Menschen

damals nur träumen können. Oder von der Modulation. Sie hatten nur Pillen und Therapien und damit sind sie nicht mal in die Nähe des Unterbewusstseins gekommen. Außerdem hatten die meisten Menschen keine Ahnung, wie ansteckend die negativen Energien sind. Ansteckend waren für die nur Viren und Bakterien. Sie hätten niemanden wegen seiner negativen Energie in Quarantäne geschickt. Von so etwas wussten sie null.«

»Ach nein? Damals gab es auch schon Menschen, die von Energievampiren gesprochen haben.« Der aufgebrachte Unterton in seiner Stimme wird immer deutlicher. »Ich bin kein Vampir. Ich bin ein Mensch. Und ich will mich nicht manipulieren lassen. Ich will der sein, der ich bin. Fühlen, was ich fühle.« Pause. Dann, etwas freundlicher: »Wie kommt dein Vater in Cloverhill zurecht?«

Ruhig bleiben. Ich muss das hier schaffen.

»Nicht so gut. Das ist kein Ort, an dem du leben willst, glaub mir. Aber er kämpft. Er will raus. Und ich tue alles, um ihm zu helfen. Ich hole ihn ins Mandala-Zentrum und ich verstehe noch immer nicht, was so toll an den schlechten Gefühlen sein soll.«

Das klingt, als würde ich es gerne wissen. Doch das will ich nicht. Oder? Oder nicht? Schon wieder verheddert sich alles in mir. Wenn ich bloß mehr Ordnung in meine Gedanken bringen könnte!

Keno wischt sich eine Haarsträhne aus der Stirn. Hellbraun mit einem rötlichen Schimmer. Kupfern.

»Ich habe nicht gesagt, dass es toll ist. Aber ich will meine Gedanken und Gefühle nicht ständig kontrollieren, mich nicht immer weiter optimieren, den ganzen Scheiß.«

»Und was willst du?«

»Ich sein«, sagt er schlicht.

Meine im Schoß gefalteten Hände drücken sich so fest gegeneinander, dass sie um die Knöchel weiß werden. Ich wünschte, er wäre nicht älter als ich. Bei den anderen Testpersonen hat mir das nichts ausgemacht, bei Keno verunsichert es mich. Er ist kein Junge, sondern ein junger Mann, und er hat lagunenfarbene Augen und ich habe von ihm geträumt, und außerdem sagt er diese Sachen, von denen ich nicht weiß, was ich davon halten soll, und jetzt muss ich auch noch an Daniel Levantis denken, obwohl der Glanz eigentlich alle Gedanken an ihn weggespült hat. Doch nun strudeln sie wieder hoch. Ich erinnere mich, wie ich auf meinem Bett gelegen und geweint und die ganze Schuld in mir gespürt habe. Wie sich das angefühlt hat.

Schmerzhaft. Furchtbar. *Echt.*

In der Zweiten Zone.

»An dem Tag, als du hier angekommen bist, hab ich dich gesehen«, sagt Keno ruhig.

Der vergitterte Balkon. Sein Winken. »Ich weiß.«

Er legt den Kopf schief. »Ich hab dich gleich erkannt, wir haben ja sozusagen eine gemeinsame Geschichte. Allerdings hast du mir etwas voraus. Du kennst meinen Namen.« Er mustert mich erwartungsvoll.

Ich schlucke. »Gemma«, flüstere ich. »Ich heiße Gemma.«

»Schöner Name. Steckt da irgendwas dahinter?«

»Wie bitte?«

»Dein Name. Gemma. Was bedeutet er?«

»Oh.« Ich spüre, wie mein Gesicht heiß wird. »Edelstein. Aber es ist auch der hellste Stern in einem Sternenbild, das *Die Nördliche Krone* heißt. Mein Vater hat mir den Namen gegeben.« Bevor er das kommentieren kann, schiebe ich schnell hinterher: »Und dein Name? Bedeutet der auch etwas?«

Er lacht leise in sich hinein. »Der gute Ratgeber. Aber ich vermute, du willst keinen Rat von mir.«

Dazu sage ich lieber erst einmal nichts.

»Also, Gemma. Wie hast du es gemacht? Was war das bei deiner Prüfung mit dir und mir und dieser schwarzen Energie?«

»Ach, das.« Meine Stimme wird ein bisschen schrill. »Tut mir leid, was da passiert ist. Aber ich war eben total die Anfängerin. Null Ahnung von nichts. Inzwischen haben sie mich sogar ein Semester höher eingestuft.« Ich halte inne, warte auf ein Zeichen von ihm, ein Heben der Augenbrauen, ein beeindrucktes »Wow«, irgendwas. Weil nichts passiert, rede ich hastig weiter: »Ich versteh ja, dass du ein mulmiges Gefühl hast, aber du kannst dich echt entspannen.« Ich höre selbst, wie bescheuert das alles klingt und dass meiner Stimme jedes Mitgefühl abgeht, und je mehr ich mich bemühe, meinen Worten einen warmen Unterton einzuhauchen, desto schlimmer wird es, ich höre mich an, als würde ich unablässig zwei Topfdeckel gegeneinanderschlagen.

»Diese schwarze Energie aus anderen rausholen, tust du das oft?«, fragt er unvermittelt in mein Geplapper hinein.

Nervös drücke ich meine Fingerspitzen gegeneinander. Ich wünschte, er würde nicht so darauf herumreiten, und es wird auch nicht gerade besser dadurch, dass ich selbst nicht verstehe, was während der Prüfung geschehen ist oder was das schwarze Zeug bedeuten sollte, warum es aus Keno raus- und in mich reingegangen ist und wieso sich das komplett anders angefühlt hat als alles, was ich bei späteren Modulationen erlebt habe. Auf einmal wünsche ich mir mehr als alles andere Tilda an meine Seite, einfach, damit sie neben mir sitzt, vielleicht kurz meinen Arm berührt.

Ich merke, dass ich eine Handfläche an meine Wange gelegt

habe, und lasse die Hand rasch wieder sinken. Auf keinen Fall soll Keno merken, wie sehr seine Fragen mich aus der Bahn werfen. Die Wahrheit ist, dass ich keine Ahnung habe, was damals geschehen ist; dass es so war, als wäre ich auf einmal randvoll mit allen möglichen schrecklichen Gefühlen, die mich von innen fressen, und schon beim Gedanken daran würde ich am liebsten in den Glanz über den Baumwipfeln schauen, aber das werde ich bestimmt nicht tun. Denn Keno beobachtet mich. Und obwohl mich das wirklich wahnsinnig macht, lächele ich gewinnend und sage: »Ich hab das jetzt im Griff. Es passiert nicht noch mal, ich schwör's.«

»Was war mit der Observerin, die den Traum beobachtet hat? Wie ging es ihr? Danach, meine ich?«

Florentine? Warum will er denn das jetzt wissen? Seine Hände liegen ruhig in seinem Schoß, während er wartet.

»Was soll mit ihr gewesen sein?«, frage ich steif.

»Ging es ihr gut?«

»Natürlich ging es ihr gut«, lüge ich.

»Du willst nicht darüber reden, oder?«

»Nein.« Ich muss schlucken. »Will ich nicht.«

Keno lächelt – und das verwandelt ihn völlig. Als würde die Antarktis auf Italien im Frühling umstellen. »Okay. Themenwechsel. Ich würde unheimlich gern mal wieder eine Scheibe Weißbrot mit Erdnussbutter essen. Krieg ich aber nicht. Sie haben mich für eine Versuchsreihe eingeteilt, bei der du nur submolekular aufgeladene Proteine zu dir nehmen darfst. Oder etwas in der Art. Sie wollen herausfinden, ob sich das auf meine Energiezone auswirkt. Die Kontrollgruppe darf sich mit Schokolade und Chips vollstopfen. Wenn du mich fragst, ist das total ungerecht.«

Wider Willen muss ich lachen. Sein Lächeln wird eine winzige Spur breiter.

»Erdnussbutter oder Protein-Diät, Gemma. Glaubst du, wir können unser Schicksal beeinflussen?«

Es folgt eine Pause. Ich zupfe an meinem Tuch. Dann antworte ich leise: »Und was glaubst du?«

»Die kleinen Dinge. Das Große passiert von selbst. Manche erreichen, was sie wollen, andere nicht. Da ist viel Zufall im Spiel.«

Heftig schüttele ich den Kopf. »Wenn du etwas wirklich willst, kriegst du es auch. Wenn nicht, hast du es nicht genug gewollt. Gesetz der Anziehung. Selffullfilling Prophecy. Positive Gedanken ziehen positive Gefühle ziehen positive Ereignisse an.«

»Und negative Gedanken ziehen negative Gefühle ziehen negative Ereignisse an? Das ist wie: ›Sorry, bei dem kurzen Rock bist du selbst schuld, dass du vergewaltigt wurdest‹, nur auf das ganze Leben ausgeweitet. Von allen verlassen? Krebs im Kopf? Tochter überfahren? Deine Verantwortung. Nicht die richtigen Gedanken gedacht. Das ist unmenschlich, Gemma. Und es macht uns blind für die wahren Gründe, aus denen Dinge passieren.« Zwischen seinen Augenbrauen bildet sich eine Falte. »Darf ich dir etwas über mein Silvester vor vier Jahren erzählen?«

»Klar«, sage ich und hoffe, dass mich diese Geschichte nicht noch mehr verwirrt.

»Ich war vierzehn. Wir haben mit unseren Nachbarn und Freunden eine Riesenparty auf der Straße gefeiert. Das war bei uns im Viertel immer so. Alle waren gut drauf, die meisten Raketen waren schon abgefeuert, aber jeder hatte noch eine übrig.«

»Die Wunschrakete.« Ich lächele und nicke. »Das machen wir auch so. Einen Wunsch ans Universum abschicken.«

»Ja, eins dieser wahnsinnig beliebten Rituale. Wir stehen

also zusammen und stecken unsere Rakete in die Sektflasche und dann ist unsere Nachbarin dran. Sie war neu im Viertel, hochschwanger, hatte mit ihrem Mann gerade ein Eltern-Kind-Café eröffnet. Ich kann mich noch genau an ihr Strahlen erinnern, als sie ihre Wunschrakete gezündet hat. Doch im selben Augenblick fällt die Flasche um und die Rakete trifft die Frau im Gesicht und brennt es zur Hälfte weg.«

Ich lege eine Hand über meinen Mund und weiß nicht, was ich sagen soll.

Kenos Finger streichen über das blassrosa Blütenblatt einer letzten, späten Kletterrose, die an den Gitterstäben hochgerankt ist. Gleich wird er das Blatt abreißen. Aber er streicht nur immer weiter darüber. »Und die Logik und der Sinn ist also, dass sie die Rakete angezogen hat, weil ihre Gedanken zu negativ waren?«

Langsam lasse ich meine Hand sinken. »Natürlich nicht. Ich meine nur ... Was ja sein kann, ist, dass wir nicht alles durchschauen. Das Universum hat sie vielleicht vor einem viel schlimmeren Schicksal bewahrt.«

Der Ausdruck in Kenos Gesicht ist wie eine Ohrfeige. »Indem es ihr das halbe Gesicht wegbrennt. Ist das dein Ernst?«

Mein Herz legt wieder los wie verrückt. Eine Gänsehaut kriecht über meinen Körper. Wieso sieht er mich ständig so an? So ... prüfend. »Ja«, murmele ich, auch wenn ich mir dabei plötzlich kaltherzig und gemein vorkomme. So bin ich doch gar nicht! »Wenn sie die Rakete nicht gezündet hätte, wäre sie ... ich weiß nicht, vielleicht auf dem Heimweg vor ein Auto gelaufen und jetzt tot«, versuche ich noch einmal, mich zu erklären.

»Interessante Theorie.«

Klingt, als hielte er die Theorie für absolut hirnrissig. Und wahrscheinlich ist sie das auch. Trotzdem beharre ich: »Eine positive Einstellung ist wichtig. Schicksalsschläge passieren, und ich weiß, dass das schrecklich ist. Aber die Frage ist, was man daraus macht. So etwas zerbricht nur die, die sich zerbrechen lassen.«

»Die Opfer, meinst du.«

»Ja.« Ich schlinge die Arme um meine Mitte. »Man *muss* kämpfen. Jedenfalls sind wir nicht auf der Welt, um zu jammern und uns über unser mieses Leben zu beklagen. Wir sind auf der Welt, um etwas aus unserem Leben zu machen und glücklich zu werden.«

Keno vergräbt den Kopf in den Händen. »Ich kann echt nicht fassen, was du da redest.« Er richtet sich wieder auf und streicht sich die Haare aus der Stirn. »Jeder kann sein Schicksal frei gestalten. Glaubst du das wirklich?«

»Allerdings«, sage ich aufgebracht. »Ich kann mich jederzeit entscheiden, ob ich ein glückliches oder ein unglückliches Leben führen will.«

»Na gut.« Keno atmet tief durch. »Dann hätte ich jetzt gern ein Brot mit Erdnussbutter.«

»Wie bitte?«

»Ach, vergiss es.« Er lässt die Luft mit einem Seufzer entweichen. Dabei sinkt er ein bisschen nach vorn, wie das manchmal passiert, wenn man total übermüdet ist. Ich würde ihm furchtbar gern über den Arm streichen, ihn irgendwie … aufrichten, doch ich traue mich nicht. Für einen Augenblick sind unsere Blicke wie ineinander verhakt. »Kennst du das Gefühl, dass du manchmal nicht mehr kämpfen magst?«, fragt er mit jetzt viel weicherer Stimme. »Dass es dich ankotzt, stark zu sein?«

Die Gänsehaut kehrt zurück. Gleichzeitig blitzt eine Erinnerung aus der Zeit kurz vor der Abreise meines Vaters nach Cloverhill in mir auf. Fussel war seit einigen Tagen krank gewesen, ich war mit ihr zum Tierarzt gefahren und die ganze Nacht wach geblieben, um sie zu versorgen, und als ich am nächsten Morgen völlig erschöpft im Bademantel in die Küche schlurfte und mir einen Kaffee kochen wollte, saß mein Vater am Tisch, vor sich ein Bündel Rechnungen. Er addierte irgendwelche Zahlen und in seinem Arkanit hatte sich ein frisches Knäuel silbrig grauer Fäden gebildet. In diesem Augenblick schoss es mir durch den Kopf, dieses »Ich kann nicht mehr. Ich will nicht mehr«, nur ein Aufflackern, fast zu kurz, als dass ich es hätte wahrnehmen können, eine Fehlzündung im Gehirn, und ich steuerte sofort mit einem Gedanken-Upgrade gegen.

»Nein«, sage ich fest. »Solche Gefühle kenne ich nicht.«

»Hm«, macht Keno.

Sieht nicht so aus, als würde er mir glauben. Ich balle die Hände zu Fäusten. Ich darf mich von ihm nicht einwickeln lassen. Er ist ein Grenzgänger und sitzt als Testperson im Forschungszentrum der Akademie und wenn ich meinem Vater helfen will, muss ich das hier durchziehen. Ich straffe mich. »Du musst nach vorne schauen, Keno. Das ist wichtig. Ich schaue auch nach vorn, immer. Und ich weiß, was ich will. Zum Beispiel will ich mit dir arbeiten.«

Die Anspannung kehrt in seinen Körper zurück. Er lehnt sich nach hinten, als wollte er auf Distanz zu mir gehen, und verschränkt die Arme. »Oh, ich weiß, was ich will, keine Sorge«, sagt er dunkel. »Ich will, dass du von meinem Unterbewusstsein wegbleibst. Ich werde nicht zulassen, dass du an mir rumschraubst. Und wenn ich dich in meinem Traum erwische ...«, sein Kiefer verhärtet sich, »... schmeiß ich dich raus.«

Ein paar Sekunden lang bleibt mir der Mund offen stehen. »Aber …«

»Hast du jetzt genug von meinem Vertrauen gewonnen? Dann würde ich das hier nämlich gern beenden.« Keno streckt die Arme, die eher sehnig als muskulös sind, und reckt sie über den Kopf so weit nach hinten, dass sein Stuhl vorne kurz abhebt und mit einem metallischen Knall wieder aufsetzt. Er lächelt, aber diesmal ist es ein kaltes Lächeln, bei dem zwischen seinen Lippen seine Zähne hervorblitzen. Wie ein harter Ball fliegt es mir entgegen.

»Klar«, sage ich. »Fangen wir an.«

16

Gathea holt uns ab und das heißt dann wohl, dass mich die Direktorin persönlich als Observerin begleitet, alles sieht, was ich tue, alles hört, was ich sage. Was die Sache nicht leichter machen wird.

Bei diesem letzten Gedanken zucke ich zusammen. Ich darf, ich will so nicht denken! Doch es kostet mich einige Mühe, den Gedanken mit einem *Ich freue mich über jede Aufgabe, die Gathea mir stellt, das ist einfach super* zu überschreiben.

Lächelnd reicht mir die Direktorin die Hand und nickt Keno freundlich zu. »Seid ihr bereit?«

Er dreht sich von ihr weg. Er hat es wirklich ernst gemeint. Keine Kooperation. Ich spüre meinen Atem in meiner Brust, trocken und viel zu schnell. Ja, ich habe Angst. Und diese Angst darf ich nicht zulassen. Ich zwinge mich, meinen Atem zu verlangsamen, bis zwischen den einzelnen Atemzügen lange Zwischenräume liegen, und sage in einen dieser Zwischenräume hinein: »Wir sind bereit. Alle beide.«

Der Fahrstuhl trägt uns in den siebzehnten Stock. Von dort geht es weiter ins Traumlab. In der bläulichen Dämmerung kommen mir die Liege und die beiden Sessel wie lauernde Tiere vor. Und mitten dazwischen: Beatrix Swann. Die Nervosität kehrt mit voller Wucht zurück. Was, wenn Keno mich wirklich aus seinem Unterbewusstsein rauswirft? Was, wenn er mich als Versagerin dastehen lässt?

Keno legt sich hin, während ich mich in den Sessel links

von ihm setze. Ich höre ihn atmen. Ob er mich auch hören kann?

Beatrix Swann zieht die Spritzen auf.

Wenn ich dich in meinem Traum erwische, schmeiß ich dich raus.

Ich schaffe das. Meinem Vater geht es nicht gut und uns läuft die Zeit davon. Ich werde Keno in eine höhere Zone pushen, egal wie. Gathea legt kurz ihre Hand auf meine und drückt sie sanft. Sie glaubt an mich, jetzt muss ich auch an mich glauben. Entspannt bleiben, positiv denken, der Träumer kann dich sowieso erst einmal nicht zuordnen, so ist das jedenfalls meistens. Wenn ich Glück habe, bin ich für Keno zunächst irgendwer, ehe es klick in seinem Unterbewusstsein macht, und diese Zeit muss ich nutzen.

Gathea setzt sich in ihren Sessel. Beatrix Swann injiziert mir das Serum. Der Heiligenschein schnurrt herunter, die Okulare drücken gegen meine Augäpfel.

Und schon bin ich weg.

Das Licht ist dämmrig, die Luft frühlingshaft mild. Offenbar befinde ich mich auf einem Parkplatz, jedenfalls stehen eine Menge Autos herum und dazwischen ein paar junge Leute, die meisten von ihnen in Paaren, alle um die achtzehn. Niemand achtet auf mich, was schon mal gut ist. Keno hält sich etwas abseits der Gruppe in der Nähe eines schmutzig weißen, völlig verbeulten Wagens. Ein Zündschlüssel baumelt an seinem Zeigefinger. Wenige Meter von ihm entfernt, mehr zu den anderen hin, steht das Mädchen mit dem haselnussbraunen Haar, das schon in meinem ersten gemeinsamen Traum mit Keno einen Auftritt hatte. Leicht wie eine Feder ist sie auf den Rücken eines jungen Mannes mit schwarzer Hornbrille und Wuschelhaar gesprungen und im Galopp mit ihm davongezogen, während Keno ihr verzweifelt nachgeblickt hat.

Heute trägt sie einen Glitzerpullover und kniehohe Stiefel. Sie sieht toll aus, wie sie da inmitten der Menge an Leuten lacht und gestikuliert, sich dann von ihnen löst, zu Keno hinübergeht und sich ihm leicht entgegenlehnt. Ich schnappe ein paar Worte auf, es klingt, als wollten sie auf eine Schulparty fahren.

Okay, falls sie sich gleich auf den Weg nach sonst wohin machen, muss ich auf jeden Fall mit. Ich muss in Kenos Nähe bleiben, und genau das ist ein Problem. Denn falls Keno mich erkennt, ist Schluss mit Träumen, dann schmeißt er mich raus. Dass Gathea mich observiert, wirkt sich auch nicht gerade förderlich auf meine Konzentration aus. Nervös zupfe ich an dem blöden Tuch, das ich sogar noch hier, im Traum, um die Hüften trage, und dass das ein Segen ist, dämmert mir erst nach ein paar Sekunden. Schnell wickele ich das Tuch ab, schlinge es mir um den Kopf und ziehe es über Mund und Nase, bis ich komplett verschleiert bin, und dass ich damit nicht erst recht verdächtig wirke, kann ich nur hoffen.

Während die anderen Leute auf dem Parkplatz noch immer wild durcheinanderreden, stecken Keno und das Mädchen mit dem Haselnusshaar die Köpfe zusammen. Ganz dicht stehen sie beieinander. Das Mädchen lächelt.

»He, Juniper – kommst du?«, ruft jemand aus der Gruppe ihr zu.

»Willst du bei mir mitfahren?«, fragt Keno sie und Juniper nickt.

Die beiden machen sich auf dem Weg zu dem Beulenauto, ich laufe ihnen nach. Als ich mich neben den Wagen stelle, gucken sie nicht direkt misstrauisch, aber doch leicht irritiert. Ich setze mein beruhigendstes Lächeln auf, ehe mir dämmert, dass man das unter dem Tuch ja sowieso nicht sieht.

»Kann ich vielleicht bei euch mitfahren?«, frage ich.

Juniper lächelt, süß wie Schokoladeneis. »Klar.«

Keno nickt flüchtig. Erleichterung sickert durch mich hindurch. Sein Unterbewusstsein akzeptiert mich offenbar als irgendwen. Nicht wichtig.

Ich steige hinten ein, die beiden vorn. Keno schaltet die Scheinwerfer ein und los geht's. Wir durchqueren einen Vorort von Novamyne, das vermute ich jedenfalls. Hier ist es nicht so schick wie im villenbesetzten Waldviertel, in dem die Akademie steht, aber auch nicht schlecht. Sonnengelb gestrichene Einzelhäuser, Gärten voller Chronoblumen, eine Praxis für Magnettherapie, eine Bar, ein Yogazentrum. Die Scheinwerfer bohren Tunnel aus Licht in die Dämmerung. Juniper redet und redet, ihre Worte flattern durch den Wagen wie Kolibris, immer wieder legt sie ihre Hand auf Kenos Oberschenkel, nimmt sie weg, legt sie wieder hin. Sie erzählt – und jetzt senkt sie ihre Stimme –, dass sie demnächst von zu Hause ausziehen und dann endgültig bei der Gruppe wohnen wolle.

Ich beuge mich vor. Welche Gruppe? Die vom Parkplatz?

»Klingt gut«, sagt Keno. Das Lächeln, das er Juniper zuwirft, ist so anders als das, was ich bisher bei ihm gesehen habe, dass es mir einen leisen Stich versetzt. Irgendwie freier.

Sie stupst ihn an. »Mach doch bei uns mit. Wir brauchen dich, echt.«

Er umschließt kurz ihre Hand. »Wirklich?«

»Wirklich.«

»Also schön«, sagt er nach einer Pause.

»Super.« Sie strahlt über beide Ohren. »Brandon ist übrigens auch dabei.«

Keno seufzt. »Ist das klug? Wir müssen aufpassen. Wir können nicht jedem vertrauen.«

Juniper lehnt sich näher zu ihm. »Brandon ist okay.«

»Sicher?«

»Absolut.«

Ich mustere Kenos Profil. Wer immer dieser Brandon ist – er scheint ihn nicht wirklich zu mögen. Im Gegensatz zu Juniper. Sie mag er offenbar sehr. Was ich sogar verstehen kann. Sie ist lebhaft, impulsiv und sehr hübsch. Etwas vibriert in meiner Brust wie eine zu straff gespannte Saite, ein kurzer, scharfer Schmerz. Schnell schiebe ich das Gefühl beiseite. Es geht weniger leicht, als ich es mir wünsche.

Die Umgebung verändert sich, die Häuser schrumpfen und stehen nur noch hier und da in der Dämmerung herum wie verirrte Kinder, die Gärten werden kleiner, ungepflegter, bis sie nur noch Wildnis sind. Das hier könnte schon Cloverhill sein oder eins von den Geisterquartieren, von denen es um Novamyne und im ganzen Land noch immer viele gibt, Gegenden, die man wegen des Bevölkerungsschwundes sich selbst überlassen hat.

Keno biegt in die nächste Straße ein und dann bleibt der Wagen irgendwie stecken und ein silbriger Nebel schließt uns ein. In dem Nebel erahne ich ein Gebäude, der Größe nach könnte es eine Bahnhofshalle oder eine Fabrik sein.

Juniper öffnet die Beifahrertür.

»Pass auf, dass dich keiner sieht«, sagt Keno mit ernster Stimme.

Und ich denke: Mist. Der Nebel ist eine Tarnung. Traumtarnung sozusagen, ein Bild für *Absolut geheim.* Sein Unterbewusstsein ist nicht weit genug von der Realität abgekoppelt, sonst würde er das Gebäude nicht verbergen wollen.

Ein Teil von mir ist ziemlich beeindruckt, dass Keno das kann.

Gathea hatte recht – er ist wirklich großartig darin, sein Unterbewusstsein zu schützen. Nur macht mir das meine Arbeit nicht gerade einfacher.

Wie viel Zeit bleibt mir noch, bis er mich erkennt?

Juniper springt aus dem Wagen, taucht in den Nebel ein und verschwindet. Ich würde Keno gern fragen, wo wir sind und wohin sie geht, aber dann wird er garantiert misstrauisch. Wieder muss ich an Gathea denken, die mich beobachtet und sich wahrscheinlich schon fragt, wann ich endlich handle, doch je mehr ich überlege, was ich jetzt tun soll, desto leerer wird mein Kopf.

Unvermittelt reißt Keno die Tür auf und folgt Juniper in den Nebel. Obwohl ich mich beeile, ist er längst fort, als ich endlich aus dem Wagen heraus bin und mitten in die wogenden Silberschwaden hineinrenne.

Mit einem Schlag verändert sich die Szene. Der Nebel verschwindet. Ich stehe in einem total heruntergekommenen Saal. Tapetenfetzen hängen von den Wänden, den rötlichen Teppichboden hat man größtenteils herausgerissen, darunter kommen splittrige Dielen zum Vorschein. Die Stuhlreihen sind voll besetzt, daher dauert es eine Weile, bis ich zwischen all den Menschen Keno entdecke. Er sitzt direkt vor der Bühne und hält, wie alle anderen auch, den Blick unverwandt auf den roten Bühnenvorhang gerichtet.

»Jeder ist ein Sieger!«, tönt eine Stimme. Der Vorhang flattert. Zwischen den Stofffalten tritt ein Mann in einem blausilbrigen Anzug hervor und breitet die Arme aus wie ein Priester, der seine Gemeinde begrüßt. »Jeder!«

Applaus brandet auf. Wer auch immer dieser Mann sein mag – sein Publikum empfängt ihn mit begeistertem Jubel. Und dann erinnere ich mich. Während meiner Prüfung sind wir einander in Kenos Kellertraum begegnet. Rasch schaue ich zu Keno hinüber. Er hält seine Knie mit beiden Händen umklammert und beobachtet seinen Vater mit schmerzlicher Faszination. Der marschiert mit federnden Schritten vor dem Publikum auf und ab, schwenkt enthusiastisch die Arme und ruft Sachen wie: »Wir müssen ohnehin pausenlos denken, warum also nicht gleich positiv?«

Keno sitzt so blass und still da, als würde er jeden Moment ohnmächtig werden. Ich weiß nicht, welche Probleme er mit seinem Vater hat, doch ich merke, wie sich der Traum verändert – und nicht zum Guten. Während der Juniper-Traum hell und beinahe einladend wirkte, wird nun alles düster und schwer.

Okay. Zeit für mich, in Aktion zu treten.

Langsam, um Keno nicht zu erschrecken, gehe ich an der ersten Reihe entlang auf ihn zu. Auf dem Stuhl neben ihm steht ein Tablett, beladen mit diesen übertrieben dekorierten Häppchen, die man auf schicken Partys serviert. Ich stelle es auf den Boden, setze mich neben ihn und frage leise: »Was ist das hier?«

»Book-Release-Party.« Seine Stimme klingt rau und bröckelig.

Book-Release-Party. Stimmt. Gathea hatte erwähnt, dass sein Vater Bücher schreibt.

Ein Raunen läuft durch die Reihen – ein junger Mann hat die Bühne betreten. Er sieht aus wie eine Kreuzung aus Leistungssportler und Supermodel und auch ihn erkenne ich. Es ist Kenos Bruder. Benjamin. Sein Vater tänzelt um ihn herum, legt einen Arm um seine Schultern und schüttelt ihn leicht, strahlt ihn an, als wäre Benjamin das größte Geschenk seines Lebens, sagt Sachen wie »Energie«, »Optimismus«, »Mut«, erzählt dem Publikum, was für ein Wahnsinnstyp dieser Junge sei, bevor er einen zweiten Sohn erwähnt, über den er gern ähnliche Dinge berichten würde, doch es habe nun einmal nicht jeder Mensch den Willen, sich dem Glück zu öffnen. Ja, manche würden sich lieber auf das Leid in ihrem Leben konzentrieren, das seien die Energievampire, von denen man sich fernhalten müsse.

Es ist der Augenblick, den wir den *Angriff* nennen, eine Attacke aller miesen Gedanken und Gefühle, und in diesem Moment ist mir völlig gleichgültig, was Gathea sieht oder hört. Ruhig stehe ich auf und nehme Kenos Hand.

»Los geht's. Hopp.«

Ich ziehe Keno mit nach vorn auf die Bühne und das ist das Tolle an der Modulation: Wenn du spürst, wie es laufen muss, läuft es. Er folgt mir widerstandslos.

Benjamin und Kenos Vater winken dem Publikum zu, das sie frenetisch beklatscht.

Dann mal los. Mein Tuch ist ein bisschen verrutscht. Ordentlich zupfe ich es über Nase und Mund, drehe mich zu Keno und sage: »Das ist jetzt eine Galavorstellung. Weltpremiere, extra für dich.« Ich lasse seine Hand los und stelle mich dem Vater mitten in den Weg, sodass er dicht vor mir stehen bleiben muss, strecke einen Arm nach oben, bis meine Hand auf seinem Scheitel zu liegen kommt, richte alle Kraft und meine ganze Konzentration auf ihn und drücke ihn nach unten. Wenn Keno mir das jetzt glaubt, was letztlich etwas mit dem von Beatrix Swann gepriesenen Vertrauen zu tun hat, wird es passieren.

Und es passiert.

Zentimeter für Zentimeter drücke ich Kenos Vater Richtung Boden. Gemma, die Vaterverkleinerin, die Verwandlerin der Träume. Langsam schrumpft er zusammen, bis er käferklein und mit einem grillenfeinen Schrei zwischen den Bodenritzen verschwindet. Der Superbruder bekommt das alles schön mit und als ich ihm zulächele und einen Schritt auf ihn zu mache, rutscht er von der Bühne und flitzt mitten durch die Menge davon.

»Wow.« Zögernd tritt Keno auf mich zu. Er lächelt sogar; ein schwaches Lächeln, aber es ist da. Trotzdem glaube ich nicht, dass es schon genügt, seine Zone habe ich noch nicht gepusht, da muss er mir schon helfen, sonst schaffen wir das nicht mit dem Zonenkick.

Er reibt sich die Stirn und schüttelt leicht den Kopf, als müsse er seine Gedanken sortieren. »Woher kenne ich dich?«

»Vom Parkplatz. Wir sind zusammen hergefahren«, sage ich vorsichtig.

»Und wie heißt du noch gleich?«

Ich schlucke, spüre die Nervosität in mir hochkribbeln. »Tilda«, sage ich, weil es der erste Name ist, der mir einfällt.

»Nein«, erwidert er ruhig. »Du heißt Gemma. Wie der Stern in der Nördlichen Krone.«

Ich muss gegen das Bedürfnis ankämpfen, eine Hand nach ihm auszustrecken. *Wir kennen uns,* möchte ich hervorstoßen, und: *Verzeih mir, bitte verzeih mir, dass ich schon wieder in deinem Unterbewusstsein herumschleiche.* Aber das darf ich nicht, damit wäre alles verloren. Ich muss mich zusammennehmen. Cool bleiben.

»Stimmt«, sage ich mit mühsam beherrschter Stimme. »So heiße ich.«

»Woher kenne ich dich, Gemma?«

Ehe ich mir eine Antwort zurechtlegen kann, verschleiern sich seine Augen. »Brandon. Er weiß Bescheid. Er wird wissen, ob du ...« Seine Stimme versickert, dann wird sein Blick wieder klar. »Gehörst du zur Gruppe, Gemma?«

Wieder diese Gruppe. Was meint er damit? »Ja«, sage ich auf gut Glück. »Klar.«

Er reibt sich den Nacken. »Die Gruppe muss wissen, dass mein Vater unser Versteck aufgespürt hat.« Der Ausdruck in seinem Gesicht verändert sich abermals. Die Falte zwischen seinen Augenbrauen glättet sich und sein Mund wird weich. »Wie hast du es gemacht?«

»Was gemacht?«, frage ich vorsichtig.

»Das gerade eben. Dass mein Vater verschwunden ist.«

Und da ist sie. Meine Chance.

»Im Grunde«, sage ich behutsam, »ist es einfach. Du solltest es selbst mal versuchen. Alles, was du brauchst, ist dein Wille. Lass nicht zu, dass dein Vater dich kleinmacht. Du bist ein wertvoller Mensch, egal, was er sagt, und ...«

Seine Augen weiten sich. Was in seinem Gesicht gerade noch weich war, verhärtet sich. »Du bist von der Akademie.«

Scheiße.

Der Traum fließt auseinander. Um mich herum gerät alles ins Strudeln und ich mittendrin. Ich werde durch die Luft gewirbelt, dann gibt es einen fürchterlichen Ruck – ich falle, falle aus dem Traum heraus und, zack, in meinen orangefarbenen Sessel.

Zu zweit sitzen Gathea und ich im Traumlab. Alle anderen hat sie weggeschickt, auch der schlafende Keno wurde in Windeseile hinausgeschoben. Während sie etwas in ihr Pad tippt, bereite ich mich innerlich auf das vor, was als Nächstes kommt: *Netter Versuch, Gemma, danke, insgesamt eine erschütternde Leistung, morgen geht's zurück ins erste Semester.* Und das heißt dann wohl, dass ich schon mal Frau Winter anrufen sollte, damit sie für mich einen letzten Besuch bei meinem Vater arrangiert, bevor er sich in die Fünfte Zone verabschiedet.

»Hervorragend.« Gathea legt ihr Pad beiseite.

Ich kann nur gucken. Hat sie den Verstand verloren?

»Mach nicht so ein Gesicht.« Sie lacht. »Du hast gerade einen Angriff moduliert. Das war mehr, als ich bei deinem ersten Versuch mit einem Vierer erwartet habe.«

Ich glotze noch immer, meint sie das ernst?

»Du bist die Erste, die überhaupt an ihn herangekommen ist, Gemma. Keno ist gut darin, sein Unterbewusstsein zu verbarrikadieren. Also mach dir keine Gedanken, weil er dich aus seinem Traum rausgeschmissen hat. Das kommt anfangs häufig vor. Mit der Zeit wird es ihn immer weniger stören, dass du in seinem Unterbewusstsein auftauchst.«

Das bezweifele ich ernsthaft. Keno hat mir ja deutlich zu verstehen gegeben, dass er mich nicht in seinen Träumen drinhaben will. Das nächste Mal wird er mich schneller erkennen und dann heißt es: Tschüss, Gemma. Doch das behalte ich wohl lieber für mich. So lächele ich nur, nicke und sage mit meiner allerzuversichtlichsten Stimme, dass ich mich schon auf morgen freue. Gathea klopft mir auf die Schulter. »Ich schlage vor, du gehst jetzt erst einmal ins *Heaven's Gate*. Sauna, Massage, schwimm eine Runde. Und morgen startest du richtig durch.«

»Auf jeden Fall«, strahle ich, stehe auf, wende mich zur Tür und drehe mich noch einmal um. »Glauben Sie, dass Keno ein Virus ist?«

Sie zieht eine Augenbraue hoch. »Wie kommst du denn darauf?«

»Weil er immerzu von der Gruppe gesprochen hat. Und ein Versteck gab es in seinem Traum ja auch.«

Behutsam dirigiert sie mich in Richtung Tür. »Ich bin eine gute Observerin, Gemma. Eine der besten, wenn ich das mal ganz unbescheiden behaupten darf. Doch leider sehen auch die besten von uns nur einzelne Traumbilder. Das mit der Gruppe und dem Versteck ist mir beispielsweise entgangen. Aber du solltest dir wegen dieser Details keine Gedanken machen. Fast alle Grenzgänger organisieren sich in Gruppen. Dahinter steht kein politisches Interesse, sie suchen nur ihren persönlichen Trip in die Dunkelheit. Für sie ist die Dritte Zone eine Droge. Die Viren sind ein anderes Kaliber, die wollen die ganze Gesellschaft auf den Kopf stellen. Dafür ist Keno nicht der Typ. Wir beschäftigen uns sehr gründlich mit der Persönlichkeit unserer Grenzgänger. Keno ist kein Netzwerker. Er ist ein Außenseiter. Einer wie er gehört nirgends dazu.«

Auf dem Weg zum *Heaven's Gate* surren Gatheas Worte wie Wespen durch meinen Kopf.

Er gehört nirgends dazu.

Wie sie das gesagt hat. Als wäre es ein Todesurteil.

17

Keine vierundzwanzig Stunden nach meinem abrupten Erwachen aus Kenos Traum, spaziere ich an seiner Seite an bunten Pflanzbottichen vorbei, aus denen zu Kleeblättern geschnittene Büsche ragen. Ringsum gehen weitere Testpersonen in grünen Overalls an der Seite der ihnen zugeteilten Studenten über die gekiesten Wege. Über allem schwebt der sterile Geruch von Desinfektionsmittel.

Verglichen mit dem üppig blühenden Park der Akademie wirkt der Indoor-Park, der das elfte bis vierzehnte Stockwerk des Forschungszentrums einnimmt, farblos und karg. Gerade mal ein Dutzend Leute sind in der von allen Seiten bewachten Anlage unterwegs – Testpersonen, die hier mit Sondergenehmigung ein paar mehr oder weniger erholsame Stunden an der Seite eines Studenten oder Protektors verbringen dürfen, alles mit dem Ziel, weiteres Vertrauen aufzubauen. Es war Kenos Wunsch, dass wir uns hier statt in seinem Appartement treffen.

Gathea war einverstanden, sie ist so zufrieden mit meiner Arbeit, dass ich ihn sogar selbst abholen durfte. Ohne Beatrix Swann, dafür mit eigener Schlüsselkarte.

»Und? Worüber möchtest du heute reden?« Ich strenge mich wirklich an, dass ich liebenswürdig klinge, aber ich glaube, er bemerkt meinen bemühten Tonfall.

»Wie wär's mit einer Bootsfahrt?«, gibt er zurück, was meine Frage nicht wirklich beantwortet.

Ich kneife die Augen zusammen und gucke zu dem künstlichen See in der Mitte des Parks. Was hat Keno vor?

Während wir den Weg zum See hinuntergehen, knibbele ich unablässig an der Schlüsselkarte in meiner Jackentasche. Als ich es merke, ziehe ich meine Hand heraus und zippe den Reißverschluss zu.

Dass ich nun hinter Keno in eines dieser verdammt winzigen Bötchen klettern muss, trägt auch nicht gerade zur Entspannung bei. Auf schmalen Bänken sitzen wir einander so nah gegenüber, dass sich unsere Knie fast berühren. Keno löst das Seil und greift nach den Rudern. Ich wüsste zu gern, was er vorhat.

Parallel zum Ufer gleitet unser Boot dahin. Das Wasser gluckst, drei, vier Ruderschläge weiter, jetzt fahren wir im Schatten eines kleinen Ahorns, im gleichmäßigen Rhythmus taucht Keno die Ruder ein und zieht sie wieder heraus. Ein schwarzer Faden weniger in seinem Arkanit, ich habe sie gezählt. Die Frage, wie er sich fühlt, verkneife ich mir trotzdem. Den Tipp habe ich von Xavier: Die meisten Dreier und Vierer verstehen eine solche Frage als Einladung, sich aufs Neue in ihre negativen Gedanken hineinzuwühlen, statt das Positive hervorzuheben.

»Soll ich dich ablösen?« Ich strecke die Hände nach den Rudern aus.

»Kannst du das denn verantworten?«

»Wie bitte?«

»Ich versuche, mich an die vierte Maßnahme zu halten. *Treibe Sport.*«

»Oh.« Ich ziehe meine Hände zurück.

Er dreht die Ruder in meine Richtung. »War ein Scherz. Hier, nimm.«

Wir kreiseln ein bisschen, bis ich die Sache im Griff habe. Ruder eintunken und durchziehen. Keno lässt eine Handvoll Wasser durch seine Finger gleiten.

»Ich erinnere mich nicht, was gestern war«, sagt er plötzlich. »Nur, dass ich von meinem Vater geträumt habe. Alles andere ist weg. Ich hasse das.«

Das Wasser plätschert sachte gegen die Bootswand. Das rechte Ruder knarzt in seiner Halterung.

»Wir haben wohl beide ein Vater-Thema«, sage ich leise – und ehrlicher, als ich es eigentlich wollte.

Eindringlich blickt er mich an. »Was habe ich geträumt, Gemma? Bitte.«

»Ich … ich darf dir das nicht erzählen. Es könnte die nächste Modulation beeinflussen.«

»Die wird es nicht geben. Nicht, wenn ich es verhindern kann.«

Ich ziehe die Ruder ein und gebe mir Mühe, dass meine Stimme auch weiterhin sanft und einfühlsam klingt. »Du weißt, dass es dich umbringt, wenn du nichts gegen deine negativen Energien unternimmst.«

»Das bringt mich nicht um. Das bringt niemanden um.«

»Nicht?« Ich schaue demonstrativ nach oben, in das Imitat des Glanzes. Das Farbenspiel dieser Kopie lässt mich innerlich natürlich völlig kalt, trotzdem bin ich einen Augenblick lang überrascht, dass nichts passiert – so echt sieht es aus.

Keno schüttelt den Kopf. »Wenn deine Eltern jemand anderen aus dir machen wollen und deine Mitschüler sich nur dann neben dich setzen, wenn kein anderer Stuhl frei ist, und deine Lehrer große Reden über all die wunderbaren Dinge schwingen, für die zu leben es sich lohnt, wenn deine Therapeuten und Coaches dich permanent darauf hinweisen, dass du an deiner positiven Grundhaltung arbeiten und verdammt noch mal endlich deine Widerstände aufgeben musst – *das,* Gemma, das bringt dich um.«

»Dann sind die anderen schuld?«

»Von Schuld spreche ich nicht. Aber von möglichen Gründen, aus denen man in eine tiefere Zone geraten kann.«

»Und dir ist nie der Gedanke gekommen, dass all diese Menschen dein Bestes wollten?«

Er seufzt. »Ach ja. Mein Bestes. Das und eine Welt, in der man jede Angst in eine Hoffnung ummünzt, alles Traurige und Verzweifelte verteufelt und seine Sorgen am nächsten Laternenpfahl aufhängt.« Leises Glucksen, als eine winzige Welle gegen unser Boot schwappt. »Das ist echt super.«

»Und was ist so toll an deinen Ängsten und Sorgen?«, frage ich. »Bist du darum ein Grenzgänger geworden? Weil du scharf darauf bist, dich mies zu fühlen?«

»Ich bin ein Grenzgänger, weil ich *ich* sein will. Mit allen Gedanken und Gefühlen, die mir durch meinen dummen Kopf und mein bescheuertes Herz gehen. Darüber haben wir doch schon gesprochen, Gemma. Erinnerst du dich?«

Ich will das alles. Weil es dazugehört.

»Kann sein, dass es Leute gibt, für die sich die Erste und Zweite Zone richtig anfühlt. Aber nicht für mich.«

Stille. Das Flüstern des Wassers.

»Was fühlt sich denn richtig an?«, frage ich zögernd. »Ich meine, für dich?«

Als ich schon denke, dass er nicht mehr antwortet, sagt er leise: »Die Zweite war für mich ein Übergang. Die Dritte hat sich richtig angefühlt. Reich. Ich glaube, das ist das Wort. Die Dritte hat mich reich gemacht. Ich konnte alles fühlen. *Alles.*« Er senkt den Kopf, hebt seinen Arkanit mit einer Hand an, betrachtet ihn und lässt ihn zurück auf seine Brust sinken. »Sogar die Vierte fühlt sich richtiger an als dieser gepushte Erste-Zone-Kram. Auch wenn ich manchmal kaum aus dem Bett komme.«

Unwillkürlich muss ich an meinen Vater denken, der auch in der Vierten Zone ist. Ob er das genauso empfindet? Ich kann es mir nicht vorstellen. Allerdings hat er über die Dritte Zone etwas Ähnliches gesagt. *Es war nicht mehr alles nur schön. Und gerade darum kam es mir manchmal so echt vor.* Und auch meine eigene Erfahrung mit der Zweiten Zone kommt mir in den Sinn. In meinem Kopf verknotet sich alles immer mehr.

»Ich sage nicht, dass es toll ist, aber es ist besser als dieses ewige *Hey, heute schon deine Gefühle frisiert und deine Gedanken gedopt? Heute schon deine beste Version gewesen?«* Keno beugt sich tief über den Bootsrand, als würde er im Wasser etwas suchen. Das Boot gerät in Schieflage und ich greife erschrocken nach der Reling.

»Da unten leben Molche, wusstest du das?«, fragt er in Richtung Wasser.

Ich lehne mich zur anderen Seite, um das Boot wieder ins Gleichgewicht zu bringen. Wasser klatscht gegen das Holz. »Setzt du dich bitte wieder hin?«

Er tut es sogar.

»Danke.« Ich lasse die Reling los. »Ich lande immer wieder bei derselben Frage: Was ist falsch daran, wenn wir die Menschen vor dem Glanz beschützen?«

»Falsch daran ist, dass wir eine gefilterte Gesellschaft erschaffen. Falsch daran ist, dass wir behaupten, Angst, Zweifel und Hoffnungslosigkeit wären eine Seuche. Oder ein Verbrechen. Daniel Levantis, so hieß er doch?«

Ich zucke zurück. Keno weiß davon? Weiß er auch, wie es zu Daniels Tod gekommen ist? Ein ungutes Gefühl steigt in mir hoch, das ich nicht wegschieben kann, egal, wie golden mein Arkanit funkelt. Benennen kann ich es auch nicht. Scham vielleicht – oder Trauer. Auf einmal verspüre ich den heftigen Wunsch, mich in den äußersten Winkel des Hecks zu verkriechen, möglichst weit weg vom Bug, wo Keno sitzt, doch mehr als dreißig Zentimeter Abstand kann ich zwischen uns nicht herstellen.

»Daniel Levantis hat nichts damit zu tun«, sage ich rau.

»Es wird noch mehr wie ihn geben. Viel mehr. Leute, die mit dem hier nicht einverstanden sind. Früher konntest du wenigstens aus dem Glückszug aussteigen. Auf das Glücksbuffet verzichten und dir ein Butterbrot schmieren. Aber jetzt? Es ist ein Albtraum.«

»Der Glanz ist der Albtraum.«

Über uns schweben seine Farben in ihrem langsamen Tanz. Künstlich und dennoch traumhaft schön.

»Stell dir vor, er würde plötzlich verschwinden«, holt mich Kenos Stimme zurück in unser Boot. Er stützt die Unterarme auf die Knie und beugt sich mir leicht entgegen. Automatisch packe ich die Rudergriffe fester. Das Wasser gluckst und die Halterungen knarzen, während ich mich in die Riemen lege. Seine Worte machen mir Angst.

Alles, was er sagt, macht mir Angst.

»Glaubst du, sie würden all die Glücksmaßnahmen stoppen?«, bohrt er nach.

»Warum sollten sie? Es sind sinnvolle Maßnahmen. Sie helfen den Menschen.«

»Viele Methoden wurden aus einem rein finanziellen Interesse auf den Markt gebracht. Oder aus Neugier, ob sie funktionieren. Manches davon ist so bescheuert, als würde man einen Pool mit Schlamm füllen. Du rechnest nicht damit, dass die Leute

Schlange stehen, weil sie in den Pool reinspringen wollen. Aber genau das tun sie.«

Mein Ärger rauscht so wuchtig heran, dass ich mich nicht zusammenreißen kann. *Knall, klatsch.* Ich schlage so heftig mit dem Ruder auf den See, dass eine Fontäne hochspritzt und über uns schwappt.

»Hey!« Keno weicht in den Bug zurück.

»Sollen wir denn alle draufgehen?«, schreie ich. »Ich will nicht, dass mein Vater stirbt! Ich brauche dich! Wenn ich dich nicht aus der Vierten hole, darf mein Vater nicht ins Mandala-Zentrum, und wenn er nicht hindarf ...«

Ich schlucke. Das schaffe ich nicht. Wenn mein Vater stirbt, gehe ich mit ihm kaputt. An meiner Liebe gehe ich kaputt. Weil die Liebe sich nicht auflöst, wenn sich der Mensch auflöst, den du liebst. Die Liebe bleibt. Sie schwimmt in dir herum, allein und erschöpft, kann sich nirgendwo festhalten, und wenn ich nicht gleich die Augen zumache und meinen Glanzvorrat auf mich wirken lasse, dann ...

»Lass uns mal lieber das Ruder aus dem Wasser holen«, sagt Keno sanft. »Sonst müssen wir schwimmen.«

»Was?« Verwirrt streiche ich mir die nassen Haare aus der Stirn.

Er deutet über die Reling, wo dicht neben unserem Boot das Ruder treibt.

»Oh.« Ich beuge mich über den Rand, aber meine Arme sind zu kurz. Keno nimmt das andere Ruder und stochert im Wasser, bis sich unser Boot dreht und ich es erreichen kann, erst mit den Fingerspitzen, dann mit der ganzen Hand. Ich packe das Ruder und ziehe es ein. Meine Füße sind patschnass, überall auf dem Boden ist Wasser.

Und in dem Wasser paddelt ein Tier.

Es ist kaum größer als mein kleiner Finger, mit einer gezahnten Rückenflosse und ganz zarten Füßen. Die Zehen enden vorne in einer Art Knöpfchen, winzig wie Sandkörner.

»Was ist das?«, flüstere ich.

»Ein Molch«, sagt Keno.

Wir bücken uns gleichzeitig, um den Molch aus seiner Pfütze zu angeln, denn dass er sich da nicht wohlfühlt, das sieht man an seinem Gezappel. Ich erwische ihn zuerst.

Keno wölbt seine Hand wie eine Schale unter meine, als ob er fürchten würde, dass ich den Molch sonst fallen lasse. »Schnell ins Wasser, sonst erstickt er.« Er nimmt meine Hand, schiebt sie über die Reling und dreht sie um. Als der Molch in den See rutscht, spritzen ein paar Tropfen hoch. Fünf kleine Kreise zittern davon. Gerade kann ich den Molch noch im blaugrünen Wasser erkennen, dann spreizt er die Beinchen, lässt sich tiefer sinken und verschwindet im Dunkeln.

»Wie ein eigenes kleines Universum«, höre ich Keno leise sagen, als könnte er meine Gedanken lesen.

Ich schaue ihn von der Seite an. Flüchtig zieht mir das Gespräch mit Tilda im Traumlab durch den Sinn. »Glaubst du, da ist noch etwas? Im Universum, meine ich?«

»Ich weiß nicht. Erst mal denkt man ja, das ist total unwahrscheinlich, aber da draußen ist alles so unendlich groß, da sind wir nicht mehr als ein Wassermolekül in einem See und der ist so riesig, dass niemand das Ufer je erreichen könnte. Irgendwo dort ist garantiert noch viel mehr.«

Ich schaue in den künstlichen Glanz und denke an den echten Glanz, an das, wo er hergekommen ist, diese unbegreifliche Unendlichkeit. Meine Hand liegt noch immer in der von Keno wie in einer warmen Schale. Sie passt genau hinein. Als ich meine Finger leicht öffne, öffnen sich seine Finger mit.

Wenn ich auf unsere Hände gucke, liegen seine Finger genau zwischen meinen, immer abwechselnd. Sie sind größer, eine Nuance dunkler und an den Kuppen leicht angeraut. Der Rest seiner Hand fühlt sich unfassbar weich an, unfassbar warm. Sein Daumen liegt seitlich an meinem kleinen Finger, er ist fast doppelt so breit. Als könnte dieser Daumen sehr gut auf meinen kleinen Finger aufpassen. In mir ist eine große Ruhe. Ich habe keine Ahnung, wie lange wir schon an der Reling knien, meine Hand in seiner. Jetzt zieht Keno seine Hand langsam weg. Sein Daumen streicht leicht über meinen Handteller, als wollte er sich verabschieden; ich weiß nicht, ob er es absichtlich tut.

Zurück bleibt eine kühle Leere.

Als wir uns wieder auf unsere Ruderbänke setzen, merke ich, dass mein Gesicht heiß und dazu wahrscheinlich knallrot ist, und das will ich nicht; ich will nicht, dass Keno merkt, wie aufgewühlt ich bin. Angestrengt schaue ich in den Park. Keno räuspert sich. Jetzt wende ich ihm doch das Gesicht zu. Auf einmal würde ich ihm gern alles erzählen. Von meinem Geheimnis möchte ich ihm erzählen, von dem verbotenen Wald und dem Zauber, der das Schulgelände umgibt. Von den Expeditionen.

Aber das darf ich nicht.

Am Ufer zwitschert eine Amsel.

»Gibt's hier richtig lebendige Vögel?«, frage ich, als würde mich das wahnsinnig interessieren.

»Molche, Vögel, das letzte Mal, als ich in den Park durfte, habe ich sogar ein Kaninchen gesehen. Wie geht es deiner Katze?«

»Mein Vater kümmert sich um sie, seit ich an der Akademie bin. Er hat sie vor elf Jahren in einer Mülltonne gefunden, damals war sie so klein.« Ich strecke einen Zeigefinger in die Luft.

»Du machst dir große Sorgen um ihn.«

Ich nicke, auf einmal kann ich nicht weitersprechen.

»Und du bist nur seinetwegen hier, oder?«

Ich denke an das, was Beatrix Swann gesagt hat – dass ich aus rein egoistischen Gründen an die Akademie gekommen wäre – und was für Dinge ich Keno erzählen könnte über das Gute, das ich in die Welt tragen möchte; dass ich einen Beitrag leisten will, blabla, aber das wäre gelogen. Ohne meinen Vater hätte ich mich niemals für die Akademie entschieden. Also nicke ich nur.

Keno räuspert sich. »Ich will mit dir über etwas reden, Gemma. Kannst du mir versprechen, dass du es für dich behältst? Ist das irgendwie möglich?«

»Sicher. Im Geheimnissebewahren bin ich gut.«

Er lächelt schwach. »Erinnerst du dich an deine Prüfung? Was du mit mir und diesem Mädchen gemacht hast, dieser Florentine? Von so etwas habe ich schon gehört. Man nennt es Energietransfer. Du kannst die negative Energie von anderen Menschen aufnehmen. Und dann gibst du sie an jemanden weiter. Erinnerst du dich? Ich bin von der Dritten rauf in die Zweite. Florentine ist von der Ersten runter in die Zweite. Ich hatte hinterher weniger negative Energie, sie hatte mehr. Als hättest du das ausbalanciert. Verstehst du?«

Ja. Es ist, als würde er etwas aussprechen, dass ich unterschwellig die ganze Zeit geahnt habe und nur nicht zu denken wagte und ...

Nein! Es klingt völlig bizarr. Wie irgendein Zeug, das er sich gerade ausgedacht hat. Dann fällt mir ein, dass der Glanz auch wie irgendein Zeug klingt, das sich jemand ausgedacht hat. Hätte man den Leuten vor hundert Jahren so etwas erzählt, hätten sie einem auf die Schulter geklopft und gesagt: »Nette Geschichte. Solltest du mal aufschreiben.«

»Du hast unsere negative Energie angeglichen«, sagt Keno. »An der Akademie gab es mal einen Studenten, der das auch konnte. Finn Haskell. Damals haben sie gedacht, er wäre irgendwie abartig veranlagt. Haben seine Gabe erforscht, wollten rauskriegen, ob es ansteckend ist oder was weiß ich. Und dann ist er gestorben.«

»Du meinst, sie haben ihn …«

»Nein, nein, nicht das. Er hatte Krebs. Bauchspeicheldrüse.«

»Woher weißt du das alles?«

»Ein Freund hat's mir erzählt. Er war früher auch an der Akademie. Brandon.«

Brandon. Da klingelt was bei mir. Der Name kam in Kenos Traum vor. Diese Juniper hat ihn erwähnt. Und Keno selbst hat auch von ihm gesprochen.

»Warum erzählst du mir das?«, frage ich.

Er beugt sich vor und nimmt meine Hand. Sie fühlt sich nicht mehr warm an. Es fühlt sich auch nicht so an, als ginge es hier um mich. Es geht um das, was Keno von mir will.

»Ich kenne ein paar Grenzgänger, die … nun, sagen wir, sie arbeiten im Untergrund. Sie helfen Leuten, die in der Vierten stecken.«

»Wie meinst du das, sie helfen ihnen?«

»Modulation. Rauf in die Dritte.«

Ich muss lachen. »Erzähl keinen Scheiß. Ihr Grenzgänger seid doch absolut gegen dieses Zeug.«

»Nicht grundsätzlich. Wir wollen, dass die Dritte Zone legalisiert wird. Wobei ich mir da auch mehr vorstellen kann.«

Ich starre ihn an. »Die *Vierte?*«

Er nickt.

»Und die Leute, die du kennst, die holen Menschen in die Dritte?«

»Sie helfen denen, die kein Geld für Modulationen haben.« Er zögert kurz. Dann sagt er es. »Sie könnten auch etwas für deinen Vater tun. Ich kann dich zu ihnen bringen. Wenn du mir hilfst, hier rauszukommen. Bitte, Gemma.«

Langsam ziehe ich meine Hand zurück. Darum geht es also.

»Falls du es noch nicht gemerkt hast: Ich studiere hier. Ich bin keine ... Fluchthelferin.«

»Diese Leute arbeiten für eine gute Sache. Ich kenne sie. Es sind Freunde. Sie sind absolut vertrauenswürdig.« Er will wieder nach meiner Hand greifen, doch ich ziehe sie zurück. »Du willst deinem Vater helfen.« Er sitzt ganz still. »Da, wo ich dich hinbringe, kannst du es.«

Die Oberfläche des Sees ist noch immer so glatt wie vorhin, aber es kommt mir vor, als hätte sie sich grau verfärbt.

»Glaubst du denn, du hilfst ihm, wenn du hierbleibst? Wenn du weiter mitmachst bei dieser ... dieser Gefühlsdiskriminierung?« Seine Stimme bebt. »Die geben ihre Protektoren nicht für jemanden wie deinen Vater her, glaub das ja nicht.«

»Nur zu deiner Information: Ich darf einen Angehörigen ins Mandala-Zentrum holen. Dort kriegt mein Vater so viele Modulationen, wie er braucht, um wieder in die Zweite ...«

»Wenn sie das behaupten, machen sie dir was vor«, unterbricht er mich. »Modulationen? Für deinen Vater?« Er lacht. »In was für einer Welt lebst du eigentlich, Gemma? Die Zentren haben Wartelisten für die Modulationen auf Jahre hinaus. Die passen genau auf, wer behandelt wird. Und wer ist dein Vater schon? Hat er Geld? Ist er wichtig? Kräht irgendein Hahn nach ihm?«

»Dich behandeln sie doch auch!« Meine nassen Strümpfe scheuern ekelhaft gegen meine Füße, am liebsten würde ich mir die Schuhe herunterreißen und die Strümpfe gleich mit und alles ins Wasser schleudern. »Dich behandeln sie und du bist ein Grenzgänger!«

»Sie behandeln mich nicht, sie experimentieren mit mir. Und falls doch mal jemand von uns in eine höhere Zone aufsteigt, haben sie ihre Methoden, mit denen sie uns wieder runterholen.«

»Das glaub ich dir nicht!« Meine Stimme wird immer schriller. »Sie kümmern sich um dich, sie ...«

»Alles nur schöner Schein«, unterbricht mich Keno. »Klar, nach außen führen die Testpersonen ein gutes Leben. Als wäre das hier doch irgendwie freiwillig. Hör endlich auf, dir was vorzumachen, Gemma. Du wirst behandelt, wenn du Geld hast. Oder Einfluss. Oder beides. Dein Vater hat nichts und er ist nichts, sonst säße er nicht in Cloverhill. Sei doch nicht so naiv! Wenn du an der Akademie bleibst, hilfst du niemandem und schon gar nicht deinem Vater. Ich kann dafür sorgen, dass du an einem sicheren Ort mit ihm zusammenkommst.«

Mein Lachen klingt brüchig. »Klar. Und an dem sicheren Ort gibt es ein Traumlab und einen Modulator und ...«

»Ja«, sagt er schlicht.

»Du lügst.«

»Das glückliche Leben, das ihr hier führt, das ist die Lüge. Darin leben heißt lügen, und das macht dich blind.« Er fährt sich mit den Händen durchs Haar, schaut zu dem Imitat des Glanzes hinauf, blickt wieder mich an. »Bitte, Gemma«, schiebt er leise hinterher.

Wir sitzen uns im Boot gegenüber wie Politiker, die ein Gesetz eintüten müssen. Ich misstraue Keno und seinen Motiven und ich will nicht die Grenze zu etwas Verbotenem überschreiten, weil es dann nämlich kein Zurück mehr gibt. Wenn ich an der

Akademie bleibe, hat mein Vater wenigstens eine Chance, egal, wie klein sie ist.

»Tut mir leid«, sage ich.

Er lächelt, aber es ist ein Lächeln, bei dem die Augen nicht mitspielen. »Ja. Mir tut es auch leid.«

Am Ufer taucht eine Gestalt im himmelblauen Jackett auf und trichtert ihre Hände vor den Mund. »Gemma«, schallt Xaviers Stimme zu uns herüber. »Gemma, schnell!« Und dann, als wir nicht gleich reagieren: »Es ist dringend!«

Keno greift nach den Rudern. Eine Minute später erreichen wir den Steg. Xavier hilft ihm, das Boot zu vertäuen. »Du kannst noch bleiben, wenn du willst«, sagt er zu Keno. »Tabea holt dich später ab. Du«, er streckt mir einen Arm entgegen, »musst jetzt los.«

Ich schiebe meine Hand in seine; die Hand, in deren Fläche ich noch Kenos Daumenabdruck spüre. Mit einem Ruck zieht mich Xavier auf den Steg. »Kenos Modulation ist verschoben. Wir haben eine Fünferin.«

Das Boot schwankt, stößt mit dem Bug gegen den Steg, eine fast unmerkliche Erschütterung unter meinen Füßen. Eine Fünferin. Erst weiß ich nicht, was das bedeuten soll. Dann verstehe ich. Eine Testperson aus der Vierten ist in die Fünfte abgestiegen. Die Letzte Zone. Der Härtetest.

Ich soll in ihre Träume rein.

18

Der Härtetest. Der Höhepunkt des ersten Semesters.

Als ich im siebzehnten Stock ankomme, sitzt Larissa schon im Atrium. Sie ist ein bisschen blass um die Nase.

»Weißt du, wer zuerst in die Fünferin reinmuss?«, fragt sie.

Ich lasse mich auf einem der ausladenden Sofas nieder. »Nein. Keine Ahnung.«

»Du kannst gern den Vortritt haben«, murmelt sie. »Ich stell mich ganz weit hinten an.«

Es ist ziemlich viel los. Drei Frauen rollen einen Modulator von einem Traumlab ins andere, mehrere Laboranten haben sich um den mit Emoji-Drinks und Powersnacks bestückten Kühlschrank versammelt, an dem wir uns nach den Modulationen stärken dürfen, und schauen neugierig zu uns herüber. Der Traum eines Fünfers, das ist kein Kindergeburtstag.

Während wir schweigend auf Tilda und Xavier warten und ich meine Finger immer fester ineinanderknote, wandert mein Blick wieder und wieder zu dem Panoramafenster am Ende des Ganges. Einmal fliegt draußen eine Krähe vorbei oder vielleicht eine Dohle, im Halbdunkel der Dämmerung kann ich es nicht erkennen. Die Glasscheibe wurde längst ausgetauscht, doch der Mechanismus, der statt des Glanzes einen Sommerhimmel zeigen sollte, funktioniert noch nicht. Sonst erinnert nichts mehr an den Vorfall mit Daniel Levantis. Alle Spuren wurden entfernt. Aber die Spuren in meinem Innern sind unauslöschlich.

Es fühlt sich an, als hätte ich Daniel eigenhändig hinausgestoßen. Und trotzdem hat sich das Gefühl der Schuld verändert, seit ich wieder in der Ersten bin. Als würde ich mich nur noch an das Gefühl erinnern, statt es wirklich zu empfinden.

Ich bin mir nicht sicher, ob mir das gefällt.

Fern am Horizont ragt die Silhouette des Waldes auf, heute sieht sie aus wie der Schopf eines Riesen, der sich aus seiner unterirdischen Welt nach oben kämpft. Oder aus einem parallelen Universum. *Irgendwo ist da garantiert noch viel mehr.* Meine Gedanken wandern von Daniel zu Keno und ich frage mich, was er von der Kuppel im Wald hielte; ob er sich fürchten oder sich hingezogen fühlen würde.

Irgendwie bin ich von Letzterem überzeugt. Und wenn ich ganz ehrlich bin, geht es mir ebenso. Ich will wissen, was dahinter ist. Dort, wo der Glanz seinen Ursprung hat.

Ich bestehe aus nichts als Widersprüchen.

Eine Hand legt sich auf meine Schulter. Ich fahre zusammen, aber es ist nur Tilda. Sie lässt sich neben mir auf das Sofa fallen, doch ehe wir einander etwas Beruhigendes sagen können, taucht schon Xavier auf.

»Es geht nicht darum, dass ihr den Traum der Fünferin moduliert«, erklärt er in seiner gewohnt ruhigen Art. »Das wäre sinnlos. Aus der Fünften findet niemand heraus. Wir wollen lediglich die Stabilität eurer Zone prüfen. Und dafür eignet sich nichts besser als ein Ausflug in das Unterbewusstsein eines Fünfers. Abgrenzung ist dabei der entscheidende Faktor. Lasst euch nicht in die Gedanken- und Gefühlswelt der Testperson hineinziehen.« Er mustert uns der Reihe nach. »Da Gemma ins zweite Semester hochgestuft wurde, schlage ich vor, dass sie sich auch als Erste dem Härtetest unterzieht.«

Für einen Sekundenbruchteil würde ich gern in einer Sofaritze verschwinden. Dann setze ich mich auf und sage: »Kein Problem.«

»Tilda? Begleitest du sie?«

»Nein«, entfährt es mir, ehe ich verstehe, warum.

Tilda starrt mich an. Xavier hebt die Augenbrauen. »Wie bitte?«, fragt er langsam.

»Nicht Tilda. Ich meine ... es ... sie ...« Ich balle die Fäuste und setze noch einmal an. »Es ist der Traum einer Fünferin. Da sollte doch besser eine erfahrene Observerin mit mir reingehen, oder nicht?«

Tilda sieht mich betroffen an, als hätte ich ihr soeben eine Ohrfeige verpasst. Sie versteht nicht. Es ist ja nicht so, dass ich es ihr nicht zutraue, darum geht es nicht.

»Hast du Angst, dass etwas schiefläuft?«, fragt Xavier ruhig.

Ja. Allerdings. Ich habe Angst um Tilda. Angst, was passieren könnte. Seit meiner Prüfung mit Keno und Florentine ist dieses schwarze Zeug zwar nicht mehr vorgekommen, aber das hier ist *eine Fünferin.*

Tilda zögert. Xavier dreht sich zu ihr hin.

»Eine bessere Vorbereitung auf deinen eigenen Härtetest kannst du nicht bekommen.«

Tilda guckt mir in die Augen, auf ihrer Nase sehe ich drei winzige Sommersprossen, die mir noch nie aufgefallen sind. Bestimmt denkt sie genau wie ich an unseren Ausflug in das Traumlab. *Weißt du, was wir machen, irgendwann? Gemeinsamer Trip in eine Testperson rein.*

Langsam schüttele ich den Kopf. Nein, Tilda. Bitte nicht.

Sie nickt. »Ich mach's.«

»Aber ich will das nicht«, sage ich. »Ich will jemanden mit Erfahrung.«

Tildas Augenbrauen ziehen sich zusammen.

»Traust du dir den Härtetest unter diesen Bedingungen nicht zu?«, fragt mich Xavier und ich höre, wie enttäuscht er klingt. »Du weißt, dass der Test unumgänglich ist, wenn du dein Studium fortsetzen willst.«

»Ja, aber ...«

»Du musst dich entscheiden, Gemma.«

Ich werfe Tilda einen verzweifelten Blick zu.

»Komm schon«, flüstert sie und streckt mir eine Hand entgegen. »Wir schaffen das. Ich bin eine ganz wunderbare Observerin.«

Xavier schließt die Tür des Traumlabs. Hinter dem Sichtfenster des Kontrollraums sitzen Gathea und noch einige andere Leute. Nervös wische ich mir die Hände an meiner Hose ab. Normalerweise ist der Kontrollraum mit nur einer Person besetzt und das Fenster eine schwarze Fläche, sodass man nicht sieht, wer diese eine Person ist. Und noch etwas fällt mir auf: Das Trio aus Liege und Sesseln haben sie anders angeordnet, die Sessel stehen weiter von der Liege entfernt als sonst.

Sicherlich wegen der Ansteckungsgefahr.

Xavier reicht uns die Schutzanzüge. Aus den Augenwinkeln sehe ich, wie seine Fingerspitzen kurz über Tildas Handrücken streichen. Ein Lächeln huscht über ihr Gesicht. Ihr Arkanit funkelt und strahlt.

Wir streifen die Schutzanzüge über und schließen die Reißverschlüsse im Nacken und an den Fersen. Xavier, der diesmal ebenfalls einen Anzug trägt, drückt einen Knopf neben der Tür. Zwei von Kopf bis Fuß verhüllte Männer rollen die Fünferin herein.

Zum ersten Mal sehe ich einen Menschen, der von der Aura umgeben ist. Kein Film und kein Foto. Ein Mensch aus Fleisch und Blut.

Sie schläft. Um sie leuchten die Farben des Glanzes, fließen ineinander, bilden Muster, für die ich keinen Namen habe, und wehen wieder davon. Es ist beängstigend. Und zugleich wunderschön.

Die Männer betten die Frau auf die Liege um, sie arbeiten schnell, als wollten sie die Zeit, die sie gemeinsam mit ihr in einem Raum verbringen müssen, auf ein Minimum reduzieren. Nachdem sie die Fünferin festgeschnallt haben, verlassen sie eilig das Labor. Xavier öffnet einen schwarzen Ordner. Es sieht aus, als würde er den Deckel eines Abfalleimers aufklappen: Arme weit nach vorn gestreckt, die Lippen eingekniffen, widerwillig. Mein Herz klopft so stark, dass das Blut in meinen Ohren pulsiert und ich nur mit Mühe verstehe, was er uns über die Fünferin erzählt. Louisa Menning, neunundzwanzig Jahre alt, verstohlen mustere ich sie aus den Augenwinkeln. Mit ihren blassblonden Haaren und den tiefen Falten, die sich von den Nasenflügeln zu den Mundwinkeln ziehen, wirkt sie viel älter. Meeresbiologin, Lehrauftrag an der Uni, Alkoholikerin. Letzteres sagt Xavier in einem Ton, als wäre es ein weiterer Beruf.

»Nachdem sie ihre Stelle verloren hatte, arbeitete sie als Bürokraft in einem Unternehmen für Wasseraktivierungsanlagen. In dieser Zeit hat sie sich von den Grenzgängern die Droge Silver Ice für ihren Arkanit beschafft. Die folgenden Wochen hat sie in ihrer Wohnung verbracht. Eine Freundin aus dem Betrieb hat sich schließlich Zugang verschafft. Louisas Arkanit zeigte die Zweite Zone an, aber es war klar, dass da etwas nicht stimmte. Eine Identifikation wurde angeordnet. Seither ist sie im Forschungszentrum untergebracht.« Er winkt uns zu unseren Sesseln.

Bevor ich mich setze, schaue ich ein letztes Mal zu der

Fünferin hinüber. Mich erschreckt, wie traurig ihr Gesicht aussieht. Und wie schön der Glanz ist, der sie überzieht.

Xavier erinnert mich nochmals daran, dass dies keine Modulation sei und ich nicht versuchen solle, Louisas Unterbewusstsein zu verändern. »Es geht einzig und allein darum, dass du dich in der Ersten hältst.«

Das dürfte kein Problem sein. Mein innerer Tank ist noch immer randvoll.

Xavier berührt kurz Tildas Schulter. Sie wendet sich zu ihm hin. Ihr Lächeln verändert sich, wird fragender.

»Sollte die Sache aus dem Ruder laufen und Gemma die Kontrolle verlieren, unterbrichst du«, sagt er zu ihr. »Du musst keine Angst haben. Wenn du es nicht schaffst, wecke ich dich.«

Verlass dich auf mich. Das sagt er nicht laut. Trotzdem höre ich es.

Tilda streicht sich eine Haarsträhne hinters Ohr und nickt. Lange schauen sie einander in die Augen. Dann streckt Xavier seine Hand nach den Spritzen aus.

Erst ist da Dunkelheit, durchmischt mit einem salzigen Geruch, der mir beinahe den Atem verschlägt. Langsam schälen sich Konturen heraus.

Knapp zwei Meter von mir entfernt liegt eine Frau auf dem Boden. Sie hat sich zu einer Kugel zusammengerollt. Auch hier, in ihrem Unterbewusstsein, ist Louisa Menning von der Aura umhüllt. Ihre Augen stehen offen, doch ihr Blick geht ins Leere. Gitterstäbe umgeben uns, ähnlich den Gittern, mit denen sie die Balkone und Fenster der Testpersonen sichern, gestrichen in einem matten Moosgrün, damit die Vergitterung zwischen den Balkonpflanzen weniger auffällt. Hier fällt sie auf, denn die Gitterstäbe leuchten schwach. Tang und Algen wachsen an ihnen empor, als stünden die Käfige schon lange hier.

Meine Anspannung lässt etwas nach. Die Umgebung wirkt zwar wenig einladend, aber nicht gefährlich, keine Ungeheuer oder Feuersbrünste, wie ich es mir bei den Träumen von Fünfern immer vorgestellt habe. Mein Atem geht ruhig und tief, in einem gleichmäßigen Rhythmus, der, wie ich allmählich merke, von einem untergründigen Wummern vorgegeben wird. Der Boden unter mir vibriert. Wir scheinen uns auf einem Schiff zu befinden – genauer gesagt, im Frachtraum des Schiffes.

Okay. Ich muss mich konzentrieren. Auch wenn ich Tilda nicht sehen kann, ist sie in meiner Nähe. Meine beste Freundin passt auf mich auf – und ich muss aufpassen, dass ihr nichts geschieht. Das ist das Wichtigste. Vielleicht haben wir ja Glück und ich muss nichts weiter tun als in diesem Käfig sitzen bleiben und warten, bis Louisa ihren Traum ausgeträumt hat.

Ich lausche meinen Atemzügen. Auch Louisas Atem höre ich, er klingt schwer und mühsam. Und da sind noch andere Geräusche. Leises Seufzen, ein unterdrücktes Stöhnen, jemand schluchzt vor sich hin. Während ich angestrengt in die Dunkelheit starre, mache ich um mich herum mehr und mehr Käfige aus, übereinandergestapelt in zehn, zwölf, zwanzig Etagen. Soweit ich es erkennen kann, liegt in jedem Käfig ein von der Aura umhüllter Mensch.

Ruhig bleiben. Das hier ist ein Traum. Der Traum einer Fünferin zwar, aber auch nicht mehr. Das alles ist nicht real, mir kann nichts passieren – das denke ich gerade, als sich von weit her ein Heulen nähert. Es zieht einen Kreis um das Schiff, entfernt sich, kehrt zurück. Dann bricht ein Sturm los, unmittelbar und mit voller Wucht. Der Boden unter uns schwankt heftig, kippt rauf und runter und wieder rauf. Ich greife nach den Gitterstäben. Der Käfig wackelt, fällt aber nicht um.

»Alle sagen, es gibt nichts, was du nicht schaffen kannst!«, ruft Louisa, die sich halb aufgerichtet hat, mit rauer Stimme in das Sturmgeheul hinein. »Aber manche Dinge schaffst du nicht. Die sind zu groß.«

Ein Krachen ertönt. Die hintere Wand des Schiffs bricht weg. Dahinter tost das Meer.

Nein. Das ist kein Meer. Es ist der Glanz. Er schlingert und strudelt und wirft das Schiff hin und her.

Ich sage mir, dass mir nichts passieren kann, und schließe die Augen. Der Glanz, meine geheime Superkraft ist in mir, aber er ist auch dort draußen und sehr anders als der Glanz, den ich kenne. Er ist hungrig. Brutal. Das Schiff legt sich schräg. Ich reiße die Augen auf und klammere mich an die Gitterstäbe. Überall geraten Käfige ins Rutschen und fallen aus den oberen Reihen auf den Boden, es ist ein einziges Chaos

Der Glanz bildet dünne Fühler, die sich langsam in das Innere des Schiffes schieben und auf die Menschen in den Käfigen zukriechen. Ihre Körper lösen sich auf in schwarzen Nebelspiralen, werden von den Fühlern eingesogen und verschwinden. Auch auf unseren Käfig bewegt sich ein solcher Fühler zu, rückt Zentimeter für Zentimeter näher. Eine Tür, denke ich, Käfige haben doch Türen, doch da ist keine. Da ist nur Louisa, zusammenkauert in einer Ecke, ihr Gesicht ein blasses Oval. »Louisa«, schreie ich sie an, »wie kommen wir hier raus?«

»Niemand kommt raus. Nie.«

Unsere Blicke treffen sich. Als ich ihre Augen sehe, erlischt schlagartig jede Hoffnung in mir.

Sie hat recht. Wir kommen nicht raus. Wir können nicht weg.

Niemals.

Warum soll man sich überhaupt noch anstrengen, warum etwas tun, wenn es doch nur darauf hinausläuft, dass alles im Glanz verschwindet?

Schwarze Fäden quellen aus Louisas Brust, erst tröpfelnd, dann in einem Strom, glänzend und zäh. Einen Augenblick lang ist mein Kopf wie betäubt. Dann dringt mir unvermittelt ins Bewusstsein, was da geschieht – und was es bedeutet.

Tilda, denke ich. *Nein, nein, nein!*

Ich muss weg von dem Zeug, so schnell es geht, doch ich kann mich nicht rühren, und obwohl ich es noch so sehr versuche, lässt sich diese Lähmung nicht abschütteln. »Tilda!«, schreie ich. »Du musst unterbrechen!« Meine Stimme verweht im Heulen des Sturms und im Schreien und Weinen der anderen Fünfer.

Immer mehr Fäden sprudeln aus Louisa heraus und schießen auf mich zu. Es sind so viele mehr als in Kenos Traum, sie kriechen in mich hinein und mein Inneres krümmt sich vor Schmerzen.

»Tilda«, schreie ich, »du musst raus aus diesem Traum!« Doch aus meinem Mund kommt nur ein Keuchen. Ich versuche, das schwarze Zeug abzuwehren, es von uns allen wegzubringen, irgendwie. Meine Hände ballen sich, mein Körper spannt sich, bis es mich fast zerreißt, in all meiner Todesangst spüre ich meine Kraft, die sich in mir sammelt, und diese Kraft stemmt sich gegen die Fäden, sodass sie wie gegen einen Damm prallen. Langsam drücke ich das schwarze Zeug zurück und aus mir heraus.

Ich muss unbedingt aufwachen. Bevor das schwarze Zeug Tilda findet.

Noch einmal spanne ich alle Muskeln an, dann, mit einem Ruck, löse ich die Spannung und schleudere mich so zurück in die Wirklichkeit. Das schwarze Zeug sprudelt in einem einzigen Schwall aus meiner Brust und fließt von mir weg. Irgendwohin.

Nicht irgendwohin. Ich sehe einen hellen Schatten.

»Nein«, brülle ich. »Nein! Holt Tilda raus, schnell!«

Doch da ertönt bereits ein Schrei und ich weiß: Es ist zu spät.

»Tilda!«

Ich sehe nichts – dieser Scheiß-Heiligenschein! Als er sich endlich hebt, ratsche ich den Reißverschluss in meinem Nacken auf und zerre mir das Kopfteil herunter.

Neben mir surrt Tildas Heiligenschein nach oben. Ihr Kopf sinkt zur Seite, die Augen hält sie geschlossen. Grauer Nebel füllt ihren Arkanit. Und in dem Nebel schwebt ein einzelner schwarzer Faden.

Die Vierte Zone.

Ich will aus meinem Sessel hoch, will zu ihr hin, aber der Schutzanzug verhakt sich in der Armlehne. Plötzlich ist das Traumlab voller Menschen, die sich um meine Freundin scharen. »Tilda!«, rufe ich und winde mich aus dem Sessel. Einer der Mitarbeiter drückt mich zurück in die Polster.

»Bleib sitzen, Gemma. Es ist alles gut.«

»Gar nichts ist gut!«, schreie ich, doch er hält mich unerbittlich fest. Von dort, wo Tilda in ihrem Sessel hängt, fliegen einzelne Worte zu mir herüber, »isolieren«, »ruhigstellen«, »Energieraub.« Noch mehr Leute poltern herein und bugsieren Tilda von ihrem Sessel auf eine Trage. Ihre linke Hand hängt über den Rand, die Fingernägel sind in einem zarten Violett lackiert. In Windeseile bringt man sie hinaus. Von draußen ertönen weitere Stimmen, als wäre das ganze Forschungszentrum am Durchdrehen. Ein neuer Schwall Menschen stürmt herein und umringt Louisa, die sich auf ihrer Liege aufgesetzt hat.

Jetzt sehe ich es auch.

Ihre Aura ist verschwunden. Ist einfach weg. Grauer Nebel füllt ihren Arkanit. Mitten durch den Nebel schlängelt sich ein einzelnes goldenes Fädchen.

Die Zweite Zone.

Das kann nicht sein. Das geht doch gar nicht. Aus der Fünften kehrt niemand zurück.

Stimmen rufen durcheinander. »Wie sind die Werte? Bitte die Werte durchgeben!« – »Blut abnehmen und ab ins Labor.« – »Ich brauche ihre Werte, verdammt! Gehirn, Atmung, Herz, losloslos!«

Jemand leuchtet Louisa in die Augen und setzt ihr mehrere Elektroden an die Schläfen. Jemand anderes fährt mit einer Sonde an ihrem Körper entlang. Apparate werden hereingerollt und eine Billion Kabel an Louisa festgeklemmt. Dann schieben sie sie hinaus – und mit einem Mal sitze ich allein im Traumlab.

Im bläulichen Licht hocke ich in meinem Sessel und starre dorthin, wo Tilda gerade noch gesessen hat.

Was habe ich ihr angetan?

Ich sehe ihr Gesicht vor mir und spüre, wie Tränen hinter meinen Lidern brennen. Erst Florentine. Dann Daniel. Jetzt Tilda. Ich fühle mich wie in einem dieser Filme, wo jemand von einem Balkon geschubst wird und durch ein Glasdach fällt, den Boden durchschlägt, den darunterliegenden Raum durchbricht und immer so weiter, bis er in einem Abgrund verschwindet. Dabei wollte ich doch nur meinen Vater retten. Stattdessen habe ich gleich drei Leben ruiniert. Nichts davon habe ich gewollt, aber das taugt wenig als Entschuldigung. Was bin ich bloß für ein Mensch? Sie sollten nicht Tilda wegbringen, sondern mich.

Ich stütze den Kopf in die Hände, und versuche, mich auf meinen Atem zu konzentrieren, dann auf den Orangen-Vanille-Geruch des Traumlabors. Schon wieder schießen mir Tränen in die Augen. *Weinen darfst du später, Gemma. Jetzt tu etwas.* Also schließe ich die Augen und greife auf meinen inneren Glanzvorrat zurück. Meine Gedanken klaren auf. Ich öffne die Augen. Ich muss hier raus; zu Tilda muss ich. Vielleicht kann ich ja rückgängig machen, was ich angerichtet habe.

Als hätten meine Gedanken sie herbeigerufen, öffnet sich die Tür und Gathea kommt mit langen Schritten durch das Traumlab auf mich zu. Ihr Gesicht ist fleckig, ihre Augen glitzern. Sie lässt eine Hand auf meine Schulter sinken. Alle Kraft, die gerade in mir aufsteigen wollte, fließt wieder davon.

»Tilda«, sage ich rau. »Was ist mit ihr?«

»Mit deiner Freundin ist alles in Ordnung. Wir kümmern uns um sie.« Sie mustert mich scharf. »Keine Sorge, Gemma. Sie darf natürlich erst einmal an der Akademie bleiben, egal, wie tief sie abgestürzt ist. Wir helfen ihr.«

»Wo ist sie?«

»Wir haben sie auf eine Isolierstation gebracht.«

»Ich will zu ihr. Bitte.«

»Tilda braucht jetzt absolute Ruhe. Du musst dir wirklich keine Sorgen um sie machen, sie ist in den besten Händen. In den allerbesten.«

»Aber …«

»Unsere Ärzte kümmern sich um sie«, sagt sie freundlich, aber bestimmt. »Wir zwei müssen uns unterhalten, Gemma.«

Was folgt, ist zermürbend. Immer wieder dieselben Fragen: *Was hat Louisa geträumt? Wo warst du in dem Traum? Was hast du getan, wie hast du Kontakt aufgenommen?*

Ich erzähle ihr, so viel ich kann, wage aber nicht, die schwarzen

Fäden zu erwähnen. Ich kann nicht einmal sagen, warum ich darüber schweige. In meinem Kopf herrscht ein einziges Chaos und ich habe Angst. Angst, was passieren wird, wenn Gathea die Wahrheit erfährt.

Die ganze Zeit halte ich meinen Arkanit umklammert. Erste Zone, noch bin ich sicher, aber ich spüre schon, wie meine positive Energie mich verlässt.

»Bitte«, sage ich, um endlich hier wegzukommen, »ich möchte mich ausruhen. Ich bin müde.«

Gathea seufzt und drückt ihre Nasenwurzel zwischen Daumen und Zeigefinger. »Entschuldige.« Sie lässt die Hand wieder sinken. »Es tut mir leid, dass ich dich so bedränge. Wir reden morgen weiter. Ich hole jemanden, der dich in dein Appartement bringt.«

»Danke«, sage ich. »Vielen Dank.«

In den Gängen des Forschungszentrums ist alles voller Menschen. Sie sprechen miteinander, doch ihre Worte klingen weit entfernt; sie schauen mich an, aber ich sehe sie wie hinter Glas. Alle tun weiter das, was zu tun ist, eilen geschäftig hin und her, gehen ihren Aufgaben nach. Die Welt dreht sich weiter, während meine Freundin irgendwo in einem Bett liegt, isoliert, allein, in der Vierten Zone.

Die Fahrstuhltür öffnet sich. Der Observer, den Gathea gerufen hat und der mich in mein Appartement begleiten soll, will mich in die Kabine schieben, aber diesen engen Käfig kann ich unmöglich betreten.

»Können wir bitte die Treppe nehmen?«, frage ich.

Im elften Stock, der Etage mit dem Indoor-Park, kommen uns zwei Gestalten entgegen. Die blonde junge Frau an Kenos Seite, die ihn wohl zurück in sein Appartement begleiten soll, geht dicht neben ihm, achtet jedoch sorgfältig darauf, ihn nicht zu berühren.

»Hey«, ruft sie uns zu, »was ist denn da oben passiert?«

»Unsere Gemma hier«, der Observer legt mir einen Arm um die Schultern und schüttelt mich leicht, »hat eine Fünferin in die Zweite gepusht, kannst du dir das vorstellen?«

»Nee – echt? Eine *Fünferin?«* Mit offenem Mund starrt die Frau mich an.

»Muss heftig gewesen sein, der Traum. Ihre Observerin hat es glatt aus der Ersten rausgehauen. Ist durch die Zweite und die Dritte durchgerauscht wie nix und ab in die Vierte.«

»Wahnsinn.« Die Blonde starrt mich weiter an. »Echt Wahnsinn.«

Danach sagt sie noch eine Menge andere Dinge, sie redet schnell und aufgeregt, aber ich höre nicht mehr zu. Meine ganze Aufmerksamkeit gilt Keno – als könnte ich mich an ihm festhalten, während alles um mich herum immer schneller verschwimmt. Erste Zone hin oder her, ich habe das Gefühl, dass ich die Tränen, die ich die ganze Zeit unterdrückt habe, nicht mehr lange zurückhalten kann.

»Gemma«, sagt er leise. Doch bevor er noch etwas hinzufügen kann, schiebt mich der Observer weiter.

»Du ruhst dich jetzt erst mal aus, Mädchen.«

Die Blonde kommandiert Keno mit einer lässigen Handbewegung in den Fahrstuhl. Als er die Kabine betritt, schaut er noch einmal über die Schulter zurück. Seine Miene ist unleserlich. Dann, so leicht, dass niemand außer mir es bemerkt, schüttelt er den Kopf.

Die Fahrstuhltür zischt zu. Ich stehe da und sehe noch immer sein Kopfschütteln und stelle mir Tilda in einem weißen Bett und meinen Vater in Cloverhill und Keno hinter Gittern vor, bis der Observer mir eine Hand zwischen die Schulterblätter legt, mich auf die Treppe zuschiebt und dabei etwas von *Morgen* und *Wir finden bestimmt heraus, wie du das geschafft hast* und *Großes Abenteuer* sagt. Sehr laut. Er klingt, als würde er sich auf etwas freuen.

19

Ich stehe auf dem Balkon meines Appartements und schaue zum Forschungszentrum hinüber.

Das Universum wird sich um alles kümmern. Das ist es, was ich mein Leben lang geglaubt habe – das, wovon ich überzeugt gewesen bin. Aber das ist Bullshit. Das Universum kümmert sich um *gar nichts.*

Ich habe Kopfschmerzen, mir ist schwindelig und ich bin kurz davor, mich zu übergeben. Wie soll ich in ein paar Stunden aufstehen, in der Mensa mein Powermüsli löffeln und mich zu einer Achtsamkeitssession oder Gehirnyoga oder einer Glücksmeditation oder was auch immer einfinden, so, wie ich es in den letzten Monaten Morgen für Morgen getan habe? Das kann ich nicht.

Es fühlt sich falsch an, einfach weiterzumachen, als wäre nichts geschehen. Tilda liegt dort drüben im Forschungszentrum, isoliert in einem Krankenzimmer, damit sie niemanden ansteckt, versorgt von Menschen, die ihrem Blick ausweichen, jedes Gespräch mit ihr vermeiden, sie nicht berühren.

Diesen Leuten ist Tilda egal. Und dem Universum ist Tilda auch egal.

Aber mir nicht.

Fünf Minuten später bin ich draußen auf dem Campus. Trotz der vorgerückten Stunde wimmeln die Studenten und Mitarbeiter der Akademie über die Wege wie Ameisen auf ihren vorgegebenen Bahnen. Ich schiebe mich zwischen ihnen hindurch und nehme eine Abkürzung durch ein Beet mit Chronoblumen, von denen jetzt, im Oktober, nur noch wenige blühen. In dem kleinen Pavillon dort drüben haben Tilda und ich gern gepicknickt. Und hier ist sie über eine Baumwurzel gestolpert und fast hingefallen, als wir nachts von einer Party im *Heaven's Gate* kamen.

Die Lobby des Forschungszentrums ist beinahe leer. Nichts lässt an Wissenschaft oder gar an Krankenhaus denken, von Neonlicht, Linoleumböden oder antiseptischen Gerüchen keine Spur. Zierliche Sofas und Sessel sind locker um kleine Tische gruppiert, auf jedem Tisch steht eine Karaffe neben einem Tablett voller Gläser. Eine Frau und ein Mann gehen mit leisen Schritten und gedämpften Stimmen an mir vorbei, ihre Blicke gleiten kühl über mich hinweg, als wäre ich unsichtbar. Was mir nur recht ist.

Während ich die Lobby möglichst unauffällig durchquere und dabei überlege, ob ich mich am Empfang nach Tilda erkundigen oder sie lieber auf eigene Faust suchen soll, bemerke ich in einer Sitzecke, halb verborgen hinter einer Kolonie aus deckenhohen Grünpflanzen, Beatrix Swann. Ich bleibe einfach stehen, wo ich bin. Hat sie mich gesehen? Doch sie hält den Blick weiter auf die Papiere auf ihrem Schoß gesenkt.

Zwei Männer in weißen Kitteln eilen geschäftig vorüber, gefolgt von einer Frau, die mich hier auf keinen Fall entdecken darf. Hastig verziehe ich mich zwischen die riesigen Pflanzkübel, gehe in die Knie und stütze mich mit einer Hand an einem der Kübel ab, während Gathea zielstrebig Beatrix Swann ansteuert und sich zu ihr setzt. Mit einer eleganten Bewegung schlägt sie die Beine übereinander und sagt etwas, worauf ihre Kollegin langsam von ihren Papieren aufblickt. Die folgende Unterhaltung verläuft so gedämpft, dass ich kein Wort verstehe.

Von hier aus habe ich drei Möglichkeiten. Erstens: Ich zeige mich und erbitte einen Besuch bei Tilda, der garantiert abgelehnt wird. Zweitens: Ich warte, bis sie aus der Lobby verschwunden sind, und suche Tilda auf eigene Faust. Oder aber drittens: Ich rücke ihnen genau jetzt so dicht auf die Pelle, dass ich höre, was es zu hören gibt, und vielleicht erfahre, wo sie Tilda untergebracht haben.

Blätter wischen mir wie kalte Finger übers Gesicht, als ich mich Zentimeter für Zentimeter zwischen den Kübeln hindurchschiebe, bis ich fast die Armlehne von Gatheas Sofa berühre.

»... sorgen schon dafür, dass sie von der Vierten wenigstens in die Zweite aufsteigt«, sagt Gathea.

Beatrix Swann macht Anstalten, sich zu erheben. »Gut. Dann rufe ich im Mandala-Zentrum an und sage ihnen, dass Tilda ...«

»Sie bleibt im Forschungszentrum.« Gathea streckt eine Hand aus und wackelt mit den Fingern. Beatrix Swann setzt sich wieder und reicht ihr die Papiere.

Tilda. Sie wollen sie von der Vierten zurück in die Zweite holen. Erleichterung steigt in mir hoch, doch andererseits verstehe ich nicht, warum sie Tilda nicht ins Mandala-Zentrum bringen, dort würde sie bestimmt am besten versorgt.

»Xavier ist noch bei ihr.« Gathea schiebt die Papiere zusammen. Ihre Augen sind stachelbeergrün, das ist mir vorher nie aufgefallen. »Bevor er zu uns stößt, sollten wir besprechen, wie es weitergeht.«

»Wie was weitergeht?«, fragt Beatrix Swann. »Ich dachte ...«

Gathea klatscht die Papiere auf den Tisch und beugt sich vor. »Mit Gemma natürlich.« Sie legt eine Hand über die von Beatrix Swann. »Du hattest recht, Bea. Damals, bei der Prüfung. Sie ist wie Finn Haskell. Es war ein Energieraub. Gemma hat der einen Seite Energie weggenommen und sie der anderen Seite zugeführt. Zone Eins geht runter auf Vier, Fünf geht hoch auf Zwei.«

»Finn Haskell«, murmelt Beatrix Swann. »Was er getan hat, war abartig. Und bei Gemma ist es genauso. Ich hab's die ganze Zeit gewusst. Sie hat meine Tochter benutzt, damit dieser Reed in eine höhere Zone aufsteigt. Eine krankhafte Veranlagung – das ist es.«

Gathea nimmt ihre Hand wieder weg. »So haben wir das damals eingeschätzt. Was, wenn wir uns geirrt haben? Finn hatte etwas an sich, was wir hätten nutzen können.«

»Und wie?«

»Das finden wir heraus.« Die vorderen Armlehnen des Sofas sind mit geschnitzten Adlerköpfen dekoriert. Auf einem dieser Köpfe liegt Gatheas rechte Hand, es sieht aus, als wollte sie dem Adler den Schnabel zuhalten. »Stell dir vor, wir könnten Menschen aus der Fünften Zone zurückholen.«

»Und dafür sollen andere Menschen in eine tiefere Zone absteigen?« Die Stimme von Beatrix Swann klingt zögernd. »Wer würde sich dafür hergeben?«

Gathea betrachtet sie mit stummer Missbilligung. »Die Frage diskutieren wir, wenn es so weit ist.«

Beatrix Swann schüttelt heftig den Kopf. »Das sehe ich anders. Wir hatten schon genug Probleme, die Sache mit den Testpersonen und den Expeditionen durchzukriegen. Ich frage noch einmal: Wer gibt sich dafür her?«

»Da finden sich genug Leute, keine Sorge. Finanzielle Anreize. Gesetzliche Regelungen. Hier geht es um ein übergeordnetes Interesse. Aber zunächst müssen wir Gemma untersuchen. Sie ist mit einer Gabe gesegnet, die wir nutzen müssen. Das ist sogar unsere Pflicht.«

Gesegnet. Instinktiv weiche ich zurück und pralle gegen einen der Pflanzkübel. Das Ding ist so massiv, dass es sich nicht sichtbar bewegt – aber dennoch reicht es, dass ein verdorrtes Blatt von seinem Zweig herabsegelt und auf Gatheas Handrücken landet. Sie zuckt zurück und schaut sich automatisch um.

O Gott. Hat sie mich gesehen? Ich drücke mich tiefer zwischen die Pflanzen, auch wenn es dafür ein bisschen spät ist.

»Du willst etwas nutzen, von dem du nicht einmal weißt, was es ist«, sagt Beatrix Swann. »Keine wissenschaftliche Theorie würde einen solchen Ansatz stützen.«

Gathea holt tief Luft und wendet sich wieder ihrer Kollegin zu. »Und welche wissenschaftliche Theorie stützt den Glanz?«, fragt sie scharf. »Im Augenblick können wir ihn ebenso wenig erklären wie den Energieraub. Aber den Energieraub können wir wenigstens untersuchen.« Als Beatrix Swann nicht antwortet, setzt sie nach: »Morgen verlegen wir Gemma ins Untergeschoss und nehmen die ersten Tests vor. In den letzten Stunden habe ich mehr herumtelefoniert als im gesamten vergangenen Jahr – die Kollegen aus Norwegen und aus den Akademien in Singapur und Kenia reisen in den nächsten Tagen an. Wir gehen die Sache anders an als damals bei Haskell. Wir werden Gemma nicht verlieren.«

»Wir haben bei Haskell keine Fehler gemacht.« Jetzt ist es Beatrix Swann, in deren Stimme Schärfe liegt. »Er ist gestorben, weil er Krebs hatte. Falls du dich erinnerst.«

»Und genau darauf hätten wir bei den Tests keine Rücksicht nehmen dürfen. Konsequentes Vorgehen diesmal.« Gatheas Daumen reibt den Adlerschnabel. »Künstliches Koma, bis die Tests abgeschlossen sind.«

Verschwommen hebt sich ihr Profil gegen das mattgoldene Hintergrundlicht der Lobby ab. Mit den Händen auf den Oberschenkeln hocke ich da. Es ist, als säße ich im falschen Film. Was zur Hölle redet diese Frau?

»Wie lange?«, fragt Beatrix Swann.

»Ein paar Wochen. Maximal zwei Monate.«

»Dafür bekommst du nie im Leben eine Genehmigung.«

»Die habe ich bereits. Wir sind im Krieg gegen den Glanz. Alle, die ich in dieser Sache informiert habe, wissen, wie schlecht es um uns steht; alle sind einverstanden. Ich will dich im Team haben. Du bist unsere beste Protektorin.«

Aufgebracht reibt sich Beatrix Swann die Hände. »Nein.«

»Gemma passiert nichts.«

»Du kannst nicht wissen, wie sich die Tests und Untersuchungen auf sie auswirken.«

»Darum legen wir sie ja ins Koma. Zu ihrer eigenen Sicherheit.«

»Sprich wenigstens mit ihr.«

»Sie ist sechzehn. Sie überblickt nicht, welche Konsequenzen ihre Weigerung hätte. Herrgott noch mal, Bea, wir lassen sie von den besten Ärzten betreuen. Ihr passiert nichts.« Gathea räuspert sich. »Florentine möchte noch immer an der Akademie studieren, nicht wahr?« Ihre Stimme zieht über uns eine Schleife wie ein Todesengel. »Da lässt sich bestimmt etwas machen.«

Irgendwo im ersten Stock ist jemand mit einem Staubsauger beschäftigt. Das Geräusch betont noch die jetzt eingetretene Stille. Als Beatrix Swann endlich spricht, klingt ihre Stimme geborsten. »Ich vermute, Gemmas Vater wird nicht in Kenntnis gesetzt?«

»Nein.«

Erneutes Schweigen. Dann wieder Beatrix Swann: »Wie geht es ihm? Wann nehmen wir ihn ins Mandala-Zentrum auf?«

»Gemma hat Keno Reed noch nicht in die Dritte Zone geholt. Im Übrigen haben wir keine Kapazitäten. Unsere Warteliste ist länger als der Weg zum Mond. Wir können ja nicht mal deine Schwester ...«

»Stiefschwester.«

»... aufnehmen. Sofia ist schon zum dritten Mal in Quarantäne, richtig?«

»Ich will sie ohnehin nicht ins Mandala-Zentrum holen.« Um die Mundwinkel von Beatrix Swann liegt ein harter, aber zugleich auch verzweifelter Zug. »Sie muss es endlich aus eigener Kraft schaffen.«

Gathea seufzt. »Manche Menschen möchten offenbar lieber unglücklich sein. Sie scheinen es sogar zu genießen. Was Gemmas Vater betrifft: Wir haben keinen Platz für ihn. Das gilt auch für die übrigen Kurzentren im Land. Es tut mir leid.«

»Weiß Gemma Bescheid?«

Gatheas Hand umschließt den Adlerkopf, als wollte sie ihm endgültig die Luft abdrücken. »Das hat Zeit, bis die Tests abgeschlossen sind. Du brauchst nicht so zu gucken.« Sie löst ihre Hand von dem Adler und lässt sie auf das Knie von Beatrix Swann sinken. »Wir ...« Sie hält inne und fährt in einem viel wärmeren Ton fort: »Xavier! Setz dich zu uns.«

Er ist blass, seine Augen sehen rot und geschwollen aus. »Sie ist zu sich gekommen.« Er lässt sich schwer in die Polster sinken und fährt sich mit den Händen durchs Haar, das – sonst akkurat frisiert – bereits in alle Richtungen absteht. »Sie hat ein paar Löffel Suppe gegessen. Jetzt schläft sie. Wann modulieren wir?«

»Vorerst bleibt sie auf der Isolierstation«, sagt Gathea freundlich.

»Sie muss umgehend moduliert werden. Mehrfach.«

»Du weißt, dass wir hoffnungslos überlastet sind. Tilda muss sich ohne Modulation aus der Vierten hocharbeiten.«

Wieder streicht er sich durchs Haar, sodass sich die Strähnen noch mehr verwirren. »Ohne Modulation hat sie keine Chance.« Seine Stimme bebt. »Da bleiben ihr höchstens ein paar Wochen.«

»Unsinn. Es gibt andere Methoden, mit denen sich eine positive Einstellung zurückgewinnen lässt.«

»Sie braucht Hilfe!«

»Ich weiß, dass du sie gernhast«, sagt Gathea sanft. »Aber wir können niemanden mehr ins Mandala-Zentrum aufnehmen.«

»Von Ausnahmen abgesehen«, sagt Xavier kalt.

An der Art, wie Gathea seufzt, merke ich, dass sie diese Diskussion nicht zum ersten Mal führen. »Irgendwelche Kriterien müssen wir anlegen.«

»Es wäre gut, wenn das Kriterium *Dringlichkeit* lauten würde. Nicht *Geld.* Oder *Ruhm.«*

»Tilda wäre kaum so tief abgestürzt, wenn sie sich aus vollem Herzen für die positiven Energien entschieden hätte. Auch darum dürfen wir sie nicht in die erste Reihe derer stellen, denen geholfen wird.«

»Wenn das ein Energieraub war, was hätte sie tun sollen? Einen derart starken Verlust an positiver Energie in so kurzer Zeit – das verkraftet niemand.« Den nächsten Satz spuckt er fast heraus. »Wie hätte sie verhindern sollen, dass Gemma ihr das antut?«

Meine Hände legen sich auf meine Brust. Ich habe das nicht gewollt. Ehrlich nicht.

»Xavier?« Die Polster quietschen, als sich Gathea erhebt. Sie sind dunkelrot, glatt, glänzend, wie rohe Blutwurst. »Wenn dir die Arbeitsweise der Akademie nicht gefällt, steht es dir frei, dir einen anderen Job zu suchen.«

Die drei haben die Lobby längst verlassen, als ich noch immer zwischen den Terrakottakübeln kauere. *Energieraub.* Mir ist schlecht. Was habe ich Tilda angetan? Meinetwegen ist sie in eine Lage geraten, in der ihr niemand helfen wird. Genau wie meinem Vater. Sie hatten nie vor, ihn ins Mandala-Zentrum zu holen. Und ab morgen bin ich selbst das neueste Versuchskaninchen der Akademie.

Koma. Ich reibe mir die Stirn so heftig, dass die Haut unter meinen Fingern brennt. Alles stürzt über mich herein, Florentine, Daniel Levantis, Tilda – ich wollte niemandem schaden, aber indem ich mein Bestes gebe, scheine ich immer nur noch mehr Unglück über anderen auszuschütten.

Eine krankhafte Veranlagung. Das hat Beatrix Swann gesagt.

Was, wenn sie recht behält?

Die Nachtluft fühlt sich rau an. Automatisch schlage ich den Weg zum Wohnheim ein. Laternen beleuchten die Straßen des Campus, über den Kastanienblättern schimmert der Glanz. Vereinzelt sind noch Leute unterwegs. Wer auch immer sie sind, ich gehöre nicht mehr zu ihnen. Ich habe keine Ahnung, wie ich es anstellen soll, ich weiß nur, dass ich Tilda von hier wegbringen muss. Weg aus der Akademie. Und mich selbst auch.

Während ich weitergehe, versuche ich verzweifelt, meine Gedanken in eine vernünftige Reihenfolge zu bringen. Erst ins Wohnheim, wo ich ein paar Sachen für Tilda und mich zusammenpacken werde, dann zurück zum Forschungszentrum und Tilda rausholen, wie, das weiß ich wirklich nicht, darüber mache ich mir Gedanken, wenn es so weit ist. Auf jeden Fall muss ich mich beeilen, die Nacht hat begonnen, bis zum

Morgen bleiben uns nur wenige Stunden. In dieser Zeit müssen wir die Akademie so weit wie möglich hinter uns lassen.

Das Geräusch eines Motors nähert sich, das Licht zweier Scheinwerfer durchschneidet die Dämmerung. Wie betäubt schaue ich der weißen Limousine nach, die die Straße hinunterbraust. Ob Gathea am Steuer sitzt? Ich stelle mir vor, wie sie jetzt nach Hause fährt und ihr Mann sie mit einem Super-vital-Power-sonst-was-Drink erwartet, der wahrscheinlich so viel kostet, wie mein Vater in einem Monat verdient hat.

Die Rücklichter verschwinden in der Dämmerung. Die Wut in mir ist inzwischen so stark angeschwollen, dass ich sie nicht länger ignorieren kann. Ich kontrolliere meinen Arkanit. Zweite Zone, keine Ahnung, wie lange schon. Irgendwo über mir strahlt der Glanz mit derselben Kraft wie immer, es ist dasselbe Leuchten wie all die Wochen, Monate, Jahre zuvor, ein Licht, das mir mein Leben lang geholfen hat. Mein Geheimnis hat mich auf einer goldenen Welle dahingetragen. Erste Zone – war ich darum ein besserer, ein wertvollerer Mensch? In irgendeiner Weise etwas Besonderes? Höherstehend, weiterentwickelt, nur wegen der Farbe eines Steins? Ein Leben auf dem Berggipfel, aber es ist ein Eisberg, auf dem ich stehe, und er schmilzt. Ehrlich gesagt: Es ist mir egal. Allein der Gedanke, mich zurück in die Erste Zone zu verfrachten, widert mich an.

Mit gesenktem Kopf setze ich meinen Weg in Richtung Wohnheim fort.

Hinter den meisten Fenstern ist es schon dunkel. Automatisch stecke ich eine Hand in meine Hosentasche und taste nach meiner Schlüsselkarte. Eine zweite Karte gerät mir in die Finger, verdutzt ziehe ich sie heraus. Neben dem glänzenden Gold meiner Karte wirkt ihre graue Farbe noch stumpfer. Erst habe ich keine Ahnung, woher sie kommt oder wie sie in meine

Hosentasche gelangt sein könnte. Dann dämmert mir, dass ich die Schlüsselkarte von Kenos Appartement in der Hand halte. Im Chaos der letzten Stunden hat niemand sie von mir zurückverlangt.

In meinem Kopf tauchen Kenos Worte empor wie leuchtende kleine Fische.

Du kannst die negative Energie von anderen Menschen aufnehmen. Und dann gibst du sie an jemand anderen weiter.

Du willst deinem Vater helfen. Da, wo ich dich hinbringe, kannst du es.

Ich kann dafür sorgen, dass du an einem sicheren Ort mit ihm zusammenkommst.

Wie erstarrt halte ich inne. Keno, so undurchschaubar ich ihn auch finde, hat mir von Anfang an die Wahrheit gesagt. Er hatte recht. Die Akademie hat ihre eigenen Pläne. Meinem Vater werden sie nicht helfen. Und Tilda auch nicht.

Als ich ein Schluchzen höre, schaue ich verwirrt um mich, ehe mir klar wird, dass es mein eigenes Weinen ist. Verzweiflung, Wut, alles mischt sich, doch vor allem habe ich Angst um Tilda. Sie ist meine beste Freundin, der selbstloseste, liebenswerteste Mensch, den ich kenne. Wenn es einen Weg gibt, sie zu retten, muss ich ihn gehen.

Zuerst werde ich Keno rausholen. Und ihn dann dazu bringen, dass er uns hilft.

20

Ohne das geringste Zögern ziehe ich die Schlüsselkarte durch das Lesegerät und stehe in der nächsten Sekunde im Flur von Kenos Appartement. Sofort öffnet sich rechts eine Tür und ein hellbraun zerzauster Kopf schaut heraus. Am liebsten würde ich Keno um den Hals fallen, doch ich stehe nur unbeholfen da. Meine Arme kommen mir zu lang vor, meine Haltung ist völlig schief. Er trägt einen dunklen Pullover, dazu Jeans und Turnschuhe. Wie ein Student der Akademie, schießt es mir durch den Kopf. Nur das Flackern in seinen Augen passt nicht. Und die Farbe des Arkanits auf seiner Brust.

Er braucht keine zehn Sekunden, um zu begreifen, warum ich hier bin.

»Jetzt?«, fragt er.

Ich nicke und schlinge beide Arme um meinen Oberkörper. »Ja«, sage ich. »Jetzt.«

Augenblicklich verschwindet er hinter der Tür und kehrt mit einem schwarzen Pulli zurück. »Deine Jacke ist zu hell«, sagt er knapp. »Zieh den an.«

Ich bin Keno unendlich dankbar dafür, dass er mir zur Seite steht. Auch wenn er natürlich seine eigenen Gründe hat.

Schnell stülpe ich mir den Pulli über und krempele die viel zu langen Ärmel hoch. Keno schlüpft in seine eigene Jacke und schließt sie über seinem Arkanit. Ich presse die Lippen aufeinander. Es ist verboten, den Arkanit verdeckt zu tragen, auch wenn es versehentlich natürlich mal passieren darf. Andererseits – viel gefährlicher wäre es, wenn alle sehen, dass Keno in der Vierten steckt.

Fast haben wir die Glastür schon erreicht, die den Trakt der Testpersonen verschließt, als sich aus einem Gang Stimmen nähern. »In zehn Minuten ist die Acht dran, dieser Dorian«, sagt jemand.

Der, der antwortet, klingt, als spräche er durch einen Mund voller Mitternachtssnack. »Wohin?«

»Labor Fünf.«

Sie werden uns sehen. Während in meinem Kopf die Alarmglocken losschrillen, nimmt Keno meine Hand, die noch immer die Schlüsselkarte umklammert, und führt sie über das Lesegerät. Die Tür öffnet sich und wir sind draußen. Halb laufen, halb schliddern wir um die nächste Ecke und einigen uns stillschweigend darauf, dass wir keine Zeit haben, auf den Fahrstuhl zu warten. Hastig stolpern wir eine Treppe hinunter. Irgendwo über uns höre ich schon wieder Stimmen. Keno packt meine Schultern, drückt mich unter den nächsten Treppenabgang und legt einen Finger auf seinen Mund. Ich grabe meine Fingernägel so fest in meine Handflächen, dass es wehtut. Sind das nur irgendwelche Leute – oder folgen sie uns schon? Die Stimmen verklingen. Keno will sofort weiter, doch ich fasse nach seinem Oberarm.

»Wir müssen die Isolierstation finden«, flüstere ich.

»Was?«

In verzweifelter Eile erzähle ich ihm, was mit Tilda passiert ist und dass ich sie rausholen, sie mitnehmen muss. Dass sie Hilfe braucht.

»Vergiss es«, sagt er.

Während ich panisch den Kopf schüttele, versucht er, mir zu erklären, was ich im Grunde selbst weiß: »Erstens ist das

Forschungszentrum riesig und wir haben keinen Schimmer, wo wir sie suchen müssen. Zweitens wird sie überwacht. Und drittens kann unser Verschwinden jede Sekunde auffliegen. Wir müssen hier weg!«

»Ich muss sie mitnehmen.« Es ist ein Gefühl, als hätte sich der Boden unter mir aufgetan und als fiele ich kopfüber in einen Abgrund. »Ich kann sie nicht hierlassen.«

»Wir kommen zurück.« Er nimmt meine Hände und umschließt sie so fest, dass es wehtut. »Wir holen deine Freundin raus. Versprochen. Die Gruppe hilft uns. Aber erst müssen wir selbst verschwinden.«

Wie versteinert stehe ich vor ihm, gelähmt von den Fragen, die mich von allen Seiten bedrängen: Wo ist Tilda jetzt, wie geht es ihr, wie lange noch, bis sie in die Fünfte absteigt, wann sehe ich sie wieder? Ich kann meine beste Freundin nicht hierlassen, nicht völlig allein, nicht ohne ihr zu versprechen, dass ich wiederkomme – und doch hat Keno recht. Die Chance, dass wir sie heute Nacht aus der Akademie rausholen können, geht gegen null.

Keno zieht mich zum Fahrstuhl. Nach kurzer Gegenwehr gebe ich auf und folge ihm. Ich kann die Kabine kaum sehen, weil meine Augen so brennen. Mit einer Hand wische ich mir die Tränen ab. Als sich die Kabinentür gerade hinter uns schließen will, biegen ein paar Studenten um die Ecke, schieben in letzter Sekunde eine Trage mit einer Testperson in die Kabine und quetschen sich noch selbst mit rein. Geistesgegenwärtig dreht mich Keno von der Gruppe weg. Meine Hand liegt noch immer in seiner. Sind das meine oder seine Finger, die so zittern? Aus den Augenwinkeln schaue ich zum Kabinenspiegel. Die Studenten beißen in ihre mitgebrachten Sandwiches und quatschen irgendeinen Mist darüber, wo sie am Wochenende feiern werden, etwas mit einer Poolparty in der Akademie, jemand bringt Yogalopps mit, was immer das sein mag. Die Testperson, die verkabelt zwischen ihnen liegt, beachten sie nicht, ein Student legt sogar kurzerhand sein angebissenes Sandwich auf ihrem Bauch ab. Mir wird übel. Kenos Hand presst sich so fest um meine, dass ich nur mühsam einen Schmerzenslaut unterdrücken kann. Rasch werfe ich ihm einen Blick zu – auch er starrt wie gebannt das Sandwich an.

Endlich entlässt uns der Fahrstuhl in die Lobby. Die Studenten gehen nach links, wir nach rechts. Die Frau in der Pförtnerloge schaut zu uns herüber, doch ehe wir auch nur zusammenzucken können, wendet sie sich schon wieder ihrem Buch zu. Dann sind wir draußen und rennen durch den Park, unsere Hände noch immer fest ineinander verklammert.

In der Dämmerung taucht eine schillernd weiße Wand vor uns auf, über der die Farben des Glanzes schweben. Die Mauer. Das Haupttor. Ich schaue über die Schulter, folgt uns jemand? Weit hinter uns ragt zwischen den Bäumen das Forschungszentrum auf. Für einen Augenblick sehe ich Tilda vor mir, in einem knochenweiß bezogenen Bett, der Arkanit auf ihrer Brust von grauem Nebel erfüllt, in dem eine einzige schwarze Schliere schwebt.

Es ist falsch, sie hier zurückzulassen.

»Wir haben keine Wahl, Gemma«, sagt Keno, als könnte er meine Gedanken lesen.

»Ich weiß.« Aber ich komme zurück, Tilda. Ich hole dich raus.

Ein paar unerträgliche Minuten müssen wir in einem Gebüsch ausharren, bis sich endlich der Wagen eines Akademiemitarbeiters dem Tor nähert. Das Fenster surrt herunter, eine Hand tippt einen Code in ein Zahlenfeld. Lautlos öffnet sich das Tor. Das Auto fährt hindurch.

»Jetzt!« Keno packt meine Hand so fest, dass ich scharf einatme. Wir drängen uns aus dem Gebüsch und rennen zum Tor, dessen Flügel sich schon wieder schließen.

Dann sind wir durch.

Unsere Schuhe klatschen über den Asphalt. Geflochtene Lichterketten in den Bäumen, flirrend, ihr goldener Abglanz auf der Straße, und wir rennen und rennen durch die Schatten dazwischen.

21

Und wohin jetzt?«, frage ich, als wir in die nächste Straße einbiegen.

»Cloverhill«, sagt Keno. »Zu meiner Gruppe. Sie wohnen alle in Novamyne, aber die Basis ist Cloverhill. Sie kommen über einen Schleuser rein, der täglich Spenden rüberfährt. Zu dem gehen wir.«

Zum ersten Mal frage ich mich, ob Keno doch ein Virus ist. Ich will nicht in irgendwas reingezogen werden, ich will nur Tilda und meinem Vater helfen, aber im Augenblick bleibt mir wohl nichts anderes übrig, als ihm zu vertrauen. Und so folge ich ihm durch die nachtstillen Straßen, in denen alles so furchtbar normal erscheint. In einem Fenster brennt ein orangefarbenes Nachtlicht mit kleinen Sternen, ein Wellnessclub wirbt mit Chakra-Spinning, vor einem Gartencenter blühen weiße Christrosen, leuchtend wie Geisterblumen. Hat die Akademie unsere Flucht schon bemerkt? Die Zeit ist eine Falle und wir dürfen uns nicht von ihr fangen lassen. Am Ende einer schmalen Straße bleibt Keno vor einem Tor stehen. Ein Vorhängeschloss kettet die Torflügel aneinander.

»Eine Abkürzung.« Er legt seine Hände zu einer Räuberleiter zusammen. »Du zuerst.«

Ich setze meinen Fuß in die Mulde, fasse nach der oberen Kante des Tors und ziehe mich hoch, während Keno von unten schiebt. Vorsichtig hangele ich mich hinüber und springe auf der anderen Seite hinunter. Keno folgt mir. In der Nähe schlägt eine Kirchturmuhr. Ein Uhr morgens. Ein eisiger Wind pfeift vorbei.

Wir sind auf einem Friedhof gelandet. Kies knirscht unter unseren Schuhsohlen, als wir auf engen Wegen an den Gräbern entlanggehen. Weiße Steine markieren die Grabstätten, die leer geblieben sind. Sie wurden für diejenigen aufgestellt, die der Glanz geholt hat. Auf einem ähnlichen Friedhof wurde vor zwei Jahren mein Onkel beerdigt. Schlaganfall, auch das gibt es noch, nicht jeder stirbt durch den Glanz. Es war die einzige Beerdigung, an der ich je teilgenommen habe. Leute in farbenfroher Kleidung standen am Rand einer dunklen Grube, ich an der Hand meines Vaters, er vollgepumpt mit Fortaxan ...

Mein Vater. Tilda. Ich merke, dass ich stehen geblieben bin. Meine Lippen zittern, ich drücke eine Hand auf meinen Mund. Eine Träne läuft mir übers Gesicht, dann noch eine und noch eine. Meine Verzweiflung, meine Schuld, die Angst um Tilda – es fühlt sich an, als würde ein Wind an mir zerren und mich in lauter kleine Fetzchen reißen wollen. Im nächsten Augenblick legt Keno die Arme um mich und ich drücke mich an ihn. Keine Ahnung, wie lange ich weine, eingehüllt in den Leder- und Wollduft seiner Jacke. Es ist nicht dasselbe Weinen wie damals während der Trauerfeier. Da war es ein lautes, ausgestelltes Weinen gemeinsam mit den anderen Trauergästen, ein Weinen, von dem ich abgeschnitten war, ein Schauspiel, ein »Das muss jetzt so sein, das gehört zum Prozess«. Mit *diesem* Weinen bin ich allein. Es ist nicht in irgendeinen Prozess eingebunden, und obwohl ich viel stiller weine als damals, ist es hundert Mal so wahr.

Ich weiß, die Zeit drängt, sie drängt so sehr, aber ich kann mich nicht bewegen. Keno sagt weder »Ist gut jetzt« noch

»Können wir weiter?«. Er hält mich, bis es vorüber ist und ich weitergehen kann.

Fünf Uhr morgens. Mit tief in die Gesichter gezogenen Kapuzen halten wir uns so fern wie möglich von den knapp zwanzig Leuten, die mit uns auf dem Bahnsteig herumstehen, Nachtarbeiter auf dem Weg nach Hause, dazwischen ein kleiner Junge an der Hand seiner Mutter. Seine Turnschuhe blinken.

Warten, wenn man vor Eile brennt, gehört zu den unangenehmen Dingen im Leben; ist man auf der Flucht, wird es unerträglich. Als die S-Bahn endlich einfährt, steigen wir ins letzte Abteil.

Wellington Park. Merkur Arena. Palladium. Starlight Center. Ein Mann steigt ein, der Arkanit auf seiner Brust ist ein blasses Gold mit grauen Fäden. Zweite Zone. Er läuft an uns vorbei. Als sein Blick Keno streift und kurz hängen bleibt, erstarre ich vor Angst, aber in der nächsten Sekunde geht er schon weiter. Neben mir atmet Keno hörbar aus. Sein Oberarm zittert an meinem. Unsere Hände schieben sich ineinander.

»Es war ein Fehler«, rutscht es mir heraus.

Fragend blickt er mich von der Seite an.

»Falls sie uns erwischen, kann es für dich richtig schlimm werden.«

Er hebt die Augenbrauen, als würde es ihn überraschen, dass ich mir Gedanken um seine Zukunft mache. »Und was soll mir groß passieren?«

»Gefängnis, zum Beispiel.«

»Da gibt's dann wenigstens keine Versuche mehr.« Er senkt den Kopf, was irgendwie traurig und verloren wirkt. Und ein klein wenig schüchtern. »Wir kommen schon durch, Gemma. Wir gehen nach Cloverhill und helfen Tilda und deinem Vater.«

»Und dann?«, frage ich.

»He.« Er richtet sich wieder auf und berührt ganz zaghaft meine Schulter. »Was sind denn das für Töne?« Er lächelt zögernd. »DIP.«

Und da kann ich nicht anders, ich muss ebenfalls lächeln.

Kurz nach Sonnenaufgang treten wir in ein düsteres Treppenhaus, in dem es nach einem Putzmittel auf Zitronenbasis riecht. Der Mann, der uns im zweiten Stock erwartet, ist Mitte oder Ende fünfzig. Seine Haare, Augenbrauen und Wimpern sind so hell, dass sie fast unsichtbar wirken. Einen Moment lang sieht er verwirrt aus, dann wandern seine Augenbrauen nach oben wie helle Raupen. »Keno. Wie kommst du denn hierher?«

»Hallo, Rick. Wir brauchen Hilfe.«

Rick tritt einen Schritt beiseite. »Das glaub ich gern. Schnell, rein mit euch.«

Keine Minute später sitzen wir auf einer Holzbank in Ricks warmer Küche. Vom Frühstück ist noch Kaffee da. Er stellt Käse, Butter und Brot auf den Tisch, dazu eine Dose mit Keksen, doch Keno und ich rühren nichts an. Ängstlich lausche ich auf Schritte im Treppenhaus, Fäuste, die an die Tür hämmern, Stimmen, die unsere Namen rufen.

»Das ist Gemma.« Keno legt seine Hand über meine. »Sie hat mich rausgeholt.«

In ruhigen Worten erzählt er, dass er an der Akademie mein Versuchskaninchen war – er benutzt tatsächlich dieses Wort – und mir versprochen habe, dass die Gruppe meiner Freundin Tilda und meinem Vater hilft. Rick hört aufmerksam zu, das Kinn aufgestützt, fast ohne zu blinzeln, als würde er jedes Wort in sich aufsaugen und an einem sicheren Platz in seinem Innern verwahren. Schließlich fährt er sich mit den Händen durch sein fast unsichtbares Haar. »Ich kontaktiere die Gruppe. Wenn alles klappt, bringe ich dich heute Abend nach Cloverhill.«

Ich stelle meinen Kaffeebecher ab. »Und ich?«

»Du bist keine Grenzgängerin.«

»Gemma kommt mit«, sagt Keno bestimmt. »Ich habe ihr etwas versprochen. Und sie ist genauso in Gefahr wie ich. Sie hat ...« Er zögert kurz. »Sie hat die Gabe. Sie hat eine Fünferin zurückgeholt.«

Rick runzelt die Stirn. »Das ist unmöglich.«

»Ist es nicht«, sage ich und hebe mein Kinn. »Und seither ist meine beste Freundin auf dem Weg in den Glanz. Ich habe keine Ahnung, was das sein soll: Gabe. Die Gabe, anderen Unglück zu bringen, vielleicht. Meiner Freundin geht's jedenfalls echt schlecht. *Bitte.* Wir brauchen Hilfe.«

Kenos Stuhl knarzt, als er sich Rick entgegenbeugt. »Wenn die Akademie rauskriegt, wie der Transfer funktioniert, können sie jeden rausholen, der genug Geld hinlegt. Der Transfer funktioniert aber nur, wenn eine zweite Person beteiligt ist. Eine, die abrutscht. Und wen suchen sie dafür aus?«

Rick nimmt sich einen Keks, bricht ihn in zwei Hälften und steckt sich die kleinere in den Mund. Während er kaut, reibt er sich das Ohrläppchen. »Da fällt dem Ethikrat schon was ein.«

»Genau. Leute, die nichts haben und die man mit Geld abspeisen kann. Leute, die niemand vermisst.«

Rick schiebt die zweite Kekshälfte von sich und schaut zum Fenster, mitten in das Farbenspiel des Glanzes. Er sieht zornig aus. Und furchtbar traurig.

»Ich rede mit Brandon und Juniper. Aber sie treffen die letzte Entscheidung.«

Brandon. Juniper. Das hübsche Mädchen aus Kenos Träumen. Und wenn ich mich richtig erinnere, hat sie in einem dieser

Träume gesagt, dass auch Brandon bei der Gruppe mitmachen würde.

Ich habe keine Ahnung, ob ich diesen beiden unbekannten Menschen trauen kann. Allerdings habe ich wohl keine große Wahl.

Rick steht auf. »Das Schlafzimmer hat nur ein Oberlicht. Von draußen kann niemand reingucken. Schlaft ein bisschen, wenn ihr könnt. Und falls jemand klingelt, geht um Himmels willen nicht an die Tür.«

Das Schlafzimmer ist mit dunklem Holz getäfelt, sodass es noch beengter wirkt. Ein Schaukelstuhl, ein Bett aus schwarzem Metall, für mehr ist kein Platz. Bei dem Gedanken, dass ich mich jetzt neben Keno legen soll, verengt sich etwas in meiner Brust. Unschlüssig setze ich mich auf die Bettkante. Ich spüre, dass er mich beobachtet. Seit er mich auf dem Friedhof in die Arme genommen hat, hat sich etwas zwischen uns verschoben. Als wären wir näher aneinander herangerückt, wüssten aber nicht, wie wir damit umgehen sollen.

»Gehst du allein, wenn deine Gruppe mich nicht will?«, frage ich.

»Natürlich nicht.« Er setzt sich in den Schaukelstuhl, der ein weiches Knarzen von sich gibt. »Wir helfen Tilda und deinem Vater, das habe ich doch versprochen.«

Wenn ich ihm wirklich vertrauen will, ist es Zeit für ein paar Wahrheiten. Ich erzähle Keno, dass aus der Fünferin dasselbe schwarze Zeug herausgekommen ist wie aus ihm, nur viel, viel mehr. Dass er recht hatte und Gathea weder Tilda noch meinem Vater hilft, dafür aber mich in ein künstliches Koma versetzen will. Auch von dem Wald, der Kuppel und den Expeditionen erzähle ich ihm.

»Es muss unheimlich gewesen sein«, meint er nachdenklich. »So nah an dieser ... Kuppel.«

»Eigentlich nicht.«

Es hatte sich angefühlt, als würde ich nach Hause kommen. Doch das sage ich nicht laut.

Keno beobachtet mich so intensiv, als hätte er plötzlich etwas an mir entdeckt, das ihm zuvor nie aufgefallen ist. »Glaubst du, dass dort etwas lebt?«

Ich denke an das wortlose Flüstern. »Ja«, sage ich leise, »das glaube ich.«

Er hebt den Blick zu dem Oberlicht und dem Glanz dahinter, schaut gleich wieder weg. »Ich habe mich oft gefragt, warum es das tun sollte«, sagt er mehr wie zu sich selbst. »Dieser Zwang, den es uns auferlegt. Ich verstehe nicht, was das bringt.«

Kurz überlege ich, ihm zu beichten, dass der Glanz mir ein Leben lang geholfen hat, mich in der Ersten zu halten. Ich entscheide mich dagegen, möchte ihm aber trotzdem etwas anvertrauen – etwas, das uns beide betrifft. So erzähle ich ihm, was er während meiner Prüfung geträumt hat. Als er mich jedoch nach dem Traum in dem merkwürdigen Saal fragt, werde ich nervös.

»Ich erinnere mich an eine Bühne. Und an meinen Vater«, sagt er. »An das, was passiert ist, erinnere ich mich nicht.«

Dein Vater hat deinen Bruder auf diese Bühne geholt und uns alle möglichen Dinge darüber erzählt, was für einen großartigen Sohn er hat, doch eigentlich hat er uns erzählt, wie enttäuscht er von seinem zweiten Sohn ist. Meine Antwort wird ihm nicht gefallen. Aber ich habe keine Kraft mehr, mir irgendwelche Lügen auszudenken.

Danach schweigt er lange.

»Meine Mitschüler haben mich immer um meine tolle Familie

beneidet.« Er lächelt, doch dieses Lächeln wirkt ungeheuer müde. »Meine Eltern sind Therapeuten, die haben natürlich alles richtig gemacht. Haben mit uns die richtigen Spiele gespielt, die richtigen Lieder gesungen, haben uns die richtigen Bücher vorgelesen. Gemeinsame Mahlzeiten, Familienausflüge, offenes Haus für alle Freunde. Bei Benjamin hat auch alles super geklappt, der studiert jetzt Komplementärmedizin und ist mit der derzeitigen Miss University verlobt. Versteh mich nicht falsch, für mich war es nie ein Problem, dass ich Durchschnitt bin. Kein besonderes Talent, für nichts. Ich hatte meine zwei oder drei Freunde und hab in meiner Freizeit bei einem Nachbarn in der Holzwerkstatt ausgeholfen. Der Zweite-Zone-Sohn. Wen es gestört hat, das war mein Vater. Er schreibt Bücher darüber, dass jeder ein Sieger ist. Ein Erste-Zone-Mensch. Marten Pavel, vielleicht hast du schon von ihm gehört.«

Lebe dein Glück. Larissa hat das Buch am Tag unserer Ankunft in der Akademie gelesen. »Ich zitiere mal aus dem Vorwort.« Keno schließt die Augen, sein Gesicht verkrampft sich kurz. *»Bis auf den Tod gibt es kein Problem, das du nicht lösen kannst. Du erntest, was du säst. Und wenn du in dir den Glauben an dich selbst säst, erreichst du alles, dann kannst du all deine Träume verwirklichen.«* Er öffnet die Augen wieder. »Und wenn's nicht klappt, hast du nicht genug an dir gearbeitet, da heißt es dann, du musst mehr glauben, mehr tun, das nächste Buch meines Vaters kaufen, das nächste sauteure Seminar bei meinen Eltern buchen. Wer glücklich sein will, muss gefälligst den Hintern hochkriegen! Als Geschäftsidee funktioniert das ziemlich gut.«

Und auf einmal durchzuckt mich eine Ahnung von dem, was Keno stört. Ich fühle mich zu Tode erschöpft von all dem *Müssen,* weiß vor lauter Erschöpfung kaum noch, was ich *brauche.*

Keno seufzt. »Ich hab mich in der Ersten immer fehl am Platz gefühlt. Als würde nur ein Teil meines Gehirns funktionieren. Die Zweite war schon besser, aber dann hab ich die Dritte kennengelernt. Damals war ich vierzehn. Meine Eltern haben mich sofort in ein Sonnenhaus gesteckt, aber als ich von dort zurückgekommen bin, hab ich gewusst, dass die Dritte meine Zone ist.«

Abwesend streckt er eine Hand nach dem mitternachtsblauen Bettüberwurf aus und streicht darüber. Die silbernen Sterne, mit denen der Überwurf bestickt ist, funkeln im Halblicht.

»Und da hast du beschlossen, dass du ein Grenzgänger wirst?«, frage ich leise.

»Der Auslöser kam letztes Jahr. Mein Philolehrer wollte, dass ich ein Referat über den Deutschen Ethikrat halte. Wo doch mein Vater eine Weile in dem Laden mitgearbeitet hat. Bei der Recherche bin ich darauf gestoßen, dass es genau die Zeit war, in der sich der Rat für den Grenzgänger-Paragrafen ausgesprochen hat. Du weißt schon. Grenzgänger wandern nicht mehr in den Knast. Sie werden der Akademie zugeführt, im Sinne einer dauerhaft wirksamen Behandlung. Der Rat – und mit ihm mein Vater – hielt das für vertretbar.« Er lächelt, doch es ist ein hartes Lächeln. »Ein Mädchen aus meiner Stufe hat mich dann bei den Grenzgängern eingeschleust. Du kennst sie. Juniper.«

Das Mädchen aus seinen Träumen. Auf einmal fühle ich mich äußerst unbehaglich.

»Sie ist ein Virus«, sagt Keno, als wäre das selbstverständlich. »Sehr aktiv. Aber bevor ich richtig einsteigen konnte, haben sie mich identifiziert. Den Rest der Geschichte kennst du.«

Der Schaukelstuhl knarzt. Es ist ein friedliches Geräusch. Die schwarzen Fäden sind fast vollständig aus Kenos Arkanit verschwunden. Bald wird er in die Dritte zurückgekehrt sein. Als ich ihn darauf hinweise, wandert sein Blick zu meinem Arkanit.

»Und wie lange noch bei dir?«

Ich möchte ihm erklären, dass ich an einem Abstieg in die Dritte Zone nicht interessiert bin. Stattdessen höre ich mich fragen: »Wie ist es in der Dritten? Wie fühlt sich das an?«

Keno neigt den Kopf. Er denkt lange nach, bevor er antwortet. »Als würde das Leben plötzlich bei dir anklopfen. Und dann lässt du es rein.«

Hinter dem Oberlicht fliegt eine Krähe durch die Dämmerung. Diese wenigen Worte – sie klingen wunderschön. Ich würde gern etwas darauf erwidern, doch ich weiß nicht, was. Ich spüre nur, wie das, woran ich mein Leben lang geglaubt habe, immer stärker bröckelt. Ein Teil von mir möchte all die Splitter und Bruchstücke wieder auflesen und zusammenkitten, damit alles wieder so wird, wie es einmal war. Aber da ist auch der andere Teil in mir. Noch ist er klein. Doch er wächst mit jedem Tag. Und dieser Teil hat verstanden, dass es so niemals gewesen ist. Nicht wirklich.

»Was ist mit dir?«, fragt Keno leise. »Wie ist es mit deiner Familie?«

»Ich habe nur noch meinen Vater. Meine Mutter ist schon lange tot.« Unwillkürlich ziehe ich die Schultern hoch. »Als ich klein war, hat er mir immer dieselbe Geschichte erzählt. Er meinte, meine Mutter wäre ein Mädchen aus der Sonnenwelt weit hinter dem Glanz und dass sie uns nur besucht hat.«

Keno lächelt. »Die Geschichte passt zu deinem Namen. Erinnerst du dich an sie?«

Ich schüttele den Kopf. »Sie ist kurz nach meiner Geburt gestorben. Der Glanz. Als sie mit mir schwanger war, hat es angefangen. Dass sie abgestiegen ist, meine ich. Und ...« Meine

Sicht verschwimmt, ich streiche mir verstohlen über die Wangen, aber es ist zu spät, Keno hat es schon gesehen.

All diese Tränen. Hat das denn nie ein Ende?

Er steht auf, setzt sich neben mich und legt einen Arm um meine Schultern. Es gut tut, seine Wärme zu spüren, die Festigkeit seiner Berührung, aber gleichzeitig lässt es mich noch heftiger weinen.

»Glaubst du etwa, du bist schuld daran?«

»Ja«, schluchze ich. »Nein. Ich weiß nicht. Welchen Grund soll sie denn sonst gehabt haben?«

»Da gibt es tausend Gründe. Oder gar keinen.«

»Das sagt mein Vater auch. Er sagt, sie war ... nie wirklich glücklich und dass es nichts mit mir zu tun hatte, aber wie will er das wissen? Und jetzt Tilda. Und Daniel Levantis, das war auch wegen mir und ...«

Keno zieht mich fest an sich und ich bin ihm unendlich dankbar dafür, dass er nicht gegen meine Gefühle anredet, sondern mich einfach weinen lässt. Irgendwann lassen die Tränen nach und versiegen schließlich ganz und obwohl ich noch immer in kurzen, harten Stößen atme, fühlt es sich jetzt leichter an. Mein Kopf ist weiter an Keno gedrückt, mein Blick auf meinen Arkanit gerichtet. Immer mehr graue Fäden schweben darin. Das Komische ist, dass es mir keine Angst macht. Ich könnte durch das Oberlicht in den Glanz schauen, aber das würde nichts ändern, ich bin schon zu tief in der Zweiten, viel tiefer als damals, nachdem Daniel gesprungen war, und schon da hat der Glanz nicht mehr genügt, um mich zurückzuholen. Und ich will auch gar nicht zurück. Weil sich das hier ... richtig anfühlt. Es fühlt sich wahr an. Als würde ich nichts mehr zurückhalten.

Auch nicht meine Schuld.

Still sitzen wir in dem dämmrigen Zimmer. Es ist schön, Keno so nah zu sein, aber je mehr Zeit verstreicht, desto mehr verwirrt es mich auch. Meine Schultern verkrampfen sich und mein Herz hämmert mir regelrecht in den Ohren.

»Ich kann im Schaukelstuhl schlafen«, sagt Keno, als könnte er meine plötzliche Verlegenheit spüren.

»Nein, nein.« Hastig löse ich mich aus seinen Armen, ziehe die Beine hoch und lehne mich an das Kopfteil des Bettes. »Ist doch genug Platz für uns beide.«

Er mustert mich lange, wie um herauszufinden, was in mir vorgeht. Ich wünschte, ich wüsste es selbst. Und ich wünschte, ich wüsste, was in *ihm* vorgeht. Seine Pupillen sind so groß, dass seine lagunenblauen Augen fast schwarz wirken. Langsam streift er seine Turnschuhe ab, zögert einen Augenblick und rutscht dann auf die Seite des Bettes hinüber, die der Wand zugekehrt ist, streckt sich auf dem Rücken aus und faltet die Hände über dem Bauch. Ich tue es ihm nach.

Da liegen wir, im Dämmerlicht des Glanzes, die Gesichter nach oben gewandt, wo ein Muster aus schwach leuchtenden Sternen an der Decke klebt – Augen aus Licht, die auf uns herunterschauen. Kenos linke Hand hat seinen Bauch verlassen und liegt jetzt auf Höhe meines Kopfes, keine zehn Zentimeter von mir entfernt.

Ich fände es schön, wenn er mich berührt.

Seine Hand verschiebt sich ein Stück in meine Richtung. Ich lasse meinen Kopf nach links sinken. Ob seine Fingerspitzen mein Haar streifen? Er seufzt leise, dann liegen wir wieder still. Ich stelle mir vor, wie er eine Strähne meines Haars um seinen Finger wickelt. Seine Hand auf mich legt. Doch nichts davon geschieht.

Irgendwann wird Kenos Atem tiefer. Er ist eingeschlafen. Ich lasse meinen Kopf noch etwas mehr nach links sinken, bis ich mir sicher bin, dass ich seine Fingerspitzen spüre, ungefähr dort, wo mein Ohr ist. Er liegt auf der Seite, die Wange flach auf dem Bett. Sein Mund ist mir ganz nah, seine Lippen leicht geöffnet. Wenn er einatmet, weitet sich sein Mund ein wenig, und beim Ausatmen wölben sich seine Lippen, sodass es fast aussieht, als lächele er.

22

Als ich aufwache, liege ich an Keno geschmiegt. Meine Wange drückt sich gegen seine Rippen, sodass ich sein Herz hören und zugleich seinen Arkanit sehen kann. Grauer Nebel. Er ist in die Dritte Zone zurückgekehrt. Vorsichtig rücke ich ein Stück von ihm ab, ganz verlegen bei dem Gedanken, er könnte merken, dass ich mich im Schlaf an ihn gekuschelt habe.

Dann wird mir klar, dass mich ein Geräusch geweckt hat. Ich fahre hoch.

Jemand klopft an die Tür des Schlafzimmers.

Scheiße.

»Keno«, hauche ich und berühre seine Schulter. Er ist sofort wach und schon halb auf den Beinen, als hinter der Tür eine Stimme ertönt.

»Keno? Gemma?«

Vor Erleichterung sinken wir zurück auf das Bett. Rick steckt den Kopf ins Zimmer. Seine von der Kälte geröteten Wangen leuchten. »Wir fahren.«

Wir.

Während wir in unsere Jacken schlüpfen, erteilt uns Rick ein paar letzte Anweisungen: kein Mucks, solange wir im Laderaum sitzen. Kein Piep, sollte jemand den Laderaum öffnen. Kein Garnichts, falls irgendwer mit einer Taschenlampe darin herumleuchtet. Dann winkt er uns ins Treppenhaus und die Stufen hinunter, weiter, in den Keller. Dort öffnet er eine Feuerschutztür. Dahinter steht ein Lieferwagen. Mit Gurten gesicherte Kisten voller Brot und Grünzeug stapeln sich bis unter die Decke. Keno und ich klettern in den Laderaum und kriechen hinter die Kisten, zur Sicherheit breitet Rick noch ein paar alte Leinensäcke über uns aus. Es ist dunkel und staubig und ich habe das schreckliche Gefühl, dass mir der Niesanfall meines Lebens bevorsteht. Die Heckklappe schließt sich. Der Motor springt an. Es ruckelt und rumpelt, unwillkürlich strecke ich eine Hand nach Keno aus und halte mich an ihm fest. Er legt einen Arm um mich.

»Auf nach Cloverhill«, flüstert er.

Ich habe keine Ahnung, wie lange wir schon unterwegs sind, doch mit jeder Minute werden meine Sorgen größer.

»Und wenn Gathea dort auf uns wartet?«, frage ich leise, ohne zu Keno hinüberzuschauen. In der Dunkelheit unter dem Leinensack würde ich ihn sowieso nicht erkennen.

»Tut sie nicht«, antwortet er. »Unser Versteck ist praktisch unauffindbar.«

Was vermutlich übertrieben sein dürfte, doch die gute Absicht dahinter rührt mich. Und seine Worte beruhigen mich.

Ein wenig.

Das Gute ist, dass ich mit jedem Kilometer, den wir zurücklegen, meinem Vater näher komme. Das Schlimme ist, dass ich mich mit jedem Kilometer weiter von Tilda entferne. Auch der Gedanke, mich womöglich mit den Viren einzulassen, macht mir Angst. Ich will Tilda und meinem Vater helfen, sonst nichts. Dann fällt mir etwas ein, das meine Stimmung noch tiefer in den Keller gehen lässt. Bestimmt haben sie mein Appartement längst auf den Kopf gestellt und die Schubladen meines Schreibtischs durchwühlt. In der obersten liegt mein Tagebuch. Verzweifelt versuche ich, mich an den Inhalt zu erinnern. Habe ich einen Hinweis hineingeschrieben, der Keno und mir gefährlich werden könnte? Was wird Larissa über mich berichten – habe ich ihr irgendetwas Verfängliches erzählt? Ich sehe ihr freundliches Gesicht, ihren Herzchenmund, das Glücksbuch von Kenos Vater auf ihren Knien. Wird sie gerade jetzt verhört?

Und immer wieder Tilda. Ihr Kopf, der zur Seite sackt. Die drei Sommersprossen auf ihrer Nase springen aus ihrem blassen Gesicht hervor wie Blutströpfchen. Tilda, im Forschungszentrum in einem weiß bezogenen Bett. In der Vierten. Allein. Weil ich die negative Energie auf sie übertragen habe. Ich habe es nicht gewollt, aber *Ich habe es nicht gewollt* nützt Tilda gar nichts. Nach allem, was ich über die Akademie weiß, hätte ich sie mitnehmen müssen.

Wir halten. Der Motor wird abgestellt. Ich höre einen Mann sprechen, dann eine Frau. Rick antwortet kurz. Ist das der Grenzposten von Cloverhill? Legt er gerade den Schutzanzug an, wie Frau Winter und ich damals, als wir nach Cloverhill hineinfuhren?

Der Transporter fährt wieder an. Diesmal dauert es ewig, ehe wir erneut halten. Die Hecktür wird aufgezogen, dann höre ich Ricks Stimme: »Kommt raus.«

Mit steifen Gliedern klettern wir aus dem Wagen. Draußen herrscht das übliche Zwielicht. In der Ferne rauscht Verkehr, aber hier, auf dem Asphaltplatz mit den tiefen Rissen, gibt es kein Geräusch bis auf den Wind.

Rick öffnet den Nackenverschluss seines Schutzanzugs, streift das Kopfteil ab und deutet in die Dämmerung. »Geht an der Straße entlang, die führt euch zum Einkaufszentrum. Du kennst dich dort aus?«, wendet er sich an Keno.

Er nickt.

»Sie suchen euch noch nicht offiziell. Keine Meldungen. Die

Akademie will euer Verschwinden wohl erst mal unter der Decke halten. Aber suchen werden sie euch.« Dann, völlig unerwartet, umarmt er uns. »Viel Glück.« Er lächelt traurig. »Ganz ehrlich.«

Wenige Sekunden später sind die Rücklichter seines Transporters in der Dämmerung verschwunden.

Wie lange sind wir schon unterwegs? Ich habe keine Ahnung, wie spät es ist. Keno meint, gegen Mitternacht. Es ist offensichtlich, dass in diesem Teil von Cloverhill niemand mehr wohnt. Verfallene Gebäude reihen sich aneinander, aus geborstenen Dächern ragen Bäume, eingeschlagene Scheiben, einzelne Zacken aus Glas. Der Wind kann durch die leeren Fensterhöhlen hinein und bewegt die vergessenen Gardinen.

Auf einer vierspurigen Brücke überqueren wir einen Fluss. Keno deutet zum Wasser. »Die Westerau. Früher sollen sich die Kanus hier am Wochenende nur so gestaut haben.«

Als ich mich über das Geländer beuge und hinunterschaue, sehe ich eine Hecke und die Überreste abgeblühter Rosen. Dann bemerke ich den Mann, der unter der Brücke hervorkriecht, und in Kreisen um die Hecke läuft. Erst denke ich, dass er betrunken ist. Doch er ist nicht betrunken.

Um ihn herum leuchtet die Aura.

Ich unterdrücke einen Schrei. Der Mann torkelt im Zickzack über den Weg und fuchtelt mit den Armen, als versuchte er, ein Insekt abzuwehren. Ich muss daran denken, wie unterschiedlich Menschen auf die Fünfte reagieren. Manche tun nichts mehr und liegen einfach da, andere entwickeln eine geradezu manische Energie und jagen wie getrieben durch ihre letzten zweiundsiebzig Stunden, ohne Nahrung, ohne Schlaf.

Plötzlich knicken die Beine des Mannes weg. Mit einem

hohen Schrei fällt er zu Boden, schlägt die Hände vors Gesicht und beginnt zu schluchzen. Neben mir atmet Keno scharf ein.

»Wir müssen ihm helfen«, flüstere ich.

»Das kannst du nicht. Er ist in der Fünften.«

»Aber …«

Ich will ihm sagen, dass ich einer Fünferin geholfen habe, doch erstens habe ich keine Ahnung, wie ich das hingekriegt habe, und zweitens bräuchte ich einen Modulator. Und Medikamente.

Langsam nimmt der Mann die Hände vom Gesicht. Sein Schluchzen hallt noch einige Augenblicke in der Luft wider, dann wird er still. Mit ihrer tödlichen Kraft macht sich die Aura ans Werk, nimmt den Mann und seine negative Energie in sich auf, sodass er immer schemenhafter wird. Verblasst. Verschwindet. Die Aura zieht sich zu einer Kugel zusammen, zittert kurz in der Dämmerung, schießt nach oben und verschmilzt mit dem Glanz.

Unfähig, mich zu rühren, umklammere ich das Geländer, schaue in die Leere, die der Mann zurückgelassen hat, und kann nicht glauben, dass dies gerade eben wirklich passiert ist.

»Gemma?« Kenos Miene ist steinhart. »Kannst du weiter?«

»Ich … ja.«

Mit abgewandtem Gesicht gehe ich neben ihm her. Er soll nicht sehen, dass ich meine Finger auf meinen Mund drücken muss, damit ich nicht schon wieder losheule. Ich versuche, mir vorzustellen, dass ich auf einer herbstlichen Nachtwanderung bin, aber es funktioniert nicht. Stattdessen kommt es mir vor, als grübe ich mich durch einen Tunnel, der immer enger wird, während er langsam mit Wasser vollläuft.

»Gemma?«

Als Keno leise meinen Namen sagt, merke ich, dass ich stehen geblieben bin und mich an einem Laternenpfahl abstütze. Er kommt zu mir und sieht mich auf diese bestimmte Art an, die mir schon häufig bei ihm aufgefallen ist: als wüsste er genau, was gerade in mir vorgeht. Als hätte er all diese Gefühle, die nun über mich hereinbrechen, schon einmal selbst durchlebt.

Ich wusste nicht, wie es sein würde. Ich hatte keine Ahnung, wie sehr einen die eigenen Gefühle packen und durchschütteln, wie sie einen aufwühlen und quälen können.

»Der Mann«, wimmere ich. Keno legt die Arme um mich, drückt meinen Kopf gegen seine Schulter und hält mich fest. »Es ist nicht fair«, schluchze ich in seine Jacke. »Es ist einfach nicht fair.«

Er sagt nicht *Aber alles hat seinen Sinn* oder *Mit Tilda und deinem Vater, das wird schon wieder.* Er drückt mich nur an sich und streicht über mein Haar und ich weine an seiner Schulter, wie ich auf dem Friedhof und in Ricks Schlafzimmer geweint habe: bis keine Tränen mehr übrig sind.

Es ist ein Freizeitpark, doch hier hat sich wohl seit Jahren kein Karussell mehr gedreht. Vorsichtig nähern wir uns dem Torbogen, der auf das Gelände führt. Er ist aus riesigen Buchstaben zusammengesetzt. Die Hälfte davon ist weggebrochen.

SONN T A K

»Willkommen«, sagt Keno und tritt unter dem Torbogen hindurch, »im Sonnentorpark.«

Wir gehen an einem kleinen Riesenrad vorbei. Der Wind zischelt um das Speichengewirr, Gondeln, deren Farbe abgeplatzt ist, schaukeln vor und zurück. Eine umgekippte Schiffschaukel steht voller Brackwasser, dahinter ein Wirrwarr aus Kabeln und Rohren. Werbetafeln, zur Unleserlichkeit verblasst.

»Stell dir das vor achtzig Jahren im Sommer vor«, sagt Keno. »Überall riecht es nach gebrannten Mandeln und Pommes,

Kinder lachen und flitzen umher oder quengeln herum, weil sie noch eine Runde Karussell fahren wollen, da drüben kannst du auf Ponys reiten, und dazu diese spezielle Jahrmarktmusik, die einen schon nach kurzer Zeit in den Wahnsinn treibt ...« Er dreht sich zu mir. »He. Hast du denn gar keine Fantasie?«

»Gerade fantasiere ich mir einen Ritter auf einem weißen Ross herbei, der mich von hier wegbringt«, versuche ich zu scherzen.

Keno lächelt. Das Schöne ist, dass es fast gar nicht angestrengt wirkt. »Ein Urgroßonkel von mir hatte hier ein Zelt mit Troddeln und allem möglichen Klimperkram. Hat die Leute in einen Plüschsessel gesetzt und mit den tausend Düften des Orients eingenebelt und ihnen erzählt, dass ein Mann mit blauen Augen auf sie wartet, wenn die Leute Frauen waren. Die Männer wollten eher was in Richtung *In drei Jahren sind Sie Milliardär und müssen nicht mal dafür arbeiten* hören.«

Ich weiß schon, warum er mir das erzählt. Er will mich von meiner Angst ablenken. Als er mich um einen Schutthaufen herumführt, steckt plötzlich eine vermummte Gestalt den Kopf hervor und ich springe erschrocken zurück. Jemand von der Akademie. Ganz bestimmt.

Aber die Gestalt – eine in Decken gehüllte Frau – schaut nur misstrauisch zu uns herüber und verschwindet gleich wieder.

»Der Sonnentorpark ist ein Sammelpunkt für die Leute, die lieber auf ihre Wohnung verzichten«, sagt Keno gelassen.

»Du meinst Obdachlose?«

»Sie haben ein Obdach. Nur wollen sie es nicht. Die Sozialarbeiter lassen sie in Ruhe, die kommen praktisch nie in den Park. Für die Viren ist diese Gegend das optimale Versteck.«

Als wir an dem Schutthaufen vorbeigehen, bemerke ich noch jede Menge andere Gestalten, die dort in den Abfällen hausen.

»Wie kann man denn so leben wollen«, murmele ich.

Keno wirft mir einen schrägen Blick zu. »Vielleicht möchten sie wenigstens selbst entscheiden, wo sie wohnen, wenn sie schon sonst nichts mehr entscheiden dürfen.«

Eine junge Frau steht über den Motor eines Autos gebeugt, um ihre Füße liegen Werkzeuge verstreut. Ein in eine geblümte Jacke gemummelter Greis beaufsichtigt ein Kotelett, das auf einem Gartengrill brutzelt. An der Tür eines rosafarbenen Wohnwagens lehnt ein Mann, breit wie ein Stier. Der goldene Arkanit auf seiner Brust flackert so heftig, wie ich es noch nie gesehen habe.

Als wir ein paar Meter weitergelaufen sind, fasse ich an Kenos Arm. »Was war denn mit seinem Arkanit los?«

Er zuckt die Schultern. »Drogen. Damit kannst du dich ziemlich gut in eine höhere Zone pushen. Kurzfristig.«

Davon habe ich natürlich schon gehört. Das Problem ist der Absturz. Wenn du Pech hast, rauschst du glatt bis in die Vierte oder Fünfte durch.

Wir umrunden einen gemauerten Teich. Die Statue in der Mitte hat wohl in früheren Zeiten einen Wasserstrahl in das Becken gespuckt; heute steckt in ihrem Mund ein Zigarettenstummel.

Das Gebäude, das wir jetzt ansteuern, ist groß wie eine Bahnhofshalle. Grünliche Mauern, die Fenster mit Eisenplatten zugeschweißt.

»Das Einkaufzentrum?«, frage ich.

»Das Einkaufzentrum.« Keno nimmt meine Hand und zieht mich durch das klaffende Loch, das einmal der Eingang war. Drinnen geben zwei oder drei Öllampen Licht oder was immer da für Leuchten auf dem Boden stehen.

Verblasste Malereien bedecken die Wände: altertümliche

Comicfiguren mit riesigen Augen, ich glaube, sie kommen ursprünglich aus Japan. Mangos oder so ähnlich.

Keno schiebt mich in einen Gang und schaltet die Taschenlampe ein, die Rick ihm zugesteckt hat. Links liegt eine leere Riesenhöhle – ein Geschäft, in dem es längst nichts mehr zu kaufen gibt.

»Früher war es ein Supermarkt für Unterhaltungselektronik«, sagt Keno, der meinen Blick bemerkt. »Diese Phones und wie das alles hieß, das funktionierte damals ja noch. Funknetze, Satelliten, Flugzeuge ...«

Weitere Geschäfte folgen. In eines davon zieht mich Keno hinein. Wir gehen an Schutthaufen und einer halbhohen Wand vorbei, die wohl mal ein Verkaufstresen aus schwarzem Marmor war. »Hier gab's mal richtig teure Klamotten.« Keno schiebt mit einem Fuß einen Marmorbrocken beiseite. »Fußgeklöppelte Filzblusen, Jacken aus biogetrockneter Distelwolle und solche Sachen.«

Ich muss lachen, obwohl mir eher zum Heulen zumute ist. Öko, Bio, auch das sind Geschichten von früher. Wenn der Glanz überhaupt etwas Gutes bewirkt hat, dann dies: Die Natur hat sich erholt, unserem Planeten geht es weit besser als noch vor hundert Jahren. Die Menschen mögen leiden; für die Pflanzen- und Tierwelt hat sich der Glanz als Segen entpuppt.

Kenos Hände tasten über den staubigen Dielenboden. Behutsam schiebt er seine Finger in zwei Astlöcher und zieht eine Luke, die gerade noch unsichtbar war, nach oben. Mit der Taschenlampe leuchtet er in die Öffnung darunter, greift hinein und schaltet ein Licht an.

»Da hinunter?«, frage ich unbehaglich.

»Das schaffst du schon.« Mit einer halb ermutigenden, halb ungeduldigen Geste winkt er mich heran.

Stufe um Stufe steige ich in die hinter der Luke verborgene Welt hinab. Auf halber Höhe wird mir schwindelig, sodass ich stehen bleiben und mich am Geländer festhalten muss. Keno umfasst von hinten meinen Arm. »Bist du okay?«

»Ist schon gut«, quetsche ich hervor und taste mich langsam weiter. Endlich erreichen wir das Ende der Treppe und biegen in einen spärlich erleuchteten Gang ein. Hier unten atmet sich die Luft wie Mehl.

»Da vorn«, sagt Keno. »Da ist es.«

Das Türblatt ist über und über mit Graffiti besprüht, die Buchstaben sind mal zackig wie Blitze, mal spiralig wie Tornados.

Gott lebt. Aber er konnte keinen Sitzplatz finden.

Versuch's mal mit einer anderen Wirklichkeit.

Das Glück jagt uns, aber wir sind schneller.

Keno klingelt dreimal. Pause. Einmal. Pause. Dreimal.

Ein Guckloch öffnet sich. Dahinter glitzert ein Auge. Das Guckloch schließt sich und die Tür geht auf.

Vor uns steht ein hochgewachsener Typ, vielleicht achtzehn oder neunzehn Jahre alt. Er hat weiches braunes Haar und ein kantiges Kinn. Auf der Nase trägt er eine schwarze Hornbrille. Sein Blick ist ernst. Er strahlt eine so starke Präsenz aus, dass ich sofort zusammenschrumpfe. Mich klein fühle.

»Hey«, sagt er. »Da seid ihr ja.«

»Hallo, Brandon«, sagt Keno.

Brandon umarmt ihn und streckt mir eine Hand entgegen. »Schön, dich kennenzulernen, Gemma. Wir warten schon auf dich.«

23

Korallenrote Tapeten lösen sich in Fetzen von den Wänden. Ein zerschlissener Bühnenvorhang von gleicher Farbe, ein roter Teppich mit Brandlöchern und Schmutzflecken.

»Früher war die Koralle mal ein Kino«, sagt Brandon.

Es ist derselbe Saal, von dem Keno geträumt hat. Hier hat sein Vater seinen Vortrag gehalten, hier ist der Ort, den sein Unterbewusstsein schützen wollte und den es darum hinter Nebeln verbarg.

Um einen zerkerbten Holztisch gruppiert sich ein Sammelsurium aus Sesseln und Stühlen, von denen keiner aussieht wie der andere. Als hätte jeder Mensch, der einmal an diesem Tisch Platz genommen hat, seinen eigenen Stuhl mitgebracht und ihn dann hier zurückgelassen.

Ein junges Mädchen erhebt sich. Obwohl ich ihr im wirklichen Leben nie begegnet bin, erkenne ich sie sofort aus Kenos Träumen. Juniper. Ihr offenes Gesicht gefällt mir auf Anhieb, trotzdem spüre ich eine leise Angst. Wie weit kann ich Brandon und ihr trauen?

Lächelnd kommt sie auf uns zu. Im schummrigen Licht des riesigen Raums leuchten ihre Augen in einem fast unwirklichen Grün. Ihr Haar glänzt wie eine polierte Haselnuss. Sie umarmt Keno, dann streckt sie mir feierlich eine Hand entgegen und zieht auch mich kurz in ihre Arme. Ich rieche einen schwachen Duft von Orangen. »Hey, Gemma. Ich bin Juniper. Willkommen in Gruppe 17.« Sie fasst mich am Ellenbogen und dirigiert mich zu dem Stuhl neben ihrem. Brandon setzt sich an meine andere Seite. Keno nimmt neben Juniper Platz, was mir einen kleinen Stich versetzt. Seit Stunden ist er kaum von meiner Seite gewichen, jetzt komme ich mir plötzlich schutzlos vor.

»Wie wär's mit einem Vier-Uhr-morgens-wir-müssen-noch-ein-paar-Stunden-durchhalten-Kaffee?«, fragt Juniper. »Oder lieber Tee?«

»Tee wäre schön«, sage ich.

»Kluge Wahl.« Sie lacht. »Brandons Kaffee schmeckt, als hätte er ihn aus dem Abfluss hochgepumpt.«

»Und dein Tee riecht wie etwas, das bei deinen Experimenten übrig geblieben ist«, gibt Brandon liebenswürdig zurück. Denn Juniper, so klärt er mich auf und verhaspelt sich dabei beinahe vor Begeisterung, hat in einem Nebenraum der Koralle ein Labor eingerichtet und stellt dort nicht nur Silver Ice her, die Droge, mit der man den Arkanit in der Zweiten Zone einfriert, sie hat auch ein Präparat entwickelt, mit dem sich die Schutzanzüge energetisch wieder aufladen lassen, sodass man sie mehrfach verwenden kann.

»Unser kleines Genie.« Er wirft ihr eine Kusshand zu, die Juniper mit einer Grimasse quittiert.

Während sie Tee und Kaffee einschenkt, schaue ich mich zum ersten Mal genauer in dem düsteren Riesenraum um – und stutze, als mir die aus Sperrholz, Gitterdraht und Stoffbahnen zusammengezimmerten Verschläge auffallen.

»Das ist gemütlicher, wenn man hier übernachtet«, erklärt Juniper mir gut gelaunt. »Privatsphäre und so. Eigentlich wohnen wir in Novamyne, aber damit Rick uns nicht ständig rein- und rausschleusen muss, schlafen wir auch mal in der Koralle.«

»Wie viele seid ihr denn eigentlich?«, frage ich und erwarte, dass sie jetzt »Siebzehn« antwortet. Gruppe 17, irgendwie naheliegend, oder? Doch ich irre mich.

»Nur Brandon und ich. Wir waren mal zu dritt, aber Daniel …« Nun gerät sie doch ins Stocken. »Er hat an der Akademie gearbeitet. Daniel Levantis, kanntest du ihn?«

Fast verschütte ich meinen Tee, doch ehe ich etwas erwidern kann, fährt sie schon fort: »Er war der Erste, den wir mit Golden Ice reingeschickt haben. Sie haben ihn identifiziert.« Für einen Moment erlischt das Leuchten in ihren Augen. »Er hat sich das Leben genommen. Wollte lieber tot sein, als dass andere ihm seine Gefühle diktieren.«

Ich schlinge die Finger um meine Tasse und weiß auf einmal nicht mehr, wie ich weiteratmen soll.

»An der Akademie gibt es Hunderte von Mitarbeitern«, sagt Keno. »Es ist ziemlich unwahrscheinlich, dass Gemma und Daniel sich dort begegnet sind.«

Erstaunt blicke ich zu Keno hinüber, will ihm schon widersprechen und Juniper und Brandon die Wahrheit erzählen – doch dann würden sie mich sofort rausschmeißen. Was ich sogar verstehen könnte. Und wenn sie mich rausschmeißen, ist Tilda verloren. Genau wie mein Vater.

Also schweige ich. Und dieses Schweigen dehnt sich aus. Eine halbe Minute ist länger als eine Stunde. Schließlich nickt Juniper. »Hätte ja sein können. Jedenfalls, nachdem das mit Daniel passiert war, haben wir Golden Ice buchstäblich erst mal auf Eis gelegt. Aber unsere Arbeit geht weiter.« Ihre blassen Wangen beginnen ganz zart zu glühen, sie sieht wirklich wunderschön aus. »Daniel hätte das auch so gewollt. Wir kämpfen dafür, dass die Dritte Zone endlich legalisiert wird.«

»Und die Vierte«, sagt Keno leise.

Brandon stöhnt auf und verschränkt die Arme vor der Brust.

»Keno? Wir haben das hundert Mal diskutiert. Unsere Antwort lautet nach wie vor: Nein.«

»Ich war drin.«

Und bist erst gestern Abend von dort zurückgekehrt. Doch das sage ich nicht laut.

Junipers Augen werden rund wie Kinderaugen. »Und?«

»Es hat sich überwiegend schlecht angefühlt.«

»Da hast du's.« Brandon lehnt sich in seinem Stuhl zurück. »Findest du es gesund, dich überwiegend schlecht zu fühlen?«

»Nein. Aber es war das, was ich gefühlt habe. Könnte sein, dass es auch nicht gesund ist, sich ausschließlich gut zu fühlen.« Kenos Augenbrauen ziehen sich zusammen. »Ich bin noch immer dafür, dass auch die Vierte legalisiert wird. Und Modulationen finde ich nur legitim, wenn jemand kurz vor der Fünften steht.«

Überrascht schaue ich von einem zum anderen. Die ganze Zeit bin ich davon ausgegangen, dass alle Viren die Vierte Zone in Ordnung finden, doch offenbar bildet Keno da die große Ausnahme.

»Solange du bei uns mitmachst, bleibst du von der Vierten weg«, sagt Brandon. »Egal, wie *gesund* du sie findest.«

»Da hab ich ja Glück, dass ich rechtzeitig in die Dritte zurückgekehrt bin«, entgegnet Keno kühl.

Juniper lächelt ihm besänftigend zu. »Wir sind einfach froh, dass du da raus bist und ihr jetzt hier seid. Hey, darauf müssen wir eigentlich anstoßen. Brandon, hast du noch was von dem ...«

»Nein«, sage ich und schlucke, als sich alle Blicke schlagartig auf mich richten. Entschlossen straffe ich die Schultern und beuge mich vor. »Keno hat versprochen, dass ihr mir helft.«

Und dann schweigen erst einmal alle und hören mir aufmerksam zu, während ich ihnen von Tilda, meinem Vater und dem erzähle, was nun geschehen muss. Punkt eins: Tilda retten. Das ist das Wichtigste, denn für die Akademie ist sie jetzt ein Mensch zweiter Klasse. Gathea wird einen Teufel tun und ihr helfen, im Gegenteil, wahrscheinlich plant sie schon die ersten Tests mit ihr. Punkt zwei: die Rettung meines Vaters.

»Deine Freundin liegt also im Forschungszentrum.« Brandon reibt sich die Stirn. »Wird schwierig, sie da rauszuholen. Keine Sorge, das kriegen wir schon hin«, fügt er rasch hinzu, als er meinen Blick bemerkt. »Und dein Vater – wie heißt die Straße gleich, in der er wohnt?«

»Jasmin Boulevard.«

Juniper legt mir eine Hand auf die Schulter. »Hör zu, Gemma. Die Presse gibt gerade die ersten Meldungen raus. *Studentin der Akademie entpuppt sich als Fluchthelferin.* Hier bist du fürs Erste sicher, aber den Jasmin Boulevard überwachen sie jetzt garantiert. Die rechnen natürlich damit, dass du früher oder später bei deinem Vater aufkreuzt.«

»Wir schmuggeln ihn schon irgendwie her.« Brandon gießt sich frischen Kaffee nach. »Wir müssen das nur organisieren.«

Ich merke, dass ich auf meinem Daumennagel kaue, und nehme den Finger aus dem Mund. »Wann?«

Er streut drei Löffel Zucker in seinen Kaffee. »Ein, zwei Wochen, bis sich die Lage entspannt und …«

»Nein!« Beinahe schreie ich ihnen das Wort entgegen. »Er braucht *jetzt* Hilfe! Und Tilda auch. Wir müssen sie sofort herbringen, beide.«

»Und wie stellst du dir das vor?«, fragt Juniper sanft. »Da draußen wimmelt es von Polizei.«

Hilfe suchend blicke ich zu Keno, doch der schaut abwesend zu dem Sofa mit dem verschlissenen Rosenmuster hinüber, das in einer Ecke der Koralle steht. Mich erschreckt, wie müde und abgekämpft er aussieht. Trotzdem – wir dürfen jetzt nicht nachlassen!

»Wir kümmern uns um deine Freundin, Gemma. Und um deinen Dad auch. Versprochen.« Brandon stellt seinen Becher energisch auf den Tisch. »Darum ist das mit deiner Gabe ja so wichtig. Rick hat uns davon erzählt. Du musst lernen, wie du sie kontrollieren kannst. Das ist das Allerwichtigste. Wenn du das draufhast, kannst du deine Leute retten, sollte es hart auf hart kommen.«

»Es *ist* schon hart auf hart«, fahre ich ihn an, ehe mir klar wird, was er da gesagt hat. Wenn ich erst weiß, wie dieses Was-auch-immer – Energieraub, Gabe oder wie sonst sie es nennen wollen – funktioniert, kann ich Tilda und meinen Vater vielleicht wieder in eine höhere Zone bringen.

»Okay. Bringt es mir bei«, sage ich. »So schnell wie möglich. Bitte.«

»Super.« Brandon lächelt mich an und trinkt einen Schluck von seinem Zuckerkaffee. »Lass uns mit Finn Haskell anfangen. Schon mal gehört, den Namen?«

Ich nicke.

»Finn konnte zwei ziemlich coole Sachen«, sagt Juniper. »Ich hab zwar noch nicht rausgekriegt, wie sie miteinander zusammenhängen, aber ...«

»Unser Genie sieht nämlich immer und überall Zusammenhänge«, witzelt Brandon.

»Aus dir tutet der blanke Neid«, gibt Juniper entspannt zurück und wendet sich wieder mir zu. »Es fühlt sich gut an, wenn du in den Glanz schaust, oder?«

Meine Hände beginnen zu zittern. Woher, zur Hölle, kennt sie mein Geheimnis?

»Du hältst dich in der Ersten, weil der Glanz dir dabei hilft«, fährt sie unerbittlich fort.

Langsam dreht sich Keno zu mir hin, so ruhig, als habe er die ganze Zeit gewusst, was mit mir los ist und wen er da zu seiner Gruppe bringt.

Ich spüre, wie meine Wangen heiß und rot werden. Ich will nicht darüber reden, ich kenne Brandon und Juniper ja kaum.

»Es ist, als würdest du nach Hause kommen.« Juniper lehnt sich in ihrem Stuhl zurück. »So hat Finn Haskell das jedenfalls in seinem Tagebuch formuliert.«

»Er hat …« Meine Stimme bricht, ich muss neu ansetzen: »Er hat es auch getan?«

»Jap.« Brandon seufzt. »War praktisch süchtig nach dem Glanz.«

Mir ist schwindelig. Ich weiß nicht, wohin ich gucken soll. Über uns hängt etwas Staubiges. Könnte ein Fischernetz sein. Drei orangefarbene Plastikfische und ein Hai mit löchrigem Gebiss glotzen auf uns herunter.

»Als ich an der Akademie angefangen habe, war Finn schon tot, aber ich hab trotzdem eine Menge über ihn rausgefunden.« Als Brandon mein Gesicht sieht, zuckt er mit den Schultern. »Ja, ich hab auch mal in dem Laden mitgemacht. Und in der Zeit bin ich dahintergekommen, dass Finn mit negativen Energien spielen konnte.«

Spielen. So kann man es auch nennen.

»Die Akademie dachte, sie hätten eine neue Krankheit entdeckt. Für die war Finn ein Freak, ein Psycho. Das ist wohl auch ein Grund, aus dem er ein paar Geheimnisse für sich behalten hat. Die hat er nur seinen Tagebüchern anvertraut. Und die«, Brandon verschränkt die Hände hinter dem Kopf, »sind zufällig mir in die Finger geraten. Hab damals Spenden für

Cloverhill gesammelt. Finns Vater wollte nach dem Tod seines Sohnes alles weggeben, das machen viele so, es hilft beim Loslassen. Als Spende waren die Tagebücher natürlich unbrauchbar, mitgenommen hab ich sie trotzdem.« Er nimmt die Arme wieder herunter, schüttelt den Kopf und lächelt traurig vor sich hin. »Drei Kilometer lange Sätze, war beim Lesen echt anstrengend. Aber ich hab mich durchgebissen – und bin auf ein, zwei Infos gestoßen, von denen die Akademie nie erfahren hat. Hochinteressante Dinge.« Er schiebt auf der Tischplatte ein paar Zuckerkrümel zusammen und stippt sie mit dem Zeigefinger auf. »Finn hat jeden Trip in das Unterbewusstsein seiner Testpersonen akribisch notiert. Schwarze Energie, rein in die Brust, raus aus der Brust, sagt dir das was?«

Mein Mund fühlt sich pelzig an. Der Schwindel nimmt zu.

»Ja«, flüstere ich.

Aufmunternd nickt er mir zu. »Superwoman bist du nicht, keine Sorge. Bestimmt gibt's noch mehr Leute wie Finn und dich. Und die haben alle keine Ahnung, was sie draufhaben. Ihr hättet auch nie was davon mitbekommen, wenn ihr nicht an der Akademie gelandet wäret.«

»Aber was haben wir denn ... drauf?«

»Den Transfer.«

Aha, denke ich und verstehe nichts.

Brandon lehnt sich vor, seine Augen glitzern. »Es ist so: Die Modulation verändert die negative Energie eines Menschen in Richtung positiv. Beim Transfer dagegen schiebst du die negative Energie zu einem anderen Menschen rüber.« Er reibt sich die Hände. »Bei der Modulation hältst du das negative Zeug von dir weg, bleibst brav auf Abstand und schön in Sicherheit. Der Transfer dagegen, das ist der volle Kontakt mit den negativen Gefühlen. *Schwarze Energie,* so hat Finn das in seinen Tagebüchern genannt. Diese Energie lässt du an dich ran und in dich rein – und schiebst sie dann zu jemand anderem rüber.«

Ich soll das schwarze Zeug in mich *reinlassen? Absichtlich?* Ich spüre, wie mein Gesicht kalt wird.

»Alles in Ordnung mit dir?«, fragt Keno ruhig.

»Geht schon«, murmele ich.

Brandon klopft mit den Fingern einen flotten Trommelwirbel auf den Tisch. »Was wir brauchen, ist genug negativer Scheiß, an den du andocken kannst. Darum werden wir den ersten Traum, in den du reingehst, in Richtung Albtraum modifizieren. So was kennst du ja von der Akademie.«

Auf der Zunge schmecke ich den süßen Aprikosengeschmack der Gruselpille, die ich an meinem ersten Tag in der Akademie schlucken musste und die mich schnurstracks in den Albtraum mit meinem Vater hineingeführt hat.

»Wenn du dann in dem Albtraum drin bist, musst du die negativen Gefühle des Träumers richtig intensiv mitfühlen. Klar? Nur so kann deine Gabe wirken. Du hast nämlich eine Art Magnet für negative Energien in dir drin. Und der kann diese ganze schwarze Kraft zu dir rüber- und in dich reinziehen.«

»Ein Magnet?« Ich höre selbst, wie ängstlich meine Stimme klingt.

Brandon schiebt seine Brille mit dem Zeigefinger hoch. »Könnte ein mutiertes Gen sein. Eine hypersensible Region in deinem Gehirn. Irgendwas. Spielt keine Rolle.«

»Wenn ich mal kurz eingreifen darf?« Juniper hat eine warme Stimme, dunkel und beruhigend, doch was sie jetzt sagt, beruhigt mich keineswegs. »Deine Vorliebe für den Glanz und dieser Magnetismus hängen vermutlich zusammen. Auch wenn ich weiß, dass meine Ansichten hier wenig populär sind, würde ich gern ein paar Tests mit dir durchführen, bevor wir den ersten Transfer ...«

»Darüber haben wir doch schon gesprochen, Juni«, unterbricht Brandon ungeduldig. »Wer forschen will, geht an die Akademie. Bei uns ist Praxis.«

»Keine Tests«, sage ich rau.

Brandon legt kurz einen Arm um meine Schultern. Mir wäre es lieber, er würde das lassen. »Keine Sorge, ich beschütze dich vor unserer Professorin. Also, die schwarze Energie ist in dir, klar?«

Unwillkürlich wandert meine Hand zu meinem Arkanit, schiebt sich darunter und legt sich auf meine Brust. »Klar.«

»Und das fühlt sich scheiße an. Dein natürlicher Impuls ist, dass du den Traum unterbrichst. Körper anspannen, damit nicht noch mehr in dich reinfließt, die Spannung mit einem Ruck lösen – so schleuderst du die schwarze Energie wieder von dir weg und dich selbst aus dem Traum raus. Kennst du alles.«

Keno spielt mit seinem Kaffeelöffel und lässt ihn in einer kreisenden Bewegung von einem Finger zum nächsten wandern, während er mich aufmerksam beobachtet. Als sich unsere Blicke treffen, lächelt er kurz. Ein erschöpftes Lächeln, bei dem sich die Mundwinkel kaum nach oben biegen wollen.

»Die schwarze Energie schießt also aus dir raus und dahin, wo Platz ist«, fährt Brandon ungerührt fort. »Den findet sie normalerweise in der dritten Person, dem Empfänger. Vorausgesetzt, der steckt in einer höheren Zone als der Träumer. Weil aber die schwarze Energie in einem Schwall aus dir rausplatzt und zum Empfänger rüberschießt, kriegt der, na ja, so eine Art seelischen Schock und rutscht viel tiefer ab, als er müsste. Wie wenn jemand in einem Pool mit gemütlichen fünfunddreißig

Grad rumpaddelt und plötzlich, *bam,* geht das zwanzig Grad runter. Diesen Temperaturschock kannst du verringern, indem du die Spannung *langsam* löst. Nicht zack und raus, sondern das Negative länger aushalten, als du das im ersten Augenblick willst, es länger in dir drinbehalten. Das Tolle ist, dass wir es nicht mit Mathematik zu tun haben. Du kannst dem Träumer richtig viel negative Energie abzapfen, sodass er, sagen wir mal, von der Vierten in die Dritte aufsteigt. Wenn du diese negative Energie dann schön langsam zu einem Empfänger rüberschiebst, der zum Beispiel in der Dritten steckt, geht der im optimalen Fall nur um eine Viertelzone oder so runter. Keine Spur von einem Abstieg in die Vierte.«

»Und das alles weißt du woher?«, fragt Keno.

»Finn Haskell hat sich auf schätzungsweise hundertsiebenunddreißig Seiten darüber ausgelassen.« Brandon schaut ihn kurz an, runzelt die Stirn und richtet den Blick wieder auf mich, und das alles schafft er, ohne zu blinzeln. Ich bin mir nicht sicher, ob er es absichtlich tut; ob er weiß, welche Wirkung von ihm ausgeht. Seine Iris ist graublau und von einem schwarzen Ring umgeben, was seinen Augen etwas Stechendes wie bei einem Raubtier verleiht. Wie schon an der Graffiti-Tür habe ich das Gefühl, dass sich sämtliche Moleküle meines Körpers auf ihn ausrichten – als ginge auch von ihm ein seltsamer Magnetismus aus.

»Wollt ihr es nachlesen?«, fragt Juniper freundlich.

Ich schüttele den Kopf. Muss ich nicht. Das alles klingt zwar gruselig, aber erschreckend plausibel. Auch Keno lehnt das Angebot ab.

»Ein langsamer Abschied von den miesen Gefühlen, ganz ruhig, sehr cool, so hat Finn es gemacht«, sagt Brandon. »Wenn alles klappt, wie wir uns das vorstellen, könntest du unglaublich viele Leute aus der Vierten rausholen.« Er reibt sich die Hände wie ein Spekulant, der gerade das Geschäft seines Lebens aufgetan hat. »Die Vierer in die Dritte holen ist eine wichtige Säule unserer Arbeit. Mindestens so wichtig wie der Aufbau unserer Armee.«

»Armee?«, frage ich verwirrt.

»Ja, klar. Revolution klappt nur, wenn so viele Leute wie möglich umdenken und mitmachen. Mit anderen Worten: sich für die Dritte entscheiden.«

»Außerdem müssen wir mehr Modulatoren beschaffen. Oder sie zur Not selbst zusammenbasteln«, sagt Juniper sachlich. »Daran arbeite ich zwar, aber das braucht Zeit, ich habe schon wahnsinnig viel mit dem Labor um die Ohren.«

»Silver Ice, Schutzanzüge, Modulatoren, gibt nichts, was unsere Juni nicht hinkriegt.« Brandon lächelt zu ihr hinüber, der Stolz sprüht nur so aus seinen Augen. »Jedenfalls ist die Arbeit draußen auf der Straße entscheidend wichtig für uns Viren. Neue Leute gewinnen, dafür sorgen, dass die Quarantänegebiete vernetzt bleiben, all so was.«

Revolution. Armee. Mir schwirrt der Kopf. Ehrlich gesagt – das alles ist mir zu viel. Ich will einfach nur Tilda und meinen Vater rausholen.

»Der Transfer ist natürlich auch darum total wertvoll für uns, weil er viel schneller wirkt als die Modulation«, fährt Brandon fort. »Der wird unser Turbo.«

»Und wie riskant ist das für Gemma?«, fragt Keno.

»Na ja, wir können natürlich nicht jeder einzelnen Zelle ihres Körpers einen Airbag verpassen, ehe wir loslegen.« Brandon legt wieder einen Arm um mich. »Aber wir passen alle auf dich auf.«

Ich halte meine Tasse fest umklammert. Was ich jetzt sage,

kostet mich allen Mut, den ich aufbringen kann. »Wenn ich mich auf die Sache einlasse, tu ich das nicht für euch oder die Viren oder irgendeine Revolution. Ich mache es nur, wenn ihr Tilda so schnell wie möglich herholt. Und meinen Vater auch.«

Langsam zieht Brandon seinen Arm weg. »Wir organisieren das. Versprochen. Aber du fängst hier schon mal an, okay?«

Mehr kann ich im Augenblick wohl nicht herausschlagen. »Okay.«

Behutsam stupst er mich gegen die Schulter. »Lach mal. Wir schaffen das.«

»Sicher.« Ich lächle, so gut ich kann. »Wir schaffen das.«

Die Worte kommen mir wie leere Hülsen vor.

24

Mit einem nervösen Grummeln in der Magengrube folge ich Keno, Brandon und Juniper zu den beiden Sesseln und der Liege. Letztere hat eine gewisse Ähnlichkeit mit der Rückbank eines Autos, in der sich ein Mäusepaar häuslich eingerichtet und eine Großfamilie gegründet hat. Und die Sessel – oje. Dagegen ist jeder mittelalterliche Zahnarztstuhl der reinste Luxussitz. Mit spitzen Fingern berühre ich die Polsterung, auf der ich mich gleich niederlassen soll. Das alles ist wenig ermutigend und ich kann nicht verhindern, dass meine Stimme leicht schwankt, als ich frage: »Mit wem gehe ich denn überhaupt rein?«

Brandon grinst und salutiert. »Ich träume.«

Juniper lehnt sich bequem gegen den zweiten Sessel. »Und ich empfange.«

»Ihr seid beide in der Dritten«, sagt Keno. »Eure negative Energie ist mehr oder weniger auf demselben Level. Was soll Gemma da groß verschieben?«

Ich schaue auf Brandons Arkanit, dann auf Junipers. Zweite Zone, doch das ist ein Fake, als Grenzgänger haben die beiden ihre Steine mit Silver Ice eingefroren, damit sie unbemerkt in die Dritte absteigen konnten.

»Na ja, zu verschieben gibt's nicht viel«, räumt Juniper ein. »Aber üben kann Gemma so trotzdem.« Aufmunternd lächelt sie mir zu. »Immer schön langsam, ja?«

Ich nicke. Was mich wundert, ist ihr Optimismus; an ihrer

Stelle würde ich mir weit weniger zutrauen. Doch das Lächeln, das mir nun auch Brandon schenkt, wirkt so strahlend und zuversichtlich, als wäre längst entschieden, dass ich die Regeln eines mir völlig unbekannten Spiels beherrsche.

Brandon klopft Keno freundschaftlich auf den Rücken. »Du behältst alles im Blick, okay? Ist nicht schwer, Juniper hat den Modulator so umgemodelt, dass er lospiept, falls unsere Werte außer Kontrolle geraten. Was täten wir nicht ohne unser Genie.« Er legt einen Arm um Junipers Taille und zieht sie an sich. Als er sie küssen will, dreht sie den Kopf weg und streckt ihm die Zunge raus.

Langsam wendet sich Keno mir zu. Da ist er wieder, dieser abgrundtief erschöpfte Ausdruck in seinem Gesicht. Ich zögere kurz, dann trete ich neben ihn und berühre seine Hand. Sein linker Mundwinkel zuckt, als wollte er lächeln. Oder vielleicht wünsche ich mir das auch nur so sehr.

»Du passt auf, ja?«, frage ich leise.

Er schweigt so lange, dass ich schon denke, er hat mich entweder nicht gehört oder meine Worte nicht richtig verstanden. Was die Frage aufwirft, wohin der Keno verschwunden ist, der mich noch vor ein paar Stunden in den Armen gehalten und getröstet hat. In diesem Augenblick dreht er sich unvermittelt zu Brandon hin, greift in seinen Kragen und zieht seinen Arkanit hervor.

Es ist nur ein einzelner schwarzer Faden. Aber unverkennbar die Vierte Zone. Da habe ich also meine Antwort und sie überrascht mich weniger, als sie wohl sollte. Als wir in der Koralle angekommen sind, haben wir uns etwas anderes erhofft als das, was wir vorgefunden haben: sofortige Hilfe für Tilda und meinen Vater – ich, weil ich die beiden liebe, er, weil er es mir versprochen hat. Dazu die Erschöpfung nach unserer Flucht und die Frage, wie es weitergehen soll – doch genügt das schon für einen Abstieg in eine tiefere Zone?

Ich versuche, mir mein Erschrecken nicht anmerken zu lassen, aber Keno muss einer dieser Menschen sein, denen einfach alles auffällt. »Mach nicht so ein Gesicht, Gemma«, sagt er ruhig. »In letzter Zeit war das ständig ein Balanceakt für mich.« Und, an Brandon gewandt: »Ich gehe für dich rein. Ich werde träumen.«

Während ich noch immer dicht an Kenos Seite stehe und auch hier stehen bleiben werde, sind Brandon und Juniper beim Anblick seines Arkanits einen Schritt zurückgewichen.

»Du hättest uns was sagen müssen«, sagt Juniper mit leisem Vorwurf in der Stimme.

»Haben wir genug Schutzanzüge?« Alle Farbe ist aus Brandons Gesicht gewichen.

»Es ist nur ein einziger schwarzer Faden«, sage ich. »Ein *winziger* schwarzer Faden.«

»Ja, und die Dinger pflanzen sich schneller fort als eine schlechte Idee. Die habe eine Vermehrungskurve wie Grippeviren.«

»Ich dachte, das Negative gehört dazu?«

»Wenn es im Gleichgewicht mit dem Positiven bleibt«, schaltet sich Juniper wieder ein. Sie seufzt. »Keine Sorge, Keno. Du kommst da wieder raus. Wartet hier. Ich hole die Anzüge.«

Mit fest aufeinandergepressten Lippen steht Keno da. Ich erinnere mich, wie er mir erklärt hat, dass er niemanden in seinem Unterbewusstsein dulden wird; ich erinnere mich genau. Und jetzt will er freiwillig träumen und mich in diesen Traum hineinlassen. Was mag dieses Angebot ihn kosten? Wieder berühre ich seine Hand. Er wendet mir das Gesicht zu.

»Bist du dir sicher?«, flüstere ich.

Er nickt. Wir machen das gemeinsam, sagt sein Nicken, wir kriegen das hin. Und dann helfen wir Tilda und deinem Vater.

Juniper kehrt mit den Anzügen zurück. Eigentlich will ich die Dinger nicht mehr anziehen, doch Brandon lässt sich auf keine Diskussion ein.

»Und übrigens«, er atmet tief ein und nimmt Juniper sacht ihren Anzug ab, »gehe ich als Empfänger rein.« Als er sich über die Stirn wischt, zittern seine Finger. Ganz leicht nur. Aber sie zittern, was ich bei einem Kraftbolzen wie ihm nie vermutet hätte.

»Weil ich ein Mädchen bin, oder was?« Juniper stemmt die Fäuste in die Hüften. »Das hier ist Gemmas erster Versuch! Wenn irgendwas schiefläuft, kriegst du einen seelischen Schock und rauschst selber in die Vierte ab. Willst du das?«

»Juniper?« Brandon legt den Anzug beiseite und nimmt ihre Hände. »Trau mir doch *einmal* was zu. Bitte. Wir wissen beide, wie wichtig du für unsere Sache bist, also lass mich das machen, okay? Ich gehe auch nur ein winziges bisschen runter. Eine Viertelzone. Höchstens. Großes Virenehrenwort«, versucht er zu scherzen.

Junipers Gesichtsausdruck wird weich. »Also schön«, sagt sie unglücklich. »Aber wenn eure Werte auch nur ein Fitzelchen abschmieren, breche ich ab.«

Ungefähr ein Dutzend Mal checkt sie den Modulator und überprüft die Anschlüsse der Kabel, bevor wir unsere Plätze einnehmen dürfen. Jetzt, da sie mit der Arbeit loslegt, ist sie plötzlich wie verwandelt und fegt wie ein Wirbelwind umher, ich sehe förmlich, wie die Gedanken in ihrem Kopf Funken schlagen. Als sie Keno heranwinkt, streckt er sich auf der Liege aus. Das Gesicht hält er starr zur Decke gewandt.

Wie fühlt es sich an, wenn du weißt, dass in wenigen Minuten eine andere Person in dein Unterbewusstsein eindringt und mit deinen Gedanken und Gefühlen anstellt, was sie will?

Modulation. Identifikation. Transfer. Geheimnisse bloßlegen. Ich versuche, mich an den Sinn von alledem zu erinnern, doch ich empfinde nur maßlose Fremdheit. Wer gibt mir das Recht, diese Dinge zu tun? Wer erlaubt mir, einen anderen Menschen mit Gefühlen anzufüllen und ihm Gedanken einzuflüstern, die er nicht frei gewählt hat?

Bleib ruhig, befehle ich mir. Keno liegt hier, weil er es will; weil ich diejenige bin, die in ihn hineingeht. Dieser Gedanke ist es, an dem ich mich festhalte und der mich wärmt, als hätte jemand ein kleines Flämmchen in mir angezündet. Er begibt sich in meine Hände, weil er mir vertraut.

Zumindest hoffe ich das.

Der Zahnarztstuhl ist so unbequem, wie er aussieht: Als würde ich auf lauter scharfen Kanten und spitzen Winkeln sitzen. Juniper tritt neben mich und schraubt an meiner Rückenlehne herum. »So besser?«

»Ja. Danke.«

»Denk dran. Es ist keine Modulation.«

»Die negativen Gefühle nicht verändern, sondern verschieben. Hab ich verstanden.«

»Du musst dich für Kenos negative Gefühle öffnen. Musst sie mitempfinden, sonst können sie nicht in dich rein. Und dann schiebst du sie langsam zu Brandon rüber.« Sie ruckelt an dem Heiligenschein. »Denk dran, dass kein Observer bei dir ist. Brandon ist nur lose an Kenos Unterbewusstsein angekoppelt, der kriegt nichts mit. Deine Werte hab ich zwar im Blick, aber du musst auch auf dich selbst aufpassen. Okay?«

»Okay.«

Juniper zerstößt die Gruselpille in einem Mörser, mischt sie mit Kenos Schlafmittel und zieht die Spritze auf. »Schwarzmarkt«, sagt sie mit einem kleinen Lächeln, als sie meinen Blick bemerkt. »Bis sie mich schnappen, löse ich hoffentlich noch ein paar Katastrophen aus.«

Bevor sie den Kolben ganz durchgedrückt hat, ist Keno schon eingeschlafen. Behutsam zieht sie die Kanüle aus seiner Vene. Auch Brandon bekommt seine Spritze. Dann wendet sie sich mir zu.

»Also, Gemma. Kümmere dich um unsere Jungs.«

»Mach ich.«

Ein Stechen in der Ellenbogenbeuge, ein leichtes Kribbeln. Der Heiligenschein surrt herab, die Okulare schnurren auf meine Augen zu.

Dunkelheit.

Ich betrete Kenos Traum wie ein Minenfeld, auf dem ich die richtigen Schritte nicht kenne. Mein Operationsgebiet: eine Party. Junge Leute drängen sich in einem Saal, es könnte die Aula einer Schule sein, so eine Schule für Jugendliche, die zum Geburtstag ein Pferd, ein Segelschiff oder ein Brainlifting geschenkt bekommen. Riesige Panoramafenster, doch anders als im wirklichen Leben, wo die Fenster wohl einen Sonnenuntergang oder einen Sternenhimmel imitieren würden, blicke ich in Kenos Traum ringsum in den Glanz. Der Effekt ist beeindruckend: als würden wir in einem Raumschiff durch ein Universum aus Farben schweben, die sich zu immer neuen, bizarren Mustern verweben.

Überall im Saal glitzern Lichterketten. Discolampions verschütten funkelnde Reflexe. Irgendwo habe ich gelesen, dass es so ausgesehen hat, wenn das Sonnenlicht durch die Blätter der Baumkronen fiel. Ein süßlicher Parfumduft weht durch den Raum, Jugendliche mit silbrig oder golden gefärbtem Haar tanzen miteinander oder stehen in lockeren Gruppen zusammen. Ich höre sphärische Musik, unterlegt mit harten Rhythmen – eine Party, die auch in der Realität so ablaufen könnte. Weil ich Keno nirgends entdecken kann, heißt es besonders wachsam sein; eine unvermittelte Begegnung könnte seinen Traum durcheinanderwirbeln und …

Automatisch weiche ich hinter eine mit spiegelnden Scherben beklebte Säule zurück. Dort drüben steht er, in der Nähe des Buffets, vertieft in ein Gespräch mit Juniper. Sie trägt einen schwarzen Minirock und eine Corsage, die ihren Bauch frei lässt. Ihr Mund ist in einem leuchtenden Rot geschminkt, ihr Haar hat sie mit silbernen Bändern durchflochten. Vorhin, in der Koralle, sah sie wunderschön aus. Hier, in Kenos Traum, ist sie atemberaubend.

Vorsichtig schiebe ich mich hinter meiner Säule hervor und taste mich näher an die beiden heran, wobei ich darauf achte, außerhalb ihres Blickfeldes zu bleiben. Als ich sie fast erreicht habe, lässt Juniper unauffällig ein mintgrünes Döschen in Kenos Hand gleiten.

»… in den Arkanit injizieren. Du weißt, wie das geht?«, fragt sie halblaut.

»Kein Problem. Von wem hast du das Zeug?«

Sie lacht leise. »Keine Namen.« Sie spielt mit einem der Silberfäden in ihrem Haar. »Er war mal an der Akademie, aber jetzt ist er bei den Guten. Du weißt, dass die Viren in Novamyne eine Gruppe haben?« Ihre Augen strahlen hellgrün.

»Und? Machst du bei ihnen mit?«, fragt Keno.

Sie lächelt. »Und wenn es so wäre?«

Er war in sie verliebt, denke ich plötzlich. Eigentlich überrascht mich das nicht. Ich schätze, fast alle Jungs, die es mit

Juniper zu tun bekommen, verlieben sich früher oder später in sie. Juniper gehört zu diesen Menschen, die wie ein Feuer leuchten, das jeden in seinem Umkreis wärmt – und auch darin erinnert sie mich ein wenig an Tilda.

»Du kannst bei uns einsteigen«, sagt sie. »Es gibt eine Menge zu tun. So viele Menschen, die wir überzeugen müssen.«

Stille. Was Keno dann antwortet, kommt für mich völlig überraschend. »Nein«, sagt er. »Das ist nichts für mich.«

Die ganze Zeit bin ich wie selbstverständlich davon ausgegangen, dass er von Anfang an bei Juniper und Brandon mitgemacht hat; dass nichts anderes für ihn infrage kam und er seinen Weg vom ersten Tag an kannte.

»Ich zeig dir mal was.« Juniper nimmt seine Hand und zieht ihn zu einem der Fenster. Ich folge ihnen.

»Schau dir das an.« Sie deutet auf das, was hinter dem Fenster liegt. Als ich zu den beiden trete, gebe ich meine Vorsicht nahezu auf und stehe jetzt so dicht hinter Keno, dass ich die Wärme seines Körpers spüre. So gerne würde ich ihn berühren, ihn wissen lassen, dass ich bei ihm bin.

Keno löst seine Hand aus der von Juniper und legt sie an das Fenster. Hinter der Scheibe sprühen Regenbogenfunken in alle Richtungen und setzen sich allmählich zu einem Bild zusammen, als würden wir eine Szene in einem übergroßen Fernseher betrachten. Erst nimmt mein Verstand nur die vielen, von jungen Leuten besetzten Stuhlreihen wahr, die mit Girlanden behängten Wände, die in Weiß und Himmelblau gehaltene Bühne. Dann, auf unerträglich zähe Weise, begreife ich, was sich dort abspielt. Wie wenn dir jemand auf den Fuß tritt und du den Schmerz erst spürst, wenn deine Zehen schon halb zu Brei zerquetscht sind.

Hinter der Scheibe liegt eine weitere Schulaula. Nicht irgendeine. Es ist die Aula *meiner* Schule. Wie kann es sein, dass Keno von dieser Aula träumt, woher kennt er sie?

Die Perspektive wechselt, als würde das Bild wirklich im Fernsehen übertragen, die Kamera zoomt auf verschiedene Gesichter im Publikum, dann nimmt sie die drei Menschen vorn auf der Bühne in den Fokus. Wie gebannt starre ich das Mädchen an, das auf der linken Bühnenseite steht und das sich ein Tuch um die Hüften geschlungen hat.

Das Tuch hat ihr Vater ihr zu Weihnachten geschenkt.

Das bin ich.

Auf der anderen Seite der Bühne steht Tilda, gekleidet in den violetten Jumpsuit, den sie bei einem unserer Streifzüge über die Flow-Märkte von Novamyne gekauft hat. Beide haben wir das Gesicht unserem Rektor zugewandt. Er hat sich zwischen uns aufgebaut und lächelt uns abwechselnd an, ein zurückgehaltenes Lächeln, das unsere Zukunft zu erforschen und abzuwägen scheint, um zu dem Schluss zu gelangen: Sie wird großartig sein.

Ich erinnere mich an diesen Tag. Ich erinnere mich an alles. Unser Rektor hatte Tilda und mir zu Ehren einen kleinen, spontanen Festakt in der Aula organisiert: gleich zwei Schülerinnen an der Akademie aufgenommen! Sogar das lokale Fernsehen hatte sich eingefunden. Keno muss die Sendung im Forschungszentrum der Akademie gesehen haben. Ohne Ton, jedenfalls höre ich nichts. Wahrscheinlich hat ihn die Jubelrede unseres Rektors ebenso genervt wie unsere begeisterten Antworten auf dessen Fragen. Was ich mit einem Mal verstehen kann.

Gerade erhebt sich das Publikum und jubelt und applaudiert, alles lautlos. Wie ein Ballon, der langsam aufgeblasen wird, dehnt sich die Schulaula immer weiter in alle Richtungen aus, die Stuhlreihen setzen sich fort bis ins Unendliche, Hunderte, Tausende junger Menschen, als würde da vorn auf der Bühne ein Superstar seine Show abziehen.

»Guck sie dir an«, sagt Juniper leise. »So viele, die wir überzeugen müssen. Sei glücklich oder stirb. Von klein auf hat man ihnen das eingetrichtert. Am liebsten würden sie alle da oben stehen. Auf dem Weg in die Akademie.«

»Ich verstehe solche Menschen nicht«, höre ich Keno murmeln. Ob er das Publikum meint, Tilda oder mich oder uns alle zusammen, ist mir nicht klar. Klar ist mir dagegen, dass ich vor meiner Prüfung dasselbe gedacht habe: *Keno Reed. Ein Grenzgänger. Ich verstehe solche Menschen nicht.*

»Wir bringen sie schon noch dazu, dass sie was anderes wollen.« Kampfgeist spricht aus Junipers Stimme.

»Meinst du wirklich?« Keno klingt müde. Als würde die Erschöpfung nach unserer Flucht bis in seinen Traum hineinwirken. »Würdest du deine Überzeugungen einfach so über Bord werfen, bloß weil dir jemand erzählt, dass du falschliegst mit dem, woran du dein Leben lang geglaubt hast?« Er schüttelt den Kopf. »So funktioniert das nicht. Da müsst ihr die Menschen schon zwingen.«

Der Zweifel in seiner Stimme gefällt mir nicht. Ich spüre regelrecht, wie er davon übermannt wird. Ich spüre, wie müde er ist und dass er kurz davor ist, aufzugeben und nicht mehr gegen den Glanz oder die Akademie oder seine Gefühle anzukämpfen.

Seinen Traum verändern – das ist es, was ich jetzt tun sollte. Ich kann bewirken, dass Dinge geschehen. Gute Dinge. Für ihn.

Und dann trete ich innerlich auf die Bremse. Modulieren und Verändern, das ist nicht mein Job. Nicht mehr. Ich soll bei ihm bleiben. Seine Gefühle fühlen. Mich in ihnen verankern.

Würdest du deine Überzeugungen einfach so über Bord werfen? Je mehr ich mich auf seine Frage einlasse, desto stärker werden auch meine Zweifel. Nein. Es wird weder einfach noch schnell gehen. Es gibt keine Garantie dafür, dass die Viren überhaupt etwas bewirken werden oder ich Tilda oder meinen Vater retten kann. Denn dass wir uns etwas von Herzen wünschen und es unbedingt wollen, bedeutet noch lange nicht, dass es tatsächlich geschieht.

Nicht jede Geschichte hat ein Happy End – und das zu denken, kostet mich allen Mut, den ich aufbringen kann.

Keno wendet den Kopf. Unsere Blicke treffen sich. Die Dunkelheit in seinen Augen überrascht mich und überrascht mich auch nicht, denn auch in mir rumort etwas Dunkles. *Wie?*, flüstert es. *Wie sollen wir diese Geschichte jemals zu einem guten Ende bringen?* Es ist anders als in meinem Prüfungstraum, als Keno in den Quarantänewagen gezerrt wurde, oder in Louisas Traum, als das Schiff im Glanz versank. Auch damals hatte ich Angst – und habe gegen die Angst gekämpft.

Jetzt lasse ich sie zu.

Während Juniper in der Luft verschwindet wie eine Fata Morgana, löst sich etwas aus Kenos Brust. Wie dunkles Blut strömt die schwarze Energie aus ihm heraus, fließt auf mich zu und trifft mich. Wir stehen uns unmittelbar gegenüber, während sie in mich eindringt. Es tut weh. Furchtbar weh. Doch in dem Ziehen und Reißen formt sich ein seltsamer Wunsch. Ich will fühlen, was Keno fühlt, auch seine schlimmen Gefühle, den Schmerz, die Zweifel, *alles.*

Mit dem nächsten Atemzug wird es unerträglich. Ich darf nicht noch mehr von seiner Energie in mich aufnehmen, das halte ich nicht aus. Mein Körper spannt sich – der Fluss stoppt. Und jetzt? Keno starrt mich noch immer an und ich verharre, während alles an mir zittert. Instinktiv will ich die Spannung so schnell wie möglich lösen, will alles in einem einzigen Schwall aus mir heraus- und von mir wegschleudern ...

Halt. Gerade so darf ich es nicht machen. Ich muss die schwarze Energie langsam abgeben, sie dorthin fließen lassen, wo am meisten Platz ist.

Zu Brandon.

Ich sehe mich um. Am Rand meines Gesichtsfelds glaube ich, einen hellen Schatten zu erkennen.

Aus einem Impuls heraus fasse ich nach Kenos Hand. Unverwandt schaut er mich an, während die schwarze Energie in dünnen Spiralen aus meiner Brust strömt, Schleifen zieht, sich um uns herum auffächert. Schön sieht es aus – schrecklich und wunderschön.

Langsam fließt die Energie auf Brandons hellen Schatten zu und verschwindet in ihm. Keine Schreie. Alles bleibt still. Das Gewebe des Traumes wird dünner, die Wirklichkeit zieht an mir. Ich verstärke den Druck meiner Finger. Gerade öffnet Keno den Mund, um etwas zu sagen, als ich weit entfernt Junipers Stimme höre: »Langsam, Gemma. Langsam.«

Das Lagunenblau von Kenos Augen verblasst. Seine Hand löst sich aus meiner.

Ich gleite hinüber.

Zur Feier meines ersten kontrollierten Transfers haben sich alle um den Holztisch versammelt. Keno, der mir gegenübersitzt, betrachtet mich über den Rand seines Glases hinweg. Sein Gesicht ist vollkommen still. Der Arkanit auf seiner Brust ist mit grauem Nebel gefüllt, die schwarze Schliere darin verschwunden. Er ist in die Dritte zurückgekehrt.

Brandon, der nach eigenem Bekunden allerhöchstens um

eine Fünftelzone abgestiegen ist, hat eine Flasche Sekt geöffnet und ebenso schwungvoll wie großzügig unsere Gläser gefüllt. Ich habe erst einmal in meinem Leben Alkohol getrunken, an Silvester war das, und ich erinnere mich gut, wie rasend schnell mir schwindlig wurde. Doch Brandon besteht auf wenigstens einen Schluck. Das wäre ein Meilenstein, sagt er. Etwas, das die Welt verändern wird. Ein historischer Moment. Nicht der Schluck, sondern das, was ich getan habe.

Ich lächele gequält und beobachte, wie der Schaum über den Rand seines Glases läuft. Schnell wischt er mit dem Finger darüber und nippt den Rest genießerisch weg. »Mir geht's super«, lässt er uns ungefähr zum zwölften Mal wissen. »Null Unterschied. Oder doch. Ich fühle mich *besser* als vorher.«

Juniper verdreht die Augen, kann aber ein Lächeln nicht unterdrücken. »Natürlich tust du das.« Ihr Blick, ihre Stimme – alles an ihr sagt, dass sie ihn trotz seines Rumgetues unglaublich mag. Sie klinkt ihr Glas gegen seines und dann gegen meins. »Tolle Arbeit, Gemma. Ich bin schwer beeindruckt.«

»Danke.« Vorsichtig trinke ich einen Schluck. Die süße Säure des Sektes vertreibt den schalen Nachgeschmack, den der Traum hinterlassen hat. Ich bin froh, dass es vorüber ist – doch ist es das wirklich? Oder sitzt der Traum hier mit uns am Tisch, mitsamt den Ängsten und Zweifeln?

Brandon beugt sich vor und umfasst mit einer Hand Junipers Nacken, zieht ihr Gesicht zu sich heran und küsst sie. »Mhm. Süß«, sagt er.

Kenos und meine Blicke treffen sich. Er ringt sich ein Lächeln ab, zumindest kommt es mir wie ein Ringen vor, und das tut mir im Herzen weh.

»Wie geht es dir?«, frage ich.

»Alles gut überstanden.« Sein Lächeln verwandelt sich, in

seinen Augenwinkeln bilden sich winzige Fältchen, Kategorie eins, denke ich, aus dem Herzen. Trotzdem wünschte ich, ich hätte mich nicht in seinen Traum begeben. Dieses Stochern im Unterbewusstsein eines anderen Menschen, noch dazu eines Menschen, der dir etwas bedeutet – es fühlt sich falsch an.

Ich senke das Kinn und schaue auf meinen Arkanit. Mehr und mehr graue Fäden schweben darin. Früher, da war es so einfach. Gute Gefühle, schlechte Gefühle. Eine Welt in Schwarz und Weiß. Jetzt bin ich dort, wo die Schatten sind und es keine einfachen Antworten mehr gibt.

Später, als Brandon und Juniper am Modulator einen Funktionscheck durchführen und Keno und ich allein am Tisch zurückbleiben, stelle ich ihm die Frage, die mich schon die ganze Zeit beschäftigt.

»Du wusstest, dass ich die Prüfung bestanden habe, oder? Schon bevor ich an der Akademie aufgetaucht bin.«

Er schiebt sein Sektglas beiseite, er hat kaum daran genippt. »Habe ich davon geträumt?«

»Mhm.«

Seine Hand bewegt sich auf meine zu, eine Fingerspitze berührt meinen Handrücken, sacht wie ein Regentropfen. »Ich hab dich im Fernsehen gesehen. Ich fand dich nicht sonderlich sympathisch«, gibt er zu und legt seine Hand über meine. Mehr kommt nicht. Kein *Aber.* Obwohl ich gerne glauben würde, dass ich es in seinen Augen lese.

»Du hast da so winzige Punkte«, sagt er unvermittelt.

»Was?«

»Hellbraune Punkte. In deiner Iris. Fast golden. Wusstest du das nicht?«

Eine warme Welle flutet durch meine Brust bis in meinen Bauch. »Doch. Die hab ich von meinem Vater.«

Er lacht. »Hat er sie dir zu Weihnachten geschenkt?«

Nun muss ich auch lachen. »Ja, mit einem Schleifchen drum herum.«

Es wird still zwischen uns. Hinten in der Koralle höre ich Brandon reden. Juniper kichert. Holz knackt, irgendein Gerät summt.

»Was habe ich noch geträumt?«, fragt Keno, ohne meine Hand loszulassen.

Ich schildere ihm alles, was ich mitbekommen habe, damit er nicht glaubt, ich würde ihm etwas vorenthalten. Als ich fertig bin, hat sich sein Blick verdunkelt.

»Du hast gemerkt, dass ich mal in Juniper verliebt war, oder?«

Ich konzentriere mich auf die Kerben und Schrunden in der Tischplatte. Sie sehen wie lauter kleine Gesichter aus. »Ich hab's vermutet.«

Er drückt meine Hand, so vorsichtig, dass ich nicht sicher bin, ob er es wirklich tut. »Es gibt Gefühle, die von Dauer sind«, sagt er. »Und die, die es nicht sind.«

Wieder Stille. Mein Herz klopft inzwischen so schnell, dass ich die einzelnen Schläge kaum noch spüre. »Als sie dich gefragt hat … du wolltest erst nicht mitmachen. Warum nicht?«

Er verzieht den Mund, auf einmal wirkt er ein bisschen verlegen. »Ich hatte Schiss«, gesteht er. »Und, na ja, wenn ich ehrlich bin, dann bin ich nur wegen Juniper doch noch eingestiegen. Weil ich verknallt war. Das ging ziemlich schnell wieder vorbei, was wohl gut war. Nicht so gut war, dass ich viel weniger aktiv für die Gruppe gearbeitet habe, als Juniper und Brandon das wollten. Die beiden waren ständig in Novamyne und Cloverhill unterwegs, haben sich mit Leuten aus den anderen Gruppen getroffen, Flugblätter verteilt, geheime Sitzungen organisiert, solche Dinge. Ich nicht. Ich schätze …«, er holt tief Luft, »… was mein Vater mir all die Jahre eingeimpft hat, ohne dass er es je laut aussprechen musste, das hat seine Wirkung gezeigt. Da war diese Mauer aus Selbstzweifeln, die ich nicht überwinden konnte.«

Das verstehe ich nur zu gut. Das Verrückte ist, dass ich Keno nach diesem Geständnis überhaupt nicht weniger toll finde als vorher, sondern ihn eher noch lieber mag. Weil er ehrlich ist. Weil er zugibt, dass er kein Superheld ist. Und weil es auch für ihn eine Suche war und noch immer ist.

»Dass dann ausgerechnet ich erwischt wurde, war der Witz des Jahres«, fährt er fort. »Aber es hatte auch etwas Gutes.«

»Was war denn *daran* gut?«

»In der Akademie hab ich endlich verstanden, wie wichtig der Widerstand ist. Außerdem ... außerdem habe ich dich kennengelernt.«

Immer wenn ich denke, dass sich mein armer Puls gerade beruhigt hat, legt er wieder los.

»Ich habe nie wirklich dran geglaubt, dass ich etwas verändern kann«, sagt er nachdenklich. »Ich bin mir auch nicht sicher, ob ich jetzt daran glaube. Trotzdem will ich es versuchen. Es wäre schön, wenn wir das gemeinsam tun.« Langsam dreht er meine Hand herum, sodass unsere Handflächen aneinanderliegen. Mir kommt es vor, als würde die Koralle um uns herum zurückweichen. Alles weicht zurück und ...

»Hey, ihr zwei.« Von hinten legt sich ein Arm um mich. Ich fahre zusammen und ziehe erschrocken meine Hand weg. Es ist Juniper. Freundschaftlich drückt sie meine Schulter. »Brandon will Pizza machen. Zur Feier des Tages.« Sie grinst. »Ohne Happy-Food-Zutaten, versprochen. Käse, Tomaten, Oliven, ganz alte Schule. Aber erst schlaft ihr euch aus, okay?« Sie deutet auf einen der Verschläge und strubbelt mir übers Haar.

»Das ist deiner.« Sie nickt zu einem anderen Verschlag hinüber, der sich so ziemlich am anderen Ende der Koralle befindet. »Und der ist für dich, Keno. Betten sind bezogen, Handtücher und frische Klamotten hab ich euch reingelegt.«

Irgendwie ist es schön, ein wenig bemuttert zu werden. Und das, obwohl Juniper nur wenig älter ist als ich.

Keno sammelt die Gläser ein, trägt sie zum Spülstein und lässt Wasser einlaufen. Auch ich rappele mich von meinem Stuhl hoch, doch als ich das Abtrocknen übernehmen will, schüttelt Juniper energisch den Kopf und schnappt sich ein Geschirrtuch. »Du gehst jetzt schlafen. Nach diesem ganzen Energiegeschiebe musst du total erschöpft sein.«

In dem Moment, wo sie es ausspricht, spüre ich tatsächlich die Müdigkeit in mir aufsteigen. Ich will den Tisch schon verlassen, da wende ich mich noch einmal um. »Juniper? Was würde eigentlich passieren, wenn ich die negative Energie in mir drinbehalte?«

Keno lässt das Glas, das er gerade spült, zurück ins Wasser gleiten, wendet sich um und schaut aufmerksam von Juniper zu mir und wieder zurück.

Ihre Finger krampfen sich kurz um das Handtuch, dann greift sie nach dem nächsten Glas und trocknet es lange und gründlich ab. »Lass uns das nicht ausprobieren, Gemma.«

25

Seit fünf Tagen bin ich nun hier und habe fünf Leute aus der Vierten in die Dritte Zone geholt. Brandon wollte gleich in die Vollen gehen, was mir nur recht ist; ich muss mich auf Tilda und meinen Vater vorbereiten. Wenn ich sie wiedersehe, darf nichts schieflaufen. Brandon bringt Keno und mir außerdem bei, wie man den Modulator bedient und die Spritzen setzt. »Nur für den Fall.« Er ist nicht der geduldigste Lehrer, und dass ich jedes Mal stundenlang nach der richtigen Stelle suche, bevor ich eine Nadel in jemanden reinsteche, macht ihn schier wahnsinnig. Doch er reißt sich schwer zusammen, was ich ihm hoch anrechne, zeigt mir immer wieder geduldig, wie ich es machen muss, und legt mit mir jedes Mal einen Freudentanz auf die schrundigen Dielen, wenn ich es endlich hinkriege.

Die Empfänger schmuggelt Rick in seinem Transporter nach Cloverhill: Angehörige aus der Zweiten Zone, die das Risiko eingehen, beim Transfer in eine tiefere Zone abzusteigen. Bisher konnte ich das zum Glück verhindern. Das Andocken an die negativen Gefühle fällt mir von Mal zu Mal leichter und auch wenn die Empfänger etwas von der negativen Energie der Träumenden aufnehmen müssen, schiebe ich diese Energie so behutsam zu ihnen rüber, dass in ihrem Arkanit nur einige graue Fäden hinzukommen.

Von der Vierten in die Dritte – verglichen mit Louisa, die ich von der Fünften in die Zweite katapultiert habe, ist das wenig, doch bei Louisa habe ich nichts gesteuert. Und Tilda hat dafür bezahlt. Seit ich den Vorgang kontrolliere, sind nur noch kleine Schritte möglich, was mir allemal lieber ist.

Obwohl ich also vorerst hier unten festsitze und Juniper aus Sorge um mich nur einen Transfer pro Tag zulässt, sind diese Tage ausgefüllt. Der Keller des Einkaufzentrums ist eine Schatztruhe. Ich liebe es, darin zu stöbern, wähle kleinere und größere Gegenstände aus und stopfe sie in einen Plastikbeutel, der in einer Ecke lag wie der Kokon eines vor langer Zeit geschlüpften Riesenschmetterlings. Ich finde die Speisekarte eines amerikanischen Fast-Food-Restaurants, einen Sportschuh, auf den eine springende Raubkatze gedruckt ist – ein Panther vielleicht oder ein Puma –, eine Flasche Sonnenmilch und einen Brontosaurus aus Plastik. In meinem Zimmer – dem mit Sperrholzwänden abgeteilten Verschlag im hinteren Bereich der Koralle – häuft sich Schönes und Nutzloses an: Mein Museum der Dinge, die übrig geblieben sind. Ich stöbere alte Prospekte auf und male mir aus, welche Kleider ich bestellt oder womit ich meine Pizza belegt hätte. In einem Haufen Klamotten entdecke ich ein grünes Shirt, dessen Aufschrift mir Rätsel aufgibt: *Realität ist da, wo dein Smartphone klingelt.* Viele Sachen, die ich mitnehme, erfüllen keinen anderen Zweck, als dass sie mich an eine Zeit erinnern, die ich nie gekannt habe und in der es einen Himmel gab. Am meisten liebe ich jedoch die kleine tönerne Skulptur eines stolz blickenden schwarzen Pferdes mit wehender Mähne. Früher brachten nur schwarze Katzen Unglück, heute gilt das der Fünften Zone wegen für alle Tiere dieser Farbe. Trotzdem habe ich Eclipse auf meinen Nachttisch – eine ausrangierte Obstkiste – gestellt. Er blickt mich an, ohne sich je abzuwenden. Ein Vorderbein hält er erhoben, am Fesselgelenk ist es abgebrochen, der Ton darunter ist rötlichbraun wie eine Fleischwunde, ein beunruhigender Anblick, doch wenn ich Eclipse etwas von mir wegdrehe, sehe ich es nicht.

In meinem Arkanit zeigen sich täglich mehr graue Fäden, was mich kaum noch kümmert. Es fühlt sich richtig an. Auch das Leben bei den Viren könnte sich richtig anfühlen – wäre Tilda bei mir.

»Wir sollten auf zwei Transfers pro Tag hochgehen«, sagt Brandon am Abend des sechsten Tages. Es ist eine wiederkehrende Diskussion zwischen ihm und Juniper, die jedes Mal die Hände in die Hüften stemmt und die Augen verdreht.

»Auf keinen Fall. Ein Transfer pro Tag ist für Gemma anstrengend genug.«

Während Keno den Abendbrottisch abräumt und ich ein Spültuch suche, das noch nicht völlig ergraut und löchrig ist, wollen Brandon und Juniper eigentlich los und mit einer zweiten Virengruppe, deren Quartier ebenfalls in Cloverhill liegt, ein neues Flugblatt erarbeiten. »Außerdem könnten wir es mit jemandem probieren, der tiefer in der Vierten steckt als die Leute bisher«, fährt Brandon stattdessen unbeirrt fort. »Wir sollten denen helfen, denen es *richtig* schlecht geht.«

»Nein. Noch nicht. Zu gefährlich für Gemma«, sagt Keno.

»Dafür braucht sie mehr Training«, sagt Juniper.

»Hey.« Ich lasse das mit dem Spültuch sein und setze mich stattdessen zu ihnen. »Ihr könnt auch direkt mit mir sprechen, okay?«

Juniper legt eine Hand auf meine Schulter. »Entschuldige. Also, was meinst du?«

»Ich meine, dass wir endlich Tilda rausholen und meinen Vater herbringen müssen.«

»Das haben wir im Blick.« Ihre Hand ruht warm und fest auf

meiner Schulter, doch die Erschöpfung malt dunkle Linien in ihr Gesicht. »Wir tun unser Bestes, Gemma.«

»Bald feiern wir hier die große Wiedersehensparty.« Brandon nimmt seine Brille ab und putzt sie. Auch er wirkt so müde, dass Partys sicher nicht sehr weit oben auf der Liste der Dinge stehen, die er am liebsten tun würde. »Versprochen. Und in der Zwischenzeit helfen wir so vielen Leuten wie möglich.«

Kurz darauf verabschieden sich die beiden nach Novamyne; die Nacht werden Keno und ich allein in der Koralle verbringen. Lägen die Dinge anders, würde mich diese Zweisamkeit nervös machen, doch inzwischen ist mein Kopf so mit der Sorge um Tilda angefüllt, dass mein Denken nur eine Richtung kennt – und meine Füße auch.

In Junipers Labor steht ein Telefon. Keno würde mich garantiert an meinem Vorhaben hindern, doch praktischerweise ist er noch einmal zu einem kurzen Streifzug durch das Untergeschoss aufgebrochen. Wenn ich mich beeile … Rasch schlüpfe ich in Junipers Refugium und schalte das Licht ein.

Chaos. Der winzige Raum ist vollgestopft mit tausend Geräten, deren Zweck ich nicht einmal erahnen kann. In einem Gewirr von Kabeln steht zwischen zwei halb vollen Kaffeetassen auf einem verkratzten Labortisch das Telefon. Ich lasse mich in einen wackeligen Drehstuhl fallen und ziehe das Telefon zu mir heran. Tilda, Larissa und ich haben einander so oft in unseren Appartements angerufen, dass ich Larissas Nummer noch immer auswendig weiß.

Wenn sie nur zu Hause ist. Und allein.

Ob ich ihr vertrauen darf, frage ich lieber nicht, sonst fange ich an, darüber nachzudenken, wie riskant das hier ist, und lege gleich wieder auf.

Es knackt in der Leitung. Ich höre ein Tuten.

»Larissa Scott?«

Die Verbindung ist miserabel, ihre Stimme klingt, als käme sie aus den finstersten Tiefen des Universums.

»Larissa? Ich bin's, Gemma.«

Keine Antwort. O Gott. Das hier war ein Fehler.

Atemgeräusche. Bettfedern quietschen. »Larissa?«, flüstere ich.

»Gemma?«

Ich nicke, ehe mir einfällt, dass sie das nicht sehen kann. »Ja, ich bin's. Weißt du etwas über Tilda?« In dem vergeblichen Versuch, mich vor der Antwort zu schützen, ziehe ich die Knie an die Brust. »Weißt du, wie es ihr geht?«

»Sie ist noch hier. Im Forschungszentrum. Falls du das meinst.« Ihre Stimme verändert sich. Klingt trauriger. »Xavier sagt, ihr Zustand sei unverändert.« Sie räuspert sich. »Er sagt auch, dass Keno und du gemeinsam abgehauen seid.«

Darauf gibt es nichts zu erwidern; also lasse ich es. »Ist Tilda noch immer in der Vierten?«

»Ja. Gemma, hör mal.« Sie spricht jetzt so leise, dass ich sie kaum noch verstehe. »Die drehen hier alle durch. Die Polizei war da.« Ihre Stimme zittert. »Sie haben mich stundenlang ausgequetscht. Ob ich irgendwas weiß.« Pause. Dann: »Gemma?«

»Ja?«

»Ruf mich nicht mehr an.«

»Was?«

»Vielleicht hören sie mich ab oder so. Ich will keine Schwierigkeiten. Verstehst du? Ich will hier weiter studieren. Ich sag niemandem, dass du angerufen hast, nur bitte ... Lass mich in Ruhe. Okay?«

Eine Gänsehaut prickelt meine Arme hinauf. »Okay.«

Aber sie legt noch nicht auf.

»Ich hab gehört, dass du was mit ihr gemacht hast.« Ihre

Stimme zittert. »Sie war doch deine Freundin. Tilda war deine Freundin.«

Bevor ich etwas erwidern kann, knackt es in der Leitung. Larissa ist weg.

Ein verkohlter Papierschnipsel, dort, auf dem Linoleumboden. Doch es ist kein Papierschnipsel. Es ist eine Motte. Irgendwie ist sie in das Labor hineingeraten und dann hat sie sich die Flügel verbrannt und ist gestorben. Von ihrem kleinen Leichnam wandert mein Blick zu meinem Arkanit.

Grauer Nebel. Grau wie die Motte.

Die Dritte Zone.

Wie erstarrt sitze ich da. Das, was ich fühle, ist schwer und hässlich und geht weit über Schuld hinaus. »Ich wollte das nicht«, flüstere ich und drücke die Fäuste gegen meine Schläfen. »Ich wollte das nicht, Tilda.« Ich fange an zu weinen. In letzter Zeit weine ich so viel.

Die Tür knarzt. Warum muss er ausgerechnet jetzt auftauchen, denke ich verzweifelt. Wortlos legt er mir eine Hand in den Nacken und ich weine noch mehr. Langsam dreht er meinen Stuhl zu sich herum, zieht mit einem Fuß einen zweiten Stuhl heran und setzt sich. Während er mich anschaut, fühle ich mich, als wären wir gemeinsam in einen Kokon eingeschlossen, in dem wir nicht sicher, sondern total verwundbar sind.

»Du bist in der Dritten.« Er beugt sich vor und berührt mit einer Fingerspitze meinen Arkanit. Benommen beobachte ich, wie er ihn herumdreht und ihn sanft gegen meine Brust drückt. »Das da bist du.« Mit dem Daumen streicht er über meinen Stein. »Für dich gehören jetzt alle Gefühle dazu. Du sperrst sie nicht mehr aus.«

Durch meinen Pullover hindurch scheint der Arkanit auf meiner Haut zu glühen.

»Wie geht es Tilda?«, fragt er mit kurzem Blick auf das Telefon.

»Unverändert.«

»Wir helfen ihr. Und deinem Vater auch. Und dann überlegen wir uns, wie es weitergeht.«

Ich presse die Lippen aufeinander und schüttele den Kopf. »Ich werde nicht hierbleiben. Danach, meine ich. Das geht einfach nicht.«

Er hebt die Augenbrauen. »Und wohin willst du?«

Ich zucke die Schultern. »Vielleicht in eines der Geisterquartiere. Nach Hause kann ich wohl nicht mehr.«

Stille. Und in dieser Stille wünsche ich mir mehr als alles andere drei Worte herbei. *Ich komme mit.*

»Schwierig, von einem Geisterquartier aus eine Veränderung anzustoßen«, meint er.

»Ich will nichts anstoßen«, platze ich heraus. »Schön, das mag egoistisch sein, aber ich will einfach nur mit den Menschen zusammen sein, die …« Ich spüre, wie ich erröte. »Die mir wichtig sind.«

Er nimmt meine Hand und schweigt. Wie so oft. Und schon gar nicht sagt er: Ich komme mit. Stumm sitzen wir da, bis ich ihm langsam meine Hand entwinde.

Er meint, es sei spät und er wolle mich nicht länger wach halten, schließlich müsse ich mich ausruhen für den nächsten Transfer. Ich nicke und alle Gedanken an Tilda und meinen Vater brechen erneut und mit voller Wucht über mich herein.

In dieser Nacht dauert es lange, bis ich einschlafen kann.

Ich habe den ganzen Vormittag an unserem Holztisch gesessen und in meinem Tagebuch herumgekritzelt – ein vergilbtes Heft mit einem bunten Tropenvogel und der Botschaft *Rettet den*

Regenwald auf dem Einband, das Keno in den Tiefen des Einkaufszentrums für mich aufgestöbert hat. Mit jedem Wort habe ich mich tiefer in meine Frustration hineingeschrieben und dabei die Mine meines Kugelschreibers so heftig aufgedrückt, dass das Papier eingerissen ist. Keno, der in der Kochecke mit dem Sortieren unserer Vorräte beschäftigt ist, hat mir hin und wieder kurze Blicke zugeworfen, mich jedoch in Ruhe gelassen.

Gegen Mittag tauchen Brandon und Juniper endlich in der Koralle auf. Sie wirken abgekämpft, wie meistens, wenn sie von ihren Rundgängen zurückkehren.

»Hey.« Juniper setzt sich zu mir, gießt sich mit einem erschöpften Lächeln einen Kaffee ein und deutet auf meinen Arkanit. »Willkommen in der Dritten. Wann …«

»Wie lange noch?« Ich klappe mein Tagebuch zu. »Wann holen wir Tilda? Was ist mit meinem Vater?«

Brandon schenkt Kaffee in einen Becher, gibt genau die richtige Menge Milch dazu und schiebt den Becher zu mir herüber. »Da draußen wimmelt es von Polizei.« Wenn er sich Sorgen macht, nimmt er seine Brille ab und putzt sie. Genau wie jetzt. »Im Jasmin Boulevard lungern überall Wachleute herum. Die lösen sich nicht in Luft auf, bloß weil wir das wollen.«

»Und Tilda?« Ich höre selbst, dass meine Stimme vor unterdrücktem Ärger bebt. Alles, was Larissa gesagt hat, spult sich wie eine Endlosschleife in meinem Kopf ab. »Ihr müsst sie endlich herbringen!«

Brandon seufzt. »Jetzt hör mal zu, Gemma. Ich versteh dich wirklich gut, aber wir können nicht einfach so in die Akademie reinspazieren. Da hätten mehrere Leute massiv was dagegen.«

Ausreden, denke ich, obwohl ich das gar nicht denken will. Ich möchte meine Hände gegen Brandon und Juniper stemmen und sie aus der Koralle schieben. Holt meine Freundin her! Bringt meinen Vater zu mir! Dabei weiß ich doch, dass sie ihr Bestes geben. Wenn es nur nicht so verdammt lange dauern würde.

In der Kochecke öffnet Keno eine Konserve und kippt irgendeine Bohnenpampe mit Wurststückchen in einen Topf. Seine Bewegungen wirken eckig und angespannt, und ich ertappe mich dabei, wie ich auf seinen Beistand warte, doch er rührt weiter schweigend in den Bohnen.

»Unsere Lage hat sich durch eure Flucht ziemlich krass verschärft.« Juniper schaut mich eindringlich an. »Okay, die Polizei geht mit ihren Leuten schon mal nach Cloverhill rein und hält nach der nächsten Virenzelle Ausschau, aber jetzt haben sie die Patrouillen massiv verstärkt. Die suchen euch. Sie würden uns schon schnappen, ehe wir auch nur in die Nähe deines Vaters oder der Akademie gelangen.«

Keno stellt das Bohnenzeug und eine Packung mit Funny-Carb-Kräckern auf den Tisch, langt mit der Kelle in den Topf und füllt unsere Teller.

»Für mich nicht, danke«, murmele ich. *Polizei, Patrouillen, Lage hat sich verschärft,* die Worte wirbeln durch meinen Kopf, ohne dass sie einen Sinn ergeben.

Juniper streckt eine Hand aus und streicht über meinen Unterarm. »Wir verstehen, dass du dir Sorgen machst. Und wir halten engen Kontakt zu der anderen Gruppe. Sie haben versprochen, dass sie uns eine Zugangskarte zur Akademie beschaffen. Damit holen wir Tilda raus. Nur geht das nicht von heute auf morgen.«

Brandon nimmt seine Brille ab, putzt sie und setzt sie wieder auf. »Wir regeln das. Verlass dich drauf.«

Mich auf sie verlassen. Ihnen vertrauen. Kann ich das? Was ist los mit mir, wohin ist meine Zuversicht verschwunden? Ist es so, wenn du in der Dritten bist? Kein Zuckerguss aus positiven Gedanken und Gefühlen mehr, mit dem du das Hässliche, Unangenehme, Quälende überziehst. Nichts ist mehr eindeutig, alles hat plötzlich einen doppelten Boden. Als würdest du in einem Wald spazieren gehen und plötzlich merken, dass er nicht nur aus kräftigen Buchen, harzigem Duft und Vogelgezwitscher besteht. Dieser Baum dort ist von Pilzen befallen, die groß wie Ohren sind. Jener Ameisenhaufen entpuppt sich als ein Ort, an dem die Thronanwärterin der Königin auf den Rücken springt, um ihr den Kopf abzusägen. Und wenn das alles nicht wäre, würde der Wald an sich selbst ersticken.

Ich weiß nicht, ob mir das gefällt, und als ich zu Keno hinüberschaue, der in Gedanken versunken seine Bohnen löffelt, spüre ich tief im Innern einen Stich, den heftigen Wunsch, dass wenigstens wir beide uns einig darüber sind, wie es weitergeht und er zu mir hält, während ich gleichzeitig ahne, dass er zum ersten Mal zwischen Juniper und Brandon auf der einen und mir auf der anderen Seite steht.

Zwei weitere Tage in der Koralle verstreichen. Am Abend des dritten Tages brechen Juniper und Brandon abermals zu einem ihrer Rundgänge auf. Erneut wollen sie einen Vierer in die Koralle schleusen, auch wenn das dank der Polizei immer schwieriger wird. Zudem steht ein Treffen mit der anderen Virengruppe an, und das, meint Juniper, sei jetzt riskanter denn je. Sie wirkt angespannt, doch als ich anbiete, sie zu begleiten, blockt sie energisch ab. »Du und Keno, ihr dürft euch auf keinen Fall da draußen blicken lassen!« Vor Nervosität sprüht sie fast Funken. Sie erlaubt Brandon nicht einmal, einen letzten Kaffee aufzusetzen. Unter Protest lässt er sich von ihr zur Tür hinausschieben.

Wie viele Polizisten mögen wohl inzwischen in Cloverhill Streife fahren? Ich will es mir lieber nicht zu genau ausmalen.

Keno, ruhelos wie ein eingesperrtes Tier, bricht zu einem weiteren Streifzug durch das Untergeschoss auf. Er fragt mich, ob ich ihn begleiten möchte, doch ich bin zu erschöpft. Die schwarze Energie anderer Menschen zu verschieben, schlaucht mich mehr als jede Modulation. Entziehe jemandem das Negative, stoße es langsam wieder aus und verhindere durch irgendeinen unbestimmbaren Prozess, dass es sich in eine Welle verwandelt, die den Empfänger überflutet – das strengt auf eine Weise an, die mich seelisch und körperlich total auslaugt.

Nachdem Keno verschwunden ist, wird es in der Koralle gespenstisch still. Der Modulator ist ausgeschaltet, kein Rumoren dringt aus Junipers Labor. Ich sitze auf dem rosengemusterten Sofa und blättere in den Überresten eines Sternenatlas. Die Neonröhre über mir, die zur Hälfte zerbrochen ist und meine Sofaecke in ein unheimliches Geisterlicht taucht, flackert und zuckt.

Ich klappe den Atlas zu. In den letzten Tagen habe ich ihn immer wieder beiseitegeschoben, sobald er sich in mir meldete – diesen einen, misstrauischen kleinen Gedanken. Doch heute Abend fehlt mir die Kraft, heute dränge ich nichts zurück.

Was, wenn Brandon und Juniper das mit Tilda und meinem Vater nicht wichtig genug finden?

Ich weiß, sie wollen helfen – ich sehe es ja täglich mit eigenen Augen –, doch weiß ich auch, ob sie meinen Vater wirklich aus seinem grauen Schuhschachtelhaus und Tilda aus der Akademie befreien wollen? Mir ist schon klar, wie gefährlich beide Unternehmungen werden können – und deswegen wollen Brandon und Juniper das Risiko vielleicht gar nicht eingehen und verfolgen ganz andere Pläne.

Bevor mir noch richtig klar wird, was ich da tue, tragen mich meine Füße wieder einmal in Junipers Labor.

Wonach genau ich suche, weiß ich nicht; nach irgendetwas, das mir erklärt, was vor sich geht. Mir ist schon klar, dass die Polizei den Jasmin Boulevard überwacht, trotzdem muss es einen Weg geben, wie man meinen Vater dort rausschmuggeln kann. Wollen Brandon und Juniper diesen Weg finden? Oder – und als mir dieser Gedanke kommt, durchzuckt mich ein eisiger Schreck – ist mein Vater längst in die Fünfte abgestiegen und sie wollen mich vor diesem Wissen schützen?

Mit zitternden Fingern streiche ich über verschiedene Gegenstände auf dem Labortisch. Das Telefon; ein Autoschlüssel mit einem grünen Grinsegesicht als Anhänger; eine Art Labor-Logbuch, das ich vorsichtig aufblättere.

Vergilbtes Papier, eine kringelige Handschrift, von der ich annehme, dass sie Juniper gehört. Meterlange Formeln, komplizierte Berechnungen, in denen statt Zahlen nur Buchstaben und Symbole vorkommen. Dazwischengeklebte Zeitungsartikel, die alle dasselbe Thema variieren: die Schutzanzüge und welche Firma gerade in die Produktion eingestiegen ist. Eine Bestellliste für Merkwürdiges (Arsenum Drei, Hydroxyg. ent. ad. al.). Dazwischen handschriftliche Notizen, Tagebucheinträge, die ich natürlich nicht lesen werde. Die Tagebücher von anderen lesen ist unterste Kategorie.

Nur – was machst du, wenn dir dein eigener Name ins Auge springt?

Für Gemma tut es mir schon leid. Wir müssen uns dringend etwas überlegen, sonst tritt sie garantiert bald in den Streik. Und wir brauchen sie. Ich wünschte, die Umstände wären andere, aber Brandon hat recht: Ihr Dad erfüllt die Kriterien nicht.

Kriterien? Was soll das heißen, was für Kriterien?

Außerdem weiß ich nicht, wie wir Gemma erklären sollen, dass sie ihren Dad nur in die Dritte holen darf. Ich kann da keine

Kompromisse machen. Niemand geht hoch in die Zweite. Es war schwierig genug, das durchzusetzen, und wir machen keine Ausnahme mehr. Wenn die Leute nach Novamyne zurückkehren, schwenken sie nur wieder auf den Glückstrip ein und gefährden uns und unsere Arbeit. Ich weiß, das Leben in Cloverhill ist hart, aber es ist das kleinere Übel, da bin ich mir sicher.

Hier endet der Eintrag. Nur noch leere Seiten.

Langsam dringen die Worte in mich ein, schwarz und scharfkantig. In meinen Schläfen meldet sich ein stechender Schmerz. Wenn es nach Juniper und Brandon geht, wird mein Vater also gar nicht nach Novamyne zurückkehren. Und was sind das für Kriterien, von denen Juniper da schreibt? Mit Händen, die noch immer zittern, jetzt allerdings vor Wut, schnappe ich mir den grünen Grinse-Anhänger und stoße dabei einen Bunsenbrenner vom Tisch, der krachend zu Boden fällt.

Ich habe keine Ahnung, wo das Auto steht, zu dem der Schlüssel gehört, doch ich finde es und dann hole ich meinen Vater. Ich hole ihn in die Koralle und in die Zweite.

Rauchend vor Zorn stürme ich aus dem Labor – und laufe Keno direkt in die Arme.

»Gemma! Was zur Hölle war das für ein Krach?«

»Schau dir das an.« Ich zerre ihn zurück ins Labor und hämmere mit der Faust auf den Eintrag in Junipers Journal. Er nimmt es an sich und liest, was da steht.

»Und?«

Er reibt sich die Stirn. »Ich weiß, du willst das jetzt nicht hören, aber aus Junipers Sicht kann ich das schon verstehen.«

»Spinnst du? Keno, verdammt!« Meine Stimme bebt vor Zorn und Enttäuschung. »Da steht was von Kriterien und dass keiner aus der Quarantäne zurückkehren soll. Mein Vater verfault zusammen mit allen anderen in Cloverhill und Juniper macht sich inzwischen mit Brandon ein schönes Leben in Novamyne, oder was?«

»Das ist doch Blödsinn.« Zwischen seinen Augenbrauen bildet sich eine steile Falte. »Juniper und Brandon sind fast die ganze Zeit in Cloverhill unterwegs und reißen sich den Arsch auf für …«

»Meinen Vater? Eben nicht!« Ich weiche einen Schritt zurück. »Mir reicht das jetzt. Ich hole ihn. Siehst du diesen Schlüssel? Sag mir, wo das Auto steht. Das weißt du doch, oder?«

»Du kannst ja nicht mal fahren.«

»Und ob ich kann. Zufällig bin ich fast siebzehn und … und mein Vater hat das mit mir geübt und …« Meine Stimme überschlägt sich und bricht.

»Atme mal bitte kurz durch, ja?« Keno streckt eine Hand nach mir aus, als wollte er mich am Arm berühren, zieht sie jedoch wieder zurück. »Wir können deinen Vater nicht einfach herbringen. Die suchen uns. Dich suchen sie! Der Jasmin Boulevard wird immer noch überwacht.«

»Ist mir egal. Zeig mir, wo das beschissene Auto steht.«

Mit einem Seufzer schließt er das Journal, hebt den Bunsenbrenner auf und stellt ihn zurück auf den Tisch. Dann steht er einfach still da und meine Stimme schwillt wieder an. »Du hast mir was versprochen, Keno. Oder wolltest du bloß deine Haut retten? Dann sag das wenigstens.«

»Ich habe dich nicht benutzt. Falls du das meinst. Oder nur ein bisschen. Es ging mir nicht nur um mich selbst.«

»Nein. Dir ging es darum, mich zu Brandon und Juniper zu bringen«, zische ich. »Weil ich den Transfer draufhabe. Weil ich was für euch tun kann. Für eure Gruppe, die Viren, wen auch immer.« Ich will mich abwenden und aus dem Labor stürmen, so lautet jedenfalls der Plan. Doch ehe ich die Tür erreiche, erreicht Keno mich und packt meinen Arm.

»Au«, sage ich. »Du tust mir weh.«

Er lockert seinen Griff. Ein wenig. »Mir ging es nie um das, was du kannst. Nie. Mir geht es um das, was du bist. Mir ...« Er hält inne, als müsste er sich sammeln. »Mir liegt nämlich etwas an dir. Ich mag dich, Gemma. Ich mag dich sehr.«

Mich durchfährt es so sehr, dass ich zu zittern beginne, auch wenn ich das gar nicht will. Es lässt sich einfach nicht verhindern. »Dann hilf mir«, sage ich rau. »Bitte.«

Er schaut mich bekümmert an, so, wie man einen Menschen in Not anblickt, wenn man verzweifelt überlegt, was jetzt das Beste für diesen Menschen wäre. Und nicht für einen selbst. Schließlich lässt er mich los und nickt. Keine Worte. Nur dieses Nicken. Meine Erleichterung ist grenzenlos.

»Brauchen wir Schutzanzüge?«, fragt er.

»Nein.« Doch wo es nun konkret wird, fällt mir etwas ein, das meinen Magen in einen kalten Stein verwandelt. »Ich habe keinen Empfänger für meinen Vater. Niemanden, der die schwarze Energie aufnimmt.«

Er neigt den Kopf. »Ich bin der Empfänger.«

»Du bist in der Dritten.«

»Brandon war auch in der Dritten, als du mich aus der Vierten rausgeholt hast.«

Kann ich dieses Angebot annehmen?

Fast spüre ich, wie sich die Luft um uns herum auflädt. Keno strafft sich. Obwohl wir uns nicht vom Fleck rühren, scheint sich der Abstand zwischen uns zu verringern.

Ich kann.

26

Wir steigen durch die Bodenluke, die in den ehemaligen Luxusladen führt. Von dort geht es weiter in das verfallene Geschäft gegenüber, vorbei an einer Theke und zu einer Bretterwand, durch die der Wind pfeift. Keno schiebt zwei lose Latten beiseite und quetscht sich durch den Spalt, ich hinterher.

Die Tiefgarage ist ebenso verfallen wie der Rest des Einkaufszentrums. Wir laufen über eine Rampe, auf der eine tote Ratte liegt, vertrocknet, platt wie ein Bogen Papier, beinahe verschmolzen mit dem Asphalt. Parkbuchten, Betonsäulen, eine halbhohe Mauer. Keno drückt einen Schalter. An der Decke flackert eine Neonröhre auf und wirft ihr kränkliches Licht auf etwas, das unter einer schwarzen Plane verborgen ist. Mit einem Ruck zieht er sie beiseite und enthüllt einen zerbeulten, kleinen weißen Wagen, gut sichtbar in der Dämmerung.

»Unser Virusmobil«, sagt Keno mit todernster Miene. Es klingt so absurd, dass ich einfach lachen muss. Zum ersten Mal, seit wir aufgebrochen sind, löst sich die Spannung zwischen uns. Er lächelt. »Mach's dir bequem.«

Keno fährt, so schnell es geht, und weil uns auf den Straßen von Cloverhill nur wenige andere Autos begegnen, ist das ziemlich schnell. Die Beifahrertür schließt nicht richtig, der Wind wirbelt durch mein Haar und bläst den Geruch von modrigem Wasser in den Wagen, als wir die Westerau überqueren. Ich schaue zu dem ölig schillernden Fluss hinunter. Ein magerer Rottweiler trabt über den Weg, auf dem in der Nacht, als wir in Cloverhill angekommen sind, der Mann mit der Aura ausgelöscht wurde.

Ich sage mir, dass wir nichts hätten tun können, wir hätten es ja nicht einmal geschafft, von der Brücke aus rechtzeitig zu ihm zu gelangen, doch das Gefühl, ihn im Stich gelassen zu haben, will einfach nicht vergehen.

»Glaubst du, dass der Glanz jemals verschwindet?«, frage ich in die Stille zwischen Keno und mir hinein.

Seine Jackenärmel hat Keno trotz der winterlichen Kälte ein Stück hochgeschoben, sodass ich seine Unterarme sehe, sehnig und mit dunklen Härchen.

»Nein«, sagt er ruhig.

Und auch das verändert sich wohl, wenn du die Erste und Zweite Zone endgültig hinter dir lässt. Du hörst auf, deine Worte so lange zu frisieren, bis irgendwas verschwurbelt Positives dabei herauskommt.

Als wir in den Jasmin Boulevard einbiegen, erwartet uns das, was mich nicht einmal mehr groß überrascht: keine Polizei. Von Wachleuten keine Spur.

Es ist überhaupt niemand zu sehen. Hinter drei Fenstern brennt mattgelbes Licht, das ist alles. Keno parkt den Wagen. Mit zusammengepressten Lippen sitzt er da, dann schlägt er mit der Faust auf das Lenkrad. »Sie haben uns echt belogen.«

Ich stoße die Beifahrertür auf.

Dicht nebeneinander gehen wir den schmalen Heckenweg entlang. Einmal streifen Kenos Finger meine Hand. Ich habe das Gefühl, dass er es absichtlich tut. Als müsste er einen Bund oder ein Versprechen zwischen uns erneuern.

Dort ist die Tür. Da ist die Klingel.

Und dann: mein Vater.

Ich mache einen Schritt auf ihn zu. Keno streckt einen Arm aus und verhindert gerade noch, dass ich in meiner Hast stolpere und hinfalle.

»Papa«, sage ich heiser.

Er hat dick geschwollene Tränensäcke unter den Augen. Seine Stirn ist von Falten zerknittert. Unzählige schwarze Fäden schlängeln sich durch seinen Arkanit.

»Gemma.« Sein Lächeln ist winzig. Wie sehr muss er sich dazu zwingen, was mag es ihn kosten? Mein Herz fühlt sich an, als hätte jemand mit voller Wucht hineingeschlagen.

»Papa«, sage ich noch einmal. Eine einzelne Träne läuft über seine Wange. Nur die eine. Ich lege die Arme um ihn.

»Geht's dir gut, mein Schatz?« Seine Stimme klingt schleppend; die Stimme eines viel älteren Mannes.

Ich könnte jetzt mit dem Wir-kriegen-das-hin-und-alles-wird-gut-Spiel beginnen. Doch ich schaffe es nicht mehr. Und ich will es auch nicht. Stattdessen halte ich ihn fest und möchte ihn nie wieder loslassen.

Bis ich etwas an meinen Beinen spüre.

Es ist Fussel. Mit geschlossenen Augen reibt sie ihren Kopf an meinen Knöcheln. Ich bücke mich zu meiner Katze hinab, hebe sie vom Boden auf und drücke sie so fest an mich, wie man Fussel drücken darf, ohne dass sie zu quaken beginnt. Sie öffnet kurz die Augen, schnuppert an meinem Gesicht, kneift die Augen wieder zu und schnurrt so laut, dass es fast wie ein Knurren klingt. Alles an ihr ist weich und warm und fühlt sich so gut an, dass ich ein paar Augenblicke lang beinahe vergesse, warum ich hier bin.

»Gemma«, sagt Keno leise von hinten und legt eine Hand zwischen meine Schulterblätter. »Wir müssen los.«

Behutsam setze ich Fussel auf den Boden.

»Zieh dir eine Jacke an, Papa. Wir machen einen Ausflug.«

Das Licht ist wie ein Spot auf meinen Vater gerichtet. Seit wir in die Koralle zurückgekehrt sind, drehe ich ständig den Kopf zur Seite, um zu hören, was sich vor der Tür tut und womit wir als Nächstes zu rechnen haben – vielleicht werden Brandon und Juniper gleich hereinkommen, uns anschreien, ich habe keine Ahnung. Von jetzt an müssen wir einfach hoffen, dass sie wirklich bis morgen unterwegs sind.

Mit den Fingerspitzen tippt mein Vater auf die Liege, streicht in Zeitlupe über den schwarzen Bezug. Ich stelle mich dicht neben ihn. Während der Fahrt hat er kein Wort gesprochen. Auch jetzt wirkt er total abwesend. Er fragt nicht einmal, was wir vorhaben oder wie ich an diesen merkwürdigen Ort geraten bin. Wenn es bloß nicht zu spät ist. Wenn ich ihm bloß helfen kann. Keine Ahnung, was ich tue, wenn ich ihn verliere.

»Papa? Hörst du mich?«, frage ich leise. Er nickt, lächelt mich kurz an, das immerhin. »Ich hole dich jetzt in die Zweite, und dann kannst du mit Fussel nach Hause.« Ich taste nach seiner Hand und verschränke meine Finger mit seinen. Er nickt zum zweiten Mal, allerdings glaube ich nicht, dass er mich wirklich verstanden hat.

Keno tritt aus Junipers Labor, das Tablett mit den Spritzen in den Händen. Vorsichtig stellt er es auf dem Tisch ab, auf dem der Modulator steht. Ich löse meine Finger aus der Hand meines Vaters, gehe zu Keno hinüber und ziehe ihn beiseite.

»Ich weiß, dass ich dich aus der Vierten rausgeholt habe, aber du warst längst nicht so tief drin wie jetzt mein Vater. Guck dir seinen Arkanit an. Über drei Viertel schwarz. Bei dir war es gerade mal ein Fädchen. Und dass ich das bei dir geschafft habe, war sowieso Zufall. Anfängerglück.«

»Blödsinn«, sagt er gelassen. »Du hast alles richtig gemacht. Und das machst du auch jetzt.«

»Nein, warte. Ich hab mir was überlegt. Ich behalte die negative Energie von meinem Vater einfach in mir drin. Dann musst du gar nicht erst mit rein.«

Keno packt meinen Arm und umklammert ihn so hart, dass ich scharf den Atem einziehe. Seine Augen funkeln, unwillkürlich weiche ich einen Schritt zurück, doch er hält mich weiter fest. »*Einfach*, ja? Erinnerst du dich an das, was Juniper gesagt hat? Als du wissen wolltest, was passiert, wenn du die negative Energie in dir drinbehältst?«

Ich erinnere mich. *Lass uns das nicht ausprobieren, Gemma.*

Er lässt meinen Arm los. »Ich komme mit. Und du ziehst so viel schwarze Energie aus deinem Vater raus, dass er es bis in die Zweite schafft.«

»Aber wenn ich das alles zu dir rüberschiebe ...« Ich hasse es, dass ich so piepsig klinge. Mit geballten Fäusten hole ich tief Luft und fahre mit festerer Stimme fort: »Du könntest in die Vierte abschmieren.«

»Tu ich nicht.« Er klingt wieder ruhiger, beinahe sanft. »Du musst nur langsam machen. Wenn du die schwarze Energie vorsichtig genug zu mir rüberschiebst, kriege ich das gar nicht mit. Du bist in den letzten Tagen so gut geworden, Gemma, und ich tue hier nichts, was ich nicht tun will. Kümmere dich um deinen Vater. Du schaffst das.«

Die Art, wie er das sagt, hat nichts mit DIP zu tun. Kein Du-schaffst-alles-wenn-du-es-nur-willst. Seine Worte klingen durch und durch wahr. Als würde er sie nicht mit seinem Mund aussprechen, sondern mit dem Herzen.

Mein Vater hat sich hingesetzt. Seine Finger streicheln noch immer den Bezug, als wäre die Liege lebendig und als wollte er sie besänftigen.

»Also gut«, sage ich leise.

Keno zieht mich fest an sich und legt seine Wange kurz an mein Haar. »Fangen wir an.« Er lässt mich los. Ich gehe zu meinem Vater.

»Du musst dich jetzt hinlegen, Papa.«

Gehorsam streckt er sich auf der Liege aus und faltet die Hände über seinem Arkanit. Er scheint so fernab von allem, dass er vermutlich nicht einmal fragen würde, was wir vorhaben, wenn ein rosa Elefant mit Pompon-Hütchen in die Koralle getrampelt käme. Das erleichtert uns zwar die Arbeit, allerdings fühlt sich gerade gar nichts leicht an. Von jetzt an bin ich allein für meinen Vater verantwortlich. Wenn ich versage, bleibt er in Cloverhill, wird früher oder später in die Fünfte abschmieren und sterben, und dieses allgegenwärtige Wissen wirkt nicht gerade entspannend auf mich, meine kreisenden Gedanken oder meinen Magen, der in heftigem Aufruhr ist.

Keno zieht die Spritzen auf. Nachdem sich die weiße Kunststoffmaske auf das Gesicht meines Vaters herabgesenkt hat, müssen wir warten, bis er tief genug schläft. Keno lässt das Leuchtfeld des Modulators, das seine Gehirnströme als gekritzelte Gebirgslandschaft anzeigt, keine Sekunde aus den Augen. Über der Stirn der weißen Maske stehen ein paar Haarsträhnen meines Vaters in die Höhe. Mit gefalteten Händen liegt er da und ich stelle mir vor, wie er in einem kleinen Boot sitzt und auf dem Fluss seines Unterbewusstseins dahintreibt.

Wohin wird der Traum meinen Vater führen?

»Okay. Er ist tief genug drin.« Keno greift nach der zweiten Spritze.

Ich setze mich in meinem Stuhl. Der Nagel von Kenos Zeigefinger klickt gegen den Spritzenzylinder, als er die Luft herausklopft.

»Und du?«, frage ich.

»Was, ich?«

»Wer gibt dir deine Spritze?«

»Ich selbst natürlich.«

»Schaffst du das?« Ich fürchte, dass er wieder ungeduldig mit mir wird, doch er lächelt nur und streicht ganz zart über meinen Arm. »Das ist nicht schwer. Jeder Junkie kriegt das hin.«

Seine Hand liegt auf meinem Unterarm, die Halbmonde seiner Fingernägel leuchten sehr weiß. Ich will etwas sagen und weiß nicht, was. Ich lege meine Hand über seine.

»Bereit?«, fragt er leise.

»Bereit.«

Seine Hand gleitet höher, sein Daumen streicht über meine Ellenbogenbeuge. Behutsam führt er die Injektionsnadel ein. »Augen offen halten«, flüstert er.

Der Heiligenschein legt sich an meine Schläfen und drückt gegen meine Stirn. Die Okulare nähern sich meinen Augen. Alles wie immer. Und doch wieder nicht. Denn ehe es dunkel um mich wird, spüre ich Kenos Lippen, ganz flüchtig an meiner Wange.

Ich laufe einen Flur entlang, vorbei an drei Männern in glitzernden Schutzanzügen. Niemand achtet auf mich. Hinter der nächsten Ecke gerate ich in eine Halle mit einem Oberlicht, das einen strahlend blauen Sommerhimmel imitiert. Pfeilförmige Schilder weisen in verschiedene Richtungen: Heilmassage. Soulbuilding. Chakren-Akupunktur.

Ich war noch nie in einem Kurzentrum, doch dies dürfte eines sein. Was die Frage aufwirft, warum mein Vater von einem solchen Ort träumt.

Vor mir taucht eine Glastür auf. *Entbindungsstation,* steht in hellroten Buchstaben darauf. Hinter der Tür ist das Licht grell, alles sieht flach aus, sogar die Frau, die in einem Rollstuhl von einer anderen Frau im Schutzanzug durch den Gang gerollt wird. Ihr Bauch ist hochgewölbt, ihr Gesicht vor Schmerzen verzogen. Zu hören ist nichts bis auf ein fernes, monotones Piepen.

Das ist kein Kurzentrum. Es ist ein Mondhaus, die Auffangstation für Schwangere, die in einer Kritischen Zone stecken. Staatlich finanziert wie die Sonnenhäuser.

Eine schreckliche Ahnung steigt in mir hoch.

Wo ist mein Vater?

Xaviers Worte kommen mir in den Sinn: *Manchmal müssen wir uns erst in den Bereich des Unterbewusstseins vorarbeiten, in dem sich die Hauptperson aufhält.*

Ich schiebe mich durch die Glastür und gehe den Gang hinunter, biege um eine weitere Ecke und gerate in den nächsten Gang. Zwei Frauen stehen vor einer Tür, die eine trägt unter ihrem Schutzanzug einen weißen Kittel. Sie hat einen blonden Zopf und eine lange Nase, ihr Gesicht wirkt streng und kompetent. Die andere: bunte Klamotten, bunte Brille, bunte Perlenketten. Die beiden unterhalten sich murmelnd und bemerken mich offenbar nicht.

»… das Kind?«, fragt die bunt gekleidete Frau.

Die Ärztin nickt. »Wir hatten Glück. Unglaubliches Glück. Es war buchstäblich in letzter Sekunde. Das Kind hat alles gut überstanden, und das möchte ich fast ein Wunder nennen. Ein Mädchen.«

»Und der Vater?«

Die Ärztin lächelt. »Hält sich. Er ist sehr tapfer.«

»Irgendwelche Maßnahmen?«

Die Ärztin schüttelt den Kopf. »Sehen Sie einfach zu, dass der Vater die Kleine in ein gesundes Umfeld bringt.«

Tiefer Seufzer von der Bunten. »Ist ja fast ein Segen, dass die Mutter nicht mehr da ist. Hatte gerade letzte Woche einen Fall, wo die Frau nicht von dem Kind zu trennen war. Habe mir den Mund fusselig geredet, aber manche sind da völlig resistent. Infektionsgefahr? *Interessiert mich doch nicht! Ich und meine Bedürfnisse,* was anderes haben die nicht mehr im Kopf. *Mein Kind, mein Kind, ich will mein Kind,* ich kann's nicht mehr hören, die kreisen in dem Stadium nur noch um das eigene Ego.« Die Frau seufzt. »Jedenfalls bin ich heilfroh, dass wir uns hier nur um den Vater kümmern müssen.«

Um meinen Vater. Und wie sollte ich wissen, dass sie von meinem Vater spricht? Doch die Frage stellt sich nicht wirklich, es ist mir mit einer Endgültigkeit klar, die mir eine Gänsehaut über den Rücken laufen lässt. Auf eine quälend langsame und zähe Weise wird mir bewusst, was das alles bedeutet. Meine Mutter ist nicht mehr da. Sie ist gestorben. Und das offenbar unmittelbar nach meiner Geburt und nicht erst kurze Zeit später, wie ich bis heute dachte.

Irgendwo hier bin ich. Gerade geboren.

O Gott. In was für einen Traum bin ich da hineingeraten?

»Dann übernehme ich ab hier?«, fragt die Frau mit den bunten Klamotten.

»Bitte«, antwortet die Ärztin.

Die Frau öffnet die Tür und verschwindet in dem Raum dahinter. Die Ärztin blickt ihr nach, atmet tief aus und geht davon. Ihre Sohlen machen auf dem Linoleum ein quietschendes Geräusch. Am ganzen Körper zitternd wende ich mich zu der

Tür. Gleich werde ich meinem Vater begegnen. Und mir selbst. Als Baby, gerade geboren. Ich weiß nicht, ob ich das kann; ob man so etwas aushält. Mein Atem geht hektisch, ich versuche, ihn zu beruhigen, zähle innerlich bis zehn, fasse mir selbst in den Nacken, als wollte ich mich vorwärtsschieben.

Ich will nicht in dieses Zimmer gehen. Aber mehr als das will ich meinem Vater helfen. Alles, was seit meiner Geburt und dem Tod meiner Mutter passiert ist, hat uns bis an diesen Punkt geführt, und wenn ich etwas an der Gegenwart ändern und meinen Vater in die Zweite Zone holen kann, muss ich aushalten, was auf mich zukommt.

Ich strecke die Hand nach der Klinke aus, drücke sie herunter und öffne die Tür. Es geht zu leicht, kein Widerstand. Schon trete ich über die Schwelle und bin drin.

Zuerst nehme ich den Geruch wahr. Eisen. Blut. Als Nächstes sehe ich den Geburtsstuhl, die hochgestellten Beinstützen. Die Flecken auf dem blauen Bezug. Sonst ist nichts von meiner Mutter geblieben.

Ich stehe da wie eine Statue, die Arme um mich geschlungen. Meine Oberarme zittern, dabei ist es warm im Raum. Ich schließe die Augen, taste nach der Wand hinter mir und stütze mich ab, doch als ich die Frau von eben leise auf jemanden einreden höre, öffne ich die Augen wieder.

Obwohl ich nur seinen Rücken sehe, erkenne ich ihn sofort. Er hat das Kopfteil seines Schutzanzuges heruntergestreift. Seine Haare sind dunkler als heute. Mir war nicht klar, wie grau mein Vater bereits geworden ist. Die kleine, lichte Stelle an seinem Hinterkopf gibt es auch noch nicht. Ich drücke mich gegen die Wand und spüre, wie mir die Tränen kommen.

Ein schwacher Laut dringt zu mir. Nur dieser eine Ton. Er

geht mir mitten in die Brust und greift nach meinem Herz. Mein Vater dreht sich ein wenig von der Frau weg und zu mir hin, sodass ich nicht mehr nur seinen Rücken sehe. Ein Frotteebündel liegt in seinen Armen. Zwischen den Stofffalten schiebt sich ein unfassbar winziges Händchen hervor.

Meine Hand. O Gott. Das ist meine Hand.

Wie sie sich in die Luft reckt und die kleinen, kleinen Finger sich krümmen, als wollten sie sich an einem Stück Luft festhalten; wie zart und zerbrechlich diese Fingerchen sind. Einen Augenblick lang habe ich das Gefühl, dass mir die Beine wegsacken. Licht glänzt auf dem Gesicht des Babys und ich muss die Augen schließen, es ist zu viel, ich schaffe das nicht, es geht zu tief, ich kann nicht in diesem Traum bleiben.

Als ich meine Augen langsam wieder öffne, stellt sich die Frau in den bunten Kleidern gerade neben meinen Vater.

»Wie heißt sie denn?« Als sie eine Hand auf seinen Rücken legt, dreht er sich von ihr weg. Dabei zieht er das Frotteetuch ein Stück tiefer über das Gesicht des Babys und bedeckt mit seiner Hand behutsam dessen Augen.

»Gemma«, sagt er. Zum ersten Mal höre ich, wie traurig mein Name klingt. »Der hellste Stern in der Nördlichen Krone.«

Eine Welle der Verzweiflung überrollt mich, eine nagende Schuld, die auf meiner Brust lastet und die ich mein Leben lang mit DIP und Innerem Programm und sonst was überkleistert habe. Jetzt spüre ich sie in ihrer ganzen Schwere, die Angst, dass meine Mutter meinetwegen gestorben ist, egal, wie oft mein Vater mir versichert hat, es sei nicht so gewesen.

Schwarze Energie löst sich in langsamen Wellen aus der Brust meines Vaters und strömt auf mich zu, und fast im selben Moment begreife ich, dass er in diesem Augenblick etwas ganz Ähnliches empfindet wie ich, eine ähnliche Schuld. Als die

Schwärze in mich eindringt, stoße ich ein leises Keuchen aus. Mein Vater verändert seine Position um einen halben Schritt, sodass ich das Baby – mich – noch besser sehen kann. Meine Ärmchen rudern, das Frotteetuch verrutscht, ein kleines Stück Brust wird sichtbar; wie frisch gebadet bin ich, meine Haut ist blank und blassrosa. Ein winziger Mund, der leicht offen steht, die Nase darüber gleicht einer Beere.

Meine Augen sind noch immer von der schützenden Hand meines Vaters bedeckt.

Die schwarze Energie fließt und strömt. Wie kalte, spitze Finger dringt sie in mich ein und bohrt sich in meinen Körper. Jedes Mal, wenn ich die negativen Kräfte in mich aufnehme, ist es wie ein Schock, doch diesmal lasse ich es länger dauern als sonst, es muss mehr Schwärze in mich rein, sonst schafft mein Vater es nicht in die Zweite.

Allmählich gleite ich in eine Art Trance hinüber. So kalt ist mir gar nicht mehr. Ich habe das Gefühl, dass ich ewig so weitermachen, mich in diesem Fließen und Strömen verlieren könnte. Doch das darf ich nicht; ich darf nicht abdriften. Hier geht es nicht um mich.

Ich versuche, in mich hineinzuspüren. Habe ich genug schwarze Energie in mich aufgenommen, reicht es, damit mein Vater in die Zweite aufsteigt? Auch an Keno muss ich denken, es darf nicht zu viel für ihn werden.

Also raus damit.

Ich spanne meine Muskeln an. Der Fluss stoppt. In winzigen Schüben löse ich die Spannung. Langsam. Noch langsamer. Spinnwebfeine schwarze Fäden fließen aus meiner Brust, aber nicht zurück zu meinem Vater, sondern zu dem hellen Fleck, der in der Nähe der Tür in der Luft schwebt. Keno.

Das Aufwachen beginnt, aber gleichzeitig bin ich noch hier,

im Kreißsaal. Ich gehe einen Schritt auf meinen Vater zu und strecke eine Hand nach ihm aus. Im selben Moment reckt sich auch die Hand des Babys meinem Vater entgegen. Er schaut auf meine Hand, dann auf die Hand des Babys. Die winzigen Finger greifen nach seinem Zeigefinger und umschließen ihn.

Der letzte schwarze Faden löst sich aus mir. Schon kann ich den Dunst der Koralle riechen.

»Gemma«, sagt mein Vater, rückt das Frotteebündel in seinen Armen zurecht und stützt es mit einer Hand behutsam ab, während er die andere Hand nach mir ausstreckt. Ganz fest verflechten sich unsere Finger.

Mein Vater löst seine Hand aus meiner und legt sie schützend über sein Kind, ohne den Blick von mir zu nehmen.

Ich kehre zurück.

Als sich der Heiligenschein hebt, surrt er so laut, dass er meinen schweren Atem übertönt. Papa, denke ich, und: Keno. Zögernd, als müsste ich innerlich über eine Mauer klettern, von der ich weiß, dass sich dahinter etwas Wichtiges entscheidet und es für mich entweder hell oder dunkel wird, wende ich den Kopf nach links. Mein Vater ist eine flach auf dem Rücken ausgestreckte Gestalt mit einer weißen Kunststoffmaske über dem Gesicht. Er schläft noch. Seine Hände sind von seiner Brust gerutscht, die leicht gekrümmten Finger liegen zu beiden Seiten seines Körpers.

Langsam stehe ich auf und gehe zu ihm hinüber. Bitte. Bitte die Zweite.

Im grauen Nebel schwebt ein einzelner goldener Faden, haarfein und bebend, als könnte er sich jeden Augenblick auflösen. Doch er ist da. Aus meinem Mund kommt ein komisches Geräusch, wie Lachen und Weinen gleichzeitig.

»Geschafft«, flüstere ich. »Du hast es geschafft, Papa.«

Am ganzen Körper zitternd drücke ich den Knopf an der Seite seiner Liege. Die Kunststoffmaske hebt sich. Ich lege eine Hand an seine Wange, sie fühlt sich pieksig an, als hätte er sich tagelang nicht rasiert. Ich beuge mich zu ihm hinunter und drücke einen Kuss auf diese raspelige Wange, schiebe mich um das Kopfteil der Liege herum und gehe zu Keno.

Er ist schon wach. Seine Augen sind hell und schimmernd. Nur in diesen Schimmer schaue ich. Auf seinen Arkanit zu gucken, das traue ich mich nicht. Er löst die Kabel von seinen Schläfen, stemmt sich aus seinem Sessel hoch und kommt zu mir, bleibt so nah vor mir stehen, dass seine Umrisse vor meinen Augen verschwimmen. Mit einer Fingerspitze berühre ich seinen Arkanit. Er ist weder warm noch kalt, sondern etwas dazwischen. Jetzt gucke ich doch.

Der graue Nebel flirrt und strudelt. Sonst ist da nichts.

Keno nickt. »Noch immer die Dritte. Wie geht's deinem Vater?«

»Er hat es geschafft.«

Im nächsten Moment liegen wir einander in den Armen. Jeder Zentimeter von mir drückt sich gegen ihn, während seine Hände über meinen Rücken streichen. Ich erinnere mich an seine Lippen, daran, wie sie mich vorhin berührt haben. Oder habe ich mir das nur eingebildet? Egal. Am liebsten würde ich die nächsten fünf, zehn, fünfzig Jahre mit ihm in dieser Umarmung stehen. Ich rühre keinen Muskel, weil jede Bewegung etwas verändern und den Moment herbeiführen könnte, in dem er sich von mir löst. Natürlich tut er es trotzdem. Behutsam gleiten seine Hände ein letztes Mal meinen Rücken hinunter. »Ich wusste, dass du es schaffst.« Er tritt einen Schritt zurück und hebt eine Hand, als wollte er mein Gesicht berühren. In diesem Moment höre ich hinter uns ein Knarzen.

Mein Vater hat sich auf seiner Liege aufgesetzt. Sofort bin ich bei ihm. Die dunklen Schatten und Linien in seinem Gesicht sind noch immer da, trotzdem hat sich alles in diesem Gesicht verändert. Als wäre er aus einem Bild herausgestiegen, das in einer verstaubten Zimmerecke gehangen hat.

»Papa? Wie fühlst du dich?«

»Mit mir ist alles gut.« Sogar seine Stimme klingt verwandelt, schleppt sich nicht mehr so müde dahin.

»Erinnerst du dich an irgendwas?«, frage ich vorsichtig.

Er schüttelt den Kopf. »Ich habe geschlafen, oder? Ist etwas passiert?«

»Nein. Nichts. Es ist alles in Ordnung.«

Keno greift in das Täschchen, das er neben den Spritzen auf dem Tablett deponiert hat. Die Ampulle ist mit einem neongrünen Zeug gefüllt. Mit einer schnellen Drehung seines Handgelenks knickt er den Ampullenkopf ab und zieht den Inhalt auf eine Spritze mit einer irrsinnig dicken Injektionsnadel.

»Was ist das?«, frage ich, obwohl ich es bereits ahne.

»Silver Ice. Stabilisiert den Arkanit deines Vaters in der Zweiten.«

»Muss das sein?« Dieser Silver-Ice-Kram behagt mir nicht, doch mein Vater hat seinen Arkanit schon abgestreift und reicht ihn Keno. Die Kanüle scheint weniger in den Stein hineinzustechen, als dass der Stein sie einsaugt und mit ihr das neongrüne Zeug. Danach muss der Arkanit eine Viertelstunde lang ruhen, damit sich das Silver Ice verteilt. Eng nebeneinander sitzen mein Vater und ich auf der Liege und beobachten, wie Keno den Stein vorsichtig in Junipers Labor hinüberträgt. Dort bleibt er, ich höre ihn herumlaufen, schenkt uns diese Minuten unter vier Augen.

Als mein Vater einen Arm um mich legt und ich den Kopf an

seine Schulter lehne, würde ich ihn gerne fragen, was damals in dem Mondhaus bei meiner Geburt geschehen ist. Hatte meine Mutter noch Zeit, mich zu halten, haben wir einander wenigstens einmal in die Augen geblickt? Es würde nichts ändern, meine Mutter bliebe tot, trotzdem wäre es ein tröstlicher Gedanke. Doch ich ahne, dass es zu viel für meinen Vater und seine Zweite Zone wäre, das alles jetzt noch einmal zu durchleben.

»Ich habe dir nie besonders viel über deine Mutter erzählt«, sagt er so unvermittelt, als hätte er meine Gedanken gehört oder als schwirrten da noch immer Bruchstücke des Traumes in ihm umher. »Aber da war immer die Angst, dass ich damit zu viele ... problematische Gefühle in dir auslöse.« Er lächelt mich an. »Weißt du, wie wir einander kennengelernt haben?«

Ich schüttele den Kopf. Von sich aus hat er nie davon gesprochen und ich habe nie gefragt, aus Furcht, das Thema könnte zu schmerzlich für ihn sein.

»Jeden Morgen auf dem Weg zur Uni bin ich mit dem Rad durch diesen Park gefahren. Und immer saß dort auf einer Bank an einem Ententeich diese junge Frau und strickte. Ihr Haar war im Nacken zu einem Knoten geschlungen, der selbst wie ein Wollknäuel aussah. Was genau mich an ihr angezogen hat, weiß ich nicht, aber von Tag zu Tag bin ich ein bisschen langsamer gefahren, bis ich nach zwei Wochen fast vom Rad gefallen bin. Da habe ich sie angesprochen. Habe sie gefragt, was sie da strickt. Sie hat's nicht gewusst.« Er lacht leise. »Es sah aus wie ein Topflappen für einen Riesen.«

Ich beuge mich vor und warte, dass er fortfährt, sein Gesicht hat sich gerötet, so lebendig habe ich ihn lange nicht erlebt.

»Deine Mutter hatte ein eigenartiges Gesicht. Ihre Züge waren ein bisschen schief und sie hatte eine Nase wie ein Knopf.

Später hat sie mir erzählt, ich sei der erste Mann gewesen, der sie je angesprochen hat. Ich fand sie von Anfang an wunderschön. Sie trug diese graugrünen, unmodernen Kleider, in denen sie wie ein Waldwesen aussah. Ich habe sie ins Kino eingeladen, so hat es angefangen. Am liebsten hätte ich sie sofort geheiratet. Das habe ich ihr gesagt und als sie eingewilligt hat, dachte ich: Jetzt ist es so weit, jetzt hole ich sie weg.«

»Weg wovon?«

»Von der Grenze zur Dritten. Immer waren da nur zwei, drei goldene Fäden in ihrem Arkanit. Ich dachte, mit meiner Liebe schafft sie es bis in die Erste.« Er lächelt traurig über den naiven jungen Mann, der dachte, seine Liebe könne Berge versetzen.

»Je mehr Bücher ich ihr geschenkt und je heftiger ich sie zu all diesen Glücks-Events und Happy-Sessions gedrängt habe, desto tiefer hat sie sich in ihre eigene Welt zurückgezogen. Sie wollte mir ihre Gefühle erklären – und ich wollte ihr diese Gefühle wegnehmen. Als sie im fünften Monat schwanger war, musste ich sie in ein Mondhaus bringen.«

Ich schließe die Augen, als könnten meine Traurigkeit und meine Schuldgefühle von mir abgleiten und verschwinden, wenn ich nur lange genug wegschaue. Was hat meine Mutter so verzweifelt werden lassen? Die Aussicht, ein Kind in eine Welt zu setzen, in der du glücklich sein oder sterben musst? Hatte sie solche Angst, mir nicht genug positive Gefühle mit auf den Weg zu geben, dass sie in die Fünfte Zone abstieg?

»Mitzuerleben, wie jemand in der Fünften verschwindet, den du liebst …« Die Stimme meines Vaters wird brüchig. »Nichts tun zu können. Es aushalten zu müssen. Das war das Schlimmste.«

Woher hat er die Stärke genommen, wie hat er es geschafft?

Aber wenn du jemanden liebst, schaffst du vielleicht mehr, als du für möglich hältst.

Ich wünschte, er hätte es mir früher erzählt. Ich wünschte, ich hätte ihn gedrängt, mir die Wahrheit über meine Mutter ungeschminkt ins Gesicht zu sagen. Doch wir hatten wohl beide zu viel Angst vor den Gefühlen, die wir damit beim anderen auslösen.

Dass ich nun hier neben meinem Vater sitze und um meine Mutter weine, fühlt sich ganz und gar richtig an.

Bevor Keno und mein Vater in das Virusmobil steigen, stehen wir noch einen Augenblick hinter dem Einkaufszentrum zusammen. Ich hatte geglaubt, dass ich meinen Vater zurück zum Jasmin Boulevard begleiten will, doch als ich neben ihnen ins Freie gestolpert bin, ist mir klar geworden, dass ich es nicht schaffe. Die Welt dreht sich in schiefen Kreisen, ich spüre ein Beben im Boden oder in meinen Beinen und kann mich kaum aufrecht halten. Der Transfer hat mich stärker ausgelaugt als jeder Transfer zuvor. Keno, der sofort gemerkt hat, dass etwas nicht stimmt, hat mir striktes Ausruhen verordnet. Auch wenn es mir schwerfällt – ich habe zugestimmt.

»Ich bringe ihn heil und ganz zurück. Und erwischen lass ich mich auch nicht«, versichert mir Keno ungefähr zum hundertsten Mal.

Mein Vater umarmt mich. »Komm bald nach Hause, Gemma. Und dann erklärst du mir, was das alles bedeutet.«

Ich erwidere seine Umarmung, so fest ich kann, und erinnere ihn, dass er gleich morgen früh Fussel einpacken und das Gesundheitsamt von Cloverhill aufsuchen muss. »Die lassen dich sofort raus. Dann kannst du endlich heim.«

Ich gebe ihm einen Schubs, damit er schnell in den Wagen

steigt und nicht sieht, dass ich mit den Tränen kämpfe. Er verschwindet im Innern des Virusmobils und zieht die Tür hinter sich zu. Ich drücke meine Hand gegen das schmutzige Blech.

»Bis bald, Papa«, sage ich und lasse meine Finger an Ort und Stelle liegen, bis der Wagen losfährt. Das Letzte, was ich von dem Virusmobil sehe, ist der Abdruck meiner Hand in der Schmutzschicht auf der Beifahrertür.

27

Ich brauche Schlaf. *Schlaf, Schlaf,* ich sage es mir zum tausendsten Mal. Morgen, wenn Brandon und Juniper zurückkehren, muss ich sie zur Rede stellen und ich nehme an, dass ich dafür meine ganzen Kräfte zur Verfügung haben sollte. Doch je mehr ich schlafen will, desto wacher werde ich.

Schritte nähern sich der dünnen Sperrholztür meines Verschlags. Ein leises Klopfen. Ich atme ein, aus, ein, als müsste ich innerlich Anlauf nehmen, dann stehe ich auf und öffne die Tür.

Schweigend blicken Keno und ich einander an. Er schluckt, seine Kehle ruckt auf und ab.

»Hat alles geklappt?«, quetsche ich heraus.

»Alles«, sagt er rau. »Ich habe mehrere Polizeistreifen gesehen, aber die waren offenbar alle zum anderen Ende von Cloverhill unterwegs.« Pause. »Komm.« Er streckt mir eine Hand entgegen. »Wir brauchen frische Luft.«

Eingemummelt in unsere Jacken verlassen wir die Koralle und steigen über ein Gewirr aus rostigen Feuertreppen ins Obergeschoss des Einkaufzentrums hinauf. Efeuranken sind hier von draußen durch den Mörtel gestoßen und schwanken über uns wie Urwaldlianen. Gurrende Tauben, irgendwo im Dachstuhl. Keno öffnet eine Tür und wir treten ins Freie.

»Das war mal das Parkdeck«, sagt er.

Ich mache einen Schritt auf die weite Fläche hinaus und halte inne. »So viele Autos kann's doch gar nicht gegeben haben – ich meine, egal, wie viele Menschen das waren.«

Er lacht leise. »Es gab noch viel mehr.«

Nahe der Brüstung setzt er sich auf den gemauerten Rand eines alten Luftschachts. Ich bleibe stehen. Von hier aus kann ich bis zu den Lichtern von Novamynes Vororten schauen. Weit im Nordwesten scheint der Glanz an einer Stelle über dem Horizont intensiver zu leuchten. Dort glaube ich die Silhouette eines Waldes zu erkennen, aber vielleicht möchte ich auch nur unbedingt, dass ich den Ort sehe, an dem die Kuppel liegt und alles seinen Anfang nahm. Ich lege den Kopf in den Nacken und blicke hinauf. Für einen Augenblick spüre ich den Drang, die Schönheit dort oben in mich aufzusaugen, doch dieser Drang ist nur noch ein Echo von dem, was einmal war und womit ich nichts mehr zu tun haben will.

»Wie ist es, wenn du da hochschaust?«, höre ich Keno hinter mir fragen.

Ich drehe mich um. »Früher war es die pure Erleichterung«, antworte ich zögernd. »Ich bin sofort ganz ruhig geworden.«

»Und jetzt?

»Jetzt lasse ich es nicht mehr an mich ran.«

»Hm-m«, macht er, und ich setze mich langsam neben ihn. Langsam lasse ich mich neben ihm nieder. Angestrengt starre ich erst mal auf den Asphalt, ohne wirklich etwas zu sehen, aber dann sehe ich doch etwas: Ein Löwenzahn hat sich durch einen Riss geschoben und wartet in der Kälte auf den Frühling.

»Juniper hat gelogen«, stoße ich hervor und ich weiß wirklich nicht, woher das jetzt kommt, aber es muss wohl einfach raus. Aus den Augenwinkeln sehe ich, wie er den Kopf in meine Richtung dreht und tief Luft holt.

»Zumindest hat sie die Dinge ziemlich aufgebauscht.« Er reibt sich das blasse Gesicht. »Entschuldige. Du hast natürlich recht. Sie hat gelogen. Genau wie Brandon. Cloverhill ist zwar voll mit Polizei, aber es sieht nicht so aus, als hätten sie deinen Vater überwacht. Jedenfalls nicht durchgehend.«

»Ich versteh bloß nicht, warum sie uns was vorgemacht haben. Und was hat es mit diesen Kriterien auf sich, von denen Juniper geschrieben hat?«

»Keine Ahnung.«

»Was könnte es denn sein? Geld? Oder wie gut jemand mit Juniper und Brandon befreundet ist?«

»Ich weiß es wirklich nicht.« Er seufzt. »Die beiden verbringen ihre ganze Zeit damit, den Leuten in Cloverhill zu helfen. Sie riskieren dabei ihr Leben ... oder, na ja, zumindest ihre Freiheit. Ich will mir lieber nicht vorstellen, dass sie dafür Geld nehmen.«

Schweigen. Keno rückt näher an mich heran. Durch den Stoff meiner Jeans drückt sich sein Oberschenkel fest gegen meinen.

»Tut mir leid, dass du deinen Vater nicht begleiten konntest«, sagt er.

»Ist schon okay. Erst muss ich mich noch um Tilda kümmern.«

»Wir. Wir kümmern uns. Du und ich. Wir machen das zusammen.«

Seine Jacke raschelt, als er sich mir zuwendet. Mein Herz klopft so heftig, dass vor meinen Augen rote Pünktchen explodieren.

»Und wie geht es dir?«, quetsche ich hervor. »Hast du den Transfer wirklich gut überstanden?«

»Ich bin ein bisschen müde. Sonst ist alles gut.«

»Nur müde? Sicher?«

Er holt seinen Arkanit hervor, den er jetzt meist unter seiner Kleidung verborgen trägt. Dritte Zone. Nicht ein Schatten von Schwarz.

»Was du getan hast«, stoße ich hervor, »was du für meinen Vater getan hast, das war … Danke.«

»Ich hätte es viel früher tun müssen. Es tut mir echt leid, Gemma. Ich glaube, ich wollte mir nicht vorstellen, dass die beiden uns was vormachen. Juniper hat mich nie angelogen. Lügen war nie ein Thema zwischen uns. Ich hab's ihr einfach nicht zugetraut.«

Er legt eine Hand über meine im Schoß gefalteten Hände und drückt sie sanft und ich weiß nicht, was ich denken soll. Also lasse ich das mit dem Denken. Jetzt legt er seine andere Hand in meinen Nacken und dreht meinen Kopf behutsam zu sich herum. Sein Gesicht nähert sich meinem. Wenige Zentimeter vor mir hält er inne. Meine Wangen sind glühend heiß. Ein kurzer Augenblick, in dem nichts passiert. Dann küsst er mich. Und küsst mich. Und küsst mich. Und ich küsse ihn. Mein erster Kuss, denke ich verschwommen und: So ist das also. Das, wovon ich so viel gelesen habe und von dem ich so oft versucht habe, es mir vorzustellen.

Als wir uns voneinander lösen, streicht Keno mir durchs Haar und legt einen Finger an meine Lippen. Unsicher rücke ich ein Stück von ihm ab, doch er zieht mich gleich wieder zu sich heran. Seine Hände legen sich warm und weich an meinen Körper, die Linke in meinem Nacken, die Rechte an meiner Hüfte.

»Das hat dein Vater gut ausgesucht«, murmelt er.

Ich räuspere mich verwirrt. »Wie bitte?«

»Gemma. Der hellste Stern. Der Name passt zu dir.«

In der Dämmerung des Glanzes schimmern seine Augen. Bedächtig streichelt er meinen Hals, tastet nach meinen Schultern, hüllt mich in seine Umarmung ein. Ich bin von Keno Reed umschlossen.

Es ist wie der Blick in den Glanz.

Der Gedanke ist flüchtig, doch er ist da und die Versuchung groß, mich ganz in dieser Umarmung zu verlieren.

Aber ich verliere mich nicht. Ich bin hier. Und für diese Augenblicke, mit ihm auf dem Dach, bin ich glücklich.

28

Während des Frühstücks am nächsten Morgen beugt sich Keno immer wieder zu mir herüber, streicht mir über die Wange, berührt mein Haar, fasst nach meinen Händen. Küsst mich. Seine Haut ist weich und etwas rau und mein Herz schaltet jedes Mal einen Gang höher, wenn ich seine Lippen spüre. In diesen kostbaren Momenten gelingt es mir sogar für kurze Zeit, die Frage beiseitezudrängen, was passieren wird, wenn Juniper und Brandon in die Koralle zurückkehren.

Gegen Mittag klingelt im Labor das Telefon. Vor Schreck lasse ich den Sternenatlas fallen, in dem wir geblättert und nach der Nördlichen Krone gesucht haben. Langsam erhebt sich Keno von dem rosengemusterten Sofa. Ich folge ihm hinüber ins Labor, wobei ich unwillkürlich auf den Zehenspitzen gehe. Vorsichtig hebt er den Hörer ab. »Hallo?«

Die Polizei, denke ich. Sie haben herausgefunden, wo ...

Keno nickt. »Das sind gute Nachrichten. Wollen Sie Gemma ... Ich verstehe ... Ja, das hoffe ich auch.«

Leise legt er den Hörer auf und dreht sich zu mir um. Ein kleines Lächeln liegt auf seinen Lippen.

»Dein Vater. Er wollte nicht lange reden. Zu gefährlich. Fussel und er sind in Novamyne angekommen. Sie sind in Sicherheit.«

Ein ganzes Felsengebirge rutscht mir vom Herzen. Die Erleichterung ist so gewaltig, dass ich mich auf den kippeligen Drehstuhl fallen lasse und mein Gesicht in den Händen verberge. »Jetzt fehlt nur noch Tilda«, murmele ich zwischen meinen Fingern hindurch.

»Sobald Juniper und Brandon hier auftauchen, klären wir, wie es weitergeht.« Keno legt die Arme um mich. Ich spüre seine Wange an meiner Schläfe, seinen Atem an meinem Ohr. »Bis dahin versuchst du bitte, an etwas anderes zu denken«, flüstert er. »Du musst wieder zu Kräften kommen. Ohne Brandon und Juniper können wir ohnehin nichts tun. Wir brauchen die Zugangskarte, von der Juniper gesprochen hat. Also – worauf hast du Lust?«

Ich hebe den Kopf. Ich habe den Eindruck, er würde mir auch von irgendwoher ein Schokoladentörtchen mit einer Extraportion Schlagsahne organisieren, wenn ich ihn darum bitten würde.

»Ein bisschen spazieren gehen?«, frage ich, auch wenn uns da nicht viele Möglichkeiten bleiben.

Und so verbringen wir den Nachmittag mit einem weiteren Streifzug durch das Untergeschoss des Einkaufszentrums. Zumindest tun wir so. Alle paar Minuten bleibt Keno stehen, zieht mich an sich und küsst mich. Es sind Küsse wie heute Nacht, sanft und fragend, und ich erwidere sie alle.

»Ich möchte dir etwas zeigen«, sagt er schließlich und führt mich eine halb verschüttete Treppe hinauf. Schon auf dem Weg nach oben höre ich das Geräusch, eine schwebende Klage, die anschwillt und wieder verhallt, eine Geistermusik, unheimlich und gleichzeitig wunderschön.

»Was ist das?«, flüstere ich.

»Wart's ab.« Er führt mich um die nächste Ecke. Kalte Luft schlängelt sich uns entgegen.

Was auch immer dieser Raum früher gewesen sein mag, jetzt ist er eine Ruine. Fußboden und Decke sind geborsten und an mehreren Stellen eingesunken. Hinter der größten Öffnung im Mauerwerk, in der ein ausgewachsener Mensch Platz finden würde, leuchtet der Glanz. Doch das ist es nicht, was meine Aufmerksamkeit bannt. Jemand hat eine Art ellipsenförmigen Holzrahmen in die Öffnung gebaut und mehrere Drähte in den Rahmen eingespannt.

»Erinnerst du dich an den Typen, der vor dem rosa Wohnwagen gesessen hat? Unten, im Sonnentorpark?«, fragt Keno. »Er hat sie gemacht. Es ist eine Windharfe. Der Wind macht die Musik.«

Die seltsamste und schönste Musik, die ich je gehört habe; eine Musik wie aus einem anderen Universum.

Eng an Keno geschmiegt lausche ich den fremdartigen Klängen, die so zerbrechlich sind wie dieser vollkommene Augenblick an seiner Seite. Eine klare Fantasie von den Orten, an denen ich mit meiner ersten Liebe zusammen sein würde, habe ich eigentlich nie gehabt, obwohl ich mir natürlich Hunderttausende ausgemalt habe. Doch es waren diffuse Vorstellungen, etwas wie das Ufer des Himmelsees oder ein Wald mit silbrigem Nebel oder ein von goldenem Kerzenschein erfülltes Zimmer – oder eine Kombination aus allem. Sicher habe ich mir keinen halb verfallenen Raum vorgestellt, in dem der Wind auf einer Harfe spielt. Doch gerade das Brüchige und Verletzte dieses Ortes lässt mich meine eigene Verletzlichkeit spüren – und meine Lebendigkeit.

Ich wende mich Keno zu. Seine Augen sind dunkel und groß und leuchten in einem eigenartigen Licht. Sein Atem streicht über meine Lippen, dann sind seine Lippen auf meinen. Ich schließe die Augen und drücke mich an ihn. Sein Kuss wird härter, hungriger, und obwohl es so kalt ist, wird mir immer wärmer, mein Körper glüht schon, als würde Keno in mir lauter kleine Feuer entzünden. Der Raum um uns herum, das Einkaufszentrum, Cloverhill verschwinden. Zurück bleiben Keno und ich und die seltsame Musik, die uns umhüllt, unendlich schmerzvoll, herzzerreißend schön. Mit einem Mal überwältigt mich das alles – Keno, mein Vater, Tilda, all die Gefühle, die in mir durcheinandergehen, diese Mischung aus Glück und Liebe und Schmerz. Ehe ich mich versehe, löse ich mich aus unserem Kuss, neige den Kopf und spüre, wie ein paar Tränen aus meinen Augen fallen.

»Sie hat sich auf mich verlassen und dann habe ich ihr Leben kaputtgemacht«, der Tränenschleier vor meinen Augen lässt das Geröll und die Mörtelbrocken auf dem Boden funkeln. »Sie hat mir vertraut. Das macht mich am meisten fertig, sie ...«

»Nicht, Gemma.« Mit einem Finger streicht er meine Tränen weg. »Nicht.«

Ich schlinge die Arme um seinen Hals und drücke meine feuchte Wange gegen seine, bin ein zitterndes Etwas aus chaotischen Gefühlen.

»Wir holen Tilda raus«, flüstert er. »Das verspreche ich dir.«

Später, als ich mich beruhigt habe und wir wieder an dem zerkerbten Holztisch in der Koralle sitzen, die Hände um unsere Becher mit Kakao geschlungen, bittet er mich, ihm etwas über mich zu erzählen.

»Oje.« Verlegen male ich mit der Fingerspitze eine Wellenlinie auf den Tisch. »Das ist so eine Frage, bei der ich auf einen Schlag mein ganzes Leben vergesse. Fang lieber du an.«

»Soll *ich* dir etwas über dich erzählen?«

»Kannst du das denn?«

»Ich wette, als Kind hast du deinen Vater mit deiner Sturheit in den Wahnsinn getrieben.«

»Stimmt«, sage ich überrascht. Und jetzt fällt mir tatsächlich etwas ein. »Einmal ist Fussel in unserer Wohnung in ein gekipptes Fenster gerutscht, da war ich ungefähr zehn. Als mein Vater und ich nach Hause gekommen sind, war sie schon beinahe tot. Wir sind sofort mit ihr zum Tierarzt, aber der meinte, die Chance, dass sie durchkommt, stehe eins zu tausend. Ihre Organe waren schlimm gequetscht, am Becken war was gebrochen und es wäre besser, wenn man sie gleich einschläfert. Ich hab's ihm verboten. Also hat er mir gezeigt, wie ich Fussel versorgen und ihr jeden Morgen eine Spritze geben muss, immer zur selben Uhrzeit. Drei Wochen lang hab ich sie versorgt und ihretwegen ungefähr alle zwei Tage die Schule geschwänzt. Mein Vater konnte nichts machen.«

In Kenos Augenwinkeln bilden sich winzige Fältchen, als er lächelt. »So was in der Art habe ich vermutet.«

»Jetzt du.«

Nach einem langen Schweigen sagt er: »Ich würde dir gern erzählen, dass ich ein echt cooler Junge war, der gegen sämtliche Lehrer an unserer Schule rebelliert hat und mindestens einmal pro Woche von zu Hause ausgerissen ist. Oder dass ich heimlich mit dem Auto meines Vaters auf Tour gegangen bin. Aber ich war ein braver Sohn. Wollte immer alles richtig machen. Bloß keine roten Linien übertreten. Einmal hab ich's versucht, das war an meinem zwölften Geburtstag, da bin ich mit zwei Freunden ins Kino gegangen.«

»Wie gewagt«, sage ich lächelnd.

»Und wie. Der Film war ab 18. Den größten Teil der Vorstellung war ich damit beschäftigt, in meinen Sessel zu schrumpfen und unsichtbar zu werden. Ich hatte fürchterliche Angst, dass uns jemand erwischt und uns aus dem Kino schleift und meine Eltern sich für den Rest ihres Lebens für mich schämen müssen.«

Irgendwie hat seine Hand ihren Weg auf meinen Oberschenkel gefunden. »Mit vierzehn habe ich mein Taschengeld heimlich für Chakren-Stimulation ausgegeben. Ich dachte, dass ich davon lässiger werde. Interessanter. Dabei ging es natürlich vor allem um Mädchen. Leider hat das so nicht geklappt.«

Ich kann mir diesen jüngeren Keno immer besser vorstellen. Still. Nachdenklich. Ein bisschen schüchtern. Ich hätte ihn gern früher kennengelernt.

Ein Rumpeln und Poltern lässt uns zusammenfahren. Wir springen von unseren Stühlen auf – und bleiben wie eingefroren stehen. Automatisch fasse ich nach Kenos Hand. Er packt sie so fest, dass es wehtut.

Die Tür fliegt auf. Juniper und Brandon, beide in Schutzanzügen, stolpern in die Koralle. Sie sind nicht allein. Ein Mädchen ist bei ihnen, kaum älter als ich, das vermute ich jedenfalls. Sicher sagen kann ich es nicht, sie trägt ein dunkelblaues Tuch über dem Kopf, wohl, damit sie nicht sieht, wohin Brandon und Juniper sie bringen. Eine Umhängetasche baumelt von ihrer Schulter. Brandon hat einen Arm um ihre Taille gelegt, halb stützt, halb trägt er sie. Ihr Körper schwankt hin und her, als sei sie nur halb bei Bewusstsein.

Ich war mir sicher gewesen, dass ich Brandon und Juniper all meine Wut entgegenschleudern würde, kaum dass sie die Koralle betreten, doch jetzt wollen die Worte nicht kommen. Juniper taumelt mit totenbleichem Gesicht zu der Transfer-Liege hinüber und streckt sich darauf aus. Brandon bindet das Mädchen auf einem der beiden Sessel fest. Als er sich zu uns umdreht, sehe ich den Streifen Blut quer über seiner Wange. Sein Gesicht ist grau.

»Was ist passiert?«, fragt Keno mit beängstigend ruhiger Stimme.

Brandon reibt sich die Stirn. Der Schutzanzug knistert. »Polizei. Razzia. Sie haben die Gruppe hochgenommen, mit der wir uns getroffen haben. Noch während wir bei ihnen waren.«

»Die Gruppe mit der Zugangskarte?«, fragt Keno.

Brandon nickt.

»Nein«, sage ich mit zitternder Stimme.

Doch. In abgehackten Sätzen berichtet Brandon, die zweite Virengruppe, die sich in Cloverhill versteckt halte, habe eine Art improvisierter Auffangstation für diejenigen Bewohner von Cloverhill eingerichtet, denen es besonders dreckig geht – Leute, mit denen die anderen Bewohner nichts mehr zu tun haben wollen. Also vor allem Fünfer. Auch die Viererin, der ich helfen sollte, habe sich seit ein paar Tagen dort aufgehalten. Brandon und Juniper wollten sie abholen, die Übergabe sei auch nach Plan verlaufen, doch als sie die Station gerade verlassen wollten, sei ohne jede Vorwarnung die Polizei reingestürmt.

»Es war wie im Film. Schwarze Schutzkleidung, so Helme, wo du keine Gesichter siehst, sogar Schäferhunde hatten sie dabei. Und sie haben sofort losgelegt, haben jeden gepackt, der ihnen in die Finger geraten ist, haben die Leute auf den Boden geworfen und rausgeschleift. Ein Mann«, er fährt sich mit den Händen durchs Gesicht, das Blut an seiner Wange verschmiert zu einem Fleck unter seinem Schutzanzug, »mein Gott, er war in der Fünften und ich weiß nicht, was mit diesem Wichser von Polizisten los war, der ist komplett ausgerastet, hat den Mann getreten, ich meine, richtig zu Boden getreten hat er ihn und dabei die ganze Zeit gebrüllt: *Du Stück Dreck! Du Stück Dreck!* Juniper wollte den Mann von diesem Arschloch wegziehen und vielleicht hätte sie's auch geschafft, aber gerade, als sie seinen Arm packt«, seine Stimme bricht, »löst er sich im Glanz auf.«

»Scheiße«, murmelt Keno. Automatisch zuckt mein Blick zu

Juniper. Sie hat sich den Schutzanzug zur Hälfte ausgezogen und liegt quer über der Liege. An ihren Fingern ist ein wenig Blut.

»Sie haben alle mitgenommen.« Brandon sieht aus, als würde er gleich weinen. »Haben alles zerlegt. Uns hätten sie auch einkassiert, aber wir sind irgendwie rausgekommen. Für Juni«, er schüttelt müde den Kopf, »war das alles zu viel. Das mit dem Fünfer, meine ich. Es war grauenvoll.«

»Ist sie in der Vierten, was glaubst du?« Keno berührt Junipers Arkanit. Dank des Silver Ice zeigt er wie immer die Zweite Zone an.

»Vermutlich.« Brandon schüttelt den Kopf. »Ziemlich tief sogar, wenn du mich fragst. Die ganze Gruppe, Keno. Alle weg. Und von der Auffangstation ist nichts mehr übrig. Ich hoffe nur, dass da nicht irgendwelche Unterlagen rumlagen. Du weißt schon. Über das, was wir hier machen. Der Transfer und alles.«

»Scheiße«, murmelt Keno noch einmal. »Dann wissen sie jetzt, wo wir sind?«

»Nein, nein«, sagt Brandon schnell, »über unsere Stützpunkte gibt es nichts Schriftliches. In der Koralle sind wir sicher. Aber unsere ganze Arbeit ... alles, wofür wir uns krummgemacht haben ...«

Ich schlinge die Arme um meinen Oberkörper.

»Alles, wofür Juniper gerackert hat wie eine Verrückte. Scheiße, ich meine, ich fühl mich auch schon, als wäre ich selbst auf dem Weg in die Vierte.«

»Was ist mit der Zugangskarte?«, frage ich langsam.

Überrascht hebt er die Augenbrauen. »Keine Ahnung. Wahrscheinlich hat die Polizei sie mitgenommen.«

»Und das ist wirklich alles wahr?«

Er weicht einen Schritt zurück. »Wie bitte?«

Und da weiß ich, dass er mich nicht belügt. Er ist so fertig, dass ich kaum fortfahren mag, doch es muss sein. Ich muss wissen, was hier läuft. »Ich frage das, weil am Jasmin Boulevard kein einziger Polizist war. Keine Wachleute. Nirgends ein Mensch.«

Brandons Hand tastet nach der Lehne des Sessels, in dem das Mädchen mit dem Tuch über dem Kopf und der Umhängetasche sitzt. »Ihr seid dort gewesen? Seid ihr wahnsinnig?«

»Warum habt ihr meinem Vater nicht hergebracht?«, entgegne ich. »Und fang bloß nicht damit an, dass es zu gefährlich war. Wir haben ihn ohne Probleme rausgeholt.«

»Und wo ist er jetzt?«

Keno stellt sich etwas vor mich. »In Novamyne. Ihr habt uns belogen, Brandon.«

Er lacht, es klingt verzweifelt. »Ja, okay, schön, der Jasmin Boulevard wurde nicht gesondert überwacht, aber das heißt noch lange nicht, dass es in Cloverhill keine Polizei gibt. In der Auffangstation gab es jedenfalls mehr als genug.«

Auf der Liege gibt Juniper ein leises Stöhnen von sich. Ich trete neben sie, betrachte ihr blasses Gesicht, stelle mir vor, wie ihr Arkanit jetzt wohl ohne Silver Ice aussehen würde. Wie viele schwarze Fäden würden darin schweben? Wie weit ist sie noch von der Fünften entfernt?

Nicht sehr weit, vermute ich.

»Juniper?«, frage ich leise.

Ihre tief in den Höhlen versunkenen Augen rollen zu mir herüber. »Hey.« Ihre Stimme ist kaum ein Hauch. Ganz still liegt sie im Halbdunkel der Koralle. Die Hände hält sie über ihrer Brust gefaltet, als würde sie schon in einem Sarg liegen und nur noch darauf warten, dass jemand den Deckel zuklappt.

Inzwischen ist Brandon ins Labor hinübergegangen und kehrt mit zwei Schutzanzügen zurück. Den einen hält er mir hin, den anderen Keno.

»Brauche ich nicht«, sage ich.

»Ebenso«, sagt Keno.

Brandon guckt auf die Anzüge und wieder zu uns. In seinem Gesicht kann ich nichts lesen. Schließlich zuckt er die Schultern. »Eure Sache.«

Behutsam injiziert er Juniper eine farblose Flüssigkeit. »Nur ein Beruhigungsmittel, Juni«, flüstert er. »Noch keine Träume.«

Junipers Lider flattern. Sie schließt die Augen. Ich schätze, sie befindet sich in einem Zustand, in dem sie sowieso nur noch schlafen und nichts mehr von dem mitbekommen will, was um sie herum geschieht. Wie sich dieser Zustand anfühlen mag, das möchte ich mir nicht einmal vorstellen.

Von Juniper gehe ich zu dem Mädchen hinüber, das noch immer gefesselt in dem Sessel hängt. »Und was macht sie hier?«, frage ich, obwohl ich es längst zu wissen glaube. Mein Blick streift ihren Arkanit. Erste Zone. »Die Empfängerin für Juniper«, sage ich tonlos. »Woher kommt sie?«

»Wir haben sie während unserer Flucht aufgelesen«, sagt Brandon.

»Aufgelesen.« Ich lächele kalt. »Wie praktisch. Machst du Witze?«

»Kein Witz.« Ungerührt erwidert er meinen Blick. »Ich hatte keine andere Wahl. Überall Polizei und sie hat uns gesehen. Wir hätten sie unmöglich zurücklassen können.«

»Ja. Sicher. Und was macht ein Erste-Zone-Mädchen in Cloverhill?«

Ehe Brandon mich daran hindern kann, ziehe ich ihr das Tuch vom Gesicht. Vor Schreck springt mir fast das Herz in die Kehle. Vor mir, halb ohnmächtig, sitzt eine Fee mit blonden Locken. Ihre Augen schimmern wie von einem nächtlichen Frost glasiert. Ihre Lider sind gerötet, als hätte sie geweint.

»Gemma«, krächzt Florentine. Angstvoll schwimmt ihr Blick zwischen Keno, Brandon und mir hin und her. »Niemand weiß was.«

»Wie bitte?«, frage ich verwirrt.

Sie ist so benommen, dass ihre Worte in nur halb verständlichen Brocken herauskommen. Die Akademie, so erfahren wir Stück für Stück, hat Florentine im Nachrückverfahren aufgenommen. Seither habe Gathea sie zweimal mit einer Sondererlaubnis zu ihrer Tante nach Cloverhill fahren lassen, die hier noch immer in Quarantäne sei. Bedingung: Sie müsse nach mir Ausschau halten und die Akademie informieren, sollte sie auf irgendwelche Hinweise stoßen.

»Aber da waren keine Hinweise«, flüstert sie. »Gar nichts. Sie wissen nichts, Gemma, ich schwör's.« Ihr Kopf kippt zur Seite, als sie das Bewusstsein verliert.

Brandon hat Florentine in einen der Verschläge getragen. So lange sie ohnmächtig ist, können wir ohnehin nichts machen, also haben wir uns erst einmal an den zerkerbten Holztisch gesetzt und versuchen, eine Art Kriegsrat zu halten. Über das, was Brandon konkret plant, haben wir noch nicht gesprochen, aber das müssen wir auch nicht. Eines weiß ich schon jetzt: Ich spiele nur mit, wenn Florentine freiwillig als Empfängerin reingeht.

Keno träufelt einen Löffel Honig auf ein Stück Toastbrot und schiebt den Teller zu mir herüber. Brandon wühlt fahrig in einer Chipstüte, die noch von gestern auf dem Tisch liegt, klaubt eine Handvoll Chips heraus, steckt sie sich in den Mund und zerbeißt sie krachend.

»Falls sie sich weigert, bin eben ich der Empfänger«, sagt er.

Meine Kiefer verkrampfen sich. Heftig schiebe ich den Teller mit dem Brot beiseite. »Juniper ist zu tief drin für dich. Du hast selbst gesagt, dass du womöglich schon auf dem Weg in die Vierte bist.«

Er knüllt die Chipstüte zusammen und kickt den Tütenball mit Daumen und Zeigefinger zu mir herüber. »Dann schlag was Besseres vor.«

»Ich könnte gehen«, sagt Keno.

»Spinnt ihr jetzt alle?« Halb zornig, halb verzweifelt schleudere ich den Tütenball in seine Richtung. Er hebt eine Hand, als wollte er ihn fangen, doch der Ball zischt an seinem linken Ohr vorbei und fällt zu Boden. »Du warst gerade erst für meinen Vater drin! Du würdest sonst wie tief in die Vierte runtergehen!«

»Und? Wäre das so schlimm?« Seine Augenbrauen haben sich so fest zusammengezogen, dass sie sich über seiner Nasenwurzel fast berühren.

»Bitte jetzt keine Grundsatzdiskussion, ja?«, sagt Brandon müde.

Keno verschränkt die Arme vor der Brust. »Die Vierte muss genauso legalisiert werden wie die Dritte.«

Der Wasserhahn tropft, der Kühlschrank brummt. Der Rest der Koralle ist still. Brandon schiebt ein paar Chipskrümel zusammen. »Ich würde nicht mit einem Vierer oder Fünfer im selben Haus wohnen wollen. Und wenn ich eines Tages Kinder habe, soll kein Vierer sie betreuen und keine Fünferin sie unterrichten. Das wäre mir zu riskant.«

»Das ganze Leben ist riskant.« Kenos Augen sind kalt und schmal. Er strahlt eine Wut aus, die eisig ist.

Auf dem Tisch liegen Krümel von Chips und Honigbrot. An der Decke schaukelt in einem nicht vorhandenen Luftzug ein Spinnennetz, das mir vorher nie aufgefallen ist. Und aus dem

Durcheinander in meinem Kopf stolpert ein hässlicher Gedanke hervor: Würde ich einen Nachbarn willkommen heißen, der in der Vierten steckt? Würde ich wollen, dass meine Kinder von einem Lehrer unterrichtet werden, der auf dem Weg in die Fünfte ist?

Die Fragen sind so beklemmend, dass ich mich erschrocken von ihnen abwende. Später – später werde ich über alles nachdenken.

Wenn wir Juniper zurückgeholt haben.

Wenn Tilda in Sicherheit ist.

Die Transfer-Ecke ist hell ausgeleuchtet, was Juniper noch kränklicher aussehen lässt. Während ich bei ihr sitze und ihren Schlaf bewache, versuche ich zu entscheiden, was ich im Falle von Florentines Weigerung tun soll, doch es gelingt mir nicht einmal ansatzweise.

»Ich verstehe nicht, warum ihr mich belogen habt.« Zögernd umgreife ich Junipers Hand. »Warum ihr das mit meinem Vater so lange verzögert habt. Und was das für Kriterien sind, nach denen ihr entscheidet, wem geholfen wird.«

Juniper blinzelte, öffnet die Augen und dreht den Kopf in meine Richtung. »Du hast mein Journal gelesen«, flüstert sie.

»Ja«, sage ich geradeheraus, ziehe aber meine Hand nicht weg. »Ihr habt mich benutzt. Ihr hattet nie vor, meinem Vater zu helfen.«

»Es gibt ... eine Liste.« Sie versucht, sich aufzusetzen, und sinkt wieder zurück. »Eine Warteliste. Die Leute stehen da seit Monaten drauf. Wir konnten deinen Vater nicht einfach dazwischenschieben. Ihm vor allen anderen den Vorzug geben, das wäre nicht fair gewesen.«

Ach ja? Und was hat Brandon gerade vor? Jemandem den

Vorzug geben, der nicht auf der Liste steht, wenn ich das richtig sehe. Ist das fair? Doch das sage ich nicht laut. Erstens hat es keinen Sinn, das jetzt mit Juniper zu diskutieren, und zweitens will ich es auch gar nicht. Weil ich Brandon verstehen kann.

»Wir hatten einen Deal. Ihr habt mich belogen. Ich dachte, wir wären ... Freunde«, stoße ich hervor.

»Wir wollten ihn holen. Wirklich.« Junipers Augen füllen sich mit Tränen. »Und Tilda auch. Bitte, Gemma, das musst du mir glauben.«

»Fragt sich nur, wann. Nach welchen Kriterien wählt ihr die Leute aus, die auf eure Liste kommen?«

»Ganz vorn stünden die Kinder aus den Mondzentren, wenn wir an die herankämen. Dann die Schwangeren. Und junge Leute.«

»Warum?« Meine Stimme zittert. Ich ahne es bereits.

»Sie sind die Zukunft«, flüstert Juniper. »Sie bekommen Kinder. Und Kinder sind unsere wichtigste Ressource. Vergiss nicht, wie stark der Glanz die Bevölkerung dezimiert hat.«

Zukunft. Ressource. Ich kann nicht so gut reden wie sie, bin nicht so klug und gewandt. Doch ich spüre mit jeder Faser, dass es falsch ist, was sie da sagt.

Juniper streckt eine Hand nach mir aus; ohne es zu merken, habe ich sie losgelassen. Unwillkürlich lehne ich mich ein Stück von ihr weg.

»Du und Keno, ihr habt deinem Vater geholfen«, sagt sie leise. »Das habt ihr aus persönlichen Gründen so entschieden. Ich sage nicht, dass es falsch war. Nur klag uns nicht an, weil auch wir unsere Kriterien haben.«

Ich reibe mir übers Gesicht und versuche, einen klaren Gedanken zu fassen, weiß aber nur: Meine Gabe ist nicht nur gut. Sie ist ein Mittel zur Macht. Zum ersten Mal wird mir das alles zu viel. Ich will nicht entscheiden müssen, wem geholfen wird und wem nicht. Stockend stelle ich meine letzte Frage: »Würdet ihr für jemanden auf eurer Liste einen Menschen als Empfänger reinschicken, der das nicht will?«

»Wenn es sein muss. Hier geht's um was Größeres.«

Ja, denke ich mit wachsender Verzweiflung, das höre ich immer wieder. Und wenn ein paar Leute dabei draufgehen, was soll's. Das ist eben der Preis. Die Akademie argumentiert ganz ähnlich, wenn es um die Testpersonen für die Glücksforschung geht. Die Akademie, der Ethikrat, die Politik, im Grunde haben wir alle festgelegt, dass manche Menschen weniger wert sind als andere.

Die Tür des allerletzten Verschlags im allerhintersten Winkel der Koralle öffnet sich. Brandon zieht Florentine über die Schwelle, schleift sie mehr auf uns zu, als dass er sie führt. Sie ist nicht nur zu sich gekommen, sie sieht aus, als würde sie am liebsten nach der ganzen Welt schlagen, auf jeden Fall aber nach uns. Reglos stehe ich neben Juniper und blicke auf dieses Mädchen, das sich wie eine Katze wehrt, so gebannt von ihrem Kampfgeist, dass ich eine ganze Weile brauche, um die ersten grauen Fäden in ihrem Arkanit zu bemerken.

»Das ist Menschenraub«, fährt sie uns an, »dafür wandert ihr in den Knast!«

»Hey«, sagt Brandon. »Die Koralle ist zwar ein Kino, aber du musst hier nicht reden wie in einem dieser bescheuerten Filme.« Er drückt Florentine in den Sessel der Empfänger. Wie eine Feder schnellt sie wieder hoch. Er schubst sie zurück.

»Moment!«, rufe ich. »Wir haben darüber gesprochen, Brandon! Ich mache es nur, wenn Florentine freiwillig geht.«

Keno taucht aus dem Labor auf und stellt sich neben mich. »Was ist hier los?«

Brandon schaut kurz über die Schulter. Sein Gesicht wirkt angespannt. »Florentine macht jetzt ein Nickerchen. *Das* ist los.«

Florentines Augen weiten sich. Ihr Blick fliegt von Brandon über Juniper zu mir und zurück zu Juniper. Wieder will sie aufstehen, wieder fasst Brandon sie energisch an. Hilflos windet sie sich in seinem Griff. »Keno«, ruft er über die Schulter, »gib mal die Spritze, schnell!«

Das reicht. Bisher habe ich mehr oder weniger dumm herumgestanden und zugeschaut, als spiele sich vor meinen Augen der Höhepunkt eines sehr mittelmäßigen Theaterstücks ab. Jetzt bin ich mit ein paar schnellen Schritten bei Brandon, doch ebenso schnell schiebt er mich mit einer Hand beiseite. Das tut er zwar einigermaßen vorsichtig, trotzdem taumele ich gegen die Liege und gehe zu Boden.

»Hast du sie noch alle!«, brüllt Keno ihn an.

»Nicht, bitte nicht«, schluchzt Florentine. Brandon hält sie mit aller Kraft fest, während er gleichzeitig im Alleingang versucht, nach der Spritze zu greifen.

»Nein«, rufe ich, »stopp!«

Brandon führt die Kanüle ein und drückt den Kolben durch. Florentines Blick saugt sich an mir fest. »Gemma«, stößt sie hervor. Ihr Kopf sinkt zur Seite, dann ihr ganzer Körper.

So wie Tilda weggesunken ist.

Keno hilft mir vom Boden auf. »Bist du okay?«

Mit einem tauben Gefühl im Kopf starre ich auf Florentines weißes Gesicht.

»Können wir?« Brandons Stimme, irgendwo neben mir. Obwohl er seine Hand einigermaßen behutsam auf meine Schulter legt, fühlt es sich an, als würde er seine Finger in mich hineinstecken.

»Hände weg von ihr.« Keno stößt seinen Arm beiseite.

Ein scharfer, bitterer Geschmack liegt auf meiner Zunge. Fassungslos schüttele ich den Kopf. »Glaubst du im Ernst, dass ich das tue, Brandon?«

»Florentine ist in der Zweiten, was soll da groß passieren?« Er klingt ungeduldig. Und sehr wütend. »Sie geht runter in die Dritte, wo ist dein Problem?«

»Sie will nicht, das ist mein Problem. Und sie wird sich wehren, wenn die schwarze Energie in sie reingeht, da kann sie bis sonst wohin abstürzen.«

»Du musst eben langsam machen.«

»Nein, verdammt!«, brülle ich. »So funktioniert das nicht! Es geht nicht nur um langsam oder schnell, es geht darum, ob der Empfänger das will!«

Tilda wollte nicht. Und ist abgeschmiert.

Brandon klatscht mit der flachen Hand auf die Armlehne von Florentines Sessel. »Dann geht sie eben runter, na und? Hier geht's um Juniper, kapierst du das mal?«

Ich schiebe das Kinn vor, gleichzeitig spüre ich, wie Tränen meine Sicht verschleiern.

»Wir haben immer noch einen Deal.« Brandons Miene ist aus Stein. »Du machst hier weiter, wir holen deine Freundin raus.« Er hebt einen Arm, als wollte er wieder seine Hand auf meine Schulter legen, doch Keno schiebt ihn abermals beiseite. Seine Pupillen sind klein wie Nadelspitzen.

»Gemma will nicht und Florentine will auch nicht, ist das klar?«, fragt, nein, droht er.

Während sich Brandon wieder wütend in Rage redet und Keno ebenso wütend zurückballert, gehe ich um Juniper herum, dann noch eine Runde und noch eine. Mein Herz fühlt sich an wie etwas, das platzen will. Mit gesenktem Kopf bleibe ich stehen und sage: »Haltet alle beide die Klappe.«

Obwohl ich nicht einmal besonders laut spreche, verstummen sie sofort. Müde lege ich eine Hand an meine Stirn. Ich habe gelernt, wie man die schwarze Energie verschiebt. Das muss etwas bedeuten. Etwas Gutes, meine ich. Es darf doch nicht darauf hinauslaufen, dass ich andere Menschen zwinge, bloß, weil ich es kann oder weil sich jemand das von mir wünscht.

»Ich gehe nicht mit Florentine rein«, sage ich scheinbar ruhig, dabei kostet es mich alle Kraft, die ich aufbringen kann, das Zittern in meiner Stimme zu unterdrücken.

»Warum nicht, Gemma?« Brandon lässt sich in den freien Sessel fallen und bedeckt sein Gesicht mit den Händen. »Warum?«

»Weil wir Florentine zwingen müssten. Mehr kann ich dazu nicht sagen.«

Brandon lässt die Hände sinken. Seine Augen stehen voller Tränen. »Gemma, bitte. Das hier ist wichtiger als Florentines Wünsche. Es ist *Juniper.* Florentine könnte genug negative Energie aufnehmen.«

Ja. Wahrscheinlich. Doch eine erzwungene Hilfe ist keine Hilfe. Oder? Oder nicht?

»Solange sich Florentine wehrt, mache ich es nicht.« Meine Stimme klingt brüchig. »Das kannst du nicht wirklich wollen.«

»Doch«, sagt Brandon schlicht.

Keno schiebt seine Hand in meine. Mit weichen Knien, unfähig, einen klaren Gedanken zu fassen, folge ich ihm zur Tür meines Verschlags.

Wenn Juniper stirbt – ist es dann meine Schuld?

29

Keno hat Brandon dabei geholfen, Juniper in ihren Verschlag zu tragen und sie ins Bett zu legen, hat einen Kakao für mich gekocht, hat mich geküsst und mir versichert, dass meine Entscheidung richtig sei, und als er gemerkt hat, dass ich nicht reden will, hat er sich aus meinem Zimmer zurückgezogen. Das war vor zehn Minuten. Oder einer Stunde. Inzwischen habe ich jedes Zeitgefühl verloren. Dunkelheit füllt den Raum. Mein Puls stolpert viel zu schnell dahin, doch mit der Zeit wird er sich beruhigen. Ich werde einschlafen und dorthin gehen, wo nichts von dem, was ich tue oder lasse, einem anderen Menschen schaden kann.

Der Schlaf kommt nicht. Meine Gedanken rennen quälend im Kreis. So tief, wie Juniper vermutlich in der Vierten steckt, und so stark, wie sich Florentine innerlich wehrt, würde sie während des Transfers selbst in die Vierte absteigen.

Oder?

Es wäre so leicht, einfach zu tun, was Brandon von mir fordert; ihn darüber entscheiden zu lassen, was wir alle tun sollen. Doch ich will mich nicht bestimmen lassen, so wenig, wie ich andere bestimmen möchte.

Ich schlage meine Bettdecke zurück und gehe los.

Florentines Verschlag ist kaum größer als ein Schrank. Wenigstens haben sich Keno und Brandon Mühe gegeben, ihr den Gefängnisaufenthalt so angenehm wie möglich zu gestalten. Auf dem PVC-Boden liegt ein Teppich, es gibt einen durchgesessenen Korbsessel, dazu jede Menge Kissen und eine Matratze, auf der sie sich zusammengerollt hat. Ihr Gesicht ist ein bleicher Fleck in der Dunkelheit. Sie schläft noch immer. Oder schon wieder. Und vielleicht ist Schlafen das Beste, was sie in ihrer Lage tun kann.

Ich verlasse Florentine und auch die Koralle, streife ruhelos durch dunkle Gänge, gehe an Geschäften mit eingeschlagenen Scheiben vorbei, biege um Ecken und laufe Treppen hinauf, bis ich auf das Parkdeck hinaustrete.

Die Idee, die mir kommt, während ich auf dem Mäuerchen des Luftschachtes sitze, ist einfach: Ich mache es ohne Empfänger. Ich nehme Junipers negative Energie in mich auf – und behalte sie in mir drin. Meine Zone wird runtergehen, aber wenn ich mich vorher in die Erste oder wenigstens in die Zweite bringe, kann mir eigentlich nichts passieren. Dann lande ich nur wieder in der Dritten.

Ich lege den Kopf in den Nacken. Über mir schweben die Farben des Glanzes. Regentropfen tippen gegen meine Stirn. Weiter geschieht nichts. Keine Wärme wie sonst, kein Glücksgefühl. Überrascht mich das? Eigentlich nicht. Als ich nach Daniels Sprung in den Tod in die Zweite abgestürzt bin, konnte ein schlichter Blick in den Glanz mir auch nicht helfen, damals musste ich bis zur Kuppel gehen, seinem Ursprung, wo er am intensivsten wirkt. Wie sollte mir da heute Nacht, wo ich in der Dritten stecke, ein Aufstieg gelingen, indem ich einfach nur hinaufschaue?

Doch das ist es nicht allein. Selbst wenn der Glanz hier so stark wirken würde wie bei der Kuppel, würde mir das nichts nützen. Er hat für mich seinen Zauber verloren. Seit ich in der Dritten lebe, hat sich etwas in mir verändert. Von dort aus kann ich nicht mehr zurück.

Ich wende mich vom Glanz ab. Während ich die vielen Stufen wieder hinuntersteige und in die Koralle zurückkehre, versuche ich, mich an das Gespräch mit Juniper nach meinem ersten Transfer zu erinnern.

»Was würde passieren, wenn ich die negative Energie in mir drinbehalte?«

»Lass uns das nicht ausprobieren, Gemma.«

Okay. Okay, okay. Ich nehme nur einen Hauch ihrer negativen Energie in mich auf, gerade so viel, dass ich sie aus dem Schlimmsten heraushole und selbst in nichts Schlimmes hineingerate. Ich werde langsam und kontrolliert vorgehen, dann wird niemandem etwas passieren. Das kriege ich schon hin.

Kurz überlege ich, ob ich Keno wecken und dazuholen soll, doch er würde nur versuchen, mich an meinem Vorhaben zu hindern.

Also gehe ich allein.

Wir haben die Liege schon beinahe erreicht, als Juniper taumelt und fast zu Boden geht. »Nicht«, murmelt sie, als ich sie wieder hochziehe. »Lass es, Gemma. Das hat doch sowieso keinen Sinn.«

Und so weiter. Habe ich verstanden. Wenigstens spricht sie so leise, dass sie niemanden weckt. Flüchtig kommt mir in den Sinn, mit welchen Gedanken ich früher auf ein so mutloses Verhalten reagiert hätte: Warum lässt sie sich so gehen, warum kämpft sie nicht?

Früher. In einem anderen Leben.

Und auch das ist wohl die Erste Zone. Dieser Mangel an Mitgefühl.

Während sich Juniper schwerfällig auf der Liege ausstreckt,

nähere ich mich nervös dem Modulator und seinen drei Millionen Kabeln. Heute Nacht muss ich ihn allein in Gang bringen. Vorsichtig lege ich einen Schalter nach dem anderen um, befestige die Kabel dort, wohin sie hoffentlich gehören, und bringe die weiße Maske in Position.

»Wir schaffen das, Juniper. Versprochen.« Ich drücke den Knopf. Die Maske senkt sich. Ihr Gesicht verschwindet. Mit zitternden Fingern ziehe ich die Spritze auf und führe die Kanüle in ihren Unterarm ein. Ihr Atem vertieft sich, die Muskeln erschlaffen. Ich ziehe die zweite Spritze auf und setze mich in meinen Sessel. »Okay«, flüstere ich hektisch, »gut, gut, gut, krieg ich hin, krieg ich hin ...«

Der Pieks ist weniger schmerzhaft als befürchtet. Ein Kribbeln, ein Brennen, ein Surren ertönt. Der Heiligenschein senkt sich herab.

Anders als in den meisten Träumen, die ich geteilt habe, weiß ich sofort, wo ich bin. Ich stehe am Ufer des Himmelsees, genau an der Stelle, an der Tilda und ich so oft gesessen haben. Woher kennt Juniper diesen Ort? War sie auch einmal hier? Während ich auf das schillernde Wasser blicke, steigt in mir eine Ahnung auf, die sich rasch zu einer Gewissheit formt: Dies könnte mehr sein als nur Junipers Traum. Es könnte sein, dass ich etwas Eigenes hineinflechte.

Wie zur Bestätigung hebt mich eine unsichtbare Hand empor und setzt mich sanft auf den Planken der Badeinsel ab, die etwa zwanzig Meter vom Ufer entfernt auf dem Wasser schaukelt. Nie haben Tilda und ich andere Menschen auf dieser Plattform angetroffen, sie war unsere ganz private Insel. Kleine Wellen plätschern gegen die Seitenwände. Über mir strudelt der Glanz, die Luft ist angenehm warm. In einer nahen Badebucht spielt eine Gruppe von Kindern Beach-Skyball, unter einem azurblauen Himmelsegel picknickt eine Familie.

»Gemma?«

Ich wende mich um. Nicht weit von meinem Inselplatz entfernt ragt ein Kopf aus dem Wasser. Junipers haselnussbraunes Haar hat sich wie ein Schleier über das Wasser gebreitet. Während ich zu ihr hinüberschaue, färbt sich ihr Haar flammend rot und ringelt sich zu plusterigen Löckchen auf. Ihre Gesichtszüge verschwimmen und bilden sich neu.

Ja. Ich mische etwas Eigenes in den Traum.

»Tilda«, flüstere ich.

Wasser perlt aus ihrem Haar.

Ein zweiter Kopf taucht neben ihr empor. Kantiges Kinn, gewelltes Haar, helle Augen, die bis zu mir herüberstrahlen, fast schon ein schwimmendes Klischee. Es ist Brandon. Tilda verwandelt sich wieder in Juniper. Über ihr Gesicht breitet sich ein Schimmer, sie leuchtet geradezu. Brandon legt einen Arm um ihren Nacken und küsst sie. Der Glanz über uns wird schwarz.

»Es kommt«, kreischen die Kinder am Ufer, »es kommt!«

Brandon stößt Juniper von sich und krault los.

»Warte«, ruft Juniper, deren Stimme in Tildas umschlägt, »nimm mich mit!« Jetzt ist es wieder meine Freundin, deren Kopf aus dem Wasser ragt. Sie weint, ruft immer wieder dieselben Worte: »Lass mich nicht allein!«

Brandon, die Kinder, die Familie am Ufer – alle verschwinden. Es ist niemand mehr da, der sie rausholen kann.

Nur ich.

Gerade will ich mich von der Plattform in den See gleiten lassen und Tilda entgegenschwimmen, als ich innehalte. Nein – ich darf das nicht tun. Noch nicht. Erst muss ich an die Gefühle dieses Traumes andocken, muss die Einsamkeit und Verlassenheit so nah wie möglich an mich heranholen. Mitfühlen. Nur dann kann ich helfen.

Ich schließe die Augen.

Niemand da, der mich rausholen kann.

Ich lasse mich von dem Gefühl umspülen wie von eiskaltem Wasser, denke an die anderen, die außerhalb dieses Traumes sind, schlafend in ihren Verschlägen. Niemand, der neben meinem Sessel steht und auf mich aufpasst. Kein Keno, kein Brandon. Falls das hier schiefgeht, gibt es keine Hilfe und keine Hand, die mich hält und meinen Absturz verhindert. Ich höre Tilda weinen oder weine ich selbst? Ich öffne die Augen. Mit dem nächsten Schwimmzug erreicht Tilda unsere Badeinsel. In dem Augenblick, als sie nach dem Rand greift und ich sie packen und ihr hinaufhelfen will, türmt sich auf der anderen Seite des Sees eine Flutwelle auf, schillernd in den Farben des Regenbogens. Langsam setzt sie sich in Bewegung, nimmt Tempo auf, wird immer schneller und rauscht auf uns zu. Tildas und Junipers Gesicht überlagern sich. Ich beuge mich vor, umschließe ihr Handgelenk und ziehe sie mit einem Ruck auf die Insel. Sie sinkt auf die Planken. Schwarze Schlieren sickern in einem dünnen Rinnsal aus ihrer Brust, verwandeln sich in einen Strom, kommen auf mich zu und dringen in mich ein. Nadeln aus Eis stechen überall in meine Haut und bohren sich tief in meinen Körper. Ich halte den Atem an – und lasse es geschehen.

Zeit vergeht. Mehr und mehr schwarze Energie dringt in mich ein, bis ich nach Luft schnappe und den Stopp setzen müsste, doch ich bin von dem klaren Gefühl durchdrungen, dass ich weitermachen und so viel in mich hineinfluten lassen muss, wie es nur geht. Ich spanne nichts an, drücke nichts weg, lasse die schwarze Energie immer tiefer ein und wundere mich, wie natürlich sich das anfühlt. Allmählich vergeht sogar die Kälte. Als würde die Energie in mir verschwinden.

Sich auflösen.

Ein anschwellendes Rauschen. Die regenbogenfarbene Welle hat uns fast erreicht. Für Sekunden erkenne ich im Wasser die verschwommenen Züge eines Gesichts. Ein Mädchen. Kein Kind mehr, sondern eine junge Frau mit braunem, zu einem Zopf geflochtenen Haar. Ich habe ihr Gesicht noch nie gesehen. Ihr Mund öffnet sich, klafft viel weiter auf, als es anatomisch möglich wäre, bis ihr Gesicht verschwindet und sich ein Gewimmel zuckender Fäden offenbart. Dann saugt uns das Ding, in das sich das Gesicht verwandelt hat, in sein Inneres.

Kein Boden mehr. Wir hängen in einem regenbogenfarbenen Raum. Über uns, unter uns und zu beiden Seiten wimmeln die Fäden. Noch immer strömt die schwarze Energie in mich ein und verschwindet in mir, doch nun, im Innern des Dings, bekomme ich es mit der Angst.

Bin ich bereits in die Vierte abgestiegen? Oder noch tiefer?

Ich muss aufwachen – und kann nicht. Anspannen, loslassen, nichts funktioniert. Neben Tilda oder Juniper oder beiden hänge ich im regenbogenfarbenen Nirgendwo, während immer mehr schwarze Energie in mich hineinströmt. Aus weiter Ferne höre ich eine Stimme, die meinen Namen ruft. Es ist Keno. Oder vielleicht wünsche ich mir das nur.

Ich wache nicht auf.

Ich schaffe es nicht.

Wieder Kenos Stimme, weit weg. Dann fährt ein gewaltiger Ruck durch mich hindurch.

»Gemma!« Keno, panisch und viel näher jetzt. »Bist du da?«

Dunkelheit. Etwas drückt gegen meine Augäpfel, es müssen

die Okulare sein. Hände legen sich an meine Schläfen und lösen den Heiligenschein. Dann ist Kenos Gesicht nah vor meinem.

»Was machst du hier?«, flüstere ich.

»Was ich mache?« Er atmet schwer. »Dich rausholen, *das* mache ich.« Seine Stimme zittert. »Ich konnte nicht schlafen und bin zu dir rüber, aber du ...« Er packt mich an den Schultern und schüttelt mich. »Was hast du dir dabei gedacht?«

Ich schiebe seine Hände weg. »Wo ist Juniper?« Ich versuche aufzustehen und plumpse zurück in den Sessel. Keno gibt einen halb zornigen und halb verzweifelten Laut von sich, hilft mir hoch und führt mich zu der Liege.

Der Arkanit auf Junipers Brust ist unverändert. Das verdammte Silver Ice macht es unmöglich, ihre genaue Zone zu erkennen. Vorsichtig löst Keno die Maske von ihrem Gesicht. Juniper ist nicht mehr so blass, auf ihren Wangen zeigt sich sogar eine leichte Röte. Tatsächlich sieht sie so erholt aus, als hätte sie einen kleinen Urlaub hinter sich.

»Dritte Zone«, murmele ich. »Mindestens. Ganz bestimmt.« Ich beuge den Nacken und betrachte meinen eigenen Arkanit. Grauer Nebel. Die Dritte, noch immer. Wie kann das sein? Wie ist es möglich, dass ich mich in derselben Zone befinde wie vor dem Traum, trotz aller Schwärze, die ich in mich aufgenommen und nicht wieder abgegeben habe? Meine Gedanken schießen kreuz und quer, immer mehr Fragen brechen auf: Warum wollte ich den Fluss aus schwarzer Energie nicht stoppen, warum konnte ich diese Mengen an dunkler Kraft in mich einlassen, warum – gib es ruhig zu, Gemma – hat sich das so natürlich angefühlt, so ... richtig? Während ich zum Waschbecken hinübergehe und mein Gesicht unter das kalte Wasser halte, bewege ich diese Fragen in meinem Kopf hin und her, ohne eine Antwort zu finden. Es ist, als lägen diese Antworten noch ungeformt knapp außerhalb meiner Reichweite und als könnte ich doch schon spüren, wie sie in mir Gestalt annehmen. Als ich zu Keno und Juniper zurückkehre und Juniper wenige Minuten später erwacht, führen wir sie zu ihrem Verschlag. Dort schläft sie gleich wieder ein. Behutsam breitet Keno eine Decke über sie, legt einen Arm um mich und begleitet mich in meinen eigenen Verschlag. Ich bin so erschöpft, dass ich mich nur noch hinlegen will, doch als ich dann liege, rasen meine Gedanken wieder los. Keno setzt sich an mein Bett und lässt meinen Arkanit und mich nicht aus den Augen.

»Hier.« Er bricht ein Stück von der dunklen Schokolade ab, die auf meinem Obstkisten-Nachttisch liegt, und steckt es mir in den Mund. »Das hilft.«

Ich lasse die Schokolade auf meiner Zunge schmelzen, als wäre sie ein Vitamin, von dem ich zu lange nichts bekommen habe, richte mich auf, ziehe die Knie an und forme mit meinen Händen ein Bänkchen, auf das ich mein Kinn bette. Keno schiebt mir ein Kissen in den Rücken. Stockend und mit großen Pausen erzähle ich, was in dem Traum mit Juniper, die manchmal Tilda war, geschehen ist. Er hört mir zu, ohne mich anzutreiben oder Fragen zu stellen, wartet einfach ruhig und konzentriert, bis ich zum Ende komme. Danach schweigen wir lange. Er bricht ein weiteres Stück Schokolade für mich ab, steckt sich auch selbst eines in den Mund und schluckt es fast unzerkaut hinunter. Zwischen seinen Augenbrauen bildet sich die kleine Kerbe, die sich zeigt, wenn er scharf nachdenkt. Abwesend greift er nach Eclipse, meinem kleinen schwarzen Pferd, befühlt die Bruchstelle an seinem Vorderbein und stellt ihn zurück auf die Obstkiste.

»Du sagst, all die schwarze Energie ist in dich rein und nicht wieder raus?« Er umfährt meinen Arkanit mit einem Finger. »Bist du sicher?«

»Völlig sicher. Und es war echt wahnsinnig viel. Ein halber Ozean. Eigentlich hätte ich bis mindestens in die Vierte absteigen müssen.«

Er umschließt meinen Arkanit mit der Faust. »Und warum ist das nicht passiert?« Die Kerbe über seiner Nasenwurzel vertieft sich. »Du hast eine Vermutung, stimmt's?«

»Weil …« Ich schlucke. Doch ich muss es sagen, auch wenn es völlig wahnsinnig klingt. Ich nehme einen tiefen Atemzug. »Weil sich die ganze schwarze Energie in mir aufgelöst hat.«

Er sitzt da, als wäre er erstarrt oder die Welt um ihn herum zum Stillstand gekommen.

»Aufgelöst«, sagt er leise. Abrupt fällt die Lähmung von ihm ab. Er lässt meinen Arkanit los, packt meine Hand und drückt sie so fest, dass ich zischend die Luft einziehe. »Sag so was nicht, Gemma!«

»Du tust mir weh.«

Er lockert seinen Griff, lässt mich jedoch nicht los. »Du darfst es niemandem erzählen, hörst du?«

»Warum nicht?«

»Weil es wie etwas klingt, das der Glanz tun würde.«

Ich lasse seine Worte eine Weile auf mich wirken. Müsste ich es nicht mit der Angst bekommen? Doch ich habe keine Angst. Ich fühle mich ruhig, erfüllt von einer tiefen Gewissheit.

»Erinnerst du dich, wie ich Juniper gefragt habe, was passieren würde, wenn ich die negative Energie in mir drinbehalte?«

»Natürlich erinnere ich mich.«

Und das ist es, was ich an Keno so sehr liebe. Er ist vollkommen aufmerksam für das, was um ihn herum passiert, statt nur auf sich selbst zu achten. Er hat andere Menschen im Blick, denkt über sie nach, merkt sich, was sie fühlen und ihm erzählen.

»Juniper meinte, du sollst es nicht ausprobieren«, sagt er.

»Und trotzdem hat es sich richtig angefühlt.« Diesmal bin ich es, die seine Hand drückt. »Stell dir vor, was das bedeutet. Wenn ich die negative Energie wirklich in mir auflösen kann, brauchen wir nie wieder einen Empfänger. Nie!«

Langsam schüttelt er den Kopf.

»Aber ... das ist doch was Gutes«, sage ich verwirrt.

»Nein. Ist es nicht. Hör zu, Gemma. Das hier ist wirklich wichtig. Du darfst Brandon und Juniper und überhaupt niemandem je erzählen, was du in diesem Traum erlebt und getan hast.«

»Und warum nicht?«

»Weil ich mir echt nicht ausmalen will, was sie dann alles mit dir anstellen.«

Etwas mit mir anstellen? Brandon und Juniper? Das kann ich Keno nicht glauben. Auch wenn Brandon manchmal etwas forsch ist und Juniper ihre eigene Agenda über alles andere stellt ... Ich mag die beiden – und sie mögen mich.

Oder nicht?

30

In einem Anfall von überschießender Energie ist Juniper um fünf Uhr morgens aufgestanden, hat ihr Labor aufgeräumt und ein Frühstück mit allem für uns zubereitet, was die Vorräte der Koralle hergeben. Trotzdem dauert es ein bisschen, bis ich zu meinem ersten Becher Kaffee komme, denn erst einmal nimmt sie mich ausgiebig in den Arm und entschuldigt sich wortreich für alles, was seit meiner Ankunft zwischen uns schiefgegangen ist.

»Von jetzt an machen wir es besser«, verspricht sie, womit ich sehr einverstanden bin. Nachdem Brandon dann wiederum sie so lange im Arm hält, bis sie sich lachend von ihm freimacht, um anschließend in Höchstgeschwindigkeit drei Scheiben Toastbrot mit fingerdick Marmelade obendrauf wegzufuttern, will sie unbedingt wissen, wie zur Hölle ich das ohne Empfänger hingekriegt habe. Auch Brandon ist natürlich neugierig; eine halbe Stunde später, unser Frühstück ist längst vorüber, ist er es noch immer, marschiert erregt und unzufrieden vor dem zerschlissenen Vorhang der Koralle auf und ab und lässt einfach nicht locker, während ich stoisch bei meiner Behauptung bleibe, es sei kein Transfer gewesen, sondern eine Modulation. Was natürlich gelogen ist. Keno steht so dicht neben mir, dass sich unsere Oberarme berühren, und obwohl er noch kein Wort gesagt hat, stärkt mir seine Gegenwart den Rücken.

»Ein schlichter Eingriff in Junis Unterbewusstsein, ja? Ein

negativer Glaubenssatz verwandelt sich in Sekundenschnelle in was Positives. Von der Vierten rauf in die Dritte oder sogar in die Zweite, zack, auf einen Schlag.« Brandon schüttelt den Kopf. »Tut mir leid, von so was hab ich noch nie gehört.«

»Krieg das endlich auf die Reihe.« Keno reibt sich die Schläfen. »Gemma kann ein bisschen mehr als eine gewöhnliche Protektorin.«

»Euch ist aber schon klar, dass ihr wieder mal eigenmächtig entschieden habt, was ihr tut, ohne irgendwas mit mir abzusprechen?«

Stimmt. Und dafür habe ich keine Entschuldigung. Ich habe nur ein Ergebnis.

»Außerdem habt ihr den Modulator geschrottet.«

»Falsch.« Juniper kriecht hinter dem Modulator hervor. Ihr Haar ist zerstrubbelt, in der Hand hält sie etwas, das wie ein Fieberthermometer für Elefanten aussieht. Sie studiert die Skala, rappelt sich auf und tätschelt den Modulator, als versuche sie, eine Handvoll Mut in ihn hineinzuklopfen. »Keno hat ihn nur komplett runtergefahren. Das dauert ein oder zwei Tage, bis er wieder läuft.«

»Ein oder zwei Tage, so eine Scheiße«, sagt Brandon.

Juniper fummelt an ein paar Kabeln herum. »Ich lebe noch, also motz nicht rum. Sag Danke schön zu Gemma.«

»Danke schön.« Sein Lächeln ist schief, aber: ein Lächeln. »Soll ich heute Pizza machen? Zur Feier des Tages.«

»Gern«, sage ich und mache mich, erleichtert über Brandons Einlenken, auf den Weg zu den Verschlägen. Ich habe noch etwas zu erledigen – und zwar alleine.

Ich will etwas von Florentine. Dringend. Am liebsten würde ich sie sofort mit meinen Fragen nach Tilda bombardieren, doch das wird nicht funktionieren. Auch wenn ich ihr eine Menge erspart habe, ist sie wohl kaum besonders gut auf mich zu sprechen.

Mit der Schulter drücke ich die Tür aus Drahtgeflecht auf und schlüpfe mitten hinein in die Feindseligkeit, die mich in dem kleinen Verschlag erwartet. Florentine blickt mir mit einer Miene entgegen, als würde sie mich am liebsten niederschlagen.

»Was willst du?« Ihre Stimme surrt wie eine Wespe. Eine Wespe allerdings, die man in ein Schraubglas gesperrt hat und die schon halb tot ist vor Erschöpfung. Als ich einen vorsichtigen Schritt auf sie zu mache, weicht sie gegen die Wand zurück. »Bleib ja von mir weg.«

Ich hebe die Hände. »Entspann dich. Juniper geht's wieder gut. Keiner will noch irgendwas von dir.«

»Ach ja? Und wen habt ihr an meiner Stelle gezwungen?«

»Niemanden.« Mit nach oben gekehrten Handflächen und leicht vorgewölbten Schultern stehe ich da und versuche, mich so klein und harmlos wie möglich zu machen. Ihre Klamotten sind zerknittert, sie hat bläulich violette Ringe unter den Augen, trotzdem sieht sie ... wie lautet gleich dieses Wort? Entzückend, genau: Florentine sieht entzückend aus. Und vollkommen zermürbt und ausgelaugt. Mit einem kleinen Seufzer sinkt sie in den knarzigen Korbsessel. »Du drückst mir keine negative Energie rein?«

»Nein. Ich schwör's. Zweimal hab ich das gemacht, einmal bei dir und einmal bei meiner besten Freundin. Das reicht mir für den Rest meines Lebens.«

Florentines Hand tastet nach ihrem Arkanit, der sich mit weiteren Nebelfäden gefüllt hat.

»Damals, in der Prüfung – hat es sich sehr schlimm angefühlt?«, frage ich.

»Als würde man von innen heraus in eiskaltem Wasser ertrinken«, flüstert sie. »Nein. Nicht ertrinken. Es schneidet dich in Stücke.«

Ich setze mich auf eines der Kissen am Boden, sodass sie bequem auf mich herunterschauen kann. »Hat dir Gathea irgendwas versprochen, für den Fall, dass du mich entdeckst?«

Sie zögert.

»Deiner Tante geht's schlecht.« Ein Testballon, auf gut Glück. Florentines Augen füllen sich mit Tränen.

»Ich war in Cloverhill, um etwas über dich herauszufinden«, gibt sie leise zu. »Gathea hat gesagt, wenn ich das schaffe, darf meine Tante ins Mandala-Zentrum. Das war der Deal.«

Ich versuche, mich zu erinnern, was Florentine mir damals, vor unserer Prüfung, über ihre Tante Sofia erzählt hat. Zum dritten Mal in Cloverhill. Hat sich, anders als viele andere Bewohner, selbst organisiert: Joggen, Gesprächsgruppen, solche Sachen. Für die meisten ist Cloverhill die Endstation. Florentines Tante ist zweimal rausgekommen. Jetzt, beim dritten Mal, gibt es offenbar Probleme.

Nervös zupfe ich an einem Kissenfädchen. »Wie geht es ihr?«

Sie betrachtet ihre Fingernägel, zwei sind abgebrochen. »Ich weiß es nicht. Zu Hause reden wir nicht mehr über sie. Meine Mutter hat Sofia abgeschrieben. Sie ist die Verwandte, die nicht mehr existiert. Aber ich war schon als Kind lieber mit ihr zusammen als mit meiner Mutter – der Superprotektorin.« Ihre Mundwinkel zucken. »Stell dir vor, du steckst ein paar Gänseblümchen in eine Vase, einfach, weil du Gänseblümchen magst. Und dann kommt deine Mutter, rupft die Gänseblümchen raus und batscht dir einen Rosenstrauß rein. Und alle sagen: Wow, toll, so schöne Rosen! Und zu deinen Gänseblümchen hat keiner was gesagt. So ist das, wenn du mit meiner Mutter zusammenlebst.« Mit einer müden Bewegung greift sie sich eine Wolldecke vom Boden und zieht sie über ihre Schultern. »Das letzte Mal, als ich Sofia gesehen habe, war sie nah an der Vierten«, murmelt sie. »Und die Vierte ist nah an der Fünften. Und ehe du dich versiehst, bist du weg.«

In meiner Brust zieht sich ein intensiver Schmerz zusammen. Manchmal geht es schnell, ja. Ich kann die Frage nicht länger zurückhalten.

»Florentine? Weißt du etwas über Tilda?«

Sie knetet ihre Hände im Schoß. »Klar. Alle reden über sie.«

»Was ist mit ihr?« Meine Stimme klingt zu laut, am liebsten würde ich aufspringen, Florentine aus dem Sessel hochziehen und die Antwort aus ihr herausschütteln. »Was hast du gehört?«

»Nicht viel. Meine Mutter und Xavier haben ihretwegen gestritten, aber sie haben gleich aufgehört, als ich in ihr Büro reingekommen bin. Irgendwas mit einer Expedition, und dass Tilda gefragt wurde, ob sie dabei sein will. Weil sie wohl bald in die Fünfte eintritt. Xavier war furchtbar wütend deswegen und hat gesagt, er würde niemals zulassen, dass sie geht.«

Florentines Worte sind wie eine Faust in den Magen. *Tritt bald in die Fünfte ein.* In meinen Ohren rauscht ein ganzes Meer.

Meine Mutter. Der Mann unter der Brücke. Und bald Tilda. Hunderte. Tausende. Millionen. Vom Glanz verschluckt. Bei dem Gedanken durchfährt es mich so sehr, dass ich zu zittern beginne.

Aus großen Augen schaut Florentine auf mich herunter. »Klang so, als würde Tilda ganz schön in der Scheiße stecken.«

Krisensitzung in der Koralle, auch Florentine ist dabei, darauf habe ich bestanden. Begonnen habe ich mit dem, was Gathea mir erzählt hat – dass die wichtigste Komponente für einen möglichen Impfstoff gegen die negativen Energien im Innern der Kuppel vermutet wird, dass nur die Fünfer dorthin durchdringen können und dass niemand je von einer solchen Expedition zurückgekehrt ist.

»Die Fünfer kommen also durch.« Keno reibt sich schon wieder die Schläfen. »Das heißt, sie könnten das Objekt, die Präsenz, was auch immer, vernichten. Theoretisch.« In seinen Augen liegt ein Glitzern, das mir nicht gefällt.

»Sehr theoretisch, ja. Und jetzt soll Tilda mit rein.«

»Xavier und meine Mutter haben auch über Geld gesprochen«, meldet sich Florentine zögernd zu Wort, sie scheint diesem Zusammensein mit uns nicht ganz zu trauen. »Sie zahlen den Fünfern richtig viel.«

»Da haben die dann ja richtig was davon«, knurre ich. »Vor allem, weil sie nicht zurückkehren.«

»Die Angehörigen haben etwas davon.« Juniper klingt kühl, doch ihre Hände, die vor ihr auf der Tischplatte liegen, ballen sich zu Fäusten. »Glücksmaßnahmen sind teuer.«

»Wir holen Tilda raus«, sage ich. »Noch heute.«

Brandon gießt frischen Kaffee in die Becher. »Klar. Wir tanken das Virusmobil voll, packen ein paar Sandwiches ein und machen einen Ausflug zur Akademie. Sollen wir vorher anrufen oder klopfen wir einfach ans Tor, was meinst du?« Seine Miene wird ernst. »Sie haben die andere Gruppe hochgehen lassen, Gemma. Das war's mit unserer Zugangskarte.«

Ich mache mich fest auf meinem Stuhl. Ich werde es ausfechten. Doch meine Hände zittern so stark, dass Kenos Hand mitzittert, als er seine darüberlegt. »Wir überlegen uns was.«

»*Was.* Klingt nach einer super Strategie.« Brandon schaufelt Unmengen Zucker in seinen Kaffee und lächelt mich dabei an. Neben dem Lächeln von Herzen und dem Lächeln, das gut für deine Energiezone ist, ist dies wohl die dritte Sorte Lächeln. Die Geheimwaffe. Die Trumpfkarte. Etwas Besseres gibt es nicht, wenn du jemanden besänftigen willst. Oder von etwas abbringen. »Schau mal Gemma. Du musst für was Großes kämpfen und nicht für deinen Privatkram ein völlig überzogenes Risiko eingehen.«

Ich starre ihn an und hoffe, dass meine Augen Funken sprühen. »Privatkram. Ach so. Weißt du, was? Ich kämpfe für das Kleine. Für meine Leute. Deine Weltrettungspläne interessieren mich einen Scheiß. Und wenn ihr Tilda nicht sofort rausholt, gehe ich allein.«

Brandon stöhnt. »Wir müssen das vorbereiten. Ist das so schwer zu begreifen?«

»Die Lage hat sich geändert. Tildas Zeit läuft ab.« Ich rücke meinen Stuhl zurück und stehe auf.

Keno erhebt sich ebenfalls. »Ich gehe mit Gemma.«

»Stopp!« Brandons Gesicht ist ein bisschen weiß geworden. Er drückt eine Hand gegen seine Stirn, als müsste er sein Gehirn daran hindern, dass es aus seinem Kopf springt. »Okay. Okay, okay. Setzt euch wieder hin. Wir holen sie. Sofort.«

»Und wie kommen wir so schnell in die Akademie rein?«, fragt Juniper.

»Da habt ihr's. Nicht mal unser Genie hat eine Idee«, seufzt Brandon.

»Es gibt einen Weg«, sagt Florentine leise.

Brandon wendet den Kopf. »Fängst du jetzt auch noch an?«

»Ich zeig ihn euch. Unter zwei Bedingungen.«

»Lass hören«, sage ich sofort.

»Die erste Bedingung: Ihr nehmt mich mit.«

Juniper lacht auf. »Klar. Und dann drückst du den Alarmknopf, da haben wir überhaupt nichts dagegen.«

»Das tue ich natürlich nicht«, sagt Florentine ernst. »Ich will euch helfen. Tilda ist völlig unverschuldet so tief abgerutscht.« Sie holt tief Luft. »Es ist nicht richtig, dass diese Dinge passieren. Weder mit Tilda noch mit meiner Tante. Und dass man dann behandelt wird, als wäre man etwas Ekliges, das unter Steinen lebt und das man nur hervorholt, weil man es für irgendwelche Experimente braucht. Die zweite Bedingung ...« Sie zwirbelt eine Haarsträhne um ihren Finger und zieht daran, bis die Fingerspitze weiß anläuft. »Wenn ich euch in die Akademie reinschleuse, helft ihr meiner Tante.«

An der Decke fliegt eine Motte gegen die Neonröhre, wieder und wieder rast sie ins Licht und prallt ab.

Brandon nimmt seine Brille ab und vergisst tatsächlich, sie zu putzen, bevor er sie wieder aufsetzt. »Und wie willst du uns da reinschleusen?«

»Erst versprecht ihr, dass ihr meine Bedingungen erfüllt.«

»Machen wir«, sage ich, ehe sich irgendwer äußern kann.

»Ich habe eine Zugangskarte.«

Mir wird ein bisschen schwindelig. »Was?«

»Wegen der Besuche bei meiner Tante. Damit ich das Akademie-Gelände verlassen kann und wieder reinkomme.« Mit entwaffnender Offenherzigkeit fügt sie hinzu: »Die Karte steckt in meinem Portemonnaie.«

Brandon rührt so heftig in seinem Zuckerkaffee, dass etwas davon auf die Tischplatte schwappt. »Keine Ahnung, was du planst, Florentine. Ob es dir wirklich um Tilda oder deine Tante geht. Aber krumme Dinger gibt's nicht. Klar?«

Sie nickt.

Juniper zieht eine Augenbraue hoch. »Sie seift euch ein, kriegt ihr das mit? Gleich erzählt sie euch, dass sie scharf auf einen Trip in die Dritte ist.«

»Das erzähle ich nicht«, sagt Florentine würdevoll. »Ihr würdet mir sowieso nicht glauben.«

»Das trifft es ziemlich genau«, murmelt Keno.

»Ich würde es glauben.« Mit so freundlicher Stimme spricht Brandon sonst nur selten. Florentine blickt von ihren im Schoß verkrampften Fingern auf. Ein schüchternes Lächeln kräuselt ihre Lippen, was ich ziemlich großherzig von ihr finde, immerhin hat Brandon ihr vor nicht einmal vierundzwanzig Stunden unter Zwang eine Spritze reingedrückt.

Oder spielt sie ein Spiel mit uns? Vorhin, in ihrem Verschlag, habe ich ihr jedes Wort geglaubt. Ob ich ihr jetzt glauben kann, weiß ich nicht.

»Eins versprech ich dir.« Juniper steht auf, von ihrem Höllentrip in die Vierte ist nicht die geringste Spur zurückgeblieben, nahtlos hat sie sich wieder in ihr Leben als aktiver Virus eingefädelt, als hätte keine Unterbrechung sie je davon getrennt. »Wir behalten dich im Auge, wie dich noch keiner im Auge behalten hat. Wenn du irgendwas versuchst, merken wir das, und dann, das schwöre ich dir, kommst du nie wieder hier raus. Hast du das kapiert? Nie, nie wieder. Du wirst in deinem Verschlag hocken bleiben, bis du darin verschimmelt bist.«

Brandon und Juniper haben Florentine zurück in ihren Verschlag gebracht und sind zu Rick gefahren, um unseren Ausflug an die Akademie zu planen. Keno und ich sitzen noch immer an dem narbigen Holztisch. Sein Gesicht wirkt verschlossen und abgeriegelt, als hinge ein Bitte-nicht-stören-Schild um seinen Hals.

»Du bist so still.« Ich schiebe ihm eine Haarsträhne aus der Stirn.

»Ich habe nun mal nichts zu sagen.«

Das ist es ja. Ich habe das Gefühl, dass er ... wie soll ich es nennen? Abtaucht. Ja, er kommt mir wie ein Taucher vor, der langsam meinem Blick entschwindet, sich hinabsinken lässt in eine Welt, in die ich ihm nicht folgen kann. Hat er den Transfer mit meinem Vater wirklich so problemlos verkraftet, wie er behauptet?

Ich zögere. Dann sage ich es. »Darf ich deinen Arkanit sehen?«

»Gemma ...«

»Bitte.«

Seine Schultern sinken herab. Erst denke ich, dass er sich weigern wird, aber dann zieht er den Stein unter seinem Pullover hervor.

Dritte Zone.

»Mir geht's gut.« Seine Stimme klingt fest. »Ehrlich, Gemma. Mit mir ist alles in Ordnung.«

Ich umschließe seinen Stein mit beiden Händen und beuge mich vor. Sein Gesicht kommt mir entgegen, als würde er unter der glitzernden Wasseroberfläche eine Kurve ziehen und emporschnellen; als würde sein Kopf das blaugrüne Funkeln durchbrechen und Tropfen in alle Richtungen spritzen. Ich küsse ihn auf den Mund.

Als wir uns voneinander lösen, kommt es mir vor, als wäre sein Gesichtsausdruck ein wenig weicher. Doch seine Lippen, die haben sich kalt angefühlt.

31

Gegen Abend bringt Juniper den Modulator endlich in Gang. Unser Aufbruch steht kurz bevor und er kommt auch mit, denn ich will keine Zeit verlieren und Tildas negative Energie so schnell wie möglich in mir auflösen. Brandon findet die Idee gut, er ist nicht scharf auf eine stundenlange Rückfahrt mit einer Infizierten. Also lautet der Beschluss, dass wir von der Akademie aus direkt zu Tildas Familie fahren. Rick hat Giselle bereits informiert. Und meinen Vater auch.

Schon beim Gedanken an das, was heute Nacht gelingen muss, schlägt mein Herz so heftig, dass mir regelrecht schlecht wird. Was, wenn ich Tildas Zone nicht anheben kann? Wieder und wieder zwinge ich mich, die Frage beiseitezuschieben, doch seit ich in der Dritten bin, fällt es mir viel schwerer, unbequeme Gedanken zu ignorieren.

Brandon, Keno und Rick bereiten den Lieferwagen vor. Für mich wird es Zeit, Florentine aus ihrem Verschlag zu holen. Auf dem Weg dorthin kommt mir Juniper mit einem sorgenvollen Ausdruck im Gesicht entgegen. »Ist das wirklich klug, dass wir sie mitnehmen?«

»Sie hilft uns, wir helfen ihr.«

»Ich kenne solche Mädchen, Gemma. Die machen auf Dornröschen, aber sie sind mehr Dorn als Röschen. Und sie tun nichts, wenn nicht was für sie dabei herausspringt.«

»Das gilt doch für alle Menschen.«

Sie lacht. »Stimmt.« Plötzlich umarmt sie mich so fest, dass mir die Luft wegbleibt. Juniper und ich – ich weiß noch immer nicht, wo wir stehen. Ob wir Freundinnen sind. Ich wäre gern mit ihr befreundet, doch Juniper folgt ihrem eigenen Weg so kompromisslos, dass ich nicht sicher bin, ob da überhaupt Platz für Freundschaften ist.

Sie tritt einen Schritt zurück. »Liebst du ihn?«

Die Frage trifft mich so unerwartet, dass ich spüre, wie ich erröte.

»Alles klar.« Sie lächelt und drückt meine Hand. »Weißt du, was? Eines Tages werden wir alle zusammen sein. Brandon und ich und Keno und du und alle Menschen. Egal, in welcher Zone.«

Florentine steht vor einer an die Wand geklebten Spiegelscherbe, die geöffnete Umhängetasche zu ihren Füßen. Ein schwacher Mandarinenduft umgibt sie, wahrscheinlich ihr Parfum. Sie schminkt sich. Als würden wir auf eine Party gehen. Das Ganze wirkt noch absurder dadurch, dass ein Mädchen wie Florentine weder Wimperntusche noch Lippenstift nötig hat. Ich frage mich, was sie sieht, wenn sie in die Scherbe blickt. Ihren makellosen Teint, ihre gleichmäßigen Züge – oder ein Mädchen, das nicht genügt?

»Können wir?«

Florentine dreht sich um. Auf ihrem schwarzen Sweatshirt aus den Beständen des Einkaufszentrums glitzert in goldenen Buchstaben, die allmählich in das Schwarz des Shirts übergehen: *Das Licht am Ende des Tunnels ist bis auf Weiteres außer Betrieb.*

»Wer fährt?«, fragt sie in geschäftsmäßigem Ton.

»Juniper.«

»Dann muss ich ihr erklären, wie das mit der Zugangskarte funktioniert.«

»Das hat Brandon schon erledigt.«

»Brandon?«

»Er war früher selbst an der Akademie.«

Sie blinzelt überrascht. »Echt? Und warum ist er jetzt hier?«

Sanft berühre ich sie am Arm und schiebe sie auf die Tür des Verschlags zu. »Weil er sich was anderes wünscht als dauerndes Glück.«

Auf ihrem Gesicht erscheint ein kleines Lächeln. Kategorie eins, aus dem Herzen, das hoffe ich jedenfalls.

Anders als bei der Schmuggelfahrt mit Keno und mir im Laderaum hat Rick diesmal nur einen Lieferwagen mit einem Sichtfenster in der Heckklappe organisieren können, sodass wir zwar nicht komplett im Dunkeln sitzen, uns dafür aber auch um einiges gefährdeter fühlen. Inmitten der Kisten und Paletten, mit denen der Wagen bis zur Decke vollgestopft ist, hat er einen Hohlraum geschaffen und mit Brandons und Kenos Hilfe den Modulator, die Liege und meinen Sessel dort hineingequetscht, zwischen denen wir jetzt kauern: Keno, Florentine, Brandon und ich. Juniper fährt. Dank ihres phänomenalen Gedächtnisses kennt sie ungefähr tausend Schleichwege durch Cloverhill und Novamyne, und diese Wege werden wir brauchen. Juniper hat uns bereits gewarnt, dass die Fahrt vermutlich Stunden dauert. Seit der Razzia – und vor allem seit Florentines Verschwinden – ist die Polizei überall unterwegs, da können wir die Hauptstraßen vergessen.

Kenos Arm liegt um meine Schultern. Wie paralysiert starre ich durch das Astloch einer Palette in das Farbenspiel des Glanzes auf der anderen Seite des Heckfensters und rieche den Duft der Äpfel, die mal in den Kisten transportiert wurden. Die Wärme von Kenos Körper, die allmählich durch meine Jacke dringt, wirkt zwar beruhigend, doch sobald der Lieferwagen durch das nächste Schlagloch rumpelt, poppt meine Angst um Tilda wieder hoch. Ich drücke mich fester an Keno, doch er scheint tief in seine eigenen Gedanken versunken und erwidert den Druck nicht.

Der Wagen bremst. Stimmen von draußen.

»Grenzkontrolle«, zischt Brandon und legt überflüssigerweise einen Finger an die Lippen. Die Heckklappe wird geöffnet und eine Taschenlampe leuchtet herein, wir drücken uns tiefer in unser Kistenversteck, Licht wischt schnell und hektisch umher, murmelnde Worte werden gewechselt, trotz der letzten Vorkommnisse in Cloverhill folgen die Leute dort draußen hoffentlich nur einer bestimmten Routine, die keine zusätzliche Durchsuchung erfordert. Die Hände im Schoß sitze ich da wie erstarrt, die Kehle zugeschnürt, während das Licht unaufhaltsam durch den Laderaum zuckt, mittlerweile fällt mir das Luftholen schwer, und die Zeit, die wir noch geräusch- und bewegungslos bleiben können, scheint mir beinahe aufgebraucht. Ich halte den Atem an, am liebsten würde ich auch mein Herz zum Stillstand bringen. Bumm, bumm, bumm. Draußen ruft jemand: »Macht mal Tempo da vorn!«, die Heckklappe wird wieder geschlossen, Kenos Augen glänzen im Dämmerlicht. Der Sekundenzeiger seiner Armbanduhr tickt. Til-da – Til-da … beim achtunddreißigsten Tilda ruckt der Wagen an und fährt weiter.

Cloverhill liegt hinter uns.

Jetzt sind wir schon wieder ewig unterwegs, offenbar hat sich Juniper für einen Umweg um die halbe Welt entschieden. Mit jeder Minute, die verstreicht, rückt Tilda näher an die Fünfte Zone heran. Wenn sie doch irgendwo am Straßenrand stünde, wir sie aufgabeln und von der Fünften Zone wegfahren könnten, einfach so. Wenn doch niemandem je wieder etwas Schlimmes passieren würde, sich niemand mehr auflösen, niemand mehr im Glanz verloren gehen müsste.

Die Straße steigt in Serpentinen an, eine Kurve folgt der nächsten und ich fürchte ständig, dass mir eine Apfelkiste auf den Kopf fällt. Das muss die Anhöhe sein, auf deren Gipfel die Akademie liegt. Kenos Mund verwandelt sich in einen schmalen Strich.

Der Wagen hält. Ob Juniper gerade das Fenster herunterlässt und Florentines Karte durch den Scanner zieht? Ein Ruck, der Wagen rollt weiter. Kenos Mund entspannt sich. Wenige Minuten später öffnet Juniper die Heckklappe. Ich springe als Erste aus dem Laderaum und lande auf einem von ausladenden Buchen umstandenen Parkplatz, deren kahle Zweige sich gespenstisch gegen den Glanz abzeichnen.

Wieder zurück. Kaum drei Wochen war ich fort, doch mir kommt es vor wie ein halbes Leben. Mit einem tiefen Zug sauge ich die frische, beißend kalte Nachtluft in meine Lungen und stoße sie wieder aus.

Juniper hat auf der Rückseite des Forschungszentrums geparkt, das wie eine Festung über uns aufragt. Keine Laternen, keine Lichterketten, auf dem Parkplatz verwandelt sich die Dämmerung beinahe in Dunkelheit. Brandon schultert einen Rucksack, schärft Juniper ein, dass sie den Wagen wegfährt, falls sie jemanden kommen hört, und will gerade Richtung Haupteingang losstiefeln, als Florentine ihn am Ärmel festhält.

»Wir nehmen den Eingang für die Mitarbeiter.« Sie deutet nach rechts. »Das ist sicherer.«

Spätestens da weiß ich, dass es richtig war, sie mitzunehmen.

Im Innern des Forschungszentrums ist nur die Nachtbeleuchtung noch eingeschaltet. Florentine führt uns durch ein Gewirr von Gängen und Abzweigungen, vorbei an zahllosen Türen, sie bewegt sich lautlos und zielgerichtet. Vor einer blauen Tür bleibt sie stehen. »Hier.«

Ich habe gerade noch Zeit zu denken: Wahnsinn, wie schnell wir Tilda gefunden haben, als sie hinzufügt: »Das Büro meiner Mutter.«

Sie will die Klinke schon herunterdrücken, doch Brandon packt blitzschnell ihr Handgelenk. »Spinnst du?«

»Wir müssen da rein.«

»Ganz sicher nicht.«

»Und wie wollt ihr Tilda finden? Meine Mutter gehört zum Team, das die Expedition vorbereitet. Sie hat Tildas Akte und da steht drin, wo sie untergebracht ist. Oder willst du lieber das ganze Gebäude absuchen? Da wünsch ich viel Spaß.« Sie verschränkt die Arme vor der Brust. Wartet.

Es ist dann Brandon, der Florentine in das Büro begleitet. Keno und ich bleiben draußen. Minuten vergehen. Irgendwo über uns schlägt eine Tür. Stille. Dann Schritte. An Kenos rechtem Augenlid zuckt ein Muskel. Die Schritte verhallen, der Muskel an Kenos Lid beruhigt sich wieder.

Endlich treten Brandon und Florentine aus dem Büro. »Etage 3, Ostflügel. Raum 107«, zischt Brandon. »Merkt euch das. Weiter.«

Wir folgen Florentine durch den nächsten Gang, vorbei an noch mehr Türen mit grünlicher Nachtbeleuchtung.

»Ugh«, flüstert Keno. »Ich hasse diesen Geruch.«

Stimmt. Je tiefer wir in das Gebäude eindringen, desto stärker wird der Duft nach Vanille und Orangen. In meinen Wochen an der Akademie habe ich mich so sehr an den Aroma-Mix gewöhnt, der hier sämtliche Räume durchweht und der unseren positiven Spirit stärken sollte, dass er mir nicht mehr aufgefallen ist. Jetzt nimmt mir der süßliche Zitrusduft fast den Atem.

Überall hängen Schilder mit Pfeilen und kryptischen Inschriften: *Sektion C, Analyse 1* oder *Lab. 5–1 (Serum).* Eine Tür öffnet sich, kurzes Erstarren, wir weichen hinter einen Mauervorsprung zurück. Die Stimme einer Nachrichtensprecherin berichtet von einem neuen Imprägnierungsverfahren für die Schutzanzüge, eine Kombination aus Energieableitung und Chakren-Verschluss – eine großartige Chance, den Schutz auf das Fünffache zu erhöhen.

Am Ende des nächsten Ganges biegen wir um eine Ecke und stehen unvermittelt in der Eingangshalle. Schatten hängen wie schwarze Laken in dem kirchengroßen Raum. Das letzte Mal habe ich diesen Ort gesehen, als Keno und ich aus dem Forschungszentrum geflüchtet sind. Auch das scheint Jahre her. Florentine deutet zu dem Treppenaufgang am anderen Ende der Halle. In diesem Augenblick öffnet sich keine zehn Meter entfernt eine Fahrstuhltür. Wir weichen in den Gang zurück.

Aus dem Fahrstuhl tritt Xavier. Sein mokkabraunes Haar, das ich nie anders als sorgfältig gekämmt gesehen habe, hängt ihm wirr in die Stirn. Seine Lippen hält er zu einem krampfhaften Lächeln hochgekräuselt. Das Gold seines Arkanits zittert und flackert. Wie gern würde ich nach ihm rufen. Ich weiß, wie viel Tilda ihm bedeutet – womöglich würde er uns sogar helfen. Doch das Risiko ist zu groß.

In der nächsten Sekunde ist er durch die Eingangstür und weg. Wir sind es auch – nur in die andere Richtung. Dank der Beschilderung ist der Ostflügel schnell gefunden. In weiten Bögen führen uns breite Marmorstufen immer weiter aufwärts und enden in jedem Stockwerk auf einer von Säulen getragenen Galerie. Das alles sieht eher nach Museum als nach Forschungszentrum aus. Türen mit blauen Zahlen. Auf schwarzen Tafeln stehen manchmal Namen und manchmal nicht.

105. 106.

107.

Tilda Johannsen. Darunter in Flammend-Rot: *Vier (Tendenz fallend). Sicherheitsstufe Drei/Kand. Exp. 8.*

»Okay«, flüstert Brandon, zerrt sich den Rucksack von den Schultern, ratscht den Reißverschluss auf und holt vier Schutzanzüge heraus. »Anziehen. Schnell.«

Keno schüttelt den Kopf, aber Brandon hebt abwehrend eine Hand, und diesmal gibt Keno nach. Auch ich würde lieber verzichten, doch für Diskussionen bleibt uns keine Zeit. Der Schutzanzug gleitet wie eine zweite Haut über mich. Ich schließe die Reißverschlüsse im Nacken und unter den Fußsohlen und spüre, wie mein Atem flacher wird und sich mein Mund mit dem für die Anzüge typischen, künstlichen Himbeergeschmack füllt.

Brandon macht einen Schritt auf die Tür zu, entschlossen schiebe ich ihn beiseite. »Ich gehe allein zu ihr.«

Kaum habe ich das Zimmer betreten und die Tür leise hinter mir zugezogen, verschwindet der Geruch nach Vanille und Orangen. Es riecht nach gar nichts mehr. Die Jalousien vor dem Fenster sind heruntergelassen, dämmriges Licht dringt zwischen den Lamellen hindurch. Der Raum ist so riesig, dass das einzige Bett darin klein wie eine Kinderwiege wirkt; ein Krankenbett, behängt mit Schläuchen und Kabeln, schneeweiß bezogen, das Bettzeug leuchtet geradezu.

In einem himmelblauen Schlafanzug liegt Tilda flach auf dem

Rücken ausgestreckt. Mit beiden Händen hält sie etwas Rechteckiges gegen ihre Brust gedrückt, eine kleine Platte, eingefasst von einem goldenen Rahmen. Ihr Arkanit ist darunter verborgen.

»Tilda«, flüstere ich.

Langsam dreht sie den Kopf in meine Richtung. Für einen Sekundenbruchteil glaube ich, in die Augen meiner besten Freundin zu schauen, eine Kämpferin, die darauf wartet, dass sie endlich loslegen darf. Mit dem nächsten Atemzug verschwindet die Kämpferin. Die Augen, wie Rosinen in ein Gesicht gebettet, das weich und schwammig geworden ist, blicken stumpf. Tilda guckt mich an, doch sie könnte auch die Wand anstarren, es würde keinen Unterschied machen.

»Tilda«, flüstere ich, um Fassung bemüht.

Sie verzieht keine Miene, drückt nur die golden eingerahmte Platte gegen ihre Brust.

»Was hast du da?«, frage ich leise.

Schweigen. Dann: »Xavier.« Ihre Stimme klingt mechanisch. »Er will, dass ich bleibe. Nimm dich zusammen, sagt er. Du musst kämpfen.« Die Stimme eines Automaten.

Ich nähere mich ihrem Bett. »Tilda, wir müssen …«

»Er hat mir was mitgebracht.« Sie dreht die kleine Platte um. »Sagt, sie sind weg. Für immer. Ob ich das auch will.«

Die gerahmte Fotografie der letzten Expedition.

Eine der Personen darauf ist Erik.

»Er war dabei«, flüstert sie.

»Tilda, hör zu«, sage ich eindringlich. »Ich habe gelernt, wie man die negative Energie aus jemandem rausholt und …«

»Du hast mich allein gelassen.«

Ich lege meine Hände über ihre, die noch immer das Foto umklammern. Sie sind eiskalt. »Jetzt bin ich da. Ich kümmere mich um dich. Ich hole dich zurück in eine höhere Zone.«

Ihr Kopf dreht sich auf dem Kissen langsam von links nach rechts, hin und her. Sie zieht ihre Hände und das Foto unter meinen weg.

»Verschwinde«, flüstert sie. Und lauter: »Hau … ab.«

Ich habe Angst, dass sie losschreien könnte, will sie bitten, leise zu sein, meine Lippen bewegen sich, doch es kommt kein Ton. Die Luft um Tilda flirrt und verdichtet sich. Ein schwaches Leuchten, als würde sich ihr Körper mit einer irisierenden Schutzhaut überziehen, einem hauchdünnen Film.

Geschieht es, weil ich zu ihr gekommen bin? Habe ich Tilda schon wieder wehgetan? Meine Mundwinkel zittern, vergeblich versuche, ich sie stillzuhalten. Meinetwegen liegt sie hier; steigt sie nun auch meinetwegen in die Fünfte ab? Ich würde gern schreien, doch ich reiße mich zusammen und stehe ganz still, während um Tilda herum die Aura entsteht. Ihre Farben leuchten nur schwach, doch in den nächsten Stunden wird sich das Leuchten intensivieren. Die Zeit läuft. Von jetzt an bleiben Tilda noch zweiundsiebzig Stunden. Maximal. Bei einigen Fünfern geht es schneller. Mein Magen krampft, meine Knie werden weich. Umkippen verboten. Ich muss mich um meine Freundin kümmern.

»Du musst aufstehen«, sage ich leise.

Manche Fünfer kommen in ihren letzten drei Tagen nicht mehr aus dem Bett. So apathisch und schwach, wie Tilda wirkt, könnte sie dazugehören.

Ich strecke eine Hand aus, sie geht glatt durch die Aura hindurch, keine Wärme, keine Kälte, nicht einmal ein Prickeln. Ich berühre Tildas Handgelenk, zwischen uns ist nichts als die Haut meines Schutzanzugs, doch gleichzeitig trennt uns ein Universum. Ihr Körper ist warm, er atmet. Lebt. Noch kann ich etwas tun. Behutsam ziehe ich sie hoch. Das Foto rutscht ihr aus den Händen. Mit der Bildseite nach unten lege ich es auf das Kissen. Ihr Arkanit ist schwarz. Schwarz wie ein Keller, wenn das Licht ausgeht. Noch nie bin ich einem Menschen in der Fünften so nah gewesen.

Sie rührt sich nicht. Redet nicht. Augen wie Tunnel, die nach innen führen, weg von der Welt. Immerhin, sie sitzt schon mal auf der Bettkante. In dem Schrank neben ihrem Bett finde ich einen Pulli und ein Paar Schuhe, zu dünn für das kalte Wetter, aber es wird gehen müssen. Sie wehrt sich nicht, als ich ihr den Pulli überstreife und die Schuhe zubinde, hilft jedoch auch nicht, sitzt einfach da wie eine riesige Puppe. Ich nehme sie am Arm, ziehe sie auf die Füße und schiebe sie vorwärts. Halb trage ich sie, halb geht sie aus eigener Kraft, doch diese Kraft schwindet mit jedem Schritt. Das Gewicht, das auf mir lastet, wird schwerer und schwerer. Als wir die Tür fast erreicht haben, sagt sie dumpf: »Geh weg.« In ihrer Stimme liegt keine Aggression, nur Müdigkeit. »Lass mich in Ruhe.«

»Das kann ich nicht« sage ich so entschieden, wie es mir möglich ist. Wieder fängt sie mit diesem schrecklichen Kopfschütteln an. »Tilda!«

Wie zum Protest stöhnt sie leise auf und erschlafft. Der Moment der Gegenwehr ist vorüber. Ich öffne die Tür und schiebe sie in den Gang. Hier, wo es dunkler ist als in ihrem Zimmer, leuchtet ihre Aura stärker. Sogar Keno weicht zurück. Florentines Hände fliegen abwehrend in die Höhe.

»Alles okay.« Doch auch Brandon kann das Zittern in seiner Stimme nicht unterdrücken. »Mit den Anzügen passiert euch nichts.«

An meiner Seite beginnt Tilda zu schwanken. Sofort tritt Keno vor und breitet die Arme aus. Sie sinkt hinein. Brandon zögert, dann ist auch er zur Stelle und hilft, sie zu halten. Florentine weicht gegen die Tür zurück. Am liebsten würde ich sie in Tildas Zimmer schubsen und hier zurücklassen, was natürlich keine Option ist.

Keno zieht Tildas linken Arm um seinen Nacken. »Du von der anderen Seite«, befiehlt er Brandon. Ich bin ihm unendlich dankbar, dass er wie selbstverständlich die Führung übernimmt.

Wir schaffen es. Wieder und wieder sage ich mir das, während Keno und Brandon meine Freundin die Treppen hinunter und durch die Eingangshalle schleifen. Florentine und ich folgen mit weitem Abstand, Florentine will um keinen Preis näher heran. Tildas Schritte sind schwerfällig. Ihre Aura leuchtet von Minute zu Minute stärker.

Die Fahrertür des Transporters öffnet sich und Juniper springt heraus. Ihr Schutzanzug glitzert in der Dämmerung. Wortlos öffnet sie die Heckklappe. Falls sie sich vor Tildas Aura fürchtet, zeigt sie das mit keiner Geste.

Mühsam verfrachten Keno und Brandon das sperrige Wesen, in das sich meine Freundin verwandelt hat, in den Laderaum. Keno schiebt von unten, Brandon zieht von oben. Als Tilda endlich drin ist, lässt Brandon sie vorsichtig zwischen die Kisten gleiten und streckt Florentine eine Hand entgegen. Abwehrend schüttelt sie den Kopf.

»Ich fahre vorn mit.«

»Wir haben keine Zeit für solchen Scheiß«, blafft er sie an. »Die Schutzanzüge wirken eine Stunde lang, danach kriegen wir richtig Probleme.«

»Und wie sollen wir in einer Stunde zurück nach Cloverhill ...«

»Wir fahren nicht nach Cloverhill.«

Sie starrt ihn an. »Aber ...«

»Steig ein, verdammt!«

Sie senkt den Kopf, wirkt plötzlich so willenlos wie Tilda. Als hätte jemand alle Luft aus ihr herausgelassen. Stumm nimmt sie Brandons Hand und lässt sich von ihm in den Laderaum ziehen. Ich will ihr schon folgen, als Keno von hinten leise fragt: »Wo?«

»Wo was?«

»Wo ist die Kuppel?«

Ungeduldig deute ich in die Richtung, wo der Zaun, der Wald, das Schulgelände liegen.

»Wir müssen dorthin«, sagt er.

Bitte? Wie kann er das jetzt vorschlagen? Er weiß doch, dass ich Tilda aus der Fünften holen muss! Keinen Meter von uns entfernt kauert sie auf dem Boden und er quatscht solchen Mist daher. »Falscher Augenblick«, sage ich knapp, den Mund voller Himbeergeschmack von dem Scheißanzug.

»Wir könnten es stoppen.« Abwesend macht er einen Schritt in die von mir gewiesene Richtung. Ich grapsche nach seinem Arm, erwische ihn jedoch nicht.

»Steigt ihr bitte verdammt noch mal ein?«, zischt Brandon aus dem Laderaum.

Keno bleibt stehen. In diesem Augenblick spüre ich es wie einen wortlosen Hauch, der von dort herüberweht, wo *es* ist. Das, was vor achtzig Jahren in der Schule gelandet ist.

Komm. Komm zu mir.

Ich reiße mich zusammen. »Du kannst nur hin, wenn du in der Fünften bist.« Ich klettere zu Tilda in den Wagen und strecke Keno eine Hand entgegen, spüre erleichtert den Griff, mit dem er sie nach einem letzten Zögern umschließt. Sein Schutzanzug knistert zwischen meinen Fingern. Mit einem Ruck ziehe ich ihn zu mir in den Laderaum.

32

Warum dauert das so lange? Zum hundertsten Mal schaue ich auf Kenos Armbanduhr – seit zwanzig Minuten sind wir unterwegs. Brandon hat Tilda eine Beruhigungsspritze verpasst, als sei sie ihm noch nicht apathisch genug, seither jetzt starrt sie mit leeren Augen an die Wagenwand. Ich sitze neben ihr und halte ihre Hand, bezweifle jedoch, dass sie es zuließe, würde sie es merken. Als der Wagen um eine Kurve zieht, pralle ich gegen Keno. Seit wir aufgebrochen sind, haben wir kein Wort mehr gesprochen.

Der Wagen hält. Juniper reißt die Heckklappe auf. Kälte kriecht in den Laderaum. Auf Händen und Knien krabbele ich aus unserem Versteck. Florentine, die offenbar so schnell wie möglich von Tilda wegkommen will, folgt mir auf den Fersen.

In der Straße ist alles still. Vor uns ragt das vom Glanz überwölbte Appartementhaus auf, in dem Giselle und Tildas Großeltern wohnen und das ich zuletzt am Tag unserer Prüfung betreten habe.

In einem anderen Leben.

Keno hält Tilda unter den Armen, als sie draußen auf dem Gehweg zu Boden sinkt, Brandon übernimmt ihre Beine. Ihre Augen stehen offen, die hellgrüne Iris zittert. Als wir uns dem Haus nähern, löst sich eine Gestalt aus den Schatten.

»Papa«, flüstere ich.

Er hat sich die Haare schneiden lassen, das ist das Erste, was mir auffällt. In den Monaten in Cloverhill ist so viel Grau hinzugekommen, dass sie jetzt irgendwie gestreift aussehen. Sein Hemd ist auch gestreift, dafür ist die Hose kariert, und ich stehe da und kann mich nicht rühren. Er tritt zu mir und nimmt mich fest in die Arme und ich lasse mich von ihm halten, erfüllt von Liebe und Schmerz, während er leise meinen Namen sagt.

Als ich meinen Finger auf den Klingelknopf drücke, öffnet Giselle die Tür so schnell, als hätte sie die ganze Zeit dahintergestanden und auf uns gewartet. Ihre Locken leuchten wie Flammen. Ihr Gesicht ist aschgrau. Sie starrt ihre Tochter an, dann richtet sie den Blick auf mich. »Mein Gott, Gemma. Was hast du getan?« Ihre Augen sind ganz hell, die Pupillen winzig wie Stecknadelköpfe.

»Es tut mir leid.« Die Worte klingen furchtbar banal. Sie *sind* banal. Doch es sind die einzigen Worte, die ich habe.

»Dürfen wir reinkommen?«, fragt mein Vater. In dem Schutzanzug, den wir für ihn mitgenommen haben, kommt er mir ganz fremd vor.

Juniper tritt neben ihn. »Gemma muss ihre Tochter so schnell wie möglich …«

Giselle schüttelt den Kopf. Ihre Augen haben sich mit Tränen gefüllt. »Kommt nicht infrage. Ich lasse Gemma nicht noch einmal an mein Kind heran.«

Tildas Lippen bewegen sich, als wollte sie etwas sagen, dann sinkt ihr Kopf über Kenos Arm nach hinten. Sie hat das Bewusstsein verloren.

»Frau Johannsen«, sagt Juniper eindringlich, »wenn jemand etwas für Tilda tun kann, dann ist das Gemma. Bitte lassen Sie uns rein.«

Giselle bedeckt ihre Augen mit den Händen. Als sie endlich

nickt, öffne ich rasch die Reißverschlüsse meines Schutzanzugs, streife ihn ab und halte ihn ihr hin.

»Nicht, Gemma. Den brauchst du doch selbst«, flüstert mein Vater. Ich schüttele den Kopf, halte Giselle weiter den Anzug hin. Einen Moment fürchte ich, dass sie ihn zurückweisen wird, nicht, weil sie ihn nicht anlegen will, sondern weil es *mein* Schutzanzug ist. Dann nimmt sie ihn und streift ihn über.

Juniper inspiziert rasch die Wohnung. »Küche«, entscheidet sie, worauf sich Florentine ins Wohnzimmer verzieht. Keno und Brandon legen Tilda auf den Küchentisch und gehen mit meinem Vater noch einmal hinunter, um den Modulator, die Liege und meinen Stuhl zu holen. Giselle setzt sich so dicht wie möglich neben Tilda. Mit einer Hand hält sie die Hand ihrer Tochter, die andere ruht auf Tildas Scheitel. Leise singt sie ihr etwas von einem Vöglein vor, das zu seinem Nest fliegt, einem Schiff, das im Hafen Ruhe vor den Wogen sucht. Ich lehne am Türrahmen, das Lied ist zu leise, als dass ich alles verstehen könnte, doch ich möchte so viele Worte wie möglich auffangen und in mir aufbewahren, für immer. Mehr als je zuvor wünschte ich, dass ich eine Erinnerung an meine Mutter hätte, nur eine einzige.

Als Brandon, mein Vater und Keno zurückkehren, bricht in der Küche hektische Betriebsamkeit aus, trotzdem dauert es ewig, bis alles aufgebaut und der Modulator hochgefahren ist. Juniper überprüft alles doppelt und dreifach, ich muss mich zwingen, sie nicht zur Eile anzutreiben. Endlich blinken die Kontrolllämpchen rhythmisch ihr grün-gelb-rotes Licht in die Küche. Keno und mein Vater betten Tilda auf die Liege um. Im Schein der Küchenlampen leuchtet ihre Aura wie eine grelle Kriegsbemalung. Juniper ordnet die Kabel und steckt sie fest. Brandon zieht die Spritzen auf. Als ich mich in meinen Sessel setzen will, steht Giselle unvermittelt auf.

»Nein.« Ihre Stimme kippt fast völlig weg, so groß ist ihre Aufregung. »Ich kann das einfach nicht zulassen. Du machst dich nicht noch einmal an ihr zu schaffen.«

Blitzschnell ist mein Vater bei ihr und legt einen Arm um sie. Weinend bricht sie an seiner Schulter zusammen. Als er sie hinausführt, folgt Juniper ihnen. Im Flur höre ich ihre Stimmen murmeln, die Wohnungstür klappt auf und zu, Juniper kehrt zu uns zurück.

»Er bringt sie nach oben, zu ihren Eltern. Fangen wir an.«

Ich setze mich. Obwohl Keno und Brandon die Küchenmöbel beiseitegerückt haben, ist alles so eng gepackt, dass der Modulator praktisch auf meinem Schoß steht. Juniper injiziert Tilda das Schlafmittel. Die Maske senkt sich auf ihr Gesicht.

Keno berührt meine Hand. »Bereit?«

Ich nicke, doch vor allem nicke ich mir selbst zu. Nicken gegen die Zweifel, die in mir wüten. Kann dies gelingen?

Es *muss.*

Juniper klopft die Luft aus meiner Spritze.

»Es geht los«, flüstert Keno.

Und es geht los.

Ich gehe hinein.

Das Licht ist gleißend und viel zu hell. Kein Glanz über mir, nur grelles Weiß wie in einem Operationssaal.

Ich befinde mich noch immer in der Straße, in der Tilda wohnt, genauer gesagt auf dem von Chronoblumen umsäumten Hof, auf dem die Anwohner ihre Autos parken. Die Kofferraumklappe eines Moonliners steht offen. Tildas Brüder wuchten verschiedene Gegenstände hinein: Reisetaschen, einen Picknickkorb, das Küchenregal, das Sascha gezimmert hat. Als ich mich ihnen nähere, blickt Lennart kurz über die Schulter, dann hilft er Sascha weiter dabei, einen Riesenkanister Multifit-Fun in den Wagen zu quetschen. Auf der Rückbank sitzen Tildas Großeltern, die Münder eingekniffen, als hätten sie sämtliche Zähne verloren. Hinter dem Steuer leuchtet Giselles roter Lockenkopf. Ich gehe um den Wagen herum und klopfe an die Scheibe der Fahrertür. Giselle lässt das Fenster herunter. »Ein Platz ist noch frei«, sagt sie. »Du kannst einsteigen, wenn du willst.«

»Wohin fahrt ihr denn?«, frage ich.

»Weg, weg, weg«, kräht Tildas Großmutter. Es klingt, als würde sie ein Kinderlied singen.

»Wir lassen los«, sagt Giselle, »das ist der Trick. Loslassen, darauf kommt es an.«

»Loslassen. Loslassen!«, ruft Tildas Opa in den Gesang seiner Frau hinein.

»Und Tilda?«, frage ich.

Giselles Finger trommeln auf das Lenkrad. »Wir haben ihr alles gegeben. Mehr gibt es nicht.« Sie steckt ihren Kopf aus dem Fenster und ruft ihren Söhnen zu: »Fertig dahinten?«

In diesem Augenblick tritt Tilda aus dem Haus und schaut sich suchend im Hof um.

»Das könnt ihr nicht machen. Sie braucht euch«, sage ich.

Lennart, der ebenfalls um den Wagen herumgekommen ist, klopft mir auf die Schulter. »Brauchen ist total falsch. Brauchen ist echt miese Energy.«

Sascha quetscht sich zu seinen Großeltern auf die Rückbank, Lennart springt auf den Beifahrersitz, wo Tilda damals gesessen hat, als Giselle mit uns zur Akademie gefahren ist.

Jetzt bemerkt Tilda ihre Familie. Mit zögernden Schritten nähert sie sich dem Wagen. Ihre Aura ist verschwunden, was in einem Traum so viel oder so wenig bedeutet wie die Tatsache, dass die meisten Menschen in ihren Träumen keinen Arkanit tragen.

»Wartet auf mich!« Sie versucht, ihre Schritte zu beschleunigen, bewegt sich aber doch so langsam, als trüge sie an ihren Füßen Stiefel aus Blei.

»Fahr los!«, ruft es von der Rückbank, vom Beifahrersitz, von allen Seiten. »Loslassen, loslassen!« Die Stimmen von Tildas Familie wirbeln durch die Luft wie ein Sturm. Giselle gibt Gas. Mit quietschenden Reifen schleudert der Wagen vom Hof und die Straße hinunter, verschmilzt mit dem grellen Licht und ist weg.

Ich drehe mich zu Tilda um.

»Du.« Sie scheint hinter einer Wand aus beschlagenem Glas zu stehen. »Was machst du mir noch alles kaputt?« Sie wendet sich ab und rennt los, weg von mir.

»Tilda!«, rufe ich und sprinte ihr nach. »Warte!«

Ihre Beine wirbeln. Lange Zeit ist da nichts als ihr Umriss vor mir, das grelle Licht und das Klatschen unserer rennenden Füße auf dem Asphalt. Mit jedem unserer Schritte verdunkelt sich das Operationssaal-Licht, bis es sich in die gewohnte Dämmerung verwandelt hat. Tilda drosselt ihr Tempo, der Abstand zwischen uns verringert sich, schon höre ich ihren keuchenden Atem.

»Tilda! Bleib stehen!«

Sie bremst abrupt und hebt eine Hand, sodass ich ebenfalls ruckartig stehen bleibe.

Wir sind an unserem Ort angelangt: die Lichtung am Mühlsee. In der Luft hängt der süßlich-schwere Geruch überreifer Brombeeren.

»Verschwinde«, zischt sie mich an. »Hau ab.«

»Bitte, Tilda. Ich will dir helfen.«

Und dazu muss ich an ein Gefühl andocken, mich emotional verankern – doch was fühlt Tilda? Ich sehe ihre Wut, ohne sie selbst zu empfinden. Vorsichtig strecke ich ihr eine Hand entgegen – und kann sie nicht erreichen. Sie hat eine Wand zwischen uns hochgezogen, unsichtbar und undurchdringlich.

»Kapier das endlich«, fährt sie mich mit anschwellender Stimme an, »ich will deine Hilfe nicht!«

»Aber du bist meine Freundin.«

»Willst du mich darum in eine höhere Zone holen? Weil es *schöner* ist mit einer Freundin, die gut drauf ist?«

Nein, will ich sagen, *so ist es doch gar nicht, doch meine Gedanken verwirren sich.*

»Wer bist du, Gemma? Ich dachte, ich kenne dich. Ich dachte, ich weiß, wie du tickst. Aber diese Freundschaft war der Fehler meines Lebens. Du bist abartig. Krank.«

Hinter Tilda kräuselt sich die Oberfläche des Wassers. Ein junger Mann taucht aus dem Wasser empor, in dunkelgrüner Jacke und dunkelgrünen Hosen, halb Wanderkluft, halb Tarnanzug. Glitzernde Tropfen perlen von seinem Gesicht und von seinen Schultern, als er aus dem Wasser steigt und über die Lichtung auf uns zukommt. Braune Locken, ein fester Mund. Er hat uns fast erreicht, als er Tildas Namen sagt und der See in allen Regenbogenfarben zu schillern beginnt. Tilda wendet den Kopf.

»Erik«, flüstert sie.

Er streckt eine Hand aus. »Ich habe so lange auf dich gewartet.« Seine Stimme klingt warm und melodisch, eine Fortaxan-Werbestimme. »Ich habe gewartet und gewartet. Jetzt werden wir endlich zusammen sein.«

Tilda starrt wie hypnotisiert in sein Gesicht. Langsam gleitet ihre Hand in seine. Er zieht sie mit sich, über die Wiese, zum Ufer.

»Nein!« Ich stolpere ihnen nach, doch schon beim ersten Schritt wird der Boden unter mir puddingweich. Gras und Erde saugen an meinen Füßen. Während ich mich mühsam vorwärtskämpfe, steigen aus dem Wasser regenbogenfarbene Fäden auf und zucken wie suchend durch die Luft.

Erik und Tilda haben das Ufer erreicht. Mit einem wütenden Ruck ziehe ich meine Füße aus dem Sumpf und stolpere ihnen nach, laufe um sie herum und baue mich mit ausgebreiteten Armen zwischen ihnen und dem See auf. »Du bleibst hier!«, schreie ich Tilda an. Dann zu Erik: »Du nimmst sie nicht mit!«

Er steht direkt vor mir, doch statt mich anzuschauen, rümpft er nur kurz die Nase, was mich noch wütender macht. Als er eine Hand ausstreckt, um mich beiseitezuschieben wie einen Sack Müll, stoße ich ihn mit aller Kraft von mir. Er wankt, rudert mit den Armen, versucht, das Gleichgewicht zu halten, und fällt rückwärts in den See. Sofort ringeln sich die Fäden um seine Arme und Beine und ziehen ihn schnell hinab.

»Nein!«, schreit Tilda.

Ein Windstoß zerrt an meinem Haar und fegt über das Wasser, das sich aufwölbt wie eine Welle, zehn, zwanzig, dreißig Meter hoch. Doch es ist keine Welle. Es ist eine regenbogenfarbene Kuppel. Meine Wut löst sich auf. Jetzt kommt die Angst.

»Ihr schafft das nicht.« Irgendwo im Innern der Kuppel spricht eine Stimme. Sie klingt weit entfernt, doch richtig unheimlich wird mir erst, als ich begreife, dass es meine eigene Stimme ist. »Nicht so. Nicht, wenn ihr draußen bleibt. Ihr müsst reingehen. Mitten hinein.«

Es ist, als würde die Stimme, die meine eigene ist, den dicken schwarzen Klumpen Angst in mir beiseiteräumen und einer hellen Klarheit Platz machen. Ja. Wir müssen rein. Weil dort drinnen die Lösung von allem ist.

Ich drehe mich zu Tilda um und will nach ihrer Hand greifen, um sie mit mir ins Innere der Kuppel zu ziehen, doch sie springt wie eine Katze auf mich los. Fauchend drischt sie mit ihren Fäusten gegen meine Brust und will mit ihren Fingern durch mein Gesicht. Schützend hebe ich einen Arm, mache einen Schritt nach hinten – und falle. Nicht in die Kuppel. Da ist nur Wasser, das um mich hochspritzt. Ein rasender Schmerz fährt durch mich hindurch, Arme und Beine verkrampfen und mein eigener Schrei gellt mir in den Ohren. Würden meine Nerven mit glühenden Zangen aus meinem Körper gezogen, es könnte nicht schlimmer sein.

Die Welt wird schwarz.

Etwas hält mich.

Jemand.

Hände drücken meine fuchtelnden Arme gegen die Sessellehnen. Meine Beine treten wild aus, nur den Kopf kann ich nicht bewegen, der Heiligenschein hält ihn fest umschlossen.

»Gemma! Hörst du mich?«

Ich greife nach Kenos Stimme und klammere mich an ihr fest, will ihm antworten, doch mein Kiefer tut so weh, dass nur breiige Laute aus meinem Mund kommen. Der Druck der Hände lässt etwas nach, jemand macht sich an meinem Kopf zu schaffen und löst den Heiligenschein von meiner Stirn und meinen Schläfen. Licht fällt mir in die Augen.

»Gemma. Bist du bei uns?«

Ich blinzele. Langsam weichen die Schmerzen in den Hintergrund zurück, aber es fällt mir schwer, meinen Körper zu entspannen. Kenos Gesicht ist dicht vor meinem, dahinter taucht das Gesicht meines Vaters auf. »Konzentrier dich auf deinen Atem.« Keno legt mir eine Hand auf die Brust. »Du musst deinen Atem beruhigen. Scheiße, Brandon, was sagen die Werte?«

»Gar nix sagen die.« Brandons Stimme klingt am Boden zerstört.

Mühsam wende ich den Kopf. Tildas Gesicht ist noch unter der Maske verborgen. Lückenlos umschließt die Aura ihren Körper und wirft einen regenbogenfarbenen Schimmer auf die Liege. Würde sich ihr Brustkorb nicht heben und senken, ich hielte sie für tot.

Ich bedecke mein Gesicht mit den Händen.

»Gemma?«, fragt Juniper sanft.

»Sie wollte nicht«, flüstere ich in meine Hände hinein. »Sie hat mich weggeschickt.«

Als ich die Hände sinken lasse, sehe ich die Scherben auf dem Fliesenboden, dazwischen den Modulator, das Gehäuse gesplittert und sämtliche Anzeigen erloschen.

»Hab ich das gemacht?«, frage ich rau.

Brandon bückt sich und hebt eine Scherbe auf. »Du hast wie wild um dich geschlagen, bevor du rausgekommen bist.« In seiner Stimme liegt kein Vorwurf. Nur grenzenlose Resignation.

An der Tür klingelt es.

33

In meinen Schläfen pocht es. Niemand rührt sich, ich glaube, wir atmen nicht einmal. Ein säuerlicher Angstgeruch breitet sich sekundenschnell in der Küche aus. Junipers Mund formt lautlos drei Worte: *Wer ist das?*

Durch die Wohnungstür tönt eine Stimme: »Brandon? Juniper?«

Eine Minute später sitzt Rick bei uns in der Küche, so fest in seine Jacke gewickelt, als würde er bis in seine Knochen hinein frieren. »Sie haben die Koralle hochgenommen.«

Brandon legt ihm eine Hand auf die Schulter. Oder vielleicht muss er sich auch abstützen. »Wer?«

»Wer wohl. Scheiße noch mal.« Rick wischt sich eine Träne ab. »Der Weihnachtsmann mit seiner Wichtelcrew. Was glaubst du denn. Die Polizei natürlich. Ich war auf dem Dach, sonst hätte ich nicht mal mitgekriegt, dass sie kommen. Bin runter, hab mir das Virusmobil geschnappt und weg.«

Wie eingefroren sitzen wir auf unseren Stühlen. Keno ist der Erste, der sich bewegt. Er steht auf, geht zu Tilda, die noch immer schläft, und nimmt ihr behutsam die Maske ab. Es sieht unheimlich aus, als seine Finger ihre Aura durchdringen, beinahe, als wären seine Hände selbst von der Aura umschlossen. Auf dem Rückweg zum Küchentisch kommt er an dem schiefen Regal vorbei, das Sascha gezimmert hat, und streicht abwesend mit einem Finger darüber. Fast erwarte ich, dass das Regal zu Boden kracht und die Scherben der Becher und Tassen zwischen die Scherben des Modulators spritzen, doch das passiert nicht.

Die anderen legen ihre Schutzanzüge ab. In Tildas Traum ist die Zeit nur so dahingerast, trotzdem war ich über zwei Stunden weg, und die Schutzanzüge haben ihre Wirkung längst eingebüßt. Brandon und mein Vater tragen Tilda in ihr Zimmer, während Juniper und Keno Decken holen und Rick warm einpacken. Er klappert trotzdem weiter mit den Zähnen. Als Brandon und mein Vater zurückkehren, bringen sie Florentine mit.

In der nächsten Sekunde ist Juniper von ihrem Stuhl hoch, hat Florentine bei den Schultern gepackt und schüttelt sie so heftig, dass Florentines Zähne aufeinanderschlagen. »Was hast du getan?«, brüllt sie. »Verdammt, was hast du getan?«

Mit einem Ruck macht sich Florentine los, weicht zurück und leckt sich die kalkweißen Lippen. »Was dachtet ihr denn, ihr Schwachköpfe? Dass ich euch helfe? Wie blöd seid ihr eigentlich?« Ihr Gesicht ist das Gesicht einer Puppe. Die Züge erstarrt, toter Blick. »Erinnerst du dich, was du zu mir gesagt hast?« Sie spuckt Brandon die Worte nur so entgegen. »Damals, als ihr mich zu dem Transfer zwingen wolltet. *Die Koralle ist zwar ein Kino, aber du musst hier nicht reden wie in einem dieser bescheuerten Filme.* Kino, Koralle, das hab ich mir gemerkt.«

Brandons Kiefer versteift sich. »Du hast im Büro deiner Mutter eine Nachricht hinterlassen.«

Mit gebleckten Zähnen lächelt sie ihn an.

»Da können wir uns ja glücklich schätzen, dass du nicht gewusst hast, wohin wir mit Tilda fahren, du Stück Dreck«, zischt Juniper.

»Und ihr?«, ruft Florentine. »Andere Leute zu was zwingen, was sie nicht wollen, ist das irgendwie besser? Klär mich auf, Superhirn!«

Mein Herzschlag pocht so heftig in meinem Hals, dass ich die Worte kaum herausbringe. »Ich hatte dir versprochen, dass ich mich um deine Tante kümmere.«

Florentine lacht. Nur klingt es nicht, als wäre ihr nach Lachen zumute. »So, wie du dich um Tilda gekümmert hast? Glaubst du im Ernst, ich ließe dich an meine Tante ran? Mit dir stimmt doch was nicht. Du bist abartig. Krank.«

Abartig. Krank. Das hat auch Tilda gesagt. Halt suchend strecke ich eine Hand aus. Mein Vater ergreift sie, was wohl immerhin bedeutet, dass er mich nicht für krank oder abartig hält. Keno tritt hinter mich. »Bringt Florentine weg«, sagt er zu niemand Bestimmten.

»Ja, sperrt sie meinetwegen in einen Keller, falls ihr einen findet.« Juniper wischt sich eine Träne aus dem Gesicht. »Wenn wir sie bloß nie wiedersehen müssen.«

Während Brandon und Rick Florentine fürs Erste in Saschas altes Zimmer verfrachten, tigere ich ruhelos zwischen Spüle und Fenster hin und her. Hinter der Fensterscheibe wirbelt der Glanz. »Wir brauchen einen neuen Modulator. Und zwar schnell.« Mit einem Fuß schiebe ich ein paar Scherben zusammen. »Ich muss noch mal in Tilda rein.«

»Gruppe 42«, sagt Juniper. »Die haben einen. Wo ist das Telefon?«

Nach zähem Verhandeln erklärt sich Gruppe 42 bereit, jemanden mit dem Modulator loszuschicken. Ich will schon aufatmen, doch Juniper holt mich hart in die Realität zurück: »Ihr Standort ist fast 600 Kilometer entfernt. Ich schätze, wir können in fünf Stunden mit ihnen rechnen. Frühestens.«

Fünf Stunden. *Fünf Stunden!*

Brandon kocht Kaffee, mein Vater stellt eine Platte mit Käsebroten auf den Tisch. Als könnte irgendwer etwas essen. Die

Rückensprossen meines Stuhls drücken gegen meine Wirbelsäule. Keno sieht mich an, und ich denke schon, gleich legt er einen Arm um mich, aber er bleibt reglos neben mir sitzen, wenn auch so dicht, dass unsere Schultern und Oberschenkel sich leicht berühren. Von oben höre ich Giselle herunterkommen und in Tildas Zimmer verschwinden. Stille, durchbrochen nur vom Ticken der Wanduhr.

»Ich seh mal nach ihr«, sage ich und verlasse die Küche.

Als ich das Zimmer betrete, wendet sich Giselle kurz um und dreht sich gleich wieder weg. Tildas geschlossene Lider sind violett verfärbt und bilden einen scharfen Kontrast zu ihrem wächsernen Gesicht. Sie atmet leise und unregelmäßig.

»Darf ich mich zu euch setzen?«, frage ich leise.

Giselle schließt die Augen und streicht mit den Fingern die Haut auf ihrer Stirn glatt. In ihren Augenwinkeln schimmert ein hauchdünner Film, die Spuren von Tränen. »Nein«, sagt sie tonlos.

Wie ein Messer in die Brust. Wenn sie mir doch verzeihen würde; wenn sie mir doch sagen könnte, ich sei nicht schuld an dem, was mit Tilda geschehen ist.

Aber ich bin schuld. Und nichts kann daran etwas ändern.

»Lass uns bitte in Ruhe«, murmelt sie.

Leise ziehe ich die Tür hinter mir zu und stehe wieder im Halbdunkel des Flurs. Ein schwarzer Faden schwebt in meinem Arkanit. Vierte Zone. So ist das also. Wenn sich das Schlimme unverstellt zeigt und du es nicht mehr wegdrängen, ignorieren, fortschicken kannst. In der Ersten und Zweiten spürst du zu wenig davon, weil du das Wegdrängen, Ignorieren, Fortschicken perfektioniert hast. Doch in der Vierten wird das Schlimme und Schwere langsam zu viel.

Als ich in die Küche zurückkehre, sitzen nur noch Keno und mein Vater am Tisch. Die anderen haben sich ins Wohnzimmer verzogen, telefonieren quer durchs Land, informieren die anderen Viren über das aufgeflogene Versteck, das entdeckte Labor, versuchen zu entscheiden, wie es weitergehen soll.

Der Blick meines Vaters fällt auf meinen Arkanit. »Gemma«, flüstert er erschrocken.

Ich plumpse auf meinen Stuhl. Meine Augen füllen sich mit Tränen.

»Ich weiß nicht, wie ich Tilda rausholen soll. Sie stirbt.« Ich darf nicht weinen. Wenn ich weine, nimmt mein Vater mich in die Arme, nimmt Keno mich in die Arme, und dann klappe ich vollends zusammen. Als wüssten sie, wie es um mich steht, rühren sie sich nicht von der Stelle, sondern warten einfach ab, bis ich wieder straff und gerade sitze. Dann reibt sich mein Vater die kahle Stelle an seinem Hinterkopf.

»Ich hab's immer wieder aufgeschoben, dir davon zu erzählen. Aber jetzt ist wohl die Zeit.«

Ein graubrauner Nachtfalter krabbelt über die Fensterscheibe, hangelt sich auf den Rand des Tontopfs, der auf dem Sims steht, und verschwindet zwischen den Blättern der abgeblühten Margariten. Keno schluckt, in seiner Kehle klickt es leise.

»Ich habe nie mit irgendwem darüber gesprochen. Zu gefährlich, dachte ich.« Mein Vater lächelt zaghaft und streicht sich das gestreifte Haar aus der Stirn. »Ich hatte Angst, dass irgendwer dich mir wegnimmt.«

In mir wird es still. Ich wage nicht zu fragen. Und das muss ich auch nicht.

»Da war etwas, Gemma. Als du auf die Welt gekommen bist.«

Der leere Geburtsstuhl. Mein Vater hält ein blaues Frotteebündel im Arm. Mit einer Hand beschirmt er das Gesicht des Babys.

Mein Gesicht.

»Deine Mutter ist bei deiner Geburt gestorben, weil ...«, er wischt sich mit der Hand über die Augen, »weil der Glanz sie geholt hat. Es war genau dieser Augenblick. Der Moment, in dem du ihren Körper verlassen hast. Als dein Köpfchen sichtbar wurde. Da ist sie verschwunden. Als hättet ihr euch abgesprochen. Die eine kommt. Die andere geht.«

Das Wohnzimmer verschwimmt. Mein Leben lang habe ich gehofft, dass meine Mutter wenigstens noch ein paar Minuten bei mir gewesen ist, wenigstens ein paar Sekunden. Dass sie mich ein Mal im Arm gehalten hat, nur das.

»Du weißt, wie es ist, wenn sich jemand in der Aura auflöst?«, fragt mein Vater in sanftem Tonfall. »Wie sich die Aura zu einer Kugel zusammenzieht und mit dem Glanz verschmilzt?«

Ich nicke. An unserem Prüfungstag habe ich es in einem Film gesehen und in der Nacht meiner Flucht bei dem Mann unter der Brücke.

»Die Lichtkugel ist nicht im Glanz verschwunden«, sagt mein Vater.

Keno greift nach meiner Hand. Ich verschränke meine Finger mit seinen, so fest ich kann, ich brauche seine Hand dringender als je zuvor. Tausend Worte liegen mir auf der Zunge. Und kein einziges. Ich weiß nicht, was ich sagen soll. Also frage ich nur: »Wohin dann?«

»Sie ist in dich hineingegangen. Die Ärztin hat das nicht mitgekriegt. Sie hat dich mir in die Arme gelegt und du hast die Augen geöffnet. Hast mich angeschaut. Nicht wie ein Säugling. Dein Blick war ganz klar. Ich habe deine Augen gesehen, Gemma.«

Ich warte darauf, dass er fortfährt, doch das Schweigen zieht sich hin. Das Gefühl, dass sich in mir aufstaut, nimmt mir fast die Luft zum Atmen.

»Sie hatten die Farbe des Glanzes«, flüstert mein Vater. »Ich habe ein Tuch über deine Augen gezogen, damit niemand etwas merkt. Ich hatte Angst, dass sie dich irgendwo hinbringen. Dich ... untersuchen. Und so weiter.« Seine großen braunen Augen und das gestreifte Haar, das mittlerweile verstrubbelt in die Höhe steht, geben seinem Gesicht etwas Kindliches. Ein Gesicht, das ich so lieb habe, dass ich schon wieder weinen könnte.

»Dein Blick war ganz fremd. Als läge da kein kleiner Mensch in meinen Armen, sondern ein Geschöpf von einem anderen Stern. Nach ein paar Stunden ist der Glanz dann aus deinen Augen verschwunden. Deine Pupillen wurden schwarz und die Iris braun. Da warst nur noch du. Mein kleines Mädchen.« Er zögert. »Aber der Glanz ist nicht verschwunden. Das glaube ich nicht. Er ist ... nach innen gegangen. In dich rein. Du trägst dieses Stück Glanz noch immer in dir. Das ist es, was ich glaube.«

Die Teile, die bisher einzeln in mir herumgelegen haben wie die verstreuten Teile eines Puzzles, fügen sich langsam und Stück für Stück zusammen. Als meine Mutter verschwunden ist, habe ich ihre Aura – dieses Stück Glanz – in mich aufgenommen. So betrachtet, erscheint es plötzlich ganz logisch, dass mich der Glanz niemals geängstigt, sich immer nach einem Zuhause angefühlt hat. Oder dass ich die negative Energie anderer Menschen aufnehmen und sogar verschwinden lassen kann. So, wie es der Glanz über uns tut – derselbe Glanz, den ich in mir trage.

»Ich weiß nicht, ob es dir hilft, Tilda zu retten«, sagt mein

Vater leise. »Aber du hast diese seltsame Fähigkeit. Vielleicht gibt es ja einen Weg.«

Ich begleite meinen Vater noch bis zur Tür, er will nicht länger bleiben, denn derzeit richten die Nachbarn noch ihr besonderes Augenmerk auf ihn, wie es häufig geschieht, wenn jemand frisch aus Cloverhill zurückgekehrt ist, und wissen vermutlich besser über sein Kommen und Gehen Bescheid, als ihm lieb ist. Bevor er das Appartement verlässt, beugt er sich ein letztes Mal zu mir herunter und gibt mir einen Kuss. Ich lege die Arme um ihn und drücke ihn ganz fest an mich. So halten wir einander, bis ich mich aus seiner Umarmung löse. Nachdem er die Tür leise hinter sich zugezogen hat, kehre ich in die Küche und zu Keno zurück.

Meine Mutter. Verschwunden in dem Augenblick, als ich zur Welt gekommen bin. Ein Stück Glanz in mir. Das und Tildas Traum. Mit den Fingerspitzen reibe ich mir die Schläfen. Irgendwo in mir flattert eine Ahnung umher, nein, keine Ahnung eigentlich, eher ein instinktives Wissen, so, wie eine junge Wasserschildkröte weiß, in welche Richtung sie sich bewegen muss, um das Meer zu finden. Die Worte kommen, ohne dass ich sie steuere.

»Ich gehe rein«, sage ich langsam, doch bestimmt. »Durch die Kuppel. In die Schule. Und ich nehme Tilda mit. Wir müssen das zusammen machen. Ich weiß noch nicht, wie ich ihr helfen kann, aber wir müssen zusammen rein.«

»Das kannst du nicht«, sagt Keno. »Du kommst nur durch die Kuppel, wenn du in der Fünften bist.«

»Ich trage ein Stück Glanz in mir. Einen Teil von ihm. Damit komme ich genauso durch, als wenn ich die Aura um mich hätte.«

»Weißt du das oder glaubst du es nur?«

»Weder noch. Beides. Es spielt keine Rolle.«

Obwohl er den Blick unverwandt auf mich gerichtet hält, kann ich in seinem Gesicht nichts lesen. Es ist wie aus Stein.

»Ich muss es versuchen, Keno. Wenn es Hilfe für Tilda gibt, dann dort.«

»Schön. Und ich bringe euch hin.« Seine Stimme klingt weit entfernt. Für einen Moment legt er einen Arm um mich und drückt mich an sich. Es fühlt sich seltsam an, doch bevor ich das Gefühl zu fassen bekomme, sodass ich es benennen könnte, greift er in Ricks Anorak, der über einem Küchenstuhl hängt, holt den Autoschlüssel heraus und durchsucht Junipers Jacke, in der die Zugangskarte steckt. Dann schleichen wir hinaus in den Flur.

Hinter der angelehnten Tür des Wohnzimmers sitzen Brandon und Juniper auf dem Sofa. Juniper telefoniert, Brandon stopft sich mit wütender Entschlossenheit Hände voll Chips in den Mund. Rick läuft ruhelos vor dem Fenster auf und ab. Wir huschen vorbei, weiter, den Flur hinauf. Leise öffne ich die Tür zu Tildas Zimmer und gehe zum zweiten Mal dorthin, wo ich nicht mehr willkommen bin.

Giselle hat sich wie eine Katze in dem Korbsessel mit der hohen Lehne zusammengerollt, der in früheren Tagen Tildas Klamottenablage war. Ihre Atemzüge klingen flach und unregelmäßig.

»Tilda?«, flüstere ich.

Das Gesicht meiner Freundin hebt sich weiß von ihrem türkisblauen Kopfkissen ab. Sanft rüttele ich sie an der Schulter. Sie öffnet die Augen und blickt gleichgültig zu mir hoch, keine Ahnung, ob sie mich erkennt.

»Wir fahren zurück zur Akademie. Zur Kuppel.«

Immerhin zischt sie mir kein »Nein« entgegen. Aus einem Impuls heraus füge ich hinzu: »Wir machen es wie Erik.«

Langsam, als wäre sie mit Beton ausgegossen, setzt sich Tilda auf. Als ich einen Arm um sie legen und ihr helfen will, hebt sie abwehrend die Hand.

Keno wartet im Flur auf uns. Ängstlich blicke ich ein letztes Mal über die Schulter zurück zu Giselle, die weiterhin schläft, dann in Richtung Wohnzimmer, aus dem erregtes Stimmengewirr dringt; Juniper, Brandon und Rick, noch immer schwer beschäftigt. Es tut mir leid, dass ich ihnen nicht verraten kann, was wir vorhaben. Sie würden das hier nicht zulassen – weil sie, und in diesem Punkt bin ich mir vollkommen sicher, nicht nachempfinden könnten, wie durch und durch richtig es sich anfühlt. Auf dem Küchentisch hinterlasse ich eine wenig kreative Nachricht: *Sucht uns nicht. Alles wird gut.*

Das liest sich so lächerlich, dass es schon fast wieder glaubwürdig klingt.

Geräuschlos zieht Keno die Wohnungstür hinter uns zu. Wie zwei Diebe schleichen wir mit unserer fast leblosen Beute davon.

Dafür, dass es noch früh im November ist, ist die Nacht bereits eisig kalt. Rick hat das Virusmobil am Straßenrand geparkt, hinter dem Lieferwagen. Während wir Tilda zu dem kleinen Beulenauto hinüberführen, behalte ich die Straße unablässig im Auge, als könnte ich mit meinem Blick verhindern, dass ein Wagen oder ein nächtlicher Spaziergänger um die Ecke biegt; wir haben Tilda zwar von Kopf bis Fuß in eine Decke gehüllt, doch ihre Aura lässt den Stoff in einem gespenstischen Licht leuchten, das jedem Nachtschwärmer sofort auffiele. Vorsichtig bugsieren wir sie auf die Rückbank, wo sie sich sofort hinlegt. Keno rutscht hinters Steuer. Ich setze mich neben ihn. Seine Hand streckt sich nach dem Zündschlüssel aus. Dann verheddert sich die Zeit. Alles wird langsamer und passiert zugleich blitzschnell.

Kenos Finger beginnen zu schimmern, sind wie eingehüllt in etwas, das ein regenbogenfarbener Handschuh sein könnte. Ich verstehe es nicht gleich. Als ich es verstehe, denke ich: Das passiert nicht. Völlig unmöglich. Doch gleichzeitig wird mir klar, dass Keno die ganze Zeit darauf zugesteuert ist und ich es unterschwellig geahnt haben muss, während ich es gleichzeitig mit beiden Händen von mir weggehalten habe. Wie in den besten Zeiten der Ersten Zone habe ich es ignoriert – und jetzt geschieht es.

Ich sehe Kenos Aura so deutlich, wie ich den grauen Stoff der Kopfstütze sehe oder den Fleck auf dem Armaturenbrett, wo jemand etwas verschüttet hat. Brust und Kehle schnüren sich mir zusammen, mühsam quetsche ich das eine Wort heraus: »Keno.«

»Was?« Auf seinem Gesicht liegt ein regenbogenfarbener Schimmer.

»Die Aura«, flüstere ich.

Er betrachtet seine Hände. Sie glühen regelrecht. Mein Blick verschwimmt. »Dein Arkanit. Er war eingefroren, oder? Die ganze Zeit.«

Er nickt mechanisch. »Vor dem Transfer mit deinem Vater. Als ich die Spritzen fertig gemacht habe.«

Wie schlimm kann es noch werden? Ich will das nicht. Falsch, alles ist falsch. Es soll aufhören. Und hört nicht auf. »Warum, Keno? *Warum?*«

»Damit du dir keine Sorgen machst.« Seine Stimme klingt verwaschen, fast kann ich dabei zusehen, wie seine Kräfte schwinden. »Ich wollte nicht, dass du dich schon wieder schuldig fühlst.«

»Aber ich *bin* schuldig!«, rufe ich verzweifelt. »Ich hab die negative Energie von meinem Vater zu dir rübergeschoben und jetzt schau, wohin dich das gebracht hat!«

»Es war meine Entscheidung. Ich will das so.«

»Du *willst?*«

»Ich will mit dir rein. Ich will alldem ein Ende setzen.«

Ich fange an zu weinen.

Keno greift nach meinen Händen. Ein richtiges Lächeln bekommt er nicht mehr hin, auch wenn ich spüre, dass er gerne würde. »Ich will das, Gemma. Bitte.«

Ich weiß nicht, was ich ihm noch sagen soll. Ich wische mir die Tränen ab und das Schweigen senkt sich über uns wie eine schwere, alles erstickende Decke. Auf der Rückbank liegt Tilda, ihre Aura schimmert um sie; neben mir sitzt Keno, seine Aura schimmert um ihn. Das alles passiert nicht wirklich. Das träume ich nur. Doch es passiert. Wenn ich Tilda und Keno verliere, werde ich verrückt. Ich lehne meine Stirn gegen die Scheibe und schaue hinauf in den Glanz.

»Wir müssen die Plätze tauschen«, sage ich. »Du kannst so nicht fahren.«

Eine halbe Minute später drehe ich den Zündschlüssel herum. Der Wagen springt an.

Wir sind auf dem Weg.

34

Dachgärten unter Himmelsegeln, die den Mond und die Sterne imitieren: Vor zehn Minuten sind wir in das Waldviertel eingebogen. Am Ende der nächsten Straße, keine fünfhundert Meter entfernt, leuchtet uns die weiße Mauer entgegen, die das Gelände der Akademie umschließt. Dahinter, ebenso weiß und strahlend, erhebt sich das Hauptgebäude. Es kommt mir wie eine Ewigkeit vor, dass ich das alles zum ersten Mal gesehen habe, wie ein Ausschnitt aus einem fremden Leben. Nie wieder wollte ich dorthin zurückkehren, weder ins Forschungszentrum noch in irgendein Traumlabor. Aber ich muss zur Kuppel. Und durch. Bis zu dem Ort, an dem was auch immer ist.

Meine Hände packen das Lenkrad fester. Im Rückspiegel sehe ich Tilda mit offenen Augen auf der Seite liegen, eingehüllt in ihre Aura. Keno, der neben mir sitzt und von dem ich nur einen regenbogenfarbenen Schimmer im Augenwinkel wahrnehme, hat während der ganzen Fahrt geschwiegen. Genau wie ich. Jetzt halte ich am Straßenrand und wende mich ihm zu. Beim Anblick seines vom Glanz überzogenen, plötzlich fremd gewordenen Gesichts zucke ich innerlich kurz zurück. Da sitzt nicht mehr der Keno, den ich kenne. Dieser Keno ist ein junger Mann, der schon halb auf dem Weg in ein Nichts und Nirgendwo ist, und wenn ich mich nicht beeile, kann ich ihn nicht mehr zurückholen.

»Folgender Plan«, sage ich möglichst ruhig. »Wir fahren bis

zum Sperrgebiet. Am Zaun gibt's eine lose Stelle, da können wir durch.«

»Und dann?«

»Zu Fuß durch den Wald. Dauert ungefähr eine halbe Stunde.«

»Schafft sie das?« Er nickt in Tildas Richtung, die weiter reglos auf der Rückbank liegt und auf ihre ineinandergeklammerten Hände starrt.

»Sie muss«, sage ich fest. »Wenn wir durch die Kuppel sind, finden wir das Hauptgebäude, gehen rein und suchen den Ort, wo dieses ... diese Energie ist.«

Und das ist der Plan. Jedenfalls tue ich so, als sei das ein Plan, dabei weiß ich nicht mal, ob ich durch die Kuppel komme. Vorhin, in der Küche war ich mir meiner Sache sicher, jetzt erscheint mir meine Theorie mehr als gewagt. Falls es aber klappen sollte, heißt das noch lange nicht, dass wir das Hauptgebäude finden, und selbst wenn ... *was dann?*

Ich steuere das Virusmobil zurück auf die Straße. Eine andere Wahl haben wir nicht. Das Tor kommt in Sicht, daneben das Wachhaus. Voll beleuchtet. Okay. Okay, okay. Die erste Schleuse, die wir passieren müssen, dann auf das Gelände der Akademie und weiter, zur zweiten Schleuse und ins Sperrgebiet.

Mein Blut braust mir so laut in den Ohren, dass ich das Summen des Motors kaum noch höre. Mit beängstigender Geschwindigkeit rücken Mauer, Tor und Wachhaus näher. Ich atme tief ein und schließe meine Hände fest um das Steuer. Schön. Wenn ich trotz Festtagsbeleuchtung und voll besetzter Wachstation durchkommen will, muss ich mich zusammenreißen und so tun, als würde ich hier jede Nacht ein- und ausfahren.

Ich halte neben der Kontrollsäule, lasse das Fenster herunter und ratsche die Karte durch den Schlitz. Das Tor öffnet sich.

Als ich gerade hindurchfahren will, springen zwei Männer aus dem Wachhaus. »Hey, was wird denn das?«, ruft der eine. Sein Ton lässt keinen Zweifel daran, dass unser Plan gerade gewaltig schiefgeht.

Die beiden sprinten auf uns zu. Ich trete das Gaspedal durch. Die Torflügel sausen an uns vorbei, und während mich die plötzliche Beschleunigung in den Sitz drückt, biege ich auf das Gelände der Akademie ein, umrunde das Hauptgebäude und fahre weiter in Richtung Park. Hinter uns heult eine Sirene los. Ich ziehe den Wagen nach links und brettere die Straße hinunter. Das Wohnheim fliegt vorbei, flüchtig werfe ich einen Blick zu dem Fenster hinauf, das mein Fenster war und das jetzt so dunkel ist, dass sich der Glanz darin spiegelt.

Als wir uns dem Park nähern, gehen überall die Flutlichter an. Aus einer Seitenstraße schießt ein Monstrum von einem Wagen, ich kann gerade noch ausweichen. Das Ding rammt wie ein weißer Stier über die Straße, wendet und nimmt die Verfolgung auf. Rechts bleibt der Park hinter uns zurück. Der Zaun taucht aus der Dämmerung auf und das Scheißtor ist zu, so was von zu, außerdem steht ein kugeliger Sunbug davor. Der Fahrer kurbelt wild am Steuer, als er uns heranpreschen sieht. Leute rennen auf uns zu, gestikulieren, rufen, Sirenen jaulen, Flutlichter grellen auf uns herunter.

»Gas«, brülle ich mir selbst zu, »Gasgasgas!«

Ich steuere den Wagen von der Straße runter und fahre parallel zum Zaun durch die Pampa. Das Virusmobil schlingert, im Rückspiegel kommen sich der Sunbug und der weiße Riesenwagen ins Gehege. Ich lenke das Virusmobil scharf nach rechts, das Heck bricht aus und ich kurbele wie wild, komme wieder in die Spur und fahre direkt auf Zaun und losen Draht zu. Der Wagen schießt nach vorn und hebt fast vom Boden ab. Mit einem Schlag bohrt sich die Kühlerhaube in den Draht und hebelt ihn in die Luft, ein Ratschen quer übers Wagendach, das Virusmobil macht einen Satz, noch einmal Gas, dann sind wir durch und rasen über das Brachland in Richtung Wald. Der Wagen springt, hoppelt, schaukelt, aber er fährt.

»Alles klar?«, rufe ich zu Keno rüber.

»Fahr«, sagt er in einem Ton, als ginge ihn das alles nichts an. »Fahr.«

»Tilda?« Ich schaue in den Rückspiegel, sie ist noch nicht in den Fußraum gekollert, das immerhin. Blick wieder nach vorn, wir biegen auf die Straße ein und ab in den Wald, durch Schlaglöcher und über Wurzeln, die durch den Asphalt gebrochen sind. Meine Hoffnung ist, dass der Sunbug und der fette Riesenwagen nicht durch die Zaunlücke passen und wir einen kleinen Vorsprung gewinnen. In halsbrecherischem Tempo brettern wir unter den Bäumen durch. Das Virusmobil springt durch Schlaglöcher und schrammt über Bodenwellen und obwohl ich Vollgas gebe, tauchen hinter uns bald zwei Scheinwerfer auf. Ich schleudere um die nächste Kurve und schieße aus dem Wald.

»Da vorn«, keuche ich. »Die Kuppel!«

Die Ebene vor uns ist groß wie ein Kontinent, den wir mit gefühlten zweihundert Sachen durchqueren. Hinter uns rückt der Sunbug näher. Als wir den von Sträuchern und Unkraut überwachsenen, ehemaligen Parkplatz erreichen, hat er uns fast eingeholt. Wir sind nur noch zwanzig Meter von der Kuppel entfernt, doch jetzt versperrt uns ein Schutthaufen den Weg. Ich bremse, springe aus dem Wagen, öffne die hintere Tür und zerre Tilda von der Rückbank. Sie schwankt und sinkt zusammen, ich fasse sie unter den Achseln, wuchte sie hoch und habe sie bereits halb über den Schutthaufen geschleift, als ich merke, dass Keno noch immer im Wagen sitzt. »Keno!«, brülle ich.

Überall das wortlose Wispern, Flüstern, Raunen von dem Ort hinter der Kuppel.

Reglos und kerzengerade sitzt Keno hinter der Windschutzscheibe. Ich lasse Tilda los, die schwankend stehen bleibt, renne zurück zum Wagen und reiße die Beifahrertür auf. Mit geschlossenen Augen hockt Keno da, marmorblass, als wären die letzten Reste Energie aus ihm herausgeronnen.

»Raus mit dir!«, schreie ich, packe seinen Arm und zerre ihn aus dem Wagen. Hinter uns quietschen Bremsen.

»Anhalten!«, brüllt jemand. »Stopp!«

»Stopp am Arsch!«, brülle ich zurück und ziehe Keno mit. Mühsam setzen sich seine Beine in Bewegung. Als wir Tilda erreichen, grapsche ich nach ihrer Hand. Erst weigert sie sich, doch als ich heftig an ihrem Arm rucke, kommt auch sie schleppend in Gang. Zu dritt stolpern wir den Schutthaufen hinunter. Geröll rutscht unter unseren Füßen weg, mein Puls vibriert in meinen Fingerspitzen, oder vielleicht ist es Kenos oder Tildas Puls, deren Finger mit meinen verklammert sind. Überall flüstert es, keine Worte, nur dieses drängende *Komm!* Ich packe Kenos und Tildas Hände fester. Gemeinsam laufen wir die letzten Schritte auf die Kuppel zu.

Sie nimmt uns auf, als hätte sie auf uns gewartet.

Schimmerndes Licht überall um mich herum. Wie ein Streicheln auf der Haut, wie Tausende winzige, regenbogenfarbene Wellen, die über mich hinwegstreichen. In meinem Körper wird es warm. Nie zuvor habe ich mich so lebendig gefühlt, doch lebendig auf eine mir fremde Art, als würden in meinem Innern dieselben Wellen aufsteigen, mit den Wellen auf meiner Haut verschmelzen und mich fortziehen, und ich denke an die Worte meines Vaters: *Du trägst dieses Stück Glanz in dir.*

Mit dem nächsten Schritt bin ich durch, sauge Luft in meine Lungen, schnaufe, als hätte ich einen Marathon hinter mir. Tilda und Keno, deren Hände nicht mehr in meinen liegen, ringen neben mir nach Atem.

Die Luft, novemberkalt auf der anderen Seite, ist hier sommerlich warm.

»Hey! Warte!«

Die junge Wachfrau, die bei meinem ersten Besuch an der Kuppel deren Undurchdringlichkeit getestet hat, steht nur einen Schritt von mir entfernt. Zwischen uns ist das regenbogenfarbene Leuchten.

»Du kannst da nicht durch. Das geht nicht.« Was so ziemlich das Widersinnigste ist, was sie in dieser Situation sagen kann.

Der Mann mit der Glatze, der sie auch damals begleitet hat, schiebt sie beiseite. »Gemma? Du bist Gemma, nicht wahr?« Seine Stimme klingt undeutlich, als spräche er durch eine geschlossene Scheibe hindurch, dabei steht er direkt vor mir. »Ihr müsst da dringend raus. Es ist gefährlich.«

»Nein. Wir müssen nicht raus, wir müssen rein.« Doch ich stehe weiter da wie gelähmt und kann noch immer kaum fassen, was gerade geschehen ist.

Wir haben das Schulgelände betreten.

Die Wächterin zischt ein paar Worte, die ich nicht verstehe, und schlägt gegen die Kuppel. Zu hören ist nichts.

Eine Hand schiebt sich in meine. »Komm.« Tilda ruckelt an meinem Arm. »Wir müssen Erik suchen.«

Keno stellt sich neben mich. Alles an ihm hat sich verändert, seine Körperspannung, der Ausdruck in seinem Gesicht – als sei er aufgewacht. Zumindest vorübergehend. Auch Tilda wirkt lebendiger als in all den Stunden zuvor.

Gedämpfter Motorenlärm. Auf der anderen Seite der Kuppel nähert sich das weiße Riesengefährt, rumpelt über den Schutthaufen und bremst neben den beiden Wächtern. Gathea steigt aus, gefolgt von Xavier.

Sie sieht aus, als sei sie seit unserer letzten Begegnung um einen halben Meter gewachsen. Der strahlend weiße Overall unterstreicht noch ihre imposante Erscheinung, dagegen schlackert Xaviers Daunenjacke weit um ihn herum, er muss mehrere Kilo abgenommen haben, und während Gatheas Gesicht wie von einem inneren Feuer erhellt wirkt, ist seines aschgrau.

»Gemma«, sagt die Direktorin. »Da bist du ja endlich.«

35

Mit einer Hand schiebt Gathea den Wachmann beiseite und tritt dicht vor die Kuppel. »Komm wieder heraus, Gemma.« Ihr Lächeln, ihre Augen, ihr Overall, alles an ihr leuchtet. »Wir müssen deine Expedition in Ruhe vorbereiten. Wir statten dich mit einer Schutzausrüstung aus, mit Proviant, wir treffen die nötigen Sicherheitsvorkehrungen. Du darfst nicht einfach auf das Gelände gehen, das würde dich töten.«

»Tut mir leid«, sage ich, »keine Zeit. Ich muss meine Freunde retten.«

Ich packe Tildas Hand fester und will mich schon abwenden, da ruft Gathea: »Stopp!«

Und ich stoppe.

Sie atmet tief ein und massiert sich mit den Fingerspitzen die Schläfen. »Folgendes biete ich dir an.« Ihre Stimme klingt ruhig, doch an ihrer Wange zuckt ein Muskel. »Künftig wirst du in alle Entscheidungen der Akademie mit einbezogen. Du darfst selbst entscheiden, wie du deine Fähigkeiten einsetzt. Du und ich, wir werden uns gemeinsam und in enger Abstimmung dafür stark machen, dass alle Menschen glücklich werden.«

Ich starre sie an, was redet sie da für ein Zeug? Als wären wir die ganze Zeit Partnerinnen gewesen, als hätten wir das nur vor der Welt verbergen müssen und als holte sie mich nun in das Boot ihrer engsten Vertrauten zurück.

»Lass uns in dieser Sache zusammenarbeiten.« Ihre Stimme wird drängend. »Was immer den Glanz erzeugt, wir dürfen es nicht zerstören. Der Glanz ist ein Geschenk, wir müssen nur richtig mit ihm umgehen. Das ist unsere Aufgabe.«

Ich denke an meine Mutter, die Millionen von Toten. Ich kann nicht fassen, was für einen Müll sie da redet.

»Gehört das auch in die Kategorie: *Alles, was dir begegnet, ist eine Chance?«,* frage ich wütend.

»Die negative Energie ist die gefährlichste Krankheit unserer Zeit.« Sie spricht, als hätte sie mich nicht gehört. »Wenn wir den Glanz nutzen, können wir das Negative endgültig aus der Welt entfernen. Wir müssen nur zulassen, dass er uns hilft.«

»Er hilft uns nicht, er tötet uns!«, brülle ich.

Keno zieht leicht an meiner Hand. Er hat recht.

»Machen Sie's gut«, presse ich hervor. »Falls Sie können.«

»Halt!« Ihre Kiefer mahlen. Ihr weißer Overall leuchtet zu grell. »Du willst den Glanz zerstören, ja?« Sie spuckt mir die Worte förmlich entgegen. »Das wird nichts besser machen, gar nichts. Und deine Pläne, die kannst du vergessen.«

»Welche Pläne?«

»Tu nicht so. Glaubst du, ich durchschaue dich nicht? Du willst dich hier als unsere kleine Erlöserin aufspielen, die alles versteht und durchschaut, was die dummen Erwachsenen mal wieder nicht begreifen. Ein sechzehnjähriges Mädchen – und die Akademie soll nach deiner Pfeife tanzen, ja? Vergiss es, Gemma.«

Sie hat echt den Verstand verloren. Xavier, der die ganze Zeit wie gebannt Tilda angestarrt hat, dreht sich langsam zu ihr hin. In seinem Gesicht spiegelt sich mein eigenes Entsetzen. »Gathea.« Er zieht seine Daunenjacke fester um sich. »Du weißt nicht, was du redest.«

»Oh, ich weiß es genau.« Sie bleckt die Zähne. »Gemma zeigt uns gerade ihr wahres Gesicht.«

»Sie spinnen echt komplett«, sage ich rau.

»Wer spinnt hier? Wir brauchen den Glanz, wir ...« Ihre Worte zerfließen zu einem Brei. Sie könnte auch sagen: Der Glanz muss bleiben, damit ich hier das Kommando behalte. Das ginge schneller und wäre kürzer. In all dem Durcheinander tritt nur eine Sache klar hervor: die Wärme meiner Hände in den Händen von Tilda und Keno.

Inzwischen hat sich Gathea zu den Sonnen- und Mondhäusern vorgearbeitet, deren Stifterin sie ist, was mich tatsächlich für ein paar Sekunden ins Wanken bringt, bis mir klar wird, dass auch die Sonnen- und Mondhäuser nur existieren, weil es den Glanz gibt. Wenn Gathea ihre Macht behalten will, gehören sie dazu.

»Hören Sie auf mit dem Scheiß«, unterbreche ich ihren Monolog. »Ich gehe jetzt in diese Schule rein.« Ich sage es sehr langsam, sehr ruhig. »Und egal, was ich dort finde, eines verspreche ich Ihnen: Sie werden davon keinen Nutzen haben. Dafür sorge ich.«

Gatheas Gesicht verzieht sich zu einer hasserfüllten Grimasse. Sie springt auf mich zu, prallt gegen die Kuppel und taumelt zurück. Blut tropft aus ihrer Nase auf ihren blütenweißen Overall.

»Gemma.« Keno ist so dicht an meiner Seite, dass ich durch meine Jacke seinen von der Aura umhüllten Körper spüre. Er fühlt sich warm und lebendig an. Noch.

»Ja«, sage ich. »Lass uns gehen.«

Auf der anderen Seite der Kuppel nickt mir Xavier zu. Seine aschgrauen Wangen haben sich leicht gerötet, und auch wenn er in den letzten Minuten kaum zugenommen haben dürfte, scheint er seine Daunenjacke jetzt besser auszufüllen als zuvor.

»Geh rein«, sagt er. »Und wenn du drin bist, tu das Richtige.«

Gathea wendet sich zu ihm um, wischt über ihren weißen Kragen und verschmiert das Blut in einem breiten Streifen. Fast sieht es aus, als wollte sie ihn anschreien oder nach ihm schlagen, doch sie starrt ihn nur an. Ohne sie weiter zu beachten, macht er einen Schritt auf die Kuppel und auf Tilda zu und legt eine Hand auf das, was zwischen ihnen ist. Tildas Aura leuchtet. Mit gespreizten Fingern streckt sie ihm ihre Hand entgegen und weil sie in der Fünften ist, kommt sie durch die Kuppel durch. Ihre Finger verschränken sich mit seinen. Einen Moment lang fürchte ich, Xavier könnte Tilda festhalten und sie auf die andere Seite ziehen, doch das geschieht nicht. Langsam lösen sich ihre Finger voneinander. Tilda tritt von der Kuppel zurück und schiebt ihre Hand wieder in meine.

Es ist Zeit.

Wir wenden uns von der Kuppel ab. Hinter uns höre ich Gathea rufen: »Deine Freunde sind sowieso verloren! Sie werden sterben! So wie alle Fünfer dadrin gestorben sind!«

Wir gehen an der Bushaltestelle vorbei, auf das Schultor zu. Es steht offen. Um uns herum spreizen Holundersträucher ihre Zweige in die Luft wie eingefrorene Finger. Sie tragen noch immer die Blätter eines Sommers vor achtzig Jahren. Auch das Tor wirkt wie konserviert. Kein Rost, kein moosiger Bewuchs.

Wir treten hindurch.

36

Keno blickt sich um. »Wohin?«

Ich deute nach rechts. »Da entlang.« Erklären kann ich es nicht, ich weiß einfach, wohin wir gehen müssen. Als säße hinter meinem Brustbein ein Haken und als sei an den Haken eine Schnur geknotet, die mich sanft, doch unerbittlich in eine bestimmte Richtung zieht, quer über den Schulhof. Aber während Keno und Tilda mir ohne das geringste Zögern folgen, dauert es nicht lang, bis nun, da unser Weg begonnen hat, all meine Zweifel wieder hervorkommen und mit jedem meiner Schritte größer werden.

Tue ich das Richtige? Dies ist das Hoheitsgebiet einer fremden Präsenz. Nimmt sie uns wahr? Und wenn ja: Wie wird sie auf unser Eindringen reagieren?

Keno und Tilda folgen mir ohne Zögern. Dagegen wächst meine eigene Unsicherheit mit jedem Schritt. Tue ich das Richtige? Dies ist das Hoheitsgebiet einer fremden Präsenz. Nimmt sie uns wahr? Und wenn ja: Wird sie uns angreifen?

Ich bin hier, um Tilda und jetzt auch Keno zu retten, und ich habe keine Ahnung, wie ich das bewerkstelligen soll. Toller Plan, Gemma. Wirklich: toller Plan. Zumal irgendwo auf diesem Gelände etwas existiert, dessen oberste Priorität kaum unser Überleben sein dürfte.

Ich versuche, mich zu beruhigen, indem ich mir sage, dass dies nur ein Schulhof ist, kein Grund zur Panik, einen banaleren Ort könnte sich niemand ausmalen.

Einen fremderen Ort.

Rings um uns fließen die Regenbogentöne der Kuppel mit organischer Üppigkeit ineinander. Obwohl dort, wo wir herkommen, November und die Luft eisig ist, die Bäume ihr Laub abgeworfen haben und die Chronoblumen verblüht sind, ist die Luft hier, auf der anderen Seite der Kuppel, angenehm warm. Regenbogenfarbene Fäden schieben sich überall aus dem Asphalt und den umliegenden Backsteingebäuden, aus Fenstern, Mauern, Dächern, wie haarfeine Würzelchen. Vorsichtig gehen wir um sie herum, als wüssten wir instinktiv, dass wir nicht auf sie treten dürfen.

Keno und ich haben Tilda in die Mitte genommen, sie wankt zwischen uns hin und her, hält sich aber auf den Füßen. Wir kommen an zwei grauen Bottichen aus Beton vorbei, in denen Stiefmütterchen und winzige, gelb-rot-orangene Blümchen wachsen, deren Namen ich nicht kenne, und erst beim Anblick dieser Blumen fällt mir auf, dass ich überhaupt nichts rieche. Auch Geräusche gibt es keine – nur unsere Schritte auf dem schwarzen Asphalt und das allgegenwärtige, wortlose Flüstern, das hier, innerhalb der Kuppel, schärfer, aber nicht lauter klingt.

Die Bottiche markieren den Durchgang zu einem Fahrrad-Parkplatz. An drei Ständern sind ein halbes Dutzend Fahrräder angeschlossen. Offenbar waren nicht mehr viele Schüler auf dem Gelände, als die Lichtkugel das Hauptgebäude getroffen hat. Wir lassen die Fahrräder hinter uns und der Zug in meiner Brust verstärkt sich. Selbst wenn ich es wollte, ich glaube nicht, dass ich die Richtung jetzt noch ändern oder gar umkehren könnte.

»Spürst du das auch?«, frage ich Keno leise. »Als würde dich etwas führen?«

Er schüttelt den Kopf, seine Augen sind halb geschlossen,

die Erschöpfung schlägt wohl wieder zu, doch gleichzeitig bewegen sich seine Beine in einem gleichmäßigen Rhythmus vorwärts, fast roboterhaft.

Die Fäden verdichten sich. An vielen Stellen bedecken sie den Schulhof schon wie ein dickes Geflecht. Einmal kommen wir an zwei grauen Häufchen vorbei, wie Maulwurfhügel, doch nicht aus Erde, eher wie Staub, und ich frage mich, was das für Haufen sein könnten, aber dann sind wir bereits daran vorbei und nähern uns der Seitenfront eines großen Backsteinklotzes. Aus Mauerfugen, Fensterritzen und sogar aus den Steinen selbst schieben sich Abertausende der Fäden und ranken an der Fassade herunter. In einem der Fenster klebt ein handgemaltes Plakat. Ein Baum ist darauf abgebildet, statt Blättern trägt er die Abdrücke von Händen in allen möglichen Farben. Darunter leuchtet in ebenso farbenfroher Schrift: *Hellborn bleibt bunt.*

Hellborn? Zuerst kann ich den Namen nicht zuordnen, dann wird mir klar: So muss Novamyne früher geheißen haben.

Rechtwinklig zu dem Gebäude steht ein Flachbau mit einer fast vollständig von Fäden bedeckten Front, nur hier und da leuchtet noch ein Flecken dunkles Fensterglas hervor. Dorthin wende ich mich wie ein Zugvogel, der ein geheimes Signal empfängt und im selben Moment die Richtung wechselt. Keno und Tilda folgen mir. Mit einem Fuß drücke ich die Glastür auf. Sie öffnet sich ohne Widerstand. Die Deckenleuchten brennen. Seit achtzig Jahren hat niemand das Licht gelöscht.

»Wahrscheinlich die Pausenhalle«, murmelt Keno. Es ist totenstill. Auch hier liegen mehrere graue Häufchen herum.

»Bitte«, flüstert Tilda. Ihre Stimme klingt schwach und verzweifelt. »Ausruhen.«

Tildas Frist läuft ab. Keine Ahnung, wie lange es dauert, bis wir das fremde Ding aufspüren und ich herausgefunden habe, wie ich meiner Freundin helfen kann, doch da hilft nun nichts. Ich unterdrücke meine lodernde Ungeduld und sage ruhig: »Okay. Machen wir.«

Wir setzen uns auf eine Bank: vier stumpfbraune, über einen niedrigen Heizkörper geschraubte Kanthölzer, sodass man im Winter einen warmen Po bekommt. Tilda zieht ihre Beine auf die Bank und kauert sich zusammen.

»Erik war mit zwei anderen hier.« Sie streckt eine Hand nach mir aus. »Sie waren auch zu dritt. Auf einer Expedition.«

»Ich weiß.« Ich will nach ihrer Hand greifen, doch sie entzieht sie mir.

»Du ... wusstest es?« Ganz kurz erscheint das Gesicht der alten Tilda, im Angriffsmodus.

»Gathea hat's mir erzählt. Damals, nach der Sache mit Daniel Levantis.«

»Und du hast mir nichts gesagt?«

Es gab einen Grund. Doch ich erinnere mich nicht. Und sowieso ist es jetzt bedeutungslos.

»Es tut mir leid«, sage ich leise und halte ihr meine Hand entgegen. Sie zögert, dann legt sie ihre Finger hinein. Ich sehe ihre kurz gebissenen Fingernägel, die rosige Farbe. Auf ihrem Handrücken sitzt ein hellbraunes Muttermal, das ist mir vorher nie aufgefallen.

»Ich hoffe, er war bis zum Ende mit den anderen zusammen«, murmelt sie. »So wie wir.«

Zärtlich streiche ich ihr eine nicht vorhandene Haarlocke aus der Stirn. Sie schließt die Augen und legt sich hin. Ihr Kopf ruht an meinem Oberschenkel.

Neben der Bank steht ein Plastikbecher. Obwohl, Plastik ist das nicht. Vage erinnere ich mich, dass sie in manchen Antiquitätenläden Geschirr aus Bambus verkaufen. Ein Bambusbecher, genau. Oben draufgeschraubt ein Deckel mit schlitzförmiger Öffnung. Das Ganze könnte ein Trinkbecher für alte Leute sein, ist aber eindeutig auf jugendlich gemacht.

Langsam steigen mir Tränen in die Augen. In dieser Pausenhalle sind einmal Jungen und Mädchen wie wir herumspaziert, haben sich auf komische Heizungsbänke gefläzt, miteinander geredet, gemeinsam Kaffee getrunken. Haben sie noch mitbekommen, wie die Lichtkugel das Hauptgebäude traf? Was immer damals vom Himmel fiel, hatte angeblich eine so starke Erststrahlung, dass alles Leben im Umkreis von 500 Metern praktisch sofort zu Staub zerfiel. Nur die Pflanzen blieben verschont. Weiter heißt es, die Strahlung sei vermutlich rasch abgeklungen. Aber da war es für die, die sich auf dem Schulgelände aufhielten, schon zu spät.

Und endlich kapiere ich, was das für graue Häufchen sind.

Behutsam löse ich meine Hand aus Tildas, stehe auf, gehe mit schweren Beinen zu einem der Häufchen und bücke mich. Der Staub wirkt wie eingefroren. Wo ich ihm jetzt so nah bin, sehe ich, dass er schwach glitzert.

All die Mädchen und Jungen, die hier gestorben sind, haben mit ihrem Leben etwas vorgehabt. Genau wie wir hatten sie Pläne, ganz normale Pläne. Oder großartige, übertriebene, verrückte Pläne. Was sicher nicht in ihren Plänen vorkam, das war, dass sie zu grauen Häufchen zerfallen, und je länger ich mir diese Jungen und Mädchen vorstelle, die alle tot und zerfallen sind, desto trauriger werde ich, so traurig, dass mir fast übel wird.

Ich richte mich auf. Meine Augen schwimmen. Als mein Blick auf Keno trifft, bricht sich das Licht seiner Aura hundertfach.

»Was machen wir hier eigentlich?«, flüstere ich.

»Rauskriegen, was los ist.«

Er hat recht. Wir müssen weiter.

Gemeinsam ziehen wir Tilda von der Bank hoch. Keno legt sich ihren linken Arm um die Schultern, ich nehme ihren rechten. Sie schwankt so stark, als hätten sich sämtliche Knochen ihres Körpers in Gummi verwandelt. Als sie sich schwer gegen Keno lehnt, knickt er in den Knien ein und kann sich nur mühsam wieder aufrichten. Sein Körper zittert vor Anstrengung, ich glaube, es ist nur noch sein Wille, der ihn auf den Beinen hält.

Wenn er diesen Willen bloß nicht zuletzt gegen sich selbst richtet.

Während wir unseren Weg fortsetzen, nehme ich Kenos Hand, die sich in Tildas Rücken mit meiner Hand verschränkt hat, sehr intensiv wahr, und ich kann kaum glauben, dass sich etwas von der Aura Umschlossenes so normal anfühlt. Als ich seine Finger leicht drücke, sagt er angestrengt: »Wenn mir etwas passiert, war es nicht deine Schuld, hörst du? Ich will dieses Ding fertigmachen, was immer es ist. Wenn ich kann. Darum habe ich mich für die Fünfte entschieden.«

Ich zwinge mich weiterzugehen, doch ich kann mein Entsetzen über seine Worte nicht überspielen. »Du hast ... es absichtlich getan? Wann?«

»Als du gesagt hast, dass du mit Tilda reingehst.« Sein Sprechen verlangsamt sich immer mehr, als koste ihn jedes Wort Mühe. »Wer in der Fünften ist, kommt durch die Kuppel.«

Die Tränen kehren zurück, ich kann sie gerade noch so wegblinzeln. »Absichtlich in eine tiefere Zone, das geht doch gar nicht.«

»Klar geht das. DIN, nicht DIP.« Er lächelt gequält. »Keine Schranke mehr zwischen dir und dem schlimmen Zeug, das du denkst und fühlst.« Seine Finger sind so fest in meine gehakt, als wollten sie sich nie wieder von ihnen lösen. »Ich wollte bei dir sein. Am Ende, meine ich.«

»Da ist kein Ende. Hörst du mich?« Ich muss kurz innehalten, um mich zu sammeln. »Nichts geht zu Ende! Verstanden?«

Seine Handfläche ist so weich und glatt. So lebendig. Jetzt kommen die Tränen wirklich, doch das ist mir ziemlich egal. »Nichts geht zu Ende«, flüstere ich.

Doch bevor Keno etwas erwidern kann, wird der Sog, der mich vorwärtszieht, so stark, dass ich ins Taumeln komme und mich nur mit knapper Not auf den Beinen halten kann. Halb schieben und halb tragen wir Tida durch eine zweite Glastür und geraten in einen Laubengang, der auf die Vorderfront des großen Backsteinklotzes zuführt. Nirgends ein Mensch oder ein Tier, auch die Teilnehmer der letzten Expeditionen werden wir nicht treffen, da bin ich mir sicher.

Wenige Schritte trennen uns noch von der breiten Eingangstür des Gebäudes. Tilda pendelt zwischen uns, ihre Füße schleifen über den Boden, ihr Kopf hängt nach unten. Rechts ziehen eine niedrige Mauer und dahinter grüne Rasenquadrate vorbei.

Vor der Tür bleiben wir stehen. Wie eine Wand ragen die drei Stockwerke vor uns auf. Regenbogenfarbene Fäden dringen überall aus dem Mauerwerk. Die größtenteils von dem dichten Gewirr bedeckten Fenster im Erdgeschoss liegen so hoch, dass wir nicht hineinschauen können. In den zwischen den Fäden hervorblinkenden Scheiben, die auch nach achtzig Jahren wie blank geputzt aussehen, spiegelt sich das Leuchten der Kuppel.

Keno drückt mit der Schulter gegen die von dem Geflecht überzogene Eingangstür, doch seine Kraft reicht nicht mehr, um sie allein zu öffnen, wir müssen uns gemeinsam dagegenstemmen. Mit Tilda zwischen uns quetschen wir uns ins Innere des Gebäudes.

Schummrige Dämmerung. Wir durchqueren eine Art Foyer. Die Fäden überziehen Boden und Wände, und ich steuere instinktiv nach links, wo sie am dichtesten wuchern und sich an immer mehr Stellen zu wurzelähnlichen Strängen verschlingen; unmöglich, nicht länger auf sie zu treten. Sie fühlen sich fest und trocken an und geben unter meinen Füßen leicht nach, als würde ich über Torf oder einen Waldboden laufen. Links führt eine Treppe in einem weiten Bogen nach oben. Wir steigen hinauf.

Die Fäden bedecken alles: Geländer, Stufen, Wände, nur hier und da ist ein Fleckchen frei geblieben. Im dritten Stock endet die Treppe in einem fensterlosen Flur.

Das Licht brennt. Die Fäden haben sich um die Neonröhren an der Decke geschlungen und tauchen alles in eine regenbogenfarbene Dämmerung. Die Tür gegenüber steht offen. Die Masse an Fäden, die herausquillt, hat das Türblatt aus den Angeln gehebelt und nur einen Spalt frei gelassen, durch den man gerade so hindurchschlüpfen könnte.

Falls man es wollte.

Mit der halb bewusstlosen Tilda zwischen uns nähern wir uns dem Spalt. Ich habe Angst, doch gleichzeitig zieht mich dieser Durchgang unwiderstehlich an. Neben dem Türrahmen haben die Fäden ein Stück Wand frei gelassen. Dort hängt ein kleines Schild.

erst en um

Die übrigen Buchstaben liegen unter Fäden verborgen. Ich hebe eine Hand und berühre sie, spüre ihre warme Elastizität, schiebe sie vorsichtig beiseite.

Oberstufenraum

Ein schwacher Ruck fährt durch Tildas Körper, verwandelt sich in ein Zucken, das immer stärker wird. Die Aura um sie herum gerät in heftige Bewegung und flirrt und flackert.

»Tilda?«, frage ich erschrocken.

Ihre Augen, gerade noch geschlossen, stehen weit offen. Ihr Blick wirkt vollkommen klar. Mit einer unerwartet kräftigen Bewegung und viel schneller, als wir reagieren könnten, macht sie sich von uns los.

»Tilda!« Ich versuche, sie festzuhalten, doch meine Hände gleiten ab, während sich meine Füße in den Fäden verfangen. Ich stolpere, falle hin, rappele mich auf Ellenbogen und Knie hoch und sehe gerade noch, wie sich meine Freundin durch die Öffnung schiebt.

»Nein«, rufe ich. »Tilda!«

Das Aufleuchten roter Kringellocken, dann ist sie verschwunden. Mühsam komme ich auf die Beine. Keno steht wie erstarrt. Seine Aura ist ebenfalls in flirrender Bewegung, wenn auch weniger stark als bei Tilda. Sein Kopf dreht sich von dem Spalt zu mir zu dem Spalt und wieder zu mir.

»Nein! Du wartest hier«, befehle ich. »Rühr dich nicht vom Fleck. Ich bin gleich wieder da.«

Er schaut mich an, aber hört er mich auch?

»Du wartest!«, wiederhole ich eindringlich.

Vorsichtig schiebe ich mich durch den Spalt. Seine Ränder sind wie Lippen, die weich und schwach pulsierend über meine Hände und mein Gesicht streifen.

Ich sage mir, dass sie meine Freundin ist. Dass niemand verloren geht. Schiebe einen letzten Faden beiseite und schlüpfe hinein.

37

Um mich ist tiefe Dämmerung, dunkler als im übrigen Gebäude. Von Tilda keine Spur. Ich rufe ihren Namen, was auch nicht weiterhilft. Das Geflüster um mich zischt mir in den Ohren, mein Kopf fliegt panisch von rechts nach links, dann nach oben. Über mir erkenne ich in der Decke ein Loch mit aufgebogenen Rändern, schwarz und wie geschmolzen, dahinter ein kaum augengroßer Ausschnitt der regenbogenfarbenen Kuppel.

»Tilda!« Meine Stimme überschlägt sich und knickt weg.

Keine zehn Schritte entfernt kauert sie auf dem Boden. Das Gesicht hat sie mir zugewandt, doch ihr Blick geht ins Leere.

»Tilda!«

Mühsam arbeite ich mich auf sie zu, die Fäden erschweren das Vorankommen, in dicken Wülsten winden sie sich über den Boden, hängen wie Gardinen aus Spinnweben in der Luft. Ich greife in regenbogenfarbenes Gewirr, meine Finger sinken in eine zähe Masse, die sich nicht auseinanderreißen lässt, kaum, dass ich die Fäden beiseiteschieben kann, und das alles geschieht so schrecklich langsam. Ein Faden wischt mir übers Gesicht, ein weiterer gerät mir in den Mund, ich würge, spucke, presse die Lippen aufeinander, kämpfe mich weiter.

Als ich Tilda fast erreicht habe, schält sich hinter ihr auf einem Sofa mit grünem Bezug, keine drei Meter von ihr entfernt, eine Kontur aus der Dämmerung. In dem Moment, als ich es sehe, kommen meine Gefühle zur Ruhe. Angst, ja, die habe ich noch, aber ein paar Atemzüge lang empfinde ich nichts als hochgespannte Konzentration.

Ein Geschöpf, ein Gewächs, ich weiß nicht, wie ich es nennen soll. Es mag gut zwei Meter groß sein, hat einen länglich-keulenförmigen Rumpf und vier wurzelähnliche Extremitäten, die zu den Rändern hin zerfransen und in die regenbogenfarbenen Fäden übergehen, als würde das Wesen ein haarfeines Geflecht austreiben, Millionen, vielleicht sogar Milliarden winziger Würzelchen, die sich immer weiter verzweigen. Die krustige Oberfläche des Rumpfes – Haut, Gewebe, was immer das sein mag – ist von Furchen und Kanälen durchzogen und ein Spiel sich wellender Farben, die von Dunkelviolett über Meergrün bis Hellgelb changieren, die Farbmuster verändern sich ständig, fließen zusammen, verdichten sich, streben auseinander, bilden andere Muster, lösen sich auf und entstehen neu. Hier und da ballt sich die Oberfläche zu Knoten und Knötchen, als würden Fäuste von innen dagegendrücken. An anderen Stellen sieht die Oberfläche aus wie von einem Innendruck geborsten. Je länger ich hinschaue, desto mehr glaube ich, in dem Ding auf dem Sofa eine menschliche Gestalt zu erkennen, doch gleichzeitig ähnelt es auch einer Pflanze. Einem Pilz. Oder etwas völlig anderem.

Tilda hat sich vor der Kreatur auf den Boden gesetzt, hat ihr jedoch den Rücken zugewandt, als wolle sie ihr nah sein, sie aber gleichzeitig nicht anschauen müssen. Ihre Aura flirrt und vibriert. Bei diesem Anblick kehrt meine Panik in einem kalten Schwall zurück.

»Tilda! Hörst du mich? Komm da weg!«

Und als hätte ich die Kreatur mit meinen Rufen geweckt, nimmt das Farbspiel auf ihrer Haut Fahrt auf und wird ein rasender Tanz. Ich mache einen Satz auf Tilda zu und verfange mich prompt mit einem Fuß in einer Fadenschlinge. Meine

Arme rudern. Mit aller Kraft ruckt mein Bein an der Schlinge. Ich hänge fest.

»Tilda! Steh auf! Du musst da weg!«

Der Abglanz der Aura leuchtet auf ihrem Gesicht. Sieht sie mich? Hört sie mich?

»Tilda!«

Das Wispern und Flüstern schwillt an. Dort, wo sich der Körper der Kreatur zu einer Art Kopf verdickt, schieben sich mehrere Fäden heraus. Anders als die erstarrten Fäden an den Wänden und in der Luft sind sie fast fingerdick und bewegen sich sachte hin und her. Schnell wachsen sie auf Tilda zu – und dringen in ihre Aura ein.

Wie wahnsinnig zerre ich an meinem Fuß. »Tilda!«

Sie sitzt ruhig da und blickt mich an, öffnet den Mund und sagt ein einziges Wort. »Gemma.« Es klingt zärtlich und weich.

»Du musst da weg!« Meine Stimme splittert. Ich sinke auf die Knie, stemme mich mit meinem freien Fuß gegen den Boden und ziehe mit beiden Händen an meinem Knöchel, doch die Schlinge hält mich fest.

Tilda schüttelt den Kopf. Als sie lächelt, zittern ihre Lippen ganz leicht. »Ist schon in Ordnung, Gemma. Wirklich. Erik war hier.«

Sie sagt nicht, dass sie jetzt zu ihm geht. Nur, dass er hier war.

Endlich rutscht mein Fuß aus der Schlinge. Ich rappele mich auf. »Wir müssen hier raus!« Ich strecke einen Arm aus, um sie zu packen und zu mir herüberzuziehen, doch als ich ihre von den Fäden durchzogene Aura berühre, bricht der Schmerz in einer scharf gezackten Welle über mich herein, brandet von allen Seiten gegen mich, zieht sich zusammen und türmt sich erneut um mich auf. Ich reiße meine Hand zurück und falle zum zweiten Mal auf die Knie.

Tilda ist nur wenige Zentimeter von mir entfernt. Und sie ist völlig außer Reichweite.

Wie rasend zerre ich mir meine Jacke vom Leib, verdrehe sie zu einem Strang und werfe Tilda das eine Ende zu. »Halt dich daran fest!«

Sie hebt nicht einmal die Hand. Das Jackenende fällt zu Boden. Ein paar Sekunden knie ich vor ihr auf dem Boden, bevor ich es begreife. Dass meine Freundin nicht bleiben will.

Ich erinnere mich an so viele kleine Einzelheiten. Tilda und ich auf unserer Fahrt zur Akademie, sie dreht sich auf dem Vordersitz um und sagt: »Wir gehen als Kandidatinnen rein und kommen als Studentinnen wieder raus.«

Tilda und ich in einem Traumlabor, sie schraubt an den Okularen rum, tätschelt meine Wange, spricht davon, dass wir eines Tages zusammen in einen Traum hineingehen werden.

Tilda und Xavier, die einander anblicken, bevor wir gemeinsam den Traum der Fünferin betreten.

Ich möchte etwas sagen, aber mir fällt kein einziges Wort ein. Ich stehe einfach da, erfüllt von Liebe und Schmerz, während sich Tilda vor meinen Augen in der Aura auflöst und verschwindet. Einfach so.

Die Arme um meinen Oberkörper geschlungen, kauere ich auf dem Boden, während es geschieht. Nach wenigen Sekunden ist es vorbei. Langsam ziehen sich die Fäden in den Körper der Kreatur zurück. Tildas Aura hängt noch einen Augenblick in der Luft, ballt sich dann zu einer Lichtkugel zusammen und schießt nach oben, durch das kleine Loch im Dach.

Auf Händen und Knien krieche ich über die Stelle, an der Tilda verschwunden ist. Nichts ist von ihr geblieben, kein Haar, kein Geruch, nur leere Luft. Wie betäubt komme ich auf die Füße und stolpere durch das Fadengewirr auf das Ding auf dem Sofa zu. Keine Ahnung, wie ich es anstellen soll, aber ich werde es töten. Mit meiner Jacke werde ich es erwürgen, es mit meinen Händen in Stücke reißen …

»Gemma?«

Ich wirbele herum. Durch das Fadengewirr nähert sich ein Schatten. Völlig von Sinnen springe ich auf ihn zu.

»Nicht, Keno! Nicht!«

38

Keno ist mir gefolgt. Verdammt, er ist mir gefolgt!

»Das muss aufhören, Gemma. Ich will …«

Dann bemerkt er die Kreatur auf dem Sofa. Sein Mund klappt zu. Die Fäden, die sich gerade zurückgezogen haben, schlängeln sich wieder hervor und recken sich ihm entgegen. Schützend stelle ich mich vor ihn, doch die Fäden winden sich an mir vorbei, um von den Seiten an ihn heranzukommen. Blitzschnell drehe ich mich zu Keno und umschlinge ihn. Mitsamt seiner Aura. Gemeinsam sinken wir auf die Knie. Ich drücke ihn zu Boden und versuche, mit meinem Körper eine Barriere um ihn herum zu bilden. Wenn sich die Kreatur noch jemanden schnappen will, dann mich.

So kauern wir auf dem von Fäden überzogenen Linoleum, Keno halb unter mir. Erst reglos. Dann legt er langsam die Arme um mich.

Es hat so viele Umarmungen und auch Küsse zwischen uns gegeben, doch erst hier, in diesem allermerkwürdigsten Oberstufenraum der Welt, im Herzen des Ortes, an dem die Kreatur lebt, wo wir einander halten, begreife ich, wie sehr ich Keno liebe und dass ich mit ihm zusammen sein will, auch wenn es nur noch für wenige Sekunden ist.

Die Fäden erreichen uns. Betasten uns. Tief in mir drin wird es so warm, als hätte dort jemand einen Schalter umgelegt.

»Deine Augen«, flüstert Keno. »Sie haben dieselbe Farbe wie der Glanz.«

Die Fäden zittern, ziehen sich zurück und nähern sich wieder, zögern, zucken zwischen Keno, dem Fünfer, und mir, der Viererin, hin und her. Dann geht der verwirrte Moment vorbei, die Kreatur umwickelt uns fester, fesselt uns, hebt uns langsam empor und holt uns zu sich heran. Der schwindelerregende Blick auf eine Gestalt, die keinen halben Meter entfernt vor uns aufragt. Jetzt, aus der Nähe, erkenne ich in der knotenförmigen Verdickung oben auf ihrem Körper die verschwommenen Züge eines Gesichts, beinahe unkenntlich, doch eindeutig menschlich. Ein Mädchen. Kein Kind mehr, sondern eine junge Frau. Hohe Wangenknochen, ein kantiger Kiefer. Das einzig klar Umrissene sind ihre Augen, sie sind von einem sumpfigen Braun und starren uns an wie ein großes Unterwassergeschöpf. Keno klammert sich fester an mich und ich klammere mich an ihn, während uns das Geschöpf betrachtet. Als ich es nicht mehr aushalte und den Kopf wegdrehe, bemerke ich neben der Kreatur, auf dem Sofa, halb bedeckt von den Fäden – ein Buch.

Ein verdammtes Buch!

Weißer Einband. Zwischen den Fäden blitzen goldene Buchstaben hervor. Es sieht neu aus, wie frisch aus dem Laden. Einer der wurzelähnlichen Auswüchse hat sich zwischen die Seiten geschoben, als würde ein Finger die zuletzt gelesene Stelle markieren. Fassungslos schaue ich von dem Buch zu der Kreatur und begegne erneut den sumpfbraunen Augen. Diesmal weiche ich dem Blick nicht aus. Ein instinktives Wissen hat mich über den Schulhof geführt, jetzt meldet es sich erneut: Ich muss da rein. In die Kreatur – in ihr Unterbewusstes oder wie immer man das nennen will, genauso, wie ich Dutzende Male in das Unterbewusstsein anderer Menschen hinabgestiegen bin.

Nur diesmal ohne Modulator.

Behutsam löse ich einen Arm von Keno, worauf mich seine

Arme noch fester umschließen, als hätte er verstanden und wollte mich halten, während ich mich mit der Kreatur verbinde. Vorsichtig berühre ich den Faden, der quer über meiner Brust liegt. Er gibt unter meiner Berührung leicht nach. Ich schließe die Augen.

Es wird nicht dunkel wie sonst, wenn ich den Heiligenschein trage. Regenbogenfarbene Muster tanzen vor mir, dann beruhigt sich das Geflacker. Die Farben ordnen sich zu einem Bild.

Ein Bild, so gewöhnlich wie das Buch.

Ich befinde mich in einem Raum mit einem grauen Linoleumboden, nah bei einem Fenster. Regentropfen tippen gegen die Scheibe. Auf einem grünen Sofa liegt ein junges Mädchen und liest. Ihre Beine hat sie halb in die Luft gestreckt, die Füße bequem auf der Sofalehne abgelegt. Der rechte Fuß wippt.

Keine Fäden, nirgends. Trotzdem weiß ich sofort, wo ich bin. Der Oberstufenraum. In einer alten Zeit.

Das Buch, das sich das Mädchen vor das Gesicht hält, hat einen weißen Einband. Darauf prangen fette goldene Buchstaben.

Ich 2.0.

Einen Untertitel gibt es auch.

Wie du das Glück in dein Leben holst und dich von negativen Einflüssen befreist.

Der Regen hört auf, mein Blick geht zum Fenster und hinunter auf den Schulhof. Ein Pärchen schlendert Hand in Hand in Richtung der mit gelb-rot-orangenen Blümchen bepflanzten Betonbottiche. Am Himmel treiben graue Wolken.

Eine Minute verstreicht. Vielleicht zwei. Ich überlege gerade, ob ich zu dem Mädchen hinübergehen und es ansprechen sollte, als ohne jede Vorwarnung vor dem Fenster ein grelles Licht aufflammt. Der Oberstufenraum wird gleißend hell. Ein paar Sekunden bin ich wie blind. Als ich wieder gucken kann, sind die Konturen im Raum scharf herausgeschnitten wie in einem überbelichteten Film. Das Mädchen hat sich auf dem Sofa aufgerichtet, in starrer Haltung sitzt sie da, als wollte sie aufspringen und davonlaufen, hätte sich dann aber mittendrin anders entschieden. Das Gesicht hält sie leicht emporgewandt. Eine gleißende Lichtkugel durchschlägt das Dach, schießt auf ihr Gesicht zu und trifft sie, wie ein Blitz einen Baum trifft.

Einfach, weil der Baum da steht, wo er steht.

Haarfeine Fäden schießen überall aus dem Körper des Mädchens. Wellen von regenbogenfarbenem Licht strömen in alle Richtungen davon.

Der Glanz. Der Anfang.

»Gemma?«, höre ich aus weiter Ferne eine Stimme.

Keno. Ich kann nicht bleiben. Mit aller Kraft konzentriere ich mich auf meinen Körper, spüre meine Hand, die den Faden über meiner Brust umschließt, löse Finger um Finger und kehre in den Oberstufenraum zurück.

Achtzig Jahre danach.

Ich öffne die Augen.

»Gemma.«

Ich schlinge einen Arm um Keno, halte mich an ihm fest und sehe über seine Schulter in die sumpfbraunen Augen der Kreatur. Pupillen in den Farben des Regenbogens. Aus der Öffnung – dem Mund – flüstert es und zum ersten Mal höre ich in dem Flüstern Worte. Keine Worte, die du mit deinen Ohren oder deinem Gehirn verstehen könntest. Worte, die mich vielleicht nur darum erreichen, weil ich ein Stück des Glanzes in mir trage.

Du musst weg von ihm, flüstert die Kreatur. *Seine negativen Ge-*

fühle, die schaden dir, die saugen dich aus, ziehen dir die Energie ab, machen dich kaputt.

Als ich antworte, weiß ich nicht, ob ich rede oder denke oder etwas ganz anderes tue, ob ich Worte oder überhaupt eine Sprache benutze: »Nein. Ich geh nicht von ihm weg. Ich bleibe bei ihm.«

Stille. Dann zieht uns die Kreatur ganz dicht an sich heran. Ihr Mund klafft auf, Fäden schlängeln sich heraus und betasten meinen Kopf und mein Gesicht, und in mir entsteht ein Bild von mikroskopisch kleinen Wurzeln, die sich verankern und mit mir verwachsen wollen. Für einen Moment steigt Panik in mir auf. Dann verändert sich das Gefühl. Worte, Gedanken oder etwas völlig anderes sprudeln aus mir heraus, ungebremst, ohne dass ich etwas abwäge oder mich frage, was jetzt richtig wäre.

»Ich geh nicht von ihm weg. Ich will nicht, dass er verschwindet, und es ist mir egal, wie schlecht seine Gefühle sind. Ich will, dass er bleibt, alles, was er denkt und fühlt will ich, das Negative, das Dunkle, das Traurige, ich will das alles, verstehst du mich? Ich will *ihn!*«

Ich spüre fast körperlich, wie die Kreatur meine Worte oder Gedanken einsaugt und in sich hineinzieht, um sie zu untersuchen. Unter ihrer Haut läuft ein Beben hin, ihre Farben leuchten und flackern minutenlang. Dann beruhigt sich das Lichtgewitter. Die Fäden, die sich um meinen Kopf und über mein Gesicht gelegt haben, zittern, der Druck gegen meine Haut wird fast unerträglich, doch als ich gerade glaube, dass ich den Schmerz nicht länger aushalte, lösen sich die Fäden und ziehen sich langsam, einer nach dem anderen zurück und mit ihnen auch die Fäden, die Keno und mich halten. Eng umschlungen gleiten wir zu Boden. Ich lege die Hände auf die letzten Fäden, die noch an meinem Körper sind. Sie zittern sacht unter der Berührung, als wollten sie die Innenflächen meiner Hände streicheln, und in diesem Moment spüre ich die ganze Lebendigkeit der Kreatur.

»Warum bist du hier?«, flüstere ich. »Warum tust du das? Warum hast du meine Freundin getötet?«

Das Beben ihrer Stimme berührt mich sanft, beinahe zärtlich, doch sie erklärt mir nichts.

Die letzten Fäden lassen uns los. Neben Keno sinke ich auf den Boden. Erschöpft taste ich nach seiner Hand und blicke auf seinen Arkanit. Schwarz. Schwarz wie eine Höhle, die keinen Ausgang hat. Das Nächste, was ich sehe – oder nicht sehe –, ist seine Aura.

Sie ist verschwunden.

»Gemma«, sagt er leise, wie fragend, als hätte er vergessen, dass ich hier bin.

»Keno.« Behutsam lege ich die Arme um ihn und ziehe ihn an mich.

»Deine Augen«, murmelt er. »Sie sind wieder normal. Wieder deine.«

Ich lege meine Lippen auf seinen Mund. Obwohl er noch nicht ganz da ist und mein Kuss unerwidert bleibt, verschwindet Keno wenigstens nicht in diese dunkle Tiefe, in die ich ihm nicht folgen kann. Er legt die Hände an meine Schläfen, während ich ihn küsse, und irgendwo hinter uns wispert die Kreatur. Sie beobachtet uns.

Vor achtzig Jahren saß hier eine junge Frau, als etwas vom Himmel fiel, sich mit ihr mischte und sie verwandelte – oder wie immer man das nennen will. Sie wollte glücklich sein, warum sonst liest man solche Bücher? Und dann ist etwas passiert, das sie sich in ihren verrücktesten Träumen nicht hätte ausmalen können.

Als ich mich von Keno löse und den Kopf wende, hoffe ich im Stillen, dass sich etwas verändert hat, doch die Kreatur sitzt weiter unbeweglich auf dem Sofa.

Tief in ihr drin ist das, was von dem Mädchen übrig geblieben ist.

»Komm jetzt, Gemma«, sagt Keno. »Lass uns gehen.«

Hand in Hand verlassen wir die Kreatur und das Hauptgebäude und durchqueren die Pausenhalle, wo ich einen letzten Blick auf die grauen Häufchen werfe. Ich streiche über die Bank und die Stelle, wo Tilda gelegen hat und wo mir das Holz jetzt dunkler erscheint, und ich male mir aus, wenn ich nur lange genug bliebe, würde jenseits der Pausenhalle eine kleine Gestalt erscheinen und Schritt für Schritt größer werden, bis ich Tilda erkennen und sie winken und lächeln sehen würde. Dass meine Vorstellung weiter geht, lasse ich nicht zu, und obwohl ich die Tränen in meinen Augen spüre, beginne ich nicht zu weinen, sondern warte eine Weile, bis ich meinen Weg fortsetzen kann, dorthin, wo Keno die Tür der Pausenhalle für uns öffnet.

Durch die Glastür treten wir auf den von haarfeinen Fäden überwachsenen Schulhof hinaus. Rings um das Schulgelände leuchtet unverändert die Kuppel. Als wir sie fünf Minuten später erreichen, sind alle Augen auf uns gerichtet. Gathea und Xavier und mindestens zwanzig Wachleute erwarten uns, reglos wie Wachsfiguren, bereit, in der Sekunde zum Leben zu erwachen, in der wir durch die Kuppel treten.

Kenos Hand spannt sich in meiner. »Glaubst du, ich komme da jetzt noch durch?« Auch wenn sein Arkanit noch immer schwarz ist, hat sich seine Stimme verändert, klingt fester, lebendiger. »Ohne die Aura?«

»Du musst«, sage ich.

Uns trennen nur noch wenige Zentimeter von der Kuppel,

als Keno stehen bleibt, seinen Arkanit abstreift und ihn auf den Asphalt legt. Ich zögere, doch dann lege ich meinen Stein daneben und unterdrücke den Impuls, ein letztes Mal meine Zone zu überprüfen, wie ich es mein Leben lang getan habe. Ich will nicht mehr wissen, wo ich mich befinde.

Hand in Hand treten Keno und ich durch die Kuppel.

Die Wachleute beobachten uns mit erstarrten Mienen, bilden jedoch sogleich ein Spalier, durch das wir auf Xavier zugehen. Gathea steht abseits, die Arme vor der Brust verschränkt, reglos. Ihr Overall strahlt in der Dämmerung, aber sein weißes Leuchten wirkt kalt und tot.

Jemand tritt aus dem Spalier. Es ist der Wachmann von vorhin. Er starrt uns an, als wären wir Geister.

»Ihr seid zurückgekommen«, fasst er mit zittriger Stimme das Offensichtliche zusammen. Sein Blick huscht von mir zu Keno und wieder zu mir. »Und der Junge hat seine Aura verloren. Ihr habt es geschafft.«

Haben wir nicht. Nicht alle. Doch das sage ich nicht laut.

Xavier nähert sich. Unverwandt schaut er mich an. An seiner Oberlippe zuckt ein Muskel. Ich lasse Keno los, gehe ihm entgegen und nehme seine Hände. »Wir haben sie verloren«, sage ich so leise, dass nur er mich hört.

Eine einzelne Träne löst sich aus seinem Augenwinkel und rinnt über den zuckenden Muskel. Jetzt fange ich auch wieder an zu weinen. Ich ziehe Xavier in meine Arme. Lange halten wir einander fest, bis ein Ruck durch seinen Körper geht, er mich loslässt, einen Schritt zurücktritt und tief durchatmet. Er sieht unendlich müde aus.

»Wo soll ich euch hinbringen?«, fragt er.

»Zu meinem Vater.« Ich wische mir die Tränen ab. »Ich will zu meinem Vater.«

Xavier führt uns zu dem weißen Riesengefährt, in dem Gathea und er uns durch den Wald gejagt haben. Er will gerade die Tür entriegeln, als Gathea auf einmal da ist, in ihrem weißen Overall, mit dem getrockneten Blut am Kragen.

»Du gehst nirgendwohin«, zischt sie mir zu.

Xavier öffnet die Tür. »Du gibst hier keine Befehle mehr, Gathea.«

Sie achtet nicht auf ihn, ihre ganze Aufmerksamkeit gilt mir.

»Du kleines, naives Ding«, sagt sie kalt. »Glaubst du, irgendetwas ändert sich? Der Glanz ist noch immer da. Und du ...«

»Eins ändert sich auf jeden Fall«, unterbreche ich sie. Die Wut lässt meinen Nacken prickeln. »Keiner braucht Sie jetzt noch.«

Es geht so schnell, dass ich kaum mitkriege, wie es geschieht. Mit voller Wucht schlägt sie mir ins Gesicht. Mein Kopf fliegt nach hinten und knallt gegen das Wagenblech. Ich taumele und krache zu Boden.

Da liege ich wie eine Schildkröte auf dem Rücken, zu benommen, um mich aufzurichten. Das Getrappel von Füßen, Geschrei, jemand zerrt Gathea von mir weg, dann kniet Keno an meiner Seite und fragt mich, ob ich verletzt sei. Keine Ahnung. Das oder etwas in dieser Richtung will ich ihm gerade antworten, als sich mit einem Mal das Licht über mir und um uns herum verändert. Die Dämmerung wird fleckig. *Lichtfleckig*. Falls es so etwas gibt.

»Schau«, sage ich, den Blick unverwandt nach oben gerichtet. »Schau dir das an.«

Winzige Löcher bilden sich im Glanz. Dort, wo sie entstehen, leuchtet etwas durch sie hindurch. Erst verstehe ich nicht, was es ist. Dann halte ich den Atem an.

Der Himmel hat eine Farbe, die *Lagune* heißen könnte.

39

Von der Kuppel haben sie uns in den Sitzungssaal des Rathauses von Novamyne gebracht. Das war vor drei Tagen. Nun haben sie uns dort zum Abschluss noch einmal stundenlang verhört. Inzwischen hat sich hinter den Fenstern des Saals die Abenddämmerung vertieft, die Himmelsflecken sind fast dunkelblau.

»Wir werden alles bedenken, was du uns berichtet hast«, sagt Terry Waldner zu mir. Der Präsident unseres Landes sieht im echten Leben viel älter, blasser, kleiner aus als im Fernsehen. »Keno und du, ihr könnt jetzt gehen.«

Xavier erhebt sich. Seine Augen sind gerötet, die Haut darunter ist so geschwollen, als hätte er alle Tränen nach innen geweint, damit niemand seinen Kummer sieht. »Ich bringe euch zurück zu deinem Vater.«

Mein Vater. Fussel. Zuhause.

Hand in Hand folgen wir Xavier durch den Saal. Die Himmelsflecken, die durch die Scheiben hereinleuchten, erzeugen ein löchriges Muster auf dem Parkett. Unter dem Arm trägt Xavier das Buch mit dem bräunlich vergilbten Einband, das völlig vermodert aussieht und das er für die Sitzung in einem Antiquariat aufgestöbert hat: *Ich 2.0.* Der Inhalt deckt sich in erstaunlicher Weise mit unseren heutigen Annahmen über das Glück, auch wenn die Forschung im Jahr 2025 noch in ihren Anfängen steckte. Allerdings vertraten Wissenschaftler verschiedener Disziplinen schon damals die These, dass sich positive Gedanken und Gefühle individuell erzeugen lassen: Glück als Frage der Wahl. Noch die größte Scheiße lässt sich in eine positive Erfahrung verwandeln, du musst es nur wollen, und wenn du es nicht schaffst und abstürzt, hast du dich nicht genug angestrengt.

Wir gehen unter Kronleuchtern hindurch und an goldgerahmten Ölgemälden vorbei, vorbei auch an erregtem Stimmengewirr. In den letzten Tagen hat man uns von einer Konferenz zur nächsten geschleift. Hunderte Male mussten wir unsere Geschichte erzählen. Nun schließt sich die Tür hinter uns. Es ist endlich vorüber.

Wobei: noch nicht ganz. Die Tür öffnet sich wieder. Beatrix Swann tritt heraus, neben Xavier ist sie eines der wenigen Mitglieder der Akademie, die zu den Sitzungen eingeladen waren. Gathea ist suspendiert und von allen Beratungen ausgeschlossen. Keine Ahnung, was aus ihr wird. Aus meinem Leben ist sie hoffentlich verschwunden.

»Gemma, warte«, sagt Beatrix Swann. Automatisch verschränke ich die Arme vor der Brust und halte die Luft an, als sie sich mir nähert. Ich mag den Geruch ihres Parfums nicht. Zu viele Erinnerungen.

»Du hast Florentine damals nicht absichtlich in die Zweite Zone gestoßen«, sagt sie. »Ich glaube, das war mir von Anfang an klar. Trotzdem habe ich so getan, als wärest du alleine schuld. Dafür möchte ich mich entschuldigen. Es tut mir leid.«

Ihr silberblondes Haar glänzt wie Zuckerguss und ist mit einem eisblauen Haarreif garniert. Auch sonst kommt sie mir sehr eisig vor. Blasse Wangen, zusammengepresste Lippen. Wir werden uns nie mögen, außer, wenn wir auf weit voneinander entfernten Planeten leben würden. Doch da ist ein Respekt, der vorher gefehlt hat. Ich löse meine verschränkten Arme.

»Danke«, sage ich.

Hinter Xavier treten Keno und ich durch die Flügeltür und gehen die breite Eingangstreppe hinunter. Frost glitzert auf den Mähnen der steinernen Löwen, die rechts und links der Treppe sitzen. Überall sehe ich Scharen von Menschen, manche auf Bänken und Balkonen, andere mitten auf dem Fußweg oder neben einem Beet mit den letzten Chronoblumen des Jahres. Immer wieder legen sie den Kopf in den Nacken, eine Bewegung, die man in den letzten Tagen häufig sieht. Ich kann fast hören, wie ein gemeinsamer Gedanke über der Stadt schwebt:

Was für ein schöner Novemberabend.

Die Kuppel rings um das Schulgelände ist weiter unversehrt, doch seit drei Tagen trifft aus allen Teilen der Welt die gleiche Meldung ein: Der Glanz löst sich auf. Die Fünfer haben ihre Aura verloren, und die, bei denen die 72-Stunden-Frist abgelaufen ist, verschwinden nicht. Trotzdem geht alles weiter wie gewohnt: Modulationen, Affirmationen, Glücksanwendungen, Quarantänezonen. Das Tragen des Arkanits und der Schutzanzüge ist noch immer vorgeschrieben, man will vorbereitet sein für den Fall, dass der Glanz wieder erstarkt. Es wird lange dauern, bis die Menschen sich nicht mehr bedroht fühlen. Ich hoffe, die Leute im Saal – die *wichtigen* Leute – haben mir zugehört. Sonst wird sich nichts ändern. Gar nichts.

Auf einer Bank neben einem Rhododendron sitzt Larissa, eingepackt in eine dicke Jacke, was sie ganz kugelig aussehen lässt. Als sie uns sieht, reibt sie sich die Nase. Ein schüchternes Lächeln kräuselt ihren herzförmigen Mund. Ich hebe eine Hand und winke. Nach kurzem Zögern steht sie auf und kommt zu uns herüber.

»Gemma«, sagt sie. Und dann: »Stimmt es? Ich hab gehört, dass in der Kuppel alles voll war mit … na ja, Wurzeln oder so.«

Skeptisch blickt sie in ein Blumenbeet. »Haben die den Glanz gemacht? Das kann doch nicht sein, oder?«

»Keine Ahnung«, antworte ich ehrlich.

Was ich weiß, ist dies: Was damals auf der Erde gelandet ist, hat sich mit dem Mädchen im Oberstufenraum vermischt. Es ist ein instinktives Wissen, das ich schwer in Worte fassen kann und den Leuten im Rathaus dennoch erklären wollte, so, wie ich es jetzt Larissa zu erklären versuche, ein Wissen, das wohl damit zusammenhängt, dass ich ein Stück Glanz in mir trage.

»Ich denke, es kam auf den Gedanken an, der in dem Augenblick im Kopf des Mädchens war, als es passierte«, fügt Xavier noch hinzu, der *Ich 2.0* inzwischen mehrfach gelesen hat. »Der war die allererste Information. *Negative Gedanken und Gefühle bedrohen mich und müssen gelöscht werden.* Also hat der Organismus eine Art Abwehrstoff gegen die negativen Energien produziert.«

»Den Glanz.« Larissa schüttelt den Kopf. »Das ist doch verrückt.«

Ja. Vieles erscheint uns im Nachherein verrückt. Einfach, weil wir es uns nicht vorstellen können.

»Ein ziemlich schwacher Abwehrstoff«, bemerkt Keno.

Larissa lacht auf. *»Schwach?«*

Xavier streicht nachdenklich über den eingerissenen Einband von *Ich 2.0.* »Die Idee, dass negative Gedanken und Gefühle gelöscht werden müssen, war noch nicht sehr tief in dem Mädchen verankert. Hätte der Organismus einen Erwachsenen infiziert, der sich seit Jahren mit dem Thema beschäftigt, hätte der Glanz vermutlich viel stärker gewirkt.«

»Er hätte alle getötet, die auch nur ansatzweise negativ denken oder fühlen«, sagt Keno. »Ganz sicher.«

Larissa legt den Kopf in den Nacken. Über uns ist ein letztes

Leuchten von orangerotem Licht, die Sonne verschwindet. »Aber warum löst sich der Glanz jetzt auf?«

»Weil das Wesen, das dort in der Schule lebt, etwas Neues ausprobiert.« Ich reibe mir die Schläfen. »Negative Gedanken und Gefühle gehören dazu. Und jemand, der komplett im Negativen ist, kann trotzdem etwas Positives sein.«

»Achtzig Jahre lang hat es sich geschützt, indem es das Negative ausgelöscht hat. Jetzt hat es etwas Neues erfahren und hält es für möglich, dass es nicht nur Schwarz oder Weiß gibt, sondern etwas dazwischen. Es stellt eine alte Überzeugung infrage.« Die Bewunderung macht Xaviers Stimme weich. »Das gelingt uns hoffentlich auch.«

Von hier aus betrachtet können wir wählen. Wir können weiter gegen das Negative kämpfen und uns darauf vorbereiten, dass die Kreatur ihre Abwehrkräfte wieder hochfährt, denn mit unserem Kampf würden wir sie wohl nur darin bestärken, dass ihr früheres Verhalten richtig war.

Oder wir freunden uns mit der Idee an, dass negative Gedanken und Gefühle kein Gift und keine ansteckende Krankheit sind. Dass sie dazugehören. Und wenn jemand richtig tief im Dunkeln steckt, ist er deswegen nicht weniger wert oder irgendwas Kaputtes, das repariert werden muss.

40

Wir parken hinter dem Einkaufszentrum, an derselben Stelle, an der wir in der Nacht zusammenstanden, in der wir meinen Vater aus dem Jasmin Boulevard fortgeholt haben. Damals hätte ich mir nicht vorstellen können, dass wir eines Tages frei sein würden. Oder so frei, wie es eben möglich ist.

Inzwischen gelten sämtliche Quarantänezonen des Landes als aufgelöst. Kein Gefühl ist wertvoller als das andere – auch wenn das bisher mehr Theorie als Praxis ist, haben wir uns auf den Weg gemacht. Man trifft kaum noch Leute, die einen Arkanit tragen. Oder einen Schutzanzug. Letzteres verdanken wir vor allem Juniper. Während ihrer Arbeit an dem Präparat, mit dem sich die Anzüge energetisch wieder aufladen lassen, kam ihr zum ersten Mal der Verdacht, dass die Dinger ohnehin wirkungslos sind. Anfang des Jahres hat Xavier veranlasst, dass sich eine unabhängige Kommission mit dieser Frage befasst. Inzwischen ist es so gut wie sicher, dass die Anzüge reine Placebos sind und die hochansteckenden Energiewellen, die von negativen Gedanken und Gefühlen ausgehen, von den Konzernen erfunden wurden, die an den Anzügen schweinemäßig viel Geld verdient haben.

Über eine Feuertreppe steigen Keno und ich auf das Dach des Einkaufszentrums. Ob das Gebäude je wieder hergerichtet wird, steht in den Sternen, doch Brandon, der den Aufbau von Cloverhill mit organisiert, will dafür sorgen, dass wenigstens das Kino – die Koralle – erneut in Betrieb genommen wird. Bis es so weit ist, hat er sich dort häuslich eingerichtet. Juniper wohnt ebenfalls in der Koralle – so lange jedenfalls, bis ihr Chemiestudium beginnt. Sie war restlos begeistert von dem, was Keno und ich getan haben, und will die Geschichte wieder und wieder hören. Der arme Brandon hat sich inzwischen damit abgefunden, dass er während dieser letzten Aktion auf einem Sofa gesessen und Chips gegessen hat.

Wie eine Heldin fühle ich mich trotzdem nicht. Anfangs wurde ich von allen möglichen Leuten gedrängt, im Fernsehen aufzutreten und in Expertenrunden mitzumischen, aber die Bühne liegt mir nicht; das wäre etwas für Tilda gewesen. Mittlerweile lässt man mich zum Glück in Ruhe. Seit einigen Wochen müssen Keno und ich wieder zur Schule gehen, keine kleine Umstellung nach den letzten verrückten Monaten. Weil Keno nicht in sein Elternhaus zurückkehren wollte, wohnt er bis auf Weiteres bei meinem Vater und mir. Manchmal bin ich ein bisschen eifersüchtig, weil sich Fussel lieber auf seinem Schoß zusammenrollt als auf meinem. Mein Vater meint, das läge daran, dass dort mehr Platz ist, doch ich habe so meine Zweifel. Fussel hatte schon immer einen exquisiten Geschmack.

Juniper und Brandon erwarten uns bereits. Es ist noch immer ein großes Ereignis für uns, wenn der Nachmittag in den Abend übergeht und wir dabei zuschauen können. Das Parkdeck ist der ideale Ort für Sonnenuntergänge. Seit sich der Glanz zurückzieht, sieht man das oft: Menschen, die stundenlang zusammenstehen und nach oben gucken. Unvorstellbar, wie viele Varianten von Blau und Grau es gibt. Morgens und abends nehmen die Himmelsflecken noch andere Farben an: Zartrosa, Vanillegelb, ein glühendes Orangerot bis hin zu Violett. Doch am liebsten mag ich die Nacht, auch wenn sie mich zugleich am traurigsten stimmt. Manchmal, wenn ich die von Sternen gesprenkelten Himmelsflecken betrachte, spüre ich die Erinnerung an Tilda wie eine frische Wunde, bis ich glaube, gleich zu Boden zu sinken. Aber ich sinke nicht zu Boden, auch wenn es immer wieder Momente gibt, in denen mich schiere Verzweiflung überrollt. Jedes Mal ist es Keno, der mich in die Arme nimmt und mich festhält, während ich weine. So viel hat mit Tilda aufgehört. Wir werden nie wieder gemeinsam am Himmelsee sitzen, Glückskekse futtern und uns über den Blutdurst der Mücken beklagen. Oder in Tildas Zimmer in einem mit Stroh ausgekleideten Karton eine Pilzzucht anlegen, weil Tilda behauptet, die Dinger seien die größten Glücksbooster überhaupt. Oder mit ihrer Mutter, ihren Brüdern und Großeltern am Frühstückstisch sitzen und reden und miteinander lachen, bis es Mittag wird.

Manchmal habe ich das Gefühl, dass in meinem Leben nie wieder etwas Gutes passiert, und dann muss ich mich daran erinnern, dass Keno bei mir ist und mein Vater und Fussel auch, genau wie Xavier, Brandon und Juniper. Sie sind die Menschen, die da sind und über mich wachen.

»Das könnt ihr vergessen«, knurrt Brandon jetzt. »Eine Welt ohne Modulationen kriegen wir nie. Das geht unter der Hand fröhlich weiter. Die Leute wollen vorbereitet sein für den Fall, dass das Ding in der Schule es sich anders überlegt.«

Die Dämmerung vertieft sich. Die Himmelsflecken werden dunkel. Am Horizont leuchtet der Abglanz der Kuppel.

»Irgendein Professor hat ausgerechnet, dass der Glanz in dreihundertzweiundvierzig Tagen verschwunden ist, wenn das in dem Tempo weitergeht«, sagt Juniper.

Brandon legt einen Arm um sie. »Und wenn das Ding in der Schule doch noch umschwenkt?«

»Wir müssen eben eine wasserdichte Beweisführung hinlegen.« Juniper zwickt ihn in die Seite. »Du kannst ja schon mal anfangen, zu üben: Negative Gedanken und Gefühle gehören dazu.«

»Und weißt du, was? Darin werd ich besser als du, du Genie«, grummelt Brandon.

Keno und ich unterdrücken ein Grinsen. Keine Ahnung, wie lange die beiden zusammenbleiben, doch mir scheint die Prognose günstig: Juniper braucht das Gefühl, dass sie mehr auf dem Kasten hat als Brandon, Brandon braucht das Gefühl, dass er Juniper das Gegenteil beweisen muss, und beide sind glücklich, wenn sie sich deswegen beharken können.

Brandon und Juniper ziehen sich in die Koralle zurück, Keno und ich setzen uns auf die Brüstung des alten Luftschachts. Er legt einen Arm um mich und ich lege den Kopf in seine Halsgrube. Über uns wirbelt der Glanz. Dazwischen schweben die ruhigeren Flecken der Nacht.

Die Zukunft der Menschheit in einem Wort:

Ungewiss.

Von irgendwoher weht der Duft frisch gebackenen Brotes heran, vermischt mit einem schwachen Abgasgeruch. Ein leichter Wind streicht über mein Gesicht. Ich lehne den Kopf gegen Kenos Brust und höre seinen ruhigen, festen Herzschlag.

»Dritte?«, frage ich leise.

Wie seltsam, dass es keine Zonen mehr gibt. Es war das, was wir uns gewünscht haben, doch jetzt, wo es so weit ist, verwirrt es mich auch.

»Keine Ahnung.«

Ich zögere. »Wie war es dort? In der Fünften?«

Er atmet tief ein.

»Am deutlichsten erinnere ich mich an den Wunsch, dass ich verschwinden wollte. Mich auflösen. Nicht, dass ich wirklich verschwinden wollte. Aber die Schmerzen, die waren kaum zu ertragen. Ich habe nicht gewusst, dass man solche Schmerzen haben kann, wenn deine Haut, deine Muskeln und Organe, wenn das alles in Ordnung ist. Der Schmerz war in den Gefühlen und ich wollte nur noch, dass Schluss damit ist.«

Ich nicke, auch wenn ich wohl nie wirklich verstehen werde, an was für einem Ort er gewesen ist, was für dunkle Gedanken in ihm gewütet haben. Was er in der Fünften durchgemacht hat.

Ich schließe die Augen und spüre, wie er meine Stirn mit den Fingerspitzen berührt, seine Wange an meine legt, mit seinen Lippen meine Mundwinkel streift, erst den linken, dann den rechten, die Arme um mich legt. Mich an sich zieht. Küsst.

Alles kehrt zurück: Unsere erste Begegnung in dem Traumlabor, bei der wir gegen Gatheas Anweisungen ein paar kurze Blicke tauschten; das Gespräch auf dem Balkon seines Appartements; die Stunden in Ricks Schlafzimmer; die Zeit in der Koralle. Bilder im Zeitraffer. Dann fühle ich nur noch Keno.

Als wir uns voneinander lösen, sitzen wir wieder lange schweigend da. Durch die Lücken im Glanz blinken die Sterne. Ich schaue in diese von winzigen Lichtern durchsetzte Schwärze und ahne, wie weit das Universum ist, obwohl ich es gleichzeitig kein bisschen ahne.

»Sieht du den? Diesen kleinen roten.« Ich zeige hinauf zu einem Stern, von dem ein sanft rötliches Licht ausgeht. »Ob er einen Namen hat?«

»Keine Ahnung. Es gibt so viele Sterne, ich glaube, kein Mensch könnte sich für jeden einen Namen ausdenken.«

Mein Vater hat einen Namen für meinen Stern gefunden. *Gemma.*

»Dieser Stern soll einen bekommen.«

Keno zieht mich fester an sich. »Wie heißt er denn?«

Der Stern zittert am Himmel, als würde er frieren. Oder tanzen.

»Ich nenne ihn Tilda«, sage ich.

Danke

- Anna Wörner für großartiges Mitdenken und -fühlen – und für Gemmas Namen
- Birgit Arteaga, die Gemma den Weg bereitet hat
- dem Team vom Arena Verlag, das auch dieses Buch so engagiert in die Welt hinausträgt
- der Hamburger Kulturbehörde, die den writers' room lebendig hält
- Julia Ditschke, Katharina Kress und Nadia Al Kureischi für ihr Können, ihren weiten Blick und ihr großes Herz (und köstlichen Kuchen, immer wieder)
- Annette Zaborowski, Edith Dühl, Jörn Heinemeier und Sabine Krüger für ihre Freundschaft, weit über das Schreiben hinaus
- meiner Familie dafür, dass sie mir so vieles ermöglicht

Mein Glück ist, dass ihr alle da seid.

Charlotte Richter

Die Muschelsammlerin

Deine Bestimmung wartet

Mariel hat immer darauf vertraut, dass sie in Amlon glücklich wird. Inmitten der perlweißen Strände und des türkisblauen Meeres sollte es ihr an nichts fehlen. Aber tief im Herzen spürt Mariel, dass sie nicht dazugehört. Als der Tag der Verbindung bevorsteht, an dem jeder Jugendliche seinem perfekten Partner begegnet, wird Mariels größte Angst wahr: Sie ist eine Sonderbare, eine von denen, für die es keine Liebesgeschichte gibt. Zusammen mit Sander, Tora und Tammo muss Mariel Amlon verlassen. Nur in Nurnen, dem Reich der Träume, können sie ihren Seelenpartner noch finden. Doch auf der Reise flammen in Mariel plötzlich Gefühle für einen anderen auf. Und diese Gefühle bedeuten in Nurnen den sicheren Tod …

Kathrin Lange

Wenn die Nebel flüstern, erwacht mein Herz

Jessa wollte sich nie verlieben. Auch von dem arroganten Christopher, der sie ständig auf die Palme bringt, und dem warmherzigen Adrian will sie nichts wissen. Doch auf den Brüdern lastet ein uralter Fluch, und Jessa ist die Einzige, die ihn brechen kann. Dafür muss sie sich in Adrian verlieben ... Aber wie soll sie das anstellen, wenn sie ihr Herz vor allem verschließen möchte und Christopher Gefühle in ihr weckt, die sie alle ins Verderben stürzen könnten?

Arena

Auch als E-Book erhältlich.
Als Hörbuch bei Rubikon Audioverlag.

472 Seiten • Gebunden
ISBN 978-3-401-60524-1
www.arena-verlag.de

Jana Hoch

Royal Horses

Kronenherz

Greta will nur noch weg: weg von ihrer Schule und weg von ihren Freunden, die sie so unendlich enttäuscht haben. Da kommt ihr der Ferienjob auf dem Gestüt der Royals gerade recht. Mit Pferden hat Greta zwar gar nichts am Hut – und mit Prinzen und Prinzessinnen noch viel weniger –, aber das Schloss der Königsfamilie lässt ihr Herz trotzdem höher schlagen. Doch kaum angekommen, macht Edward, der Pferdetrainer, ihr das Leben schwer. Nicht nur, dass er sie von Mariscal fernhalten will, dem silbriggrauen Hengst, der Greta auf seltsame Art zu verstehen scheint ... auch Edward hat ein Geheimnis, das erst Gretas Leben und dann ihre Gefühle gehörig durcheinanderbringt.

Arena

Auch als E-Book und als
Hörbuch bei Saga Egmont erhältlich

360 Seiten • Gebunden
ISBN 978-3-401-60520-3
www.arena-verlag.de

Antje Babendererde

Sommer der blauen Wünsche

Carlin flieht vor ihrer Mutter, deren psychische Krankheit ihr Leben einschränkt. Bei ihrer Oma in Caladale angekommen, fühlt sich Carlin endlich frei. Da begegnet sie Arran Mackay, dem wohl nervtötendsten Schotten der ganzen Grafschaft. Sie ist wie vor den Kopf gestoßen von seiner Gleichgültigkeit allem und jedem gegenüber. Und doch fühlt sie sich bei Arran, der nach einem Unfall im Rollstuhl sitzt, sicher. Dann sollen die Ländereien um Caladale verkauft werden und Arran, dessen Vater das Land gehört, will nichts dagegen unternehmen! Zum ersten Mal erfährt Carlin, dass es sich lohnt zu kämpfen – um ihre Liebe und einen unvergesslichen Sommer der blauen Wünsche.

Arena

Auch als E-Book und als
Hörbuch bei Jumbo erhältlich

392 Seiten • Klappenbroschur
ISBN 978-3-401-60540-1
www.arena-verlag.de